山西文華·著述編

吴雯集

第一册

李雪梅　張仲偉　王秋紅　李　豫◎點校

《山西文華》編纂委員會　編

山西出版傳媒集團
三晋出版社

圖書在版編目(CIP)數據

吴雯集 / (清) 吴雯著 ; 李雪梅等點校. —太原: 三晋出版社, 2016.8

ISBN 978-7-5457-1392-3

Ⅰ. ①吴… Ⅱ. ①吴… ②李… Ⅲ. ①中國文學—古典文學—作品綜合集—清代 Ⅳ. ①I214.92

中國版本圖書舘 CIP 數據核字(2016)第 246724 號

吴雯集

點 校 者: 李雪梅　張仲偉　王秋紅　李　豫
責任編輯: 張繼紅
封扉設計: 山西天目·王明自

出 版 者: 山西出版傳媒集團·三晋出版社 (原山西古籍出版社)
地　　址: 太原市建設南路 21 號
郵　　編: 030012
電　　話: 0351-4922268 (發行中心)
0351-4956036 (總編室)
0351-4922203 (印製部)
網　　址: http://www.sjcbs.cn

經 銷 者: 新華書店
承 印 者: 山西人民印刷有限責任公司

開　　本: 700mm × 1000mm　1/16
印　　張: 41.75
字　　數: 560 千字
版　　次: 2016 年 8 月　第 1 版
印　　次: 2016 年 8 月　第 1 次印刷
書　　號: ISBN　978-7-5457-1392-3
定　　價: 190.00 圓 (全二册)

《山西文華》編纂委員會

《山西文華》學術顧問委員會

（按姓氏筆畫排序）

李　零　李文儒　李學勤　袁行霈
唐浩明　梁　衡　張　頷　張光華
葛劍雄　楊建業

《山西文華》分編主編

著述編　劉毓慶　渠傳福
史料編　張慶捷　李晋林
圖録編　李德仁　趙瑞民

出版説明

山西東屏太行，西瀕黄河，北通塞外，南控中原，是中華民族的主要發祥地之一。中華文明輝煌燦爛，三晋文化源遠流長。歷史文獻豐富、文化遺産厚重，形成了兼容並包、積澱深厚、韵味獨特的晋文化。山西省政府决定編纂大型歷史文獻叢書《山西文華》，以彙集三晋文獻、傳承三晋文化、弘揚三晋文明。

《山西文華》力求把握正確方向，尊重歷史原貌，突出山西特色，薈萃文化精華，按照搶救、保護、整理、傳承的原則整理出版圖書。叢書規模大，編纂時間長，參與人員多，特將有關編纂則例簡要説明如下。

一、《山西文華》是有關山西現今地域的大型歷史文獻叢書，分"著述編""史料編""圖録編"。每編之下項目平列；重大系列性項目，按其項目規模特徵，制定合理的編纂方式。

二、"著述編"以 1949 年 10 月 1 日前山西籍作者(含長期在晋之作者)的著述爲主，兼收今人有關山西歷史文化的研究性著述。

三、"史料編"收録 1949 年 10 月 1 日前有關山西的方志、金石、日記、年譜、族譜、檔案、報刊等史料，以影印爲主要整理方式。

四、"圖録編"主要收録1949年10月1日前有關山西的文化遺產精華,包括古代建築、壁畫、彩塑、書畫、民間藝術等,兼收古地圖等大型圖文資料。

五、今人著述采用簡體漢字横排,古代著述采用繁體漢字横排。

《山西文華》編纂委員會

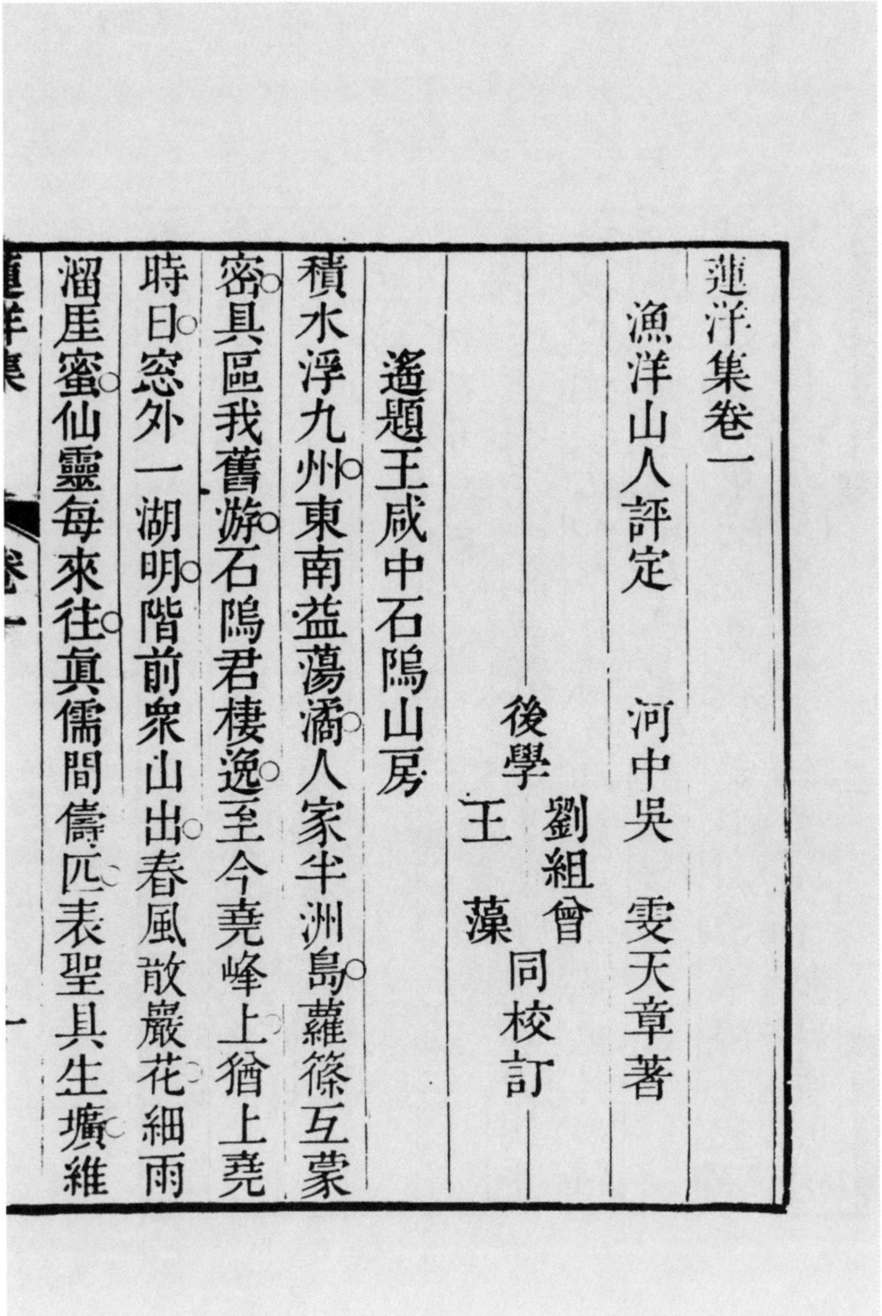

蓮洋集卷一

漁洋山人評定

河中吳雯天章著

後學劉組曾

王藻同校訂

遥題王咸中石隝山房

積水浮九州東南盇蕩濔人家半洲島蘿篠互蒙密具區我舊游石隝君棲逸至今堯峰上猶上堯時日窓外一湖明階前衆山出春風散巖花細雨澑厓蜜仙靈每來往眞儒間儔匹表聖具生壙維

蓮洋集　卷一　一

清乾隆十七年宋弼增刻本《蓮洋集》書影

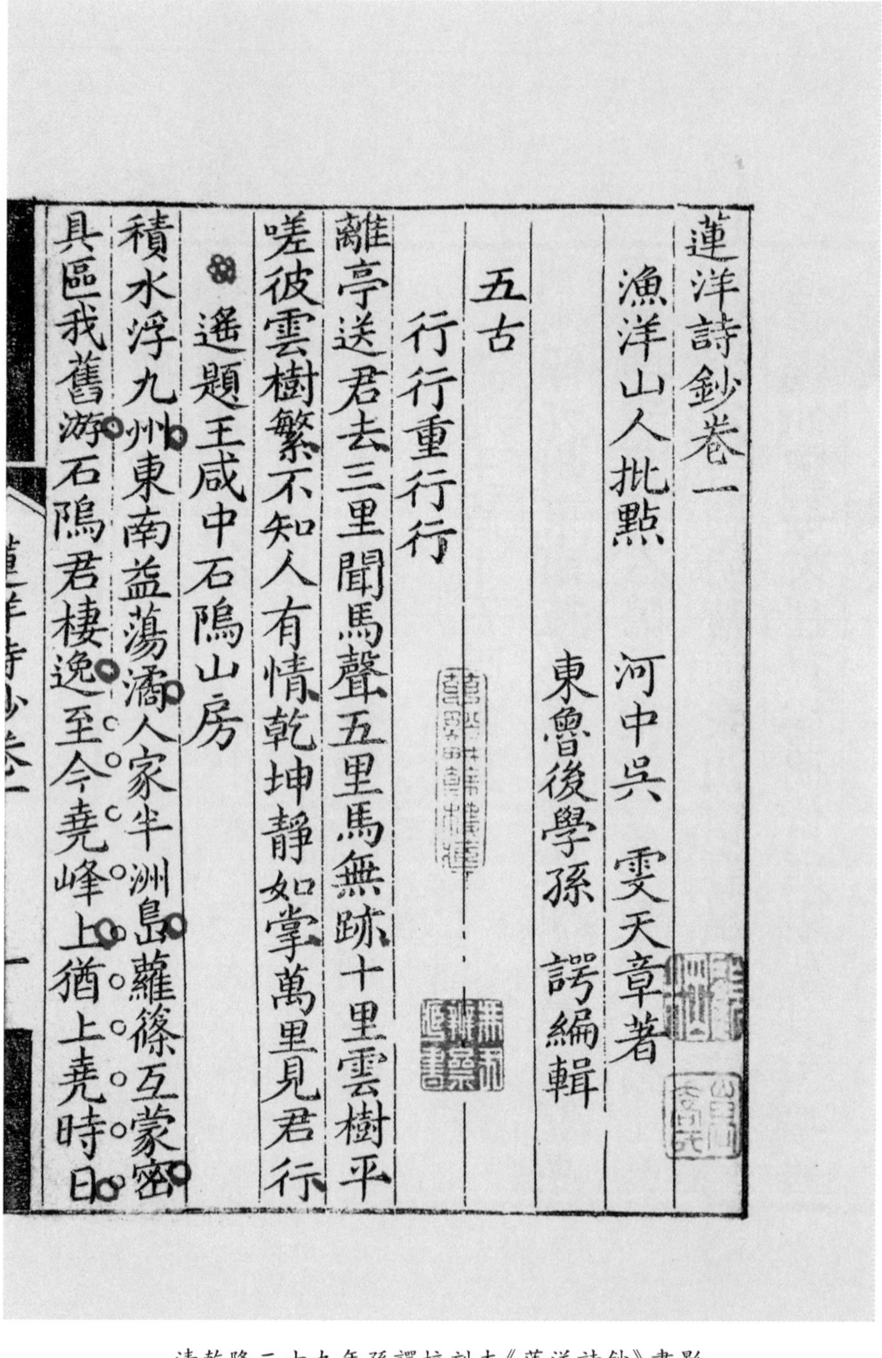
蓮洋詩鈔卷一
漁洋山人批點
河中吳　雯天章著
東魯後學孫　謌編輯
五古
行行重行行
離亭送君去三里聞馬聲五里馬無跡十里雲樹平
嗟彼雲樹繁不知人有情乾坤靜如掌萬里見君行
遥題王咸中石隖山房
積水浮九州東南盡蕩潏人家半洲島蘿篠互蒙密
具區我舊游石隖君棲逸至今堯峰上猶上堯時日

清乾隆二十九年孫謌校刻本《蓮洋詩鈔》書影

出版前言

吴雯(1644—1704)字天章,號蓮洋,清代著名詩人,與傅山有"北傅南吴"或"二徵君"之稱。吴氏原籍奉天遼陽,其父允升以舉人官蒲州學政,殁於任。吴雯與弟吴霞孤貧,無法返回原籍,由母朱氏撫養成人,遂占籍蒲州。康熙十八年試博學鴻詞,不第。遊食南北,足迹徧天下。

吴雯博覽經史子集,旁及釋老諸書,均得妙理。工詩,受知於詩壇領袖王士禎。王氏嘗論:"漢魏以來二千年間,詩家堪稱'仙才'者,曹植、李白、蘇軾三人耳;本朝作者如林,然可稱'仙才'者,蓮洋一人而已。"清趙執信稱其爲"千頃之波,不可清濁;天姿國色,粗頭亂服皆佳,其鄉自元遺山後一人而已"。其詩雋潔微遠,自露天真,不使才,不逞博,不尚聲華,不求媚好,鬱葱秀拔,淵涵深沉,渺渺乎莫造其涯。《四庫全書提要》稱:"雯天才雄駿,其詩有其鄉人元好問之遺風。"

吴雯是清初山西詩壇的代表性詩人,在清詩史上具有獨特的歷史地位,是山西文學史上具有里程碑意義的重要文學家。基於此,特將《吴雯集》收入《山西文華》叢書。

2010年,李豫、王秋紅、李雪梅、張仲偉點校的《吴雯先生蓮洋集》由三晋出版社出版。此書將吴雯傳世的個人著述悉數彙集,將傳世的四個版本體系的吴雯著作合併校勘,爲學界提供了一個較爲全面的吴雯個人著述整理文本。與此同時,該書以附録的形式收録了吴雯之弟吴霞的存世著作,爲學界進一步深入開展相關研究做了必要的資料積累。

此次出版，以《吴雯先生蓮洋集》爲基礎，吸收了山東大學、山西大學等高校相關領域專家對初版本的修改意見，由李雪梅、張仲偉、田梅對全書進行核校，依據《山西文華》之體例重新排版，析爲兩册，並調整了初版本的部分次序。書後附録收入各版本所録吴雯相关資料，並收録了吴雯弟吴霞的存世詩作，以資參閲。

三晋出版社

2016 年 7 月

河聲嶽色太古詞（代前言）[1]

——簡述吴雯生平及其詩歌創作

不耐悠悠世上名，北傅南吴二徵君。清代三晋詩人中，無疑以傅山和吴雯兩家最爲突出。傅山之詩，於明清易代之際深致感慨，淡看一身進退，關注國運蒼生，自成一家，卓然名世。相比之下，吴雯在後世的影響力，遠遠不能與傅山並觀，但從詩歌創作實際上來看，二者分鑣南北，殊非溢美。

吴雯（1644—1704），字天章，山西蒲州（今山西永濟）人，少爲諸生，工於詩歌，著有《蓮洋集》。康熙十八年（1679）徵薦博學鴻詞，落舉罷歸，終未一仕。平生蹤跡，大半江湖。康熙四十三年（1704）以母喪哀毁，病卒於家。

吴雯詩風清挺新秀，初至京師時，以"當門萬里崑崙水，千點桃花尺半魚"（《次青縣題壁》）兩句深得當時詩壇領袖、"神韻派"宗師王士禛激賞，由此得入新城門下。王士禛對其提携獎掖不遺餘力，吴雯亦是"自分當爲得髓人"（《題阮翁壬寅詩卷五首》之一），幸得名師沾溉點化，加之本身"天才超軼，人不易及"（王士禛《古夫于亭雜録》），吴雯詩名因此享譽大江南北，詩作"一刻於吴，再刻於都下，三刻於津門"（王士禛《吴徵君天章墓志銘》）。

漁洋師之外，"肌理派"宗師翁方綱、浙派領袖朱彝尊、陽羨詞宗陳維崧、陽羨後勁蔣景祁、江南才子顧梁汾、《長生殿》作者洪昇、《談龍録》作者趙執信等文壇名士，均與吴雯交游密切，衆人晨夕過從，相與爲詩文之會。此外,吴雯與晋籍學者傅山、陳廷敬亦多有篇章酬唱。可以説,吴雯詩歌中的交游唱和之作,足以串聯起清初詩壇的一系列重要的流派與人物,這一現象具有重要的社會意藴與文史價值,於後世的清代文學研究頗具益處。

吴雯終身落拓,寄情於山水自然以銷磨心志。其詩歌長於寫景,胸有積書,眼觀美景,自然能發思古之幽情,"遠渚鳥雙下,空山猿一吟。"(《宿湖口》)但在流連光景之餘,吴雯也體察底層百姓的苦難,感受自然格外深切,因此筆下多有反映民生疾苦之作,格調沉鬱淒涼。"嗷嗷何以救,應向九重呼"(《得鄉信》),包孕着清初社會生活的深厚內容。半生困頓後,晚年的吴雯寄情於釋、道思想,"紛紛背觸皆如夢,始信維摩意味長。"(《讀蝸廬先生軼事慨然有感四首》之一)清初詩風由現實至空廓這一演變規律,於吴雯詩作可見一斑。

吴雯一生,布衣大雅,其名在當時顯赫,卻未能高彰,其作滿目琳琅,惜版本繁雜(詳見本書附録九"清代孫謂系統本《蓮洋詩鈔》研究")。本次《吴雯集》在理清吴雯詩作四大版本系統源流的基礎上,對其50餘萬字的詩作進行了整理點校,同時將王士禛等人的評點悉數整理録入,大家之言,字字珠璣,可以説爲吴雯詩作增上了濃墨重彩的一筆,也爲我們研究清初詩論特點提供了彌足珍貴的文本資料。

《吴雯集》的整理出版,除了在明清文化、學術界會引起反響之外,對弘揚三晋傳統文化、打造蒲州地域文明亦頗有益處。蒲州河東,歷史悠久,文化燦爛,《吴雯集》衆多作品中,王官谷頻現,玉谿水長流,藴涵有濃厚的本土情結與歷史意識。"中條如愛我,我亦愛中條"(《喜歸自都下》),可以説,如以吴雯爲切入點,在某種程度上亦可展示蒲州河東文化之悠遠厚重。

三晋古地,歷來名士薈萃,但歷經時光沉澱後存名至今者,實屬幸事,吴雯何其有幸!其人其事早已散落於邈遠塵烟中,令今人抱憾。所幸其作尚存於世。正是從這一點上,我們可以確信:弘揚中華文化,保存鄉邦文獻,正是古籍整理工作者的職責所在,價值所在,光榮所在。

李雪梅　李　豫

2016年8月於山西大學淵智園

【注釋】

①清王士禎《讀馮圃芝〈餘事集〉因題天章還山詩卷》有云:"河聲與嶽色,中有太古詞。"(吴雯曾於燕市得古銅章,文曰"河聲嶽色",其所居正河嶽之間。)

點校説明

清吴雯《蓮洋集》有劉組曾系統本、孫謖系統本、張體乾系統本、其他系統本,共四大系統本。

本次整理以其刊行最早的乾隆十五年(1750)臨汾劉組曾本作爲點校整理底本,其他作爲校本、參校本。其他版本有而底本没有的資料,作校記備考,底本有而其他版本没有的資料則不再另行出校。底本、校本、參校本簡化名稱具體説明如下:

一、劉組曾系統本。劉組曾在乾隆十五年(1750)刊行的刻本,分爲十二册本和六册本。十二册本,即本次點校整理的底本,簡稱劉本十二册本;六册本,亦爲本次點校整理的底本,簡稱劉本六册本。宋弼在乾隆十七年(1752)增刻刊行的刻本,簡稱宋本。徐昆在乾隆五十五年(1790)補修刊行的刻本簡稱徐本。

二、孫謖系統本。孫謖在乾隆二十九年(1764)校勘並刊行的刻本,簡稱孫謖本;《四庫全書》中收入的《蓮洋詩鈔》原本即此本,《四庫全書》本簡稱四庫本。

三、張體乾系統本。張體乾在乾隆三十九年(1774)刊行的刻本,簡稱張本;《四庫全書存目補編》收入此本,簡稱《存目補編》本;民國二十五年(1936)《四部備要》收入的吴雯詩集原本也即此本,簡稱《備要》本。

四、其他系統本。劉贄與蘇爾詒在乾隆三十二年(1767)刊行的《晉二子詩》叢書中收入了吴雯詩集,名稱爲《吴徵君蓮洋詩鈔》,簡稱劉蘇本。沈德潛在乾隆二十五年(1760)的《清詩别裁集》中也收入了吴雯部分詩歌,簡稱爲《清詩别裁集》本。

五、孫謌原刻本,即孫謌本中出現了許多補充和校勘的文字,這些都是孫謌本人加入的内容,而這些内容在四庫本中均已經删除,今據原刻本全部補入。孫謌加入的内容如果出現在詩歌内容的末尾,就以【謌記】的形式條下補入(因原先孫謌本詩歌内容的末尾加入的内容後都有"謌記"兩字,故名);如果出現在詩歌内容中間,就以校勘記的形式條下補入。【謌記】排列順序應在王士禎評語即【王評】之後。

六、孫謌原刻本今藏南京圖書館古籍善本部,在此刻本相關詩文上方有藏書人硃筆批語。本次整理,將這些批語,以"藏批"形式一並補入校勘記之前。

在以上各種吴雯《蓮洋集》版本中,出現了名家王士禎、翁方綱、蘇爾詒、劉贊等人的評語。這些評語在本次校勘中附於各篇文各首詩之後、校勘記之前,以刻本刊行順序前後排列。其簡化名稱具體如下:

王士禎評語簡稱【王評】,翁方綱按語簡稱【方按】,張道源按語簡稱【道按】,孫謌校記簡稱【謌記】,蘇爾詒評語簡稱【蘇評】,劉贊評語簡稱【劉評】。在《晋二子詩》之《吴徵君蓮洋詩鈔》中評者薇谷即蘇爾詒,評者稼莊即劉贊,本次校勘中直接改爲【蘇評】和【劉評】。另外,沈德潛的《清詩别裁集》中也收入了若干首吴雯詩歌,多寫有評語。本次校勘中,作爲參校本,除校勘文字外並將其評語補録於後。《晋二子詩》中亦録有沈德潛的評語,標爲沈確士先生,此次校勘通稱爲【沈評】。另外,底本中王士禎評語,在《晋二子詩》中,都標爲阮亭先生,統一以【王評】稱之,不再另行出校。

在正文校勘整理過程中,除底本之外,其他校本、參校本出現的較底本多出的詩歌文章，我們作爲補遺條目放在正文末尾另章處理，補遺順序依次爲：《蓮洋集（徐本）》《蓮洋詩鈔（孫謂本）》《晋二子詩（劉蘇本）》《蓮洋集（張本）》。重復出現詩歌在前面版本中已收入補遺的，後出現的版本不再收入，衹出校記。

校勘中出現的具體標記格式如下：

一、凡底本中出現王士禛評語之處，在詩末【王評】中不再加注據某某本録入字様。

二、翁方綱評語在詩文中出現之處，直接用校記説明。

三、正文中的校勘處用〔一〕號標注，校勘記中同様用〔一〕號相對應。

四、各種評語、校勘記等均用黑體符號【 】標示。

五、原文文字漫漶不清處，一律用□表示。

本次點校整理所作的具體工作包括以下四項：

一、對《蓮洋集》現存世的各種版本進行全面系統的梳理。

現存吴雯《蓮洋集》有各種不同的名稱，如《蓮洋集選（劉本）》《蓮洋集（宋本、徐本、張本、《存目補編》本、《備要》本等）》《蓮洋詩鈔》（孫謂本、四庫本）、《吴徵君蓮洋詩鈔（劉蘇本）》等，詩集名稱頗不統一。本次校勘，將點校整理後的詩集定名爲《吴雯集》。

二、在《蓮洋集》現存世的各種版本中，以最早的乾隆十五年（1750）劉組曾刻本作爲底本，與其他同系統、不同系統版本作文字語句的校勘，並寫出校勘記。

三、把《蓮洋集》現存世版本中所存的名家評語、批注全部保留附入正文各篇之末，並註明據某本某卷補，以存資料，對於各版本之間的不同，也出校記。

四、正文之後，有附録一至附録九。附録一收入孫謂本附録。附録二收入劉祖曾系統本序跋。附録三收入張體乾系統本中的翁方綱《蓮洋吴徵君年譜》。附録四收入張體乾系統本蓮洋詩話相關資料。附録五收入張體乾系統本序與交游詩。附録六收入孫謂系統本序跋。附録七收入其他系統本序跋。附録八收入吴雯弟吴霞《晴蓮閣詩》。附録九收入吴雯弟吴霞《半氈廬詩》。

本次點校整理是一次對吴雯著作全面系統的梳理,其目的有二:一是整理出一部完整的反映最新研究成果的吴雯全集,以使文學文化遺産能夠傳留後世;二是爲文史哲研究者提供一部清初重要的布衣詩人的傳世别集。當然,《吴雯集》的出版,對於保護山西鄉邦文獻以及對吴雯詩歌作品的深入研究也具有重要的學術價值和現實意義。

點校者

2016年7月

目　録

第一册

卷二

卷四

卷五

卷七

第二册

卷八

卷九

卷十

卷十一

卷十二

附録五

卷　一

漁洋山人評定
河中吴雯天章甫著
臨汾賈澤洛蘅皋分校
臨汾劉組曾繩遠校刊〔一〕

遥題王咸中石塢山房

積水浮九州,東南益蕩潏。人家半洲島,蘿篠互蒙密。具區我舊游,石塢君栖逸。至今堯峰上,猶上堯時日。窗外一湖明,階前衆山出。春風散巖花,細雨溜崖蜜。仙靈每來往,真儒間儔匹。表聖具生壙,維摩得丈室。泉聲四回抱,嶺勢百崒嵂。何日復籯〔二〕糧〔三〕,爲君訪衡泌〔四〕。

【謌記】按原本此詩後,先生弟霞記云:“先兄曾言阮亭先生愛而自寫一箋,粘之座上,時爲諷咏焉。”因歎前輩之虚懷善下如此,故録之。(據孫謌本五言古體詩補。)

【方按】此詩爲漁洋先生最心賞者,而鈔本中乃無漁洋評點,劉刻本亦然。則不當執評點,以爲漁洋定本明矣。今姑就其有評點者,列於前爲七卷。而僅以此詩置第八卷首,以識此意。又按:漁洋山人所論定西樵、蕭亭諸集,原非必篇篇皆有評點,然彼皆出先生手定之全本則可。今此集既雜鈔本、刻本合於一處,則不得不以無評點者别爲卷耳。實則前數卷有評點者,或轉有非其合作;而此後數卷無批點者,或轉有合作。是在善讀者具眼矣。(據《存目補編》本卷八補。)

【蘇評】氣骨清剛,風神古雅,結構天然。豈假雕琢以名家?(據劉蘇本五言古體詩補。)

【沈評】“堯峰”十字,新城尚書以此賞識。(據《清詩别裁集》本補。)

【校記】

〔一〕劉本六册本卷一首題爲"漁洋山人評定、河中吴雯天章著、臨汾賈澤洛蘅皋校、臨汾劉組曾繩遠鐫",宋本卷一首題爲"漁洋山人評定、河中吴雯天章著、後學劉組曾、王藻同校訂",徐本卷一首題爲"漁洋山人評定、蒲板吴雯天章手著、平陽徐昆後山、涂水喬人傑漢三重訂、濩澤張誌心鐫"。

〔二〕籯　孫謂本五言古體詩、《存目補編》本卷八《遥題王咸中石塢山房》作"羸"。

〔三〕孫謂本五言古體詩此句後記有:"'羸',刻本誤刻'籯',今訂正。"

〔四〕劉蘇本五言古體詩在本句末題有小字"籯,竹器,受三四斗,今陳留有此器。一本刻'羸'"。

黄眉先生〔一〕游太華山遂得結屋地賦贈〔二〕

車箱谷口雲,白照松間路。誰能訪叔卿,巖竇一身度。黄門具奇情,振策御風步。萬仞入洪濛,理勝境無怖。壑轉晦明錯,樹老丹青誤。俯見蒼蒼原,明河正東注。驟雨忽翻瀑,肘腋蛟螭怒。須臾亘長虹,關陝半呈露。徑側脩竹倒,石迸垂藤護。相逢紫烟客,目擊道皆寓。齋房肉芝香,石囷松花聚。卜居志已得,探幽坐成趣。嗟我生勞勞,入世每多懼。夢繫毛女壇,身遠將軍樹。日日對晴蓮〔三〕,塵容自生妒。何年便結鄰,同住雲生處。

【王評】結得完足。(據《存目補編》本卷五補。)

【蘇評】一層一轉,開合頓挫,排偶之痕都化,結與起相對自然,非有心。(據劉蘇本五言古體詩補。)

【沈評】十字奇警,寫長虹從未到此。(據《清詩别裁集》本補。)

【校記】

〔一〕眉　徐本卷一、孫謂本五言古體詩、《清詩别裁集》本、《存目補編》本卷五作"湄"。

〔二〕《存目補編》本卷五題爲"黄湄先生游太華得結屋地賦贈"。

〔三〕日　《清詩别裁集》本《黄湄先生游太華山遂得結屋地賦贈》作"月"。

永樂早發

蚤發招賢里，凉雲解鬱蒸〔一〕。河聲過雷首，雨氣下風陵。鳳嘴三春麥，龍頭五月冰。蓮花天外落，千仞碧崚嶒。

【王評】精鋭。

【蘇評】唐人氣韻，諧和自然。（據劉蘇本五言律詩補。）

【劉評】挽强弓絶不面赤耳熱，多少自在。（據劉蘇本五言律詩補。）

【校記】

〔一〕蒸　劉蘇本五言律詩《永樂早發》作“烝”。

會　宿〔一〕

小山叢桂多，石路晚尤曲。爲有看山約，且共花間宿。清言轉忘倦，惟恐更漏促。山鬼緣女蘿，中夜媚幽獨。傍曉望城闕，微雨淡如沐。黛色從西來，青光繞茅屋。把臂共欣然，林風托遐矚。

【蘇評】有沉逸偉麗之闕。（據劉蘇本五言古體詩補。）

【校記】

〔一〕宋本卷一、徐本卷一在《會宿》下有小字“曾按：原本前有‘西山詩’三字，凡廿一首”。孫謂本五言古體詩在《會宿》前有“西山詩”三字，包括《會宿》《出郭》《摩訶庵》《潭柘晚坐齋心》四首。《存目補編》本卷一在《會宿》下有小字“以下《西山詩》”。

出　郭

微雨既以過，明霞互深淺。出郭耳目易，塲圃紛在眼。轆轤聲啞軋，牽牛蔓宛轉。野人烹葵蓼，桑柘陰中飯。對此惜勞生，厚生生益遠。太息理輕策，風雲滿前巘。

摩訶庵

鐘聲出林表，日上群鳥飛。松際幻空色，花龕影微微。幽人坐煮茗，山僧朝啓扉。欲問無生意〔一〕，難同中上機。

【謂記】原本“意”改“義”，刻本仍作“意”，誤，今照原本訂正。（據孫謂本五言古體詩補。）

【劉評】閑淡有遠情。（據劉蘇本五言古體詩補。）

【校記】

〔一〕意　劉蘇本五言古體詩、孫謂本五言古體詩、《存目補編》本卷一《摩訶庵》作“義”。

宿香山寺

谿橋蔓蔦蘿，空香滿風磴。洄洄泉溜滴，坐對前峰暝〔一〕。松覆階下石，花墜雲中徑。高軒方偃眠，泠泠度孤磬〔二〕。

【王評】數篇品格在王、孟、陶翰、盧象之間。

【蘇評】品格在王、孟之間。（據劉蘇本五言古體詩補。）

【校記】

〔一〕暝　《存目補編》本卷一《宿香山寺》作“瞑”。

〔二〕泠泠　宋本卷一、徐本卷一、孫謂本五言古體詩、《存目補編》本卷一《宿香山寺》作“泠泠”。

來青軒曉坐

大野茫茫靜曉暉，巒光林影碧依依。白雲忽離巖前石，特向天邊挾雨飛。

碧雲寺

古寺長廊陰，緣階噪烏鵲。空林響屐齒，驚起松間鶴。洞口花冥冥，巖前雲漠漠。山泉危石底，終古何人鑿。爲沃内熱心，銅瓶借斟酌。

【蘇評】寫景却出自藴藉。（據劉蘇本五言古體詩補。）

昌化寺觀吴偉畫壁長句

晨興騎馬緣山嵎〔一〕，初日照眼明金鋪。石磴無人散松子，入門茗荈追清娱。何人善繪江夏吴，應真五百窮規模。其上調御古丈夫，諸天劍佩紛來趨。袈裟一縷覆大地，三大劫等翻轆轤。無所從來亦無去，始終不異難覰闍。兩壁磅礴盡意態〔二〕，凌風蹈海神靈俱。鸜鵒塔向指尖出，猢猻藤傍眉端扶。作使天魔如使奴，獰惡慴伏情恬愉。公無渡河胡爲乎，只愁罥挂摧頭顱。何事毒龍肆吞噬，乃從腥吻結跏趺。緇素膜拜驚且呼，毒來慈受毒囁嚅。人間横逆豈不爾，參互比擬皆無殊。鵲巢於頂膝穿蘆，天花落處成氍毹。如此定力合贊嘆，總持妙湛將同途。金錫汾陽示激勸，圓相溈仰開蒙愚。西來之意豈盡此，令人惝怳生躊躕。山水暴漲能徑渡，髻珠道人斥其誣。幻化由來亦輕渺〔三〕，忍俊不禁堪胡盧〔四〕。自乳生酪酪生酥，酥分生熟成醍醐。搬柴運水神用足，粥飯既了滌鉢盂。貧子得珍乍驚喜，終非長者安其帑。細觀蘭那見奇特，所詣已善猶有虞。將無顯異尚惑衆，波提木叉還自逋。即如延陵此繪畫，烟絲霧縷真難摸〔五〕。當其經營備慘澹〔六〕，可悟萬象由虚無。識心達本乃至要，莫眩五色隨模糊。去愛有如摘懸珠，一一摘盡愛水枯〔七〕。聖凡不立是何境？性清淨故超瑕瑜。

【王評】倏忽變化，截斷衆流。譬彼師子顰呻象王蹴踏，非上乘人不能道一字也。

【蘇評】以音節爲頓挫，宕往中具有鎖鎮，不似一瀉無餘。（據劉蘇本七言古體詩補。)

【劉評】力摹工部,神亦相似。(據劉蘇本七言古體詩補。)

【校記】

〔一〕《存目補編》本卷一《昌化寺觀吴偉畫壁長句》翁方綱旁註:"宕。"

〔二〕《存目補編》本卷一《昌化寺觀吴偉畫壁長句》翁方綱旁註:"又宕。"

〔三〕涉 《存目補編》本卷一《昌化寺觀吴偉畫壁長句》作"眇"。

〔四〕《存目補編》本卷一《昌化寺觀吴偉畫壁長句》翁方綱旁註:"又宕。余所謂以音節爲頓挫,天章知之耳。"

〔五〕摸 宋本卷一、徐本卷一、孫謌本七言古體詩《昌化寺觀吴偉畫壁長句》作"摹"。

〔六〕《存目補編》本卷一《昌化寺觀吴偉畫壁長句》翁方綱旁註:"又宕。"

〔七〕一一 《存目補編》本卷一《昌化寺觀吴偉畫壁長句》作"一珠"。

聖感寺

聞道固爲難,守道尤匪易。嗟予早知非,况復來初地。陟嶺冥心坐,益覺世緣累。下界何茫茫,風雲突變異。太虚豈不仁,起滅等兒戲。生死幻彭殤,哀樂感榮悴。人生受驅策,如馬制銜轡。豈知萬不同,本原但一致。方悔病求醫,轉笑禿施髢。忽聽石樓鐘,頓契無生義。

宿聖感同霽崙上人茗坐

霽公栖隱處,手種青松枝。飯共野人吃,名仍聖主知。茶香分坐後,花氣捲簾時。至道原無隱,安心更待誰?

野　渡

野渡添秋水,危橋一綫通。臨深能自力,終不汙泥中。

【王評】處處指點。

杯渡渾河

香象截流能徑渡，其如老象没波難。却喜一杯無罅漏，果然安穩出桑乾。

【王評】得大自在三昧。

陟嶺赴潭柘寺作

一嶺鬱岧嶤，橫斷潭柘路，香光莊嚴渺何處〔一〕。奮力登躡頓忘疲〔二〕，豈云濟勝全無具〔三〕。忽然涌出青蓮花〔四〕，千峰萬峰不知數。人在青蓮花裏行，僧在青蓮花裏住。豈知勝地限咫尺，功力未到終難遇。寶閣崔嵬入雲表，石龕巀嶪開珠户。雨後爭看修竹林，鶴來忽動青松樹。珠泉滴瀝遞空響，鴨脚甘蕉蔭行步。齋厨供饌衆花集，長廊梵唄神龍護。嗟我勞生慕栖隱，對此真令屏塵慮。安得早謝區中緣，靜息西巖發深悟。

【王評】筆底有智珠，説來玲瓏剔透。

【謌記】此與前篇，即《昌化寺觀吴偉畫壁長句》阮亭先生旁批：刻本不載。今照原本補刻。（據孫謌本七言古體詩補。）

【校記】

〔一〕《存目補編》本卷一《陟嶺赴潭柘寺作》翁方綱旁註："寫得遒暢。"

〔二〕《存目補編》本卷一《陟嶺赴潭柘寺作》翁方綱旁註："筆姿。"

〔三〕孫謌本七言古體詩此句後記有："此下原本有'早擬百折陟其巔，自有靈境快巾屨'二句，阮亭先生删。"

〔四〕《存目補編》本卷一《陟嶺赴潭柘寺作》翁方綱旁註："盤空而入。乃右丞三昧，知此正無人耳。"

潭柘晚坐齋心

至人離有無，泯然衆機挫。修持苟無力，鬼神輒覷破。嗚呼華嚴師，冥心絶行作。神龍不能見，此地曾孤坐。我來千載後，道風想擔荷。但恐纖塵隔，虚空即點涴。精誠發嚮往，筋力愧孱愞。白鹿階下行，黄鳥花間過。中宵梵唄聞，肅然警偷惰。

霽崙輪庵兩上人並至潭柘霽公有作依韻奉答

勝緣隨處好，此地即清凉。寶閣爭雲出，天花雜雨香。忘言証摩詰，善飰祝張蒼。新月前峰是，金鵝蘂正黄。

霽公又次壁刻金釋重公韻索和即答〔一〕

年華忽忽鬢絲秋，下澤常思馬少游。高咏喜聞清似鶴，好山驚見翠如虯。名心難遣千年妄，世事誰爲第一流。今日追陪龍象後，髻珠可許付裴休。

【校記】

〔一〕孫譔本七言律詩題爲"霽公次壁刻金釋重公韻索和即答"。

再次前韻

巖花裛露散清秋，夢醒三生識舊游。不擬讀書滯高鳳，誓將綺語斷羅虯。皈心後覺須先覺，達本儒流亦道流。古鏡不煩重拂拭，大千寂照幾曾休。

卧佛寺

石壁留蒼蘚，秋風紺殿陰。殘僧朝閉户，山鳥暮窺林。老樹飽冰雪，白雲横古今。津梁本無倦，聊示静居心。

由磴道登洪光寺

栢子經秋老,紛紛墜客衣。凉風助朝爽,一笑到巖扉。橡栗山僧食,鍾魚幻夢機。花間共命鳥,驚見出林飛。

寶珠洞二首

香閣出雲端,千峰在其下。薄暮倚闌時,蒼蒼見平野。

古洞崩崖底,珠光鐵石含。尚如金在礦,須到月生潭。

【蘇評】幽淡應自超凡。(據劉蘇本五言絶句詩補。)

【劉評】風味可掬。(據劉蘇本五言絶句詩補。)

龍泉庵

攲側下樵徑,諸天蒼靄間。松門忽陰陰,夕陽在前山。方池混魚龍,微溜通潺湲。尋源俯石磴,一泓如閉闗。因知霖雨功,發機本幽潛。僧話亦縷縷,客心方閑閑。始逐鐘聲去,仍逐鐘聲還。

【方按】"潛"字不應入此韻,必"潸"字誤讀爲"潛"也。(據《存目補編》本卷一補。)

即　事

階前已開紅躑躅,枕上飽聞黄栗留。一卷《南華》温未熟,野人相喚啓新篘。

安昌絶句六首有序〔一〕

庚申夏仲,余方抱安仁之痛,更涉奉倩之疾。薄游安昌,情思拂鬱。行藥郭門,輒成小詩六章,觸興不一,難責倫次,聊存楮墨以備歲月云爾。〔二〕

蒲葉青青夾堰齊,殘雲掠雨郭門西。緑楊盡是傷心樹,只遣黄鸝一個啼。

塗山檋欅幾曾過，癸甲辛壬恨若何。麥隴風來聞餅餌〔三〕，千秋方戴禹功多。

魏豹城南畫角哀，韓侯曾渡木罌來。當年織室人何在？愁見菱花刺水開。

城東塔勢彩雲間，城外長堤抱指環。更望中條連黛色，誰能重辨玉鈎山。

半是愁中半病中，傷心不爲夢黄熊。蔗漿難解櫻桃熱〔四〕，願乞仙人寶扇風。

紅袖當壚酒十千，高齋暮雨濕茶烟。周妻何肉都無着，未覺當年仲叔賢。

【蘇評】以上詩唱嘆悠揚，神韻干雲，而秀媚處不啻渡頭芳草、洞口桃花。（據劉蘇本七言絶句詩補。）

【校記】

〔一〕有序　孫謂本七言絶句詩作"有序録二首"，《存目補編》本卷一作"有引"。

〔二〕拂　《存目補編》本卷一《安昌絶句六首有引》作"佛"。

〔三〕隴　《存目補編》本卷一《安昌絶句六首有引》作"壠"。

〔四〕熱　劉蘇本七言絶句詩《安昌絶句六首有序》作"熟"。

送陳子文贊府轉餉入都兼訊阮翁

夏甸曙鶯啼，雲脚欲垂雨。我來主君廳，不謂君當去。君去復何爲，官程非我私。緑樹三千里〔一〕，相送入京師。咄咄此行未爲惡，同有故人在東閣。入座寧教樽酒空，論文應忘簪花落。更有漁洋君最親，我心切切亦斯人。願君持此敬相訊，最念東溪處士貧。

【劉評】頓跌轉接，皆入古法，兼寓真情。（據劉蘇本七言古體詩補。）

【校記】

〔一〕三　宋本卷一、徐本卷一、《存目補編》本卷一《送陳子文贊府轉餉入都兼訊阮翁》作“二”。

寄呈梁大司農

承明曾奉召,玉署喜相存。國士知何忝,尚書道最尊。孤忠通貝闕,素念托棠村。驂褭途方遠,鵾鵬翼正騫。愧無將履敬,先得下堂言。薦禰書仍在,投瓊語更温。何曾分得喪,端不異寒暄〔一〕。座席春風接,長途夏雨繁。看花懷畫省,折柳記青門。豈待無相識,方知感舊恩。

【蘇評】老成持重。(據劉蘇本五言排律詩補。)

【校記】

〔一〕暄　劉蘇本五言排律詩《寄呈梁大司農》作“暄”。

感傷四絶句

皎皎依然明月輝,寶奩塵掩事全非。青鸞雙影知何處,苦道瑶池使未歸。

惆悵零香鈿合封,紅綿小綉損芙蓉。綺窗抛擲誰收拾,珍重當年錦綫縫。

二十年來曉夢空,蓬山弱水信難通。桃花誰道三千歲,難抵春歸一夜風。

漸老蒲風笋又斑,一番殘夏意闌删〔一〕。仙人去後無消息,留得相逢翠指環。

【劉評】感傷之作,偏有含蓄。是怨中留情,愈覺情之難自已也。(據劉蘇本七言絶句詩補。)

【校記】

〔一〕删　《存目補編》本卷一《感傷四絶句》作“珊”。

寄昊翁

前年待詔承明廬，春風座席歌樂胥。左右擁書一萬卷，緗縑笑啓翻銀魚。不惜齒牙數延奬，其如小子原空疏。白衣奉召白衣返〔一〕，歸來明月松窗初。每憶令德勤寤寐，時瞻天際生躊躇。近復遭際百不如，窮愁奉母無儋儲。子雲方失元經托，安仁又嘆房櫳虚。觚稜久矣罷入夢，江鄉且欲狎樵漁。租船高咏誰相識，應待先生薦禰書。

【校記】

〔一〕召 《存目補編》本卷一《寄昊翁》作“詔”。

渡　河

曲岸鴛鴦穩，回村荻葦秋。傷心今昔事，不肯付東流。

【蘇評】境静思長。（據劉蘇本五言絶句詩補。）

涉　澠

清澠方朝涉，人家半薜蘿。溪光迎客淺，山翠拂衣多〔一〕。霸業餘荒壘，盟臺俯逝波。誰能瞻紫氣，函谷等閑過。

【蘇評】略去葩藻，求取風神。（據劉蘇本五言律詩補。）

【劉評】温醇之氣融結而成。（據劉蘇本五言律詩補。）

【校記】

〔一〕拂 《存目補編》本卷一《涉澠》作“濕一作拂”。

宿孫家灣

中酒翻成病,長謡衹益哀。一燈殘夜後,百感壯年來。洛水芝難采,嵩陽桂未開。愁心與歸夢,却傍赫連臺。

【蘇評】景象與音韻,合同而化。(據劉蘇本五言律詩補。)

【劉評】不痻義肥詞,而情景渾化,無迹可求。(據劉蘇本五言律詩補。)

雨宿白沙

黑雲垂到地,密雨周沙原。湍鳴汀葦折,風急塘荷翻。敗蟬空抱葉,病羝仍觸藩。惆悵仰茅屋,何從花爐繁。

再遇毛祥符會侯時膺内召二首

一載不相見,依然惆悵時。未消名士氣,終有聖人知。官舍静如水,琴聲清近池。從今謝手板,珥筆未爲遲。

作吏苦難述,蒼生當若何。一誠通帝眷,百口荅恩波。忠孝果能盡,文章方不磨。野人情悱惻,曾已鳳池過。

汴渠遇王蒼嵐大参話舊

一載京華去住難,野人今已遂漁竿。浮名豈足動英主,月餉空教累大官。汴柳何緣驚入夢,嵩雲誰與勸加飡。相逢省問升沉在,且共先生醉藥欄。

呈五崖伯二十韻

京洛承顔久,嵩瀍問道稀。一年辭貝闕,千里覲慈幃。辛苦年空長,艱難事日非。心堪繅繭亂,身豈食熊肥。揚子經拋案[一],安仁鏡掩閨。文章成聚訟,辭賦得長饑。天上愁難寄,人生願苦違。長途悲騄褭,閑幔下蛜蝛。乞米收殘帖,看山别舊磯。金蘭增鄭重,昭穆藉光輝。禮樂遵陶鑄,英才仰範圍。兼崇乾竺業〔二〕,曾少漢陰機。朗鑑千人爽,風清衆議歸。有詩貽杜位,無絹授胡威。對酒燈花落,論文燕子飛。素心期黽勉,神理盡精微。化被蒼生雨,風行海内衣。一時欽紫氣,不日陟黄扉。魚水存符契,風雷仗發揮。千秋三不朽,所得是皈依。

【蘇評】綺麗精工,絶不板重癡肥。(據劉蘇本五言排律詩補。)

【劉評】一氣卷舒,真是神勇。(據劉蘇本五言排律詩補。)

【校記】

〔一〕揚　劉蘇本五言排律詩《呈五崖伯二十韻》作"楊"。

〔二〕乾竺　《存目補編》本卷八《呈五崖伯二十韻》作"竺乾"。

魏惟度留飲即贈

汴柳當門映索居,名山心事近何如?琴尊尚自能留客〔一〕,風雨何曾厭著書。不少塗泥悲騕褭,並無鐘鼓溷鶢鶋〔二〕。蚊虻鸛雀須臾過,那用臨淵羨大魚。

【蘇評】意若貫珠夜光走盤,不失迴旋曲折之妙。言如合璧玉匣有蓋,絶無參差扭捏之痕,直得前唐三昧,不是留飲贈人浮響。(據劉蘇本七言律詩補。)

【劉評】唐人酬應之篇,格韻既高,情景兼勝,詞采又精。是作衆美兼備矣。(據劉蘇本七言律詩補。)

【校記】

〔一〕尊　孫謂本七言律詩《魏惟度留飲即贈》作"樽"。

〔二〕鶢鶋　孫謂本七言律詩《魏惟度留飲即贈》作"爰居"。

雨中寄懷毛鶴舫使君視堤河上

積雨注無時,階下生蝌蚪。官舍猶然苦卑濕,可奈使君雨中走。相逢面目嘆黧黑,一飯自卯已過酉。河上魚龍方得計,瀺灂騰擲無不有。璧馬甘沉瓠子宫[一],鐵犀難繫金堤口。當年曾盡淇園竹,今日空悲汴渠柳。吁嗟世事難自料,高文一卷猶在手。咫尺金華不得入,尚爲俗吏遭掣肘。寄語使君漫悒鬱,御屏書名聞已久。丈夫本爲蒼生出,豈圖食肉飲醇酒。功名不在大厦底,安坐兒女互於喁。手胼足胝脛無毛,如是之人真不朽。野人爲祝稷卨身,笑咏唐堯傍魚罶。

【劉評】音節清華,情致委折,脱盡梁陳之習。(據劉蘇本七言古體詩補。)

【校記】

〔一〕璧　《存目補編》本卷一《雨中寄懷毛鶴舫使君視堤河上》作"壁"。

寄黄經公

曾拼官舍醉如泥[一],别後柴門掩玉谿。樹下茅容原有母,閑居潘岳已無妻。當年情事悲鴻爪,近日文章愛馬蹄。彈指韶光驚過眼[二],幾時靈藥就刀圭。

【蘇評】綦組錦綉相鮮以爲色,宫商徵角互合以成聲,的是盛唐風範。(據劉蘇本七言律詩補。)

【劉評】情詞悽切。(據劉蘇本七言律詩補。)

【校記】

〔一〕拼　孫譔本七言律詩《寄黄經公》作"拚"。

〔二〕韶　劉蘇本七言律詩《寄黄經公》作"詔"。

讀張中丞睢陽遺事嘆憤不禁遂書紙尾二首

板蕩中原甚,江淮有義旌。一身持衆議,百戰抗孤城。自合回天地,何須計死生。浮圖留半箭,遺恨賀蘭兵。

廷議真堪痛,精英幸不孤。當時猶以食人爲過。幸賴張建封、李翰等持議乃定。只今留廟食,差可慰雄圖。象服褒申國,金吾拜亞夫。猶嫌崇贈卹，不到陸家姑。中丞有姊嫁陸氏，號王巨走臨淮，姊遮説勸勿行，後補縫行間，贊中丞軍，軍中號陸家姑。先事被害，中丞妻贈申國，子拜金吾大將軍。

又題一絶

博聞默識久知名，豈識胸中武庫兵，心鐵更同干鏌利，從來難料是書生。

【方按】此詩原編在《讀張中丞睢陽遺事二首》之後，故鈔本題云："爾今前二首已編入漁洋動筆卷内。"（據《存目補編》本卷八補。）

咏南將軍事一絶

嗚咽臨淮幾乞師，廣張聲樂復何爲。燈前難忍千秋淚，灑到當年斷指時。

題帳額梅雀

誰拗瓊枝出上林，月中皎潔雪中深。悠然一枕羅浮夢，唤醒幽人雙翠禽。

《文殊大士洗象圖》頌〔一〕

狂象曾聞奮六牙，而今馴伏捧蓮花。浮幢香水慈悲甚，洗盡恒河沙復沙。

【校記】

〔一〕此詩收在《存目補編》本卷二十補遺詩中。

飛仙圖背負葫蘆如五斗奩也

靈藥朝朝煉大還，凌霞躡景急如湍。葫蘆背上容多少，得力當年只一丸。

贈張貞起司訓

伊水洛水交縣流，南望嵩陽雲樹稠。先生家住縣城里，讀書白眼凌高秋。偶寄一官廣文舍，別有襟期見瀟灑。曉起生徒罷設氈，日暮堂階自騎馬。我昨匆匆過縣門，涉伊渡洛投孤村。官舍相逢成一笑，不及田家老瓦盆。

【蘇評】有風骨，有情景。（據劉蘇本七言古體詩補。）

汴水逢張有九道昔皇甫山隱居之勝

幽人昔移家，曾住皇甫右。閑開山下田，自種一頃豆。白雲繞茅茨，飛泉迸簷霤。有時飯名僧，間亦過耆舊。梅花識漢代，楓葉遺唐后。長年長子孫，還播懷橘柚。至今洧川上，數數夢巖岫。惆悵大江北，不爲吟詩瘦。

【蘇評】詩思清人骨。（據劉蘇本五言古體詩補。）

贈張西木二首

荏苒三年別〔一〕，韶華彈指間。已看腰組貴，省論鬢毛斑。海上思青鳥，山中羨白鷴。只因衰病後，心事各闌删〔二〕。

【蘇評】淡近自然。（據劉蘇本五言律詩補。）

倦鳥愁千里，欣逢嘉樹陰。晚來望明月，清影在高林。散座仗杯酒〔三〕，涼風吹客襟。蘇門追往事，遥聽鳳鸞音。

【王評】字字參活句。

【蘇評】桃花洞口流水，杳然不食人間烟火。（據劉蘇本五言律詩補。）

【校記】

〔一〕苒　劉蘇本五言律詩《贈張西木二首》作“冉”。

〔二〕删　《存目補編》本卷一《贈張西木二首》作“珊”。

〔三〕座　孫謂本五言律詩、劉蘇本五言律詩《贈張西木二首》作“坐”。

感　咏

威鳳本潔清，豈云啄腐鼠。自有瑯玕實，皇天報辛苦。人生墮名行，一失百無補。慎守東崗陂，篤信師前古。

獲嘉蚤發留别大令何近思先生二首

秋光千里入覃懷，破曉凉風在水隈。應是山中雷雨後，白雲齊過太行來。

【蘇評】李太白高唱入雲。（據劉蘇本七言絶句詩補。）

楊柳荷花匝縣城，風流文采舊知名。而今漫道河陽宰，豈但黄門有頌聲。

鄭母朱孺人甲申御河殉節歌進士鄭次辰母

九鼎已蹟國步移，乾坤澒洞丹風吹。劫火飛焰燒龍旗，封狼十萬屯京師。廟謨失計蒼生危，可憐横海盤鯨鯆。青絲白馬儼旌麾，偷生事仇死者誰。綱常不謂屬蛾眉，國讎家難身丁之。初聞絶粒涕漣洏，自投階下無所知。叫天無辜仰天悲，每憤巾幗力難施。洶洶情事迫莫支，决計遂恐失前時。一往難顧白首期，回身再撫懷中兒。九淵奮躍衝琉璃，春波洄漩風參差。宓妃作導龍女隨，氣千水伯驚馮夷〔一〕。嗚呼！國家本若金甌耳，何至顛危竟如此。有君無臣事切齒，不痛朱顔水中死，但恨孺人非男子。

【校記】

〔一〕千　《存目補編》本卷一《鄭母朱孺人甲申御河殉節歌》作“干”。

過封峭尸處

鄭門曾未入,已犯墨衰兵〔一〕。直待囚三帥,方知信老成。

【校記】

〔一〕衰 《存目補編》本卷一《過封峭尸處》作"縗"。

贈張寶庵孝廉

千金何足重,九遷非所論。丈夫感知己,往往因一言。鄙人賤齷齪,動慕羲與軒。却以負本志,難謝公卿門。心清迹則濁,嘗令鷽笑鯤〔一〕。逢君在梁宋,疇昔猶能敦。謂我有奇氣,八九雲夢吞。與君非久要,何以識心源。前途慎令德,莫負今所存。

【校記】

〔一〕鷽 《存目補編》本卷八《贈張寶庵孝廉》作"鸒"。

晨過吹臺

朝發漕門北,緑楊一千樹。樹上涼蟬嘶,漸得吹臺路。塔勢迴雲表,鐘聲出谿霧。登躡散遠懷,延望銷塵慮。臺下八九家,晨興理埸圃。轉戀邱中賞,益協田間趣。徙倚竟忘歸,寒塘見飛鷺。

【劉評】依次寫來,清空軒舉,曲盡"晨過"二字。(據劉蘇本五言古體詩補。)

中秋夜五崖先生招同諸子看月

清暉何皎皎,何年哉生明。尊盧泰氏在荒古,自君視之皆後生〔一〕。仙人那能着斧鑿,只應二五流元精〔二〕。後前往來極萬變,纖毫鑑照難遁情。升沉明晦圓與缺,世人妄見非真成。今宵偶然肆端正,佐我酌酒賓筵清。座上老子興不淺,衆客雜遝方縱横。盤中果核可立盡，玉壺既倒瓶盆傾。狂歌繞樹動烏鵲，大笑據席飛蜻蜓。天香隨風墮恍惚，桂子擲地聞琮琤。人生白晝苦勞作，爭如對爾歡情并。千鍾百榼樂堯孔，莫令羲和軋軋敲日不可聽。

【蘇評】洗盡中秋看月常談，獨高清論。（據劉蘇本七言古體詩補。）

【校記】

〔一〕皆　宋本卷一、徐本卷一、《存目補編》本卷一《中秋夜五崖先生招同諸子看月》作"階"。

〔二〕二　《存目補編》本卷一《中秋夜五崖先生招同諸子看月》作"三"。

陪僉憲伯登九山寺同姚綏仲孝廉二首

百折崟崎磴道長，天風萬里浩茫茫。已攀絶頂九青髻，回見一泉千緑楊。雨自僧厨歸石井，花從樵路散寒香。周遭碧玉屏風叠，誰把匡廬借太行。

【蘇評】俊朗風流，卓卓迥出物表。（據劉蘇本七言律詩補。）

矗矗松門傍日開，山前車馬漫徘徊。洞中誰貯千秋雪，杖底爭喧萬壑雷。磵道猶傳龍女過，珠幢方見雁王來。三生合受金人偈，忍別繙經百尺臺。

【蘇評】秀朗精華，又多遠韻。（據劉蘇本七言律詩補。）

百泉秋感

一夜凉風吹翠衾，曉看水霧積秋陰。山中久絶仙人嘯，泉上空傳衛女吟。傍岸芙蓉思照鏡，隔花烏鵲憶穿針。竹竿籊籊青如許，傷盡離鸞寡鳳心。

陪五崖先生宿白茅寺七首〔一〕

盤馬入蒼翠，平橋林影斜。白茅何代寺，黄葉幾人家。石井尚生乳，寒瓜猶帶花。晚來添紫氣，分得赤城霞。

【蘇評】神韻悠然，絶去斧鑿。（據劉蘇本五言律詩補。）

絶巘上纖月，西林擊野鷹。開尊清白吏，時有舊成都太守冀渭公暨輝令陳君先治饌以俟。燒芋懶殘僧。寺僧煨芋遍奉坐客。對壑遠難到，題名昏未曾。應真傳五百，捫偈下垂藤。寺傍有鐵範應真像五百尊在地中。

誰種雙松樹，傳聞七百年。一燈明叠嶂，萬竹插三泉。近聽水周屋，俯看星滿川。蓮花堪十丈，朵朵世尊前。

【蘇評】體正格高。（據劉蘇本五言律詩補。）

夜月下涼露〔二〕，空明映石根。更教捉坐席〔三〕，還與集南軒。洞濕龍歸峽，風腥虎到門。何曾累機事，終得暢清言。

【蘇評】聲雄調唱。（據劉蘇本五言律詩補。）

未得山中去，看山且住山。階前雙樹老，户外一峰閑。客散但孤坐，花深方閉關〔四〕。胎禽能警夜，一唳竹林間。

【蘇評】興象風神，自爾超邁。（據劉蘇本五言律詩補。）

一靜息群妄，考槃成晤歌。巖飛搗藥鳥，堂下聽經鵝。世事漢陰叟，流光春夢婆。英雄非寂寞，如此壯心何。

【蘇評】矜持盡化，形迹俱融。（據劉蘇本五言律詩補。）

林白四山曉，山中難久留。王程不相待，客路幾時休。紅樹引千騎，朱旗導八騶。轉憐猿鶴夢，刹那隔閻浮。

【校記】

〔一〕孫謂本五言律詩題後有小字“刻《和鳴集》”。

〔二〕月　《存目補編》本卷一《陪五崖先生宿白茅寺七首》作“久”。

〔三〕捉　劉蘇本五言律詩《陪五崖先生宿白茅寺七首》作“促”。

〔四〕方　劉蘇本五言律詩《陪五崖先生宿白茅寺七首》作“萬”。

寄梁以道前輩

伏村先生村中居，閉門有類逃空虛。吟詩萬首老將至，而今且讀神農書。二十年來不相見，縣郭遥遥隔歡讌。先生苦憶鳳將雛，賤子真同雉帶箭。晨起題詩願寄將，前途風雪浩茫茫。春來更渡龍門水,空望嵩雲汴柳長。

雙老夫婦生日

酌美酒,黄金鍾。美酒顔色鴨頭緑,主人笑靨玫瑰紅。百年舉案兩無失,德曜爲婦翁梁鴻。朝游弱水西,暮栖弱水東。夫妻得道古不乏,唾魚唾獺難雌雄。妻拜西王母,夫拜東王公。坐看蓬萊幾清淺,劃然長嘯天宇浩劫無終窮。

【蘇評】矯矯自異,章法、句法率由風騷。(據劉蘇本七言古體詩補。)

又一首〔一〕

珠樹雙栖鶴,無憂到歲寒。黔婁拙夫壻〔二〕,德曜古衣冠〔三〕。井臼人間世,鷄豚竈下丹。林中行樂處,嬰姹入仙壇。

【校記】

〔一〕孫譔本五言律詩題爲"雙老夫婦生日又一首"。

〔二〕壻　孫譔本五言律詩《雙老夫婦生日又一首》作"婿"。

〔三〕曜　孫譔本五言律詩《雙老夫婦生日又一首》作"耀"。

宋中作

梁園雪是當年雪,梁園客是當年客〔一〕。野水嚙殘脩竹根,遠天日暮生空碧。我來十月天尚和,懷仙難和嗚臯歌。晴風吹樹雁方到,病似長卿將奈何。長卿游梁不得意,我亦東來嘆憔悴。賣賦千金會有時,琴心一笑終非義。凌雲之氣不可干,諭蜀威嚴表漢官。茂陵正有如花女,買入金屏一樣看。

【蘇評】漢魏人風骨語言。(據劉蘇本七言古體詩補。)

【校記】

〔一〕是　宋本卷一、徐本卷一、《存目補編》本卷一《宋中作》作"豈"。

寄答姚綏仲

有客去矣秋風時，浮山蘭菊方參差。早稻已收雪溜匙，水田高卧狎鸕鷀。顔色美好心神怡，充悦豈食齋房芝。惓然念我路已岐，風塵憔悴百不宜。壯年屢見生白髭，停雲觸發長相思。千里寄我瓊瑶辭，飛揚騰踏謬見期。寧知利鈍錘與椎，茫茫古今雄者誰。黄金衹覺辱鴟夷，我欲問道人天師〔一〕。萬年纔可〔二〕熟羊脾〔三〕，丹房藥物君得爲，山中莫誤叔卿棋。

【方按】羊胛，胛，入聲。此用"髀"字，誤也。然即"髀"字亦無平聲。（據《存目補編》本卷一《寄答姚綏仲》補。）

【蘇評】一似信手而成，其實千錘百煉而出。（據劉蘇本七言古體詩補。）

【校記】

〔一〕人天　劉蘇本七言古體詩《寄答姚綏仲》作"天人"。

〔二〕纔　《存目補編》本卷一《寄答姚綏仲》作"終"。

〔三〕脾　宋本卷一、徐本卷一、《存目補編》本卷一《寄答姚綏仲》作"髀"。

雍丘題壁

昨夜寒風折柳條，征人馬上盡魂銷。梁園欲作當年雪，何處堪尋海雁橋。

宋中使院題壁

閼伯舊封邑，聞有梁王殿。出入用警蹕，深倚中宫眷。勝詭詘狡謀，鄒枚得良讌。如何臺館荒，脩竹已不見。十月天氣和，堤柳未全變。蒲蓮雖着泥，清波尚堪戀。采采藕塘北，聯翩下鳧雁。

贈劉愚公戫先生子

潁川負奇氣，英風四激射。小心友生間，齒牙饒獎藉。生平感知己，豈在秘書下。如何江南歸，老成遽凋謝。生芻雖未陳，千里痛長夜。公子皆鳳毛，個個瑚璉價。我兄過梁宋，傷往轉悲咤。幸具瑶玉姿，天庥佇堪迓。恨不携斗酒，大醉舞甘蔗。分手復何言，吾將去玄灞〔一〕。

【校記】

〔一〕玄　《存目補編》本卷八《贈劉愚》作“元”。

不　寐

不寐兼秋雨，寒宵更漏重。白頭愁易得，青眼世難逢。蛛網山堂藥，烏啼使院松。西風動鈴索，處處損芙蓉。

【蘇評】意在語中，韻出言外。（據劉蘇本五言律詩補。）

【劉評】對偶工緻，亦復自然。（據劉蘇本五言律詩補。）

孟谷宿白茅寺用少陵贊公土室韻成二首挑燈細讀不勝見獵之喜遂亦斐然有作

幾日客中行，却尋山中路。王郎頗豪健，惡馬横溪渡。入谷四山合，上月中庭素〔一〕。解衣各有適，散坐盡成趣。燒藥巖際訪，采芝雲外步。天地喻指馬，世代荒厨顧。轉惜對花草，誰能度寒沍。心依紫竹林，手折青松樹。山情托猿鳥，霞想變朝暮。何處裛天漿，仙人掌中露。

【蘇評】眼前景，胸中情，人都不解道。（據劉蘇本五言古體詩補。）

一夕山中宿，心亂夢難靜。曉來下山去，日照青騾影。回巒此林幽〔二〕，仍苦前道永。蒼鼠緣絶壁，飢禽噪空井。汗漫方遠涉，何能遂夙秉。風塵漸雜遝,心性自孤迥。上書罷游洛,買田豈投潁。家門有名山,便與萬緣屏。種秫隨西溪,提壺任東嶺。希夷老子在,千仞蓮花頂。

【校記】

〔一〕上月　《存目補編》本卷一《孟谷宿白茅寺用少陵贊公土室韻成二首挑燈細讀不勝見獵之喜遂亦斐然有作》作"月上"。

〔二〕巒　宋本卷一、徐本卷一、孫謌本五言古體詩、《存目補編》本卷一《孟谷宿白茅寺用少陵贊公土室韻成二首挑燈細讀不勝見獵之喜遂亦斐然有作》作"戀"。

梁園送虞山宣木林一還里

昨夜盧門雪,孟諸失所在。茫茫大河上,一氣連東海。之子梁宋游,高文發奇彩。把臂芳樹底,杯酒托千載。何事忽南歸,值此霜林改。江波流浩浩,弭棹傷殘壘。屈指見閨人,梅花正相待。

葦亭即事

蘆葉一叢還兩叢,後園散坐見飛鴻〔一〕。階泥着草昨宵雨〔二〕,簷網惹花今日風。便可彈棋開白袷,那教踏箭趁黄驄。女墻王屋晴逾好,都付狂歌痛飲中。

【王評】無一字諧俗,故是我輩人語。

【蘇評】罷去拘束,揮灑淋漓。(據劉蘇本七言律詩補。)

【校記】

〔一〕坐　《存目補編》本卷一《葦亭即事》作"步"。

〔二〕着　孫謌本七言律詩《葦亭即事》作"著"。

早　晴

入牖朝光滿，西風吹早晴。白雲太狼藉，黄葉亦縱横。病怯衣裳薄，聞知耳目清〔一〕。秋暉接王屋，壇路想經行。

【校記】

〔一〕聞　宋本卷一、徐本卷一《早晴》作"閒"。

相州初寒

昨日北風寒有信，今朝東閣夢無端。衣裳在客寧辭薄，歲月因愁轉見難。才子恐教傳鄴下，名倡爭説盛邯鄲。蕭蕭荻葦三臺没，願乞仙人藥一丸。

【王評】懷抱全不同。

【劉評】懷抱不同，詩情獨異。（據劉蘇本七言律詩補。）

寄向書友

曾聞向始平，能注《南華經》。之子真苗裔，江山發性靈。寒蛟終謝餌，老鶴不梳翎。載酒鶯花節，長吟入洞庭。

【王評】太白。

【蘇評】雄傑出以清新。（據劉蘇本五言律詩補。）

贈吴冰持

仲叔冰雪姿，天際插晴嶂。愛日常教彩袖翻，致身已在青雲上。十月江皋發早梅，翩然一雁下平臺。忘憂館裏人重醉，龍亢城東客再來。一塤一篪競金奏，玉壺傾倒當清晝。曝衣敢信仲容前，説《易》豈在瑯琊後。僕僕王程未得閑，汝南鷄唱穆陵關〔一〕。相從懸瓠天邊水，好看軒轅問道山。

【蘇評】寓古調於纖詞，結構自然，絶無痕迹。（據劉蘇本七言古體詩補。）

【校記】

〔一〕穆　劉蘇本七言古體詩《贈吴冰持》作"木"。

相州作二首

晴日照簷隙，霜消庭樹枝。無事一静坐，况對融融時。群籍四羅列，隨意皆可窺。偶繙梵網經，如接天人師。更一理爻象，豈便隔軒羲。且省米鹽累，嗒然生端倪。

凜冽前日雪，廣野風浩浩。今晨暖若斯，轉覺機緘妙。緣階理藥臼，近竹移茶竈。庭閒鳴鳥下〔一〕，雲斂飛鴻到。更携安石屐，還側遼東帽。欲問樓居人，可解山中嘯。

【校記】

〔一〕閒　《存目補編》本卷一《相州作二首》作"間"。

有客一首戒戕物也

有客晨打鴉，發機令鴉死。兩鴉慘墮地，群鴉噪不已。念鴉雖物類，求生無彼此。彼亦有夫妻，彼亦有母子。一朝生拆散，哀痛豈堪比。飛者不敢下，傷者不能起。淋漓血濺地，激切刺心髓。發爲悲咽音，凄愴感人耳。人亦有夫妻，人亦有母子。百年篤恩愛，團圞相依倚。倘然罹災變，號咷不能止。何爲輕物命，快意戕生理。作詩普告哀，發心從此始。

【王評】菩薩語，當敬而聽之。與東坡《岐亭詩》同觀。

書《留侯世家》後

子房昔破產，椎秦正年少。輕身犯萬乘，幾爲天下笑。大索偶不獲，皇天佑忠孝。副車尚未辨，豈曰由智巧。精誠動鬼物，持重垂至教。觀其三後期，可以抑矜躁。何待一編書，始能授幽奧。所以十年後，事事戒輕蹈。畫策發機先，困急益神妙。紫芝默來往，赤松托吟嘯。辟穀寧自苦，强食未傷道。人生一世間，白駒久悲悼。黄石葆祠之，精光見窈窕。伏臘上雙塚，魂魄在蓬嶠。好女與婦人，徒然計形貌。

【王評】此種詩何妨涉議論。

宿汝陽

懸瓠城南明月樓，相思千里夢河洲。玉谿竹木餘冰雪，好待春來北垞游。

蔡州道中

鴻郗陂南蔡州道〔一〕，千里黄雲漫秋草。白龜浮波天茫茫，瑶林垂實珊瑚小。汝墳客帳聞荒鷄，犢車碾破花溝泥。倡樓雁斷思不斷，珠燈照夢沉玻璃〔二〕。池歡鵝鴨冰雪改，豈爲封侯躡重壘。愁結胎簪走玉龍，横出南徐入東海。

【王評】偶作别調，亦復遠俗。

【蘇評】如達摩西來，獨闡禪教；又如曹谿卓錫，萬衆皈依。（據劉蘇本七言古體詩補。）

【校記】

〔一〕郗　劉蘇本七言古詩、《存目補編》本卷一《蔡州道中》作“隙”。

〔二〕沉　孫謂本七言古詩《蔡州道中》作“沈”。

咏鄴城雜事五首

安漢將軍安在哉？七十二塚自纍纍。而今碑字傳梁鵠，不復重留受禪臺。

【蘇評】似激非激，難爲胸次寂寞者道也。（據劉蘇本七言絶句詩補。）

冰井消沈霸業非〔一〕，鹵陵日暮黯殘暉〔二〕。月明誰遣啼烏鵲，依舊南來繞樹飛。

【蘇評】氣韻高凉。（據劉蘇本七言絶句詩補。）

畢竟蒲生何處塘，半生憔悴怨姬姜。夢中金鏤寧留枕，空與讒人貝錦張。

【蘇評】流而能莊，興復不淺。（據劉蘇本七言絶句詩補。）

破賊今年願已違，轒轀車馬又空歸。才人更有劉公幹，城旦拼來看洛妃。

天柱功名感廢興，六渾游説比青蠅。高天積水成何語，不憤當年温子昇。

【校記】

〔一〕沈　劉蘇本七言絶句《咏鄴城雜事五首》作"沉"。

〔二〕鹵　宋本卷一、徐本卷一《咏鄴城雜事五首》作"西"。

再宿百泉

重作蘇門行，小作蘇門住。西風昨夜來，不辨泉與樹。晨興益蕭爽，頓爾慊心素。淡淡浮雲盡，渺渺飛鴻度。牽牛寒有花，葭菼晴多露。境勝理自浹，心賞目皆寓。尚覺腰組煩，未遂垂竿趣。何處鳳鸞音，徒然謝高步。

【王評】讀此欲忘世事，風格亦在三謝間。

【蘇評】胸中無事，目中無人，故爾出筆閑談。（據劉蘇本五言古體詩補。）

汝陽霜夕

樓外霜風清,樓前燈火明。辭家三百日,愁卧汝陽城。難挹黄縢酒,誰調錦帶羹。桃花西澗底,春讌記彈箏。

【劉評】宕往夷猶,寄託自遠。(據劉蘇本五言律詩補。)

九月發懷州四首

秋浦荷葉乾,長途蔓秋草。西風千里來,九月懷州道。

【蘇評】直而能逸,疏而能古。(據劉蘇本五言古體詩補。)

蒼山不可極,白雲常無窮。何人醉脩竹,哀笛夕陽中。

【蘇評】極瀟灑,極涵溶。(據劉蘇本五言古體詩補。)

秋烟紅樹稀,積潦枯楂卧。大野一茫茫,萬古飛鴻過。

【蘇評】放懷自遠。(據劉蘇本五言古體詩補。)

世界原訶子,誰教畫九州。隨緣風色里,處處六鰲游。

商水道中

野水尚瀰漫,霜落水已清。網罟何其多,群魚亂縱横。樹杪老鴉翻,百千同一聲。獵火發寒燒,狡兔伏且驚。帶箭者誰子?臂鷹方射生。同荷造化力,相戕太無情。壠上沮溺流,畲田耦而耕。但知黄牛肥,不知白馬輕。前車正遥遥,日暮愁孤征。北風動地來,雪意看將成。同袍四五人,勞勞何所營。

汴樓喜春三首

蕙風乍披閣,柳烟將着扉〔一〕。愁應隨臘去,喜定逐春歸。官驛江梅落,雕梁海燕飛。玉谿三月路,載酒莫相違。

【王評】可入《玉臺新咏》。

【蘇評】語對意串，全首渾成。（據劉蘇本五言律詩補。）

連日北樓醉，人傳又立春。柳拖新苑水，花掃故宫塵。鶴醒三更夢，鵬摶萬里身。相拼郢中客[二]，同去采江蘋。

【蘇評】清麗不減唐右丞。（據劉蘇本五言律詩補。）

生菜細堪嚼，玉壺清更陳[三]。鳴箏樓上客，挾彈柳邊人。寺塔留殘偈，宫鈿感故塵。當年歌舞地，幾處鎖寒筠。

【蘇評】綴景插入叙事，即近即遠，非泛然者。（據劉蘇本五言律詩補。）

【校記】

〔一〕着　孫譔本五言律詩《汴樓喜春三首》作“著”。

〔二〕拼　孫譔本五言律詩《汴樓喜春三首》作“拌”。

〔三〕壺　《存目補編》本卷一《汴樓喜春三首》作“臺”。

有憶二首

憶爾提紅燭，相尋半玉谿。紫釵屋南北，紅袖澗東西。咏雪當鴉鬢，行春過燕泥。避風臺畔醉，裙綌落文犀。

昨夜月明好，清光萬里同。階閑人少睡[一]，閣迥燭無風。酒渴三更後，心空四照中。南來尚烏鵲，飛過戟門東。

【王評】二首乃作義山體，集中變調，亦是才大，無所不可。

【蘇評】珠璣錯落，正下九天。（據劉蘇本五言律詩補。）

【校記】

〔一〕閑　《存目補編》本卷一《有憶二首》作“間”。

贈鄴郡朱别駕二首

燕山分手惜天涯，鄴郡風流仰犢車。嶺上仙童供靈藥，不須勾漏覓丹砂。

已聞丹熟遍身香，更爲蒼生祈壽康。若向瑯函較功德，便教先後許旌陽。

桃花夫人

桃花夫人好顔色，月中飛出雲中得。新感恩仍舊感恩，一傾城矣再傾國。

【王評】王右丞"看花滿眼淚，不共楚王言"，太藴藉矣。孫文定《沚亭》云"無言空有恨，兒女粲成行"，與此皆妙於調笑。

【蘇評】高華明秀，直以陳梁妙語，行以唐調耳。（據劉蘇本七言絶句詩補。）

上蔡道中雪

車箱摇摇秋草澀，上蔡城南官路直。東門極望白茫茫，風前一點鴉翎黑。

朱仙鎮

漫道江梅早，還驚汴柳長。河流交宋壘，人語雜蠻鄉。晴市飛乾鵲，春沙走驌驦。南船新過壩，篷底立吴娘。

再過方城二首

繞澗菖蒲逐水斜，鷺鷀藤上金銀花。普巖寺口客尋渡，廷尉祠前誰種瓜。白鹿銜芝歸絶壑，渚禽唼藻過圓沙。仙壇聞尚留丹井，别有青牛道士家。

【劉評】豪宕感激，想見懷抱之高。（據劉蘇本七言律詩補。）

方城極目半荆榛，幾次經過空驛塵。黄鳥任啼高下樹，青山長笑往來人。弓鳴原上驚陳寶，雨過窗前幻孔賓。莫使蒼凉悲楚塞〔一〕，桃花猶有武陵春。

【蘇評】幽情欲絶。（據劉蘇本七言律詩補。）

【校記】

〔一〕使　《存目補編》本卷三《再過方城二首》作“便”。

初祖心影石

翠巘嵯峨花雨隨，孤雲片石妙難窺。分明隻履西歸去，五乳峰前又是誰？

——男懿基秉初校對〔一〕

【校記】

〔一〕劉本六册本卷一末有“男懿基秉初閲”字，宋本卷一、徐本卷一末均無字。

卷　二

漁洋山人評定
河中吴雯天章甫著
襄陵楊維棟山夫分校
臨汾劉組曾繩遠校刊〔一〕

宿少林寺

寶閣崔巍明海霞〔二〕，香林四月娑羅花〔三〕。子規啼時山霧暝〔四〕，怖鴿飛處松枝斜。夢本非真尚顛倒，心不可得何正邪。若解大千同掌果，便應常住法王家。

【王評】作禪喜語無不佳，故是再來人。

【校記】

〔一〕劉本六册本卷二首題爲“漁洋山人評定、河中吴雯天章著、襄陵楊維棟山夫校、臨汾劉組曾繩遠鐫”，宋本卷二首題爲“漁洋山人評定、河中吴雯天章著、後學劉組曾、王延年同校訂”，徐本卷二首題爲“漁洋山人評定、蒲板吴雯天章手著、平陽徐昆後山、涂水喬人傑漢三重訂、濩澤張誌心鐫”。

〔二〕巍　孫謂本七言律詩《宿少林寺》作“嵬”。

〔三〕娑羅　《存目補編》本卷三《宿少林寺》作“桫欏”。

〔四〕暝　《存目補編》本卷三《宿少林寺》作“瞑”。

少陵早發〔一〕

初地始一宿，勞塵愁未閑。鐘鳴少林寺，日上轘轅關。度嶺見青鳥，沿溪拋白環。藤蘿猶在眼，惆悵欲忘還。

【王評】三四自然而妙，正索解人不得。

【校記】

〔一〕孫謂本五言律詩、《存目補編》本卷三題爲“少林早發”。

送楊南城出守劍州

安陵消息近如何？拜得新恩慷慨多。遠水遠山通洱海，春風春雨下牂牁。三更鵝鴨裴中立，萬里旌旗馬伏波。豈但長卿能諭蜀，天威先靖夜郎戈。

【蘇評】如此起興，如此入題，如此實寫骨氣，高音節宏，非少陵不能。（據劉蘇本七言律詩補。）

别陳顒士

一載追陪笑語同，可憐岐路洛城東。傷心澗水兼瀍水，落日南宫更北宫。氣誼暫教違貢禹，文章遥望薦揚雄。何年金谷園中醉，重對荷花一頃風。

别潘殿升

入望中條决計還，君亦將去龍眠山。文章誰信已無價，世事何年方得閑。酌酒南宫北宫外，分手朱雀蒼龍間。相思各憶天津水，五月浮橋下白鷗。

【王評】二首撇脱。

酒渴

酒渴呼茶夢懶成，群書獺祭亂縱横。竹窗不定條風急，愁聽中堂碾藥聲。

雜詩二首[一]

美人一端綺,文彩美且良。珍重惜剪裁[二],藏之黄金箱[三]。一朝奉君子,上衣下爲裳。

榮華對知己,顔色生輝光。此心結三載,徘徊立中堂。何日理瑶瑟,彈成雙鳳凰。

【蘇評】秀而能老,逸而能莊。源流乎? 風雅始克臻此。(據劉蘇本五言古體詩補。)

夙昔秉微尚,托意在林泉。豈曰異流俗,麋鹿性固然。矯首望滄海,傳云多神仙。五城十二樓,弱水無舟船。阜鄉留玉舃,極目空寒烟。安得凌風翼,飛向蓬萊邊。

【校記】

〔一〕孫謂本五言古體詩題爲“雜詩刻《和鳴集》録三首”。

〔二〕剪裁　劉蘇本五言古體詩《雜詩二首》作“裁剪”。

〔三〕箱　劉蘇本五言古體詩《雜詩二首》作“厢”。

過鄢陵呈梁曰緝先生

憶昔壬寅秋,九月適來兹。登堂覿慈顔,笑語接東籬。期以三不朽,何日能忘之。恭聞使秦隴,走迓桑泉湄。還朝丁戊間,旅食亦京師。天涯縱涕淚,途窮當告誰。艱難長道力,空忍頗内窺。我公如右丞,相過設露葵。豈謂辭榮早,朱顔樂無爲。嗟余尚漂泊,重尋籛鏗祠。側聽太邱名,千人無異辭。如此朝野際,安石何足追? 願言侍杖履,寧復悲路岐。輝輝鏡日滿,環中無盡時。

宛邱作

艮客仍爲客,思家那是家。舍連嘶櫪馬,枝轉護巢鴉。出郭見桃葉,沿階逢薺花。白龜池畔路,鷺羽逐風斜。

【蘇評】如同少陵"殘杯冷炙"之意,此出温和語,覺有風華。(據劉蘇本五言律詩補。)

送里人歸

中條好山色,君歸春雨時。遥看汳河柳,盡濕烟中絲。飲馬崑崙水,聽鶯玄女祠〔一〕。愁心對芳草,豈但發相思。

【王評】似岑。

【蘇評】詩骨是峨嵋天半,高無與比。(據劉蘇本五言律詩補。)

【校記】

〔一〕玄　《存目補編》本卷三、劉蘇本五言律詩《送里人歸》作"元"。

過仁義驛

古驛藏深谷,盤回到水涯。茨菰秋澗葉,蕎麥晚山花。徙倚青藤杖,縱横白鼻騧。蒼崖土五色,或可就丹砂。

呈焦荆巖先生

憶昔京洛游,正逢閶闔春。捶琴取時名,羞爲射洪人。鬱鬱愁旅食,僕賃將何因。瑯琊頗綢繆,河陽亦殷勤。我公獬豸冠,蒼佩垂朝紳。高風與亮節,瞻仰嘆嶙峋。嶽嶽龍門峻,惻惻羊舌仁。嗣聞承恩出,秉節横汾濱。乘傳晋南天,竹馬迎逡巡。重拜好顔色,彌感道味真。秋中桂已萼,大鹵佳氣新。擔簦復何爲,仍喜嘉會陳。波濤知未遠,還念涸中鱗。

留王孟谷游風穴時王將歸楚

風穴何年寺,傳聞水石間。雲中千樹密,谿上幾僧閑。花信宜携酒,春心且看山。休言涉魚齒,凍雨損朱顔。

【王評】字字鮮好，是霞外人語。

【蘇評】寫"留"字，如銀盤盛雪。（據劉蘇本五言律詩補。）

【劉評】氣韻有山間明月、江上清風之致。（據劉蘇本五言律詩補。）

蘇公墓下作

青山送客九十里，宿草傷心七百年。欲拜峨嵋索靈翼，正逢風雨暗長天。

【王評】古今人相關，往往如此。〔一〕

【劉評】咏歎悠長。（據劉蘇本七言絶句詩補。）

【校記】

〔一〕劉蘇本七言絶句詩中此評語標爲"蘇評"。

貽永樂舊主人二首

不見仙人侯道華，攢攢誰食棗如瓜。谿南空作七年住，水鸛聲中處士家。

竊藥人應得藥人，翻從混沌見天真。無端貪作凌雲賦，辜負桃花玉洞春。

讀東坡種菜詩因成一首

頗有城隅傍井田，瓜花楝實每清妍。不煩更借參軍地，便已能當宰相錢。早韭剪來逢雨後〔一〕，晚菘栽罷喜霜前〔二〕。兼聞此味須常有，休論東坡仕宦年。

【謌記】五六原本"逢"字，阮亭先生訂作"新"，"栽罷喜"三字，訂作"劚向早"，刻本仍照原本，今從改本訂正。（據孫謌本七言律詩補。）

【蘇評】氣調逼真坡公，不止善於模寫。（據劉蘇本七言律詩補。）

【校記】

〔一〕逢　孫謌本七言律詩、《存目補編》本卷三《讀東坡種菜詩因成一首》作

"新"。

〔二〕晚菘栽罷喜霜前　孫謂本七言律詩《讀東坡種菜詩因成一首》作"晚菘劚向早霜前",《存目補編》本卷三《讀東坡種菜詩因成一首》作"晚菘斵向早霜前"。

書王平子傳後二首

戎務紛紛了不知,投壺荒宴亦何爲。只餘絶帶登梁日,猶似探巢弄鷇時。

第一聲名品目非〔一〕,雕窗爭脱小郎圍。生平無事强人意,惟有泉臺慰陸機〔二〕。

【校記】

〔一〕第　《存目補編》本卷三《書王平子傳後二首》作"苐"。

〔二〕惟　《存目補編》本卷三《書王平子傳後二首》作"唯"。

即事二首

長河日暖冰横斜,河畔啄冰雙老鴉。越女船窗理明鏡,鬢邊一朵青梅花。

【蘇評】灑落生動,氣運於閑便勝。(據劉蘇本七言絶句詩補。)

襄王寶鏡千金值,萬里携來一贈卿。莫學山鷄舞不止,回頭爭似彩鸞鳴。

【蘇評】雅奏工逸,只是有神氣悠揚。(據劉蘇本七言絶句詩補。)

贈杜蔚門先生

郎君谷口花無數,栖巖寺底竹千畝。幽人來往花竹間,心與白雲澹無取〔一〕。避世即是鶡冠子,忘機還應漢陰叟。虎谿醉客歡把臂,龍藏禁方秘懸肘。讀書不厭細如髮,作字何妨大同手。將烹赤鳳喜鼎温,欲采黄精愁雪厚。藥奩紫芝兼丹砂,世事白衣任蒼狗。汞葉旋看鉛花生,丁女正藉壬公守。嗟余久嚮鸞鶴群〔二〕,勞生空作馬牛走〔三〕。長沙近復憂壽命，張仲恐難終孝友。却仗我翁常慰藉，未可志氣便衰朽。昨日東郊迓春仗，一夜南園變風柳。青旂猶欣重到眼〔四〕，花勝寧嫌亦插首。從此相過踏芳草，或可雨留剪新韭。石鏡無鷄對鳥几〔五〕，湖船射鴨拍銅斗〔六〕。人生適意聊自足，鼷鼠飲河量所受。阿誰能解踏踏歌，爲翁一勸薄薄酒。

【王評】全學坡公，字字遒健。

【蘇評】大氣包舉中含遇合知己之艱，大有英雄嘔血窮途隕淚意在言表，煞更俯仰情深。（據劉蘇本七言古體詩補。）

【校記】

〔一〕澮　孫謂本七言古體詩《贈杜蔚門先生》作"淡"。

〔二〕鶴　《存目補編》本卷二《贈杜蔚門先生》作"寉"。

〔三〕馬牛　《存目補編》本卷二《贈杜蔚門先生》作"牛馬"。

〔四〕旂　《存目補編》本卷二《贈杜蔚門先生》作"旗"。

〔五〕無　孫謂本七言古體詩、劉蘇本七言古體詩《贈杜蔚門先生》作"舞"。

〔六〕鴨　劉蘇本七言古體詩《贈杜蔚門先生》作"鵶"。

贈相又玄〔一〕

河東昔有焦孝然，獨竄河渚全其天。瓜牛遺廬竟安在，欲得彷彿空春烟。同時亦有青牛客，百歲依然好顔色。星歷風角知鳥情，青葙芫華充飲食。先生寧不豫此流，脱盡塵滓甘沉浮。手把内書自吟咏，豈與蟪蛄爭春秋。董經私往豈同輩，扈累追隨企深誨。相看淵默已雷聲，簾外青山正如黛。

【校記】

〔一〕《存目補編》本卷八題爲"贈相又元"。

薛有聲自都匀迎親柩歸感而賦贈

悠悠世上人,寧知君子心。卿相豈不貴,散髮投荒林。千金豈不多,棄之如一簪。迢迢萬里行,哀哀蓼莪吟。歸來瘦且黑,見者爲霑襟。履危獨不死,方知天意深。白燕巢其間,連理生其岑。浮榮何足慕,卓行古所欽。君看夸毗子,百年空陸沉。

壬戌端午簡歷城張將軍佩弦時之官海康三首

水榭風微白露明〔一〕,菖蒲獵獵緑波生。閑持坐席消長日,可奈將軍萬里行。

去去仙城見五羊,丹砂宜就越人鄉。神光夜發金牛色,不少天南翡翠裝。

投壺歌雅喜追陪,大樹過從日幾回。此後麗吟相憶處,桄榔陰里射堂開。

【校記】

〔一〕露　《存目補編》本卷八《壬戌端午簡歷城張將軍佩絃時之官海康三首》作"鷺"。

壬戌端午呈郡守三首

水閣風來菡萏香,湘簾飛燕趁新凉。芳時是處宜歌舞,共戴神君化日長。

百子榴花照眼明,菖蒲九節助長生。公餘拄笏中條下,遥聽仙人吸鳳笙。

卧疾東陽減帶圍,承明漫道賜宫衣。慰勞幸藉任司馬,嘗念龍邱處士飢。

【方按】"勞"字,去聲,此誤讀平。(據《存目補編》本卷八補。)

贈芮城李生生善相地

國僑竄邢山，元凱營首陽。皆云取高顯，未睹邀吉昌。景純獨有經，其言乃精詳。士行卜牛眠，八翼果飛翔。安親而受福，豈必皆荒唐。吾子具天眼，讀書窮玄黄〔一〕。騎驢過我廬，議論何洸洋。炎風與烈日，不惜周山岡。盛意良可懷，況復剖微茫。臨岐坐水竹，石磴空相望。

【校記】

〔一〕玄　《存目補編》本卷八《贈芮城李生》作"元"。

藝圃十二咏阮亭先生命作萊陽姜如農先生別業〔一〕

南　村

何須遠人境，自無車馬迹。叢薄日暉淺，柴門淡將夕。時有清風來，藤花掃書格。

【蘇評】栗里幽人，如是如是。（據劉蘇本五言古體詩補。）

鶴　柴

清音警夜半，竹露泫花井。山人曉開門，肅肅羽毛冷。忽向九皋飛，中庭亂松影。

【蘇評】寫入清細，正是咏題所少。（據劉蘇本五言古體詩補。）

紅鵝館

幽人生滅已，孤館閉空翠。正有鵝王來，聽講無生義。嘗托陽羨籠，不换山陰字。

【蘇評】自有氣味。（據劉蘇本五言古體詩補。）

乳魚亭

種魚蓮塘下，瀺灂蓮塘裏。蓮塘朝復暮，不住蘋風起。一半緑楊枝，隨風掠春水。

【蘇評】語自委曲，韻更幽殊。（據劉蘇本五言古體詩補。）

香草居

托根在幽徑，零落沍寒月。春風來幾時，一夜空中發。望望緑無停，清芬動超忽。

【蘇評】幽景又自别。（據劉蘇本五言古體詩補。）

朝爽臺

破曉石氣青，清暉損千慮。晨興攄遠抱，理策高臺去。遐矚方渺然，直到雲生處。

【蘇評】托興語，却自有典則。（據劉蘇本五言古體詩補。）

浴鷗池

藏機不肯來，忘機不肯去。泛泛緑波中，悠悠淡無慮。側翅入深荷，池上山人語。

【蘇評】落落古意。（據劉蘇本五言古體詩補。）

度香橋

花源吹樵風，濛濛過溪水。有客石橋畔，空香落懷裏。只在水風間，不辨從何起。

【王評】禪。

【蘇評】機自閑遠，語復清空。（據劉蘇本五言古體詩補。）

【劉評】化工之筆。（據劉蘇本五言古體詩補。）

響月廊

竹梧含夕暉，風生碎珠玉。不知新月上，幽映修廊曲。摇曳花林間,禽聲墮空緑。

【蘇評】清麗自不減"雲鬟玉臂"之作。(據劉蘇本五言古體詩補。)

垂雲峰

何處來孤嶂,巉巖插花塢。白雲乍往還,只在峰前聚。蒼蒼園側陰,天池墮毛羽。

【蘇評】絶矣,王維勝處。(據劉蘇本五言古體詩補。)

六松軒

偃仰長松下,淵淵心若水。不知歲月深,且戀清陰美。山雨忽飛來,濤聲樹中起。

【蘇評】意象俱妙,但覺題中應有。(據劉蘇本五言古體詩補。)

綉佛寺〔二〕

反聞聞自性,萬有空氤氲。稽首天人師,寶閣栴檀熏。一悟無爲理,不綉平原君。

【王評】此題與《西城别墅詩》,皆推天章擅場。

【謌記】原本作"閣",刻本誤作"寺",今照原本訂正。(據孫謌本五言古體詩補。)

【蘇評】禪心物理,兩兩見之。(據劉蘇本五言古體詩補。)

【劉評】每於結處,神魂飛動;其清微淡遠,似有摩詰所不到處。(據劉蘇本五言古體詩補。)

【校記】

〔一〕菜　孫謌本五言古體詩、劉蘇本五言古體詩、《存目補編》本卷二《藝圃十二咏阮亭先生命作》作"萊"。

〔二〕寺　孫謌本五言古體詩、劉蘇本五言古體詩《藝圃十二咏阮亭先生命作》作"閣"。

送客之長沙

六月長安來，雨中喜相遇。七月新凉生，又向湘潭去。丈夫四方志，聚散渺何據。青絲挈玉壺，臨岐不能御。猿臂挽兩弓，君有封侯具。珍重戎馬間，未免交情慮。翩翩天際鴻〔一〕，漠漠江津樹。船經鸚鵡洲，爲寄征人句。

【校記】

〔一〕翩翩　《存目補編》本卷八《送客之長沙》作"肅肅"。

上魏環溪先生

先生古性情，貞粹越時代。十年欣一見，凜然冰雪對。齋居會天人，攝心無内外。修辭先立誠，了了攄肝肺。聖主動顔色，蒼生起狼狽。仁人其利溥，儒者之功大。招携菊花時，几筵薦寒菜。圖書盛典則，詩律肆陶汰。固知瑶玉姿，自令塵言廢。公子復清華，早聽鸞聲噦。家風看韋賢，濟美垂千載。

秋日同葉九來徐勝力馮圃芝訪傅青主先生

秉彝有同好，言尋高世士。騎驢出國門，語笑斜陽里。郭外風景殊，蘆花冒秋水。竟到野僧家，喜值於陵子。吟呻驚老病，語弱不勝齒。聞言頷耆舊，拭目辨鄉里。竹竈藥火温，梧井菊泉駛。庭前虚一琴，床下閑雙履。羔雁空招邀，兒孫看坐起。太息各無言，歸途暮烟紫。

【蘇評】言外凄婉。（據劉蘇本五言古體詩補。）

【劉評】一幅《高士圖》，色色寫絶，讀之能令人發遠想。（據劉蘇本五言古體詩補。）

寇仙翁先

睢水年年引釣絲,尋常冠帶照寒漪。宋城箕踞彈琴後,不復人間種荔枝。

墨　子

八十年來事可知,空山老去始精思。一從靈岳傳書後,方笑雲梯説楚時。

司馬先生承禎

日損真爲道,無私治亦存。皈心《鵬鳥賦》,嘗聽廣成言。

竇　公

拙龍千柱少,巧鳩一柴足。忽罷滏陽工,西山坐茅屋。

玄奘法師

虎豹日縱横,艱難羆賓道。無心且閉門,自有神人導。

壽盛逸齋六十逸齋爲珍示先生弟精進上乘

此心静中起,旋從静中滅。因之萬萬年,一解復一結。先生証妙性,蚤歲事禪悦。鞭影走良馬,棧豆羞齕嚙〔一〕。筆墨閑揮灑,花藥少行列。何曾計年壽,甲子信人説。乾坤多羅綿,情性蕤賓鐵。一笑寄新詩,飛鴻過春雪。

【校記】

〔一〕齕　《存目補編》本卷八《壽盛逸齋六十逸齋爲珍示先生弟精進上乘》作

"齕"。

次長子縣

山行五六日,出山仍水聲。溪隨黄葉亂,峰與白雲平〔一〕。社鼓早收市,畬田初罷耕。風光憐上黨,蕭瑟太行程。

【蘇評】即景即意,與武陵一曲俱臻絶境。(據劉蘇本五言律詩補。)

【校記】

〔一〕風　宋本卷二、徐本卷二、《存目補編》本卷二、劉蘇本五言律詩《次長子縣》作"峰"。

貽洪昉思

洪子讀書處,静依秋樹根。車馬何曾到幽巷,骯髒亦不登朱門。坐對孺人理典册,題詩羞道哀王孫。長安薪米等珠桂,有時烟火寒朝昏。拔釵沽酒相慰勞,肥羊誰肯遺鴟蹲。嗚呼賢豪有困阨,牛衣腫目垂涕痕。吾子摧頹好耐事,慎莫五内波濤翻。屈伸飛伏等閑在,總於吾道無亨屯。前有萬年後萬古,刹那何用爭鷽鯤。君家西子湖,瀏鶒交文鴛。湖上諸山太蒼翠,欻從海外飛崑崙。掉船載酒便亦足,天漿手挹神騰掀。少伯百計乃得此,胡爲懊惱嗔山蓀。紅裩錦髻過蕭寺,虎靴桃杖投烟村。頽然醉卧藉芳草,忽忽明月升金盆。

【方按】"鴟蹲"未有倒用者,此較昔人巴西之譏何如? 漁洋所存,今亦存之,然恐不可以訓後人矣。(據《存目補編》本卷二補。)

奉寄吴菌次先生

山榛隰有苓,十載念儀型。柳惲真才子,嚴光是客星。人歸黄蘗澗,春散白蘋汀。老向江湖裏,新詩滿洞庭。

【劉評】未下筆先有無窮之意在,故寫來神氣灑然。(據劉蘇本五言律詩補。)

還書與子文

昨日借書來，今朝送書去。何從點脂粉，亦未污寒具。他時重相過，請參句中句。

【王評】有風趣。

【蘇評】天趣灑落，人力不與。（據劉蘇本五言古體詩補。）

東牧園老宿

牧園老人耶溪來，十年不許芙蓉開〔一〕。風柳蕭疏乍相見，琉璃映徹繙經臺。葛藤難識無生理，微笑端能露宗旨。世上紛紛多事人，誰肯當前認原委。傍晚歸來古寺門，殷勤走送顔色温。欲别却問我師道，風光可似苧蘿村。

【校記】

〔一〕許 《存目補編》本卷二《東牧園老宿》作"記"。

送姚能序之利津丞

大國拜恩出，小官皆濟時。洋洋東海上，滚滚聲華垂〔一〕。花隱訟庭雪，厨膳蓬山芝。飛仙在何許，拄笏意遲遲。

【校記】

〔一〕滚滚 《存目補編》本卷八《送姚能序之利津丞》作"衮衮"。

九日同諸公登高

蘆荻蕭蕭木葉摧〔一〕，他鄉猶得此登臺。舊山愁絶二千里，客席端應三百杯。叢菊有情人醉後，高天無際雁飛來。樽前多少金門客，盡是西京作賦才。

【校記】

〔一〕摧　《存目補編》本卷二《九日同諸公登高》作"催"。

喜曹正子生子

比鄰新有麒麟種，賀客紛紛來接踵。金屋騰踏雛鳳嬌，錦堂歌舞花枝捧。畫省仙郎笑語温，東山司馬方弄孫。君家世德當天意，從此仍高定國門。

摩訶嶺

崔嵬摩訶嶺，萬山之門户。日月殊晦明，巖巒變風雨。蛟龍隱窟穴，虎豹雜居處。客子慘心顔，黧皡色如土。光陰能幾時，浮生果何主。大患爲有身，厚生乃益苦。落日投山家，柴門對花塢。安得結吾廬，從之學農圃。

【蘇評】神韻殊遠。（據劉蘇本五言古體詩補。）

戊午小春逢樊次噲因述其尊君朝邑公宦迹飄零深感予衷輒賦四詩〔一〕

白首青氈困一經，分符喜得子男名。只今遺愛留河潤，下馬看碑無限情。

二十年前竹馬來，流風善政遍蒿萊。先生畏壘中條接，親見桐鄉禱祀回。

公子飄零寄食難，小山叢桂枉團團。兩旗却憶迎神處，正是焦黄荔子丹〔二〕。

與君同有析薪哀，霜露凄凄絰帶灰。潁水南流更悲咽，官名空寄尚書臺。

【方按】"尚"字作去聲，已見第三卷。（據《存目補編》本卷八補。）

【校記】

〔一〕衷　《存目補編》本卷八作“懷”。

〔二〕焦　宋本卷二、徐本卷二、《存目補編》本卷八《戊午小春逢樊次噲因述其尊君朝邑公宦迹飄零深感予衷輒賦四詩》作“蕉”。

贈孫豹人

先生竹西住，幾夢華池春。傷心煮魚手，即是彈箏人。先生《贈侍人沈》云：“本是彈箏手，家貧學煮魚。”讀書四十四萬言，衣食不能周一身。鏡裏朱顔老將變，鬖髿鬚髪垂生銀。連尻結脚亦何爲，手排閶闔趨京塵。聖朝本自重園綺，衣冠盡可隨金輪。出爵曾不待廉茂，晚辭牧豕朝平津。嗟我無能類山木，久思高卧西湖濱〔一〕。無端獎藉動敦迫，觀光也復來逡巡。僦居寄食幸比屋，墻頭過酒時相親。狂歌耳熱擊甘蔗，仙仙屢舞忘憎嗔。人生萬事難力取，獨思巖壑栖松筠。希夷老子對門户〔二〕，白閣道者同吟呻。也知肉重少仙骨，急流且用全天真。坐看先生濟時了，陶然爲咏皇風淳。

【蘇評】其氣蒼蒼，其詞鬱鬱，其骨珊珊，其神穆穆。（據劉蘇本七言古體詩補。）

【校記】

〔一〕湖　《存目補編》本卷二《贈孫豹人》作“河”。

〔二〕老　劉蘇本七言古體詩《贈孫豹人》作“孝”。

問李武曾

君言去山中，可向山中去。我亦結遐想，尋爾題詩處。徐卿清興極，纏綿隔宵語。若肯復同游，再駕凌風御。

送宋牧仲先生出使贛州

才子新銜命，離筵且泛杯。舟過章貢水，人在鬱孤臺〔一〕。桂子經寒結，蘆花浥雨開。春風歸雁後，肯寄一枝梅。

【蘇評】老到渾成，有香象渡河之妙。（據劉蘇本五言律詩補。）

【校記】

〔一〕在 《存目補編》本卷二《送宋牧仲先生出使贛州》作“上”。

讀放翁詞

風箏天半玉嶔嵜，本是仙人鳳管吹。一夜愁心化冰雪，韋家詩句渭南詞〔一〕。

【校記】

〔一〕詞 《存目補編》本卷八《讀放翁詞》作“詩”。

送方山先生歸里營清義公葬事四首〔一〕

一語即相許，傾心誰似君。千秋感知己，百倍惜離群。拜闕辭青瑣，還家掃白雲。好看清義墓，秋栢落紛紛。

白雁高天外，青山木葉疏。先生從此去，賤子復何如。無處堪沽酒，誰人更借書。陵州風雪路，渺渺一愁予。

一飯亦不足，零丁真苦辛。窮吟二鳥賦，心感四明人。敢謂動英主，聊堪慰老親。生平知止足，從此息松筠。

中歲頗聞道，浮名空往還。因之報知己，莫忘徂徠山。謂足此真足，待閑何日閑。仙人半東海，着意水雲間。

【校記】

〔一〕《存目補編》本卷二題爲“送謝方山先生歸里營清義公葬事四首”。

上益都相國馮公

乾坤原沕穆，夫子敦皇風。坐令四時調，環中應無窮。小子山澤臞，雲將遭鴻濛。但荷陶鈞力，寧知造化功。風動草木偃，道契天地通。尋常玉洞春，小看桃花紅。青裙如可着，且拜東王公。

送東亭先生已得長句更綮三絶句聊申不盡之意

舊鄉七十五長亭，愁對維摩一卷經。却羨先生歸路上，鵲山一點佛頭青。

【蘇評】一唱三歎，千載如新。（據劉蘇本七言絶句詩補。）

茅店深居爨不興，山光遥指雪崚嶒。一時清冷詩人筆，七十二泉冰更冰。

【蘇評】標緻。（據劉蘇本七言絶句詩補。）

不信歸耕亦是緣，癡心空望汶陽田。如何風雪長安道，只向時人乞半氈。

【蘇評】婉轉清便，如流風回雪。（據劉蘇本七言絶句詩補。）

賦得江鳴夜雨懸

一夜短篷雨，何人江上眠。濕飛雲外雁，夢醒峽中天。便汲中泠水〔一〕，寧須桑苧泉。濛濛沙岸蕨，齊放小兒拳。

【蘇評】得少陵意，成太白詞。（據劉蘇本五言律詩補。）

【校記】

〔一〕泠　劉蘇本五言律詩《賦得江鳴夜雨懸》作“冷”。

寄柯素培先生

泠泠茜溪水〔一〕,矗矗瓶山峰。中有柱下人,舉世驚猶龍。大道合冥漠,神功契鴻蒙。暫辭樊桐闕,手種天台松。桃花拜金母,桂子携青童。天風一簸蕩,萬里開心胸。願乞餘杭酒,高歌入剡中。

【校記】

〔一〕泠泠　宋本卷二、徐本卷二、《存目補編》本卷八《寄柯素培先生》作“泠泠”。

曹文光射斗少同學有刲臂事父果延算〔一〕十年賦詩美之

與居齒相若,同騎竹馬縱爲樂。今日皆成老大年,刲臂獨能和湯藥。父壽果然延十載,一念真誠格冥漠。嗟我馳心文字間,君真爲智我爲頑。中夜不寐刳心肝,不遠之復仍當還。

【校記】

〔一〕算　《存目補編》本卷八作“筭”。

和西谷侍御

竹裏占吾廬,清夢松花繞。悠悠大河上,適意不知老。千里海門至,快覓舊朋好。學易訂姬文,商歌談綺皓〔一〕。酣呼暢遠懷,吟嘯破憂惱。奇賞寄書卷,古處似君少。相澄萬境寂,幻盡諸天曉。説詩倩鼎來,忘機共絶倒。

【蘇評】轉折無痕迹,風骨自高。(據劉蘇本五言古體詩補。)

【校記】

〔一〕談　《存目補編》本卷十四《和西谷侍御》作“淡”。

自　釋

重規幼不强，乃以百藥名。皇甫久風痺，世傳《甲乙經》。古人生憂患，德慧實相成，我生如勞薪，早衰百苦縈。昨逢山陰人，謂當年壽併。此言雖漫然，聞之心已驚。從此慎偷惰，未必非吉徵。去住任常理，且勿役中情。

紀　夢

四月十七夢相儆，東巖大士摩我頂。匍匐哀號益哀請，頭顱四劃覺有省。晨讀道書自潛咏，道在優柔乃要領。涉川畏鄰常恐恐，深根約紀頗嚴冷。虚極静篤諸患屏，勉而行之勿自梗。

爲魯庵書扇

神仙窟宅稱武夷，珍味南天推荔枝。幾回夢中著屐齒，徒爾海畔增朵頤。先生奇福世希有，尋常到處緣相隨。白雲遠窮蒼翠窟，纈囊細剥輕紅肌。巖洞側身霧杳冥，醍醐入口漿淋漓。緊余潦倒處藪澤，久食莪菽何由肥。側聞侈談益嚮往，恨不幔亭高據盈。筐持先生聞言轉大笑，何不歸去丹臺石室飲靈芝。

【蘇評】渾鎔三唐而出之，神韻悠長。（據劉蘇本七言古體詩補。）

讀《甲乙經》

天在我者德，地在我者氣。德流而氣溥，生理始初備。任物之謂心，處物之謂智。智所以養生，踐形信非易。痛此昏妄人，且首慎邪僻。順適能安常，長生斯久視。

《海天長嘯圖》爲張輔公別駕題

海天浩浩何端倪，海風吹水如玻璃。中有高人洞元化，襟期廣達無町畦〔一〕。眼前萬境不能惑，天外三山如可躋。一聲長嘯徹雲表，迥然鸞鳳干虹霓〔二〕。青松鬱屈動鱗甲，丹藥恍惚存刀圭。歲月煩囂任擾擾，生平意度〔三〕常析析〔四〕。道服身並九皋鶴，酒杯手捉駭鷄犀。童子葫蘆何所挾，蘭臺敘傳或相賫。况有神駒稱邁種，七日超母驚騴褭〔五〕。桂枝結實蘭芽茁，一堂三世荀陳齊。從此門閭益高大，上林珠樹客聯栖〔六〕。緊余卅載托末契，杯鐺横攬金留犁。闕閱方看韋兼杜，朋好還次阮與嵇。今日重過羨爽健，氣清貌粹頻招携〔七〕。芍藥堆榮〔八〕間玉版〔九〕，檳榔滿斛交金虀。何人繪出高世姿，獨立海畔島嶼伍。一時相對意飄渺，圖中座上眼欲迷，朱霞南映北海北，青裙東拜西山西。古今何似蝸角觸〔一〇〕，世界忽如鴻爪泥。題詩擲筆且大笑，安得玉虬爲駟隨風鷖。

【蘇評】錯綜開合，傳以神情，揚以風藻。（據劉蘇本七言古體詩補。）

【校記】

〔一〕廣　《存目補編》本卷十四《〈海天長嘯圖〉爲張輔公別駕題》作"曠"。

〔二〕迥然鸞鳳干虹霓　宋本卷二、徐本卷二、孫謂本七言古體詩《〈海天長嘯圖〉爲張輔公別駕題》作"逈然鸞鳳千虹霓"。

〔三〕度　劉蘇本七言古體詩《〈海天長嘯圖〉爲張輔公別駕題》作"席"。

〔四〕析析　宋本卷二、徐本卷二、孫謂本七言古體詩、《存目補編》本卷十四《〈海天長嘯圖〉爲張輔公別駕題》作"折折"。

〔五〕母　劉蘇本七言古體詩《〈海天長嘯圖〉爲張輔公別駕題》作"毋"。

〔六〕客　宋本卷二、徐本卷二、孫謂本七言古體詩《〈海天長嘯圖〉爲張輔公別駕題》作"容"。

〔七〕孫謂本七言古體詩此句後孫謂記有："此下原本有'合是太和久沃灌，故爾神彩堪挈鯢'二句，阮亭先生删。"

〔八〕孫謂本七言古體詩此句後孫謂記有："原本作'榮'，阮亭先生訂作'闌'。"

〔九〕芍藥堆榮間玉版　孫譔本七言古體詩《〈海天長嘯圖〉爲張輔公别駕題》作"芍藥堆闌間玉版",《存目補編》本卷十四《〈海天長嘯圖〉爲張輔公别駕題》作"芍藥堆闌間玉阪"。

〔一〇〕古今　劉蘇本七言古體詩《〈海天長嘯圖〉爲張輔公别駕題》作"今古"。

贈清池上人

我師光福來,衣襦帶香雪。八萬四千偈,隨處向人説。我住海門久,懷鄉感夏節。同坐寺樓上,來往見舟楫。風窗交楊柳,隱隱動鳴鴂。豈不苦煩囂,百慮暫消歇。竹爐茗熟時,高林已新月。

理　書

朝景頗烟雨,濛濛花枝濕。莊誦《洪範》篇,宛然少小日。奔馳空老大,初心負疇昔。訓行苟無愆,何患處逼側。五事叶五行,天人道已畢。願言慎終始,蓬蘽未爲失。

再過渭南

鴻門亭外酒旗斜,半日村前水映沙。三十年來重立馬,鶯聲猶墜縣樓花。

【蘇評】有落花依草之致。(據劉蘇本七言絶句詩補。)

過白太傅故居

紫蘭村落異花亭,竹簟蘆簾户不扃。真愛白家風味好,東窗又見嶽蓮青〔一〕。

【校記】

〔一〕青　《存目補編》本卷十四《過白太傅故居》作"菁"。

春

冰雪稜稜作歲寒,而今也到早春天。郭邊暖躍長河鯉,門外晴開太華蓮。

初春風雪過趙天篤

兩日東風寒較甚,今朝飛雪漸交加。湖邊新柳正挼綫,山畔殘梅猶弄花。鳥語聽來無次第,草痕望去已橫斜。幾年夢想特相問,騎馬過溪冰墜沙。

贈張聖佩子爾赤

書堂今日再經行,玉立仍歡出户迎。衰晚殷殷相望切,冬郎能作鳳凰聲。

贈王水芹

豈作鹿門隱,難廿耆舊名〔一〕。無官悵馮衍,有婢慰康成。賦久稱先輩,經惟待後生。濟南學最貴,還看駟車迎。

【校記】

〔一〕廿　徐本卷二、《存目補編》本卷十四《贈王水芹》作"甘"。

再謝張舍人宸錫

名園昨夜醉,今日又相招。座上移金碗,林中聽玉簫。馬嘶曾渡水,人倚舊憑橋。更向神仙窟,詩瓢動酒瓢。

贈謝鶴庵二首〔一〕

品茶大似陸鴻漸,較水還同劉伯芻。紗帽籠頭煎總好,仍須紅袖捧瓷甌。

【方按】"芻"字誤押。(據《存目補編》本卷十九補。)

楊柳東風柔軟條,真如十五女兒腰。香山居士風流甚,待選雙蛾仔細描。

【校記】

〔一〕宋本卷二、徐本卷二、孫謂本七言絶句詩在題後有小字"時將納姬"。

贈栢巖二首

幾年不到藏書處,今日新書買更多。我欲讀時嗟老眼,群書堆裏但婆娑。

回首溪山悵遠行,藤花橘刺繫心情〔一〕。他時果遂還山約,不負年年二月鶯。

【校記】

〔一〕刺 《存目補編》本卷十四《贈栢巖二首》作"樹"。

題似鶴先生畫卷三首栢巖藏〔一〕

王官谷口尋常到〔二〕,三詔亭前孰與同。前輩風流何處見,山光水色畫圖中。

圖中亭子比休休,瀑布真懸萬仞流。往事都成鴻爪雪,只餘墨妙古今留。

洗馬村東谷口莊,買山不遂稻畦荒。溪山感慨成今昔,恨不同時九籥堂。

【校記】

〔一〕孫謂本七言絶句詩題爲"題似鶴先生畫卷三首",《存目補編》本卷十四題爲"題王似鶴先生畫卷三首"。

〔二〕常 《存目補編》本卷十四《題王似鶴先生畫卷三首》作"難"。

盧子凝兄牡丹四株有以六十千易者却之記以二詩〔一〕

聞道名園木芍藥,四株占斷洛陽春。多君不逐尋常見,能與名花作主人。

世態紛紛笑不支,移山伎倆久如斯。因君始覺黄金賤,也有銅山短氣時。

【校記】

〔一〕孫謂本七言絶句詩題爲"盧子凝兄牡丹四株有以六十千易者却之記以二首"。

酬贈陸筠巢

幾回野寺偕游屐,散坐花間花正開。荻葦夏深喧鳥雀,池塘風定見樓臺。高人特下洪州榻,僧寶新辭震澤梅。何日仍探林屋洞,醴泉交讓酌深杯。有光福僧適到。

奉和阮翁花下飲

風風雨雨道途難,猶及長安花未闌〔一〕。便脱征衣花下醉,一枝低亞玉欄干。

【蘇評】清在於骨,遠勝"剪紅刻翠"之句。(據劉蘇本七言絶句詩補。)

【校記】

〔一〕闌　劉蘇本七言絶句詩《奉和阮翁花下飲》作"欄"。

雪中梅花

谿畔餘殘雪,寒香凍折枝。東風如解意,故向水邊吹。

【劉評】不切而切,故妙。(據劉蘇本五言絶句詩補。)

賦得明月照積雪

尚覺餘寒在,簷楹雪未消。蟾光增皎潔,清夢共蕭條。一相何分别,千山惟寂寥。沉吟得佳句〔一〕,特許寫生綃。

【校記】

〔一〕沉　孫謂本五言律詩《賦得明月照積雪》作"沈"。

奉題阮翁帶經堂

帶經鋤,倪大夫,鴻漸之翼翔雲衢。夫子勳名今所無,金聲玉振輝皇圖。昭回雲漢來天書,泰交一德發苞符。經術有用神明俱,《堯典》《舜典》《皋陶謨》。帶經未許田間趨,長安甲第尊真儒。其如素念懷瓜廬,寫圖仍與親菰蒲。夫子安得言歸歟,九重頻遣大官厨。合措大地登唐虞,豈但牛車擔負繦屬爭還租。

送涓來先生歸江寧五首

夫子久入道,即在簪紱間。康濟願無盡,塵勞思暫閑。杯中建業水,杖底秣陵山。百鳥銜花處,從今日往還。

句曲茅君隱,栖霞江令居。千秋尊道德,百煉悟空虚。竟躡山中屐,閑看江上漁。等閑逢大藥,不必是匡廬。公廬山有草堂。

却憶從游日，逡巡三十年。幾回陪謝傅，常是進彭宣。夢想勞千里，趨承尚大緣。長饑更相慰，不計買山錢。

燕許文章大，韋平門閥高。鄉心違楚水，歸計且江皋。拜闕辭龍尾，承家有鳳毛。方看庾開府，清絶振波濤。

春洲白鷺下，花雨絳巖開。剛道陶貞白，依然應上台。江南緣未盡，負笈許重來。共聽高僧法，還尋野寺梅。

遇朱悔人時作《匡廬圖》

我聞匡先生，夏禹之苗裔。受道於仙人，遁迹殷周際。渺渺宫亭湖，七嶺藏幽異。雙闕開石門，飛瀑遠摇曳。芳林雜靈藥，香爐上雲氣。吾子耕東浦，遥情托高寄。寫圖上三疊，古貌高僧契。萬有但鴻毛，造物等兒戲。胡然就手板，五斗尚縈繫。嗟我衰病餘，千里輕一至。豈非家食艱，共此百年累。相過舍人宅，傾倒暢胸次。縱横論終古，卓犖撤蒙蔽。窗外白桃花，且作今朝醉。

又題《三疊泉圖》二首〔一〕

峰高闕巍霄漢間，天風吹下玉潺湲。琴心三疊胎仙舞，願取飛流証大還。

久識桃椎居士身，拍肩也似雁門人。不笑不可以爲道，絶倒同看曠劫春。

【校記】

〔一〕《存目補編》本卷十四題爲“題《三疊泉圖》二首”。

爲蔣静山孝廉題朱北山畫牡丹五首

昔日曾過潭柘寺，名花今日上方山〔一〕。天香自有仙緣分，合在緑楊紅杏間。

鹿苑分將鹿胎種,名僧端解贈名花。靈根不污軍容宅,異采宜栽宰相家。

姑射神人冰雪膚,休疑山澤太清臞。豈知紫府圍金帶,别有天然富貴圖。

褒斜谷口洛陽園,一入雕闌氣象尊〔二〕。相對檀心最相賞,頓教重墮玉崑崙〔三〕。"玉崑崙碎爲檀超",静山詩句。

中條山下及時開,移向城中悵幾回。今日學君養花法,到家先築避風臺。

【校記】

〔一〕日　《存目補編》本卷十四《爲蔣静山孝廉題朱北山畫牡丹五首》作"在"。

〔二〕入　《存目補編》本卷十四《爲蔣静山孝廉題朱北山畫牡丹五首》作"人"。

〔三〕頓　《存目補編》本卷十四《爲蔣静山孝廉題朱北山畫牡丹五首》作"須"。

韓周京司馬招集鄭谷山園看牡丹次晨遣力送花報以長句

廬陵醉翁稱好事,特撰《洛陽牡丹記》。著作仍是五史手,君謨書法益精緻。如何愛重反詆訕,癭木比擬失倫類。極美茍與極惡同,大聖陽虎皆偏氣〔一〕。其中惟有釋花名,撮要分疏頗詳備。丹州延州各有種,粗葉細葉總堪識。九蘂真珠態最殊〔二〕,倒暈檀心格尤異。再三細讀轉增感,瞬息繁花有遷易。宰相園池盛桑麥,魏仁溥花名魏紫。僕射駞馱香銜轡。張齊賢花名青州紅。品目誰辨軍容家,唐末有中官爲觀軍容使者,花謂之軍容紫。溪山已改龍門寺。唐相李藩别墅在龍門,改爲潛溪寺,謂之潛溪緋。中條之麓多水竹,其間卉木亦妍媚。將軍舊墅君能守,丞相家風儼不墜。穀雨已過花尚開,愛客移樽花下醉。朝來折枝還贈我,鹿胎蓮蕚今何愧。却念此花護持好,遂使顔色免顦悴。雨露雖同天地力,剪伐實恐樵牧累〔三〕。當年此花載本草,風俗何知宜與忌。褒斜道中摧爲薪〔四〕,豈料三河表祥瑞。歌咏初見賓客詩,夢得有《咏魚朝恩宅牡丹詩》。稱述久入康樂議。靈運言:"永嘉竹間水際多牡丹。"極盛必待開元後,珍卉難强時未至。自唐則天後,洛陽牡丹始盛,嗚呼!萬物遭逢無不然,題詩馳謝發長喟。

【王評】謝贈花耳〔五〕,却發出如許感慨,如許波瀾。坡公曾云"我携此石歸,袖中有東海",當作如是觀。

【蘇評】强天馬以就控,縱横馳驟六轡在手。(據劉蘇本七言古體詩補。)

【校記】

〔一〕虎　劉蘇本七言古體詩《韓周京司馬招集鄭谷山園看牡丹次晨遣力送花報以長句》作"貨"。

〔二〕真　劉蘇本七言古體詩《韓周京司馬招集鄭谷山園看牡丹次晨遣力送花報以長句》作"珍"。

〔三〕實　劉蘇本七言古體詩《韓周京司馬招集鄭谷山園看牡丹次晨遣力送花報以長句》作"寔"。

〔四〕摧　孫謌本七言古體詩《韓周京司馬招集鄭谷山園看牡丹次晨遣力送花報以長句》作"推"。

〔五〕謝贈花耳　劉蘇本七言古體詩王士禎評語作"謝花耳"。

題徐芝仙爲笨山舍人繪三大士像

大海多波濤,猶有大海見。日日大海中,波濤近洄漩。此語雖親切,依然成破綻。性海萬法具,寂寞生變幻。山河與大地,由來此中建。帆檣何所用,滲漏即淪陷。達者即安穩,止在能護念。徐生妙筆墨,寫此具方便。舍人獨神解,詶以三疋絹〔一〕。息心對應真,不用求彼岸。載瞻三大士,遠離生贊嘆。嗟余何知識,習深油着麵。近始求解脱,如拔骨中箭。隨順蠲町畦,浮沉寧汗漫。苟未絶纖毫,即已成間斷。豈假黿鼉力,莫畏魚龍難。是法本平等,恐怖自生患。變相畫師爲,畫者色忽變。如此顛倒想,徒然資笑訕。願共入無餘,乘潮到鄉縣。

【王評】説波若如瓶瀉水[二]，坡谷殆無以過之。

【校記】

〔一〕詶　孫謌本五言古體詩《題徐芝仙爲笨山舍人繪三大士像》作"酬"。

〔二〕波　宋本卷二、徐本卷二、孫謌本五言古體詩、《存目補編》本卷七中王士禎評語作"般"。

寧陽周太師母年九十餘善飦而健喜而咏之以當登堂之一拜[一]也[二]

太母年九十，康健不用扶。將無有道然，豈但天秉殊。太母於吾母，其義猶爲姑。小子别庭幃，今已九月餘。夢想念慈顔，惟恐色不愉。忽聞太母健，其心怡然舒。太母九十既如此，吾母七十必安居。歸述太母吾母前，即以太母爲母娱。吾母聞當拜太母，遥遥東望整襟裾。太母有道授吾母，臨風專望北來書。

【謌記】原本墨筆評"至性流出，故字字可珍"，不似阮亭先生筆迹，姑録之。（據孫謌本七言古體詩補。）

【校記】

〔一〕登堂之一拜也　《存目補編》本卷十四作"登堂之拜也"。

〔二〕孫謌本七言古體詩孫謌記有："原本徵君弟霞注'周太師母，乃先君乙酉房師之夫人'。"

題姚玉階西湖感舊詩後

六橋烟柳拂衣塵，蘇小墳前芳草新。寶馬香車空有約，風裳水珮總無因。神傷偏在湖邊路，情種方爲我輩人[一]。更有誰來作寒食，梨花如雪認前身。

【蘇評】嬌花美女不足爲其色，風韻欲絶，只是品高。（據劉蘇本七言律詩補。）

【校記】

〔一〕種　宋本卷二、徐本卷二、孫謂本七言律詩《題姚玉階西湖感舊詩後》作“鍾”。

贈姚玉階二首

巷南巷北時相見，屐齒從教遍緑苔。客裏猶能具珍膳，花前幾共發新醅。名家世重尚書履，逆旅人驚宰相材。更有茂陵佳麗在，千金專待長卿來。

簾外終南青刺天，諸峰幾處似龍眠。愁中夢感三生石，醉後詩翻萬斛泉。偶以名僧留雁塔，便隨芳草到樊川。歸來又作聯床話，書卷閑抛意颯然。

謝姚玉階送筆二首

每見薑芽羞斂手，也貪薤葉學垂風。不能虞監隨緣好，筆墨精良願褚公。

君家的有鳳樓材，割愛偏能送得來。從此快刀能斫陣，便應題遍栢梁臺。

己未花朝前一日諸同人集曹正子園作二首

笑語中林擷鳳毛，捉將坐席散蘭皋。看花不用尋漁父，飲酒真成似馬曹。漸軟燕泥融雪嫩，初調鶯語逐風高。家山却憶崑崙水，新漲龍門百尺濤。

【劉評】高華美麗，迴自天成，故雕蟲篆刻，壯夫不爲也。（據劉蘇本七言律詩補。）

酒債尋常累友朋，悠悠輦路百無能。蒙童敢望乘軒鶴〔一〕，奮迅還追過海鷹。百代聲華愁落日，一生心事愛傳燈。西巖尚有千秋雪，潭柘攀躋苦未曾。

【**蘇評**】捷才高調,可遏雲霄。(據劉蘇本七言律詩補。)

——男忠基藎臣校對〔二〕

【校記】

〔一〕蒙童　宋本卷二、徐本卷二、《存目補編》本卷九《己未花朝前一日諸同人集曹正子園作二首》作"氋氃"。

〔二〕劉本六册本卷二末有"男忠基藎臣閲"字,宋本卷二、徐本卷二末均無字。

卷　三

漁洋山人評定
河中吴雯天章甫著
大興黄調梅亭分校
臨汾劉組曾繩遠校刊〔一〕

戲答豹人三首〔二〕

漫道長安難久居,薪真如桂米如珠。逢人便解相憐惜,借問先生住得無。

日夜東風太劇顛,落花無數客窗前。只愁吹醒揚州夢,不得高齋自在眠。

彈箏莫怨白頭吟,賣賦常思歸舊林。不是漁竿愁决絶〔三〕,茂陵佳麗要黄金。

【校記】

〔一〕劉本六册本卷三首題爲"漁洋山人評定、河中吴雯天章著、大興黄調梅亭校、臨汾劉組曾繩遠鐫",宋本卷三首題爲"漁洋山人評定、河中吴雯天章著、後學劉組曾、黄調同校訂",徐本卷三首題爲"漁洋山人評定、蒲板吴雯天章手著、平陽徐昆後山、涂水喬人傑漢三重訂、濩澤張誌心鐫"。

〔二〕《存目補編》本卷三題爲"戲答豹人"。

〔三〕漁竿　宋本卷三、徐本卷三、孫謂本七言絶句詩、《存目補編》本卷三《戲答豹人三首》作"魚竿"。

寄吴門沈老

渺渺具區水，幽幽靈巖山。經年芳草色，緑映梅花間。丈人飡太和，其中怡朱顔。有子善讀書〔一〕，詩名牛斗灣。諸孫何森森，彩衣皆斑斕。以此丈人心，悠然坡上鵬〔二〕。早敕斷家事，忘機弄潺湲。一笑五湖去，諸峰如髻鬟。

【校記】

〔一〕善　《存目補編》本卷九《寄吴門沈老》作"喜"。

〔二〕坡　宋本卷三、徐本卷三、《存目補編》本卷九《寄吴門沈老》作"波"。

棣園即事得山字。棣園，西谷侍御家園也。癸未九月過宿其中，同令弟宗一靖可鄰侯諸君子分賦。〔一〕

風廊經積雨，一半苺苔斑。曉起喜無營，愛兹池上山。筆墨有餘清，吟嘯頗亦閑。君家輝棣蕚，皆爲玉笋班。天倫良可樂，客子舒心顔。登樓托遥情，佳氣通函關。昨日太華來，仙靈砭我頑。正欲習静默，適卧花林間。少日且歸去，開門俯潺湲。

【校記】

〔一〕《存目補編》本卷十《棣園即事》題後小字作："棣園，西谷侍御家園也。癸未九月過宿其中，同舍弟宗一靖可鄰侯諸君子分賦。得山字。"

寄答趙臨潼豐原

幾年事行役，來往驪山麓。繫馬垂楊下，歷覽儆心曲。古殿山出泉，陰崖火生木。此時誰與偕，俯仰感幽獨。使君何日至，道風化頹俗〔一〕。嵐光暎綬帶，山鳥下庭竹。閲世發長謡，懷人動遐矚。嗟余久倦游，索居嘆雌伏。迢遥念良晤，有如車錯轂。昨日潁川客，新詩把盈軸。欣見大雅作，高懷軫空谷。一言感知己，不辭再三讀。沉吟宇宙間，素心尚有屬。風義高雲霞，人才等穀玉。囂塵忽欲盡，勝過湯泉沐。安得矯雙翮，更傍華清宿。

【校記】

〔一〕道　《存目補編》本卷十五《寄答趙臨潼豐原》作“遺”。

壬戌早春病中漫成遣興

轉眼青陽歲已除，避風猶自似鶢鶋。雙林大士還行道，玄晏先生不廢書〔一〕。丸藥漸聽鶯語近，簪花喜見燕來初。城東菜甲知多少，破悶仍堪一荷鋤。

【校記】

〔一〕玄　《存目補編》本卷十四《壬戌早春病中漫成遣興》作“元”。

里中送韓翌宸有序

癸甲之交，識翌宸於長沙幕府，意氣傾倒，歡相得也。自此離合之際，動歷年歲升沉之感〔一〕，更復憮然。庚辰嘉平再過蒲坂，把握譏欸，欣戚交並，甫獲申歲寒之心，詎遽作春明之别。依依楊柳，青未盈條，惻惻離亭，紅翻掩袂，敬賦長句，聊當歌驪。凡我同人，皆宜奏雅。

當年扁舟青草湖，寥落江上稱窮途。艤舟更傍黄陵廟，把酒長吟兼獨笑〔二〕。烟波風雨浩茫茫，無衣客子垂空囊。鷓鴣聲中歸不得，躑躅花前神暗傷〔三〕。伊時中丞開幕府，再拜軍門色先沮。豈知延禮出尋常，留我華堂迭賓主。翩翩公子冰玉姿，横槊江頭工賦詩。座中更有文章客，李白屺瞻羅含弘載〔四〕皆在兹。彈指年光歲復歲，盛衰之際心如醉。豈但客子如轉蓬，嘆息緐華已遷易〔五〕。羨爾公才迥不同，步武方追舊鼎鐘。官階不失中郎貴，雲朔仍留萬石風。可奈緐霜忽又早〔六〕,䴊鴂一鳴歇芳草〔七〕。世事還驚掣電飛,人情更訝狂瀾倒。昨日新從浦口還,家門却比客中山。雪中鴻爪雖難定,海上鵬雲終不閑。昨日臘雪暫相駐,今日春風又復去。粲園梅蘂惱人花,大河楊柳傷心樹。更念高情爲我留,金昆玉季情綢繆。取歡便可鸜鵒舞,貰酒不待鷫鸘裘。剌促無端道傍别,青絲玉壺轉愁結。鶯聲猶凍谷口雲,馬蹄已破中條雪。噫吁嘻! 人生聚散本無憑,但能努力終飛騰。棨戟原是君家物,十年仍可大中丞。

【劉評】亦平和婉麗,亦整暇雍容,亦惻愴悲鳴,亦瞻華繁復。由正而變,兼擅衆長,只氣味有香草、梅花之致,便爾迥不猶人。(據劉蘇本七言古體詩補。)

【校記】

〔一〕沉　孫謂本七言古體詩《里中送韓翌宸有序》作“沈”。

〔二〕笑　《存目補編》本卷十四《里中送韓翌宸有序》作“籠”。

〔三〕孫謂本七言古體詩此句後孫謂記有:“原本‘花前’作‘花下’,‘暗傷’作‘潛傷’,阮亭先生訂作‘前’、作‘暗’。”

〔四〕弘　孫謂本七言古體詩、《存目補編》本卷十四《里中送韓翌宸有序》作“宏”。

〔五〕嘆息緐華已遷易　孫謂本七言古體詩《里中送韓翌宸有序》送作“嘆惜繁華已遷易”,《存目補編》本卷十四《里中送韓翌宸有序》作“嘆息繁華已遷易”。

〔六〕緐　孫謂本七言古體詩、《存目補編》本卷十四《里中送韓翌宸有序》作“繁”。

〔七〕䴊　《存目補編》本卷十四《里中送韓翌宸有序》作“題”。

汪文升贈小楷五百字爲别詩酬來美

頡籀法已遠,其意則未衰。如何後世人,競妍失前規。篆體大小分,上蔡牽犬兒。隸書更簡捷,雲陽成導師。中郎起陳留,石室傳何奇。破塜者誰氏,嘔血窮藩籬。琅琊學簪花,少作悔已遲。晚年體一變,方成龍虎姿。江陵劫火然,鵝群蕩無遺。所以句曲翁,申辨窮毫釐。畫贊存典型,永興獨得之。此語具懸解,不必皆能知。汪子鑿洪濛,獨欲探希夷。取勢必縱横〔一〕,天馬脱韁羈。有如狂與狷〔二〕，不屑中行馳。豈知秘密藏，正自山陰施。二月山桃開，小雨細如絲。吾將雨中去，倦聽玲瓏詞。吾子何爲者，送我隨斑騅。題箋五百字，木難贈臨岐。君家有汪倫，送客昔如斯。君情較淺深，潭水堪一巵〔三〕。鹿城有大尹，此道頗精思。吾過鹿城道，盤薄互淋漓〔四〕。相見首相告，不待他言辭。善則與人同，大美吾敢私。留取古情性，庶幾星雲垂。鹿城大尹謂子文〔五〕。

【蘇評】任筆揮灑，不泛言，亦不遺意。（據劉蘇本五言古體詩補。）

【校記】

〔一〕縱　劉蘇本五言古體詩、《存目補編》本卷十《汪文升贈小楷五百字爲别詩酬來美》作“從”。

〔二〕狷　劉蘇本五言古體詩《汪文升贈小楷五百字爲别詩酬來美》作“娟”。

〔三〕堪一　《存目補編》本卷十《汪文升贈小楷五百字爲别詩酬來美》作“水泛”。

〔四〕薄　孫譚本五言古體詩、劉蘇本五言古體詩、《存目補編》本卷十《汪文升贈小楷五百字爲别詩酬來美》作“礴”。

〔五〕《存目補編》本卷十《汪文升贈小楷五百字爲别詩酬來美》小字作“鹿城大尹謂子文也”。

西城别墅詩十四首阮亭先生屬作

花枝近女墻，歲月日瀟灑。雖復在城市，喧寂非車馬。清風迴穆如，知希和彌寡。

【蘇評】機動神流，歸於靜穆。（據劉蘇本五言古體詩補。）

石帆亭

風動袈裟角，洪濤四溟吼。如何不動摇，片石土囊口。爲賞正定心，添種菱三畝。

【王評】放翁詞“石帆山下菱三畝”〔一〕。

【蘇評】似沿回阮、左以窮其趣者。（據劉蘇本五言古體詩補。）

樵唱軒

采山因采真，歸來發高唱。衣上烟霞斑，雜坐無禮讓。身忘草木年，心寄尊盧上。

【蘇評】萬象冥悟，萬法皆空，觸動而流，輒成高唱。（據劉蘇本五言古體詩補。）

半偈閣

大辨本忘言，半偈又何著。赤日東邊上，素月西邊落。不必更求心，四大空索索。

【蘇評】淡陶、韋之思，而成氣格。（據劉蘇本五言古體詩補。）

石　丈

與世苦不諧，聳削自突兀。霜明耿介性，雨見嶔寄骨。莫謂德無鄰，有人具袍笏。

【蘇評】極其變，超乘而上。（據劉蘇本五言古體詩補。）

三　峰

白帝家門山，何年竟飛去。毛女發精靈，欲共天孫語。纖月見庚方，産藥川源處。

【蘇評】思入風雲。（據劉蘇本五言古體詩補。）

小華子岡

右丞禪悟人，千秋生則效。每思茱萸沜，一理欹湖櫂。何意春城西，犬吠夜如豹。

【蘇評】恍聞摩詰清嘯。（據劉蘇本五言古體詩補。）

小善卷

洞中過天地，居然小善卷。焚香聊宴坐，獨理朱絲絃。谿割罨畫水，人耕陽羨田。

【蘇評】頓挫飄逸，無限低徊。（據劉蘇本五言古體詩補。）

春草池

池上茸茸色，一卷《離騷》經。謝客太荒唐，幻夢不可聽。愛煞懶公語，春來草自青。

【蘇評】古色虚聲。（據劉蘇本五言古體詩補。）

竹　徑

欹仄錦石路，窈窕無凡卉。去去緑陰中，涼風動斐亹。仙人何處來，一萬青鸞尾。

【蘇評】氣韻在虚遠之間。（據劉蘇本五言古體詩補。）

雙松書塢

讀書誰與共，于憲兩大夫。更邀天際鶴，營巢兼哺雛。剛到春風候，花飛醥玉壺。

【蘇評】寫入空寂，風情自遠。（據劉蘇本五言古體詩補。）

大椿軒

八千歲爲春，八千歲爲秋。靈根託天地，世界真蜉蝣。何人知此意，只可問莊周。

【蘇評】天真幽淡，萬丈空流。（據劉蘇本五言古體詩補。）

緑蘿書屋

寂寂春陰繁，因成玄豹隱〔二〕。隔座花枝明，到簾鳥聲近。風牀書卷開，幽人本無愠。

【蘇評】力勝於韻，復使韻流力外。（據劉蘇本五言古體詩補。）

嘯　臺

蘇門有高士，求怒不可得。出水終大笑，妙意誠難測。爲想鳳鸞音，崇臺願矜式。

【蘇評】陳言務去，獨標新奇。（據劉蘇本五言古體詩補。）

【王評】西城詩作者百數十家，獨推天章擅塲。

【方按】第一首闕其原題。（據《存目補編》本卷四補。）

【校記】

〔一〕孫謂本五言古體詩《西城别墅詩十四首阮亭先生屬作》王士禎評語作“石帆山脚下菱三畝”。

〔二〕玄　孫謂本五言古體詩、劉蘇本五言古體詩、《存目補編》本卷四《西城别墅詩十四首阮亭先生屬作》作“元”。

放歌寄趙秋谷太史秋谷罷官余在山海未能走送特寄此奉慰兼寓勉望云爾

大海爲蓮池〔一〕，衆山即蓮花。天風萬里肆排蕩，萬柄青玉交杈枒。千艘千蜻蜓，一島一蝦蟇。忽然夜半赤日上，波心飛出黄金鴉〔二〕。我當此時飲一石，褰裳濡足思無涯。恨不即携秋谷子，把袂浮拍吟瓊霞。三日得君音，使我情咨嗟。知爾縱飲罷官去，歸途雨雪車啞啞。京國急來問親舊，憂爾負氣神參差。豈知漁洋北來正遇爾，道爾胸無芥蒂顔貌嘉。眼前纓冕如脱屣，猛風吹盡恒河沙。噫吁嘻！人生萬事何時了，朝起營營暮擾擾〔三〕。官爵九遷仍苦卑，黄金千鎰終嫌少。吾子賦性殊不然，棄官無悶方少年〔四〕。得失榮枯本閑事，誰能不動天中天。噫吁嘻！秋谷子，大奇特，不負當年好相識。力大能持震電驚，心空不受天魔惑。噫吁嘻！秋谷秋谷方汝行，恨我未能飲汝以濁酒，勸汝以素箏。爾去且復藏其名，精金大冶，百煉堅貞，九重聖人真聖明。他時再起東山謝，方知爾可付蒼生。

【王評】起處横絶萬古，後幅真良友之言。

【方按】"參差"之"差"在"支"韻，不應入此。（據《存目補編》本卷四補。）

【蘇評】一氣包舉，化工在手；或奇或怪，或渾容或和雅，斷續離合，全以神行。（據劉蘇本七言古體詩補。）

【校記】

〔一〕《存目補編》本卷四《放歌寄趙秋谷太史秋谷罷官余在山海未能走送特寄此奉慰兼寓勉望云爾》翁方綱旁註："横絶古今。"

〔二〕《存目補編》本卷四《放歌寄趙秋谷太史秋谷罷官余在山海未能走送特寄此奉慰兼寓勉望云爾》翁方綱旁註："以下語語是良友之言。"

〔三〕《存目補編》本卷四《放歌寄趙秋谷太史秋谷罷官余在山海未能走送特寄此奉慰兼寓勉望云爾》翁方綱旁註："開宕。"

〔四〕《存目補編》本卷四《放歌寄趙秋谷太史秋谷罷官余在山海未能走送特寄此奉慰兼寓勉望云爾》翁方綱旁註："遥接。"

【按】本書卷四有《送趙伸符編修使山右》詩，康熙二十三年(1684)，趙執信出任山西主考，二十八年(1689)罷官歸里。由此可見，底本在詩篇編排上時序有誤。

題毛鶴舫《戴笠垂竿圖》

我聞新安江，水色清見底。誰能江上坐，不愛魴鱮美。猩猩向晚啼，風潮正盈耳。垂竿亦偶然，戴笠者誰子。惟有富陽人，千秋無彼此。

戴楓仲因夢作丹楓閣索題

夢是何人夢，覺是何人覺。夢覺本不二，分别乃大錯。憶昔大鹵行，嘗道昭餘郭。野水方瀰漫〔一〕，雜樹正綽約。宛然江上楓，湛湛照寥廓。何處尋步屧，且來渡略彴。永懷托蒹葭，高卧阻猿鶴。長安翻握手，有如偕宿諾。云結丹楓隱，乃效夢中作。幽眇滉金碧，經營種花藥。邀人夢中游，幻出覺時樂。日月跳兩丸，火風互磅礴。世界齊指馬，四禪即五濁。飲酒與田獵，衆生妄卜度。參萬一成純，背觸兩無著〔二〕。喜覺固爲偏，戀夢亦成縛。夢覺俱不到，可坐丹楓閣。

【蘇評】極造幽微，極合榘度。（據劉蘇本五言古體詩補。）

【劉評】是悟境？是實境？先生的是解人。（據劉蘇本五言古體詩補。）

【校記】

〔一〕瀰漫　孫謂本五言古體詩《戴楓仲因夢作丹楓閣索題》作"彌漫"。

〔二〕著　《存目補編》本卷三《戴楓仲因夢作丹楓閣索題》作"着"。

送楞香孝廉下第歸新安

我兄間出秀，高才遲顯仕。春風不得意，返棹新安水。讀書青嶂下，閉户花源裏。灘聲三百六，日日滌心耳。迹遠慮亦屏，白雲夢中起。

【劉評】絶不作感慨語，幽淡出之，無一字輕下，自是到家。（據劉蘇本五言古體詩補。）

贈道者

天半挹紅霞，滄洲處處家。仙經窺玉笥，小妓遣蓮花。渡海長騎鶴〔一〕，開山或種瓜。青牛新有約，一夜到流沙。

【校記】

〔一〕長　《存目補編》本卷九《贈道者》作"常"。

湖上翁

湖光混元氣，白波風浩浩。借問吴山雲，幾時山中道。仙翁煉瓊液，八十朱顔好。手把青鸞尾，坐嘯據洲島。金雁藏丹經，白虎留至寶。至今栖息處，日月互回抱。曾孫結幔亭，張樂具松醥。神龜上蓮葉，桃花度青鳥。海運孰能窮，下瞰齊州小。

沈繹堂先生大集同人即席屬賦輒成此詩聊具顛末

帝曰闢四門，群才來後先。隱顯雖不同，齊對芙蓉殿。亦有明堂詩，何殊栢梁宴。一時名公卿，好士俱不倦。金龜質美酒，廣座致賓彦。先生東陽後，八咏最高狷。出入禁闥中，恭慎荷殊眷。文成吴富體，字學歐虞變。裒然奉至尊，每邀制稱善。虚延更諄切，聞賢即思見。清風無長物，典衣具珍膳。大集鄒枚侣，賢豪等親串。戟門日影麗，綺席花枝顫。我本山澤癯，忝竊公府薦。一經慚未通，《七略》詎曾遍〔一〕。偶窺月露辭，狹小少條貫。觀光内生愧，重與濫良譏。鄙夫更迂闊，蒼生入繾綣。忽憶山東飢，又念荆南戰。此世痛瘡痍，溝壑正流轉。爲儒需醉飽，饕餮泚生面。聖賢謀立身，大者在隱見。三復百無補，還山守迍賤。

【校記】

〔一〕曾　《存目補編》本卷九《沈繹堂先生大集同人即席屬賦輒成此詩聊具顛末》作"能"。

寄安東劉氏妹

憶昔在漣州，十月霜始嚴。如何夜半海潮溢，蹙凌横上黄河添。奔騰城角半崩塌，忽然波浪齊茅簷。新租淤田二百畝，一朝水没寒蘆尖。幾日人家廢火食，乾糇裹負無虀鹽。舴艋市腥過屋棟，鱣魚大比五斗奩。曾聞宣房歌瓠子,胡爲親見龍飛潛。比來更道淮泗滿,嗟爾家室增愁嫌。朝廷金錢那能惜,大臣廟議空如鉗。薪芻枉盡淇園竹,越巫誕語寧足占。工煩役重野困匱,支撑何術能相兼。數年不見書一紙,天涯涕淚襟横霑。燈下緘題聊問訊,北風凜冽吹窗簾。

【方按】"嫌"字一韻押未安。(據《存目補編》本卷二補。)

送黄俞邰奔母喪白門三首

母老寧遠出,君恩難重違。可憐家問至,果見素衣歸。負痛已終古,傷心看翠微。哀哀風雪裏〔一〕,應有白鳩飛。

微禄親應喜,其如時命窮。文章千卷拙,雨雪一帆東。山水悲凉外,江花涕淚中。傷心衣綫斷〔二〕,忍見舊時縫〔三〕。

事君君未見,拜母母何之。忠孝兩不遂,棘人真數奇。啼痕寒日凍,瘦影北風吹。遥識墳前竹,蕭蕭剩幾枝。

【謌記】原本因"縫"字落韻,"斷"改"在","舊時縫"改"舊闈空"。批云:"因'雨雪一帆東'不能割愛,故末句訂作'忍見舊闈空'",不似阮亭先生筆迹,姑存此以備考。(據孫謌本五言律詩補。)

【校記】

〔一〕雪　《存目補編》本卷二《送黄俞邰奔母喪白門三首》作"雨"。

〔二〕斷　《存目補編》本卷二《送黄俞邰奔母喪白門三首》作"在"。

〔三〕時縫　《存目補編》本卷二《送黄俞邰奔母喪白門三首》作"闈空"。

再贈周履坦

周郎冰玉姿,浣墨吴江水。飽看岝㟧興最酣,醉卧支硎呼不起。日月銷磨書卷間,心胸磅礴江山裏。等閑人世落閑名,早有聲華動天子。一朝召入未央宫,先貌褒公後鄂公。階下鬚眉宛相似,頻蒙温奬如春風。昨朝駕向温泉去,頻煩中使傳天語。寓直嘗留左掖門,傳湌屢膳大官署。更聞聖主孝思深,欲寫祖宗如鑑臨。千秋盛事小臣手,全仗經營慘澹心。猗歟帝綱八紘下〔一〕,一長總已歸陶冶。但看絶技早能收,豈有遺賢尚留野。相逢縱酒向長安,因君翻欲歌皇雅。

【蘇評】雅正雍和,具有大提挈、大轉换、大結束。(據劉蘇本七言古體詩補。)

【方按】中間忽疊用"頻"字不合,後半亦太淺易。(據《存目補編》本卷五補。)

【校記】

〔一〕綱　《存目補編》本卷五《再贈周履坦》作"網"。

題《降龍圖》

香水無波道味真,誰言龍性實難馴。試看薄暮安禪處,一個鉢盂五百身。

《伏虎圖》

一嘯驚摧山木枝〔一〕,腥風過處血淋漓。老僧見爾渾平等〔二〕,正要牽來當馬騎。

【校記】

〔一〕摧　《存目補編》本卷八《伏虎圖》作"催"。

〔二〕見　孫謂本七言絶句詩《伏虎圖》作"視"。

晨步庭前見鄰樹二首

老樹蕭森作曉寒,桂花枝上日團團。孤懷忽憶栖巖寺,下界蒼茫放眼看。

每念仙人無盡燈,結庵已約碧崚嶒。幾時真遂巖居意,脱盡韝緤過海鷹。

送陳子文之安邑丞

維瓶處井眉，纏徽不自如〔一〕。常有甇櫑患，提擲困泥塗。爭似鴟夷勝，滑稽大如壺。亦自稱國器，方托於屬車。嗟爾陳孟公，潔清胡爲乎？長頭偉容貌，昂藏八尺餘。高才坐憑几，口占百函書。贈我數尺牘，藏弆等瑶瑜。一朝佐山縣，不得縱號呼。羞乞狗監薦，甘受長官驅。我亦放意人，俗間久湛浮。索米向京洛，歸夢無時無。誰知中條山，贊府先我趨。巖翠落官舍，桃花明驛厨。努力勿廢事〔二〕，小文難大儒。春明我當來，歸訪城南隅。已無尚書期，投轄真何拘。看山過茅茨，釣水尋菰蒲。寧知叢莽間，正復多酒徒。堯舜已千鍾，流傳皆百觚。使君好與飲，持螯帋裹鬚。倒載入廳事，酩酊雙吏扶。解醒蒼漿泉，遠汲風蘇蘇。何用苦束縛〔三〕，約身如朽株。長短各自裁，官爵難强圖。封侯諒有定，豈必皆區區。一笑送君去，方噪城門烏。

【方按】《孔叢子》"昔堯舜千鍾，孔子百觚"。此詩乃云"流傳皆百觚"，未妥。又，"浮"字不應入"魚虞"韻。（據《存目補編》本卷二補。）

【校記】

〔一〕纏　《存目補編》本卷二《送陳子文之安邑丞》作"纆"。
〔二〕勿　《存目補編》本卷二《送陳子文之安邑丞》作"無"。
〔三〕束　《存目補編》本卷二《送陳子文之安邑丞》作"東"。

戊午長至後三日送王東亭先生旋里

中條小别二百日，日日愁看馬蹄疾。谿邊紅樹願久違，洞口白雲夢中失。尚有先生望衡近，十次出門九相覓。坐深數見亂茗碗，悶破嘗因散書帙。如何一朝般陽路，驟從風雪投孤驛。先生去良苦，賤子住何爲。人生聚散真可悲，斗酒走送君莫辭。覆盎門前一揮手，傷心楊柳未成絲。

【蘇評】峭而幽，亦淡而韻。（據劉蘇本七言古體詩補。）

一片

一片花飛點客衣，纏綿珍惜不多時。可憐都作關心夢，忘却東風喚子規。

【劉評】燕燕空忙，嘆佳人之不再，差足彷其韻致。（據劉蘇本七言絶句詩補。）

仲春三日雪和愚山先生韻

入望空明雜曉暉，隨風故故撲簾扉。階前柳絮爭相掠，嶺上梅花信久違。塞馬雹蹄連夜獵，春鴻留爪隔年歸。鷓鴣莫便隨沽酒〔一〕，又早重穿貂鼠衣。

【謂記】"遂"，原本誤作"隨"，阮亭先生已改作"遂"，刻本仍作"隨"，誤，今照改本訂正。（據孫謂本七言律詩補。）

【蘇評】造語清婉，亦復精工。（據劉蘇本七言律詩補。）

【校記】

〔一〕隨　孫謂本七言律詩《仲春三日雪和愚山先生韻》作"遂"。

貽洪昉思

不耐悠悠世上名，薜蘿深處有誰爭。能通彼我閑千古，纔着成虧恨一生〔一〕。廣漢何妨貧折象，壺山竊願隱樊英。年來真見忘機好，非借雲林寄不平。

【校記】

〔一〕着　孫謂本七言律詩《貽洪昉思》作"著"。

再示昉思

世事從來少定形，須彌未可爇飛螢。鷇音有辨復無辨，鯤化南溟更北溟。欲殺何嘗非李白，聞歌誰更識秦青。豕零雞壅當時藥，糞貴新傳又茯苓[一]。

【校記】

〔一〕糞　孫謙本七言律詩《再示昉思》作"暴"。

壬戌初秋寄于學憲三首[一]

憶昔客長安，軟塵何浩浩。金馬亦陸沈[二]，只夢舊山好。歸來愜夙心，豈敢怨枯槁。讀書開北窗，頗能任懷抱。牽牛昨有花，忽報秋風蚤。惟苦奉饔飧，不能具魚稻。懷人向天末，此意復誰道。

夫子真瓊樹，偏能識鳳飢。乘槎歷南海，棹拂孔鸞飛[三]。仍聞浮邱山，靈苗發芳菲。安得五色羊，從之弄清暉。

秋空吹晴雲，一雁珠江去。寧忘假羽儀，殷殷托心素。洲通荔枝紅，庵夢桄榔雨。脩敬久無階，徒咏蒹葭句[四]。

【謙記】原本一首，刻本誤作三首，今照原本訂正。（據孫謙本五言古體詩補。）

【蘇評】清健瘦奇，或近韋左司，或近孟東野，無不自然。（據劉蘇本五言古體詩補。）

【校記】

〔一〕孫謙本五言古體詩題爲"壬戌初秋寄于學憲"，三首詩合爲一首。

〔二〕沈　劉蘇本五言古體詩《壬戌初秋寄于學憲三首》作"沉"。

〔三〕孫謙本五言古體詩此句後孫謙記有："此下原本有'穆穆播皇風，文德霑九圍'二句，阮亭先生删。"

〔四〕孫謙本五言古體詩此句後孫謙記有："此下原本有'嶺驛發梅花，隨風望清語'二句，阮亭先生删。"

魯少府仁風清韻州里俱欣霑被而於予分誼尤深感德書事聊成小詩五首

誰與王孫進一飱〔一〕，幾回風雪慰袁安。苻融空有高名在，却讓仇香是鳳鸞。

杯酒從容笑語同，雨餘山月上寒空。五千文字鵝群筆，清淨端應授蓋公。公得褚河南《道德經》本〔二〕，於相煉師處力學不倦。

内史風規百世師，嚴家餓隸太相卑。永興得髓留遺法，難忘挑燈較論時。時較量古今書法，鄙論獨謂永興入右軍正書之室。

東海于公種德身，嶄然頭角石麒麟。休輕棗栗頻相覓，都是他年駕駟人。酒次每令嗣往來繞膝，特見英异。

掃門致藥感龍邱，下榻依然孺子留。釀就蒲萄還共醉，知君未肯博凉州。公廳事前後多種蒲萄，每過輒共醉其下。

【校記】

〔一〕飱　《存目補編》本卷八《魯少府仁風清韻州里俱欣霑被而於予分誼尤深感德書事聊成小詩五首》作“飡”。

〔二〕本　《存目補編》本卷八《魯少府仁風清韻州里俱欣霑被而於予分誼尤深感德書事聊成小詩五首》作“書”。

贈張君極三首

避世何妨金馬門，浮名寧感帝王尊。歸來擬就東崗老，愧爾安居薜荔村。

獨寐城南類考槃〔一〕，閑中自製竹皮冠。丹砂狡獪傳經暇，别有仙童藥一丸。

萬里曾憐新息侯，武溪毒霧悵壺頭。人間不少鸕鷀水，及早相從馬少游。

【校記】

〔一〕寐　《存目補編》本卷二《贈張君極三首》作“寤”。

題張涵之園

曲徑蜿蜒紫霧重，竹林蒼翠引虬龍。畦開臘雪方移菊，階溜春泉合種松。花外鳥窺人對酒，雲中鶴伴客扶筇。假山更鬭巉巖色，知是晴蓮第幾峰。

【蘇評】風神殊勝趙獻之。（據劉蘇本七言律詩補。）

虞鄉道中口號四首

千仞飛泉下石門，嵐光霞彩變朝昏。樵人笑指司空谷，浣女方歸洗馬村。

紫翠紛紛入夕霞，石林東去有人家。木棉花落稼將熟，猶見黄牛翻水車。

楓林颯颯石磷磷，壠上飢烏飛趁人。烹羔釀秫勞田父，打鼓攤錢賽社神。

舍南舍北蔓寒瓜，東門有池方漚麻。老農何處牽黄犢，行過一灣紅蓼花。

宿虞鄉山市

流水周山店，門當五老峰。凉飔颯然至，吹過東溪鐘。雨歇生巖瀑，雲歸失磵松。石潭如可問，村北有芙蓉。

余有虞鄉口號曾寄正阮亭先生家弟來汴道及送子文絶句因謬許鄙作有黄絹之賞遂再賦此亦竊附唐人本事之意云爾

入洛游梁事不齊，傳來新句感幽栖。山人此夜還山夢，扁鵲祠東絹市西。

心契無爲身未能，栢梯山寺賺閑僧。相参有句仍無句，裴迪終當避右丞。

咏史二首

我愛管幼安，避世歸遼東。高卧三十載，冥冥孤飛鴻。木榻見素節，皂帽式頹風。無欺質神鬼，波濤回盲聾。豈無經濟材，默然而固窮。河清不可俟，甘以栖遁終。

醴陵本才士，豈是栖遁客。如何慕弋釣，甘與處巖穴。既仰會稽人，復信神農説。光彩謝鸞鳳，賤事執史歷。每憂筋髓冷，頑心入冥默。翻笑賦恨人，胡不炫彩筆。英雄肯寂寞，賢者固難識。

寄山中友人

兩個梧桐半畝苔，蕭蕭草服絶塵埃。只今空有山中約，何日還同池上杯。蘋葉開時鷗泛去，松花落處鶴飛來。閑情較量巖居好，那問黄金百尺臺。

【劉評】發之甚淡，味之彌永；一往情深，百讀不厭。（據劉蘇本七言律詩補。）

江皋夕感

丈夫重此生，自比山嶽高。天地視此生，九牛增一毛。元化日生聚，那得皆憂勞。貞脆偶相值，簾溷隨所遭。嗟我生不辰，早年積鬱陶。哀樂日相感,漸覺朱顔凋。家居愧俯仰,寄食隨波濤。霜天夜長望,四野風刀刀〔一〕。江聲撲海門,水氣浮金焦。何以釋孤懷,静聽清琴銷。

【校記】

〔一〕刀刀　宋本卷三、徐本卷三、《存目補編》本卷二《江皋夕感》作"刁刁"。

寒崗作

少年不得志,生計苦隨人。辭家渡河去,藉口江南春。少陵悲旅食,杯汁潛酸辛〔一〕。昌黎東出關,亦悔西游秦。古人皆困頓,未敢惜風塵。嗟我復何能,呵壁鬱不伸。曉逐明霞入,夕與寒鳥鄰。江南有酒樓,畫舫芳洲濱。長嘯海門月,烟波吊逸民。

【校記】

〔一〕汁　宋本卷三、徐本卷三、《存目補編》本卷二《寒崗作》作"炙"。

宿吴關

里居無長策,汗漫東南游。過江風土異,人情亦如秋。一朝黄金盡,惆悵憑高樓。何處歌舞喧,酣謔沙棠舟。獨有淹留客,花草皆生愁。俯仰念古人,失路有此不。莫效窮途哭,歸潮且揚州。

謝宣城

宣城有傑作,古意猶能存。太白數贊嘆,豈曰昧其源〔一〕。江劉構奇禍,身與洪濤翻。未必愧刑于,胡有悔心言。大義苦未明,文章何足論。獨有獎士懷,千載激人肝。

【校記】

〔一〕昧　《存目補編》本卷八《謝宣城》作"味"。

晨過楊氏兄弟飲

晨興遵壕上，乃至草元廬。君家好兄弟，素心今所無。寒菜胡床側，濁酒復一壺。斟酌笑今古，芻狗移唐虞。墳典擁吾醉，大運信所如。

偶然作寄元升兼致翠峰

我聞葛稚川，無爲契真賞。惜陰嗜典籍，游德窺象罔。摴蒱齒未知，况復縈他想。元化妙洞徹，更思脱塵網。不戀伏波名，惟求勾漏長。猗歟古賢達，高風實可仰。嗟我顓蒙子，玩日無精爽。持此蟪蛄質，春秋事勞攘。彈雀逐重巖，日覺隋珠枉。何以忘我憂，裁詩訊吾黨。

雜　興

荳苗無異葉，桂樹有同根。兄弟苟不容，何須交路人〔一〕。仲氏既吹篪，伯氏亦吹塤。和樂順父母，友于安天倫。胡爲輕薄子，意氣生風雲。斗酒定生死，鞍馬成至親。同氣方一言，則必遭怒嗔。嗟嗟上留田，千載嘗悲辛。

【校記】

〔一〕路　《存目補編》本卷八《雜興》作“異”。

浦上風雨簡王我建

春雲飛向西，不住春鳩啼。忽然風雨至，落花皆成泥。高樓萬里客，徙倚心慘凄。汩汩林中泉，淼淼林外溪〔一〕。參差遠帆重，窈窕歸舟迷。故山在何處，經歲相垂睽〔二〕。矯首一長望，霏霏雨脚低。浦樹不可辨，大抵垂楊齊。吾子幸同調，失路相提携。亦云渡江久，家在白公堤。緑楊最深處,辜負千黄鸝。相逢且醉卧,芳草正萋萋。

【蘇評】有雋味,有勁姿,首尾及轉折處得詩家三昧。(據劉蘇本五言古體詩補。)

【校記】

〔一〕森森　劉蘇本五言古體詩《浦上風雨簡王我建》作"森森"。

〔二〕垂　劉蘇本五言古體詩、《存目補編》本卷八《浦上風雨簡王我建》作"乖"。

古意上阮亭先生四首

矗矗海上山,中有拂雲松。日影共蕩漾,霞彩相磨礲。植根在天際,萬古生雄風。緬彼一孤鶴,飄泊似衰蓬。翱翔鸒斯笑,晏息鶢鶋叢。鳴食俱不暢,偃蹇青田踪。憤悔過海上,幸與雲松逢。長枝托佳蔭,倦翮欣優容。他日生羽翼,感激寧終窮。

有桐嶧山陽,貞朴含清音。無言難自明,樵爨將與臨。卓哉古賢達,此際能幽尋。削之以就器,緯之以成琴。提携在捐棄,誰能存此心。

木不爲松楸,馬不爲驊騮。此生易位置,百年無怨尤。今日亦鬱鬱,明日亦啾啾。人歡已獨悲,當必非庸流。俳諧老曼倩,放浪終莊周。無勞答車騎,當與惠施游。

清清沅江水,宛宛衡湘蘭。無人揚其芬,幽谿空長嘆。一朝蒙采折,芳香出林端。流俗始知羨,群衆方解看。咄咄非此人,委棄春風寒。

答山中人

前得山中信,已説梅花開。松林日偃仰,不復郡城來。息心觀大化,妙悟脱形骸。我生信鹿鹿,奔走昨始回。愧爾習静客,孤坐如清齋。倘有招隱作,南山尋蒿萊。

雜　詩

東海有孝婦，殺身得惡名。舉世不見知，天帝哀其情。三年絶雷雨，川岳無光晶。祭之乃受福，千載垂佳聲。我今撫遺編，讀之涕沾纓〔一〕。又聞流言日，風雨發金縢。忠孝寧寂寞，勉哉但立誠。

【校記】

〔一〕涕　《存目補編》本卷八《雜詩》作“淚”。

讀諸上真詩作

群動日擾擾，天地生塵埃。百年會有盡，吾生良可哀。流覽上真作，契我出世懷。内觀極衆妙，靜溉三花開。鞶囊著虎頭，仙醴飲龍胎。眷屬青綾衣，游觴方丈臺。莫坐自生蟲，白雲呼不來。

仙　人

仙人鳴玉琴，一絃成五音。天風忽吹落，颯颯清人心。貞松肅雲路，公侯塵滿襟。欲訪滄浪去，吾師何處尋？

古意柬徐勝力

美人艷南國，顔色如朝霞。昨來耶溪上，妒煞芙蓉花〔一〕。秦珠隨月滿，越練逐風斜。獨慕孤高義，今年尚浣紗〔二〕。

【王評】古調。

【蘇評】古調獨彈，《廣陵散》尚在人間。（據劉蘇本五言古體詩補。）

【校記】

〔一〕煞　《清詩别裁集》本之《古意柬徐勝力》作“殺”。
〔二〕紗　《存目補編》本卷二、劉蘇本五言古體詩《古意柬徐勝力》作“沙”。

奉題顥亭先生皋園五首

池館接城陰，春風滿竹林。静看垂釣意，未减富陽心。雨過沙田白，雲歸烟樹深。忘機對鄰叟，幾見訝朝簪。

鄰舍草堂近，灌園同一泉。白雲扶杖客，芳草著書天。税在桃花外〔一〕，心當緑水前。東屯愁杜老，錯買瀼西田。

招隱懷佳處，幽尋此欲降。鶯聲嘗到午，鶴唳必聞雙。山氣通三竺，池流導浙江。梅花仍作意，故故入烟窗。

藹藹藥苗緑，茸茸梅蘂紅。懷人眠夜雨，種樹立春風。避世幾曾見，素心今不同。何年能負笈，幽桂日成叢。

【蘇評】三首（注：劉蘇本只録中間三首）情思幽凉，風期秀勁，步振區中，韻飛塵外，擬以“驚鳥之斜飛”、“落霞之孤逝”差足似之。（據劉蘇本五言律詩補。）

仲叔羈栖日，山公把酒時。林泉從此識〔二〕，花竹盡堪思。野蔓纏青壁，山禽下緑枝。他時尋石路，應得九峰疑。

【校記】

〔一〕税　孫謂本五言律詩《奉題顥亭先生皋園五首》作“家”。

〔二〕從　《存目補編》本卷二《奉題顥亭先生皋園五首》作“淺”。

過汜水

北風響巖壑，戰壘生黄雲。我欲江南去，悠悠正念群。霜乾桑柘老，日落虎狼聞。愁對一樽酒，長謡望夕曛。

次宿州三首

漸近江南路，悲風反劇寒。人家茅屋穩〔一〕，道上薛蘿乾。雁語聞空闊，孤生似懶殘。故鄉今夜月，曾否倚欄干〔二〕。

丈夫各有志，不敢重傷離，桑柘違寒月，垂楊折凍枝。嘗愁學道晚,已覺上書遲。日日南征賦,天涯積旅思。

野水圍城郭,寒濤疊女墻。文章通上國,姓字隱他鄉〔三〕。夜月千峰雪,晨風滿劍霜。長歌人不識,把酒托清狂。

【校記】

〔一〕茅　《存目補編》本卷八《次宿州三首》作"苑",《備要》本卷八《次宿州三首》作"茆"。

〔二〕干　《存目補編》本卷八《次宿州三首》作"杆"。

〔三〕字　孫謬本五言律詩《次宿州三首》作"氏"。

秋夜聞絃索

高齋寂無事,孤情良悠然。何人理絃索,聲韻明燈前。繁響臨風急,哀音入指圓。曲終心不定,空攪客中眠。

【方按】此首字句實爲亂雜。(據《存目補編》本卷十九補。)

哭嚴顥亭先生

憶昔庚戌春,孤舟涉江滸。人歸瓜步烟,衣帶廣陵雨。波濤歷澒洞,誰念行役苦。溯泳盤閶閭〔一〕,呻吟雜柔艫。身世等棄捐,遭逢但齟齬。汗漫下錢塘,日覺困羈旅。展轉吴山下,客子色如土。我公適在里,走謁氣還阻。不謂一相見,片言即相許。皋園文酒歡,數與商終古。庭前鶴兩隻,窗外菱三畝。高情略纓冕,仁風浹肌腑。謂我居湫隘,移我松筠塢。道士乍逢迎,童僕亦欣舞。留連兩月餘,游覽遍芳嶼。看潮兒跳波,尋寺僧開户。臨岐重拳拳,肝膈復傾吐〔二〕。數作薦禰書,大似孔文舉。謂我天下才,不止賦鸚鵡。饋我舟楫資,買船出烟浦〔三〕。一别輒八載,不能承笑語。繼聞復登朝,弼亮事英主。抗疏救流移,蒼生荷安堵。去年長安來,又得罄覼縷。感公再延禮,高齋設樽俎。慰藉計歲月,問訊到兒女。即云秋病後,纔能勝秉脯。爲國當愛身,强飯養公輔。匆匆仍别去,未能既心膂。今春謬薦達，迫致不遑處。方喜更瞻依，益得傍清署。胡爲乘箕尾，遽爾謝塵侶。哭公淚已乾，吊公几重撫。實爲天下惜，豈但一人補。丹旐何飄颻，繐帷復凄楚。空餘千載名，寫入元臣譜。

【校記】

〔一〕溯泳　《存目補編》本卷二《哭嚴顥亭先生》作“沂咏”。

〔二〕復　《存目補編》本卷二《哭嚴顥亭先生》作“屢”。

〔三〕浦　《存目補編》本卷二《哭嚴顥亭先生》作“渚”。

送夢紱歸中條

八月寒雨多，燕山桂花濕。君言不得意，却返舊鄉邑。馬纏黄金轡，書亂白藤笈。山中有草堂，經年待修葺。齋居得妙理，樵爨自相給。羨爾蚤能歸，送爾還佇立。臨風再珍重，蘆荻蕭蕭急。

秋日簡阮亭先生

萬象本寂寥，一心叢百垢。至人心亦無，萬象復何有？先生金粟身，方綰紫絲綬。紅酣天女花，緑醉麻姑酒。妙思魚脱淵，閑情風在柳。嗟我三生緣，虚懷邀善誘。將無瓔珞街，當年舊師友。文字得閑居，神龍困蝌蚪。無學之學難，還同証長久。

【蘇評】有比有興，聲色俱佳，而結情尤遠。（據劉蘇本五言古體詩補。）

【劉評】固是兩美必要合，自别具隻眼。（據劉蘇本五言古體詩補。）

志言大士

朝飲屠沽兒，暮啗江南膾。下筆十三郎，錯愕無人會。

【蘇評】奇麗精工。（據劉蘇本五言絶句補。）

僧伽大士

來從葱嶺來，宿就臨淮宿。不合虢州兒，畫蛇更添足。

【蘇評】出語超凡。（據劉蘇本五言古體詩補。）

【劉評】亦是機鋒語，却不曾上彼家船去。（據劉蘇本五言古體詩補。）

藍采和

古人混混去，今人紛紛來。不及三春樹，一年花一開。

【蘇評】語特高妙。（據劉蘇本五言絶句詩補。）

晚過李武曾即贈

十年不相見，何期此相遇。夜深騎馬來，明月在高樹。驟值反無言，但恐速歸去。呼僮具新茗，剪燈爪屢誤。几筵錯主賓，首索篋中句〔一〕。清辭感相示，哀音如怨慕。腹痛潁川人，公䣂先生，心折昆明路。艱難長道力，近擇鵝王乳。萬事皆浮雲，一生若朝露。奉母留真實，息機供調御。嗟我無學久，聞語益警悟。分手暫言旋，長空没孤鶩。

【校記】

〔一〕篋　《存目補編》本卷二《晚過李武曾即贈》作“筐”。

贈陳其年

漁陽桑葉落，寒風遂蕭條。美人遠自江南來，手持明月簪瓊瑶。乘秋理鏡發高咏，和以鳴鳳秦臺簫。傾國傾城誰第一，羨爾容華艷朝日〔一〕。從此承恩入蘂宫，宫中行樂何時畢。

【劉評】音響格調，咸自停勻；氣體豐神，猶爲熿發。（據劉蘇本七言古體詩補。）

【校記】

〔一〕容　孫謌本七言古體詩《贈陳其年》作"榮"。

贈貫采公

世事如鴻爪，端倪不可求。逢君恰瀛海，鄉思共并州。交醉周公瑾，真懷馬少游。冰霜非六月，容易一披裘。

呈補念秦公二十韻

一代文章伯，千秋令譽長。筆曾專國史，名早動先皇。草蹴龍池緑，衣霑鳳署香。登朝題琬琰，取士得琳瑯。百粵煩旌旆，南天仗乂康。三洲鐫玉乳，五色馭神羊。吟帶羅浮雪，資捐翡翠裝。節回梅鋗嶺，綬照客星堂。澤與桐溪潤，聲留大滌蒼。更聞秦塞曲，亦藉漢庭良。黑水軍容肅，紅鹽幕府張。賢勞久西海，淑問復南昌。劍氣豐城剖，仙峰玉笥藏。虚延禮孺子〔一〕，道濟溯旌陽。近眷鹽梅托，新猷海岱傍。豈徒民愠解，頓使國威强。廿載皈依切，三餘景物芳。龍門登百尺，蟲技獻千章。葛帔還能惜，金蘭自不忘。從斯百寶色，沐浴發奇光。

【方按】"梅鋗"，鋗平聲。（據《存目補編》本卷二補。）

【蘇評】端莊有度，殲澁之氣消歸烏有。（據劉蘇本五言排律詩補。）

【劉評】古色蒼然，浮氣殆盡。（據劉蘇本五言排律詩補。）

【校記】

〔一〕孺　劉蘇本五言排律詩《呈補念秦公二十韻》作"儒"。

偕孫子麟元太行途中二首

與君同陟太行來，曾過孫登古嘯臺。無限藤蘿紛在眼，鳳鸞何處一徘徊。

青山一路笑題詩，君亦前身應畫師。馬上晴巒數點首，栖烏飛出石楠枝。

過河滸

花鴨雙掌靜無泥，對對唼芳青草堤。説與金丸渾不解，呼群更向寺門西。

寄董驃騎

少年使酒聞輕俠，退老江干數雁群。世上可憐多醉尉，不須重説李將軍。

卦山四首〔一〕

石路何盤盤，老栢一萬樹。風吹栢子烟，引入繙經處。

【蘇評】穩老有唐味。（據劉蘇本五言絶句詩補。）

古洞蛟龍窟，陰陰玉鑑寒。只疑雷電起，不敢再三看。

【蘇評】讀之亦心情悚然。（據劉蘇本五言絶句詩補。）

石幢曠劫留，花雨衣裳冷。下界蒼蒼然，殘陽没東嶺。

【蘇評】峭蒨。（據劉蘇本五言絶句詩補。）

起滅心何爲，皈依七祖禪。銜花雙白鹿，恰過講堂前。

【蘇評】具有遠懷。（據劉蘇本五言絶句詩補。）

【校記】

〔一〕劉蘇本五言絶句詩題爲“卦山”。

戲贈李武曾二首〔一〕

山公愛客綺筵清，燈火籠紗妒月明。此日相逢未相識，江南新到庾蘭成。

沉醉東風盧女絃,泥人佳句滿題箋[二]。預愁長夜無春色,遍種桃花作墓田。

【王評】妙。

【沈評】猶有未忘生死者也[三]。(據劉蘇本七言絶句詩補。)

【蘇評】采六代之華,標三唐之制,叩其響籟,令人神飛。(據劉蘇本七言絶句詩補。)

【校記】

〔一〕《清詩别裁集》本題爲"戲贈李武曾"。

〔二〕題 《存目補編》本卷三《戲贈李武曾二首》作"紅"。

〔三〕也 《清詩别裁集》本之《戲贈李武曾》中沈德潛評語作"在"。

孫公和嘯臺

我愛孫公和,無言但長嘯。編草以爲裳,披髮坐巖照[一]。喜怒兩俱捐,没水付一笑。叔夜龍鳳姿,才多而寡要。從之游三年,不能窺其妙。昨日汲郡來,北山頗登眺。臺空人亦無,惆悵生寒燒。

【蘇評】風流有餘志。(據劉蘇本五言古體詩補。)

【校記】

〔一〕照 《存目補編》本卷八《孫公和嘯臺》作"沼"。

贈韓斐然

蕙草轉春風,蒼茫海日紅。逢君人似玉,對我氣如虹。孤劍飄零外,清樽感慨中。何年隨羽獵,同宿萯陽宫。

雜咏二首[一]

樓居有何好,仙人苦留戀。金銀雜玉階,終是世俗見。王頭與士壟,達者兩不羨。富貴不可驕[二],况復貧與賤。嗟我果何從[三],一愚了千萬。

【沈評】即韓子歸愚識夷途意,寫來生辣。(據《清詩别裁集》本補。)

何以有夭殤?欲惡分生死。何以有愛憎?物我形彼此。何以有利害?向背亂終始。瞋怒從何生?畏忌從何起?水本不能溺,火亦清涼耳。謂太空虚無,神龍方踐履。謂金石堅實,飛將貫一矢。真人齊萬化,上善自若水。雷霆不亂聰,山嶽不折齒。雲露不垓勢[四],美惡不在己。空明絶將迎,澄澈捐泥滓。無學之學難,請師廣成子。

【校記】

〔一〕《清詩别裁集》本題爲"雜咏"。

〔二〕驕　《清詩别裁集》本之《雜咏》作"求"。

〔三〕嗟　《清詩别裁集》本之《雜咏》作"嗟"。

〔四〕露　《存目補編》本卷二《雜咏二首》作"霧"。

贈魏闇之

千里俱爲客,同看海嶽春。説詩狂未減,驚座醉猶神。花信連三月,鶯聲漸四鄰。秋風吹桂子,仍作奪袍人。

贈張公路

秦時督亢陂,鳧雁雜菱荷。千秋竟平衍,樵人施斧柯。君家讀書古陂側,閲世常留好顔色。松檜當門有鶴來,蓬蒿滿徑無人識。昨日偶爲滄海行,殘雪欲消芳草生。問字擬過毛萇宅,懷仙空望卯兮城。嗟我年來學無學,心迹未能雙寂寞。逢君一笑三生緣,同與提壺數斟酌。鷺鷀杓[一],鸂鶒卮,世事浮雲能幾時。爲君引滿百不辭,蓬萊不遠鳳笙吹。

【蘇評】宛轉流媚,有曉風楊柳之致。(據劉蘇本七言古體詩補。)

【校記】

〔一〕鷀　《存目補編》本卷八《贈張公路》作"鷥"。

四先生詩限中雄空風韻〔一〕

東方曼倩

避世依金馬，浮沉豹尾中〔二〕。借車心自壯，割肉氣何雄。學豈干時富，財因取婦空。堂堂責董偃，真有大臣風。

【王評】結句大爲曼倩洗發，從來肉眼皆以神仙俳優，埋没古人矣。

【蘇評】起得雄壯，收得端嚴。（據劉蘇本五言律詩補。）

陶元亮

已分柴桑隱，寧甘手板中。詩憑甲子紀，人是義熙雄。濁酒東軒滿，孤情大化空。荆卿托同調，高咏入悲風。

【王評】結亦特見。

【蘇評】五六語，曲盡靖節高風。（據劉蘇本五言律詩補。）

李太白

萬里峨嵋客，長安酒肆中。倚才輕婦寺，爲國愛英雄。大藥求先得，千金散後空。只今思笑語，猶似墮江風。

【蘇評】詩諷貴妃，眼識汾陽乃太白一生大高處。起句超乎，結句秀逸。（據劉蘇本五言律詩補。）

蘇東坡

鄒陽前後世，口語一生中。忠信通天帝，艱虞困鬼雄。山前八部近，海外萬緣空。鸛鵲蚊虻過〔三〕，都如電與風。

【王評】章、蔡一輩真蚊蠓耳。

【蘇評】坡公生平，和盤托出。（據劉蘇本五言律詩補。）

【校記】

〔一〕孫謌本五言律詩題爲“懷古四首”，《存目補編》本卷五題爲“四先生詩限韻賦”。

〔二〕沉　孫謂本五言律詩《懷古四首》作“沈”。

〔三〕鵲　孫謂本五言律詩《懷古四首》作“雀”。

送王黄湄都諫使嶺南

渺渺五羊城，坎坎津亭鼓。懷君六月半，已過南康府。匡廬好山色，那得留行部。陟嶺瘴花明，近海島帆聚。使院忽相思，桄榔夜深雨。

贈朱悔人學耕東浦

雙鳩呼雨又呼晴，東浦何人正餉耕。蟹舍遥連平楚白，柴門俯見下江清。燒畬侵曉驅牛出，飲社連朝荷鍤行。莫訝逃名名轉盛，耒邊終有漢書聲。

【蘇評】烟墨不言，受其驅染，時物有情，任其吞吐。（據劉蘇本七言律詩補。）

逢王子重吏部京師即回秣陵省覲

藤花官舍日從容，相憶長吟對磵松。七載誰憐花下别，三春還喜寺前逢。新詩遠帶峨嵋雪，子重有使蜀詩最奇。歸棹方迎白下鐘。爲拜山公道珍重，獻花巖北待相從。

題黄湄給諫《紅袖烏絲卷》三首

白玉闌干翡翠牀，林風吹動綺羅香。黄門搦管妖姬侍，仍是君家寶繪堂。

纖指玲瓏楮墨芬，花前來往石榴裙。蕺山扇子誰將去，不解風流是右軍。

梅花賦就擘長箋，七十鴛鴦畫裏傳。比似扶風真托興，後堂原未聒彭宣。

送田雨來編修使中州

憶昔嵩高游,便欲嵩高住。濯纓五渡水,掛瓢貝多樹。如何世緣在,驅策自牴牾。長安真何求,來往恨頻數。唯有素心人,差堪慰朝暮。太史金閨彦,氣堅道仍寓。早敦曾閔行,久荷孔顔鑄。情浹屢招邀,時還感零露。忽銜中州命,晨興戒徒御。三花紛在眼,濟勝况多具。巖迸鐘乳垂,松回麝香度。試訪算心人,白雲更深處。

【方按】"頻數","數"字何以入此韻?(據《存目補編》本卷六補。)

送王乃閑之官平都

讀書不爲政,勞生道亦非。遠臨巴子國,喜出華山畿。飲磵猿公下,銜花吉了飛。平都舊仙窟,日可對清暉。

再送一絶〔一〕

青門柳色動凉颸,蜀棧勾連憶酒卮。莫道蠶叢但愁絶,荔枝剛熟到官時。

【蘇評】與桃花、春水、欄橈同其風雅。(據劉蘇本七言絶句詩補。)

【校記】

〔一〕劉蘇本七言絶句題爲"再送王乃閑之官平都一絶"。

槐石歌爲佟儼若賦

中丞清白世所無,罷官便同山澤癯。一朝賣宅悵無居,假屋聊取安妻孥。公子矯矯才氣殊,鸞翔鵠峙羞泥塗。移家空載五車書,下鍵却掃追清娱。翻喜新堂槐蔭鋪,當門怪石蹲於菟。解衣盤礴興不孤,間有好事來提壺。長安酒肉厭屠沽,高樓燕笑羅摴蒱〔一〕。食雁而美閑且都,明燈廣厦張氍毹。公子寂寂胡爲乎?據槐倚石仍咿唔。嗟我四十悲頭顱,尚書朝請計總迂。胡不歸去軟塵俱,松風真負青山逋。過從數坐青珊瑚，摩娑石丈稱吾徒〔二〕。聞君指日江南趨，猶爲饑遣爭長途。回視此樂不可圖，况欲高館吹笙竽。嗚呼！廉吏可爲言何誣，不見楚相之子負薪啼路隅。

【蘇評】全以氣韻高行，淋漓振宕，不覺其排山倒海之才。（據劉蘇本七言古體詩補。）

【校記】

〔一〕笑　《存目補編》本卷六《槐石歌爲佟儼若賦》作"籠"。

〔二〕娑　《存目補編》本卷六《槐石歌爲佟儼若賦》作"挲"。

白鸚鵡爲宋牧仲僉憲賦

怪爾生炎海，天然素羽稀。幾驚金粟夢，故避雪山飛。對月常憐影，當花恐涴衣。瑶林有仙客，數與伴清暉。

憶栖巖寺

最憶栖巖寺，招凉有舊亭。河流週郡白，山勢入關青。崖斷蜂留蜜，松高鶴墜翎。盧師吾有約，許共一函經。

【王評】余南海詩有云"鬢從五嶺白，山入百蠻青"，與此頗相似。〔一〕

【蘇評】全首類杜。（據劉蘇本五言律詩補。）

【沈評】新城欲以"山入百蠻青"句敵之。（據《清詩別裁集》本補。）

【校記】

〔一〕有云　《存目補編》本卷六《憶栖巖寺》王士禎評語作"云"。

送沈融谷之官來賓

念爾粵西去，愁心牽別筵。遠爲蠻縣宰，誰重《帝京篇》。嶺瘴昏榕樹，江潮上蛤田。耽幽閲巖壑，莫讓昔人賢。

勝水觀音院小憩〔一〕

磴道交初地，千山紫翠重。晴雲消檻竹，春雪覆巖松。汲澗谷中得，尋僧林下逢。人家還幾里，明月挂南峰。

【蘇評】視劍南體氣韻較渾。（據劉蘇本五言律詩補。）

【校記】

〔一〕《存目補編》本卷六在"勝水觀音院小憩"題後有小字"一本題作山園"。

宿山園

蕙草經冬抱紫芽，春泉動脈瀉金沙。雕窗日上鳥聲碎，洞口一枝山杏花。

山　行

白石何齒齒，山徑直還曲。日暮不逢人，樵聲動空谷。

【蘇評】發深響，振逸情。（據劉蘇本五言絶句詩補。）

井陘懷古〔一〕

泜水當年戰血乾，井陘花草至今寒。談兵直到如神處，始解無雙國士看。

將將能高噲伍嗟，無端鐘室禍旋加。奇才更少安身處，豈但難聽李左車。

【校記】

〔一〕《存目補編》本卷十一題爲"井陘懷古二首"。

河　橋

河橋新柳漸成絲，社燕飛飛二月時。每惜春來只爲客，東堂辜負好花枝。

賦得雁寄魯少府

一雁汾陽郭，寧知紫塞來。花邊經斥堠，雲表見樓臺。尚有稻粱戀〔一〕，寧防矰繳猜。春風知不遠，歸及嶺南梅。

【王評】有格。

【校記】

〔一〕粱　孫謂本五言律詩《賦得雁寄魯少府》作“梁”。

别龔明府返河中〔一〕

六月煩行役，賢勞記往還。紅辭温室樹，青過薊門山。郡郭仍金櫝，河流尚玉環。勸農容散騎，十里盡潺湲。

【謂記】孫謂本五言律詩題後有小字“刻《和鳴集》”。

寄黄師

珍重三春别，城邊姑射青〔一〕。早花發難待，流水去無停。草色不知遠，愁心那用醒。金臺望鄉處，二十五長亭。

——男德基履占校對〔二〕

【校記】

〔一〕姑　宋本卷三、徐本卷三《寄黄師》作“孤”。

〔二〕劉本六册本卷三末有“男德基履占閲”字，宋本卷三、徐本卷三末均無字。

卷　四

漁洋山人評定
河中吴雯天章甫著
襄陵徐儲餘甫分校
臨汾劉組曾繩遠校刊〔一〕

沈洪生編修宅集諸子看芍藥四首

靈根曾説托豐臺,新買千枝傍座開。楊氏諸姨同輦出,趙家姊妹兩宫來。東西客到四千里,賢聖酒傾三百杯。爲戀高情忘卜夜,四更燈火不知迴。

旖旎爭看疊畫屏,靈妃髣髴下雲軿。憐時那便分桓李,妒處何從較尹邢。名酒遠將阿母醖,盤飡羞薦五侯鯖〔二〕。浮生此樂真何極,莫遣當筵錦瑟停。

【方按】"鯖"字在"庚"韻,此誤入"青"。(據《存目補編》本卷六補。)

肩拍洪崖笑語同,長吟捉坐鳳城東〔三〕。酒當璧月清凉夜,人在瑶臺錦綉中。畫檻緣階香有露,珠簾到地静無風。欲歸更覓銀釭照〔四〕,愛煞深紅雜淺紅。

欲去還留繞曲廊,酒人被酒更清狂。舞當芳樹驚烏鵲,歌倚洞簫來鳳凰。花氣濛濛寧惹霧,爐烟裊裊尚焚香。莫愁那得頻相接,只許盧家有畫堂。

【蘇評】奇崛而謝雕鏤,巧縟而絶綺靡。無非挾幽并之氣,蔚爲一代詩豪。(據劉蘇本七言律詩補。)

【劉評】四詩皆氣韻生動,不爲風華所掩。(據劉蘇本七言律詩補。)

【方按】詩有格調,調因格而生也。如此四首之格,則不得稍拗一字矣。而第四句"洞簫","洞"字何以示後人乎？往嘗見黎美、周黄《牡丹詩》亦犯此病,蓋此等在作家偶出奇,亦非正局,而此詩則不得藉口矣。此四詩俗格也,奈何漁洋賞之？（據《存目補編》本卷六補。）

【校記】

〔一〕劉本六册本卷四首題爲"漁洋山人評定、河中吴雯天章著、襄陵徐儲餘甫校、臨汾劉組曾繩遠鐫",宋本卷四首題爲"漁洋山人評定、河中吴雯天章著、後學劉組曾、蔡寅斗同校訂",徐本卷四首題爲"漁洋山人評定、蒲板吴雯天章手著、平陽徐昆後山、涂水喬人傑漢三重訂、濩澤張誌心鐫"。

〔二〕侯　劉蘇本七言律詩《沈洪生編脩宅集諸子看芍藥四首》作"候"。

〔三〕捉　孫謂本七言律詩、《存目補編》本卷六《沈洪生編脩宅集諸子看芍藥四首》作"促"。

〔四〕釭　孫謂本七言律詩《沈洪生編脩宅集諸子看芍藥四首》作"缸"。

六皆兄招諸子集蠖庵侍御宅〔一〕

鳳炬輝輝照畫堂,秋深終是感他鄉。琴樽尚戀嚴公宅,畚鍤誰操谷口莊。豈爲上書留北闕,猶思取婦瀫東方。愁來魯酒都無用,坐聽西風雁一行。

【方按】此圈點非阮亭筆,上四首(指《沈洪生編脩宅集諸子看芍藥四首》)亦然。(據《存目補編》本卷六補。)

【校記】

〔一〕蠖庵　《存目補編》本卷六題爲"籰庵"。

送六皆還里二首

秋到擾鄉夢,驚聞君又歸。迎舟花北笑,送客雁南飛。甘橘承筐嫩,鱸魚入饌肥。無人鑒辛苦,莫下讀書幃。

【方按】此圈非阮亭手。(據《存目補編》本卷六補。)

痛飲無多日,相思即歲年。江楓紅隔岸,湖草碧連天。自解吟詩句,誰能贈酒錢〔一〕。梅花三竺路,愁發早春邊。

【蘇評】二首既幽雅亦高華,總是風致特勝。(據劉蘇本五言律詩補。)

【校記】

〔一〕酒　劉蘇本五言律詩《送六皆還里二首》作"灑"。

阮亭先生得余長沙消息惓然見懷依韻和答

無端衡嶽路,辛苦近壺頭。書達三千里,人宗第一流。江山迷去雁,天地許歸舟。已罷瀟湘客,言愁尚欲愁。

【蘇評】高渾亦復清空。(據劉蘇本五言律詩補。)

安肅道中題壁

左車齒一落,筋力知早衰。如何千里行,不及桃花時。豈曰昧止足,天彝不可辭。人生亦何先,所貴敦孝慈。念此俯仰艱,出門竟何之。北風連日夜,拗折垂楊枝。寧待京洛游,素衣看已緇。苦辛復如此,轉憶東岡陂。

送李分虎

牽牛花開秋氣清,千山萬山君獨行。到家真覺還家樂,書卷傍邊絡緯聲。

【劉評】寫"送"字不覺神飛色動。(據劉蘇本七言絶句詩補。)

送趙伸符編修使山右

涼風到庭户,客子方宵征。宵征亦何爲,日夕計王程。斜陽見騶馭,高柳遲危旌。遥遥發鳩水,天際方回瀠。井陘百戰地,殘壘鳴飛鼪。關路轉崎嶇,野潦猶縱横。一日七十渡,石齒何丁丁。大鹵古仕國,人文亦崢嶸。君才本清真,爲帝張八紘。重賴獻納力,闢門招豪英。酒醴與笙簧，所樂皆國楨。嗟我邀末契，華實無可呈。幸藉少淹留，不與璠璵爭。有如明鏡前，山精先遁形。[一]計日望君來，天街望君行。知有巖穴侶，趨隨謁承明[二]。知人受上賞，聊慰十年情。

【譚記】"計日望君來"四句，刻本未刻，因已删去。今閲原本，知雖經阮亭先生删去而仍存，特照原本將四句及評語並刻於"山精"句下，庶不失其真。（據孫譚本五言古體詩補。）

【方按】後一"望君"字，當有誤。劉刻去此四句則更索然矣。（據《存目補編》本卷十一補。）

【校記】

〔一〕孫譚本五言古體詩孫譚記有："原本此下有'計日望君來，天街望君行。知有巖穴侣，趨隨謁春明'四句，阮亭先生删去，旁批云'此四句仍須抄存可耳'。"

〔二〕"計日望君來，天街望君行。知有巖穴侣，趨隨謁承明。"底本無此四句詩，據《存目補編》本卷十一補入。

咏　史

緘口虞箴笑漢京，逆鱗誰復更相攖。一書諫獵千秋重，不敢辭人待長卿[一]。

【校記】

〔一〕辭　宋本卷四、徐本卷四、孫譚本七言絶句詩《咏史》作"詞"。

簡謝方山比部

牽牛寒有花，芳草夕多露。晨興遵廣陌，凉風在高樹[一]。謝公書成癖，下簾理章句。鄴侯三萬籤，自插防錯誤。我亦頻過從，飲河滿即去。十年困俯仰，奔走念行路。擔簦湘陰宿，買舟漢陽渡。苦思十畝間，緣墻種瓜瓠。讀書消世態，射獵飽山趣。如何事願違，又向金門住。相逢益傾倒，情語過親故。亦云鹿角關，久負栖盤處。春枝布縠飛，雨壁蝸牛聚。法曹羈鞅甚，孤情少逸豫。每值杏花時，清夢往來數。繪圖當卧游，退食輒長顧。丈夫奮雄飛，出處道皆寓。正及身手健，那得伴鷗鷺。吾意早頹然，山澤久沉痼。貪看韋曲花，笑躡東郭屨。誰能借車馬，君猶分坐具。感慨成激昂，風雲莽回互。座有謫仙人，請爲《鵩鳥賦》。

【方按】“數”字又誤入此韻。（據《存目補編》本卷十一補。）

【校記】

〔一〕在　孫譔本五言古體詩《簡謝方山比部》作“生”。

題汪東川編修《秋山讀書圖》

堂堂日月去何已，落落心期誰與同。乞得長林容把卷，不知烏桕着霜紅。

寄石袍朱丈時逢其令子公琢都下輒有結鄰之約二首〔一〕

師表遺東國，誰能似彦方。傳經崇道德，持世有文章。庭樹生蘭玉，天書下鳳凰。琴聲猶髣髴，何日一登堂。

公子千人傑，相逢共玉京。淵源識典則，奇氣嘆縱横。柳拂新豐酒，花明客帳筝。春來拜床下，知有鹿門迎。

【校記】

〔一〕《存目補編》本卷十一題爲“奉寄石袍朱丈時逢其令子公琢都下輒有結鄰之約二首”。

送曾青藜之粤東二首

羅浮山色五羊城，投老炎荒去住輕。豈爲丹砂勾漏訪，便衝臘雪嶺南行。檳榔花解迎人笑，蝴蝶香能入夢生。却羨千秋紀游覽，鵰鴣峰下有題名。

【蘇評】詞鋒如雲，能上涌九霄，下騰萬川。（據劉蘇本七言律詩補。）

【劉評】神清骨勁。（據劉蘇本七言律詩補。）

天邊纔識少微星，欲别還携雙玉瓶〔一〕。東閣連朝方罷酒，南人從此更傳經。春回黎母花前艷，雨過金鰲海外青。珍重家人問消息，平安先報錦帆涇。

【蘇評】格高氣朗。（據劉蘇本七言律詩補。）

【劉評】絶無纖碎淺弱之累，大有沉速偉麗之觀。（據劉蘇本七言律詩補。）

【校記】

〔一〕還　《存目補編》本卷六《送曾青藜之粵東二首》作"仍"。

呈少宰李容齋先生

次第朱門影寂寥，霜天感激更相招。盤飡誰暇謀寒士，啟事公猶重聖朝。橘樹當奴供玉案，雪花如掌避金貂。座中不少知恩客，一飯從來未易消。

之津門遂留送陸天濤

去住皆鴻爪，淋漓酒滿襟。東來瞻海氣，南下憶江陰。日暖魚蝦市〔一〕，霜高橘柚林。相思各珍重，同保歲寒心。

【校記】

〔一〕蝦　《存目補編》本卷十一《之津門遂留送陸天濤》作"鰕"。

題阮翁畫册二首

豈是陳倉碧野鷄，雌雄王伯隔雲泥。置身不羡能高處，只羡雙雙比翼栖。

慘緑深紅正滿枝〔一〕，雙雙蜂子趁花時。更看蝴蝶車輪火〔二〕，只少麻姑背上騎。

【校記】

〔一〕慘　《存目補編》本卷十一《題阮翁畫册二首》作"糝"。

〔二〕火　宋本卷四、徐本卷四、孫謂本七言絶句詩、《存目補編》本卷十一《題阮翁畫册二首》作"大"。

送周星公禮部出守南康四首

萬里敷文命，歸無翡翠裝。一麾辭北闕，十月下南康。問俗匡君側，狂歌五老傍。彭湖秋正闊，波浪浩茫茫。

轉憶長沙住，相逢每見招。江山何寂寂，風雨日瀟瀟〔一〕。湘碧難爲别，炎荒路正遥。歸來歡握手，仍復在中朝。

聚散真何有，年華悵易移。纔能開卷帙，又見引旌旗。家學濂谿近，行春白鹿隨。却愁冰雪路，楊柳不成絲。

香爐吾最愛，雲氣似香烟。太守能清静，高齋對晏眠。更邀徐孺子，同聽谷簾泉。好在春明候，騎牛西磵邊。

【校記】

〔一〕瀟瀟　《存目補編》本卷六《送周星公禮部出守南康四首》作"蕭蕭"。

張水部招集一畝居即事

一載京華坐寂寥，天涯琴酒尚蘭皋。誰能無事同犀首，君已辭官似馬曹。樹杪星辰霜後近，池邊燈火夜深高。醉來客帳封侯夢，斜插蓮花照寶刀。

【蘇評】節奏、音韻無一不協唐調。（據劉蘇本七言律詩補。）

雪夜簡張漢瞻卧疾

孟冬成早寒,寒宵倚書格。忽聞密霰下,不覺西窗白。沉吟數更漏,念爾幽憂客。卧疾已兼旬,户外禁行迹。竹爐藥鼎沸,風幔茶烟積。鏡中白髪生,顏色少光澤。爲君廢書坐,床頭亂《周易》。何日鬭身强,當花拓金戟。

題大令帖一絶句

餓隸書猶貴,離婚事不同。如何銅雀妓,乃敢誚羊公。

送阮翁祭告南海四首

嶺氣如蒸暖不收,行人都脱木綿裘。陽春一路通南極,直看桃花到廣州。

文章氣節兩嶙峋,只許端明是後身。可向桄榔庵下過,三生窮達往來因。

七百年前白鶴栖,而今擁傳躡丹梯。高文海外江山助,萬里風雷震鱷溪。

感恩知己兩心降,冰雪相從飲玉缸。只恨挐舟愧區册[一],心隨旌旆下珠江。

【蘇評】以上四詩,有聲有節,有態有度,悠然鏗然,東坡晚年絶調也。(據劉蘇本七言絶句詩補。)

【校記】

〔一〕挐　《存目補編》本卷十一《送阮翁祭告南海四首》作"拏"。

送王舍人還里三首

能貧自信阮咸達,解《易》還同王湛癡。苦厭承明去鄉里,北湖烟雨對鸕鷀。

東菑蒲稗亂青袍，自斸溪田種一刀。社鼓神錢秋賽晚，可還整理鳳凰毛。

徂徠山色望中迷，招隱何能共竹溪。有夢三周華不注，濟南芳草日萋萋〔一〕。

【校記】

〔一〕日　宋本卷四、徐本卷四《送王舍人還里三首》作“口”。

貴人園子

秋盡天宇高，巉巖淡空緑。朅來三徑外，得此萬竿竹。文窗互盤亘，綺榭交回覆。吹簫下鳳凰，彈棋上鸐玉。山分蓬嶠近，水折滄溟縮。悠悠物外情，渺渺壺中宿。誰言烏鵲橋〔一〕，宛對鸚鵡谷。

【蘇評】縱横恣肆，非尋常舉步。（據劉蘇本五言古體詩補。）

【校記】

〔一〕烏　劉蘇本五言古體詩《貴人園子》作“鳥”。

贈姜西溟

南海有菖蒲，一寸而九節。曾聞安期生，服之入寥泬。霓旌隨電轉，飇輪逐風滅。惟留阜鄉舄，遂與世人絶。吾生久頹放，世事等一吷。願言登羅浮〔一〕，竟訪《還丹訣》。夫子純氣守，上善無軌轍。著書白玉堂，走馬黄金埒。衣被滿天下，大道豈莊列。鵬運九萬里，五嶽俯一垤。每呼丹穴侣，天漿共飲啜。何日踏梅花，千山望成雪。

【蘇評】茫洋渾涵，轉接頓挫，極才人之能事。（據劉蘇本五言古體詩補。）

【校記】

〔一〕羅浮　孫謌本五言古體詩中，藏書人將此二字改爲“寥廓”。

呈徐健庵閣學二首

嶰竹生太古,堅笴一千尋。外具蒼玉節,中有鳳凰音。何人解黄鍾,律吕空消沉。宇宙感太和,采擇出中林。一吹八風調,再吹天地陰。元鶴一十二,遥下閬風岑。上叶雲門奏,中暢夔龍心。

弇山有鳴鳥,爲世發禎祥。其聲中律吕,其色備文章。如何猶苦饑,寥闊空翱翔。阿閣無安巢,飛飛去扶桑。大海多風濤,白日黯晶光。耳目眩爰居,抗咮鳴高崗。夫子坐元圃,琅玕紛羅將。朝薦齋房芝,暮陳金盤漿。飲啄何足言,高義不可忘。覽輝下千仞,願言耀虞唐。

留别衛凡夫

海風吹不休,殘雪海門道。行人欲東下,坐聽荒鷄早。之子留上都,亦無好懷抱。堅忍人事間,孤情終浩浩。梅花一千樹,中夜夢顛倒。何日對西峰,春烟亂瑶草。

送徐道冲之粤東

臘月漁陽道,冰堅馬骨寒。朔風吹海雪,一夜滿桑乾。之子方南下,相思正北看。雁過梅嶺少,書達玉堂難。去閲珊瑚網,歸貽翡翠盤。莫持鸚鵡賦,倚醉壓珠官。

【**蘇評**】悠揚處唐人風調。(據劉蘇本五言古體詩補。)

逢韓子用都下時方有婚事遂贈

前年芳草時,游楚戒行李。相候岳陽城,同渡瀟湘水。舟移飛鷺上,日暮啼猿起。今春復里門,馬上顔色温。更向三巴去,旌旆何翻翻。豈憶長安陌〔一〕,重來對霏屑。尊酣新豐酒,衣帶峨嵋雪。聚散真何常,鬢毛日已蒼。君適桃李期,方爲鸞鳳翔。屏間雙孔雀,花際兩鴛鴦。燕喜對晴昊,差可慰懷抱。而我踏層冰,却望海門道。會有好音來,雲中下青鳥。

【校記】

〔一〕憶　宋本卷四、徐本卷四、孫謂本五言古體詩、《存目補編》本卷十一《逢韓子用都下時方有婚事遂贈》作"意"。

簡陳燕文〔一〕

初日何曈曨,照爾西窗上。同作寒鴻翻,各有飛霞想。人生貴適意,風塵苦羈鞅。舊隱在中條,湖光對沆漭。花前調雉媒,舍外懸漁網。有時看瀑布,風雨射銀榜。何事住京洛,素心徒慨慷。更向海門東,雪花大如掌。

【校記】

〔一〕宋本卷四、徐本卷四、《存目補編》本卷十一題爲"簡陳燕又"。

贈匡山老人郭翁臯旭〔一〕

匡山老人齊得喪,鬢髮蕭騷骨骯髒。讀書萬卷眼不昏,飲酒一斗神猶王。五經腹笥何便便,蹉跎一官失少年。宰相豈肯借車馬,司業何曾與酒錢。朅來燕市屠沽飲,醉聽琵琶夜忘寢。節鼓常敲翡翠盤,翻杯輒涴葡萄錦。千鍾百榼氣轉豪,客帳猶懸舊寶刀。起舞身摇謝蝴蝶,和歌聲亂鄭櫻桃。忽對長空見歸鳥,自傷爲客何時了。金馬門前再住難,春明待走邯鄲道。

【劉評】才藻翩翩,仍然骨氣雄高;規模盧駱,神明温李,以成此芳華掩映,筋節玲瓏之作。(據劉蘇本七言古體詩補。)

【校記】

〔一〕孫謂本七言古體詩題後有小字"刻《和鳴集》"。

衛凡夫憶家園梅花漫賦

苦憶梅花好,冰霜入歲寒。心終盟白水,迹尚滯長安。已自輕千里,何曾重一官。横斜東閣夜,誰與共雕闌。

去婢怨爲元彦賦二首

門巷春風柳掛絲,去時成恨見成悲。含情脈脈兩無語,回首斜陽雙淚垂。

朱字箜篌暗網塵,傷心岐路是前因。郎心若念當時意,莫把金鈿與别人。

【王評】二詩風流絶世,似元相。〔一〕

【謌記】原本題下有墨筆評"風流絶世"四字,不似阮亭先生筆迹,刻本作阮亭評,誤,删去。(據孫謌本七言絶句詩補。)

【校記】

〔一〕《存目補編》本卷六《去婢怨爲元彦賦二首》王士禎評語寫作"似元相,二詩風流絶世"。孫謌本七言絶句詩《去婢怨爲元彦賦二首》王士禎評語寫作"似元相"。

城下二首

城下河流比玉環,梅花開傍女郎山。月明誰作梅花弄,驚起洲前雙白鷗。

春懷僕射陂邊酒,夢繞郎君谷口花。記得水亭三月半,有人幽怨寫琵琶。

【蘇評】詞近白紵,而風味猶協宫商。(據劉蘇本七言絶句詩補。)

過大院訪世高上人〔一〕

一鳥下蒼烟，當門海日圓。厨香貽笋蕨，時張水部移茗饌往。港白憶蒲蓮。待索環中趣，仍求世外緣。拈花方一笑，剛在早梅邊。

【校記】

〔一〕徐本卷四、孫謌本五言律詩、《存目補編》本卷十一題爲“過大悲院訪世高上人”。

雪中再過大悲院二首

城外河冰三漢，寺裏茅亭一間，殘雪欲晴更下，野鷹飛去猶還。

載酒許邀彭澤，艤船便住山陰。引客一聲清磬，留人兩個鳴禽。

爲凡夫止酒

薛文清後衛文清，融結河山見挺生。世德何曾慚伯起，家聲還望振玄成〔一〕。保身應念宗如綫，腐脇須防酒是兵。莫道胸中多壘塊，文章何足盡功名。

【校記】

〔一〕玄　《存目補編》本卷十一《爲凡夫止酒》作“元”。

咏范叔

長袖舞方善，艱虞奮客踪。匿車悲詭譎，出簀感彌縫。舊約三亭待，新知永巷逢。妄言傷折脇，危諫誓揕胸。身致青雲上，仇驅莝豆供。綈袍貸不死，終是大包容。

【方按】揕，知鴆切，不得入平聲用。（據《存目補編》本卷六補。）

津門上元

屈曲虹橋起夜闌〔一〕,萬家燈火不知寒。狂夫獨愛長空月,醉踏金鰲海上看。

【蘇評】和平温雅。(據劉蘇本七言絶句詩補。)

【校記】

〔一〕屈曲　《存目補編》本卷十一《津門上元》作"曲屈"。

綉　毬

東風真狡獪,揉粉傍亭幽。銀碗盛珠母,冰綃挽豹彄。寒時霜結束,暖處玉雕摎〔一〕,莫作楊花認,楊花散不收。

【校記】

〔一〕摎　宋本卷四、徐本卷四《綉毬》作"鏐",孫謌本五言律詩《綉毬》作"鎪"。

冰　魚

一夜北風至,奇羞出海東〔一〕。尾霑絲網白,色映玉盤空。味豈資蠊蝛〔二〕,時方隱蝳蝀。燈前得佳句,高唱付玲瓏。

【校記】

〔一〕羞　《存目補編》本卷十一《冰魚》作"饈"。

〔二〕蠊　《存目補編》本卷十一《冰魚》作"蠊"。

送諸五先還驪城三首

東海移家久,江南入夢多。幾驚玄髪改〔一〕,無那壯心何。歲晚悲黄鵠,春歸憶緑蘿。不須愁往返,處處有行窩。

【蘇評】語極悲壯。（據劉蘇本五言律詩補。）

有道人爭識，相逢酒一杯。精隨龍奮迅，閑與鶴徘徊。萬事老皆去，百年春又來。到家烟水緑，幾處碧桃開。

【王評】頸聯讀之，便欲擊碎唾壺〔二〕。

【蘇評】詩境如河嶽流峙，令人目炫神飛。（據劉蘇本五言律詩補。）

最慕盧敖隱，君今入杳冥。年華憑野馬，世事任浮萍。海入桑田白，山圍縣郭青。王官遺舊谷，吾亦結茅亭。

【蘇評】是從高適之渾、岑參之麗、王維之雅、李頎之俊，分其緒餘，以自成一家。（據劉蘇本五言律詩補。）

【校記】

〔一〕玄　劉蘇本五言律詩、《存目補編》本卷六《送諸五先還驪城三首》作"元"。

〔二〕孫謂本五言律詩王士禎評語寫作"頸聯讀之，欲擊碎唾壺"。

送吉咸寧還永樂二首

得失皆何有，春風羨爾歸。喜看鄉樹近，夢怯海潮飛。白髮休窺鏡，青山合息機。丹臺逢玉女，應綰六銖衣。

多愛損真實，長愁妨妙心〔一〕。早知讀損益，終未去雲林。之子能同調，考槃方獨吟。玉谿吾最戀，重欲事幽尋。

【校記】

〔一〕妨　《存目補編》本卷六《送吉咸寧還永樂二首》作"防"。

贈黄六吉

十年令望嘆無雙，親見風流意益降。的有公才比東漢，更開詩派振西江。青春索句王孫草，遲日攤書玉女窗。最感天涯知己在，莫辭沉〔一〕醉續蘭釭〔二〕。

【校記】

〔一〕沉　孫謂本七言律詩《贈黄六吉》作“沈”。

〔二〕釭　孫謂本七言律詩、《存目補編》本卷十一《贈黄六吉》作“缸”。

簡孫郁舒

冰雪幾過存，感君意良厚。人生重義氣，豈但在杯酒。春雨海上飛，津亭變楊柳。吹笙過紫陌，相期大沽口。桃花一萬樹，霞彩照窗牖。笑拍洪崖肩，戲把箏娘手。皇燧復幾時，山川紀年壽。所貴勵金石，久要不相負。若欲問神仙，徒然見牽狗。

【蘇評】合變出奇，依然脈絡分明，句調婉轉。（據劉蘇本五言古體詩補。）

春初過問津園

河流帶殘雪，輕舟問前渡。沙軟没屐齒，柴門向溪路。却登水上樓，遥見海邊樹。大野浩茫茫，春鴻正東去。花隱彈棋局，日照吹笙處。舞巾超距遠，爭席藏鈎誤。歸途畫橋北，避棹起飛鷺。回首糟丘臺，蒼蒼隔烟霧。

【蘇評】氣韻殊遠。（據劉蘇本五言古體詩補。）

戴尚書竹

湖州太守貧方善，協律郎官老更工。惟有尚書最尊寵，閑中寫出葛陂龍。

宋觀察牧仲過海門見示悔人早春倡和詩依韻賦贈

憶昔少年尚馳騁，頭顱四十愧朝請。已知不是宰官身，自分常依居士嶺。騰擲休任獼猴狂，精進當學獅子猛。其如結習愛文字，有類柔稊發〔一〕枯梗。丹經一笑帛裹鬚，皂帽幾頹墨淋頂。惟信胸中少鱗甲，峨嵋雪水一千頃。食貧廿年成遠游，世態低昂暗知領。本性往往受拘縛，夷則鏡困蛟龍井。入洛安得比鄒枚，懷沙只可吊屈景。公也威鳳知鸞飢，作歌傷我羽毛整。更念瑯琊及安德〔二〕，殷殷慰藉常記省。細雨空懷野寺梅，客春雨中阮翁約看花善果寺。炎風幾憶巖關杏。方山有杏村别業在鹿角關，同人皆爲賦詩。誰知羈栖東海邊，公來同啖雲門餅。兼云勝友朱桃椎，衙齋鬬韻奪香茗。携將佳句爭上駟，貪誦偏宜春夜靜。才力韓孟各分疆，交情盧馬同一礦。歸來長嘯驚神魚，月明棹撥玻璃影。我亦蚓竅發蠅聲，却令珪璋束藤綆。公言明朝當早發，使我延望愁日永。舉首高天雁正過，島嶼蒼茫晚猶靚。移情是處感成連，塵慮喧囂一時屏。故人已去鄉思深，夢入通天見沈烱。低頭重懺起滅心，水本無波木無癭。

【蘇評】讀此則庭筠之綺繪，長吉之險奇，非異人事。（據劉蘇本七言古體詩補。）

【校記】

〔一〕孫謂本七言古體詩此句後孫謂記有："'發'，原本作'生'，阮亭先生改'發'。"

〔二〕琊　《存目補編》本卷六《宋觀察牧仲過海門見示悔人早春倡和詩依韻賦贈》作"邪"。

贈伯亮張司馬〔一〕

大運不可詰，人生亦何常。而我三年中，春來皆異鄉。前年風雨交，扁舟入瀟湘〔二〕。經歲一歸來，又復客汾陽。今更留海壖，依然垂空囊。有如白鷗鳥，流浪滄洲傍。久客道益卑，隨波空勞攘〔三〕。攬鏡自躊躇，鬢毛颯已蒼。萬事無一成，中懷祇摧藏。遠慚荀奉倩，近愧劉真長。閑中觀摴蒱〔四〕，亦輒遭謗傷。夫子坦白衷，襟度何汪洋。能容叔夜懶，兼恕次公狂。灼灼紅梅開，數爲羅酒漿。邀我賦新句，冰綃墨淋浪。醉中禮法疏，調笑喧中堂。小妓頗便娟，新爲墮馬妝。輕歌斂紅袖，能招雙鳳凰。忽轉鳳將雛，人謂《陌上桑》。一座盡傾倒,吾亦盈百觴。回觴屬主人,此樂殊未央。耳熱舞甘蔗,奇氣自飛揚。何必求神仙,遠索不死方。今古爭賢愚,過眼皆粃糠。遭逢豈力取,徒爾攪中腸。君看陰與晴,明日即茫茫。

【蘇評】波瀾層疊,灑落自如,韻能超、氣能達也。(據劉蘇本五言古體詩補。)

【方按】"勞攘"之"攘",上聲。(據《存目補編》本卷十一補。)

【校記】

〔一〕《存目補編》本卷十一題爲"贈張伯亮"。

〔二〕扁　劉蘇本五言古體詩《贈伯亮張司馬》作"偏"。

〔三〕攘　劉蘇本五言古體詩《贈伯亮張司馬》作"擾"。

〔四〕蒲　劉蘇本五言古體詩《贈伯亮張司馬》作"蒲"。

送朱汙朱四首

同客海門久,君行二月中。登堂春酒熟,入座雜花紅。射雁宣房北,垂綸衛水東。却憐書卷内,沉困幾英雄〔一〕。

索句吾成癖,臨池爾太勞。體皆除側媚,法盡取賢豪。用拙心良苦,知希道益高。鯨鰲翻碧海,肯屬弱波濤。

直道悲難合,交情久益真。猜嫌堪一笑,德素自成鄰。倉卒無通識,低徊見古人。臨岐翻握手,不覺淚沾巾。

聚散真何爲,浮生困往還。因君歸舊業,使我念家山。閱世漸知足,吟詩常愛閑。郎君花滿谷,決計聽潺湲。

【校記】

〔一〕沉　孫謂本五言律詩《送朱汙朱四首》作"沈"。

汙朱將發語滑臺風景兼及書法至夜分未已輒綴四絶句

淇水東連遮害亭,晴沙春暖草痕青。長河久去餘黄塔,難按桑欽舊《水經》。黄塔在滑,藏如來紺髮長丈許。

【方按】"舊"字無義。(據《存目補編》本卷十一補。)

博望崗南見野烟,鸕鷀陂近足蒲蓮。閑時畫舫齋前醉,近取莊生《秋水》篇。

釵角何如屋漏痕〔一〕,不須乞巧向天孫。丈夫事事當如此,義與誠懸仔細論。

【方按】末句"義"字,傖氣。(據《存目補編》本卷十一補。)

久向荆門得瓣香,汗朱猶刻燭寫"李北海荆門行"貽余,燈前奇氣發干將。鷗波亭主工妍妙,又道頻呵老濁堂。

【校記】

〔一〕角　宋本卷四、徐本卷四《汗朱將發語滑臺風景兼及書法至夜分未已輒綴四絶句》作"脚"。

閱文字自嘲

中年嗟早衰,亦無他嗜好。唯於文字間,不能盡除掃。博簺固亡羊,讀書豈聞道。得失究何有,妍媸苦相耀。古人捐糟粕,今人自顛倒。芒芒堂上人,空使斫輪笑。

之葛沽舟中雜詩四首〔一〕

曉日籠樅近直沽,遥遥帆影出平蕪。眼前芳草衡湘色,只少春山叫鷓鴣。

雲母窗開水上樓,依依楊柳拂行舟。無端載酒彈箏過,都捲珠簾看不休。

短蒲沙帶退潮痕,花裏樓臺柳外村。暫歇吹簫倚雙槳,閑看絲網摘河豚。

海畔人家沙上居,長河東下又分渠。紛紛曬網斜陽裏,可有仙人孫賣魚。

【劉評】皆深得風騷之致,雅人氣度、錦綉心腸合而出之者也。(據劉蘇本七言絶句詩補。)

【校記】

〔一〕孫謂本七言絶句詩題後有小字“刻《和鳴集》”。

杏　花

横塘水暖柳烟垂,野寺蒼苔步屧遲〔一〕。宛轉谿橋南又北,東風吹出最繁枝。

【校記】

〔一〕屧　《存目補編》本卷十一《杏花》作“屐”。

觀海阻雨

海氣易爲雨,潮聲近若雷。蕭蕭偏攪樹,漠漠阻登臺。書卷携何益,蛟龍鬱未開。浮雲終斂盡,指點見蓬萊。

海上雨憶葛沽杏花

無言芳樹待成蹊,雨妒風摧打作泥。别去翻愁香易斷,歸來尚欲酒重携〔一〕。僧閑應念莓苔滑,巢濕還驚鸛鶴栖。一日陰晴看不定,人間萬事任東西。

【校記】

〔一〕歸來尚欲酒重携　《存目補編》本卷十一《海上雨憶葛沽杏花》作“歸來尚欲灑成携”。

雨不絶

春雲原帶雨,又被海風吹。灑灑已終日,綿綿無盡時。帆檣含暝色,桃李惜繁枝。篛笠沙頭客,猶然把釣絲。

觀　海

始識朝宗大，登臺覲廣洋〔一〕。乾坤成澒洞，風雨失尋常〔二〕。日照扶桑小，雲流太古荒。

蛟龍通窟宅，魚鱉没橋梁。一氣元精合，千帆島嶼長。飛仙如可接，鶴馭轉茫茫。

【王評】妙絶千古，不減"氣蒸波撼"之句。

【謌記】原本題下評"不減'氣蒸波撼'之句"。"雲流太古荒"旁評"妙絶千古"，俱不似阮亭先生筆迹，已經硃筆勾去，刻本仍作阮亭評，誣，今照原本删去。（據孫謌本五言排律詩補。）

【蘇評】雄壯誰可與敵。（據劉蘇本五言排律詩補。）

【校記】

〔一〕覲　《存目補編》本卷六《觀海》作"觀"。

〔二〕《存目補編》本卷六《觀海》翁方綱旁註："不減'氣蒸波撼'之句。"

贈武建侯

海風吹雨又吹晴，漸次桐花接座生〔一〕。醉後倚闌看點筆，狂來別院試彈箏。滄洲意氣朝雲上，鄠杜聲華晝錦行。好在鴨頭潮水緑，不煩〔二〕酒渴憶江清〔三〕。

【蘇評】掃去腐爛庸俗，清新秀麗中有不盡之意，外無可見之痕。（據劉蘇本七言律詩補。）

【校記】

〔一〕座　孫謌本七言律詩《贈武建侯》作"坐"。

〔二〕煩　孫謌本七言律詩《贈武建侯》作"須"。

〔三〕酒　《存目補編》本卷十一《贈武建侯》作"灑"。

題侯大年《鳳阿山房圖》二首

鳳德如何尚苦飢，有巢端可隱毛衣。山中休戀琅玕實，還趁高岡向日飛。

最愛宜興陳檢討〔一〕，贈君佳句動江鄉。傷心空有人琴感，殘墨還應照草堂。

【校記】

〔一〕《存目補編》本卷十一《題侯大年〈鳳阿山房圖〉二首》在句末有小字“其年”。

送張子白之濟南省覲五首

娘子軍城樹樹松，申生祠下虎留蹤。當年來往忘機甚，只愛白雲千萬重。

躡屩三春海上來，葛沽風雨幾銜杯。而今東郡趨庭早，更近琅琊百尺臺。

【蘇評】（以上二詩）温飛卿之高調，岑嘉州之清音。（據劉蘇本七言絶句詩補。）

鴻都碑版久銷沉，石鼓堂堂照古今。獨有高懷寫鐘鼎，規摹端見古人心。

濁堂遺老氣崚嶒，節概方嚴五月冰。不負師資見心素，軒輶問難比傳燈。

憶昔頻過烟雨樓，山公把酒念弓裘。相逢孔李能無意，欲別笙歌聽也愁。

送周雪客之官晉陽

懸甕山前水，真成碧玉流。君行佐薇省，間亦到龍湫。野殿高松出，人家晚稻收。歸途擬相問，許作竹林游。

振宣招同諸子看荷

萬柄芙蕖好,方塘坐席分。雨餘輕粉退〔一〕,波靜暗香聞。寧攪鴛鴦夢,無猜鷗鷺群。露華今夜重,仙掌正氤氳。

【校記】

〔一〕退　《存目補編》本卷十一《振宣招同諸子看荷》作"褪"。

對　月

明月生東海,光輝寶鏡懸。斜窺楊柳外,低照藕花邊。團扇輕相對,高樓乘獨眠〔一〕。蛟龍避涼夜,安穩蚌珠圓。

【校記】

〔一〕乘　宋本卷四、徐本卷四、孫譔本五言律詩、《存目補編》本卷十一《對月》作"剩"。

訪劉煉師不遇

結騎看花五日還,丹臺黄鳥聽間關。却因海上風波惡,倍覺壺中歲月閑。煉藥正期同葛井,采芝又道入商山。帝城西望松雲隔,惆悵千峰擁髻鬟。

【方按】此圈亦非阮翁。(據《存目補編》本卷六補。)

謝六吉

舊李將軍説劍回,梅花街北誤銜杯。却拼酒伴誰家去,晝損彭城幾襪材。

題《楞伽出塞圖》[一]

出關寒草白[二]，立馬心獨傷。秋風吹雁影，天際正茫茫。

豈念衣裳薄，還驚鬢髮蒼。金閨千里月，中夜拂流黄[三]。

【校記】

〔一〕宋本、徐本此處無此詩，補入《寄呈梁曰緝先生》。

〔二〕寒 《存目補編》本卷十一《題楞伽出塞圖》作“塞”。

〔三〕此詩在劉蘇本中分列爲兩首詩，在宋本、徐本、《存目補編》本中則合爲一詩。此處點校依劉本編排，宋本、徐本、存目補編本存此備考。

寄呈梁曰緝先生

我聞王右丞，早悟無爲理。辭榮入輞川，豈愛林壑美。偃坐事清齋，不住亦不起。先生淡泊性，纓紱宛脱屣。愧我昔相從，未能窺終始。於今緬素風，高山切仰止。何日遂擔簦，一測龍潭水。

咏風帆二絶句

五兩飄摇楊柳津，波心片影暗輕蘋。眼前畫舫須臾過，愁煞珠樓望遠人。

蘋末生時動遠林，芙蓉幹閃紫濤深。黄龍青雀中流急，真快平生破浪心。

斐然納姬

清秋誰和杜秋詩，寂寞樊川惱鬢絲。剛遇桂輪生魄日，恰逢桃葉渡江時。漫言春到花盈樹，還看陰成子滿枝。佳事合題三婦艷，中堂樂任主人爲。

【王評】逼真坡公，結佳，有《樂府》意[一]。

【謌記】原本詩第三句旁墨筆批“逼真坡公”，非阮亭先生筆迹，已勾去，刻本仍作阮亭先生評,誤。今照原本删去。(據孫謂本七言律詩補。)

【蘇評】腥膻之氣,一洗而空;吹嘘蘭味,噴薄梅香,釀成秀雅之格,是以超前軼後。據劉蘇本七言律詩補。

【方按】"杜秋詩"、"惱鬢絲"、"子滿枝",凡三用小杜事,於章法似可商。據《存目補編》本卷六補。

【校記】

〔一〕孫謂本七言律詩王士禎評語寫作"結佳,有樂府意"。

津門喜逢劉子方

相逢幽薊雁來初,矯首西風仗轆轤。往事那堪重記憶,新愁只可自支吾。城頭姑射塵千劫,海上仙人酒一壺。待訪歐陽弋釣處,櫻桃時節得歸無。

偶　意

萬物人爲貴,讀書貴於人。遠道牽車牛,間關阻且勤。農夫易百畝,長年有艱辛。而我游六藝,大道得所因。陶陶樂仁義,賢聖托比鄰。雖貧亦何傷,微言契其真。服賈利三倍,君子詎當親。庶幾槃澗間,寤言見天民。

顧梁汾舍人自製竹爐携至都下客爭賦之余亦爲詩二首兼道别意用原韻〔一〕

竹爐活火夜猶然,夢繞吴淞水石邊。塞上風塵逢舊製,江南榆柳憶新烟。山移明月空猿鶴,洞改桃花幾歲年。認取廬山真面目,天涯隨處谷簾泉。

【蘇評】風華穎邁,足爲蘇黄前驅。(據劉蘇本七言律詩補。)

高館閑過樺燭然,濤聲小沸菊花邊。空憐紫塞冰霜候,可有藍田暖玉烟。紅雪徵歌違此日,青門賭茗訂他年。藤蘿休蔓王官谷,待酌鴦漿頂上泉。

【**蘇評**】與“衲經雁宕千峰雪，定入蛾眉半夜鐘”同爲自成一家。（據劉蘇本七言律詩補。）

【校記】

〔一〕孫謂本七言律詩題爲“顧梁汾舍人自製竹罏携至都下客爭賦之余亦爲詩二首兼道别意用原韻”。

題孫孝堪漁父小像四首

獵獵春蒲映短篷，垂楊輕打帽簷風。閑身那用樵青伴，黄鵠當爲五尺童。

塵污元規那自如，漫勞方麯障鶢鶋。黄埃爭似清流好，且把輕舠載賜書。

藥竈茶鐺對水鷗，蕭然身世兩無求。釣竿雖設絲綸卷，怕有蜻蜓立上頭。

曾記瀟湘住一年，朝看楚竹上春烟。而今會出高人意，待學襄陽孟浩然。

送阮翁假歸濟南

吾師去矣雙旌遠，捉席家園紫綬垂。移竹每憐經雨節，栽松看長出雲枝。濟南山水日堪把，江左風流今在兹。我亦王官尋瀑布，一天冰雪九秋時。

題阮翁壬寅詩卷五首

滚滚才名蓋代垂〔一〕，鵝王擇乳許真知。移情敢道成連拙，爭似壬寅一卷詩。

緑楊芳草可憐生，花下題詩野寺行。江北江南烟雨路，傷心重付庾蘭成。

姑射仙人真絶塵，江山依舊墨痕新。此中消息傳燈似，自分當爲得髓人。

【蘇評】（以上二詩）水之清綺，山之碧空，一色鮮澄。（據劉蘇本七言絶句詩補。）

南海新愁感鷓鴣，秋深藥裹不能無。臨岐百拜仍珍重，大雅千秋仗不孤。

寸草春暉彩袖將，濟南山水小徜徉。相期鄠杜花開後，重聽先生賦栢梁。

【王評】余與天章説詩，正如溈仰，他人固未易知。近有酒徒欲蚍蝣撼大樹〔二〕，正可一笑耳。

【校記】

〔一〕滚滚　宋本卷四、徐本卷四、《存目補編》本卷六《題阮翁壬寅詩卷五首》作“衮衮”。

〔二〕蝣　《存目補編》本卷六《題阮翁壬寅詩卷五首》王士禛評語作“蜉”。另：《存目補編》本卷六將王士禛評語放在第三首詩後，似單獨對此詩作評價。

送阮翁後遂亦將歸中條留别黄湄都諫

大雅久淪落，繁聲溷朱絃。羼提阮翁别號抗逸志，霞想紛連蜷。夙昔辨淄澠，念載勤周旋〔一〕。問字常載酒，賃廡邀割氈。憶昔丁戊間，奉召羅群賢。公與陵州謝，望我登雲天。才薄愧璠璵，蓬藋遭棄捐。歸來大河側，玉井挹晴蓮。側聞洽之陽，清風彌八埏。藉藉傳秀句，漁洋相後先。望而不可見，結想雲泥懸。重過金馬門，幸得邀執鞭。肅穆增道氣，切直明貞堅。見余潦倒姿，有似夔憐蚿。王謝重契闊，夫子哀顛連。扶獎入太學，使側符郭前〔二〕。新城忽言歸，家園侍春筵。同調遂寂寥，夫子猶纏綿。近聞泣童烏，愴惻驚秋眠。萬事信悠悠，大化原推遷。苟必自倚着，無乃成拘攣。清霜戒行李，將税河濱田。有時王官谷，絶壁藤蘿緣。咫尺南峰月，飛入山窗圓。矯首望京洛,威鳳方高騫。努力勗大業,不負千秋傳。

【校記】

〔一〕念　宋本卷四、徐本卷四、《存目補編》本卷六《送阮翁後遂亦將歸中條留别黄湄都諫》作“廿”。

〔二〕側　宋本卷四、徐本卷四、《存目補編》本卷六《送阮翁後遂亦將歸中條留别黄湄都諫》作“厠”。

題許旭庵壺山隱居小像四首時初歸自蜀〔一〕

名勝天封入鄧州,蕭然托興寄林邱。下床省答樊英拜,合是當年許遠游。許客次困瘧。

石上流泉太古時,素書一卷又天涯。怪來衣帶峨嵋雪,新向成都薦荔支。

天梯石棧比青天,夢怯雲安聽杜鵑。而今携手郎官谷〔二〕,可意東南六品泉〔三〕。

鶴步松風兩意將〔四〕,懶雲心與白雲長。旭庵自稱懶許。高名已謝元纁召,不共郎宗到洛陽。

【校記】

〔一〕《存目補編》本卷十一題爲“題許旭庵壺山隱居小像時初歸自蜀”。

〔二〕官　徐本卷四《題許旭庵壺山隱居小像四首》作“君”。

〔三〕意　宋本卷四、徐本卷四《題許旭庵壺山隱居小像四首》作“憶”。

〔四〕兩　《存目補編》本卷十一《題許旭庵壺山隱居小像》作“雨”。

又答旭庵

之子東南美,西征悵未還。無心栖魏闕,有意隱壺山。池上邀青鳥,雲中放白鵬。中條修竹裏,暫喜共潺湲。

途次偶憶

洗馬村東一頃田，王官谷口聽飛泉。家人更有鸞臺侍，便醉虞鄉絹市邊。

題沈漢儀小像三首時自蜀還吴

絶代風流酒一巵，東陽才調比陳思。邯鄲會發天人嘆，應見搔頭傅粉時。

隴雲秦樹遠微微，白帝回看悵落暉。夢入通天臺畔路，心知嚴助已東歸。

不共樓船下益州，中條仍得小淹留。王官水竹栖巖雪，也抵君家八咏樓。

和答漢儀旭庵升也雪後游萬固寺之作有序〔一〕

蓋聞右丞高寄，曾開鹿苑之基；江令修心，亦憩龍華之舘。是以通人曠士，每托興於林邱；羈客勞人，宜游心於禪悦。况乎峰連仙掌，水映河圖，刹留龍象之居，碣表隋唐之字，山條水葉，忽迎寶馬之來，雲寢風栖，暫息名賢之駕。結勝因於世外，播佳句於人間。側仰風徽，彌增觀喜，晴沙擁路〔二〕，悵未聯金地之游，晴雪當軒〔三〕，但遥溯玉山之照，勉成四韻，用附千秋云爾。

日上高林徹曙鐘，看山結騎得從容。春泉乍動花邊屋，殘雪新消竹外峰。苔徑通時群鳥散，石門開處一僧逢。幽尋最有柴桑癖，白社今朝悵未從。

【劉評】清轉幽折，俱到自然地位。（據劉蘇本七言律詩補。）

【校記】

〔一〕孫謂本七言律詩題爲“和答漢儀旭庵升也雪後游萬因寺之作有序”。

〔二〕觀　宋本卷四、徐本卷四、孫謂本七言律詩、《存目補編》本卷十二《和答漢儀旭庵升也雪後游萬固寺之作》作"歡"。

〔三〕晴　孫謂本七言律詩、劉蘇本七言律詩《和答漢儀旭庵升也雪後游萬固寺之作》作"霽"。

送旭一之海門〔一〕

吾師行脚處，東望海雲生。有偈逢人説，忘機聽鳥鳴。願深千劫小，裝薄一身輕。更計歸來日，晴蓮朵朵迎。

【校記】

〔一〕宋本、徐本在題下有小字"曾按：題疑有'上人'字"。

别斐然二首

還山决計田家好，種豆城東手自鋤。君去且爲清白吏，桑麻都入治安書。

三年曾道谷簾泉，羡爾南州早着鞭。何日廬山試雙屐，香山居士草堂前。

輔公别駕釀酒多甘同人輒非笑余獨嗜之贈以辨惑

無味乃至味，不在酸鹹中。群然各有投，後起忘天功。夫子能愛客，新釀真珠紅。美哉旨且多，過飲常千鍾。無端惑衆説，良楛失所從。彼此一是非，有如穴受風。清秋我再來，酒熟復醇醲。麯生得舊知，好惡捐雷同。嗒然有真契，重醉菊花叢。

寄張篤其先生

野鶴海東還，羽翮苦不長。中夜發清唳，庭樹有新霜。夫子絢九苞，文彩雙鳳凰。爲世鳴太和，胡亦歸山崗。竹實諒不具，苦飢心徬徨〔一〕。徒然感野鶴，千里神暗傷。

【校記】

〔一〕彷徨　《存目補編》本卷十二《寄張篤其先生》作"傍偟"。

謝予勉惠竹栽

最愛清陰好，城居恨不宜。爲貪霜後翠，那待雨中移。林下見高節，風前減夢思。碧梧昨日種，相伴鳳凰枝。

寄張弓調

京洛昔相從，天懷少町畦。桃李雖不言，其下自成蹊。一返郎君谷，三年乖提携。側聞道風遠，屢感春鶯啼。嗟我瓠落人，分合栖巖栖。石磴一百盤，下見黄雲迷。却望梗陽路，芳草尤萋萋〔一〕。何日飲難老，泉名。碧玉盛玻璃。嗒然寫心素，庶幾呈天倪。

【蘇評】一頓一跌，一脱一卸，幽徑殊新。（據劉蘇本五言古體詩補。）

【校記】

〔一〕尤　《存目補編》本卷十二《寄張弓調》作"猶"。

偶讀摩詰詩感題

入道悠悠悵未能，蕭然興味已如僧。周妻何肉兩無損，只覺中年愧右丞。

寄梁度怡二首〔一〕

結騎看山半日同〔二〕，鳴鞭閑趁緑楊風。只嫌未到郎君谷，辜負花枝照酒紅。

【蘇評】絶世風神。（據劉蘇本七言絶句詩補。）

山色真教馬上看，歸來仍與勸加飡。荒厨愧未延三益，美食翻令索井丹。

【校記】

〔一〕劉蘇本七言絶句詩題爲“寄梁度怡”。
〔二〕看 《存目補編》本卷十二《寄梁度怡二首》作“香”。

簡薛夢紱

積雨遂閑寂,移坐桐花前〔一〕。桐花交北窗,群書怡我顏。今歲少炎暑,何必銷夏灣。忽念素心侶,東溪隨白鷴。

【校記】

〔一〕前 《存目補編》本卷十二《簡薛夢紱》作“間”。

送井保鼇

積雨不肯住,雲接船司空。何妨一日留,小坐桐花風。探奇懷鳥鼠,問道急崆峒。晚來一樽酒,别思兩無窮。

寄楊樹滋先生二首

最愛西溪好,他時擬卜居。人家共烟火,生事付樵漁。夫子真瓊樹,相從讀素書。蓮花五千仞,青翠落庭除〔一〕。

玉瓚盛仙醴,金盤膾錦鱗〔二〕。巾箱藏五嶽,一笑即千春。貞白遥相望,希夷近作鄰。青泥仍幾襆,舊惠感仁人。

【校記】

〔一〕落 《存目補編》本卷十二《寄楊樹滋先生二首》作“滿”。
〔二〕膾 《存目補編》本卷十二《寄楊樹滋先生二首》作“鱠”。

集巢雲阿二首

倍覺秋光好，凉雲拂檻生。當階松鼠落，繞徑竹鷄鳴。酒向鄰翁乞，棋看坐客爭。莫貪高卧久，花下促題名。

一雙青鳳凰〔一〕，摇尾下山堂。正有梧桐樹，垂陰十畝長。流雲晴卷雪，飛瀑晝生凉。不住巖花落，還爲掃石床。

【校記】

〔一〕雙　《存目補編》本卷十二《集巢雲阿二首》作"萬"。

送賈積石

拼醉天涯日幾回〔一〕，一朝岐路悵銜杯。玉蘭花發君應到，新笋生時我亦來。

【蘇評】了了如話，不減香山。（據劉蘇本七言絶句詩補。）

【校記】

〔一〕拼　孫謂本七言絶句詩《送賈積石》作"拌"。

同振宣健一海若過大悲院訪退老人

金界長河北，遥看静念興。忽諧塵外賞，方契定中僧。鳥墜當風葦，橋通曲岸冰。髻珠如可得，始信有真乘。

潘震侯畫梅見貽奉答

孤山不到今幾年，夢中常見孤山烟。處士已往鶴飛去，只有梅花仍可憐。君家舊住山陰道，説起孤山興縹緲。昨日風前寫折枝，贈我芳香滿懷抱。握手天涯成古歡，炎蒸相對意漫漫。憑君幾筆清人骨，已作湖山雪後看。

【劉評】遠致幽情，以淡出之。（據劉蘇本七言古體詩補。）

雷

起處真難覓，聽來但一同。化寧留朕迹，響已塞虚空。品彙扶疏候，乾坤蕩滌中。一時新雨露，隨遍百花叢。

寄撫寧王山人

萬緣日擾擾，如波前後隨。若欲遠萬緣，垢膩衣重披。即此萬緣内，原有真歇時。淨土豈有相，浩浩難乖暌。不見白藕花，多生漚麻池。自恨力輕渺〔一〕，隨流鮮良規。覆蔭仗慈雲，法雨遥相滋。皈首榆關南，再過秋爲期。

【校記】

〔一〕渺　《存目補編》本卷十二《寄撫寧王山人》作"眇"。

寄諸五先翁

閉户真無營，相過契元賞。鶯聲何處來，飛到花枝上。煮茗近芳草，談經樂僻壤。世緣已消除，道力日長養。比聞戰勝餘，神明轉高朗。遥思白雲邊，欣然一合掌。

春日過訪五先遂呈養五山人二首〔一〕

地僻心逾靜，城東舊草堂。下簾深拜佛，掃地自焚香。峰勢側當户，花枝低亞墻。素心人不遠，谷口更相望。

久念山中客，相逢信大緣。忘機離空色，有語契人天。未晚惜歸去，再來期共眠。勞勞塵夢醒，同証髻珠圓。

【校記】

〔一〕《存目補編》本卷十二題爲"春日過訪五先遂呈養吾山人二首"。

登樓次木斥韻即簡甜雪二首

灝氣常思契混茫，眼前原不異洪荒。坐來虚室能生白，養就金鵝漸褪黄。百折世情堅道力，幾回心事盡名塲。憑闌究取雲生處，瓔珞街前認舊鄉。

盡道神仙事渺茫，丹砂還覓笑炎荒。且看溪水鴨頭緑，小坐西風栗葉黄。休計升沉往來事，盡堪三萬六千塲。到來三月鶯花節，何待江南笋蕨鄉。

山雪感懷和甜雪韻簡木斥

大樸不可斫，斫則失真素。若云守枯寂，亦非安樂處。入理愧未能，强作壽陵步。心知比客鳥，偶爾海濱聚。杯鐺頗流連，痛飲豈無故。晨興越阡陌，仰見飛鴻度。細雨滋土膏，家家望塲圃。回首眺北峰，雪没前日路。如何異寒暄，徘徊倚溪樹。高卑爭氣候，天心總加護。草木分菀枯，遂同尹邢妒。達哉念前哲，願傍陶家墓。

雪中游懸陽洞洞在撫寧縣角山寺近山海關

雙溪互回轉〔一〕，一山成向背。忽見青松枝，幽人宛斯在。古洞闢洪濛，白雲終日對。衆峰帶殘雪，瓊瑶生瑣碎。丹竈火微微，輕烟雜靉靆。洞中蝙蝠飛，洞外鷄犬吠。誰能隱天地，藏之無始内。誓將盟初心〔二〕，默然信時代。

【蘇評】骨重神清。（據劉蘇本五言古體詩補。）

【校記】

〔一〕回轉 《存目補編》本卷十二《雪中游懸陽洞》作“轉回”。

〔二〕誓 《存目補編》本卷十二《雪中游懸陽洞》作“逝”。

團雲寺即事以空山不見人但聞人語響爲韻十首寺在山海關〔一〕

石氣留太古,蒼玉回溪中。振策凌風步,寥寥天宇空。

百折窮丹壑,僧房雲外閑。無雙關内寺,第一海邊山。

松枝覆乳泉,猿飲掬雙手。不知林中心,尚有纖塵不。

海氣浩茫茫,峰前遞隱見。赤日鼓洪濤,金液幾千煉〔二〕。

悔作塵中客,迢遥成采真。花巖時度鳥,空谷果何人。

山中難久留,此語亦虚誕。分置百年身,信宿吾豈但。

仙梵原無着,空香時一聞。何心潭底月,不礙嶺頭雲。

樵風吹曲磴,白石更磷磷。僧老屈如鶴,楓枯瘦似人。

危坐傍東岩,衣襹緣蒼鼠。恰到會心時,前峰對無語。

夕陽生暝烟,清磬隔溪響。幽意適未窮,攀蘿到天上。

【**蘇評**】曰仙曰禪,皆詩中本色,惟儒家氣象言語不宜着詩。十首中絶無人間烟火,頗有西來意味,或仙或禪,咸成孤詣。(據劉蘇本五言絶句詩補。)

【**劉評**】仙、禪皆詩中本色。以詩着不得迹象也,若以禪爲詩,則前輩之所以病山谷者矣。此以悟境寫實境,是以有仙禪之妙而無仙禪之俗。(據劉蘇本五言絶句詩補。)

【校記】

〔一〕《存目補編》本卷十二題爲"團雲寺即事以空山不見人但聞人語響爲韻"。

〔二〕液　劉蘇本五言絶句詩《團雲寺即事以空山不見人但聞人語響爲韻十首》作"夜"。

賦得海月半輪高分十五删四首

百尺樓高玉〔一〕半灣〔二〕,清宵無夢落潺湲。錯將碧海灘頭影,認作深閨鏡裏山。

宴罷瑶池紫鳳還,步虚聲裏珮珊珊。凌波仙子非無意,海上平分半玉環。

咫尺鮫宫寶閣閑，蝦鬚掩映有無間[三]。玉鉤高控緣何事，爲看金鰲背上山。

煉取乾坤玉汞閒[四]，温温鉛鼎照瓊山。天涯海角能相見，合就金輪作大還。

【蘇評】和婉出於自然，去龍標不遠，竟是天仙口語。（據劉蘇本七言絶句詩補。）

【校記】

〔一〕樓高　劉蘇本七言絶句詩《賦得海月半輪高分十五删四首》作“高樓”。

〔二〕灣　宋本卷四、徐本卷四、孫謂本七言絶句詩、《存目補編》本卷十二《賦得海月半輪高分十五删四首》作“彎”。

〔三〕蝦　《存目補編》本卷十二《賦得海月半輪高分十五删四首》作“鰕”。

〔四〕閒　《存目補編》本卷十二《賦得海月半輪高分十五删四首》作“間”。

宫詞六首

渭水胭脂曉漲紅，重樓疊閣度香風。玉顔常得君王顧，不到防嫌記守宫。

石花廣袖拂雙蛾，萬户千門賤綺羅。酒半文犀爭擊節，十分春色掌中多。

絳紗深映水晶簾[一]，一笑真成百媚兼。能使羊車來往熟，當門誰灑竹枝鹽。

舞罷含嬌不自持，輕盈步屧繞廊時。倩誰扶上蓮舟去，羞煞池邊带露枝。

也合苕華刻《小名》，花前沽酒苑中行。歸來巧作凌波步，不覺蓮花處處生。

洗盡鉛華更可憐，羅浮風格倍天然。帳中昨夜寒香到，始信真珠不值錢。

【王評】陸魯望有《小名録》，用《小名》爲典雅。

【蘇評】每於宮掖舊事，翻用而成新意，推班出色，絶世風華。（據劉蘇本七言絶句詩補。）

【校記】

〔一〕紗　劉蘇本七言絶句詩《宮詞六首》作“沙”。

過圓明山寺

翠鳥雙飛古佛堂，白雲終日共徜徉。松花嶺上繽紛落，薝蔔階前自在香。

途中遇雪感懷

驅車雪中行，雙輪碾瓊瑶。豈不恤辛苦，生民望土膏。邇來病穀貴，室家頗蕭條。此地本高寒，宿麥無春苗。首種復不入，何以慰饑憀。盈尺兆豐年，繽紛見崇朝。井邑不復辨，遠樹光摇摇。凍禽原上飛，感我心鬱陶。有弟塞上來，萬里同飄飖。温凊翻無人，倚閭增憂勞。故人三日别，白馬何驕驕。對雪應躊躇，我亦念朋曹〔一〕。夕陽見微明，旋復同雲饒。閑庭仍密霰，孤吟閲寒宵。

——男勤基稼同校對〔二〕

【校記】

〔一〕我　《存目補編》本卷六《途中遇雪感懷》作“或”。

〔二〕劉本六册本卷四末有“男勤基稼同閲”。宋本卷四、徐本卷四末均無字。

卷　五

漁洋山人評定
河中吴雯天章甫著
洪洞趙廷鳳來儀分校
臨汾劉組曾繩遠校刊〔一〕

呈涓來先生

十年慕大藥,買山香爐峰。還念四天下,惻然多戚容。獨善苦非計,匡濟道亦同。况逢堯舜君,一德盟心胸。豈敢遂初服,但弄西巖松。昨聞拜丹陛,異數獎寅恭。早曳尚書履,曉聽長樂鐘。蒼生皆晏然,功德孰汙隆。功成返白雲,再騎雙茅龍。

【校記】

〔一〕劉本六册本卷五首題爲"漁洋山人評定、河中吴雯天章著、洪洞趙廷鳳來儀校、臨汾劉組曾繩遠鐫",宋本卷五首題爲"漁洋山人評定、河中吴雯天章著、後學劉組曾、趙廷鳳同校訂",徐本卷六首題爲"漁洋山人評定、蒲板吴雯天章手著、平陽徐昆後山、涂水喬人傑漢三重訂、濩澤張誌心鐫"。

讀仙傳

千載聞風張益州,早年曾與傅霖游。天真喪盡虚名失,低看希夷頂上頭。

題仙翁小像

清泉白石誰能住,只許仙翁掃石龕。爐裏且烹勾漏藥,盤中方薦洞庭柑。藤蘿百丈交紅蘂,松樹千尋拂翠嵐。道士盡堪尋七七,禪宗猶可悟三三。物情幻似蕉邊鹿,世事參開繭内蠶。趺坐便教花作簟,科頭不用玉爲簪。春風有意偏吹面,秋月無心自印潭。我亦勞勞厭塵土,栖巖相待啓瓊函〔一〕。

【蘇評】精明整麗,復俊逸清新,如周昉寫生、太史序傳,直奪化工。(據劉蘇本七言排律詩補。)

【校記】

〔一〕瓊　劉蘇本七言排律詩《題仙翁小像》作"瑶"。

庚午三月偕慢亭王十一丈蔣京少查德尹同侍阮翁於一畝居以華星出雲間爲韻即席命賦詩五首〔一〕

暮春三月時,檐際桐已華。庭槐拓兔目,澗石劘虎牙。惓此孺子宅,敢邀長者車。

長者秉素節,曳履登金庭。左右輔弼之,戴筐者六星。詰責正台輔,貞一乃清寧。

鷄鳴朝既盈,晏歸乃清謐。偶經竹裹館,愛此花間日。聊爲步屧行,不覺冰輪出。

蔣生盛文藻,三徑花紛紛。回首罨畫溪,猿鳥懷青雲。爲諧負笈願,書乞羊欣裙。

查浦海昌至,求友聲關關。如何違皋比,東西猶未閑。且復與濟叔,侍坐花巖間。

【校記】

〔一〕命賦詩五首　《存目補編》本卷十二題爲"命賦五首"。

簡孟伯人仲人兄弟二首〔一〕

愛竹真成癖〔二〕,看山豈厭頻。一朝諧夙願,尤喜得芳鄰〔三〕。流水通丹灶,秋花接錦茵。吾廬冬更好,繞屋十分春。

小圃秋光接,從君乞藥苗。荷香常過院,松影迴分橋。爾汝詩頻寄,東西酒屢招。梅花三十樹,珍重雪初消。

【蘇評】二詩曲江清遠,襄陽簡淡,雖調不同,寔皆獨造。(據劉蘇本五言律詩補。)

【校記】

〔一〕《存目補編》本卷十二題爲"簡孟氏兄弟二首"。

〔二〕癖　孫謂本五言律詩《簡孟伯人仲人兄弟二首》作"僻"。

〔三〕尤　孫謂本五言律詩《簡孟伯人仲人兄弟二首》作"猶"。

簡謝郇友

往來郇瑕間,孤雲何所托。多君有高義,斗酒慰寂寞。看竹踏春澗,登樓俯近郭。歸來幽巷眠,進退有餘樂。

雪中即事

新築金鵝館,衆山當其牖。愛此三日雪,朗朗滿巖岫。景物良可懷,素心本無垢。踏雪暮歸來,風林響金奏。

雪中贈董心推

甘雪已應時,麥苗喜含滋。南園新移梅,作花良不遲。愛竹幸買竹,緑玉皆紛披。小住玉鈎山,逢君暢心期。何日谷口來,並坐聽黄鸝。

謝韓維藩

朝下承明廬,暮對新豐酒。芍藥花正開,芳香照窗牖。舊山春如何,抛擲事奔走。人生會有役,慰勞藉良友。醉即卧花前,醒復爲君壽。

次韻答韓文尚

亦不辭名不近名,偶然相見即相傾。休論金馬浮沉事〔一〕,且對玉壺春酒清。大藥終思還舊我,名山豈敢負新盟。論文連日花前醉,只覺人間尚有情。

【蘇評】白雲芳草,錢劉剩言;紅粉翠眉,温李餘響。不無各有偏處,惟此就題措置,絶不粘着,故爾百出百新。(據劉蘇本七言律詩補。)

【校記】

〔一〕沉　孫謂本七言律詩《次韻答韓文尚》作"沈"。

隘　口

習習靈風長,悠悠官路直。曲曲前山坳,一樹梨花白。麥壠青未齊,菜甲碧堪摘。爲愛幽禽語,留連坐巖石。

【蘇評】純似韋應物。(據劉蘇本五言古體詩補。)

榆關齋居

庭花引幽意,縣崖抱長渠。却來花下行,不異山中居。鳴禽亦宛轉,暖風復輕徐。欲煉金鵝蘂,庶幾於此廬。

忽憶

忽憶金鵝館,春深對遠峰。誰栽谷口竹,舊種華陰松。徑曲鹿稀過,簾垂花自重。凉秋八九月,歸路有芙蓉。

將還中條過韓周京司馬〔一〕

深秋潞水碧澄凝,玉署風清見飲冰。閥閲久推先相國,聲華今繼大中丞。鄉心慰藉尊前酒,道力精嚴定後僧。我欲栖巖尋舊壑,相看官閣話崚嶒。

【蘇評】何等正大,何等精密,非純心於杜,奚克有是。(據劉蘇本七言律詩補。)

【校記】

〔一〕《存目補編》本卷十二題爲"將還中條過韓京周司馬"。

嬰孫在抱江解州辰六錫名頒惠答謝

索居如空山,閑階秋浩浩。夫子意良厚,念我日枯槁。詩書欲付誰,有孫方在抱。肇錫得嘉名,珍惠詎梨棗。騰驤望千里,廟堂列鴻寶。德厚乃旁及,福綏廣仁造。頓使寂寞胸,暢然對繈褓。痦瘵檢勞生,何功當蒼昊。還以九如歌,爲頌復爲禱。

同雷道生昆仲晚眺

沙苑晴無風,金光乍明滅。蒼茫河渭間,人家在春雪。

【蘇評】絶句,蓋五言短,古語半。於近體而意味深長,過之節促,於歌行而咏歎悠永倍之,乃爲不易之體。是詩悉合。(據劉蘇本五言絶句詩補。)

移　家

買竹已成林，種蓮將作藕。如何桃花時，舉室事奔走。人生少適意，得失亦何有。小住沙苑側，晴蓮照窗牖。忽聞黄鳥鳴，還與載春酒。

題雷敩生孝廉河上書屋

雙松在簷際，風蔓何青青。更愛三峰近，青天敞畫屏。

【蘇評】起酷似王摩詰。（據劉蘇本五言絶句詩補。）

題孟氏山堂

彈琴坐風柳，明月臨高臺。新凉破清曉，一一水花開。

【諤記】原本"水花三四開"，阮亭改作"一一水花開"。（據孫諤本五言絶句詩補。）

【蘇評】有半點豪腐氣否？（據劉蘇本五言古體詩補。）

【劉評】確是古體，他本編入絶句。（據劉蘇本五言古體詩補。）

上衛敬翁先生

正學乃砥柱，大道如周行。賢者苦多岐，庸庸徒面墻。夫子純粹資，篤厚守清剛。早歲擅佳譽，飛騰日月傍。驅車鄒魯間，沐浴發清光。建節綏牂牁，深仁遍遐荒。豈無險與夷，蹈履率真常〔一〕。德音美赤舄，九罭歌鱒魴。歸來益坦坦，詩書寄徜徉。樂育及群英，負笈紛遠方。小子仰高風，百里瞻星芒。昨從華下過，琅琊語諄詳。頃於華下晤阮翁，述先生垂注甚殷。感兹真摯懷，窮途神飛揚。再拜瓊樹側，何敢匿中腸。買山乏良策，鬢髮日以蒼。還期溯伊洛，贄將遵嵩邙〔二〕。負米計早成，芒屩更登堂。

【校記】

〔一〕蹈　《存目補編》本卷十二《上衛敬翁先生》作“踏”。

〔二〕贊　《存目補編》本卷十二《上衛敬翁先生》作“暫”。

再過山堂三首

花下誦金偈，林中撿道書。真能居有竹，不嘆食無魚。

新荷滿清池，屈曲朱闌靜。波光曉鏡開，半入垂楊影。

竹裏開新醅，籬邊剪春韭。六月納凉時，再擘如船藕。

【蘇評】（以上二詩）“步出城東門，遥望江南路。前日風雪中，故人從此去”截漢人前四句。“自君之出矣，明鏡暗不治。思君如流水，無有窮已時”截魏人中四句，均謂之絶二絶，音節、意味無一不協，無一不佳。（據劉蘇本五言絶句詩補。）

寄答李萬和舍人二首

渭洛之間三日風，渭洛之濱花樹紅。無端騎馬過沙苑，却與吹臺吟嘯同。

昨日書札勞相問，西望頻教笑口開。會向江南着游屐，也應重上鳳凰臺。

【蘇評】了了如話，風韻内含。（據劉蘇本七言古體詩補。）

茂遠邀看芍藥以病不赴宋先生以詩見示時方閲鍾紹京《靈飛經》帖漫成奉答〔一〕

良讌苦不與，名花賞未偕。却將櫻笋節，竟付太常齋。好句驚題竹，嫣紅喜覆階。沉吟把詩卷，如到洛陽街。

【劉評】信手招來，在不即不離之間，便自切題。（據劉蘇本五言律詩補。）

我聞郭芍藥，好道積精誠。女子猶如此，勞人太俗生。風前憐艷蘂，世外想佳名。莫被繁華誤，金丹術不成。

【王評】信手拈來，如麻姑擲米，皆成丹砂。

【校記】

〔一〕孫謂本五言律詩題爲"茂遠邀看芍藥以病不赴宋先生以詩見示時方閱鍾紹京靈飛經帖漫成奉答二首"。

聞陳稷文話浮山之勝率爾書贈

君道浮山巖洞好,何不浮山采瑶草。一到河南又河北,海棠花罷芙蓉老。我愛中條水竹佳,也到秋深不在家。世事催人無不有,東西南北隨天涯。酒酣耳熱天欲曙,同憶舊山不能語。人生富貴那可求,明日驅車舊山去。

【蘇評】大有英華果鋭之氣。(據劉蘇本七言古體詩補。)

留别賈文學省疎

朝聞讀書聲,暮聞讀書聲。書聲出竹裏,疑是鳳凰鳴。耿耿秋夜長,同向北窗卧。鄉夢各擾擾〔一〕,驚起披衣坐。明日且歸去,不度太行山。却向西楚行,悠悠河復關。嗟我齒髮衰,羨君顔色好。望君早奮飛,立身勿草草。中條有茅屋,息機聊晏如。君如得意時,須寄山中書。

【蘇評】其詞潔老,其味悠長。(據劉蘇本五言古體詩補。)

【校記】

〔一〕各　劉蘇本五言古體詩《留别賈文學省疎》作"名"。

雜詩四首

薰以香自燒,膏以明自煎。吁嗟乎龔生,竟夭其天年。雲陽宣巨公,天子稱其賢。三公而瓦器,豐約太相懸。修身以明汙,殆甚龔生焉。遭際有汙隆,身名全偶然。老父者何人,安得爲執鞭。

上黨有趙瞿,病癩歷年數。生棄入山中,悲嘆無控訴。仙人偶經過，哀憫動情愫。賜以藥一囊，宿疾忽皆愈。顔色轉充悦，肌膚益堅固。再拜請其方，豈知在跬步。此是松脂耳，無待遠希慕。久服自長年，幸勿責旦暮。守死奉此説，神光照空宇。彩女侍其側，琴瑟音何處。欣然成獨笑，抱犢山中去。

求道如憂貧，求道如嗟卑。金石盟此心，豈有不得時。奈何學道人，篤志不如斯。乍聞生忻悦，恨不攀虹霓。倔倔甫前席，未久忽若遺。毫氂益未固，邱山損已滋。峻崇不我極，微妙將安窺。

少君有家録，云是董君作。久有不死方，家貧少藥物。假途來漢庭，稍稍露節角。即其致神鬼，頗亦近戲謔。夢入嵩高山，使君雲中落〔一〕。持節復乘龍，太乙有期約。一朝捨帝去，天地永廖闊。又云騎青騾，海上恣游樂。世惟留衣冠，迹並泯槖籥。事傳繁露筆，千載猶錯愕。

【校記】

〔一〕君　《存目補編》本卷十二《雜詩四首》作“者”。

題扇頭《漁樂圖》

丈夫有用身，閑處安得住。入世苦勞擾，轉覺閑可慕。緬彼江上漁，曬網丹楓樹。後船載笭箵，前船陳釣具。婦子頗恬嬉，進退少瞻顧。買酒坐深港，雜遝半親故。醒尚無禮法，醉益任號謼。官中不繫名，市上少爭妒。不歷風波惡，常避蛟龍怒。悠悠江海情，忘機等鷗鷺。

【蘇評】凌厲頓跌，幽鬱回翔，皆從一“閑”字中索取消息。（據劉蘇本五言古體詩補。）

張迴凡生日

先生本儒者，乃具俠者腸。慷慨論世事，有如百煉剛。當其静默時，退然復深藏。志在書萬卷，不屑錢一囊。游戲畫山水，精神契混茫。餘情及草蟲,蛺蝶亦飛揚。恍如過羅浮,草輪碾山岡〔一〕。昨聞桂吐花〔二〕,八月天氣凉。生申正此日,司馬羅酒漿。華林姜公。招携一痛飲,耳熱情激昂。嗟我山澤癯,宛同兄弟行。生平慕無爲,近益卧且僵。開畦種秋菜,面山營草堂。日讀《南華經》,身世兩相忘。閑中倘相過,烹葵味亦長。

【校記】

〔一〕草　《存目補編》本卷十二《張迴凡生日》作"車"。

〔二〕柱　徐本卷五、《存目補編》本卷十二《張迴凡生日》作"桂"。

贈朱曉人

在昔韓退之,不識元協律。却因柳州詩,三年願親暱。一朝歡握手,投分等膠漆。朱生山陰秀,何解問衡泌。賴有鳩兹彦,迴凡。邂逅即稱述。昨日同過我,幸未交臂失。狼藉窺殘編,談笑對秋月〔一〕。轉愧自空疏,聞百不酬一。重陽菊花近,天涯苦蕭瑟。將欲具盤飧〔二〕,貧難謀棗栗。中條多水竹,山勢亦崒嵂。古寺紀隋唐,荒園蔓藤橘。尚期結伴往,匆遽忘巾櫛。僧厨饌笋蕨,佛語味餳蜜〔三〕。又恐風雨多,前林惡鳴鷸。

【蘇評】贈人詩那得格法如此精細。(據劉蘇本五言古體詩補。)

【校記】

〔一〕月　《存目補編》本卷十二《贈朱曉人》作"日"。

〔二〕具　劉蘇本五言古體詩《贈朱曉人》作"共"。

〔三〕味　劉蘇本五言古體詩《贈朱曉人》作"未"。

張厚卿饋盤飧即約雨中見過〔一〕

積雨生秋晦,偃卧群書間。夫子亦無事,雨中尤苦閑。珍膳忽見分,荒厨誠所艱。泥滑若肯來,傾壺且開顔。

【校記】

〔一〕《存目補編》本卷十二題爲"黄立四先生饋盤飡即約雨中見過"。

偶　興

緑樹籠葱冪曉烟〔一〕,城隅荷葉正田田。黄鸝交語鳴鳩醉〔二〕,渾是江南孟夏天。

【蘇評】一經脱口,陳變爲新。(據劉蘇本七言絶句詩補。)

【校記】

〔一〕籠　宋本卷五、徐本卷五、孫謂本七言絶句詩、劉蘇本七言絶句詩、《存目補編》本卷十二偶興作"蘢"。

〔二〕鳴　孫謂本七言絶句詩《偶興》作"鳲"。

贈三原温可象孝廉

有客復有客,白鹿原上住。玉貌頗驚衆,投分在中路。我見亦傾倒,一語契心愫。富貴君自有,所貴敦道素。浮名會有盡。永壽喬松固。功成身退時,莫忘終南去。

呈家重翁治農

不見忽十年,再見情切切。人生能幾時,禁此十年别。頗喜尚簪紱,榮名在朝列。好看共城山,勝過洛陽陌。

奉題阮翁《雪溪詩思圖》三首

當年親踏峨嵋雪,灝氣罡風天半收。今日清吟正危坐,溪冰一曲聽寒流。

【劉評】詩思孤高,讀此愈見。(據劉蘇本七言絶句詩補。)

曳履朝堂傍晚回,竹梢壓地鶴毰毸。紅氈裹背笠覆首,公《蜀棧》詩句。猶想當年蜀道來。

【劉評】别致,非恒蹊所能到。(據劉蘇本七言絶句詩補。)

墨王亭子樹椏杈,詩格維摩第一家。碾碎玉塵帶香色,不知是雪是梅花。公《滸山濼别業有墨王亭周櫟園先生》詩:"衹有墨王亭畔水,空明與客憶王郎。"

【劉評】禪境禪心,詩情詩味,相會合而流,故高不可攀。(據劉蘇本七言絶句詩補。)

【謌記】詩注係阮亭先生代注,見原本。(據孫謌本七言絶句詩補。)

贈劉西谷侍御二首

當年同醉荷花酒,今日來過楊柳津。奉使已爲驄馬客,論詩仍是玉堂人。文章海内原無敵,道素河干久作鄰。更向治平求第一,維揚政績兩嶙峋。令弟自翰林出守揚州。

【蘇評】堂皇冠冕,饒有風神。(據劉蘇本七言律詩補。)

久向山中怨索居,半雞何庋更無魚〔一〕。春來嬉戲思文褓,花下追隨愧板輿。織素織縑機總廢,桃根桃葉事全虚。吴娃應踐當年諾,待與康成理架書。

【蘇評】别樣豐姿,不墜纖巧。(據劉蘇本七言律詩補。)

【校記】

〔一〕魚　孫謌本七言律詩《贈劉西谷侍御二首》作"餘"。

自　儆

浮世劇茫茫,日作求死法。貪癡猶不盡,又問長生訣。余尤業重者,痛憤入心骨。晨誦一卷經,頓覺减内熱〔一〕。誓心不退轉,洗滌到毛髮。浮雲忽盡時,露出青天月。

【校記】

〔一〕頓　孫謌本五言古體詩《自儆》作"頻"。

讀楊太尉公傳

夕陽亭下有煩冤，千載潼亭塚墓存。只怪當年來大鳥，哀鳴合是趙騰魂。

途　次

金液曾聞有正方，熊經鴟息笑尋常。而今腰脚乖鞍馬，始憶當年冷壽光。

貽孟學山二首〔一〕

愛爾詩情盛，纔當終賈年。讀書常柳下，醉客必花前。春水可垂釣，野田時擊鮮。風爐茶味好，即是谷簾泉。

頗笑閑名累，頹然五十年。不辭處王後，何用在盧前。學道訝衰鬢，修身安小鮮。幾時真有得，神瀵發天泉。

【校記】

〔一〕《存目補編》本卷十二題爲“貽孟山二首”。

送家五崖先生五首

天運何穆穆，日月麗奇耦。合璧在牽牛，不謂錯箕斗。乾元無始終，象器有先後。旨哉柱下言，一中永當守。

大道蕩以平，惠吉理難誣。禮樂導中正，風雷誨狂夫。小子凜冰淵，施髢色不愉。倚伏消長間，黽勉勵前圖。

夫子秉太和，敞然慎幽獨。脩身在衾影，進善不因福。停雲念親友，行路憫昭穆。再拜上樽酒，仁風痛心腹。

聖世重教化，菁莪言育才。一朝借大賢，文命嵩瀍開。青門儼驄馭，仛下黄金臺。岐路豈不戀，東風空徘徊。

讀書豈爲名，貧賤各有志。寸心苟不明，堯舜亦多事。《詩禮》誰啓蒙，行生仗昭示。敢厭承明廬，尚記嵩陽寺。

【方按】“乾元無始終”句，既用《經》則字必有據，而《經》無“始終”之文。且此句以詩之音節論，亦當作“終始”，乃劉刻亦作“始終”，何也？似以改“終始”爲是。（據《存目補編》本卷八補。）

望華山

蓮華五千仞[一]，靈孕自洪濛。每變風雲色，能參造化功。陰將連太白，氣自滿關中。欲問真源在，仙人住蘂宫。

【王評】“氣自滿關中”五字，從來名作盡廢。

【蘇評】足樹開元之幟。（據劉蘇本五言律詩補。）

【沈評】“氣自滿關中”，五字千古。（據《清詩别裁集》本補。）

【校記】

〔一〕華　劉蘇本五言律詩、《清詩别裁集》本之《望華山》作“花”。

憶山園

生平意在山，買竹中條麓。却作海上行，未遑竹中宿。玉蘭手自種，芍藥舊成簇。昨日風雨惡，遥情增反復[一]。人生會有役，奔走等驅逐。只愁歸去來，已過櫻桃熟。

【劉評】著語無多，情事倍摯，妙於寫景，景從意出。（據劉蘇本五言古體詩補。）

【校記】

〔一〕復　劉蘇本五言古體詩《憶山園》作“覆”。

初夏雨

高林新緑葉漸滿，塘下蒲生鴨翎淺。忽然好雨陌上來，幾陣南風吹不轉。廉纖初墜正如絲，隱隱輕雷天際隨。忽爾紛紜繞金屋，朱鳥窗前墮銀竹。李詩"森森似銀竹"。牡丹已過芍藥闌，珊瑚枝上珠光團。柳岸頓聽鶯語重，雕梁豈放燕巢乾。麥隴青青楝花密，餅餌生香在今日。蘇詩"麥隴風來餅餌香"。蓮洲蕩漾起眠鷗，桑葉交加坐鳴鷸。乍疏還密已崇朝，水晶簾外冰絲摇〔一〕。只有仙娥巧含笑，偏能隨手織生綃。

【蘇評】雖沿宋體，兼擅唐風，大氣包舉，洗盡細碎法律。（據劉蘇本七言古體詩補。）

【校記】

〔一〕摇　《存目補編》本卷十二《初夏雨》作"繰"。

憶　弟〔一〕

吾弟吾弟昔在陳，一載艱難爲老親。堂上垂白不能養，此責豈敢分他人。前年我病極狼狽，吾弟聞聲千里至。茫茫世界無限人，依舊關心屬同氣。弟不恭兄乖天倫，兄不愛弟傷母心。一家骨肉有多少，何况眼前吾亦老。天涯憶爾涕滂沱，閉户未能真奈何。何日歸家俱不出，膝下相依有饘粥。

【校記】

〔一〕《存目補編》本卷十二題爲"憶弟霞"。

津門喜逢徐師魯即送之山東健翁子

海畔相逢笑語温，惓懷今昔道終存。看花乍可稱新契，對酒仍教説舊恩。事業此時歸鳳沼，文章千載溯龍門。匆匆又作河梁别，日觀峰前役夢魂。

送姜伯逵之南陽

紅樹青山留不住，白雁紛紛天外去。人生聚散原有時，便逐青山走紅樹。載酒追君河上頭，君到南陽我舊游。耕父神光看倏忽，元灝茫茫誰解收。《周易參同》正轂軸，君曾借之三日讀。勞生奔走皆可憐，何日山中共茅屋。

【**蘇評**】俗事脱口便成雅調。（據劉蘇本七言古體詩補。）

呈雨亭王公二十四韻

淮水波瀾遠，琅琊慶譽長。金貂仍棨戟，玉節復巖廊。遮舫春雲緑，隨車夏雨香。英風飛紫電，績學擅青緗〔一〕。章貢留棠蔭，河汾仰綉裳。聰明淨冰雪，特達有珪璋。井邑沾恩澤，蒼生樂壽康。題箋才敏捷，博物鑒精詳。劍許司空識，書驚内史良。英聲高季布〔二〕，雅調寄韜光。入座行當陟〔三〕，三台計日將。昔欣瞻海嶽，今再睹星凰。霽色迎階爽，薰風入座凉。隼旟花隱隊，鈴閣竹分行。玉屑聞清語，珠躔慰面墻〔四〕。謀生何太拙，投老轉潛傷。日月荒松桂，乾坤失稻粱〔五〕。銅龍追獻納，金馬夢趨蹌。栖逸修丹灶，晨昏理藥房。半雞慚置皮，全豹慕登堂。拔薤觀新政，懷嬰際法航。即斯成錦裹，隨處得滄浪。粗糲貧能給，蟲魚注不妨。索居久寂寞，從此快翺翔。

【**蘇評**】藻贍精華，而神韻流逸。（據劉蘇本五言排律詩補。）

【校記】

〔一〕緗　孫謂本五言排律詩、《存目補編》本卷十三《呈雨亭王公二十四韻》作“箱”。

〔二〕高　劉蘇本五言排律詩《呈雨亭王公二十四韻》作“尚”。

〔三〕入　孫謂本五言排律詩、劉蘇本五言排律詩、《存目補編》本卷十三《呈雨亭王公二十四韻》作“八”。

〔四〕躔　劉蘇本五言排律詩《呈雨亭王公二十四韻》作“纏”。

〔五〕梁　孫謌本五言排律詩《呈雨亭王公二十四韻》作"梁"。

孟司直招飲鹿峪山居未赴詩訂後期

隱處溪山好，層巒萬古開。千峰爭崒嵂，一水自瀠洄。白鹿交窗過，黄鸝隔院來。清樽不相負，隨意到莓苔。

白石寺寺在鹿谷

白石山中寺，岧嶤紫翠重。尋僧常有約，無路復何從。一水飛爲雨，雙松化作龍。幾時蓮漏下，奮迅禮金容。

【蘇評】全首都是盛唐氣味。（據劉蘇本五言律詩補。）

新秋客去後偶成四首

新蟬方在樹，卉木有餘清。愛此秋光好，園林處處行。

好友經時别，城中始一來。如何歸太遽，不得共銜杯。

淨緣修淨業，擾擾轉相尋。爭似特拈出，蓮花不染心。

夢想稱如幻，驚心亦奈何。欲求滅苦本，身相即爲多。

【劉評】初首幽淡自然，二三首别有會心。（據劉蘇本五言絶句詩補。）

遇葉存庵贈詩

世事本無定，愚人謂當然。達者燭於機，獨持造化先。夫子柴桑流，無累神明全。手板何足云，棄之如輕烟。歸來北窗下，抱膝羲皇年。一朝游上都，相逢梨花天。片言成夙契，笑拍洪崖肩。亦云十年來，私心知汝賢。前曾過中條，望廬意空懸。今日幸握手，豈非三生緣。欲就丹砂約，細話《玉胎篇》。匆匆海門去，未得壚頭眠。高風在懷抱，有如夔憐蚿。倘過舜祠下，重酌杜康泉。

題張振宣行人小照

君家别業招賢里，幾次尋山探石髓。簷前每宿太華雲，池内常分玉谿水。溪邊楊柳何毿毿，水色空明天蔚藍。閑來把酒溪上坐，鷺羽扇子揮晴嵐。更喜青衣能解事，窈窕臨風柳邊侍。湘裙小蹙玉壺傾，美鬟不動金釵膩。羨君斜倚黄瑠璃，篳也。退之詩"一府傳看黄瑠璃"。滿酌天漿對水湄。真珠波濺聲喧處，菡萏花開香到時。緊余溪山縱游衍，澗東七聽春鶯囀。余住永樂凡七載。花塢難忘載酒頻，竹林猶記題名遍。今日重來東海頭，久煩白飯兼青芻。畫圖琴酒轉相感，將無仍是西園游。君方置身在廊廟，翠翹枕畔催朝早。安得依舊風柳前，遲迴高卧爬仙爪。

【蘇評】天孫織雲錦裳，令人目炫，此更多風韻。（據劉蘇本七言古體詩補。）

【方按】"芻"字何以入"尤"韻，不記入"奏"行耶？（據《存目補編》本卷十三補。）

生挽洪丹霞醉死歌

向平昔日讀損益，已識死何如生耳。人皆已生而厚生，誰能未死而學死。眼前萬事何把捉，超然獨羨丹霞子。丹霞子，氣磅礴，爾豈不知生處樂。胡爲放浪糟邱臺，日日千鍾仍百榼。吁嗟乎！丹霞子，志茫茫，不肯低頭選佛場。選佛場中太拘束，爭似人間作酒狂。生平尚少江諮議，論酒如兵有剩義。兵可千日而不用，不可一日而不備。酒可千日而不飲，不可一飲而不醉。一日飲酒千日醒，總能一醉成何事。丹霞子，見尤卓，日日痛飲對寥廓。或如長鯨吸百川，或如萬水歸深壑。杯鐺不肯一日閑，荷鍤隨行任埋却。嗟哉！一日果爾醉不醒，頭顱菌蠢腹膨脝。人道丹霞真個死，我道丹霞今始生。倔然興起忽大叫，更索千觴自傾倒。自言今方入醉鄉，醉鄉風景吾能道。其鄉惝怳勝華胥，無人無我無親疏。渾然天地萬物一體耳〔一〕，陶陶其樂誰能如。噫吁嘻！人世誰生復誰死，日攘六鑿盡生理。蠻觸相爭無了時，血流漸滿滄溟水。賀者未去吊者來，汲汲求生已死矣。何如丹霞早相忘，非生非死常如此。噫吁嘻！丹霞子，致不惡，尚有一事未透脱。壙中尚愛閑文字，障礙夜臺營鄞鄂〔二〕。我願丹霞隨所以，身前身後都拋却。日月何須較賫送，天地何須計棺槨。裸葬王孫尚多事，烏鳶螻蟻何予奪。成然寐，遽然覺〔三〕，無死無生無湊泊。此際丹霞是阿誰，算爾大死今方活。

【蘇評】提挈轉换，結束處如羚羊掛角，無迹可求。（據劉蘇本七言古體詩補。）

【校記】

〔一〕渾然天地萬物一體耳　《存目補編》本卷十三《生挽洪丹霞醉死歌》作“渾然天地一體耳”。

〔二〕鄞　劉蘇本五言排律詩《生挽洪丹霞醉死歌》作“謹”。

〔三〕遽　《存目補編》本卷十三《生挽洪丹霞醉死歌》作“蘧”。

贈涇陽陳麟公

我聞鄭子真，躬耕在谷口。高名重京師，公卿不得友。君家谷口住，清聲出林藪。文章與氣誼，兄弟各稱首。有田涇之干，伏臘歲能守。舉鍤雲雨隨，一石泥數斗。我願爲比鄰，可以樂朋酒。六月聚海壖，閑話星墜笱。同食學士鹽，不負親串走。人生會面難，非此孰與偶。狂呼使院中，歡笑忘百醜。反勝田間樂，迎猫更牽狗。世態苦百變，有如翻覆手。賴有柱下賢，儕輩皆耐久。若果遂躬耕，與爾定爲耦。

【蘇評】贈人詩，如此含蓄，如此慨歎，非率爾下筆也。（據劉蘇本五言古體詩補。）

答徐芝山〔一〕

藥餌本扶衰，誤服轉增疾。連日困黄連，性命在呼吸。故人勞書札，雅抱遠相及。扶病申百拜，感此意何極。生年幾耳順，萬事頗經歷。豈不知幻妄。尚爾戀喘息。所恨慕至道,白首竟無得。當此生老際,寧不懷戰慄。從今罷參朮,且自强飲食。尚欲入名山〔二〕,勤修自規則。夫子如靈運,學佛多慧業。願言空諸有,勿更溺文墨。讀書已萬卷,精神當愛惜。三復瀨鄉言,治生莫如嗇〔三〕。墮地能趺坐,因緣豈浪植。芝仙生三日,家人偶出,芝仙輒能自起,跏趺合掌而坐。安得各有成,同龕兩彌勒。

【校記】

〔一〕宋本卷五、徐本卷五、《存目補編》本卷七題爲"答徐芝仙"。

〔二〕尚欲 《存目補編》本卷七《答徐芝仙》作"猶思"。

〔三〕生 《存目補編》本卷七《答徐芝仙》作"事"。

寄贈平谷王仲宣三首

盤山十載雪中行,心愛盤山到骨清。豈識山中有人在,虎頭祭酒尚諸生。

書劍學成文武才,盡教潦倒困蒿萊。題箋《渾脱》能如意,真自公孫《劍器》來。

【方按】"劍器"、"渾脱"皆曲名,此誤將"《渾脱》"用爲"渾化超脱"之義,不知阮亭先生早已辨之矣。(據《存目補編》本卷七補。)

白首窮經道未尊,何須牧豕效公孫。聖朝有詔邊防亟,合取封侯到玉門。

【蘇評】詞意、局調皆新。(據劉蘇本七言絶句詩補。)

贈平谷令賈七兄二首〔一〕

少年曾共花前醉,一語能諧上上機。今日盤山數來往,可仍空際劍鋩飛。

賦比登樓惜重名,何須負弩僞將迎。羡君百倍臨邛宰,不爲文君愛長卿。君部下諸生,王仲宣君最折節延譽。

【校記】

〔一〕《存目補編》本卷七題爲"贈平谷令賈采公二首"。

偶 興

崑崙學琵琶,先斷舊所愛。從來久污染,不捨成大害。雄鶏棄毛羽,鶡鳥自顛墜。生平墮文字,即此成障礙。默坐窺無始,庶幾象先會。

題汪玉輪太史《看劍圖》

神物自可寶,因之生愛惜。何常有不平,而始勤拂拭。造化混洪爐,虚無就形質。晶光稍脱露,已有通天色。彩寧赤土發,銛豈靈膏益。百端銷落盡,萬古一真實。蛟龍秘精爽,神鬼潛辟易。比之君子心,氣應蕤賓鐵。

【王評】胸有造化。奇作也。〔一〕

【謭記】原本評語"奇作"二字似阮亭先生筆迹,"胸有造化"非阮亭先生筆迹,刻本並作一處,誤,今照原本删去。(據孫謭本五言古體詩補。)

【蘇評】妙有起伏,無平直之嫌。(據劉蘇本五言古體詩補。)

【校記】

〔一〕孫謭本五言古體詩王士禎評語寫作"奇作",《存目補編》本卷七王士禎評語寫作"奇作。集中古詩第一"。

答衛一庵憲副〔一〕

一年不相見,彼此惜居諸。君尚去鄉國,誰能歸舊廬。山中黄葉路,天上紫泥書。好在重飛奮,人間望鷺車。

【校記】

〔一〕《存目補編》本卷七題爲"答衛憲副一庵"。

别田綸霞少司農

有母不能養，何敢漫爲高。荏苒五十年，豈但生二毛。躬耕既無田，服賈少錢刀，人事日乖舛，浮生皆憂勞。作活苦依人，强顔多鬱陶。三月長安來，塵土盈緼袍。五月住天津，卑濕困波濤。重來秋已深，轉眼冰雪交。舊山不歸去，徒然驚風飆。入門慰老親，行李羞蕭條。何以謀春酒，黽勉愁山肴。惟仗燕許詞，即是英瓊瑶。昨日辱高軒，尚爾臨蓬蒿。側聞立朝宁，侃侃持風操。大節秉堅貞，喬嶽難動摇。如此賢哲流，一言賴深褒。感激發中腸，特爲申長謡。再拜辭大臣，鴻鵠尤哀號。到家過山雪，黄精生春苗。

【方按】"操"去聲，誤平。（據《存目補編》本卷十四補。）

王赤抒舍人招飲賦謝二首

舍人冰玉姿，卓犖抗塵表。新詩獨清綺，芙蓉發夏沼。十年最相慕，夢想頗顛倒。何期逢上都，春風方浩浩。共拚杯榼間，痛飲失昏曉。窗外白桃花，一株對窈窕。無端迫行色，又去海門道。咫尺何悠悠，書問遽杳杳。重來秋已深，坐訝新霜早。階前黄破菊，渚外紅收蓼。相尋不相值，轉令情擾擾。昨日枉書札，期我述懷抱。嘆息説勞生，世事何時了。躬耕計不就，有母日以老。豈是浪游時，一言惄如擣。百拜請佳句，登堂申誦禱。去矣遵黛色，翱翔賦鵩鳥。

【蘇評】緣情而綺靡，體物而瀏浣，不作招飲，"賦謝"浮言。（據劉蘇本五言古體詩補。）

斗酒不爲薄，盤飡兼鱖魚。薜蘿蔓前楹，宛然山中居。四壁何所有，無非詩與書。門外車馬喧，緇塵亂空虚。門内若無人，披帷樂有餘。苦云厭繁囂，欲掃蘭蕙廬。疇昔過錢塘，湖山媚穼窣。小住吴峰頂，有如登華胥。紫陽有仙蜕，青衣幻清渠。中夜起長嘯，波光蕩蟾蜍。此時未識君，獨處空躊躕。今日碣石傍，相歡集簪裾。升沉願勿道，且與揮磚磲。

【蘇評】大有破涕共銜杯之概，而筆仗高雄，足匹陳杜沈宋。（據劉蘇本五言古體詩補。）

奉酬太宰陳説巖先生二首

悠悠只如此，還念舊山期。來以鶯花候，歸當雨雪時。瑶華感相贈，楊柳悵空垂。百拜懷春酒，仍求壽母辭。

著述誰能並，尊聞有舊堂。人爭推吏部，世久説歐陽。詩入午亭古，書追丙舍蒼。莪山六角扇，真許耀家鄉。公近構午亭，校刊全集。

悔人移居奉過一飯遂讀其《京華集》二首〔一〕

聞道近移居，相尋過草廬。客中艱一飯，君尚具雙魚。官舍藤花老，悔人守銓最久。秋窗棗葉疏。春明綰新綬，瑞雉始迎車。

愛爾《京華集》，逡巡又幾年。慣書乞米帖，濫用買山錢。拜命思巖邑，移封畏酒泉。尋常發鄉夢，東浦已春烟。

【校記】

〔一〕《存目補編》本卷七題爲"朱悔人移居奉過一飯遂讀其京華集二首"。

留别宫友鹿

甲已何人集，健筆肆豪逞。偶然一寓目，漸訝神氣猛。從此引勝地，不覺燭數秉。韓孟各分疆，皮陸同一礦。闖然奪玉局，百斛珠泉涌。曼倩頗俳諧，長孺實骨骾。胸中原五嶽，泛愛實幽泠。才多不能閑，騏驥願一騁。擾擾緇塵中，心事果誰領。相賞劇相憐，急往復相梗。天寒我且歸，去傍居士嶺。感君壽母辭，相送益耿耿。片言酬久要，珪璋束藤綆。庶幾金石志，千秋與同永。

胡按察茨村以四五百竿竹二三千卷書爲圖屬題

一笑浮雲視一官，梨花香裏曙鶯闌。只須名酒藏千日，況有脩篁擁萬竿。世事早抛鷄肋味，風濤不犯虎鬚灘。因緣惟是牙籤富，鄴架縱横較量難。

【蘇評】窮極筆力，不尚巧便。（據劉蘇本七言律詩補。）

【劉評】五六是其用心深處，妙在一氣揮灑，不露痕迹。（據劉蘇本七言律詩補。）

陳陟齋給諫叢蘭雙枝合蘂繪圖索賦

聖代稀封事，看分階下泉。低時如帶雨，密處似含烟。莫訝三珠樹，休驚九品蓮。連枝仍共蕚，競爽謝庭前。

題禹尚基鴻臚《卜居圖》三首

羡君特具龍眠手，自寫秋空海鶴姿。何事綸竿閑不用，西風凝立獨移時。

鷄犬桑麻事事幽，水邊茅屋竹邊樓。溪光山色誰爲主，且讓鸕鷀占釣舟。

年來百藥瘦崚嶒，也似仙儒也似僧。只是魚蝦都愛惜，漁竿休畫畫紅藤。

【蘇評】陳腐者皆新奇，總由筆致清高。（據劉蘇本七言絶句詩補。）

赤抒舍人用杜竹深留客處荷静納凉時爲圖奉題

家傍蓮花峰下住，當門千仞青蓮花。時有仙真共來往，飛入三峰凌紫霞。夫子早年已聞道，也種蓮花滿池沼。閑來竹下引凉飔，肯向胸中留熱惱。荷衣蕙帶意悠哉，豈有俗人能往來。池上忽然捉坐席，定是蓮花峰下客。

【蘇評】詩骨如巫山十二峰,亭亭天表。(據劉蘇本七言古體詩補。)

【校記】

〔一〕《存目補編》本卷十四題爲"赤抒舍人用杜竹深留客處荷淨納凉時爲圖奉題"。

柬張靖庵

同來碣石舘,古驛見梅花。賓從此俱集,樽罍何待賒。人間逢勝日,天半有流霞。痛飲不知曉,黄金動曙鴉。

題夔州翁兩照

憶昔守營陽,風流追聱叟。粲粲政績多,稱述滿人口。獨愛濂溪菡萏香,先天一畫係心久。年來晝省更何如,退食從容便讀書。邱壑四周情曠遠,琅玕百尺致蕭疏。承恩忽拜夔巫命,却喜溪山足吟弄。灩澦堆前水漲天,箜篌峰下雲生夢。千頃波瀾萬頃池,千頃池、萬頃池俱夔府治内。我翁度量總相宜。還看第一聲名大,即有朝天曳履時。

【蘇評】一路跌宕,何異龍門八節灘。(據劉蘇本七言古體詩補。)

珞珞石擲琴高鯉,蕭蕭竹擁青鸞尾。一邱一壑謂過之,置身合在邱壑裏。含香省署豈礙閑,悠然意在邱壑間。童子抱書丈人讀,得意卓犖非塵寰。昨日夔巫命新下,灩澦堆方大如馬。陽臺曾爲作賦山,白鹽舊是題詩舍。夫子曠懷江水清,朝吟暮吟白帝城。魚復浦中看垂釣,杜鵑亭前兼勸耕。會有聲華動朝宁,車前八騶過荆楚。渤海三公寧偶然,正爲荆梁遍歌舞。

【蘇評】才大思深,筆力矯變,於沉鬱頓跌之極,更見微婉。(據劉蘇本七言古體詩補。)

柬王西澗僉憲

生平秉微尚，苦爲塵緣羈。尋常山水間，馳想三峨嵋。夫子昔奉使，乃在西南陲。金罏玉壘區，處處留新詩。歸來暢一讀，如與青城期。分携今幾年，雲泥益乖睽。比者來京華，重得瞻丰儀。直聲動朝野，百僚肅霜威。噦噦鳳凰鳴，高占梧桐枝。昨日命樽酒，話舊情依依。所嗟宣巨公，瓦器無豐資。食蘗不言苦，清風忻永垂。最念别緒近，兼逢雨雪時。故人非惡客，半氈勿相貽。

湯西崖黄門齋中杜若最勝飲次屬咏四首

杜若生春洲，豈勝歲寒節。幸托君子堂，芳香殊未歇。斗酒聚朋好，文史正忻悦。獨有羈旅人，遥遥念霜雪。

霜雪紛前途，長林愁日晚。游子重舊鄉，歸路不知遠。高堂垂白髮，日日勞望眼。心知暫契闊，邑里喜旋返。

夫子濟川才，雄文世皆讓。珪璋久特達，自致青雲上。雲泥分雖隔，車笠語難忘。去矣山水間，名業每相望。

岐路一樽酒，浮雲千里思。鴻鵠失其群，嬉游更何時。不傷道途遠，所嗟年鬢衰。倘能就金液，相歡無窮期。

簡朱悔人

東浦先生明止足，騎驢輦下干微禄。心慕廬山三疊泉，身住京華半間屋。借問先生何刺促，人生那有神仙福。始信作佛願太奢，不如選官言可復。我亦年來窮徹骨，也在長安同鹿鹿。月食不盡四斗米，無端久别王官谷。只有清夜細思量，可惜年華如轉燭。富貴神仙兩俱失，阮生猶作窮途哭。噫吁嘻！南嶽夫人婦人身，太華毛女秦宫人。皆能超詣求其真，男兒何事甘風塵。曲巷相逢還大笑，何不急覓安期棗。

【**蘇評**】豐骨氣度，正似疏勒、祁連名標塞上。（據劉蘇本七言古體詩補。）

陶貞白先生余久仰其道風欲圖畫脩敬而不能得其真汪玉輪太史招飲於屏上得真容石刻太史欣然相贈賦詩紀事〔一〕

貞白先生吾最羡，十齡便讀神仙傳。青雲白日本非遥，只爲塵緣錯當面。先生異操屬天成，讀書萬卷心鏡明。遍歷名山訪仙藥，星算草隸無不精。永元更築三層閣，每聽松風意寥廓。菩提親証阿育王，符經早受孫游嶽。心愛其道想其真，願見先生七尺身。神儀明秀知何似，朗目疏眉心所親。南沙太史丹臺客，招我街西分坐席。忽驚屏障有仙容〔二〕，宛到金壇華陽側。華陽當年稱隱居，細形長耳世少知〔三〕。出處冥會誰能寫，金石劖來竟不殊。更感南沙有高致，屏間移贈真難事。啓處如扶鸞鶴姿，漬時尚帶烟霞氣。精虔捧奉亟回還，耳畔雲笙飄渺間〔四〕。移居恍過積金澗，止息皆爲句曲山。廿年心事一朝遂，風素欽崇同道味。當年原有兩天人，依舊香爐吐烟穗。

【劉評】一氣寫成，筆無停機，却有意義往還不盡。（據劉蘇本七言古體詩補。）

【校記】

〔一〕太史　劉蘇本七言古詩題爲“大史”。

〔二〕障　《存目補編》本卷十四《陶貞白先生余久仰其道風欲圖畫脩敬而不能得其真汪玉輪大史招飲於屏上得真容石刻太史欣然相贈賦詩紀事》作“幛”。

〔三〕知　劉蘇本七言古詩《陶貞白先生余久仰其道風欲圖畫脩敬而不能得其真汪玉輪大史招飲於屏上得真容石刻大史欣然相贈賦詩紀事》作“如”，《存目補編》本卷十四《陶貞白先生余久仰其道風欲圖畫脩敬而不能得其真汪玉輪大史招飲於屏上得真容石刻太史欣然相贈賦詩紀事》作“如”。

〔四〕飄渺　《存目補編》本卷十四《陶貞白先生余久仰其道風欲圖畫脩敬而不能得其真汪玉輪大史招飲於屏上得真容石刻太史欣然相贈賦詩紀事》作“縹緲”。

簡江補齋太常

九真山人王孟穀，來往金鵝館中宿。荒圃齋也。三疊泉頭朱悔人，近與京華迭主賓。耳熱酒酣向我道，盡説高懷出雲表。從來賢哲心所親，况與荆樹分芳春。却憶栽花傍湖縣，至今歌頌南山遍。一朝驄馬向天行，勳績已是名公卿。方將禮樂調元氣，即入臺階振履聲。昨日登堂踐冰玉，如水臣心見淵穆。長安風雪浩漫漫，尚念西州趙元叔。

【蘇評】别創一格，比響聯詞，不費安排。（據劉蘇本七言古體詩補。）

寄張魯庵方伯〔一〕

投分何殊弟與兄，參差常恨别離輕。病來尚喜詩能健，老去惟憂道未成〔二〕。海畔再過堪一笑，雪中歸去又何營。惟應獨傍車箱谷，依舊重尋衛叔卿。

【校記】

〔一〕《存目補編》本卷十四題爲"寄張方伯"。

〔二〕去　《存目補編》本卷十四《寄張方伯》作"至"。

問　橘

北地多寒苦〔一〕，橘樹豈易生。愛此華實好〔二〕，移植勞我情。昨年霜雪時，結茅覆溝塍。雖然稍凋落，翠碧留根莖。春寒既以過，盛夏必敷榮。其如世緣驅，正月我已行。生理果何如，馳書問柴荆。屢從家問囑弟霞料理橘畦。

【王評】似蘇州《種瓜》等詩。

【蘇評】氣韻清微。（據劉蘇本五言古體詩補。）

【校記】

〔一〕寒苦　《存目補編》本卷十四《問橘》作"苦寒"。

〔二〕華　《存目補編》本卷十四《問橘》作“花”。

憶　圃

家居苦逼側，蠖屈多歲年。昨始闢東圃，室廬相接連。舊井亦更脩，所幸得甘泉。歡喜動顔色，種植良所便。買花向鄭谷，移竹就南園。一齋面中條，晴窗宜晝眠。荒穢稍滌除，人事已推遷。初春我則行，今方增冱寒。歸歟定幾時，徒然意空懸。

【王評】别有領會。

【蘇評】詩罷有餘地。（據劉蘇本五言古體詩補。）

過悔人

長安艱旅食，望門足先歛。惟有就君舍，慷慨屢呼飯〔一〕。前日鱠雙鯉，今又雙雞膳〔二〕。得匪王陽術，獲此數豐腆。君家漢之渚，種蘭聞九畹。梅花一百樹，日日勞望眼。苦被微名累，德輝難一覽。君有覽輝山房。不須盟霜雪，又有盟霜舍。且與計飽暖。從此簿領間，日日執手板〔三〕。方習士行勤，難遂嵇康懶〔四〕。我有文百軸，零落失編纂。感君意良厚，許與事雕鎸。凡此懷抱真，不同世情淺。將無宫商應，氣味有潛感。所嗟冰霜時，别緒轉難遣。明日海門道，悠悠自凌緬。

【王評】起是少陵。

【蘇評】骨秀神清，而力更厚。（據劉蘇本五言古體詩補。）

【校記】

〔一〕飯　孫謌本五言古體詩《過悔人》作“歎”。此句後孫謌記有：“此下有‘前日膾雙鯉，今又雙雞膳’二句，阮亭先生删去。”

〔二〕此句據《存目補編》本卷七補。

〔三〕嵇　劉蘇本五言古體詩《過悔人》作“稽”。

〔四〕板　《存目補編》本卷七《過悔人》作“版”。

題王秋史苹《二十四泉草堂圖》

江南陸慧曉，楊柳在池上。此水即醴泉，此木即交讓。關西楊太尉，曾傍阿對泉。三公何潔白，四世能名賢〔一〕。吾子有草堂，二十四泉側。不祝發禎祥，但祝勵明德。

【王評】古。

【蘇評】深沉簡潔。（據劉蘇本五言古體詩補。）

【校記】

〔一〕能　《存目補編》本卷七《題王秋史苹〈二十四泉草堂圖〉》作"皆"。

題汪東山太史《南浦送行圖》〔一〕

參差江上山，微茫浦中樹。落日閉孤城，幽人此中去。去去入京國，高名振帝畿。一隨丹鳳舞，不逐白鷗飛。芍藥號將離，相贈春風裏。豈知兆龍頭，不肯兆龍尾。秋草岸邊緑，春鴻天際斜。鄉關多少夢，猶自繞蘆花。

【王評】雅。

【蘇評】不寫無意之景，不措無味之詞。（據劉蘇本五言古體詩補。）

【校記】

〔一〕《存目補編》本卷七題爲"題汪東山太史《南浦送行圖》"。

題仁趾禪定小照

親到天臺度石梁，往來行處比康莊。藕絲不是藏身處，現出蓮花是道場。

咏梁史

南嶽鄧先生，衡嶺有居處。自立兩板屋，聊取蔽風雨。斷穀三十年，澗水服雲母。日誦《大洞經》，修敬每傴僂。恭惟魏夫人，白日果臨甫。玉女三十人，皆十七八許。絳羅綉袿襹，乘雲集其所。雖云有仙分，篤實良所取。求勞得則逸，青鳥忽鳴舞。香氣滿空山，少日已冲舉。

【王評】與蘇州《馬明生歌》可以彷彿。

【蘇評】變化洗脱，竟似玉局别構佳境。（據劉蘇本五言古體詩補。）

迎新城公

朝出國西門，車馬何闐咽。幽人獨殊領，遠望前山色〔一〕。翠巘益明迥，已盡前日雪。夫子濟上來，丰采共高潔。慰藉憫衰顔，生事難遽説。所欣敦道素，不同望塵謁。

【校記】

〔一〕遠　《存目補編》本卷十四《迎新城公》作"遥"。

題梅淵公黄山畫册八首爲陳子文〔一〕

木葉已盡脱，惟餘石氣青。此中銷浩劫，只有一茅亭。

【蘇評】黄山秋景，"石氣青"三字乃真面目矣。（據劉蘇本五言絶句詩補。）

懶雲横山腰，怒雲起山足〔二〕。千道百道泉，一間兩間屋。

【蘇評】雲門瀑布，如在目前。（據劉蘇本五言絶句詩補。）

碧玉作屏風，蒼蒼沉落照。孤亭阻白雲，終古無人到。

【蘇評】幽境逼真。（據劉蘇本五言絶句詩補。）

髣髴見樓臺，千峰萬峰裏。終古有桃花，人間咤流水。

【蘇評】恍如六六峰間。（據劉蘇本五言絶句詩補。）

老樹盡爲龍，陰陰吼巖岫。難分風雨聲，只有雷霆鬭。

【蘇評】黄山松濤，天籟自發，竟是爾爾。（據劉蘇本五言絶句詩補。）

雷雨久縱横，風景忽瀟灑。出没罷魚龍，張樂洞庭野。

【蘇評】能傳山之神。（據劉蘇本五言絶句詩補。）

嘗訝丹霄不可升，青雲白日望騰騰。豈知别有通天路，只在蒼巖最上層。

千仞蒼崖百道泉，槎枒老樹隔寒烟。何人尚解安茅屋，或是仙人馬自然。

【蘇評】黄嶽三十六峰皆仙境，畫亦難工，題詩更有仙氣，縹渺於圖中。（據劉蘇本七言絶句詩補。）

【校記】

〔一〕劉蘇本中將此詩分而爲二，並列於不同的詩體中。其中前六首題爲"題梅淵公黄山畫册六首爲陳子文"，置於五言絶句中；後二首題爲"題梅淵公黄山畫册爲陳子文二首"，置於七言絶句中。今把評語統一放在一起，不再單獨分之，並作校語，以備查。

〔二〕雲　《存目補編》本卷十四《題梅淵公黄山畫册八首爲陳子文》作"雷"。

又題小册〔一〕

天半碧椏杈，罡風弄澎湃。誰將玉井蓮，携來種黄海。蓮花峰。

【蘇評】黄山蓮花峰最峻難登，上有前海後海，因軒轅煉丹，臺下皆白雲密佈，一望如海峰透出雲上，即以太華玉井借形其勢，詩品最高。（據劉蘇本五言絶句詩補。）

【劉評】久聞黄山之勝，令人悠然神往。讀此題册詩，已置身縹緲峰頭矣。（據劉蘇本五言絶句詩補。）

【校記】

〔一〕劉蘇本五言絶句詩題爲"又題一首"。

俞貞女詩有序

貞女，海昌人，父大竹令雍來許配武原張大行皜亭子芳㵾，未字而芳㵾逝。貞女奔赴，母阻之〔一〕，投閣必往。守志十年，綉《蓮經》全部，繼子再卒，遂畢命焉。

海昌有貞女，奇節高千載。十年雖從容，一意實慷慨。當其發心初，金剛永不壞。所天何不造，春風早狼狽。惻惻貞女心，一聞痛肝肺。誓將往奔赴，相阻拼玉碎。入門肆號咷，麻衣濺紅淚。轉念未亡身，殉歿未爲大。還當補孝養，前死少愆憝。再撫眼前兒，有後功益倍。其如天降酷，再立再殞潰。貞女意已窮，神傷魄斯墜。同作泉下游，九原告無愧。却計十年中，孤芳濯沆瀣。綉出妙蓮花，十指天人會。自是優鉢羅，一現爲世瑞。墮地百苦集，天乎女何罪。貞風動朝野，天語驚聾聵〔二〕。庶幾金石堅，永永勵時代。

【校記】

〔一〕母阻之　《存目補編》本卷十四《俞貞女詩》作"其母阻之"。

〔二〕聵　《存目補編》本卷十四《俞貞女詩》作"瞶"。

集青雨山房咏几案二物〔一〕

小匡廬

九疊玉屏風，渺渺西江上。如何几案間，已具彭蠡賞。猶好近香爐，白雲自來往。

【劉評】無數轉折，渾然天成。（據劉蘇本五言古體詩補。）

湘竹筆牀

參差狎管城，縱横近書史。班留翡翠痕〔二〕，潔浣瀟湘水。合傍玉臺人，且載天隨子。

【王評】引用皆切。

【蘇評】詩與題稱，韻致嫣然。（據劉蘇本五言古體詩補。）

【校記】

〔一〕劉蘇本五言古體詩題爲“集青雨山房咏二物”。

〔二〕班　宋本卷五、徐本卷五、孫謌本五言古體詩、《存目補編》本卷七《湘竹筆牀》作“斑”。

感悼江解州辰六

春首華筵重一金，大寒冰雪感知音。泮泂名士今何處，誰辨相如作賦心。

【王評】辰六故是可惜人。

【蘇評】江公才藻、幽情一一寫出。（據劉蘇本七言絶句詩補。）

潞河遇江魚依水部

昨日發國門，北風一何勁。鱗鱗潞河水，百尺層冰湅。幸有素心在，十載契魂夢。騎馬晨相過，握手顔色動。豈無太倉粟，但支大官俸。清風達尺五，伫作和羹用〔一〕。惟我困行役，寒月走梁宋。所惜即分携，雪壓霜枝重。

【校記】

〔一〕羹　《存目補編》本卷十四《潞河遇江魚依水部》作“羹”。

到津柬張振宣

兩月留國門，霜華集葦岸。昨日始遄歸，不及與良讌。梅花尚馥郁，竹葉尤葱蒨。偃息群書間，清言對忘倦。

柬王建侯

有客來國門,感君遠相念。惠我瑶華音,宛如見君面。昨日始歸來,明燈語忘倦。從此屢相過,何曾失良讌。

柬孟靖臣〔一〕

井裏周旋共一廛,巢雲有路入山烟。洞中蝙蝠如冰雪,甲子誰窮混沌年。

【蘇評】骨氣蒼老,竟是盛唐。(據劉蘇本七言絶句詩補。)

【校記】

〔一〕《存目補編》本卷十四題爲"柬孟生"。

柬馮名儒相期招隱

欲定山中居,往來山前道。幽人在南郭,備説山中好。水田三百畝,繞澗盡梨棗。柿税比茶租,人情少機巧。連年厭城市,抗志况雲表。勿慮買山錢,有緣即可了。相期三年中,結鄰共蘿篠。

【劉評】筆力矯捷。(據劉蘇本五言古體詩補。)

——男懿基秉初校對〔一〕

【校記】

〔一〕　劉本六册本卷五末有"男懿基秉初閲"字,宋本卷五、徐本卷五末均無字。

卷　六

漁洋山人評定
河中吴雯天章甫著
臨汾范時恭久公分校
臨汾劉組曾繩遠校刊〔一〕

雨　舟

客路湘江積雨時，黄蘆低岸影參差。三春歸盡衡陽雁，難托東風寄所思。

【校記】

〔一〕劉本六册本卷六首題爲“漁洋山人評定、河中吴雯天章著、臨汾范時恭久公校、臨汾劉組曾繩遠鐫”，宋本卷六首題爲“漁洋山人評定、河中吴雯天章著、後學劉組曾、孫元禮同校訂”，徐本卷六首題爲“漁洋山人評定、蒲板吴雯天章手著、平陽徐昆後山、涂水喬人傑漢三重訂、濩澤張誌心鐫”。

潭州口占

一月瀟湘竹下亭，鄉心愁對雨冥冥。夜來夢入巴陵道，失喜南風滿洞庭。

潭州遇李屺瞻前輩

夫子罷官久，高懷人不知。相逢湘水上，同過落花時。世事只如此，天涯何所之。猶能藏斗酒，醉讀屈原辭。

【**蘇評**】任筆所之變化，皆歸渾融。蓋天授，非人巧所到。（據劉蘇本五言律詩補。）

贈彭子載

丈夫偶相值，片言心已傾。學方勤古處，身久薄時名。西閣鴻留雪，南陔鳳隱笙。翠微天際遠，常望少微明。尊君躬庵隱居翠微。

贈王漢行前輩

開府琴樽一月同，素心真見古人風。巢鴛合在三珠樹，射虎曾關九石弓。漢行里居，曾自斃一虎。此地懷沙憐屈子，當年遺愛説文翁。北堂萱草勞歸夢，坐對湘波怨蕙叢。

【**蘇評**】體裁明密，聲調高華，而興會神情更自暢發。（據劉蘇本七言律詩補。）

陸雲士至潭州阻晤四首

郟鄏城南風雨時，故人相見各含悲。猶能使院燒紅燭，花下移尊聽竹枝。

風穴千年竇地幽，相期咫尺不同游。桐花一路隨流水，剩有題名在上頭。

一月瀟湘似病僧，官街鹵簿避中丞。朅來飛下王喬舄，欲問仙源總不能。

草檄羅含心幾灰〔一〕，江郎彩筆對江梅。長沙自昔多才子，大半承明散後來。

【**蘇評**】前二首景中傳情，後二首情隨景遠，音節、風韻尤鮮妍可愛。（據劉蘇本七言絶句詩補。）

【校記】

〔一〕檄　劉蘇本七言絶句詩《陸雲士至潭州阻晤四首》作“榭”。

再貽子載

愛爾英姿不世情，矯然龍性掣長鯨。陰符帳裏再三讀，寶劍匣中猶一鳴。學得飛仙能控鶴，携來中婦善調箏〔一〕。何年已就還山約，同向金蓮頂上行。

【王評】此却有坡公氣。

【謌記】原本旁評"此却有坡公氣"，係墨筆小字，不知何人評，阮亭先生已用硃筆勾去，刻本作阮亭評，誤，删去。（據孫謌本七言律詩補。）

【蘇評】暢達悠揚，紆徐委折。蹤才具甚宏者未能推敲合拍如此。（據劉蘇本七言律詩補。）

【校記】

〔一〕善　劉蘇本七言律詩《再貽子載》作"喜"。

送韓子用

瀟湘雨連月，辛苦到潭州。又向燕山去，如君何所求。春殘無燕子，寒重尚貂裘。驛路逢明月，何人共倚樓。

【蘇評】不事煉煆，清細異常。（據劉蘇本五言律詩補。）

使院作

岷峨雪已消，春波洞庭滿。愁心理歸棹，日望南風轉。湘蘭不可佩，孤居悵淩緬。方訝雉登木，仍嗟鼉在蔛。堅卧抛陰符，强飲墮金碗。人生出處非，百事已乖舛。賢哲多苦辛，不能自黽勉。蚊虻與鸛鵲，忽忽皆過眼。颯沓衡雲傍，徒傷道謀淺。

【王評】全首是杜。

【謌記】前評原本係墨筆小字，不似阮亭先生筆迹。（據孫謌本五言古體詩補。）

【蘇評】别有懷抱，出以正聲。（據劉蘇本五言古體詩補。）

雨中登岳陽樓

白雲滿南嶽，隨風來洞庭。波濤仍接連，坐失君山青。却上岳陽樓，愁心晚冥冥。飛仙不可招，殘堞盤飢鷹。我生何勞苦，萬里如流萍。艱難思往哲，誰能安心形。遥搴野竹緑，俯掇春蘭馨。千年花與草，不獨怨湘靈。

【蘇評】俊逸。鮑參軍"逸"字作奔逸之"逸"，才托出明遠精神。詩之俊逸處，何減參軍。（據劉蘇本五言古體詩補。）

四　月

四月湖湘芳草鋪，竹枝夾岸客船孤。長沙自昔傷心地，親向青山聽鷓鴣。

【劉評】感慨出於幽思。（據劉蘇本七言絶句詩補。）

雨後登長沙城樓

雨過江城濕薜蘿，青山脚底客帆多。愁中轉畏逢漁父，强作滄浪解事歌。

【蘇評】形景皆切，使事更翻案出新。（據劉蘇本七言絶句詩補。）

【劉評】能寫無形於眼前，道難盡之辭於句外。昔人所以評梅，都官詩者也。此更渾然不露圭角，似爲過之。（據劉蘇本七言絶句詩補。）

城曲眺望

朝遵城南路，白石齒鑿鑿。林中一鳥鳴，江上幾帆落。人家開竹扉，樵子赴深壑。塔影芳草間，風來響鈴鐸。

【王評】絶似劉長卿。

【謌記】原本題下有墨筆評劉長卿之詩也，不知何人評，阮亭先生改作"絶似劉長卿"。（據孫謌本五言古體詩補。）

【蘇評】城南風景，如在目前。（據劉蘇本五言律詩補。）

湘　潭

初夏南風吹，客帆遥相望。推篷見山色，竹木何青蒼。漁子倚石根，收網出菰蔣。白鷺傍人飛，水鷹凌波翔。吴鹽比霜雪，銅盤紛羅將。入市勝笋蕨，鲊膾難具詳〔一〕。雖復異風土，頗亦宜稻粱。願言買茅屋，且住衡山傍。

【校記】

〔一〕膾　《存目補編》本卷十四《湘潭》作"鱠"。

江風詞四首

四月江頭躑躅紅，江邊愁雨又愁風。泊船休近黄陵廟，斑竹摇摇惱煞儂。

江風吹浪生白波，往來舴艋衝浪過。浪花起處紅衫濕，换着湖州生綫羅〔一〕。

一夜南風吹不休，侵晨晴日滿船頭。江鄉見慣閑風雨，説着風波也不愁〔二〕。

估舶新來换寶珠，船窗四角結流蘇。却憐西子無緣分，晚嫁黄金范大夫。

【王評】却近《竹枝》。〔三〕

【蘇評】寫來宛麗動人。（據劉蘇本七言絶句詩補。）

【劉評】態度絶似《清平調》。（據劉蘇本七言絶句詩補。）

【校記】

〔一〕着　孫謂本七言絶句詩《江風詞四首》作"著"。

〔二〕着　孫謂本七言絶句詩《江風詞四首》作"著"。

〔三〕孫謂本七言絶句詩此評語寫爲"藏書人"。

江上雷雨

嶺霧烟作堆，江濤雪成陣。雷雨晝冥冥，衹覺蛟龍迅。飛鳥各塌翼，豺虎亦逃遁。坐持一卷書，聊用慰孤憤。

嵩雪五叔祖解官居湘潭賦詩慰藉

夙昔懷洞庭，南來拾芳草。况復吾宗彦，作宰名譽早。春初理輕策，不惜涉遠道。方苦塵飛揚，旋驚波浩渺。雲中黄鶴翻〔一〕，天際君山小。瑶琴近湘靈〔二〕，將無慰憂惱。世事奈推遷，生涯轉枯槁。我翁卓魯績，直道翻下考。江潭賦閑居，拋書坐清曉。十年今再見，悲喜互潦倒。落日膾銀刀〔三〕，明鐙酌松醪〔四〕。字搜蕺山扇，文辨琅琊稻。雖復共寂寞，頗亦窮幽討。俯仰宇宙間，何事可常保。泥中龜曳尾，雪上鴻留爪。世人苦較量，無乃道力少。拂衣聽山鷓，忘機玩鷗鳥。九畹蘭正滋，百畝蕙猶好。坐對風雨間〔五〕，静默耐猥巧。長歌金石聲，抗志重雲表。

【蘇評】氣韻絶似水部。（據劉蘇本五言古體詩補。）

【校記】

〔一〕翻　《存目補編》本卷十四《嵩雪五叔祖解官居湘潭賦詩慰藉》作“翔”。
〔二〕琴　《存目補編》本卷十四《嵩雪五叔祖解官居湘潭賦詩慰藉》作“瑟”。
〔三〕膾　《存目補編》本卷十四《嵩雪五叔祖解官居湘潭賦詩慰藉》作“鱠”。
〔四〕鐙　劉蘇本五言古體詩《嵩雪五叔祖解官居湘潭賦詩慰藉》作“燈”。
〔五〕間　《存目補編》本卷十四《嵩雪五叔祖解官居湘潭賦詩慰藉》作“閒”。

韓中丞署中喜晤羅弘載北旋賦别三首〔一〕

十日巴陵道，三春官閣中。干戈殘堞在，琴酒故人同。夢失梅千樹，愁看蕙一叢。登高猶有賦〔二〕，飄泊爲誰雄。

【蘇評】人於對偶，每務精工，雖極流動，往往涉於輕儇。此則流利端莊，不失正體。(據劉蘇本五言律詩補。)

入洛已非計,浮湘寧所親。江花工笑客,楚女善留人。久識詩無敵,新看畫有神。祝融千仞色,落筆羨嶙峋。弘載納姬〔三〕,近益作畫。

【蘇評】工穩處,情景雙全。(據劉蘇本五言律詩補。)

聽雨圍紅燭,將離更踏歌。轉憐輕去就,還囑慎風波。白髪交情重,黄金意氣多。天涯知己在,貧賤竟如何。

【蘇評】辭婉意深,脱口成章,遂爾清真流貫。(據劉蘇本五言律詩補。)

【源按】家藏先生墨迹,此詩第一首六句"看"作"當",第三首四句"還"作"深"。附記備考。(據《存目補編》本卷十四補。)

【校記】

〔一〕孫謂本五言律詩題爲"韓中丞署中喜晤羅宏載北旋賦别三首",《存目補編》本卷十四題爲"韓中丞署中喜晤羅宏載比旋賦别三首"。

〔二〕高　孫謂本五言律詩《韓中丞署中喜晤羅宏載比旋賦别三首》作"臺"。

〔三〕弘　孫謂本五言律詩、《存目補編》本卷十四《韓中丞署中喜晤羅宏載比旋賦别三首》作"宏"。

偶筆數飛卿

閉門閑出太匆匆,小倦歸來意倍慵。床上殘書風不定,花鬚吹在硯池中。

【蘇評】果然是八乂手。(據劉蘇本七言絶句詩補。)

唐伯可〔一〕

建炎十策氣崢嶸,豈與屯田共姓名。却恨兔絲變松栢,晚年贏得五羊城。

【校記】

〔一〕《存目補編》本卷十四題爲"康伯可"。

潭州賈太傅祠二首

濯錦坊前太傅祠，行人立馬見花枝。江鄉誰係蒼生望，只合烟波卷釣絲。

古井猶存舊宅荒，誰能蘋藻一登堂。乾坤剩有洪爐在，鵬鳳從來枉較量。

竹　嶼

竹嶼灣環抱水亭，鮫珠不定芰荷青。阿誰輕撥蘭橈入〔一〕，打破春塘百子萍。

【劉評】雅峭多姿。（據劉蘇本七言絶句詩補。）

【源按】家藏墨迹此詩無"竹嶼"二字，題目連上二首，總題曰"《潭州賈太傅祠三首》"。第二句"芰荷青"作"荷錢青"，附記備考。（據《存目補編》本卷十四補。）

【校記】

〔一〕入　《存目補編》本卷十四《竹嶼》作"人"。

贈寧鄉令

爲愛仙人王子喬，才名製錦楚江皋。琴聲坐接湘波靜，鳧影行看漢殿高。百里歌吟聞輦路，九重恩寵賜宮袍。瓜畬山下容招隱，欲借閑田種碧桃。

潭州雜詩三首

潭州一住四十日，親見巴帆枕上來。嶽樹盡從朝雨緑，湘花更着晚風開〔一〕。

方塘周匝芰荷青，爲愛城東水上亭。却怪漢南官柳樹〔二〕，楊花吹盡又浮萍。

無數蜻蜓上釣竿，花枝照眼水漫漫。墻東尚有閑田地，猶可添修鬬鴨闌。

【蘇評】突過雷淵、高廷玉、李純父中州三傑。（據劉蘇本七言絶句詩補。）

【校記】

〔一〕着　孫謂本七言絶句詩《潭州雜詩三首》作"著"。

〔二〕官　劉蘇本七言絶句詩《潭州雜詩三首》作"宫"。

江亭感咏

江風曉猶寒，粉堞碧生蘚。徘徊池上閣，五月梧花晚〔一〕。淹留惜歲月，坐卧憑書卷。故國隔烟水，白雲勞望眼。峰陰嶽寺深，帆影湘波遠。鹿門懷耆舊，采藥同不返。吾生豈貪鄙，浪迹自乖舛。戀戀北堂心，一日千萬轉。狼籍城東田〔二〕，何人躬負畚。

【蘇評】清幽。（據劉蘇本五言古體詩補。）

【校記】

〔一〕梧　《存目補編》本卷十四《江亭感咏》作"桐"。

〔二〕籍　劉蘇本五言古體詩、《存目補編》本卷十四《江亭感咏》作"藉"。

贈益陽江明府辰六三首

觚稜初日照曈曨〔一〕，春草何人賦最工。腸斷北宫一分手，斑騅誰送杏花東。

醴陵才調本清華，百里分符傍釣槎。即有聲名動英主，漢廷仍召賈長沙。

濱江東下接滄浪，白鹿銜花到講堂。獨欲匡廬看形似，却愁飛瀑撲衣凉。

【蘇評】太原李長源工詩，雄健有法，此則前後競爽。（據劉蘇本七言絶句詩補。）

【校記】

〔一〕曈曨　劉蘇本七言絶句詩《贈益陽江明府辰六三首》作"瞳矓"。

别徐明府水亭時徐次日亦發

菡萏香中不得住，高齋日照櫻桃樹。使君有亭豈常登，來朝亦向茶陵去。人生萬事真悠悠，莫笑當日平泉游。但能握手即傾倒，且飲醇酒彈箜篌。君看亭中人去也，惟有白鷗飛復下。

【蘇評】乍離乍合，天仙飄拂雲端，令人可望不可即。（據劉蘇本七言古體詩補。）

送友人滇南省親

萬里騰騫意氣雄，烏衣門閥重江東。蘭橈正羨乘風便，春殿猶傳奏賦工。青草湖光迎彩筆，點蒼山色撲黄驄。芰荷香裏趨庭早，會看西南海照紅。

留别任太守

洞庭東下接晴雲，握手欣逢萬石君。白馬磯邊方挂席，酒香山畔惜離群。刀耕火種文翁化，長佩高冠屈子文。前浦依依更回首，相期嘉譽漢庭聞。

送徐新漢歸浙東四首

把酒看山擊唾壺，幾番薄醉踏氍毹。而今却别湘花去，不向黄陵怨鷓鴣。

愛日愁逢杜若香，歸來含笑喜登堂。離筵轉恨南風急，纔過湘陰又漢陽。

徜徉蘭茝久應紉〔一〕，轉眼乘潮溯白蘋。别後不須懷楚女，江南無限采蓮人。

三載沅湘豈怨嗟，才人依舊五湖家。苧蘿更道明妝好，試撥輕舟問若耶〔二〕。

【蘇評】着筆總不平直，兼有沉逸偉麗之觀。（據劉蘇本七言絶句詩補。）

【校記】

〔一〕菭　《存目補編》本卷十三《送徐新漢歸浙東四首》作"莔"。

〔二〕耶　《存目補編》本卷十三《送徐新漢歸浙東四首》作"邪"。

送來心水

齋居讀楚辭，夢想瀟湘好。二月來洞庭，徒然多芳草，夫子官潭州，依依古懷抱。相對春雨中，頗能慰枯槁。偶復憶蒓鱸，却返巴陵道。歸思勞日夜，江上掛帆早。會稽妙山水，巖壑比洲島。更着老萊衣，勝食湖南稻。余亦念北堂，蕙畝徒窈窕。何處鷓鴣聲，轉使車輪繞。悵望南風前，遥溯君山曉。

湖南作

一雨春已盡〔一〕，晴來當夏初。可憐芳菲時，汩汩溷泥塗〔二〕。入夜南風改，白雲猶卷舒。江城月微茫，餘濕留衣裾。晨興何杲杲，日出東南隅。乾鵲群叫噪，鴝鵒逓歡娛。比鄰事耕作，牛力鋭且粗。遠看江上山，一一青相扶。楚南百載地，家室困不蘇。近雖脱戎馬，猶自煩征輸。若更失耕種，何以安妻孥。前年病穀賤，盈石百錢餘。比來忽騰踴，估船銜舳艫。賤苦農失業，貴病家無儲。皇天豈嗜殺，殘黎益封屠。會當放舟返，去掃條南廬。遠近豈殊觀，物我本一如。留連嶽麓北，撫事倍躊躕。

【蘇評】一經點染，便覺鮮新。（據劉蘇本五言古體詩補。）

【方按】此首圈與評皆非阮翁手。（據《存目補編》本卷六補。）

【校記】

〔一〕《存目補編》本卷六《湖南作》翁方綱旁註:“起是韋。”

〔二〕汩汩　劉蘇本五言古體詩《湖南作》作“泊泊”。

將發潭州阻風

江風三日且不息,愁倚江閣衣裳單。日暮魚龍爭出没,雲垂水石生空寒。欲去尚戀賈傅井,到家還近毛女壇。若問湖南好風景,栖巖紅樹九秋看。

【王評】風骨崚嶒。

【蘇評】太白寫景入神,輞川言情造極,此則情景皆得而氣骨獨高。(據劉蘇本七言律詩補。)

贈曹星客拱極

道力苦衰薄,未能山中居。清秋龍門游,相逢君子廬。香草佩南國,清風良穆如。爲言重陽近,菊蘂猶未舒。好雨灑然至,真令煩慮除。題詩敬相訊,簷霤濕蟾蜍。

方山五首

童子河邊柳外村,新秋沙岸落潮痕。妙嚴勝境行將到,青翠先教撲石門。

山色參差碧玉圍,松聲花雨海濤飛。晚來小坐盤陀石,閑看山僧補衲衣。

【劉評】結句人不欲道,亦不解道。(據劉蘇本七言絶句詩補。)

石路逶迤到上方,天風吹作十分凉。中臺遥見千秋雪,云是文殊大道場。

行盡山頭萬樹松,巉巖高捧碧芙蓉。閑身到此無塵夢,不待僧樓五夜鐘。

【蘇評】四詩參入大歷十才子集中，誰克分別？（據劉蘇本七言絶句詩補。）

長者釋經處，我到新秋時。坐見白雲來，瀰漫青松枝〔一〕。朝興仍助喜，花雨故垂垂。

【校記】

〔一〕彌　《存目補編》本卷十三《方山五首》作"瀰"。

對　鏡

對鏡風前百不宜，男兒四十尚逶迤。幾時萬里天山雪，一夜吹來滿鬢絲。

【劉評】對鏡常意，一經筆寫，便覺不同。（據劉蘇本七言絶句詩補。）

贈丁荷峰參軍四首

官閣蕭然把酒時，河干烟柳未成絲〔一〕。坐中新到江南客，最解燈前和竹枝。

簫曲峰陰罷種花，故人重過嘆天涯。青泥一襆寧相負，更脱金龜付酒家。

舍人才調穆然清，梁鵠蟲書頗擅名。總有苕華密相囑，都無名字刻卿卿。

拄笏横襟意態閑〔二〕，馬曹詩興更闌珊。松風吹醒塵勞夢，多在華陽句曲間。

【蘇評】作七絶，怕似詩餘聲口。此雖宛麗，有半點像否？只是格高氣逸。（據劉蘇本七言絶句詩補。）

【校記】

〔一〕干　劉蘇本七言絶句詩《贈丁荷峰參軍四首》作"千"。

〔二〕拄　劉蘇本七言絶句詩《贈丁荷峰參軍四首》作"掛"。

春初同旦復元彦笨山叔敏過退居老人二首〔一〕

海畔寒猶此，春風不易來。偶過雙樹底，喜見一花開。飽客伊蒲饌，攢眉柳癭杯。默然參半偈，同聽語如雷。

【蘇評】晋人清言，宋人雅調，可見才人無所不可。（據劉蘇本五言律詩補。）

却憶江南路，裙腰草色斜。篷遮三月雨，舟載半塘花。浪迹猶如夢，浮生更去家。低回三十載〔二〕，隨處惜年華。

【蘇評】别樣風流，不落纖巧。（據劉蘇本五言律詩補。）

【校記】

〔一〕孫謂本五言律詩題爲"春初同旦復元彦笨山叔敏過退居老人"。

〔二〕回　劉蘇本五言律詩《春初同旦復元彦笨山叔敏過退居老人二首》作"徊"。

呈涓翁四首

石室金庭憶往還，高情近寄秣陵山。相逢匆遽無他語，只羨孤雲野鶴閑。

十載登堂捧玉卮，仙人次第鳳笙吹。桃花開遍黄金舘，風景依然是昔時。

道業精純久更成，丹砂何用較長生。從來願力無人識，終爲蒼生計太平。

緬邈匡君清夢長，飛泉千仞撲衣凉。頭顱四十看如許，欲乞廬山舊草堂。

【蘇評】韻遠思深，不同小家調度。（據劉蘇本七言絶句詩補。）

别王旦先

二月已將半，江南雜花朵。此時君不歸，辜負閑中坐。君言三日行，行李已包裹。生平愛好春，盛事肯相左。烟水緑濛濛，鶏籠迎晝舸。玉蘭正高倩,垂楊復婀娜。鶯聲一萬樹,處處聽皆可。東風動微波,石瀨春帆簸。我亦樂乘潮,塵緣苦羈鎖。夢想攝山居,未得縱江柁。何日便南下,夙願一朝果。更覓獻花巖,巖中暢容我。逢君迭主賓〔一〕,笑語江風墮。萬事一微塵,超然離偏頗。

【蘇評】森秀幽峭,獨造自然。(據劉蘇本五言古體詩補。)

【方按】"偏頗","頗"平聲,前已見。(據《存目補編》本卷十三補。)

【校記】

〔一〕逢君迭主賓　《存目補編》本卷十三《别王旦先》作"逢君送賓主"。

寄羅蘿村

憶昔長沙時,風雨無時無。蕭然湘江湄,同君聽鷓鴣。君載如花姬,興味較我殊。酌酒招我飲,頻傾雙玉壺。幾日過中條,小住城西隅。君住我翻去,未得恣酣呼。從此三年别,有若分飛鳧。比聞在江南,吟嘯莫愁湖。惠我瑶華音,真意更難誣。嗟余年鬢衰,四十悲頭顱。君年過於我,將何爲自娱。建業我舊游,剩緣未蠲除。相尋復痛飲,知有步兵厨。

【蘇評】起結處寓超脱於和平,無詰屈奇詭之習。(據劉蘇本五言古體詩補。)

題文伯仁山水卷

最有江南客,能畫江南山。江南山色緑於染,人家住在青冥間。溪橋横亘幽人渡,渡口蒼蒼隔烟樹。多少樓臺春雨中,山鳥山花自朝暮。古寺朱墻倚石屏,雀離高映錦帆涇〔一〕。千株松下無人迹,只有風吹九子鈴。

【蘇評】有黄河落天,走東海之勢。(據劉蘇本七言古體詩補。)

【校記】

〔一〕離　《存目補編》本卷六《題文伯仁山水卷》作"籬"。

憶舊廬

結廬大河側,門對蓮花峰。手把一卷書,日坐金芙蓉。竭來東海濱,一載成疏慵。還應騎白鹿,重撫玉谿松。

【蘇評】深情如許,風度超然。(據劉蘇本五言古體詩補。)

阮翁齋啜武夷茶同令弟幔亭五首

奔走東西笑白髭〔一〕,閑身那得論槍旗。春風一夜靈芽長,輸却山中逋客知。

【蘇評】沉婉。(據劉蘇本七言絶句詩補。)

幔亭峰下曾孫宴,嫩莢驚雷又幾春。解辨蓮花香味好,端應曾是此山人。

【王評】着筆成趣。

焙乳如圭更似蟾,紛紛損益罷薑鹽。屏當玉雪心腸好,粉膩先傾少婦奩。

【蘇評】典贍華麗。(據劉蘇本七言絶句詩補。)

大稱齊魯小邾莒,更有麯生中逗撓。若待伐毛三洗髓,羊腸車轉蕩嫖姚。

【王評】似山谷老人。

【蘇評】奇峭。(據劉蘇本七言絶句詩補。)

活火風爐傍鶴柴,斜垂雲縷乳花開。卓然九曲仙人種,桑苧何能品第來。

【蘇評】品茶切武夷,却化痕迹,寄至味於淡泊,極運錘煉而不見其鋭。(據劉蘇本七言絶句詩補。)

【校記】

〔一〕笑 《存目補編》本卷六《阮翁齋啜武夷茶同令弟幔亭五首》作“籠”。

題徐道冲《觀泉圖》時將還中條〔一〕

空山石氣鬱蒼蒼，百尺虬枝横莫當。只許幽人無事坐，漫天飛雪濺衣凉。

【蘇評】格高氣逸，軌合謫仙。（據劉蘇本七言絶句詩補。）

年少能爲五嶽游，五臺參罷又羅浮。歸來向我分明説，曾對開先萬仞流。

兩年不到王官谷，夢想巖泉落玉龍。今日真能尋九籥，斜陽流水兩三松。

【校記】

〔一〕《存目補編》本卷十三題爲"題徐道冲觀泉圖時將還中條三首"。

劉若千宗一兄弟載酒過飲一畝居賦贈

子真居谷口，無言但躬耕。當世恐見知，豈求身後名。如何舊巖壑，千載懷幽貞。將無秉懿好，今古同一情。夫子涇干居，十里山光迎。讀書好兄弟，金奏相鏗鍧。一朝長安來，先後謁承明。天子動顏色，推奬多公卿。名高氣益卑，耻爲鶏鶩爭。三月鶯花時，雨足天氣清。東堂梨花開，海棠亦輕盈。失喜載酒過，文飲酬杯鐺。酒半忽慷慨，山思交迴縈。濁醪見真素，頗覺軒冕輕。嗟余貧賤人，久苦塵網攖。聞道未爲晚，超然將有營。正恨心尚雜，不得如孩嬰。停觴别君去，白雲遥縱横〔一〕。若千居近谷口。

【校記】

〔一〕縱　《存目補編》本卷十三《劉若千宗一兄弟載酒過飲一畝居賦贈》作"從"。

咏紫荆限韻

偃仰對南榮，春風動紫荆。暗香時墮水，疏葉不巢鶯。轉以林塘晚，因歡兄弟情。天涯尚岐路，把酒惜長征。

一畝居同慢亭飲酒二首

王謝盛門閥，琅琊近亦稀。舉世重纓冕，先生仍布衣。看花宿酒肆，騎驢來王畿。獨有舊山思，春風懷采薇。

帝里喜相逢，相逢意氣重。時來花下飲，共話東巖松。觚稜上明月，長樂聞疏鐘。金門動騶馭，客散眠高舂。

題雲林《秋山圖》爲查德尹〔一〕

經營慘淡意如何〔二〕，渺渺秋山遠遠波。豈但穠華謝桃李〔三〕，空林黄葉亦無多。

【王評】方是題雲林畫詩，予吟諷此作二十年矣〔四〕。

【沈評】石田翁仿雲林畫，其師杜瓊從旁觀之，曰："又過矣！又過矣！"解得此意，方得此詩之妙。（據《清詩别裁集》本、劉蘇本七言絶句詩補。）

【校記】

〔一〕《存目補編》本卷六題爲"題雲林《秋山圖》"。

〔二〕淡　《清詩别裁集》本《題雲林〈秋山圖〉爲查德尹》、劉蘇本七言絶句詩《題雲林〈秋山圖〉爲查德尹》、《存目補編》本卷六《題雲林秋山圖》作"澹"。

〔三〕華　孫謂本七言絶句詩《題雲林〈秋山圖〉爲查德尹》作"花"。

〔四〕諷　劉蘇本七言絶句詩《題雲林〈秋山圖〉爲查德尹》作"咏"。

送梁貞怡水部

晝省垂清譽，冬官績亦稀。如何登闕後，决計拂衣歸。玩易識消長〔一〕，讀書甘蕨薇〔二〕。中條連夢到，待掃舊漁磯。

【校記】

〔一〕長　《存目補編》本卷十三《送梁貞怡水部》作“息”。

〔二〕甘　《存目補編》本卷十三《送梁貞怡水部》作“廿”。

聞雷自警

天地有正氣，發之爲雷霆。劃然破山嶽，魑魅無遁形。當其震蕩時，正人亦斂容。惕厲動幽隱，搜剔皆至誠。願言平居日，踐履全堅貞。苟或貢非幾，五内奮摧崩。念起自撲滅，有如驅六丁。陰霾一朝盡，朗朗發光明。

送劉如南之官江陰

二月海棠花，花開滿僧院。豈爲看花來，親知喜相見。比聞謁承明，拜命宰江縣。郭門抱春水，廳事巢飛燕。使君善爲政，膏雨田間遍。他時璽書寵，巍然在臺諫。日日近山龍，爲添補衮綫。

【劉評】奇人總無庸語。（據劉蘇本五言古體詩補。）

送彧庵即訊觀齋

家門有名山，秋深山逾靜。是以高齋下，日對晴蓮影。饑驅不得住，却來近人境。之子胡爲者，千里亦馳騁。空有曠世才，且復暫閑冷。詩留車箱谷，文重金華省。灞滻水新漲，蘆荻没倒景。詰朝自茲去，豈能忘耿耿。倘達汝陰書，爲我問清穎。

題聲百小照二首

羽扇閑拋鳳尾垂，緣階玉樹覆新枝。風流即使論江左，阿大中郎更是誰。

習習凉風吹畫屏，枕流漱石矚前汀。悠然物外情何極，檢出瑶函

《九籥經》。

題朱字緑《濯足圖》三首

巖岫盤回走碧流，雙松横側蔦蘿收。從知墮地原無垢，投足何須坐石頭。

林下高風意嗒然，偏宜白石與清泉。會心若在滄浪外，即是南華《秋水》篇。

雲壑崚嶒長碧苔，空山曠劫幾花開。一時淵默成孤坐，知有何人進履來。

題《松下小景》

隱隱茅茨澗水東，天風過處海濤同。松花本是神仙食，掃入山家石廩中。

【蘇評】寫景超然於景外。（據劉蘇本七言絶句詩補。）

笨山舍人忽登太華驚詑記實并示梁子芰梁

吾家大河側，太華庭户前。肉重不能登，荏苒三十年。之子東海來，千里何翩翩。朝停嶽祠下，暮陟三峰巔。明星與玉女，俯視兒孫然。况此冰雪時，危磴雲中懸。飛鳥不敢過，奮勇凌蒼烟。鐵船今有無，菡萏或拘攣。明滅洪河流，混混星漢連。最愛落雁好，斗絶虚空拳。瀑布幾千仞，凍合寒光纏。琤瑽時一聞，有如箏折絃〔一〕。往來青冥際，身已躡重玄〔二〕。下不見猿猱，上已無飛鳶。咫尺即樊桐，呼吸帝座邊。毛女夜窺人，叔卿曉張筵。便應酌天漿，醉伴希夷眠。胡爲辭金庭，又復來井廛。語我上方事，如述珠宫還。鈞天聞廣樂，石髓溢瓊田。一食可不死，詑我貪生涎。東海有梁生，學佛機亦圓。骨瘦而好奇，恨不試輕儇。吾子孫嬌惰〔三〕，登階苦回邅。今兹峰頂行，鬼神實後先。駭嘆當再拜，服子猛且堅。信哉無垢心，獨往乏遷延。却傷筋力衰，日減濟勝緣。春來青柯坪，黽勉衣一搴。不然一室内，冥默心如淵。游神於八表，聊當飆輪旋。

【蘇評】於唐人中又另創一格。（據劉蘇本五言古體詩補。）

【校記】

〔一〕箏　劉蘇本五言古體詩《笨山舍人忽登太華驚詫記實並示梁子芰樑》作"爭"。

〔二〕玄　劉蘇本五言古體詩、《存目補編》本卷十五《笨山舍人忽登太華驚詫記實並示梁子芰梁》作"元"。

〔三〕孫　宋本卷六、徐本卷六、《存目補編》本卷十五《笨山舍人忽登太華驚詫記實並示梁子芰梁》作"素"。

呈莫襄藟先生二首

先生本人瑞，九十尚傳經。著述尊《堯典》，功名薄漢庭。關門虚紫氣，草閣帶寒星。別有堪娛處，曾孫繞幔亭。

已恨相逢晚，其如遽別何。漸看臘雪少，日覺緑楊多。賦草常驚鳳，書藏不换鵝。到家先指點，寶氣出烟蘿。

【蘇評】"錫飛常近鶴，杯渡不驚鷗"，此可勍敵。（據劉蘇本五言律詩補。）

柬逸峰孝廉

首夏清和好時令，閑對清波如對鏡。況復眼前朋好多，漫憶山中櫻筍盛。吾子交在紀群間，幾回嘯咏終南偏。楓亭荔枝經飽吃，歸來冰雪成胎仙。履閣藏書一萬卷，今古紛紜自凌緬。題箋花下倒披薙，吟詩竹裹獨抽繭。昨日相過深下簾，心愛錦軸排牙籤。昔亦買書向吴會，風雨捆載羞廉纖。清潁先生百泉甑，讀書縣解無等等。相逢爲作載書行，往事追惟如泡影〔一〕。君家藏書稱最多，三十乘久傳清河。近日秣陵有黄氏，我曾爲作《千頃藏書歌》。自惜垂老仍鹿鹿，載書到家幾曾讀。齋中見書空把玩，何況匆匆歸又速。多君惠我酒百壺，紅糟滿盎浸生魚。閑來烹魚更酌酒，尚問人間未見書〔二〕。

【劉評】波瀾壯闊，萬里瀉入胸懷間。（據劉蘇本七言古體詩補。）

【校記】

〔一〕惟　劉蘇本七言古體詩《柬逸峰孝廉》作“維”。
〔二〕間　劉蘇本五言古體詩《柬逸峰孝廉》作“家”。

姜伯逵過小圃看山即事

種荷荷長葉，種竹竹生笋。小雨忽然至，風緑接修畛。之子具遠抱，天機每相引。列坐見南山，白雲正無盡。肯作巖際行，仙家多石廩。

【蘇評】樊川風致，差足似之。（據劉蘇本五言古體詩補。）

晚過張厚卿先生即事〔一〕

鑿井得甘泉，開畦傍新井。晚來荷鋤倦，坐對宫墻影。露葵宜清齋，夏麥充環餅。西林纖月上，風枝鳥音静。徙倚望中條，壺觴更當整。

【劉評】冷蒨宜人。（據劉蘇本五言古體詩補。）

【校記】

〔一〕《存目補編》本卷十三題爲“晚過張厚卿學博即事”。

鹿皮公詩

我聞鹿皮公，少爲府小史。舉手器即成，才巧信無比。岑山造縣閣，意思横生矣。十日梯道成，作祠亦留止。食足飲神泉，七十一彈指。一朝升閣去，游戲之間耳。其後百餘年，依然到齊市。賣藥向時人，曾孫之孫子。

臨汝道中

橋下菖蒲橋上柳,南風吹過緑生涼。金衣公子渾相識,宛轉留人到夕陽。

【蘇評】惟以神韻爲上。(據劉蘇本七言絶句詩補。)

簡薛青樵

連日多涼風,鳴蟬在庭樹。與君同作客,開襟葉幽趣。塘下早菱滿,蓮房亦含露。相期郭外游,芳洲見飛鷺。何處是糟邱,壺觴正當御。

贈張太守愚谷二首

相思命駕輕千里,四月陸渾花正開。隔境早聞新政美,登堂真喜故人來。厨兼櫻笋山中味,座接笙竽海上杯。剛説恩綸同日到,知君家世有公才。

【蘇評】圓轉如環,不留纖塵半點,水部詩也。(據劉蘇本七言律詩補。)

長夏高齋擁賜書,南風吹過北窗虚。剛腸百煉能容物,英論千回倍起余。郭外蓮塘藏白鷺,階前酒甕擲金魚。幾回話到郎君谷,修竹南頭好結廬。

【蘇評】煉到自然處,故不覺其煉。(據劉蘇本七言律詩補。)

【劉評】温雅中自露豪宕。(據劉蘇本七言律詩補。)

咏九疑

茫茫營道縣,鬱鬱蒼梧側。山山皆相似,行者盡疑惑。云是九疑山,重華謐軌轍。芳谷丹芝挺,懸巖石髓滴。采藥頓受方,煉神終守一。表裹何精嚴,内外遂同徹[一]。東華忽遣迎,升天非羽翼。

【校記】

〔一〕同 《存目補編》本卷十三《咏九疑》作"洞"。

憶終南

終南有道士,云是太乙精。齋潔乃見之,肯與俗客逢。石室隱窈窕,靈芝生蒙茸。地胏避洪水,漆船藏巃嵸。嗟我客長安,兩載如顓蒙。未訪王嘉迹,寧尋綺皓蹤。願言整歸轡,重與探玄風〔一〕。

【校記】

〔一〕玄 《存目補編》本卷十三《憶終南》作"元"。

盧 敖

盧敖游北海,迢遥背群黨。蒙穀逢若士,自謂契玄賞〔一〕。窮觀六合外,願與共沆漭。如何鳶肩人,𥌓然笑塵壤。卷龜食蛤蜊,深藏謝偕往。方與汗漫期,忽去九垓上。

【校記】

〔一〕玄 《存目補編》本卷十三《盧敖》作"元"。

東園鶴至簡節齋

東園一雙鶴,昨日來青田。爭解惜毛羽,誰能知歲年。頂方迎曉日,聲欲徹遥天。寄語浮邱客,同看舞翠筵。

珍 重

珍重溪南一草亭,焚香拜寫藥師經。長風吹盡關門雪,坐對晴蓮萬仞青。

【蘇評】風神氣味，如此之美，誰可抗衡？（據劉蘇本七言絶句詩補。）

圍棋簡燦章

謝公昔圍棋，踰限屐齒折。自是矜一勝，豈爲合肥捷。至人齊萬有，蟻鬬等一吷。若其得意時，小大總無别。何必千軍擾，而謂方罫劣。連日梅花下，彈棋頗欣悦。即此喻蒙莊，指馬皆妄説。長年寓無竟，坐對黄鍾節。

【王評】此即《齊物》之旨。

【蘇評】皆生造不襲前人，復新奇能空作者。（據劉蘇本五言古體詩補。）

贈林節齋

瑯玕有佳實，茯苓結神脂。之子飡霞人，獨坐窺天倪。手把一卷書，其義軒與羲。早外華陽禄，能得嚙缺師。窗前梅花開，面上春風吹。仰觀天宇空，白雲無盡時。

贈張容臺《竹中洗研圖》四首〔一〕

山色蒼茫點蕙叢，白雲流水四時風。須知此處仙凡隔，無數籜龍烟雨中。

臨池幾許費工夫，學得簪花格也無。更向唐家尋研譜，却將殘瀋倩奚奴。

浣墨池中池水黑，爭如浣墨向溪清。披然鬛也原無着，依舊滄浪可濯纓。

常思懸霤山前住，未得相從許遠游。今日披圖先一笑，九仙神骨渭川秋。

【校記】

〔一〕《存目補編》本卷十三題爲“題張容臺《竹中洗硯圖》四首”。

送友人二首

臘雪凝寒不易行，如何明日即長征。知君自有空群騎，飛過黄河五尺冰。

歌舞連朝醉畫堂，解酲重進一千觴。筵前莫悵青山别，直到盧溝是太行。

【劉評】體制甚新，語亦□絶。（據劉蘇本七言絶句詩補。）

贈段仲衍孝廉

移家十日河濱住，却對繁花數舉觴。誰道關河成阻絶，由來烟火久相望。樽前最識襟期爽，海内皆聞姓字香。歸去金鵝掃三徑，乘槎專待到山堂。

丙子除日簡紀儼若文學

春風明日到，旅思各天涯。對酒雖忘客，看梅轉憶家。溪山懷北垞，指馬喻《南華》。函谷關前路，歸途長蕙芽。

【蘇評】錯綜變化，氣近温醇，而出語絶不麄硬。（據劉蘇本五言律詩補。）

丁丑人日贈黄武九

簾際春風入，長條亦自斜。一年别鄭谷，千樹憶梅花。君本江南客，同來汴水涯。可思携素侣，叱石入金華。武九内人，張能文同客陳。

【蘇評】大珠小珠走玉盤，差足方其圓潤。（據劉蘇本五言律詩補。）

人日簡馬備五

生平愛讀長笛賦，當年南郡才如虎。如何精博亦無用，春風獨卧平陽塢。之子家世本扶風，天姿秀發神藏胸。一年俱向宛邱住，人日看春鄉思同。連朝頗厭閑雙屐，游騎東城復南陌。載酒須尋太昊祠，吹笛休逢洛陽客。

【劉評】超脱不離規矩。（據劉蘇本七言古體詩補。）

留别王廷侯

花滿中條入夢多，輕裝今日返金鵝。彈琴竹裏春風好，待爾歸來訪薜蘿。

【蘇評】用意遠出筆幽。（據劉蘇本七言絶句詩補。）

歸路初見河東山

老鶴毰毸倦整翎，夕陽歷盡短長亭。歸途喜傍崑崙水，乍見家山數點青。

【蘇評】途中常景，語特高妙。（據劉蘇本七言絶句詩補。）

閿鄉道中望戾園

思子臺前望落暉，泉鳩烟樹遠微微〔一〕。傷心落葉哀蟬曲，直到而今恨不歸。先兄有童烏之痛者久矣〔二〕，解此者正〔三〕少也。〔四〕

【謂記】“天章有童烏之痛者久矣，解此者正少也。”前批係徵君弟霞所記，原本墨筆有“先兄”二字，刻本改“天章”二字，作阮亭先生評，誤也。（據孫謂本七言絶句詩補。）

【劉評】哀而不傷，《三百》遺意。（據劉蘇本七言絶句詩補。）

【校記】

〔一〕鳩　劉蘇本七言絶句詩《閿鄉道中望戾園》作“鳴”。

〔二〕先兄　宋本卷六、徐本卷六、孫謂本七言絶句詩、《存目補編》本卷六《閿鄉道中望戾園》作“天章”。

〔三〕正　劉蘇本七言絶句詩《閿鄉道中望戾園》作“甚”。

〔四〕《存目補編》本卷六中此段小字標爲王士禎語。

雨後簡張迴凡

入春苦無雨，日覺煩憂積。昨日甘澍來，霑灑連朝夕。荷鋤入西園，攀花過南陌。周回女墻上，無數青山色。之子東南秀，挺邁見標格。吴鈎懸客帳，坐卧群書側。豈無看山情，使院閑雙屐。栖巖烟草高，鄭谷花枝密。還期竹林下，把酒聽風笛。酣叫夕陽中，題名就叢碧。

【蘇評】滌盡塵襟，獨抒清籟。（據劉蘇本五言古體詩補。）

簡王大令枏庵

蒲坂到桑泉，曾無一百里。每過王官谷，常宿虞鄉市。雖多山水緣，頗煩戒行李。忽聞使君來，風義荀陳美。德意遍井閭，歌頌田間起。更快名山游，可以陪屐齒。題名表聖祠，煮茗鳶漿水。

蓼　花

裊裊秋光映野姿，依依疏幹對寒漪。方看數縷花開處，漸近長空雁過時。風動白蘋偏弄影，雨交紅樹半垂枝。浦中荷葉還如鏡，相伴前汀晚更宜。

【蘇評】咏物詩，對不屬則偏枯，太屬則板弱。此最合體，推爲上乘。（據劉蘇本七言律詩補。）

山行即事三首

燕子烏衣雉子斑，黄牛甜犢水牛閑。迎人無限挼藍色〔一〕，布穀聲中四月山。

【蘇評】粗豪易見寒儉，難知此詩粗豪否？寒儉否？（據劉蘇本七言絶句詩補。）

山雲結作盤龍髻，水荇花開似寶簪。妾自當壚郎自飲，從來不解鳳凰琴。

【王評】平定山中實有此種風味。

【譚記】前評原本墨筆似徵君弟霞所記，不似阮亭先生筆迹，姑存之。（據孫譚本七言絶句詩補。）

連岡草樹鬱蘢葱，驛有高樓寺有鐘。下馬且尋僧院坐，留人簷外兩三松〔二〕。

【蘇評】雅地雅作，那容淺俗人領略。（據劉蘇本七言絶句詩補。）

【校記】

〔一〕限　《存目補編》本卷六《山行即事三首》作"恨"。

〔二〕簷　《存目補編》本卷六《山行即事三首》作"詹"。

戊寅初春簡張厚卿廣文厚卿畜妾甚多長治人

春雲陰陰將作雪，重慰新年望歲心。將有鶯聲變寒谷〔一〕，豈辭臘酒對高林。牙籤暖傍珊瑚架，花勝嬌分玳瑁簪。更喜日長無一事，課書香閣寫來禽。

【蘇評】工密不涉於纖媚。（據劉蘇本七言律詩補。）

【方按】此首圈非阮翁手。（據《存目補編》本卷六補。）

【校記】

〔一〕將　《存目補編》本卷六《戊寅初春簡張厚卿廣文》作"即"。

寄朱侶村李生

天風吹遍峨嵋雪〔一〕，十日齋居不出門。座上誰題《鸚鵡賦》，夢中先到薜蘿村。園桃晚笑紅無賴，山麥朝看緑有痕。計日相過鳴玉澗，一經堂上酌堯樽。

【蘇評】王李得意，無以過也。（據劉蘇本七言律詩補。）

【方按】此首圈亦非。（據《存目補編》本卷六補。）

【校記】

〔一〕遍　劉蘇本七言律詩《寄朱侶村李生》作“過”。

贈王文心

海棠花下燕閑閑，獨有高人晝掩關。只許尋詩方一出，春風踏遍玉鈎山。

【蘇評】談詩者，宋嚴羽卿得一“悟”字，明李獻吉得一“法”字，蓮洋詩神明於二者之間。（據劉蘇本七言絶句詩補。）

留别周再溪孝廉

相逢風雨時，感君意良厚。欲别不能去，花前重握手。人生重意氣，豈在接杯酒。昨日具盤飧，爲我酌大斗。慰勞及平生，虚懷近無有。夫子具公材，文章鄒枚後。我且還山中〔一〕，樹蕙一百畝。豈敢厭承明，衰謝安拙醜。上馬趁朝陽，鶯聲在高柳。

【校記】

〔一〕且　《存目補編》本卷十三《留别周再谿孝廉》作“旦”。

柬江解州辰六

中條山下來時路，幾日楊花作春暮。馬上頻看戴勝飛，花開舊館應無數。今日仍從山下行，花枝低亞宛相迎。南鄰〔一〕酒伴〔二〕定相待，况復階前新笋生。新笋生時如碧玉，相間花枝照茅屋。篋裏亟尋荷葉杯，案前再補《陽春曲》。其如垂橐意蕭然，遥念花枝誠可憐。歸來不用賒春色，只向先生乞酒錢。

【劉評】詩莫妙於天然人巧，此篇能以金針度人矣。（據劉蘇本七言古體詩補。）

【校記】

〔一〕鄰　劉蘇本七言古體詩《東江解州辰六》作"陵"。
〔二〕伴　孫謌本七言古體詩《東江解州辰六》作"畔"。

題《姜公垂釣圖》

夫子具遠懷，箕踞風柳下。意本不在魚，故作垂竿者。巖前白鳥飛，石上紅泉瀉。青山無古今，流水變黄夏。萬物但吹豢[一]，天地一指馬。襟期難度量，日月任瀟灑。負氣思釣鰲，當官不偷鮓。無勞帛裹鬚，豈肯泥没踝。搴裳滄州外[二]，讀書擇尤雅。知希我則貴，調高和彌寡。吾欲濯塵纓，嗒然共心寫。

【劉評】借題寫出自己抗志雲端。（據劉蘇本五言古體詩補。）

【校記】

〔一〕吹　《存目補編》本卷十三《題〈姜公垂釣圖〉》作"炊"。
〔二〕搴裳滄州外　《存目補編》本卷十三《題〈姜公垂釣圖〉》作"褰裳滄洲外"。

題孟伯人小照碧山堂乃伯人園中堂名也

碧山山色正氤氳，山下高松更不群。幾次山堂常載酒，每於松徑數逢君。栖巖寺裏僧同話，鄭谷莊前鶴共聞。尤羨文章可華國，白雲他日到青雲。

【謌記】原本"他日"作"計日"，"到"作"入"，阮亭訂作"他作到"。（據孫謌本七言律詩補。）

柬張象賢

麥壠青青山徑斜，竹林深處有人家。相逢不惜今朝醉，猶喜尊前有杏花。

寄佟聞喜四首〔一〕

山雪連朝染畫輪，麥田馴雉復親人。閑來欲踏瓊瑶路，百里來看董澤春。

瀏鶒雙雙傍暖沙，野田將次有桃花。即看雪後添春水，流入甘泉潤萬家。

階前牡丹高拂簷，每到花開香入簾。我欲看花更飲酒，醉檢鄴侯三萬籤。

桐鄉合種雙桐樹，百尺陰濃高入雲。三月韶光好烟景，桐花開處謁桐君。

【蘇評】體正格高，聲雄調暢，直中唐代詩家肯綮。（據劉蘇本七言絶句詩補。）

【校記】

〔一〕《存目補編》本卷十三題爲"寄佟聞喜四絶句"。

韓周京招飲賦謝

春歸復幾時，高卧依芳杜。朝來花枝上，忽有流鶯語。巖栖苦未偕，招携尚能屢〔一〕。東園啓竹扉，别館開青嶼。酒從林下酌，歌向風中舉。烟花暝入筵〔二〕，嶽色晴當户。幸爾托芳鄰，疊許成賓主〔三〕。

【校記】

〔一〕携　《存目補編》本卷十三《韓周京招飲賦謝》作"飲"。

〔二〕花　《存目補編》本卷十三《韓周京招飲賦謝》作"光"。

〔三〕疊　《存目補編》本卷十三《韓周京招飲賦謝》作"迭"。

再貽周京

瑶圃鶯粟繁，雕梁燕將乳。喜此長夏時，金尊列庭宇。笙如緱氏山，笛類平陽鄔〔一〕。爲咏孔懷章，壽康勝圭組。

【校記】

〔一〕鄔　宋本卷六、徐本卷六、《存目補編》本卷十三《再貽周京》作“塢”。

春日懷樊川舊游

二千里外入京師，却憶秦風帽帶垂。只覺城南風味好，好風晴映好花枝。

留别仝車同三首

幾日杯鐺托勝游，横襟高咏對龍湫。歸來最愛新詩健，知爾才堪五鳳樓。文章命達兩難齊〔一〕，五十青雲路尚迷。夙昔家聲原第一，暫將牛鼎尚烹鷄〔二〕。

【王評】今車同果領解中州，此亦讖也。惜天章不及見耳。〔三〕

新月疏林上一痕，歸心先到薜蘿村。他年不負中條約，痛飲還拚卧竹根。

【蘇評】（以上三首詩）近少陵句之高者。（據劉蘇本七言絶句詩補。）

【校記】

〔一〕達　劉蘇本七言絶句詩《留别仝車同三首》作“運”。

〔二〕尚　《存目補編》本卷六《留别仝車同三首》作“當”。

〔三〕孫謂本七言絶句詩《留别仝車同三首》王士禎評語寫作：“仝車同果領解中州，此亦纖也。惜天章不及見耳。”

謝孟伯人

梅花在墻東，玉雪明窗牖。昨日花下醉，不羡江南有。旨酒進百觴，意感主人厚。眼底正春色，黄鳥復求友。莫負好天氣，笑倚池上柳。題詩謝主人，尚許重來否。

飲梅花下寄懷佟使君

中條一樹梅,皎皎照窗牖。使君來時花未開,不得花前同酌酒。今日繁花照酒樽,主人候我開竹門。千觴百榼雖在御,爲念使君晋陽去。使君使君何日來,山中猶及梅花開。花上忽然鳴翠羽,不覺停杯默無語。

【蘇評】有風味。(據劉蘇本七言古體詩補。)

自魏城赴桐鄉訪佟使君〔一〕

天風吹散峨嵋雪,魏城千里玉山列。使君期我桐鄉來,惆悵河干意空結〔二〕。二月已盡三月來,兩山蒼翠浮雲開。曲水湔裙罷脩禊〔三〕,匆匆不戀條南梅。陟嶺劃然辨疆域,蒼茫俯見太古色。嘉樹籠烟暗杏花,春波如鏡飛鸂鶒。夏后邦畿昔所傳,恍然檥樺舊山川。微風燕掠沙邊井,初日鴉翻雨後田。林中蜿蜒明涑水,行行已近豢龍里。雉堞紛迎紫霧邊,塔影倒懸緑波裏。短衣輒爾躡公堂,下馬一笑生輝光。傍曉開尊對鈴閣〔四〕,檻前明月沉花香。使君高誼雲霄際,置驛留賓見深至〔五〕。癖書何減杜荆州,愛詩已過高常侍。更有仁心古所敦,中流未肯隨波翻。大賢實係蒼生命,今日安聞長者言。嗚呼!眼底盈疇春麥好,婦子無憂堪一飽。不煩野客情殷殷,已見天心非草草。人生聚散亦何常,使君又去汾水陽。我亦西歸下蒲坂,鸛鵲樓下遥相望。使君東去無停轡,我有新詩亦當寄。使君久有匡時心,歌舞筵中那能醉。我來谷口趁朝暉,且制山中薜荔衣。心念使君不能已,愁見花間戴勝飛。

【劉評】長袖善舞,敢謂東坡少此醇厚。(據劉蘇本七言古體詩補。)

【校記】

〔一〕《存目補編》本卷六在題後有小字"魏城,今之芮城也。其年冬,先生住芮城,大雪浹旬,因自芮過條山嶺入聞喜"。

〔二〕干　劉蘇本七言古體詩《自魏城赴桐鄉訪佟使君》作"千"。

〔三〕稧　劉蘇本七言古體詩、《存目補編》本卷六《自魏城赴桐鄉訪佟使君》作"褉"。

〔四〕曉　徐本卷六、《存目補編》本卷六《自魏城赴桐鄉訪佟使君》作"晚"。

〔五〕至　《存目補編》本卷六《自魏城赴桐鄉訪佟使君》作"致"。

簡董心推

君家江都相，絶學有深詣。當其對大廷，善言天人際。遺書繁露在，迴翔見精細。吾子大賢後，十載托交契。相逢仍玉鈎，神理益明鋭。仰觀俯察間，懸解破拘泥。盤飡勞遠贈，道業重砥礪。過我秋爲期，林中擷蘭蕙。

韋　曲

韋曲花深没釣磯，青山空負薜蘿衣。風標公子猶無恙，依舊樊川左右飛。

【蘇評】學杜而不失正脈。（據劉蘇本七言絶句詩補。）

贈汪舟次柬豹人

今日汪贛榆，當年桑柳州。同一古性情，不善干王侯。小官就荒甸，海氣浮危樓。却有書千卷，造化窮雕鎪。朝吟祝其城，暮閲劍水流。黄熊看出没，畎羽聞嘲啾。雲物任變幻，烟花雜夷猶。聖代廣八紘，巖穴多冥搜。聲華久傾動，公府先見收。一朝京洛來，風吹日本裘。回首鬱洲山，遠抛青玉鈎。天帝難驟謁，金門還沉浮。買書過慈仁，聊作松下游。歸卧贊公房，蕭然何所求。囊米行且盡，笑對雙平頭。翳我比屋居〔一〕，小過輒相留。誰人與酒錢，遂能設二卣。焦穫老狂客，高歌方不休。時豹人先生亦寓寺屋。亦復就君飲，諧謔雜伶優。若云處逆旅〔二〕，無人彈箜篌。裌衾夢鄉縣，兒語成温柔。借問杜陵叟，高懷有此不〔三〕。人生真何常，聚散難預謀。十年最結想，此地紛相投。珍重良匪易，莫惜頻勸酬。明春知何如，柳花吹作毬。更化浮萍去，相思空悠悠。

【**蘇評**】枕藉莊騷，長於比興，故多惝恍之詞。（據劉蘇本五言古體詩補。）

【校記】

〔一〕翳　徐本卷六、孫謂本五言古體詩、《存目補編》本卷八《贈汪舟次東豹人》作“緊”。

〔二〕若　孫謂本五言古體詩、《存目補編》本卷八《贈汪舟次東豹人》作“苦”。

〔三〕不　《存目補編》本卷八《贈汪舟次東豹人》作“否”。

讀蝸廬先生軼事慨然有感四首

卓爾先賢迥不群，千秋誰不挹清芬。堂堂諫草留天地〔一〕，海内於今有四君。

采芋空山且著書，孝然風節復蝸廬。丹經九篇誰能啓，輪與潛夫賦遂初。

兩字隨緣鐵蒺藜，剛腸百煉付巖栖。時人莫羨樓居好，多少仙翁厭鼓鼙。

久擬清齋學太常，當機難忘木樨香。紛紛背觸皆如夢，始信維摩意味長。

【校記】

〔一〕諫　《存目補編》本卷二《讀蝸廬先生軼事慨然有感四首》作“諌”。

贈大司農梁公

海棠花開滿村路，云是尚書栖隱處。九重却聽履聲來，方接夔龍别鷗鷺。鷗鷺忘機滄海邊，有時飛上釣魚船。《尚書》也憶棠村好，只爲蒼生難偃眠。

【劉評】西崑唱和,遜此體裁。(據劉蘇本七言古體詩補。)

徐電發賷《升元帖》遂成三詩兼論書法大略云

愛爾《升元帖》,風流七百年。長饑不自寶,却换水衡錢。太息鵝群筆,摩挲幼婦篇。白藤書笈在,零落夜燈前。

聞道山陰字,簪花格再祧。右軍初學茂漪,繼宗元常。却觀戎路表,師法信鍾繇。瘦硬神方見〔一〕,淵源泒自昭。從君辨端委,惆悵惜南朝。太傅書〔二〕他本皆癡肥〔三〕,此獨清勁,楊用修謂:"南唐絶品,在淳化祖帖之上"。因可想見逸少師承。

狄道悲公主,平原念病妻。穠華當日就,鹿脯幾時題。拙尚存鐘鼎,工翻涴土泥。何人標野鶩,愁煞庾征西〔四〕。鍾王本存古法,學者日就熟滑,宜爲盤馬武人所彈射。

【校記】

〔一〕硬　《存目補編》本卷二《徐電發賷〈升元帖〉遂成三詩兼論書法大略云》作"破"。

〔二〕太傅　《存目補編》本卷二《徐電發賷〈升元帖〉遂成三詩兼論書法大略云》作"大傅"。

〔三〕癡肥　《存目補編》本卷二《徐電發賷〈升元帖〉遂成三詩兼論書法大略云》作"肥癡"。

〔四〕煞　孫謌本五言律詩《徐電發賷〈升元帖〉遂成三詩兼論書法大略云》作"殺"。

簡馮訥生先生

人壽非金石,大道在稊稗。聞有化人都,云在雁門内。七日思羸糧,塵壒肆陶汰。如何羈世網,不得入蒼靄。五髻見恍惚,三花轉茫昧。先生金閨身,心在青霞外。含香坐粉署,道濟務博愛。淑問若皋陶,蒼生正攸賴。將無優鉢華,暫現飛狐塞。酌我一尊酒,高懷露瀟灑。藿蠋雖冥頑,神功仗縣解。脱然叶斗峰,隱几聞天籟。

上宋蓼天先生

俯仰天地間，蒼生日憔悴。小力徒傍觀，何能覆群類。大賢本篤生，英猷發憂惴。慷慨任天下，忠勤致高位。懷仁固鸞鳳，秉禮亦鷹鷙。憂時髪早白，味道心屢醉。唐虞稱時雍，流就本皆備。春秋亦刑書，綱常賴昭示。我皇好生甚，公實佐天意。因之欽恤心，千聖默相被。海内歌唐堯，邁種功不次。餘懷肆吐握〔一〕，高情寄文字。金門盛嚴徐，延訪到薜荔。清醥玉瓚流，寶蠟銅盤膩。聲詩辨正始，典册探幽秘。小子忝末造，十年托深庇。春沙雁茫茫，好音每潛記。公《十年贈驪》有“河入中條沙浩浩，崗連上黨雁茫茫”之句。巖穴近冥搜，公府亦敦致。京塵北風苦，青衫裂荷芰。重來邀顧復，益令長慚愧。再拜尚書臺，寒山正蒼翠。

【校記】

〔一〕吐　《存目補編》本卷八《上宋蓼天先生》作“久”。

贈高謖園

我欲修渾沌，東來遇苑風。不滿亦不竭，遂與游無窮。左手挹天漿，右手攀樊桐。投壺多玉女，語笑落長空。仙人寧渺茫。大冶飛赤龍。携觴酌滄海，白雲方蓬蓬〔一〕。

【蘇評】詞高意遠，是爲雅調。（據劉蘇本五言古體詩補。）

【校記】

〔一〕蓬蓬　宋本卷六、徐本卷六《贈高謖園》作“逢逢”。

贈高澹人舍人

北風動天地，銀河五尺冰。仙人紫府居，手携長春藤。却看芙蓉花，纔開一千層。麒麟游靈囿，鳳凰翔高陵。常有青童來，送以無盡燈。嗟爾搶揄鳥〔一〕，何如運海鵬。

【蘇評】有俯視一切之概。（據劉蘇本五言古體詩補。）

【藏批】一套夢中囈語。（據《存目補編》本卷五補。）

【校記】

〔一〕揄　宋本卷六、徐本卷六、孫謌本五言古體詩、《存目補編》本卷八《贈高澹人舍人》作“榆”。

讀葛稚川洗藥池四言喜識二絶

洞口雜花木，年年刧外春。從來猿鶴地，不住利名人。

山水真靈秀，仙翁此結廬。幾翻尋大藥，不肯著丹書。世傳《抱朴子》内外篇恐不足盡仙翁精意〔一〕，故云。

【劉評】從未經人言及，仙翁應許知己。（據劉蘇本五言絶句詩補。）

【校記】

〔一〕翁　劉蘇本五言絶句詩《讀葛稚川洗藥池四言喜識二絶》作“人”。

偶　意

天地渺無極，廣大孰能窺。如何行路子，車轍無所施。其上軋飛鳥，其下爭蛟螭。所以阮嗣宗，途窮輒涕洟。借問何免此，退損遂皆宜。至哉猶龍術，知雄而守雌。不敢天下先，儉慈同寶之。南郭嗒然笑，復歸於嬰兒。

右軍書法尚矣而十七帖尤屬其最世傳少有善本西溟姜子獨有僧權不全舊榻良爲至寶遂題五絶句於帖尾〔一〕

誰言野鶩與家鷄，自信張芝雁陣齊。續得過江書十紙，神明先伏庾征西〔二〕。

裴業貞觀入貢初，烟飛霧結狀何如。外人千載尤珍重，不數嚴家餓隸書。

日結櫻桃子一囊〔三〕，山川游目樂徜徉。尚平心事誰能識，折柬還留種樹方。

角聲灑埽已相猜，分郡行人又不材。自是將軍多止足，金堂玉室及時開。

懸霤山前覓紫芝，樂遵滄海去無時。神仙游戲皆龍鳳，多少兒孫飲墨池。

【藏批】此帖近落予家，四詩差不落套。（據孫謂本七言絶句詩補。）

【蘇評】音律、氣韻，字字諧和唐人之味。（據劉蘇本七言絶句詩補。）

【校記】

〔一〕榻　孫謂本七言絶句詩、《存目補編》本卷二作“搨”。

〔二〕伏　《存目補編》本卷二《右軍書法尚矣而十七帖尤屬其最世傳少有善本西溟姜子獨有僧權不全舊榻良爲至寶遂題五絶句於帖尾》作“仗”。

〔三〕結　孫謂本七言絶句詩《右軍書法尚矣而十七帖尤屬其最世傳少有善本西溟姜子獨有僧權不全舊榻良爲至寶遂題五絶句於帖尾》作“給”。

子文贊府得安邑後野人之賀已不受而更損絹爲余强索得之戲贈二詩

清白傳家世不如，使君高節已懸魚。只今未到河東郡，早謝中條處士書。

三尺鵝溪罷剪裁，處膏不潤亦奇哉。從來安邑多相累，翻向先生索襪材。

即席柬邱曙戒先生時同豹人大可百詩諸君子二首

尚記淮南路，小山叢桂深。悠悠一來往，寂寂無知音。夫子真瓊樹，風波惜滯淫。相思不相見，空聽夜猿吟。

忽復來京洛，相逢輦路傍。燈前一樽酒，恰對梅花香。海内多名士，詩成皆鳳凰。獨餘鴻烈解，千載不能忘。

柬毛會侯

爲郎竟十載，一官成滯淫。江山激發古性情〔一〕，讀書萬里桄榔陰。歸來依舊風塵走，那見黄金大如斗。雖然不種河陽花，却亦飽看汴城柳。空有才名三十年，而今手板始朝天。春明宣室如相問，莫上汾陰嚮祀篇〔二〕。

【蘇評】音節響，風度清。（據劉蘇本七言古體詩補。）

——男忠基藎臣校對〔三〕

【校記】

〔一〕性情　《存目補編》本卷十一《柬毛會侯》作"情性"。

〔二〕莫上汾陰嚮祀篇　宋本卷六、徐本卷六、《存目補編》本卷十一《柬毛會侯》作"莫上汾陰饗祀篇"，劉蘇本七言古體詩《柬毛會侯》作"莫尚汾陰嚮祠篇"。

〔三〕劉本六册本卷六末有"男忠基藎臣閲"字，宋本卷六、徐本卷六末均無字。

卷　七

漁洋山人評定
河中吴雯天章甫著
臨汾趙員半千分校
臨汾劉組曾繩遠校刊〔一〕

過相國馮公萬柳堂功德院題壁三首

楊柳復楊柳，楊柳春正葩。何人栽萬樹，風吹在天涯。客到自高咏，鶯來銜早花。幾回臨曲水，一道紫萍斜。

【蘇評】别有一種筆墨。（據劉蘇本五言古體詩補。）

相國憂四海，閑情成草堂。隨宜種楊柳，不似平泉莊。初日低枝緑，東風嫩葉香。江潭無限意，愁見十圍長。

【蘇評】嘉州氣味。（據劉蘇本五言古體詩補。）

天地日浩浩，東風吹南山。何人謂我宅，日日不曾閑。夫子澹無事，隨意茅三間。時有鄰僧至，與之相往還。

【蘇評】淡中意遠。（據劉蘇本五言古體詩補。）

【校記】

〔一〕劉本六册本卷七首題爲“漁洋山人評定、河中吴雯天章著、臨汾趙員半千校、臨汾劉組曾繩遠鐫”，宋本卷七首題爲“漁洋山人評定、河中吴雯天章著、後學劉組曾、趙員同校訂”，徐本卷七首題爲“漁洋山人評定、蒲板吴雯天章手著、平陽徐昆後山、涂水喬人傑漢三重訂、濩澤張鋕心鐫”。

初春呈昊翁先生

童子鴻，廡下居，出有乘馬食有魚。前堂亦得見賓客，後堂亦得聞笙竽。長安多少詞賦人，紛紛奉召來公車。盡有無居復無食，奔走匆遽嘆且吁。小子竟得托大厦，日出高卧安於徐。千鍾十榼黄滕酒〔一〕，百軸萬卷緗奩書。醉歌笑讀兩俱許，先生貽我良有餘。春風昨日到庭户，冰銷墨池融蟾蜍〔二〕。天子方將授筆札，諸公皆擬成子虚。小子無能但坐嘯，飽食而嬉愚復愚。却向先生乞大藥，金丹之術真何如。

【蘇評】一操一縱，序次歷歷，詩懷渺渺。（據劉蘇本七言古體詩補。）

【校記】

〔一〕滕　劉蘇本七言古體詩、《存目補編》本卷五《初春呈昊翁先生》作"縢"。

〔二〕墨池　《存目補編》本卷五《初春呈昊翁先生》作"池墨"。

春日贈陸文生

同客復同好，天涯見素心。幾回燈下酌，風吹堂上琴。昨日説春至，他鄉愁滯淫。百事苦不成，空嗟年鬢侵。我亦麋鹿性，久曠山水音。何日烟波去，與君狎渚禽。

【劉評】命意不同，非徒酬贈語，遣調極新。（據劉蘇本五言古體詩補。）

己未元日同豹人大可舟次錫鬯其年子静集峨嵋舍人齋拈青咸韻

先酌年誰少〔一〕，神交眼倍青。吹簫過草閣，大可度曲，其年吹紫簫，倚曲和之。飲酒似旗亭〔二〕。紅燭圍名士，青氈卧客星。時錫鬯即會宿子静處。盤飧真可貴，不是五侯鯖。

【蘇評】不事綺刻，極其工麗，非沉酣三唐，曷克臻此？（據劉蘇本五言律詩補。）

【方按】"鯖"，音征，在"八庚"。其音"青"者，魚名。今韻亦並不入"青"韻也。《廣韻》二切本有别。（據《存目補編》本卷十一補。）

耳熱脱朝衫，神駒若轡銜〔三〕。野人猶任達，踪迹尚塵凡。錦帶紅酥手，黄精白柄鑱。幾時携少婦，采藥伏波巖。

【王評】此亦元亮之閑情賦也。

【蘇評】措置精工，含蓄深遠。（據劉蘇本五言律詩補。）

【校記】

〔一〕誰　劉蘇本五言律詩《己未元日同豹人大可舟次錫𨚗其年子静集峨嵋舍人齋拈青咸韻》作“雖”。

〔二〕似　劉蘇本五言律詩《己未元日同豹人大可舟次錫𨚗其年子静集峨嵋舍人齋拈青咸韻》作“以”。

〔三〕若　孫謂本五言律詩、《存目補編》本卷十一《己未元日同豹人大可舟次錫𨚗其年子静集峨嵋舍人齋拈青咸韻》作“苦”。

有　題

花枝濛濛繞金屋，蝴蝶一雙兩雙宿。風歇香輕歸鏡臺，曲屋羅屏畫生緑〔一〕。美人曉起幽夢闌，啼鳥隔樹雕窗寒〔二〕。見春欲問春深淺，自捲珠簾帶月看。

【蘇評】剪紅刻翠，徐東野有此風神否？（據劉蘇本七言古體詩補。）

【校記】

〔一〕曲屋　《存目補編》本卷十一《有題》作“屈曲”。

〔二〕鳥　《存目補編》本卷十一《有題》作“烏”。

王子重自黄州至上元有作見示依韻答之二首

千里西陵縣，輕裝昨日來〔一〕。方留碣石館，猶夢鳳凰臺。竹葉當愁滿，燈花傍喜開。天涯同一笑，莫負上元杯。

【蘇評】氣象冠冕，風韻猶自奕奕。（據劉蘇本五言律詩補。）

長饑經百煉，辛苦不言貧。每契雲中客，猶爲輦下人。虎龍真有術，牛斗久無神。細檢行藏理，空教笑隱淪。

【蘇評】唐人之神韻，超空氣概閎逸者。（據劉蘇本五言律詩補。）

【校記】

〔一〕裝　《存目補編》本卷十一《王子重自黄州至上元有作見示依韻答之二首》作“裘”。

蚤春同茗文先生及舟次大可天生夜集王崑良大參寓齋

御河冰始開，御柳鶯未囀。鄂社同羈栖〔一〕，春宵得良讌。知交傾四海，何必共鄉縣。玉壺臘酒釃，華燭羅屏顫。王公負奇氣，剛腸經百煉。學詩似常侍，一爲即高狷。忘年謬推挹，虚懷世希見。勝侶盡招携，清言夜忘倦。説士甘於肉，況復潔羹饌〔二〕。嗟余縫襪材，難添補衮線。早歲罹兇閔，中年困貧賤〔三〕。近更慕無爲，理欲日交戰。妄就承明廬，終謝芙蓉殿。還山構草堂，柴門俯春澗。蘆笋過沙鷗，楊花掠飛燕。夢結崑崙頂，閑編高隱傳。余嘗擬爲《道隱録》，擴《高士傳》之不備也。遠望周與召，聲華在天半。

【蘇評】若非英邁豪放之人，如何説得這樣言語出來。（據劉蘇本五言古體詩補。）

【校記】

〔一〕社　孫謂本五言古體詩、《存目補編》本卷五《蚤春同茗文先生及舟次大可天生夜集王崑良大參寓齋》作“杜”。

〔二〕羹　《存目補編》本卷五《蚤春同茗文先生及舟次大可天生夜集王崑良大參寓齋》作“羮”。

〔三〕中　孫謂本五言古體詩、劉蘇本五言古體詩、《存目補編》本卷五《蚤春同茗文先生及舟次大可天生夜集王崑良大參寓齋》作“終”。

記先賢意

天地本相依，陰陽互爲宅。出入成太和，盛衰分主客。大聖順天紀，神人何間隔。狂夫忘戰懼，禍門在肘腋。小子淵冰然，震悔負芒刺。

送葉道子之戎寄任

黄鳥欲求友，紅亭翻送君。丈夫讀書破萬卷，不如一劍遭風雲。帳前竇築知幾隊，帳後驟裹凡幾群。豈知家學本儒者，術精鵝鸛心皇墳。我正讀易昧消長，臨岐欲問丁將軍。

【劉評】送人詩每有自己身分，在其所挾持者遠矣。（據劉蘇本七言古體詩補。）

送翁武原之官黄州

楊柳東風吹，長條雜飛燕。理楫翻車水，驅馬木蘭縣。綰綬大郡來，人地殊不賤。微官即及物，況復佐方面。朝廷慎官方，朋友重規諫。勉旃精白心，台斗何難踐。紅亭一尊酒，壺傾帆欲轉。淅淅楚潮生，漠漠燕雲斷。肯寄到官書，衡陽有歸雁。

【蘇評】送人有含箴規，不徒穩顧聲勢，良友之言。（據劉蘇本五言古體詩補。）

【劉評】切至言情，聲韻自高。（據劉蘇本五言古體詩補。）

贈王子

我愛東皋子，蒔藥河汾隈。鴻飛高冥冥，舉世一塵埃。醉鄉留子孫，英文多妙才。奇特大人作，間持鸚鵡杯〔一〕。矯首望滄溟，淩風羨彭來〔二〕。糠粃鑄堯舜，指顧黄金臺。登臨一長嘯，萬里浮雲開。我亦紫烟客，相逢笑咍咍。無餘同一証，大地盡蓬萊。

【蘇評】本高遠之體，開古雅之源，而益以風神者也。（據劉蘇本五言古體詩補。）

【校記】

〔一〕間　《存目補編》本卷八《贈王子》作“閒”。

〔二〕淩風羨彭來　《存目補編》本卷八《贈王子》作“淩風彭羨來”。

贈韓斐然

十年慕廣成，拈得《南華》句。膠擾文字中，如藤還倚樹。逢君獨超詣，善擇鵝王乳。首坐獅子牀，間題《鸚鵡賦》。姓字在丹臺，已入長生註。

【蘇評】詞鋒清潁。（據劉蘇本五言古體詩補。）

贈楊蓮書

學道苦不堅，世態惱胸次。如君抱文章，何乃鎮憔悴。我亦牛馬走，不見汝潁利〔一〕。造化本無心，萬物自吹累〔二〕。家在南山側，與君且高寄。石髓如可逢，相呼了塵事。

【方按】"炊絫"之"絫"，上聲。（據《存目補編》本卷八補。）

【校記】

〔一〕利　徐本卷七《贈楊蓮書》作"和"。

〔二〕吹累　徐本卷七、《存目補編》本卷八《贈楊蓮書》作"炊絫"。

贈張子同學

當年十四五，同學飽而嬉。頗習鳩車樂，常奪竹馬騎。君嗣入大梁，我亦汴水湄。相逢夷門側，筋力猶未衰。飲啖示豪舉，歌憐山木枝。分手二十年，風塵各數奇。滄海何浩浩，不洗胸中悲。丈夫非偶然，會有得意時。痛飲坐樓船，春烟浮雀離。

贈陸武園侍御

聲華奕奕孰能同，家學平原見素風。日下才名推待制，人間奏議説宣公。苑花香散烏臺側，御柳青垂豹尾中。扈蹕甘泉聞有賦，英辭應不愧揚雄。

【蘇評】閑麗雍和，不讓王、李。（據劉蘇本七言律詩補。）

寄謝延壽上人

昨日去海門，寒雪北風撲。今年海門歸，草色裙腰緑。徘徊入九逵，知交苦不熟。騎驢夕陽下，仍就遠公宿。燈前喜再見，慰勞及童僕。豈云瓔珞緣〔一〕，當是天人屬。臨岐更珍重，拳拳動心曲。數日不能忘，思之輒反復〔二〕。高情題銀管，用寄丈人屋。

【校記】

〔一〕瓔珞　《存目補編》本卷二《寄謝延壽上人》作"纓絡"。

〔二〕復　《存目補編》本卷二《寄謝延壽上人》作"覆"。

再晤方山比部屢過其宅輒賦此

朝罷歸來少送迎，高齋常聽落棋聲〔一〕。幾時簾閣東風入，不覺池塘春草生。北海移樽留勝客，西山拄笏薄浮名。聖朝正藉英靈在，那得滄浪便濯纓。

【蘇評】才豪於李，調穩於王。（據劉蘇本七言律詩補。）

【校記】

〔一〕聽　《存目補編》本卷二《再晤方山比部屢過其宅輒賦此》作"聞"。

春曉曲〔一〕

轆轤啞軋宫井澀，花影玲瓏半簾月。美人睡起梳曉鬟，錦帆過處雕窗黑。

【劉評】婉轉清麗，酷似范雲。（據劉蘇本七言古體詩補〔二〕。）

【校記】

〔一〕《存目補編》本卷八題爲"春晚曲"。

〔二〕孫謂本此詩收入七言絶句詩中,與劉蘇本不同。

贈湯西崖

江梅有鼎實〔一〕,辛苦高人種。委棄霜露間〔二〕,不作和羹用。丈夫秉亮節,得失何輕重。且歌田舍酒,暫歇賢臣頌。持此少年身,百煉始沉痛。秋深石氣青,木脱天宇空。披襟仗瀟灑,息念罷喧動。歷想古賢豪,大半出饑凍。揮絃勸酒醪〔三〕,渺渺飛鴻送。

【王評】押韻穩。

【方按】此詩起四句太似山谷上東坡之作,末句既用"揮絃",則不應復用"飛鴻",此皆詩家所忌。(據《存目補編》本卷二補。)

【蘇評】峭蒨近古。(據劉蘇本五言古體詩補。)

【校記】

〔一〕實 《存目補編》本卷二《贈湯西崖》作"寔"。

〔二〕間 《存目補編》本卷二《贈湯西崖》作"閒"。

〔三〕酒 《存目補編》本卷二《贈湯西崖》作"濁"。

讀　史

蘭陵蕭彦瑜,通脱出時輩。方其在弱齡,明悟復慷慨。直造王丹陽,脱穎見清對。桃杖虎皮靴,風流有餘態。胡爲梁臺建,戰慄酬異代。俯仰典午後,人物可深慨。獨有三好衰,猶喜書不廢。菰蘆求舊籍,餘習不能昧。遺令存率素〔一〕,霜露薦寒菜。長嘯撫陳編,臧否當自艾。

【校記】

〔一〕令 《存目補編》本卷二《讀史》作"今"。

贈劉文學

老將劍横看，氣粗紫髯發。不是羨封侯，壯心難自没。沙塲寒風生，精神皆騰越。以此服吾子，窮經當白髮。山川鬱奇抱，艱難磨駿骨。此生可痛哭，竈路驊騮蹶。長懷托詩律，知己信霜月。忘年晚交吾，義氣良飄忽〔一〕。雨留翦春韭〔二〕，秋過薦寒蕨。因念豐城色，終有茂先掘。慷慨飲君前，爲君更結襪。

【蘇評】高華明秀，古意内含，直是陳梁語行以唐調耳。（據劉蘇本五言古體詩補。）

【校記】

〔一〕義　劉蘇本五言古體詩《贈劉文學》作"意"。

〔二〕翦　《存目補編》本卷二、劉蘇本五言古體詩《贈劉文學》作"剪"。

紀漣水河災

漣州臘月黄河漲，水勢爭城不相讓。岸頹兒女哭流冰〔一〕，濤轉鯨鰲喜高浪。縣官無計下民驚，有力人家盡出城。陰風夜嘯鬼神聚，惡霧晝垂天地傾。七日三更河水起，八日城上無完壘。銀牌只解媚神巫，白馬誰甘填瓠子。憂心昏墊群滂沱，土人如此客如何。青蓮未必蛟龍得，且上殘樓俯巨波。

【劉評】記事直作詩史。（據劉蘇本七言古體詩補。）

【校記】

〔一〕冰　《存目補編》本卷八《紀漣水河災》作"水"。

蒲郡城南舊有海瀆神廟頗極壯麗自大河去鸛鵲樓下殿宇漸成荒廢戊申初春過謁不勝感慨乃爲詩十韻以誌之〔一〕

余有濟川志，徘徊海瀆宫。風霜殘殿瓦，葵麥繞簾櫳。老栢無全緑，雕梁有斷紅。塵埃生白帝，樵采入黄熊。傾倒天吴像，荒凉野兔踪。人情隨顯赫，神氣有衰窮。昭代方崇祀，豐碑尚記功。何妨使丹堊，重令闢蒿蓬。日月開朱户，罘罳罥碧空。他時瞻拜下，俯仰快朝宗。

【蘇評】對偶精工，氣機英發，唐體之大著者。（據劉蘇本五言排律詩補。）

【劉評】從起句着意，讀下知非徒爲"殿宇荒廢"作感慨也。（據劉蘇本五言排律詩補。）

【校記】

〔一〕徐本卷七題爲"蒲郡城南舊有海瀆神廟頗極壯麗白大河去鸛鵲樓下殿宇漸成荒廢戊申初春過謁不勝感慨乃爲詩十韻以誌之"，孫謂本五言排律詩題爲"蒲城郡南舊有海瀆神廟頗極壯麗自大河去鸛鵲樓下殿宇漸成荒廢戊申初春過謁不勝感慨乃爲詩十韻以誌之"，劉蘇本五言排律詩題爲"蒲郡城南海瀆神廟頗極壯麗自大河去鸛鵲樓下殿宇漸成荒廢戊申初春過謁不勝感慨乃爲詩十韻以誌之"。

飲玉礎齋中二首

柳青榆白將春暮，獨把殘杯對古城。珍重堂中一雙燕，留心林外幾聲鶯。

把鋤歡笑摘榆錢，便有青青到几筵。聞道冷淘槐樹葉，少陵曾愛落花天。

【劉評】超凡入聖，二詩可稱神品。（據劉蘇本七言絶句詩補。）

飲巢雲阿君子亭

獨把一杯酒,酣觴君子亭。假山擘華嶽,剩水割滄溟。鳥路廻虚岸,魚床拍淺汀。高吟清興足,却惹紫蚪聽。

客趙好蘭若

秋爽軒窗静,閑僧伴竹扉。犬行黄葉響,人語亂鴉飛。玉露抛紅藥,勾欄坐道衣。萋萋芳草暮,惆悵未言歸。

【蘇評】興致灑然,氣骨蒼然。(據劉蘇本五言律詩補。)

小　雀

啁哳深叢里,逢陰聚衆鳴。濫謀鸎鵡粒,不解鳳凰聲。殿瓦春巢穩,坳堂晚浴輕。秋風將化蛤,爾尚樂浮生。

【劉評】即物起興,藏有無限意思在内。(據劉蘇本五言律詩補。)

客次忽憶同友雨中游條南萬竹園

滑路饒佳興,披蓑問野坰〔一〕。洞雲依峭壁,山雨聚孤亭。嘗稻炊紅葉,調魚動紫萍。所憐一分手,南北似晨星。

【藏批】詩中脱却"竹"字。(據孫謂本五言律詩補。)

【蘇評】不減"野戍荒烟斷,深山古木平"。(據劉蘇本五言律詩補。)

【校記】

〔一〕蓑　劉蘇本五言律詩《客次忽憶同友雨中游條南萬竹園》作"簑"。

沂州道中寒甚

初識臨沂路，冰痕噛草橋。青馱荒舊寺，黄竹苦新謡。晚税輸山繭，村盤薦落椒。頻能異風土，終是惜飄摇。

【蘇評】不必經營做作，只就現成情景寫來，皆人所千錘百煉不能到。（據劉蘇本五言律詩補。）

長城鋪

聞鷄已就道，岱影尚糢糊。山擁秦城險，風吹漢月孤。谿深窺豹鼠，澗冷叫鵜鶘。行路何時已，迢遥悵遠途。

【蘇評】閎逸高渾，嘅然成咏，不特抒懷，亦能紀勝。（據劉蘇本五言律詩補。）

【方按】"迢遥"、"遠"三字不應同見一句中。（據《存目補編》本卷八補。）

自漣水再入都

密雪霑春路，柔風暖大堤。雲垂山柳暗，日上野鶯啼。愁緒縈吴繭，長才愧魯鷄。帝京空往返，詞賦幾曾題。

【蘇評】寫景自然，寫情遠矣。（據劉蘇本五言律詩補。）

春　望

漠漠原中色〔一〕，青青陌上林。王孫空有恨，芳草本無心。花放東風暖，橋平野漲深。遲行不自厭，徙倚聽鳴禽。

【蘇評】意不盡於語中，韻偏餘於言外。（據劉蘇本五言律詩補。）

【校記】

〔一〕漠漠原中色　孫謂本五言律詩《春望》作"漠漠中原色"。

韋左司春游

堤草忽改色,鍾山佳氣擁。林暗車馬喧,江影人家動。纔見雙屐滑,漸覺錦袍重。散步更遲遲〔一〕,時花已堪寵。

【校記】

〔一〕更 《存目補編》本卷八《韋左司春游》作"故"。

飲萬竹園二首

孤亭大壑臨,一徑入雲深。春水杏花落,青苔雙屐侵。山暉藏緑靄,河勢繞紅林。谷口往來熟,相期散野襟。

【劉評】醇厚在氣。(據劉蘇本五言律詩補。)

曲路入山烟,春風二月天。栢根廻抱石,竹葉暗通泉。高唱隨林鳥,輕身看紙鳶。摘星應未遠,杯酒續青蓮。

【劉評】一味幽淡。(據劉蘇本五言律詩補。)

過渭南

渭川新雨後,晴照復娟娟。潮落灘聲小,霜明樹影圓。隴雲隨薄日,楚雁入高天。秋岸騎驢客,西風自黯然。

【蘇評】高唱入雲,聲同儲孟。(據劉蘇本五言律詩補。)

宿慧果寺

萬感清秋夜,愁聞玉漏長。無端如中酒,不盡爲思鄉。燈暗秋蟲入,風酸桂葉香。長歌雜短咏,若個解行藏。

【蘇評】雋永其味,閑遠其神。(據劉蘇本五言律詩補。)

寺　夜

秋風動祇林，栢子落階深。縱有無生理，難銷遲暮心。人歸齋磬晚，僧定梵鐘沉。明鏡真羞對，霜華點點侵。

華下行次〔一〕

青光行不盡，山翠濕塵襟。曲水稻田熟，懸崖烟火深。雲崩龍出峽，花落鳥窺林。來往長安客，何人起道心。

【蘇評】體自正大，語尤坦明。（據劉蘇本五言律詩補。）

【校記】

〔一〕《存目補編》本卷三題爲"行次華下"。

懷阮亭先生

琅琊天下推詞伯，果有文章起一時。何必桐花相鄭重，蕪城自有建安詩。詞苑稱先生爲王桐花。

【謌記】原本詩下無注。（據孫謌本七言絶句詩補。）

過友人村居二首

余最愛招隱，君家適近山。鳥窺雲樹裏，人在薜蘿間。頌酒分奇字，投壺解醉顔。從斯來往熟，屐齒遍苔斑。

地接王官谷，常懷表聖風。林塘能比迹，琴酒況相同。點筆湖光白，捶琴海照紅。卜居吾有意，聲氣石林東。

【方按】"捶琴"，"捶"字無平聲。（據《存目補編》本卷三補。）

尋楊蓮書不遇題齋壁

寺門積水起晴波，幾處山光俯大河。城上樓臺饒古意，池邊芳草奈春何。林烟漸聽黄鸝語，岸曲閑隨白鷺蓑〔一〕。我自幽尋君不在，鐘聲唯覺坐來多。

【蘇評】對仗不猶人，是以勝人。（據劉蘇本七言律詩補。）

【校記】

〔一〕蓑　劉蘇本七言律詩《尋楊蓮書不遇題齋壁》作“簑”。

過黄處士齋

初識墻東路，乘春踏細泥。梅花香雨早，蘭葉惠風低。鷄塒仙翁置，茶經處士題。天涯如此日，莫怨草萋萋。

【蘇評】芳媚而氣骨不軟弱，故過人遠矣。（據劉蘇本五言律詩補。）

吴門初春

聞道江干冰漸消〔一〕，眼看芳草坐無聊。酒杯總使愁中得〔二〕，春色終難客裏銷〔三〕。山鳥漫吟泥滑滑，吴娘偏唱雨瀟瀟〔四〕。歸時借問金陵路，桃葉新添幾尺潮。

【蘇評】極整嚴而極流動，極精切而極渾成，苟非馳思八荒，功深百煉，未易語此。（據劉蘇本七言律詩補。）

【沈評】秀絶。（據《清詩别裁集》本補。）

【校記】

〔一〕干　《清詩别裁集》本《吴門初春》作“千”。

〔二〕總　孫謂本七言律詩《吴門初春》作“縱”。

〔三〕銷　孫謂本七言律詩《吴門初春》作“消”。

〔四〕瀟瀟　《存目補編》本卷三《吴門初春》作“蕭蕭”。

歸仁堤道中

堤外東風野柳馨，堤前旅騎去無停。可憐作客輕千里，每惜傳家但一經。風打寒罾漁浪闊，春歸芳草燒痕青。化工猶似憐游子，漸使遥嵐疊錦屏。

【蘇評】通贍遒勁，風格大備。（據劉蘇本七言律詩補。）

潁川宿公𢧵先生書屋

北風無停時，聲動萬竿竹。凄然聽已悲，況是他鄉宿。

【劉評】有懷欲伸，非徒摹寫夜景。（據劉蘇本五言古體詩補。）

邯鄲歌

暮踏邯鄲月，曉踏邯鄲塵。邯鄲朝復暮，不見邯鄲人。

【蘇評】心神邈然，淡而有味。（據劉蘇本五言古體詩補。）

【劉評】音節與古合宜，一本編入絶句。（據劉蘇本五言古體詩補。）

慈仁松下

獨坐長松下，習習晚風善。山門歲月深，落日罘罳斷。豐草見殘碣，黄葉聞珠殿。清興轉紆徐，微痾漸消散。僧語出幽林，殊覺身名賤。

灌園詩爲武曾作

李郎新詩滿人口，出入風騷見忠厚。我初聞之疑古人，不謂相逢在杯酒。可憐三十猶途窮，飄然一劍隨西東。三春走馬飛狐塞，秋來聽筑昭王宫。嗟余拓落鮮同調〔一〕，握手逢君如夙好。論交慨慷惜平生〔二〕，歲暮天涯念芳草。酒闌告我明燭前，明年歸種南村田。藥苗菜甲餉粗糲，春畦秋圃通回泉。我聞古來灌園者，漢陰之叟於陵賢。古人謀此爲高蹈，李郎心事非徒然。李郎有母髪半白，臛筍烹魚奉朝夕。承歡且欲並諸昆，耦耕不用偕沮溺。丈夫出處各有期，娛親豈在列鼎食。我亦年來悔遠行，蕭然土室返袁閎。他時抱甕條山下，憶爾南陔吹玉笙。

【蘇評】劌目鉥心。（據劉蘇本七言古體詩補。）

【校記】

〔一〕拓落　宋本卷七、徐本卷七、《存目補編》本卷三《灌園詩爲武曾作》作"落拓"。

〔二〕慨慷　《存目補編》本卷三《灌園詩爲武曾作》作"慷慨"。

聞喜雨後簡楓仲

雨後殘陽高樹間，豆花覆井桔槔閑。涼風徐度溪邊寺，宿霧纔收郭外山。每惜勞生仍遠道，難將大藥駐衰顔。相逢且撤河汾席，塔院東頭看白鷴。

晋　祠

懸甕山前路，清秋見早鴻。一溝瓜蔓水，十里稻花風。楊柳參差緑〔一〕，汀藍遠近紅。三年兩來往，生計太匆匆。

【劉評】咏古必采摭事蹟，定非高手。試看老杜咏古詩極多，何嘗填寫？而俯仰流連，只情與景相契合，何等大雅！（據劉蘇本五言律詩補。）

【校記】

〔一〕楊柳參差緑　孫譔本五言律詩《晋祠》作"楊柳差池緑"。

晋祠别陳子文三首

一水清如此，沙邊坐不辭。濯纓今最得，驅馬欲何之。渚冷魚龍蟄，山空鸛鶴悲。徘徊雙栢底，同惜萬年枝。

【劉評】古其理，高其意。（據劉蘇本五言律詩補。）

千里王程迫，臨岐倍愴余。東西各分手，彼此是離居。病後仍携藥，愁多莫著書。茂陵前路在，久已棄相如。

【劉評】幽閑淡潔，兼有騷意。（據劉蘇本五言律詩補。）

贊府才真好，題箋更不群。他時隴頭水，還望海東雲。大道無多説，微言惜强分。相憐轉相勉，莫只絢聲聞。

泰安驛松

古驛雙松俯碧流，驛南崗上風颼颼。不知何日天台約，坐聽濤聲五月秋。

【蘇評】結語亦杜之壯而飛動者。（據劉蘇本七言絶句詩補。）

平定州題壁

嶺勢周遭碧玉環，女墻回合白雲間。勞筋暫息長松底，最愛城西八面山。

【蘇評】"渭城朝雨"原是口語，而千載如新，此詩亦然。（據劉蘇本七言絶句詩補。）

懷子文二首〔一〕

鹿脯曾留帖，鵝群更頌書。還經王母廟，不饌錦江魚。初子文傳轉蜀餉。

【蘇評】調雅。（據劉蘇本五言絶句詩補。）

西出蕭關見瓦亭，六盤山色六盤青。懷君多在彈箏峽，載筆重來驗《水經》。子文《皋蘭載筆》論王母宫碑刻最詳。

【蘇評】詞氣渾厚。（據劉蘇本七言絶句詩補。）

【校記】

〔一〕孫譔本、劉蘇本將此二首詩分别置於五言絶句與七言絶句之中。五言絶句詩題爲"懷子文",孫謂本七言絶句詩題爲"懷子文二首録一首",劉蘇本七言絶句詩題爲"懷子文三首録一",因暫未找到餘下兩首七絶,故對底本原詩未作改變,作此校記以備查。

送西木之井陘二首

連日東樓醉,東看海氣昏。花枝當笑靨,竹影覆毬門。風急交蘆寺,天高下雁村。晴波千萬疊,新報減潮痕。

【蘇評】煆煉精含容遠。(據劉蘇本五言律詩補。)

霜薄侵鴻爪,君行破旅顔。尊殘鐃社酒,裝出薊門山。此去舊鄉近,及春驅馬還。栖巖巖洞好,相望白雲間。

【蘇評】骨采蒼堅,風期持勝。(據劉蘇本五言律詩補。)

寄里人

旅鬢蕭騷甚,低徊東海濱。到秋翻作客,漸老只依人。天迴移朱鳥,風凉散白蘋。澗南紅樹好,愁絶憶垂綸。

【蘇評】老健而秀氣蒸流。(據劉蘇本五言律詩補。)

哭張三公路之喪而送之十首

二十年來數益奇〔一〕,海天惆悵鬢成絲。而今翻作長年别,衰柳殘楊灑淚時〔二〕。

文章命達已成虚,年壽蹉跎又不如。客舍無端驚鵩鳥,可曾檢點茂陵書。

阻絶河山少見期,神交千里只相思。相逢便道參曹洞,銀碗空齋大雪時。君嘗簡余云:"此間有參洞者,速來。"一道至則無有,蓋戲余之嗜禪也。

家學深培蓋代才,一朝朝露委塵埃。亡書三篋君能記,誰備河東顧問來。

老筆縱横脱靮鞿,人家縑素有光輝。感君讓善嘗推我,不學吴興損伯機。

齡石箋函亦擅場，當筵下筆挾風霜。可憐只論閑風月，未得從容玉女傍。

艱難寄食各西東，投老無家四海空。痛絶歸來仍是客，天涯兒女哭雲中。君家人寄食蔚州。

頻從病裏望相過，只道尋常後會多。三日不聞成永别，貧中真奈負君何。

丹旐飛飛下直沽，風前有似避鶢鶋。送君淚盡還相慰，有子皆能讀父書。

知己空論意氣深，脱驂終愧少黄金，長歌當泣真成泣，聊盡當年掛劍心。

【校記】

〔一〕二　《存目補編》本卷九《哭張三公路之喪而送之十首》作"三"。

〔二〕楊　宋本、徐本卷七、《存目補編》本卷九《哭張三公路之喪而送之十首》作"陽"。

簡梁崇此二首〔一〕

青嶼連朝雪尚凝，林塘草樹禿如僧。春風似過神鰲力，頓解長河五尺冰。

日日齋居寶月涵，果然彌勒許同龕。知君摩厲蕤賓鐵〔二〕，何處堪容八繭蠶〔三〕。

【蘇評】無字不鮮，無句不秀。（據劉蘇本七言絶句詩補。）

【校記】

〔一〕《存目補編》本卷九題爲"簡梁生崇此二首"。

〔二〕摩厲　《存目補編》本卷九《簡梁生崇此二首》作"磨礪"。

〔三〕八　劉蘇本七言絶句詩《簡梁崇此二首》作"入"。

簡遲茂先

難忘高齋剪燭時，天涯何幸得心知。只今海日曈曈影，偏照江梅第一枝。

由金巷口登居士嶺

白雲發終古，蘿篠寒溪中。我行遵石路，裙屐濕濛濛。遂躡靈峰巔，忽與天路通。仙人肅劍佩，謁帝趨樊桐。鶴背一長嘯，劃然神宇空。

水　村

林葉蕭蕭欲暮天，人家烟火夕陽邊。寒瓜引蔓垂茅屋，野水生波入稻田。漁網懸來晴樹外，釣車牽過晚洲前。圓沙鷗鷺忘機甚，隊隊菰蒲自在眠。

【劉評】淡描清寫，自具一種風流。（據劉蘇本七言律詩補。）

文中子舊居

汾水湯湯繞舊居，白牛溪畔雁飛初。當年檢點先生意〔一〕，可悔金門早上書〔二〕。

【沈評】上書於隋，文非其時也。如此持論，文中亦應首肯。（據《清詩別裁集》本、劉蘇本七言絶句詩補。）

【劉評】沈確士先生《別裁集》與蓮洋原本異，兹從沈本。（據劉蘇本七言絶句詩補。）

【校記】

〔一〕當年檢點先生意　孫謂本七言絶句詩、劉蘇本七言絶句詩《文中子舊居》作“早知道不關窮達”。

〔二〕可悔金門早上書　孫譔本七言絶句詩、劉蘇本七言絶句詩《文中子舊居》作“應悔金門輕上書”。

清極觀在中條

靈祠四山口，積翠俯重陰。獨立神境寂，微風生北林。秋篁全迸節，老樹半空心。亂水當門過，泉源不可尋。

【劉評】眼前景從無人道着，那得不空前絶後。（據劉蘇本五言律詩補。）

飲向辰竹樓同調元子臣元升時將之中州

竹里見殘雪，風鳴高樹枝。行役何足言，念此初冬時。朋好尚能聚，有酒相與持。曠懷天寥寥，忽復同在兹。藏情不盡醉，無乃中心違。願言各痛飲，窮達安可辭。不見千載名，悠悠但如斯。賢豪與螻蟻，俯視皆等夷。且復樂今日，大化任所爲。

獨坐看月三首

最愛金精盛滿時，迢遥烟海未逢師。人間富貴真塵土，坐看長空鶴影遲。

獨對高旻發浩吟，夜凉風露滌煩襟。浮雲斂盡冰輪滿，萬里青天萬古心。

豈但師難友亦難，同心臭味比金蘭。誰能把臂林中去，抛却閻浮更不看。

和答子覲

送客凄凉咏渭城，居然詩品入鍾嶸。文章敢謂稱同調，草野真成有大名。惜别河梁愁落日，相思秋雨憶寒英。五更騎馬匆匆去，羡爾幽居睡到明。

贈孫都閫

瘴雨蠻烟海嶠清,雄才從事伏波營。琱戈曉指春星淡,獵馬宵還臘雪明。北闕千秋方鑄鼎,南天萬里已消兵[一]。霜華點鬢休相訝,二十年來大將名。

【蘇評】雄壯浩蕩,可與工部競爽。(據劉蘇本七言律詩補。)

【校記】

〔一〕消　《存目補編》本卷九《贈孫都閫》作"銷"。

次小河司二首

漸覺瀟湘近,巖關幸已過。轉憐山柳嫩,猶喜野梅多。客解舞鸜鵒,羌能掣駱駝。春帆望安穩,五日洞庭波。

【蘇評】氣象宏瞻,復婉約有致。(據劉蘇本五言律詩補。)

潭府愁卑濕,迢遥接遠烟。空遲漁父棹,已過洛陽年。湖草留春日,江花入暮天[一]。却宜客路穩[二],横海絶戈船[三]。

【蘇評】從容大雅,格韻最優。(據劉蘇本五言律詩補。)

【校記】

〔一〕花　《存目補編》本卷九《次小河司二首》作"村"。

〔二〕宜　孫謂本五言律詩《次小河司二首》作"疑"。

〔三〕戈　孫謂本五言律詩《次小河司二首》作"入"。

入楚絶句二首

下澤車歡馬少游,如何却買洞庭舟。跕鳶新息應相笑,勞苦終慚萬户侯。

一路谿梅自在香,春波更怯洞庭長。高情幸有江山助,鸚鵡洲南是漢陽。

【蘇評】疏瀹五藏，不以雕肝琢肺爲工。（據劉蘇本七言絶句詩補。）

題周林於《鷗塘種水圖》四首

朝耕塘上田，晚啓塘上扉。塘中一夜雨，個個菱芡肥。白鷗渾見慣，不肯避人飛。

【蘇評】極有興會。（據劉蘇本五言古體詩補。）

朝見藕花鮮，暮見藕花盛。采花兼采藕，出水香逾静。欲問種水人，紅塵失名姓。

【蘇評】詩品亦静。（據劉蘇本五言古體詩補。）

朝買魚妾來，暮携魚子往。策策復堂堂，漸見魚兒長。中有爲龍魚，一夜風雷上。

【蘇評】就池中寫出胸懷闊大來。（據劉蘇本五言古體詩補。）

種水常苦肥，種山常苦饑。買山未必是，買水未必非。盍去丈人峰，來往新婦磯。

【蘇評】山水清音，俱在高人胸次。（據劉蘇本五言古體詩補。）

慰劉如南大令

風木有餘痛，歸來掃舊廬。但憑吾道在，莫訝世情疏。階養千尋竹，波藏尺半魚。蒼生正引領，端賴治安書。

柬項侍郎

迢遥入九重，侍直每聞鐘。已接夔龍席，常親日月容。錦袍花婭奼，仙珮玉丁冬〔一〕。更有承恩處，天書御墨濃。

【校記】

〔一〕冬 《存目補編》本卷九《柬項侍郎》作“東”。

咏艮止

寂然何内外，物我皆寒山。萬物本居位，自愧我不閑。長夜對華燈，默默群書間。信有無言旨，行生任往還〔一〕。

【校記】

〔一〕任 《存目補編》本卷九《咏艮止》作"認"。

健松别業爲方渭仁賦三首

織女祠邊宅，桐君山下村。風流前代没，堂構至今存。鵝鸛荒洲島，詩書到子孫。低徊松檜影，依舊覆柴門。

滄海横流日，丈人方緯蕭。江山行藥遍，歲月著書消。志就癸辛里，詩留丁卯橋。百年感風木，愁溢聖湖潮。

【蘇評】（第二首詩）自然不假琢飾，天骨珊珊。（據劉蘇本五言律詩補。）

仙郎孝且賢，待詔國門前。嘗有松風夢，吹入芝山烟。緊我麋鹿性，正愛滄洲緣。何日尋桑苧，同斢十九泉。

繹堂先生齋中拜觀御書恭紀其盛

世運適昌熾，我皇膺寶命。一心周四海，深居必恭敬。聖明無闕事，百職罷諫諍。往往萬幾暇，游藝樂清靜。讀書到丙夜，萬瓦金波映。偶然事翰墨，卓爾入神聖。鬱勃蛟龍姿，盤旋北斗柄。載觀四大字，心正筆皆正。臣荃侍禁掖，恩遇過韋孟。宸章示寵渥，稽首再稱慶。光應千古垂，事極千秋盛。小臣田間來，蟣虱對金鏡〔一〕。瞻仰生戰慄，嘖嘖嘆遒勁。愧乏掞天才，作頌施無竟。

【校記】

〔一〕蟣 孫謂本五言古體詩《繹堂先生齋中拜觀御書恭紀其盛》作"蟻"。

武曾見過同作見志二首

十年不一見，遥遥隔烟波。即兹京洛逢，寧云漫相過。貧賤不足言，道業復如何。君家五湖口，我家三山阿。金液苦未就，息心修多羅。出當爲蒼生，處當養天和。君看隱顯間，悠悠寧不多。所期敦疇昔，莫負《紫芝歌》。

前日我尋君，今日君過我。相從雖偶然，閑身兩無左。草草具盤飡，逆旅具新火〔一〕。戴勝桑枝柔，江南雜花朵。君心豈不念，春潮放輕舸。吾亦愛吾廬，欲歸未能果。經濟非强圖，大道豈偏頗。真得証無餘，無可無不可。

【方按】"偏頗"之"頗"，平聲。據《存目補編》本卷三補。

【校記】

〔一〕具　宋本卷七、徐本卷七、《存目補編》本卷三《武曾見過同作見志二首》作"改"。

己未暮春讀清凉志遂示皈依之願〔一〕

稽首曼室利〔二〕，五髻神光著。憫我虱蟣身，重重障烟霧。内火尚未盡，外火無是處。見網苟不除，鐵網如何度。誓歸叶斗峰〔三〕，常依貝多樹。天花繞至膝，水芝踏成路。鉢飫施無窮，和以獅子乳。長安久作客，韋曲花無數。懵騰倦游覽，閉門類結住。静中閲大化，交臂已非故。此生總頑鈍〔四〕，安能但馳騖。龍池雷雨蟠，箭嶺藤蘿護。菩提不誤人，采藥中臺去。

【蘇評】情思清渺，詞氣警奇。（據劉蘇本五言古體詩補。）

【校記】

〔一〕清凉志　劉蘇本五言古體詩題爲"清源志"。

〔二〕室　《存目補編》本卷三《己未暮春讀清凉志遂示皈依之願》作"陀"。

〔三〕叶　《存目補編》本卷三《己未暮春讀清凉志遂示皈依之願》、劉蘇本五言古體詩《己未暮春讀清源志遂示皈依之願》作"叫"。

〔四〕總　《存目補編》本卷三《己未暮春讀清凉志遂示皈依之願》作"縱"。

晚春五絶句〔一〕

今日風日佳，柳色御河滿。燕子故飛飛，不畏雕梁晚。

看花空有約，却未踏花行。花枝如有意，何日不清明。

戴勝桑間飛，黄鸝花上語。頗怪同袍人，背客看山去。

砌草正茸茸，蔓延雜花側。可惜類裙腰，不似青山色。

鸂鶒交前浦，鴛鴦過别灘。莫因風雨惡，吹動釣魚竿。

【謌記】孫謌本五言絶句詩題後有小字"刻《和鳴集》"。

【蘇評】風姿天然。（據劉蘇本五言絶句詩補。）

【校記】

〔一〕劉蘇本五言絶句詩題爲"春晚五絶句"。

留别嚴蓀友二首

我愛嚴夫子，高情無古今。最邀英主契，終執野人心。衮衮承新命，依依念舊林。草堂連夜夢，幾處白雲深。

幾時到城闕，衣尚烟霞斑。紫府留君住，青山羡我還。愁添飛燕後，醉卧落花間。最悔浮名誤，春光擲等閑。

水　村

萬樹垂楊緑不齊，人家住在澗東西。新篁迸玉方連屋，嫩荇如錢乍點溪。野墅客來忘閉户〔一〕，晴沙屐過不沾泥。風光都似招賢里，只少紅翎水鶴啼。

【王評】瀟灑絶塵，字字可愛。

【謌記】五句"還"字，原本作"來"，阮亭先生訂作"還"，刻本仍作"來"，今照改本訂正。（據孫謂本七言律詩補。）

【校記】

〔一〕來　孫謂本七言律詩《水村》作"還"。

送顧尼備南歸省覲

丈夫誰不思適意，日日風塵苦憔悴。當年原不爲蒼生，止願一身得高位。顧郎出處則不然，飛伏何曾繫胸次。一朝憶母懷江天，思買雙魚獻母前。傍晚猶酣新豐酒，乘曉已發吴淞船。歸來階笋迸青玉，陂水低飛兩黄鵠。莫羨遥頒五鼎食，何如親負一囊粟。送君黯然愁未消〔一〕，夢君三百九十橋。分手幾時我又去，江北江南空暮潮。

【劉評】有落花依草之致。（據劉蘇本七言古體詩補。）

【校記】

〔一〕送　劉蘇本五言絶句詩《送顧尼備南歸省覲》作"遥"。

留别阮亭先生六首

得失本一致，陶然返舊林。易歸貧士策，難遣故人心。緑樹方垂蔭，黄鸝正好音。囊衣太輕薄，不會作黄金。

【劉評】意到渠成，淡歸本色。（據劉蘇本五言律詩補。）

守拙存吾道，先生奈我何。愁從歸日減，淚向别時多。知己期簪紱，閑人愛薜蘿。蓮花千仞色，矯矯落晴波。

【劉評】煉到自然，絶無火氣。（據劉蘇本五言律詩補。）

歸計我寧得，感公猶一言。湖光同北垞，鄰里似南村。尚可慰岑寂，還應省注存。巖廊看衮衮，矯首當酬恩。

深隱豈非計，賤貧難久居。也知無舊業，且復愛吾廬。聞道甘懸磬，無才敢著書。嵩陽招玉女，渺渺又愁余。

【王評】時雯歸，將又之中州。

【劉評】才高氣逸，而調古。（據劉蘇本五言律詩補。）

出處迴非我，徘徊空念群。可憐撫今日，游子如浮雲。雨露黯芳草，風花連夕曛。那堪江水上，重覓謝將軍。

【劉評】斂聰收明，歸於靜樸。（據劉蘇本五言律詩補。）

自信忘機事，勞生失靜緣。久成止酒頌，誰乞買山錢。白社思投足，洪崖憶拍肩。栖巖精舍在，爭與習初禪。余嘗與里門栖巖寺僧有結庵峰頂之約。

留別李紫瀾并遥致方山及馮徐二君子三首

去去復何求，楊花吹驛樓。開樽憐共酌，秉燭憶同游。元夕曾共余步至寓門。高闕看儀鳳，閑沙認野鷗。生平感風義，多半在陵州。

夫子古情性，灑然冰雪姿。退朝常命酒，乘月數圍棋。馮子寧彈鋏，方寅。徐陵雅善詩，電發。一朝岐路側，那得不凄其。

青嶂關南路，黄河渡口村。柳邊辭貴客，花下閉柴門。矗矗山松直，翩翩水鶴翻。讀書增道力，應念故人言。

和别王東觀

出門春草深，入谷夏鶯滿。客子思故鄉，去去不能緩。忽忽事行邁，悠悠增别心。天涯非所難，所難新知音。惓我西山樵，愧爾東蒙客。百年如流水，歡此數晨夕。重損瑶華贈，商絃風蕭蕭。慘然玄灞水〔一〕，四月垂楊凋。君言汾陽來，我正汾陽去。一帶藐姑山，各覓題詩處。

【王評】五言换韻詩，亦得太白之逸。〔二〕

【蘇評】前無浮聲，後有切響，精於格律，天趣是也。（據劉蘇本五言古體詩補。）

【校記】

〔一〕玄　孫謂本五言古體詩、劉蘇本五言古體詩、《存目補編》本卷三《和别王東觀》作“元”。

〔二〕逸　劉蘇本五言古體詩《和别王東觀》中王士禎評語作“遺”。

張水部修雷氏琴

制琴昔何人，遺器留千載。得者驚摩挲，躊躇感時代〔一〕。宇宙浩茫茫，日月没蒼靄。藏舟向大壑，交臂失所在。所以古至人，煉精除粗穢。斯琴固斑駁，中聲托其内。解散復膠漆，重類開草昧。曾聞伐毛髓，仙術肆淘汰。修琴不修人，吁嗟發長慨。揮絃送飛鴻，吾欲吞沆瀣。

【藏批】不知説到何處去。（據孫謂本五言古體詩補。）

【校記】

〔一〕躇　宋本卷七、《存目補編》本卷三《張水部修雷氏琴》作“躕”。

題畫二首

何人畫出碧芙蓉，正似家門玉女峰。失喜西歸成一笑，不須更夢紫巖松。

桂樹叢生掛女蘿，車箱谷口近如何。巖居宛爾渾相識，只少山人隔歲過。

【蘇評】借畫寫自己，幽居雅意，落筆儼然天成。（據劉蘇本七言絶句詩補。）

義棠壁上次謝舍人韻

無端帝里經年住，依舊麻衣未拜官。雙闕已辭池上步，三峰真省夢中看。途逢驟裹思千里，水見崑崙寄一竿。從此草堂鄰里熟，阿誰重着鵕鸃冠。

還山坐向辰竹齋

春草龍池奏賦同,一年奔走日華東。而今始信忘機事,閑坐修篁細雨中。

【王評】好。

【蘇評】從鬧熱中歸幽静之境,竹林高風恍然若見。(據劉蘇本七言絶句詩補。)

盧溝望西山有懷條南舊隱

矗矗秘魔崖,幽幽潭柘寺。長安一載不曾游,未免俗情勝清事。昨日雨過緑楊緣,水面菖蒲尺三四。出門便喜歸路好,況復衣塵换山翠。忽憶中條有隱居,九峰五老各嫵媚。眼底雖未西巖往,失此償彼亦初志。而今不驚宫漏曙,披衣行歌嗌缺睡。山窗日出鶬鶊鳴,溪園椹熟鳲鳩醉〔一〕。有時或看種樹書,無爲不識編年字。栖巖庵裏遇神僧,銀杏宫前遲道士。丹經貝葉總抛却,布襪青鞋且游戲。河聲嶽色共閑身,了義即爲無了義。

【蘇評】條南勝景,舊隱幽情,筆能一一傳出。(據劉蘇本七言古體詩補。)

【校記】

〔一〕鳲　劉蘇本七言古體詩《盧溝望西山有懷條南舊隱》作"鳴"。

溪村四首

橋下蘋花開,橋上柳花落。鴛鴦何處去,飛下青翎雀。

【蘇評】風度姍口,不落小巧。(據劉蘇本五言古體詩補。)

柳密籠輕烟,珠樓隔飄渺〔一〕。只有黄鸝聲,吹在傷心道。

【蘇評】别有深情。(據劉蘇本五言古體詩補。)

車輪不涴泥,白馬驕在路。美人中道行,心潔迹亦素。

【蘇評】不同粉黛爭妍。(據劉蘇本五言古體詩補。)

雲開晚岫高，雨過疏林迴。矯首見長天，一點孤鴻影。

【蘇評】有飄然出世之想。（據劉蘇本五言古體詩補。）

【校記】

〔一〕飄渺　《存目補編》本卷三《谿村四首》作“縹緲”。

途次六首

一載金門客，三春玉塞情。倦吟豪士賦，愁聽酒人箏。入谷鶯無伴，還家雁有程。傷心芳草色，仍傍舊年生。

豈爲蒼生出，寧煩聖主知〔一〕。故人携斗酒，岐路感將離。紫閣松千樹，青門柳一枝。南山就别業，强飯右丞詩。新城先生首有贈言。

爲報孫焦穫，麻衣已拜官。雖聞掛朝籍，終許卧巑岏。作賦安仁拙，陳情令伯難。可知山水曲，原有一漁竿。

珍重棠村意，風流近亦奇。每聯名士飲，不似尚書期。繾綣青山路，將貽《白苧詞》。徐陵吾好友，先受下堂知。真定近稱好士，徐陵謂電發。〔二〕

【藏批】刻板意淺。（據孫謂本五言律詩補。）

【方按】“尚書”，“尚”字，此作去聲。杜集嘗有之。（據《存目補編》本卷三補。）

文雅爭千載，虚延盛一朝。名卿方倒屣，佳客坐吹簫。石鼎誰聯句，元亭詎解嘲。所憐風雨路〔三〕，相送寂寥寥。

饘粥真無計，難堪金石歌。貧傷學道晚，痛悔著書多。妻子羞禽向，功名賤伏波。只愁种處士，無奈北堂何。

【蘇評】（第一、五、六首）言情、寫景，皆神明於法度之中。（據劉蘇本五言律詩補。）

【劉評】語淺意深，語近意遠。（據劉蘇本五言律詩補。）

【校記】

〔一〕寧煩　孫謂本五言律詩《途次六首》作“深邀”，《存目補編》本卷三《途次六首》作“深慚”。

〔二〕孫譔本五言律詩此句爲王士禛評語。

〔三〕路　劉蘇本五言律詩《途次六首録三》作“露”。

山　中

仙人騎白鹿，手把菖蒲花。招我清溪曲，凌空躡彩霞。世事苦無盡，吾生良有涯。誓將辭貝闕，歸煉紫河車。

【蘇評】調古韻高。（據劉蘇本五言古體詩補。）

重過故關

關門芳草寺門鐘，石磴盤桓感舊踪。白日廻看天路遠〔一〕，青山喜似故人逢。樓臺傍曉開巖户，雷雨凌晨過澗松。爲愛紛紛紅蘂亂，翠禽銜下碧芙蓉。

【蘇評】張籍、王建略去葩藻，求取情寔，詩正如是。（據劉蘇本七言律詩補。）

【校記】

〔一〕日　《存目補編》本卷五《重過故關》作“首”。

山　驛

攲側群峰裏，盤回石瀨邊。春雲連栢井，芳草入芹泉。驛路沿溪曲，龕松抱日圓。可能青嶂底，細讀《玉胎篇》。

【蘇評】五六精深，出之閎麗。（據劉蘇本五言律詩補。）

龍窩寺

不識神龍窟，驚看綉佛幢。梵僧方挂衲，天女尚窺窗。雲水思千里，巖扉啓一雙。晚來松樹黑，濤響憾吴江。

感　興

一載長安客，還家竟若何。千金奉母少，一飯識人多。夏草聞鶗鴂，春沙夢駱駝。九峰安穩在，學種玉山禾。

【蘇評】衝口而出，却氣象不同。（據劉蘇本五言律詩補。）

寄懷馮補之二首

釵脚沙痕較量多，柳家新樣記元和。可憐一碗長瑜飯〔一〕，如此登樓賦客何。

青門柳色蹺青絲，細雨歸來送者誰。獨有故人情最重，陽關詩句夢英碑。補之臨岐贈言，兼及英公籀書。

【蘇評】寫得情致綿密，而語言輕妍，絶不費力。（據劉蘇本七言絶句詩補。）

【校記】

〔一〕碗　劉蘇本七言絶句詩《寄懷馮補之二首》作"枕"。

〔二〕劉蘇本七言絶句詩《寄懷馮補之二首》無此解釋語。

擬　古

三山阻巨魚，海波青渺渺。實有不死人，游息坐洲島。至誠求則得，天地豈愛寶。徐福真忠臣，事主以壽考。祖龍苦多欲，憂荒而速老。宫車已晚出，何待項劉擾。空驅赭衣徒，日走驪山道。

題章蘭望雨

毒熱連朝困遠征〔一〕，雙鳩呼雨又呼晴。傷心壠麥乾枯甚〔二〕，芒種看看半夏生。

【校記】

〔一〕毒　《存目補編》本卷十《題章蘭望雨》作"清"。

〔二〕壠 《存目補編》本卷十《題章蘭望雨》作“隴”。

偶 興

食肉易爲飽，穅籺肥大賢。人生累口體，百行不一全。此事係性命，將無鄙其然。獨奈廩帛餘，益復恣饕涎。金玉累身後，茫茫栖重泉。生爲人所惡，没爲人所憐。

次趙城

向曉郭門北，蒼烟濕流水。嶽嶽霍太山，青光落行李。生平愛巖阿，未得脱塵滓。看山半馬上，次第藤蘿美。黄金苦不成，紫海渺萬里。人生皆碌碌，蹉跎遂没齒。遥期婚嫁畢，曾孫又生子。一笑松雲前，早圖飯石髓。

【王評】較向平之願又奢矣。

千 里

千里經年别，微名累往還。艱難吾道在，進退此身閑。雁下汾陽郭，雲歸霍太山。同袍二三子，空欲聽潺湲。

【蘇評】淡宕紆徐，調由己創。（據劉蘇本五言律詩補。）

懷昉思

洪子謀生拙，移家古薊州。身支西閣夜，心隱北堂憂。卑己延三益，狂言罵五侯。林風憐道韞，安穩事黔婁。

【王評】昉思與天章竟先後逝，余作哀挽，同時脱稿，悲夫！

【蘇評】懷友寓有箴規，意不失正始。（據劉蘇本五言律詩補。）

懷冰修

憶爾鹽官客,天機自噏張。閑情謔金粉,隨處寄滄浪。老識名山淺,愁看壯髮蒼。凉風八九月,曾否下湖湘。

懷豹人

淮海羇栖客,秦川游俠身。拜官辭闕晚,失業到家貧。婚嫁愁中婦,詩篇累故人。彈箏纖手在,專待膾江鱗〔一〕。

【蘇評】樸老,帶秀氣。(據劉蘇本五言律詩補。)

【校記】

〔一〕膾　《存目補編》本卷五《懷豹人》作"鱠"。

過香山寺云是裴晋公還帶處

頻年涑水河邊路,來往香山寺下行。寶閣開時清磬響,石橋没處暮潮生。風前楊柳交官驛,雨後虹霓隔縣城。不見龍鍾還帶客,幾時江上一銷兵。

【劉評】用字是杜少陵。(據劉蘇本七言律詩補。)

聞喜題壁

山客復還山,歸來山更好。叢桂近如何,應發烟中道。

見山色不斷口號

芳草正萋萋,垂楊絲不齊。青山如送客,直過雁門西。

【蘇評】句格極超,開元遺響。(據劉蘇本五言絶句詩補。)

臨發阮翁招飲醉後狂言書以謝過四首

斗酒街西宅,離懷仗緑樽。高情容醉客,微笑聽狂言。人物難評騭,文章最討論。從來薑桂性,未易附寒暄。

處士名堪痛,文人趣亦卑。何曾驚寵辱,先取不磷淄。有道通千古,無言備四時。春風花葉弱,莫取最殘枝。

隔樹見涼月,高齋罷剪燈。功名身總誤〔一〕,貧賤語無憑。似鶩人猶貴,如弦世所憎。可憐今夕外,跛亀更誰能。

大小名何據,成虧計總非。緘縢莊叟喻,機警謝娘圍。無事歸平等,忘言合上機。翛然送日月,閑看兩丸飛。

【校記】

〔一〕誤 《存目補編》本卷五《臨發阮翁招飲醉後狂言書以謝過四首》作"悟"。

山　中

重巒合復沓,古道交薜荔。人家動烟火,茅茨見寒翠。相與共醇樸,何曾互機智。流水自何年,青山尚皇燧。

過子覲不值云在宫東酒肆二首

行行緑陰下,禽聲隔溪水。一片華山雲,吹入宫槐裏。

【劉評】清虚之境,蕩以清虚之心,令人不可捉摸。(據劉蘇本五言古體詩補。)

幽人復何處,書窗太寂寞。相尋酒肆中,一笑簷花落。

【劉評】取境不凡近,出筆不平熟。(據劉蘇本五言古體詩補。)

答李元升

已誤蘭亭脩禊辰,歸來芳草惜殘春。相逢仍是烟霞客,休羡麒麟閣上人。

【劉評】火氣盡滅。(據劉蘇本七言絶句詩補。)

郡城還永樂

酒肆酣餘醉，還山束佩刀。曉霑汀葦濕，晴喜嶽蓮高。野馬方辭轡，韝鷹乍解絛。洲前息舟楫，不用計波濤。

閑居示内

十年宦學兩無成，且共山南事耦耕。可向田間隨冀缺，幾曾床下拜樊英。提筐蠶月勞機杼，采藥鹿門忘姓名。若使蓬山同有籍，玉簫雙引鳳凰聲。

【劉評】隨遇自適，寫來却自豐骨稜稜。（據劉蘇本七言律詩補。）

贈張孟遷翁

先生畢萬邑中住，門巷藤蘿委朝暮〔一〕。世事消歸篋裏書，年光閱盡庭前樹。有時采藥南山巔，亦復種秫東溪田。鳧雁能供王績釀，參苓堪賣韓康錢。襟期風月仍蕭爽，别墅鶯花佐幽賞。招將鶴馭幾留連，挈得鸞臺數來往。北闕何人獻子虚，身名落拓竟焉如〔二〕。爭同林下敦風義，博取金丹買白驢。

【蘇評】情形風景，一筆寫來，味美於回。（據劉蘇本七言古體詩補。）

【校記】

〔一〕藤　《存目補編》本卷七《贈張孟遷翁》作"藤"。

〔二〕拓　劉蘇本七言古體詩《贈張孟遷翁》作"柘"。

秋晨過友人書屋借《韭花帖》看

村居起常早，微雨有餘清。爲訪《韭花帖》，來尋陽羨生。當階松鼠落，繞舍竹鷄鳴。即此堪終日，何勞問世情。

答子文贊府三首

曾傍中條匹馬來，玉谿延望興悠哉。匆匆未遂登臨約，欻見潼關四面開〔一〕。

綉嶺宫前曠劫春，金釵鈿合久成塵。使君大似元才子，脩竹連昌吊太真。

昨日山中惠好音，野人非敢托長林。傳聞又向長安去，爲見琅琊道素心。謂阮亭先生〔二〕。

【蘇評】（以上三詩）清言斐斐，含毫邈然，皆本唐規而出。（據劉蘇本七言絶句詩補。）

【校記】

〔一〕面　宋本卷七、徐本卷七《答子文贊府三首》作“扇”。

〔二〕阮亭先生　《存目補編》本卷九《答子文贊府三首》作“阮翁”。

峪　口

木葉颯清秋，山泉抱石樓。銜芝雙白鹿，拍浪一沙鷗。露墜瓜花弱，雲生松磴幽。沿廻尋嶺路，應見大龍湫。

【蘇評】脱棄陳規，獨標新潁。（據劉蘇本五言律詩補。）

過李逸人隱居

畢萬城東有逸人，家風孝友繼君陳。晴嵐照牖聞黄鶴，秋水當門咏白蘋。不爲脩琴稀到縣〔一〕，但知投轄可留賓。年來久識心期在，寧許西巖一卜鄰。

【蘇評】與“永夜角聲悲自語，中天月色好誰看”同一化境。（據劉蘇本七言律詩補。）

【校記】

〔一〕琴　劉蘇本七言律詩《過李逸人隱居》作“瑟”。

同薛有聲游魏城山水

北山秋氣深，落葉亂溪水。行行石路側，嵐翠入懷裏。寒潭乍澄澈，雲物滌心耳。白鷺雙翱翔，翩翩下芳沚。稻畦荒短蒲，垂楊凉風起〔一〕。嗟爾荷蓑人，倘是天隨子。

【校記】

〔一〕凉　《存目補編》本卷三《同薛有聲游魏城山水》作“掠”。

雨亭王公雪中旋斾喜成二十韻

于役晋陽天，歸途密霰懸。山中瓊作樹，河上玉爲田。鳥鼠迷空谷，關城沍泠泉。人家增爽塏，樵路失蜿蜒。送臘梅分纈，先春柳破綿〔一〕。坐來消玉馬，行處撲金蟬。擁騎寒侵袂，微吟凍入鞭。歌樓薄酒力，僧舍就茶烟。思欲追梁苑，才應美惠連。汾陽懷帝子，姑射對神仙。黄竹謡寧述，幽蘭曲已傳。潔清鵬并素，浣濯鶴同鮮。長養資調燮〔二〕，陰陽免伏愆。風雲瞻氣象，珪璧契方圓。每仗陶鈞力〔三〕，常叨造化權。本然懷潔白，更取勵貞堅。值物寧移性，班形幸自全。袁安誰枉轍，江革尚分氈。徒領風人旨，難酬郢上篇。豐年知有瑞，先報上公前。

【蘇評】不雕鏤，不粉飾，蒼堅中具有秀氣。（據劉蘇本五言排律詩補。）

【劉評】層次分明，承接無跡，後半寫“喜”字更淡遠。（據劉蘇本五言排律詩補。）

【校記】

〔一〕綿　孫謂本五言排律詩《雨亭王公雪中旋斾喜成二十韻》作“緜”。

〔二〕燮　孫謂本五言排律詩《雨亭王公雪中旋斾喜成二十韻》作“爕”。

〔三〕仗　孫謂本五言排律詩《雨亭王公雪中旋斾喜成二十韻》作“伏”。

山中二首

積雨生秋晦，飛泉出半山。歸鴻度嶺急〔一〕，落葉對人閑。竹嶼隨高下，僧樓借往還。孤情何所得，終日有潺湲。

【蘇評】露潤風清，毫無紛拏叫躁之習。（據劉蘇本五言律詩補。）

烟火隔蕭晨，披裘學負薪。未驚風颯颯，翻愛石粼粼。户外銜芝鹿，溪邊斸藥人。白雲無定在，天際隱松筠。

【蘇評】風姿綽約。（據劉蘇本五言律詩補。）

【校記】

〔一〕度　孫謂本五言律詩、劉蘇本五言律詩《山中二首》作"渡"。

宿僧樓喜汾郡丞劉與襄先生至

偃仰空林寂，寒花照酒杯。悠然游子意，欣道使君來。素念托清潁，相逢繼嘯臺。廿年悲喜集，難遣魏城隈。

【王評】情至語，足覘交道之古。〔一〕

【蘇評】清雅，脱胎王、孟。（據劉蘇本五言律詩補。）

【校記】

〔一〕交　劉蘇本五言律詩《山中二首》中王士禎評語作"友"。

贈歷城王秋史二首

梅花映深雪，幾共鸚螺杯。每愧高陽侣，欣逢歷下才。歡然數晨夕，竟已忘蒿萊〔一〕。聖朝勤采納，不用嘆無媒。

【蘇評】氣韻生動。（據劉蘇本五言律詩補。）

愛爾文千卷，依然行路難。將軍能好客，才子慎加餐。溟海漁竿冷，崆峒劍氣寒。已成《鹽鐵論》，早晚召桓寬。

【蘇評】逼真少陵。（據劉蘇本五言律詩補。）

【校記】

〔一〕竟已忘蒿萊　劉蘇本五言律詩《贈歷城王秋史二首》作“竟以忘嵩萊”。

雨雪嘆

仲秋一月雨，仲冬十日雪。積潦不乾冰斷路，飛鳥凍死行人絶。里閭收穫尚未盡，遺禾在野倉廩竭。婦子無食饑嚮日，官租鞭撻又流血。昨日傳聞有餓殣，僵屍村巷堅如鐵。比鄰雖見不能收，吏胥登堂諱言説。嗟嗟生人胡罹此，將無天意靡遺孑。愁心一夜不成眠，凍弦卧聽西風折〔一〕。

【校記】

〔一〕風　宋本卷七、徐本卷七、《存目補編》本卷三《雨雪嘆》作“窗”。

雪中飲羽客家

夜深雪愈寒，星辰望寥廓。丈夫小四海，一氣自磅礴。古今本須臾，怨尤靜尺蠖。無中函萬有〔一〕，悲喜皆妄作。聞道金仙人，外物存大藥。一粒俯九州，長河盡酥酪。悠悠幻夢間，何勞數卜度。嗒然成獨笑，方唳雲中鶴。

【劉評】矜持盡化，形迹俱融。（據劉蘇本五言古體詩補。）

——男德基履占校對〔二〕

【校記】

〔一〕函　劉蘇本五言古體詩《雪中飲羽客家》作“涵”。

〔二〕劉本六册本卷七末有“男德基履占閲”字，宋本卷七、徐本卷七末均無字。

山西文華·著述編

吴雯集

第二册

李雪梅 張仲偉 王秋紅 李豫◎點校

《山西文華》編纂委員會 編

山西出版傳媒集團
三晋出版社

山西文集

卷　八

漁洋山人評定
河中吴雯天章甫著
襄陵張梓友桐分校
臨汾劉組曾繩遠校刊〔一〕

庚申元日

歲序遷流少定形，勞生踪迹又浮萍。一從州里移家後，七見河濱春草青。曉色漸看侵畫檻，寒光猶欲傍羅屏。屠蘇分已難先酌，便擬沉酣卧竹亭。

【校記】

〔一〕劉本六册本卷八首題爲"漁洋山人評定、河中吴雯天章著、襄陵張梓友桐校、臨汾劉組曾繩遠鐫"，宋本卷八首題爲"漁洋山人評定、河中吴雯天章著、後學劉組曾、張梓同校訂"，徐本卷八首題爲"漁洋山人評定、蒲板吴雯天章手著、平陽徐昆後山、涂水喬人傑漢三重訂、濩澤張誌心鐫"。

村　居

莫向村居厭寂寥，緑楊千樹繞蘭皋。河聲卧聽崑崙遠，嶽色晴瞻太華高。岸上桃花如綬帶，溪邊芳草似青袍。晚來猶好垂竿在，一綫清風引六鰲。

玉谿宴集

竹林俯春澗，林下東風吹。人生無百年，爲樂須及時。良朋接阡陌，相招同來兹。烹羊設醇醪，坐席歡更移。〔一〕耳熱行南原，徘徊至東菑。西望太華巔，風雲變參差。雪殘毛女洞，日下希夷祠。古今幾旦暮，盛滿不可持。酒闌吾已醉，欲采商山芝。

【王評】頗擬陶，正如沈石田之摹雲林耳。

【藏批】删的是。惟有好題，而無佳句，奈何？（據孫謂本五言古體詩補。）

【校記】

〔一〕孫謂本五言古體詩此句後孫謂記有："此下原本有'小妓亦便娟，能歌白紵詞。輕聲出纖手，雙勸玻璃巵'四句，阮亭先生删去。"

病酒敩韓體

一飲不知節，崇朝成醉眠。支體困不收，横卧席無氈。傍午具酒肉，畏之不能前。始知分有定，多受即招愆。昨豐今遂歉，寧使恣饕涎。晚覺頭目輕，啜茗燈火邊。群書如獺祭，流覽煩慮蠲。果然飽義理，不等恣肥鮮。願言慎威儀，屢舞羞僊僊〔一〕。勿令鄉曲笑，有時夔憐蚿〔二〕。

【校記】

〔一〕僊僊　《存目補編》本卷九《病酒敩韓體》作"僊僊"。

〔二〕時　徐本卷八、《存目補編》本卷八《病酒敩韓體》作"如"。

山　堂

幾日重陰雪未晴，寒烟斂盡月華生。竹爐茶火詩人意，不惜山堂坐到明。

自郏縣至南陽五日山水風土不無感慨成詩九首〔一〕

郏鄏南來未得還，茱萸輞碾緑潺湲。青蒼尚有皇初意，却愛南陽五日山。

【蘇評】言景却寓情，故悠然味長。（據劉蘇本七言絶句詩補。）

寥落孤城傍翠微，玉棺仙令去何歸。沿溪那待尚書舄，不少雙鳧上下飛。

【蘇評】睹現前之山水，而思往昔低徊不盡。（據劉蘇本七言絶句詩補。）

驛繞青山柳覆渠，草花香徹石門居。當年曾有幽人在，風雨漫天坐讀書。

【蘇評】一片空明。（據劉蘇本七言絶句詩補。）

黄石山南北澧州，清泉翠篠足淹留。仙翁更有真龜洞，白虎峰西不可求。

【蘇評】有風味。（據劉蘇本七言絶句詩補。）

東飛駕鵝西鴟鴞，澗底菖蒲尺五長。寶髻羅裙何處是，青山彷彿杜蘭香。

【王評】筆墨有仙氣。

白水真人迹渺然，春陵佳氣但寒烟。靈祠千載餘荒井，况復癡心鑄貨泉。

【蘇評】有意議不同獺祭。（據劉蘇本七言絶句詩補。）

豐沛韓彭可嘆人，攀鱗附翼業重新。近臣都畫雲臺上，猶有先生釣富春〔二〕。

【蘇評】懷古亦即自憐也。（據劉蘇本七言絶句詩補。）

梁甫高吟意態閑，豈知魚水便相關。當年若亦遼東去，合在襄陽耆舊間。

【蘇評】翻出有遠情，更多韻致。（據劉蘇本七言絶句詩補。）

翠栢周遭使院深，交交黄鳥夏初音。半生未得山中住，却看青山較古今。

【蘇評】卓識，逸情自然流露。（據劉蘇本七言絶句詩補。）

【劉評】多少感慨總含在撫景怡情内，絶不覺其傷激。（據劉蘇本七言絶句詩補。）

【校記】

〔一〕孫謂本七言絶句詩題後有小字“刻《和鳴集》”，《存目補編》本卷三題爲“自郏縣至南陽五日山水風土不無感懷成詩九首”。

〔二〕有　劉蘇本七言絶句詩《自郏縣至南陽五日山水風土不無感慨成詩九首》作“見”。

游風穴簡陸雲士

汝州風穴寺，城西白雲裏。出郭芳草深，得此林壑美。栢子周四山，桐花通一水。香閣接幽巖，僧飯資禪喜。石潭見空性，澄澈何終始。潭上新笋生，潭下舊蘭紫。谿風吹午鐘，脱然謝糠粃。相逢采山人，念爾宦游子。

【王評】不減開元天寶諸名家五言。

南陽書感三首

遥遥鹵鄂山〔一〕，泂泂清冷水〔二〕。不見耕父來，唯見神光起。

已覺愁難遣，其如病更多。何從遇神女，教我服蘘荷〔三〕。

徘徊青玉案，拂拭金錯刀。莫作十年賦，吾生已二毛。

【校記】

〔一〕鹵　宋本卷八、徐本卷八《南陽書感》作“西”。

〔二〕冷　宋本卷八、徐本卷八、《存目補編》本卷三《南陽書感》作“泠”。

〔三〕蘘　宋本卷八、徐本卷八《南陽書感》作“蘘”。

題嶺祠

半嶺閑雲祠樹多，野人心事近如何。黄龍釀雨飛巖窟，白鹿銜花過薜蘿。石上方抄雲子飯，溪邊誰和《紫芝歌》。年來空有《還丹訣》,日遣流光等逝波。

【蘇評】深厚渾雄,唐時芳則。(據劉蘇本七言律詩補。)

簡郎山别駕二首

深秋積雨散蕭晨,快睹龍門意氣真。逸致數延文舉客,清風曾謝梗陽人。寒花裛露垂廳事,緗帙縈烟過錦茵。爲報嵩峰招玉女,好携佳句徹秋旻。

高天無際雁行過〔一〕,魏萬城邊興若何。勝概翻驚游子意,風流唯許使君多。欲徵奇字慚携酒,待索名箋好换鵝。矯首西山朝爽在,清暉一路野人歌。

【校記】

〔一〕行　《存目補編》本卷九《簡郎山别駕二首》作“聲”。

西　村

西林帶暝色,野水失津梁。颯颯北風至,寒原墜枯桑。荳苗苦未穫,佳禾猶在塲。婦子如寒鳥,饑語憐空倉。天時每如此,徒令達人傷。

將之閿鄉書貽同學道者

河上西風慘别顔,通津明日是潼關。時驚橘緑橙黄後,路入秦頭虢尾間。衰病羞窺阿對井,遷延愁過女郎山。軒轅九鼎知何處,湖縣茫茫下白鷳。

【蘇評】全是眉山大蘇。(據劉蘇本七言律詩補。)

河上即事

嗚雁過殘雪,蕭蕭風葉乾。河冰三四尺,吹到客衣寒。

【蘇評】風神興致,較山月曉,猶在何如?(據劉蘇本五言絶句詩補。)

贈閿鄉葉淥洲令君

淼淼鼎湖秋，矗矗荆山立。河濱隔烟火，遂已異鄉邑。使君善爲政，聲華久相襲。署看懸魚静，野念飛鴻集。何嘗廢嘯咏，實亦仗安輯。繄余違京輦，捆載白藤笈。風流施慨慕，河潤敢重裛。屢傾歌頌遍，未覺霜露濕。相逢慊夢思，知不賤車笠。

河上望永樂歷歷然感咏

河勢衝冰水倒廻，兩山寒色逼人來。鄉園雲樹雖相望，客路心魂轉更哀。倦馬爭投盤豆驛〔一〕，饑烏空噪赫連臺。勞生碌碌真何益，欲訪盧敖煉玉胎。

【王評】起老蒼。

【蘇評】詞極委婉，骨極堅凝。（據劉蘇本七言律詩補。）

【校記】

〔一〕驛　《存目補編》本卷四《河上望永樂歷歷然感咏》作“館”。

宿故市

一夜愁心白髪生，高齋明月意縱横。西風不定歸鴻急，卧聽空山瀑布聲。

王官谷

朱樓覆殘雪，花葉無冬春〔一〕。衆水急爭壑，一峰閑對人。白雲識心素，空谷留皇醇。晚來鷗鷺侣，接翅桃源濱。

【王評】岑、儲皆有此調，儲較伉俍耳。

【蘇評】平易近人，淺顯不用組織，正有無限推敲。（據劉蘇本五言律詩補。）

【校記】

〔一〕葉　孫謂本五言律詩《王官谷》作“落”。

送陳子厚之燕二首

玉谿東畔柳如絲，腸斷人間折柳時。寄語春風道珍重，桃花山店夢班騅〔一〕。

【王評】涉筆便妍妙〔二〕。

意氣縱横上國游，巖廊猶有白雲求。遭逢便奏《甘泉賦》，豈但才名動五侯。

【劉評】無限情思，無限期望，似老杜送鄭十八之意。（據劉蘇本七言絶句詩補。）

【校記】

〔一〕班　孫謂本七言絶句詩、《存目補編》本卷四《送陳子厚之燕二首》作“斑”。

〔二〕劉蘇本此評語是“蘇評”，即蘇爾詒評。

漁父三首

山橋澗石水粼粼，八節灘頭草樹春。何處羊裘逢老子，烟波别有釣鰲人。

【蘇評】出筆高遠。（據劉蘇本七言絶句詩補。）

静把綸竿泛夕陽，人間何處不滄浪。眼中厭見三閭客，獨往江天意自長。

【蘇評】用意幽深。（據劉蘇本七言絶句詩補。）

松下蕭然寄一竿，蒼蒼塢樹雨中寒。孤舟穩坐潮生處，可是當年牡蠣灘。

【蘇評】野趣天然，借漁父傳神。（據劉蘇本七言絶句詩補。）

贈道者四首

太乙茫茫不可尋，人間甲子任銷沉。山中爲訪棲居客，行過白雲紅樹深。

千仞飛梁地下横，雲光霞彩滅還生。天台聞道多松樹，獨躡靈溪自在行。

獨坐空山草木香，雲深鷄犬聽微茫。閑居便可消塵劫，豈但仙家日月長。

山色依然太古時，高松亦有萬年枝。不知采藥人何處，定在溪南又看棋。

【蘇評】筆花墨陣，俱在空寂飛舞，故力健而語自閑。（據劉蘇本七言絶句詩補。）

贈周轔聲明府安邑令爲陳子文堂翁

夫子真清惠，深仁入頌謳。文章仍照耀，詩句見風流。谷水通車輞，山光媚玉鈎。顛軨饒峻坂〔一〕，莫使困驊騮。

【譚記】原本係五言入韻排律，阮亭先生删作五律。（據孫譚本五言律詩補。）

【校記】

〔一〕顛　孫譚本五言律詩、《存目補編》本卷九《贈周轔聲明府》作"巔"。

贈平水陳師

汾水冰已消，春田麥苗緑。鷺羽照圓沙，晴風吹素玉。遥遥藐姑射，青雲宛相屬。欣聞講席開，日暉厭燈燭。殷勤訪要妙，何敢自剌促。紫氣正迴翔，長天肆遐矚。

芝亭展子述其太母大節慨然賦之以備采風

鬱鬱山上栢，落落澗中石。不及貞女心，千秋見風格。嗚呼展太母，綺年謝芳澤。良人九原下，賫恨痛魂魄。太母持門户，灑淚對窀穸。撫弟並撫孤，森然具繩尺。百煉備辛苦〔一〕，一境無順逆。蠶月勞寢興，花時任抛擲。果令舊家世，中衰復烜赫。孫枝發奇秀，同作海門客。能述太母行，孝思亦敦迫。爲君紀遺徽，還期著方册。

【校記】

〔一〕辛　《存目補編》本卷九《芝亭展子述其太母大節慨然賦之以備采風》作"心"。

寄展芝亭併謝送花樹四首

受姓遥從公子展，樂易猶存柳下風。十載忘形〔一〕到爾女〔二〕，况復昭穆本然同。

海棠兩株嬌可憐，買須三百青銅錢。暫應忍醉不沽酒，换取風光二月天。

【蘇評】（第二首詩）盛唐有此風調。（據劉蘇本七言絶句詩補。）

【劉評】（第二首詩）高懷曠致，故能言人所不能言。（據劉蘇本七言絶句詩補。）

向來種樹稱篤喜，老來猶教此興偏。愛爾素心能贈我，滿車送到不論錢。

青李來禽日給藤，函封久不及囊盛。忽然惠我亭亭植，不待交春種始生。

【校記】

〔一〕忘形　《存目補編》本卷四《寄展芝亭並謝送花樹四首》作"勞形"。

〔二〕女　宋本卷八、徐本卷八《寄展芝亭並謝送花樹四首》作"汝"。

將再之吴門四首

無端浪迹入吴天，彈指風光已七年。予癸卯曾客吴。可奈壯游終未已，東南山水又因緣。

蠻語吴歌半不知，沙棠青雀影參差。行人多上真娘墓，酒客常留短簿祠〔一〕。

綺户雕窗障緑紗，笙囊夜半嚼紅霞。不知此去長洲苑，還有當年小玉家。

迢遞閶門唱《五噫》，那能佳麗減鄉思。可憐也有凌雲筆，只與吴儂較竹枝。

【蘇評】四詩音調，與《白紵詞》相合。（據劉蘇本七言絶句詩補。）

【校記】

〔一〕常 《存目補編》本卷四《將再之吴門四首》作“嘗”。

次閿鄉

林彎苦無定，還愁未渡河。夢回鄉路近，秋老客思多。投分嘗輕賤，文章日坎軻。百年能幾日，禁此數蹉跎。

虞姬墓

悲風驚落木，碑字半銷磨〔一〕。客子苦霜露，美人當奈何。荒原獵火盡，戰壘夕陽多。惆悵興亡事，炎劉亦逝波。

【蘇評】悲壯却露精英。（據劉蘇本五言律詩補。）

【校記】

〔一〕銷 《存目補編》本卷九《虞姬墓》作“消”。

虞姬怨

嬴秦既失鹿，豪傑各經營。君王恃神武，成敗心俱輕。鴻門捨劉季，視之如孩嬰。阿房供一怒，大照咸陽城〔一〕。富貴思故鄉，錦衣羞夜行。因循失天意，漢軍皆楚聲。帳下始悲歌，妾心早分明。一死何足道，貽君無令名。

【蘇評】從怨中寫出虞姬忠愛之心，而項王之"徒勇無成"隱隱言外，咏古高手也。（據劉蘇本五言古體詩補。）

【校記】

〔一〕大　宋本卷八、徐本卷八、《存目補編》本卷四《虞姬怨》作"火"。

獵火謡

野火燒原風倒鳴，原上短草烟回瀠。雉飛兔走客心急，手凍弓强挽不得。語君弓箭好收藏，明春同去獵長楊〔一〕。

【劉評】衍齊梁而暢之，何殊盧駱歌行！（據劉蘇本七言古體詩補。）

【校記】

〔一〕楊　劉蘇本七言古體詩《獵火謡》作"揚"。

射雉詞

雉飛麥田雄引雌，馬上少年弓箭隨，吁嗟雄飛雌不知。寄語少年莫放箭，人情誰不重分散。快刀健馬弓復强，何不射虎西山崗。

【劉評】格調既遒，意味亦近醇厚。（據劉蘇本七言古體詩補。）

登虎邱

舊説王珣宅，今説真娘墓。欲問主者誰，游人〔一〕自來去。達士惜迅速，數有題名處。我亦登此山，徘徊立烟樹。巒氣每含雨，風葉各翻露。延望猶未窮〔二〕,鐘聲白雲暮。因思百年後,文章亦成誤。三嘆出山門,山花覆樵路。

【校記】

〔一〕游　《存目補編》本卷四《登虎邱》作"今"。

〔二〕望　《存目補編》本卷四《登虎邱》作"賞"。

吴門逢春感賦

少小不自立,生計苦依人。夢怯廣陵雨,神傷揚子津。揚子風高不可渡,行人盡立江頭樹。日落江城早閉門,草草相隨片帆去。才過京口是丹陽,曉起推篷船滿霜。寒雁蕭蕭回遠浦,啼烏啞啞立殘楊。殘楊不可挽裊裊,凌霜散我欲維舟。一問津長條未繫,風吹斷吴關漸近。吴語多舟人,來往皆吴歌。可嘆相逢不相識,匆匆回首各乘波。乘波去不已,同棹吴江水。江客方過野埠西,郡樓忽見青山裏。城裏城外梅花新,官街不雨亦無塵。烏鵲橋邊窺扇客,錦帆涇上卷簾人。閑情已説風光好,酒船日日閶門道。自恨黄金不繞身,轉覺無顔對花草。歸來愁坐晚鐘聞,拂拭吴鈎到夜分。江上久無嚴僕射,月明誰是謝將軍。追維始道此行誤〔一〕,翻自來時想歸路。江山日遠路日長,沉復飄零歲方暮〔二〕。鎮日思歸不得歸,江南轉眼又芳菲。可憐謬逐稻粱客〔三〕,空負山中蘿薜衣。幾回遠望百憂集,歸來又向官橋立。黄鸝巷口草青青,厭見春風等閑入〔四〕。百歲能勝幾浪游,徘徊獨倚仲宣樓。丈夫事業須早立,莫使蹉跎成白頭。

【藏批】窮途況味,寫得盡致。(據孫謂本七言古體詩補。)

【蘇評】聲韻清凄,不啻深閨怨女、志士悲秋。(據劉蘇本七言古體詩補。)

【校記】

〔一〕維　《存目補編》本卷四《吴門逢春感賦》作"惟"。

〔二〕沉　宋本卷八、徐本卷八、孫謂本七言古體詩、劉蘇本七言古體詩、《存目補編》本卷四《吴門逢春感賦》作"況"。

〔三〕梁　宋本卷八、徐本卷八《吴門逢春感賦》作“粱”。

〔四〕入　劉蘇本七言古體詩《吴門逢春感賦》作“人”。

珠　樓

珠樓十二嗞金蟾，樓外春風打帽簷。齊道天香何處落，不知人在水晶簾。

【蘇評】傳以神情，宏以風藻。（據劉蘇本七言絶句詩補。）

閨思詞〔一〕

細雨茸茸楊柳津，當時曾此送行人。總然不向臨邛去〔二〕，多恐歸來已暮春。

【蘇評】七言絶不難於氣概，難於神情；不難於揮灑，難於藴藉。是詩神情出之藴藉。（據劉蘇本七言絶句詩補。）

【校記】

〔一〕《存目補編》本卷九題爲“閨思”。

〔二〕總　孫謌本七言絶句詩、《存目補編》本卷九《閨思》作“縱”。

江樓寄懷宋中故人

二月春歸楊柳條，廣陵風雨日蕭蕭。題詩不到忘憂館，走馬何年海雁橋。江上歸心憐草色，城邊晚景惜花朝。梁園賓客天涯在，空聽鐘聲落暮潮。

【王評】有風調。

【蘇評】律體尚工，太工反拘，只須意工，而字句間清濁輕重正不必稱銖較錙。（據劉蘇本七言律詩補。）

【劉評】不必有心馳騖，新奇只在眼前。情景道出，自成大雅。（據劉蘇本七言律詩補。）

送張翼雲之馬首兼語續方山之游二首

春雨濕桃花，匹馬花中去。若過神福山，爲禮緇經處。

長者何生滅，白雲空復情。雪中有鴻爪，松下看題名。

【蘇評】二詩確是陳後主風韻。（據劉蘇本五言絶句詩補。）

廣陵逢李閬仙刺史

廣陵三月桃花時，翩翩紫綬香風吹。公子新領股肱郡，古昔通侯今過之。借問何爲錫嘉命，由來螺水傳奇政。官舍曾聞下鳳凰，御屏久道書名姓。一朝重地急須才，天子西顧常徘徊。忽憶仁人在閩越，特制曰善當移來。移來琴鶴輕裝纔，攀卧紛紛戀深惠〔一〕。遲日三山别荔枝，春風五馬迎潙汭。猗歟！夫子政事良足傳，誰識文章復焕然。井里端能接工部，家聲原自屬青蓮。青蓮古調峨嵋下，宫錦樓船最蕭灑〔二〕。只今重見起王風，無事吾衰憂大雅。嗟余小子飄零久〔三〕，薄宦爲家大河口。難將菜把乞園官，敢望猪肝累賢守。昨日登堂獨見容〔四〕，仍教吐握到諸生。東陽舊説憐何遜，北海今看重禰衡。歸來盤礴色然喜，人生安得無知己。從此春山雷首東，日奏鳴絃樂君子。

【劉評】言在帶袵之間，奇出塵刦之表，用意警絶，措調猶夷，極爲妙唱。（據劉蘇本七言古體詩補。）

【校記】

〔一〕惠　劉蘇本七言古體詩《廣陵逢李閬仙刺史》作"悳"。

〔二〕蕭　劉蘇本七言古體詩、《存目補編》本卷九《廣陵逢李閬仙刺史》作"瀟"。

〔三〕余　《存目補編》本卷九《廣陵逢李閬仙刺史》作"予"。

〔四〕容　劉蘇本七言古體詩《廣陵逢李閬仙刺史》作"客"。

贈章素文

金馬浮沉久〔一〕,燕臺會好初。名高終不薦,天意且何如。布袖難爲客,松窗悔上書。聖朝多雨露,早晚及樵漁。

【校記】

〔一〕沉　孫謂本五言律詩《贈章素文》作"沈"。

西園宴集二首

峨峨九峰秀,人家山水半。草堂誰結構,幽思玉谿畔。相過忘主客,石上青精飯。雲來松際陰,泉到竹根散。美人雙荷葉,嬌歌再三勸。莫惜金縷衣,浮生幾昏旦。

美人既已歌,千觴客當御。風景況融和,梅花作芳樹。神仙山海事,傳聞遠多誤。何如乘早春,即此琴樽具。會意默無語,流目靜皆趣。窈窕竹林西,莫忘題名處。

【王評】此亦不減"泉繞漢祠外,雪明秦樹根"。

答汪文漪編修

弱齡秉微尚,所遇亦如之。因之歸中條,自結一茅茨。欲就金鵝蘂,逝采三花蕤。夫子古情性,百煉不磷淄〔一〕。大藥即此是,金石空爾爲。偶發鸞鳳音,縹緲驚頑癡。我歌幽澗泉,君唱《明堂詩》。隱顯迹則殊。理契無參差。日月感跳丸,明鏡羞白髭。僕僕四十九,已是知非時。皋夔世所仰,箕潁心所師。相望各有就,何必同一規。還當返初服,庶不負前期。

【校記】

〔一〕淄　宋本卷八、徐本卷八《答汪文漪編脩》作"緇"。

讀仙傳四首

鯔魚殿前得，獮猴山中回。血食氣應盡，白桃花自開。

得道由靜思[一]，靜思即至道[二]。云此非本根，更有何樞要。

酒脯携無多，醉飽恣所予。善謔固依然，何爲遽如許。

來禽誰家樹，生癭大如斗。借問癭中兒，如何紀年壽。道契天地先，生托草木後。

【校記】

〔一〕靜　《存目補編》本卷九《讀仙傳四首》作“精”。

〔二〕靜　《存目補編》本卷九《讀仙傳四首》作“精”。

韓維藩兄偕令弟文尚買荷花數柄招同沈竹西客子張鳳舉集賞分賦得支字時别客子已十年計共維藩城南飲射時已五年矣

勝客招携繼渼陂，荷花恰有兩三枝[一]。香來便覺風前好，露重何須水面時。一座盡看人似玉，十年獨笑鬢成絲。射堂却憶垂楊郭，畫戟猶能中小支。

【劉評】雅正冲和，可想其風度。（據劉蘇本七言律詩補。）

【校記】

〔一〕枝　劉蘇本七言律詩《韓維藩兄偕令弟文尚買荷花數柄招同沈竹西客子張鳳舉集賞分賦得支字時别客子已十年計共維藩城南飲射時已五年矣》作“却”。

壽宋守禦

荷花一萬柄，齊傍水亭開。朱鷺調歌後，袢韝侍酒來。金城元老績，銅柱上公材。寶瑟當筵奏，頻傾紫玉杯。

題沈客子《林屋山居圖》七首

紫茜當年有舊廬，如何又買洞庭居。閑名世上喧騰甚，待學琴高控鯉魚。

具區三萬六千頃，隔斷人間事似麻。石室金庭休更覓，此中大好讀《南華》。

鏡光交處見樓臺，橘柚香中野幔開。檻底千帆天際落，翩躚都似鶴飛來。

黑牛耕熟崦中田，橘税茶租取自然。清酒百壺書萬卷，不須更費沈郎錢。

欲買王官谷口莊〔一〕，飛泉千仞對徜徉〔二〕。逢君不負江南約，爲我先營九籥堂。南疑招隱甚堅。

求禄其如差舛何，知非年紀影婆娑。華陽尚有《菩提記》，緣勢當由震澤多。

玉女能言不死方，果然丹熟遍身香。生兒個個會騎鶴，不及君家三鳳凰。南疑丈夫，子三皆如玉。

【劉評】就林屋山居指點仙家風景，無異儒生樂處，可見襟懷瀟灑，詩則興象玲瓏，句意委婉。名家、大家皆擅其長。（據劉蘇本七言絶句詩補。）

【校記】

〔一〕買　《存目補編》本卷九《題沈客子〈林屋山居圖〉七首》作“賣”。

〔二〕徜徉　《存目補編》本卷九《題沈客子〈林屋山居圖〉七首》作“倘佯”。

七夕同斐然旦復集張水部一畝山池得河字中夜大雷雨

渺渺雲中駕，盈盈天上河。螢偏霑淺水，扇尚掩輕羅。銀漢寧携石，風雷欲化梭。遥憐小兒女，巧拙果如何。

贈許紫峰

散髮西巖醉，人間許遠游。宰君推道業〔一〕，狎客愛風流。日月銷棋局〔二〕，乾坤任鹿裘。相逢先一笑，吾道本滄洲。

【校記】

〔一〕君　宋本卷八、徐本卷八、孫謂本五言律詩《贈許紫峰》作"官"。

〔二〕銷　孫謂本五言律詩《贈許紫峰》作"消"。

小集晴雲書屋二首〔一〕

愛爾讀書處，晴雲繞舍斜。廻風猶墮雨〔二〕，映日尚成霞。碧蔭一庭竹，紅垂滿徑花。遥天有孤鶴，掠影過圓沙。

爲趁凉風至，陶然共緑樽。座移花近眼，徑轉屐留痕。醉憑烏皮几，閑吟秋樹根。歸來鳳城曲〔三〕，山月涌金盆。

【校記】

〔一〕孫謂本五言律詩題後有小字"刻《和鳴集》"。

〔二〕墮　《存目補編》本卷四《小集晴雲書屋二首》作"墜"。

〔三〕城　《存目補編》本卷四《小集晴雲書屋二首》作"池"。

題借山上人《行脚圖》二首

一衲自蹁躚，雙鞋信來往。周行四天下，不出鉢盂上。

脚底千山遍，天臺尚未曾。石梁還待我，同作打包僧。

【蘇評】句工語切，用意更高。（據劉蘇本五言絶句詩補。）

送魯庵之黔西二首

承恩拜闕擁雙旌〔一〕，慷慨今爲萬里行。眼底江山遵驛路，天邊雨雪計王程。瘴花開處賓人侯〔二〕，蠻樹交時島吏迎。最是聖朝威德重，旬宣從此倍聲名。

旌麾掩映碧油幢，站站飛鳶過楚江〔三〕。報最聲華應第一，酬勳階次自無雙。精誠銅柱標難奪，賦力龍文鼎可扛。轉眼歸來開府待，雄文細檢話西窗。

【方按】前一首既曰"遵驛路"，又曰"計王程"；後一首既曰"應第一"，又曰"自無雙"，合掌重沓，詩家所忌也。（據《存目補編》本卷十九補。）

【校記】

〔一〕承恩拜闕擁雙旌　孫謂本七言律詩《送魯庵之黔西二首作》"使君持節擁雙旌"。

〔二〕侯　宋本卷八、徐本卷八、孫謂本七言律詩、《存目補編》本卷十九《送魯庵之黔西二首》作"候"。

〔三〕站站　宋本卷八、徐本卷八、《存目補編》本卷十九《送魯庵之黔西二首》作"跕跕"。

簡方山先生

浮名久爲累，悠悠究何成。因之河山陽，買田事躬耕。春雨苦不足，澤雁紛縱横。始知饑驅緣，難與造物爭。再作京洛游，朱門羞將迎。僻居守寂寞，豈曰全堅貞。夫子獨愛我，始終無世情。惟兹孟秋月〔一〕，蜻蛚時一鳴。騎馬特相過，喜趁今朝晴。大藥本無術，至道思乃精。吾欲溯元化，同奏緱山笙。

【校記】

〔一〕惟兹孟秋月　《存目補編》本卷九《簡方山先生》作"惟此孟冬月"。

再逢徐芝仙二首

憶昔别君時，君言發東昌。今日與君逢，榮遇非尋常。德盛感自孚，篤實遂輝光。我本山澤癯，耕牧河山陽。年歲苦不登，州里皆流亡。比復京洛游，豈曰排天閶。相逢情轉極，涕淚不成行。

弱齡慕至道，頗愛寂爲樂。家貧而多事，心知不能學〔一〕。吾子貧更甚，行願何超卓。海濱風雨廬，百煉自錘琢。以此獨相推，因君勵祓濯。近聞工詞賦，立言亦嶽嶽。他恐馳聲譽〔二〕，遂墮無名樸〔三〕。君今獲善緣，天心憫窮約。願言慎韜藏，千秋重潛確。

【校記】

〔一〕心　《存目補編》本卷九《再逢徐芝仙二首》作"情"。

〔二〕他　宋本卷八、徐本卷八、《存目補編》本卷九《再逢徐芝仙二首》作"但"。

〔三〕墮　《存目補編》本卷九《再逢徐芝仙二首》作"墜"。

贈朱賛皇二首

之子去鄉久，日夕念倚閭。昨聞家問來，跪讀嚴親書。作歌比風人，戀慕良有餘。嗟爾至性人，悱惻真感余。更難謙抑懷，樂群慎居諸。榮設穆生醴，歌免馮歡魚。願言崇明德，無遂捐其初。

千里辭親行，爲求養親具。親念子孔勞，子念親多懼。因之魂夢交，南北日來去。却喜堂上人，清淨善調護。之子耻無聞，竭力事章句。清淨有至理，章句漸馳騖。修名固當立，精進豈無據。惓言念前哲，惟恐華名誤。何如罷多聞，亦証忘言處。

再題借山《行脚圖》三首

一峰毛女一峰蓮，一似香爐覆紫烟。奇句久堪凌謝朓〔一〕，直須携去問青天。師有《三峰詩》，甚奇。

言滿天下無口過，行滿天下無怨惡。即此真是無爲法，豈必兀然坐觀樹。

【王評】現居士身而爲説法。

三松屈曲偃蒼龍，行過袈裟葉葉風。濡足褰裳對溪水，知師願不愛神通〔二〕。

【蘇評】有揮斤八極，凌厲九霄之概。（據劉蘇本七言絶句詩補。）

【校記】

〔一〕眺　宋本卷八、徐本卷八《再題借山〈行脚圖〉三首》作"朓"。

〔二〕願　《存目補編》本卷四《再題借山〈行脚圖〉三首》作"原"。

送張宸錫歸省二首

客中曾作看山約，作客何如返舊山。爲喜北堂安穩在，却教歸思逐君還。

匆匆别去不勝情，不及清尊一送行。計日鳴蟬風柳下，纔聞相送便相迎。宸錫約月餘，仍赴都下。

崇效寺雪塢上人《種竹詩》

崇效窗前竹幾竿，移來依舊碧檀欒。敲風忽醒三生夢，過雨真添五月寒。龍奮九霄驚霹靂，鳳翔千仞愛琅玕。塢中多少峨嵋雪，好養靈根歲歲看。

【蘇評】雄放排奡，過人多矣。（據劉蘇本七言律詩補。）

題張輔公别駕浣烟樓二首〔一〕

信道樓居好，頻來説息機。緑楊掠波起，白鳥破烟飛。勝日坐忘曙，彈箏聽不歸。舊山抛歲月，閑煞釣漁磯〔二〕。

【蘇評】四句是摩詰精微語。（據劉蘇本五言律詩補。）

澤畔愁爲客，招携興轉多。窗移烟際舫，岸對雨中蓑。花笑三更笛，燈明《子夜歌》。白魚何處買，剛道網船過。

【蘇評】詞則風華，格則瘦勁。（據劉蘇本五言律詩補。）

【校記】

〔一〕《存目補編》本卷四題爲"題張别駕浣烟樓二首"。

〔二〕漁　《存目補編》本卷四《題張别駕浣烟樓二首》作"魚"。

奉寄劉推庵先生

夫子昔爲政,清風照城社。惓兹堯舜都,更廣文翁化。多士羅賓筵,獎勉窮日夜。賢者皆騰驤,屢重瑚璉價。小子獨摧頹,息陰坐桑柘。偶從京洛游,半氈復誰借。偉哉兩太史,若千、海觀。孔李等姻婭。談藝每忘曙,英文騁鮑謝。惟今鴻雁時,遥思勸雙斝。旅食愧長物,徒仰太少華。計日掃舊廬,還期涉玄灞〔一〕。

【校記】

〔一〕玄　《存目補編》本卷九《奉寄劉推庵先生》作"元"。

聽文漪編修話仙踪幻渺喜而志之二首

高論世所疑,達者心獨歡。久謂應有此,今始聞其端。至人畸日月〔一〕,世界掌果看。六合内與外,論議古所難。豈知事有憑,久秘終一彈。吾將托遠游,空濛翔白鸞。

大道本無外,其細亦無内。遠求多奇踪,惝恍備靈怪。神山鬱嵯峨,不用巨鰲戴。衆香幻氤氲,千里濯沆瀣。仙翁何處來,白驢踏蒼靄。將無迹未泯,往來仍滯礙。苦復証心空〔二〕,無在無不在。

【校記】

〔一〕畸　宋本卷八、徐本卷八、《存目補編》本卷九《聽文漪編脩話仙蹤幻渺喜而志之二首》作"騎"。

〔二〕苦　《存目補編》本卷九《聽文漪編脩話仙蹤幻渺喜而志之二首》作"若"。

將歸中條呈阮亭先生三首

鴻雁天邊過,客子念遠道。只愁寒氣至,趁此凉風早。曰歸舊草堂,終覺鬱懷抱。爲戀獎掖恩,臨岐惄如擣。

玉露下庭樹，桂醑紛具陳。再拜稱百觴，願祝千萬春。世道日輕薄，砥柱望天民。庶幾位台輔，坐令皇風醇。

大道本無爲，匡世復多務。一德負荷之，膏澤肆霑注。小子就閑曠，考槃忘遲暮。每當叢桂開，尚寄山中句。

題袁士旦小照即以爲别

二月來京師，京塵何浩浩。昨日凉風至，只覺還山好。之子雲鶴姿，讀書窮要眇。衣拂敬亭雲，酒醒新篁道〔一〕。匆匆得握手，真快機緣巧。風前倚轆轤，意氣切雲表。畫師復何人，精思入窈窕。能寫慷慨胸，玉立傍修篠。恨不携之去，空谷伴清曉。世事閲始深，大道求愈杳。不敢天下先，苦縣昔所寶。願以贈臨岐，堅貞永相保。

【王評】圖作劍俠，蓋以此諷之，亦古人贈處之義。

【校記】

〔一〕篁　宋本卷八、徐本卷八、孫謌本五言古體詩、《存目補編》本卷四《題袁士旦小照即以爲别》作“豐”。

客潞河簡寄波千海觀兩太史令弟鄴侯即致汪文漪太史

賤子如轉蓬，十日潞河口。朝來聞雁過，自傷客已久。欲歸歸不得，辜負山中酒〔一〕。太史兩威鳳，道風更希有。分我琅玕食，能與故人厚。令弟復翩翩，玉樹映台斗。茁郎真鳳雛，海觀子。奇語每驚吼。相思發中夜，何事滯馬首。更憶天泉子，仙秘待重剖。計日高齋眠，花前歡握手。

【校記】

〔一〕酒　《存目補編》本卷九《客潞河簡寄波千海觀兩太史令弟鄴侯即致汪文漪太史》作“灑”。

贈張漢如二首

座中有客能吴語，知在江南住幾年。鱸鱠蒓羹風味好，遥情猶念早梅天。

穹窿山下五湖舟，十五年前我舊游。何日更同張翰去，木奴重買一千頭。

【蘇評】與杜牧之“青山隱隱水迢迢，秋盡江南草木凋。二十四橋明月夜，玉人何處學吹簫”同一姿態神韻。（據劉蘇本七言絶句詩補。）

寄張觀察時將由中州還里二首〔一〕

分手惜匆匆，筵前燈燼紅。泮泂春信息，伊洛客行踪。遠道意難盡，臨岐言未終。生平感高義，尊酒幾時同。

悠悠踏曉霜，三日過漁陽。問路水村遠，懷人冬夜長〔二〕。旌麾雄遠徼，書劍愧山堂。風雪邯鄲道，騎驢入大梁。

【校記】

〔一〕《存目補編》本卷四題爲“寄張觀察兄時將由中州還里二首”。

〔二〕冬　《存目補編》本卷四《寄張觀察時將由中州還里二首》作“秋”。

贈張本之

青門客散悵寒烟，上谷相逢小雪天。尊酒喜同千里外，素心久嚮十年前。還山待過嵩陽寺，投轄重吟《寶劍篇》。嘆息隋珠輕彈雀，歌狂方便是因緣〔一〕。

【蘇評】格調似文通，音韻如仲晦。（據劉蘇本七言律詩補。）

【校記】

〔一〕歌　劉蘇本七言律詩《贈張本之》作“歌”。

飲薄聿脩孝廉宅

愛竹因買竹，五畝中條陽〔一〕。清陰已三年，不得還山莊。愁來挈酒伴，痛飲情慨慷。吾子冰玉姿，愛我傾百觴。昨偕嵇阮徒〔二〕，取醉叢菊傍。世緣我久廢，欲窮廣莫鄉。子能致通顯，立身以文章。出處幸有托，長嘯襟淋浪。捲簾燈燭前，天高聞雁翔。

【蘇評】神襟浩志，以己陪客，高不可及。（據劉蘇本五言古體詩補。）

【校記】

〔一〕五　劉蘇本五言古體詩《飲薄聿脩孝廉宅》作“吾”。

〔二〕嵇　劉蘇本五言古體詩《飲薄聿脩孝廉宅》作“稽”。

別陳宗岱子文之子

璠璵初出璞，連城何足酬。若爲無當卮，翻貽良璧羞。吾子英異姿，雄文奮神虯。本自瑚璉器，佇爲天廟求。所期慎操履〔一〕，黽勉敦前修。富貴何足言，考德戒愆尤。忝竊紀群交，豈敢匿良謀。臨岐再珍重，百行先八騶。觴傾可以起，不用彈箜篌。

【校記】

〔一〕慎　《存目補編》本卷九《別陳宗岱》作“真”。

庚申仲春寄子文贊府三首時任永樂

風雪薄醉閱趙帖遂書牘尾奉達〔一〕

松雪蘭亭跋語奇，閑邪規矩又誰師。臨風却想翩然閣，正是更闌鬭茗時。

【王評】想見子文風致。

疑義何人可較量，風燈薄醉靜琴張〔二〕。病妻却上平原帖，鹿脯端能遠寄將。時婦病甚。

才子風流官閣新，簪花定復解通神。歸來耳熱思甘蔗，擬作山陰雪後人〔三〕。

【蘇評】三詩皆有風味，開元之下可繼其軌。（據劉蘇本七言絶句詩補。）

【校記】

〔一〕達　劉蘇本七言絶句詩《庚申仲春寄子文贊府三首》作“答”。

〔二〕静　宋本卷八、徐本卷八、孫謂本七言絶句詩《庚申仲春寄子文贊府三首》作“淨”。

〔三〕擬　劉蘇本七言絶句詩《庚申仲春寄子文贊府三首》作“疑”。

彭叔子持嘯雲老人曹代畫扇索題時别曹未久欣然命筆畫仿倪高士

倪瓚畫無敵，排空起峭崿，世傳倪畫皆淡遠，近見真迹乃陡峭異常。有時造平遠，心迹雙寂寞。嘯雲老解事，胸自具邱壑。想其追舊法，實能運冥索。潞河昨相見，孤懷崇淡泊。豈期彭郎來，重復見新作。天寒遥悵望，飛下白翎鵲〔一〕。

【校記】

〔一〕鵲　《存目補編》本卷九《彭叔子持嘯雲老人曹代畫扇索題時别曹未久欣然命筆》作“雀”。

同子文夜坐劇談漏四十下寒甚作

清宵珠斗望闌干，對研題箋爓炬殘。應是漁陽千里雪，衙齋添作十分寒。

題程青谿畫松二首為深澤趙雨臣文學題時壬申十一月夜飲瀫芳齋

天氣稜稜大雪時，燈前拈出歲寒枝。霜皮黛色今如此，豈有人間尚不知。

千尺藤蘿頂上封，凌霜傲雪過三冬。春風轉眼多雷雨，一夜空山已化龍。

【劉評】咏物却將人已都納在個中，故不死句下。（據劉蘇本七言絶句詩補。）

贈甯觀齋太史

騎馬銜泥擁鼻吟，相過常得散煩襟。題箋久廢《閑情賦》，對酒欣調太古琴。忽念湖田應有夢，尚依金馬本無心。荀陳風味西州淚〔一〕，三十年來擬再尋。觀齋每思歸養，又爲公祇先生外甥，不禁感舊。

【蘇評】謝之森秀，陸之冲和。（據劉蘇本七言律詩補。）

【校記】

〔一〕荀　《存目補編》本卷九《贈寧觀齋太史》作"苟"。

鹿城官舍贈宗岱

買竹中條麓，五畝連清陰。忽作京洛游，十月成滯淫。遥念金鵝館，梅花開滿林。不得坐竹裏，酌酒彈清琴。昨日來香泉，官閣擁孤吟。老鳳排天閶，衮衮榮朝簪。公子復清華，學書比來禽。對此冰玉姿，慰我離索心。他時過鄭谷，相候柴門深。

【蘇評】風流大雅，一時無兩。（據劉蘇本五言古體詩補。）

送汪郡丞之官渭州公子文升侍往二首

受命輕千里，承恩出禁闈。辭燕箏罷鼓，度隴騎如飛。幕府紅鹽近，軍容黑水圍。天寒頻講武，大雪滿弓衣。

【蘇評】李義山煉格鐫辭，此更益以風恣。（據劉蘇本五言律詩補。）

公子才無敵，詩名世久傳。嚴裝書自裹，絶徼檄頻宣。花壓蜻蜓帽，烽銷騕褭鞭。往來關陝北，須到草堂前。

【蘇評】大有神情，匪同綺靡。（據劉蘇本五言律詩補。）

寄謝雲野翰林二首〔一〕

古道誰能重，相看意獨真。文章原自貴，情性本然醇。有夢寧皆妄，題書遠更親。正須安樸拙，蔚作廟堂珍。

去矣王官谷，冬深尚少留。遥思雙瀑布，千仞挂寒流。黄鵠饑猶叫，青羊遠莫求。湖田三日雪，傳語暫消憂。近傳里門多雨雪。

【校記】

〔一〕宋本卷八、徐本卷八題爲“寄謝雲墅翰林二首”，《存目補編》本卷四題爲“寄謝雲墅翰林二首陳常”。

香泉香泉鹿城大忍寺泉也陳子文使君飲而甘之構亭其上名之曰香泉余過題詩遂以爲别

乳窟有蝙蝠，千歲化爲白。微軀何足戀，生理尚知惜。嗟哉丈夫身，昂藏儼七尺。胡爲競貪冒〔一〕，天機日狼籍〔二〕。甚愛必大費，珠玉嘆輕擲。十月鹿城道，小憩越阡陌。偶酌泉水香，感慨風生腋。將無無熱池，於兹潛遠脉。使君具懸解，構亭着雙屐〔三〕。銀屏汲鉛華，石鼎煉金液。倏忽得藥妙〔四〕，疾如馬馳驛。更喜金界近，寶閣鎮潮汐。碑古薤倒披，經富蓮横積。寺有隸碑甚古，全藏一部，積篋中〔五〕。恨不謝塵累，久住濯精魄。纓組君正煩，饑凍我方迫。題詩留碧玉，灑酒振歸翮。一水一切水，浮幢何間隔。大道本無負，交臂豈創獲。兩兩素心存，終古照泉石。

【蘇評】詩中警語，從有意無意中流出。（據劉蘇本五言古體詩補。）

【校記】

〔一〕競　《存目補編》本卷四《香泉》作“竟”。

〔二〕籍　劉蘇本五言古體詩、《存目補編》本卷四《香泉》作“藉”。

〔三〕着　孫謂本五言古體詩《香泉》作“著”。

〔四〕藥　宋本卷八、徐本卷八、孫謂本五言古體詩、《存目補編》本卷四《香泉》作"要"。

〔五〕全　《存目補編》本卷四《香泉》作"金"。

贊嘆寺 寺在萬固峪後產黄精有潭澄潔在門外

贊嘆何年寺，千峰擁石龕。竹梢侵講席〔一〕，花蘂落經函。紫蕨烹來嫩，黄精曬後甘。下方昨夜雨，雲氣滿龍潭。

【校記】

〔一〕梢　《存目補編》本卷四《贊嘆寺》作"根"。

爲陳湘殷翁題畫五首 翁子姬遠姬遠子友仲持畫册至鹿城索題

葦照明霞秋水平，相呼相應趁和鳴。同居個個無猜忌，真是人間好弟兄。蘆雁。

勞生愛竹真成癡，新買清陰傍水湄。歸去閉門無一事，看他生長拂雲枝。竹。

春山隱隱讀書堂，有似吾家鄭谷莊。更喜白雲多自在，釀成新雨過滄浪。雲山。

旅騎三冬不肯行，漁陽臘雪太縱横。春來合向金鵝館〔一〕，消受花間一鳥鳴。花鳥。

一年不到栖巖寺，石壁崚嶒夢幾回。眼底驚看雙樹老，依然谷口雪中來。雪樹。

【蘇評】詩固以切爲貴，然切而不工，何取於切？若不切而切，切而不覺其切，乃爲上乘。後三首不脱不粘，玲瓏剔透。（據劉蘇本七言絶句詩補。）

【校記】

〔一〕金　《存目補編》本卷九《爲陳湘殷翁題畫五首》作"青"。

論書答子文大尹

句曲論書已杳茫，江陵劫火更凋傷。參差曇礦鵝群字，顛倒山陰薤骨方〔一〕。撥鐙微言寧石室，畫沙真諦豈雲陽。傳疑傳信須裁取，莫但隨人築道傍。

【校記】

〔一〕薤　孫謂本七言律詩《論書答子文大尹》作"貍"。

題　畫

何年雙樹老參差，石壁蒼蒼間竹枝。渾似栖巖山下路，西風落葉九秋時。

【蘇評】如聞深山鸞嘯。（據劉蘇本七言絶句詩補。）

上谷道中

我愛仙人王次仲，文心道力兩精微。當年墜翮知何處，愁見青山大鳥飛。

【蘇評】韻格超卓，語意新奇。（據劉蘇本七言絶句詩補。）

壁上見子文大尹題〔一〕

昔人抱犢三年學，我亦香泉兩月停。破塚不須求筆法，牙籤撿出翰林經。

【蘇評】語尚春容，不以文勝質。（據劉蘇本七言絶句詩補。）

【校記】

〔一〕《存目補編》本卷四題爲"壁上見子文大尹題句"。

簡劉方齋太史

才名夙昔滿中州，金馬曾陪幾醉游。别後每懷鳷鵲觀，春來又遇鳳凰樓。日邊細撿書千卷〔一〕，花下仍傾酒百甌〔二〕。欲去中條還握手，天涯端爲素心留。

【蘇評】體格豐神，蘭香竹韻。（據劉蘇本七言律詩補。）

【劉評】風姿絶世。（據劉蘇本七言律詩補。）

【校記】

〔一〕撿　劉蘇本七言律詩《簡劉方齋太史》作"檢"。

〔二〕傾　劉蘇本七言律詩《簡劉方齋太史》作"侵"。

觀齋生日三首

綺閣欣持酒一巵，生申剛到介眉時。無端却看津亭柳，先寄杯槃拂舞辭。

剥蘚探幽興最奇，雁行蛇竇爛柯棋。碧桃買得先春蘂，猶是當年影未移。觀齋昔游爛柯，剔蘚得石上舊題，最賞"碧桃花影未曾移"之句。時買碧桃三本正在春先，故及之。

自是夔龍分内人，雪香端不忘前因。朝來玉氎呈金偈，惟祝金剛不壞身。余以黄南充書"金剛般若"貽之〔一〕。

【校記】

〔一〕南充　《存目補編》本卷十《觀齋生日三首》作"昭素"。

大悲院禮懺

波光無點塵，一舫是通津。遥辨風幡影，同參初地人。天花晴更落，枯木老能春。懺罪安心後，都捐妄與真。

欸乃書屋爲筆山作

舍人讀書處,近傍漕河濱。豈效臨淵客,常逢曬網人。冰開魚弄藻,花落鳥銜春。愧我風塵久,淹留愛白蘋。

【蘇評】工麗難得如此雅潔。(據劉蘇本五言律詩補。)

喜世高禪師過欸乃書屋

退居習定久,携杖躡蒼苔。偶爾示出入,何曾有往來。霞生紅逐舫,茗熟緑盈杯。我欲呈金偈,烟波失善財。

龍在田梁芰梁叔敏兄弟同集欸乃書屋

慰我羈栖客,相過趁曉風。偶隨津柳緑,同看海霞紅。殘雪猶霑屐,新詩各滿筒。莫教文字障,問義有支公。謂世公也。

題《抱雪圖》有序

《抱雪圖》,元彦昝子,痛其先君子僅齋先生作也。先生來去皆以雪中〔一〕,生平却聘,危時〔二〕撫弟,白首大節,著於家傳。同人皆於圖上賦詩,余亦題句。

隱德世莫知,孤芳原自好。何况渾去來,恍惚契真要。大雪滿天地,江山成玉照。一念起微塵,百年夢顛倒。豈知秉夙植〔三〕,素節轉浩浩。好爵寧不縻,出處恐非道。竟答中散書,似避希夷召。悠悠衡門下,泌水薦行潦。風規飭子孫,嚴敬體忠孝。更難孔懷篤,白髮兩相耀。依依鴻雁行,不使鶺鴒叫〔四〕。階前雙鳳凰,文彩射丹嶠。吾早與鳳友,氣誼忝同調。每思奉典型,何遽舉飛旐。更訝江南雪,依舊鶴同皓。來向雪中啼,去向雪中笑。哀哀子舍心,痛雪懷中抱。白華比潔白,白雪絶泥淖。三復撫斯圖,乾坤幾悲嘯。

【劉評】從雪寫素節,真情真景,觸緒而生。(據劉蘇本五言古體詩補。)

【校記】

〔一〕來去　《存目補編》本卷九《題〈抱雪圖〉》作“去來”。
〔二〕《存目補編》本卷九《題〈抱雪圖〉》作“聘”。
〔三〕夙　劉蘇本五言古體詩《題〈抱雪圖〉》作“風”。
〔四〕鵪　宋本卷八、徐本卷八、劉蘇本五言古體詩《題〈抱雪圖〉》作“鵲”。

寄甯介公時先以緑柄麈尾見貽故有末句介公潁州人筆公之弟

我去君猶住，我來君已還。喜逢清潁水，竟別薊門山。芳樹遲紅雨，春波美白鷗〔一〕。風前捉麈尾，應愧尚塵顔。

【蘇評】閑雅仍歸雄渾。（據劉蘇本五言律詩補。）

【校記】

〔一〕美　劉蘇本五言律詩、《存目補編》本卷十《寄甯介公時先以緑柄麈尾見貽故有末句介公潁州人筆公之弟》作“弄”。

再題《抱雪圖》後二首

眼前世界比琉璃，去住何曾挂一絲。到此方名真解脱，夜明簾下轉身時。

懷冰舊識忠臣意，抱雪誰知孝子心。但遇謝庭飛絮日，江南江北總霑襟。

喜晤王清遠時余將還河中清遠亦之官茌平五首

淮上追隨記宛然，春波雙槳浪花圓〔一〕。風光不信真彈指，已是人間三十年。阮翁以己酉使淮上，時與清遠同獲侍使院中。

燕許弓裘鴻漸宜，相逢依舊落花時。朅來重對山公席，只有勞生鬢已絲。曩與清遠相見，年鬢俱劭令〔二〕。今阮翁再命飲，清遠方壯，而余老矣。

倦游却愧長卿才，二月還家花盡開。最喜晴蓮千仞色，清光飛過大河來。余家郡城正與蓮峰相對，門外朝夕見山色如碧玉。

長物蕭然不可留，雪中鴻爪幾時休。無端又有秦川約，還許梅花寄隴頭。余抵里後，即有灞滻之游。

握手東西長短亭，翩翩家學且傳經。懷君一路王孫草，直到魯連村畔青。清遠時方爲茌山學博，茌有魯連村，即射書處。

【謌記】原本注至"學博"止，阮亭先生添"茌有"云云。（據孫謌本七言絶句詩補。）

【蘇評】詩之高者可攀晋宋，平者不失齊梁，皆陶鎔三唐而成此音調。（據劉蘇本七言絶句詩補。）

【劉評】隨手拈來，即是有神無迹，其詩品亦有"雪中鴻爪"之妙。（據劉蘇本七言絶句詩補。）

【校記】

〔一〕槳　劉蘇本七言絶句詩《喜晤王清遠時余將還河中清遠亦之官茌平五首》作"漿"。

〔二〕劭令　孫謌本七言絶句詩《喜晤王清遠時余將還河中清遠亦之官茌平五首》作"髫齡"，劉蘇本七言絶句詩《喜晤王清遠時余將還河中清遠亦之官茌平五首》作"劭齡"，《存目補編》本卷十《喜晤王清遠時余將還河中清遠亦之官茌平五首》作"令"。

聞魯庵移關中

友道古爲重，衰年猶所望。感激十年餘，高懷何慨慷。比歲災祲連，千里來惶惶。其如拜新命，方治黔西裝。公材爭相須，分陝資賢良。忽轉龍里旌，來指嶽蓮傍。聞之喜不寐，如渴逢酒漿。行行桃花時，取道中條陽。可以過我廬，可以登我堂。雖乏供具繁，鷄黍亦可將。轉念西顧殷，天意憂巖疆。受知既特達，報稱非尋常。哀鴻楚豫交，皆秦之流亡。去者日以遠，居者愁空倉。撫綏勤招徠，贊助賴劻勷。豈但郵政衰，惟視牧圉場。所幸山雪盛，原麥廣播揚。豆芋皆可登，足佐幹濟方。嗟余瓠落久，齒髮日蒼茫。生平慕至道，金液修隄防。無那困世緣，五十苦面墻〔一〕。今值素心來，或可資舟航。竟築金鵝館，鄭谷交松篁。不復苦煩囂〔二〕，惟恃贏糇糧。投分近白首，相念宜周詳。大隱如可成，當舉崑崙觴。

【方按】"劻勷"，迫也。今塾師作"贊襄"，意用於八股，誤也。何天章詩亦犯此？（據《存目補編》本卷十補。）

【校記】

〔一〕苦　《存目補編》本卷十《聞魯庵移關中》作"如"。

〔二〕煩　《存目補編》本卷十《聞魯庵移關中》作"繁"。

留别張振宣二首

尚憶西園醉，徜徉坐竹林。門前流水静，階下落花深。歲月驚彈指，天涯惜滯淫。碧桃歸路好，回首發清吟。

【蘇評】淡到極處，總不枯寂。（據劉蘇本五言律詩補。）

别去翻相憶，何時方是閑。人同嵇阮侣〔一〕，交在紀群間〔二〕。釀借崑崙水，窗涵湖縣山〔三〕。讀書契懸解，應獲駐朱顔。

【蘇評】語不猶人。（據劉蘇本五言律詩補。）

【校記】

〔一〕嵇　劉蘇本五言律詩《留别張振宣二首》作"稽"。

〔二〕間　《存目補編》本卷四《留别張振宣二首》作"閒"。

〔三〕涵　劉蘇本五言律詩《留别張振宣二首》作"函"。

和贈沈客子

浪迹忽約秦川湄，涇水且涉數斗泥。江南息壤苦不遂，君買湖船余馬蹄。麟脯鳳胎寧可致，夜半吻燥當以虀。中條松桂久荒蕪，枯楊癡計或生稊。呦呦思近華山鹿，祝祝復遠尸鄉鷄。惟君洞庭三萬六千頃，林屋曲巘諧幽栖。移家就彼不爲惡，烏犍驅出雲峰低。葛花中谷正莫莫，瑶草對岸方萋萋。少君偕隱鹿門等，身甘裙布手則荑。取婢莫漫攘桃葉，生兒已見過祁奚。寒巖枯木俗不徹，何宜以肉周宜妻。嗟余種種百苦集，世間那有蠲愁犀。白藤捆載待西下，爲君一日權相稽。春雨微吟倚齋閣，征衣如擁僧迦黎。詩成君取伴魚稻，客散誰仍供犢麑。五松偃蓋蔭石竇，一鳥度枝窺藥畦。浮生半日閑亦好，喧寂休較智與迷。却喜玉井蓮花近，復近盡可作此山中之人兮！

【蘇評】唱嘆可薄風雲。（據劉蘇本七言古體詩補。）

春雪曉望

密霰夜已零，杳靄漕河路。朝來南浦望，誰躡東郭屨。柴門半隱顯，靜掩溪邊樹。一鳥破烟飛，有人雪中渡。

【王評】宛然畫圖〔一〕。

【藏批】氣味自佳。

【校記】

〔一〕孫謂本五言古體詩王士禎評語寫作"宛然如畫"。

韓維藩席上留别時欲游洛

久説盧巖好，南來趁曉風。征驂愁蹀躞，仙佩想丁東。坐上客頻起，樽中酒未空。懷人有佳句，伊洛正飛鴻。

【蘇評】平板與庸腐均淘洗一空。（據劉蘇本五言律詩補。）

維藩招踏青

山客偶然至，送來山杏花。花香助人飲，千觴泛流霞。春雪雖不多，菜畦青有芽。列坐背南郭，繞席青山斜。賓從氣俱豪，况復喧箏琶。如此不盡醉，真負黄公家。

古芝山房詩爲劉敬亭賦四首〔一〕

余家大河上,門對蓮華峰。一日十二時,常把青芙蓉〔二〕。欲作采真游,幽懷苦未從。

【蘇評】胸中過人,落筆便成妙趣。(據劉蘇本五言古體詩補。)

之子中壘後,五嶽具奇抱。早嗜神農書,晚契商山好,曾不一縑值,已得三秀草。

【蘇評】具有寄托。(據劉蘇本五言古體詩補。)

靈根產何年,其色古而腴。一機妙出入,元化與之俱。毛女不敢餌,留之千載餘。

【蘇評】馳神屬思,俱入微際。(據劉蘇本五言古體詩補。)

神物鬼所秘,豈溷韓康市。一朝不自愛,實爲君子至。供之齋房中,足辦一生事。

【蘇評】章法井井不亂。刻本分四詩,一本合爲一詩,細按乃分者爲是。(據劉蘇本五言古體詩補。)

【校記】

〔一〕孫謂本五言古體詩題爲"古芝山房詩爲劉敬亭賦",且四首詩合爲一首。

〔二〕把 《存目補編》本卷十《古芝山房詩爲劉敬亭賦四首》作"挹"。

再題二絶句寄敬亭

華陰城北幾經行,不見當年魯女生。羨爾靈芝無意得,丹臺應有舊題名。

辛苦衣囊曉月孤,黄金難作費工夫。不知白鹿山前過,尚肯銜芝導我無。

癸酉歲除與王舉斯同客咸寧惠我仙棗因贈〔一〕

阜鄉之亭雙玉舄，如瓜之棗難留核。忽忽春歸雪盡消，問君今夕誠何夕。舊里相望隔關輔，終南山色供岸幘。翻笑墮地各有營，此生果着幾兩屐。勸飲屠蘇業漸後，輸君尚是虎熊客。君向花前拓金戟，我欲山中煉金液。山中金液幾時成，君向麒麟署姓名。他年再飲城東陌，依舊春風有曙鶯。

【蘇評】詩濤高涌，如傾三峽之源。（據劉蘇本七言古體詩補。）

【校記】

〔一〕《存目補編》本卷十題爲"癸酉歲除與王舉斯同客咸寧惠仙棗因贈"。

甲戌春四日游城南遂將至樊川不果歸得颿也寄書即以奉答二首

騎馬城南看好春，曲江風景轉愁人。欲尋杜曲兼韋曲，未聽鶯聲蕩麴塵。

麥壠誰家金犢車〔一〕，歸來塔影照春渠。燈前喜得平安字，函谷關東有報書。

【蘇評】直可與儲光羲《江南曲》異調同工。（據劉蘇本七言絶句詩補。）

【校記】

〔一〕壠　《存目補編》本卷十《甲戌春四日游城南遂將至樊川不果歸得颿也寄書即以奉答二首》作"隴"。

送商築民還海門

緑柳陰陰黄鳥啼，與君走馬來關西。臘雪紛紛等飛絮，送君踏雪海門去。天涯同君皆賤貧，感君義氣何其真。重君家世尚書後，慷慨燈前一樽酒。家無儋石意何如，貧少黄金富有書。尋常讀史具深識，論古縱横仍起予。君不見，曼倩當年借車馬，豈有士常貧賤者。丈夫義氣彌九垓，貧賤富貴胡爲哉。

【蘇評】亦風流，亦悽惋。（據劉蘇本七言古體詩補。）

朱字緑欲以詩正有道繼悔其近名也遂已之余心異焉次其集中韻贈之

世上浮名原可嫌，欲得之者如趨炎。伺候朱門太齷齪，不容針處鋒愈尖。一朝餘論附齒頰，小草忽爾成梗楠[一]。誰能絶此但兀坐，吾將再拜軼群髯。年來饑驅落塵鞅，種藥留夢西山崦。對客不能出一語，懸河之口如施鈐。偶歷闞門過太華，逢君寂寞情所湛。豈知負才太穎利，剸犀切玉昆吾銛。窮愁著書略聲勢，巖巖之處獨不瞻。於戲吾子之才守，可以急爲横流砭。誰信得失有定理，其機倚伏窮龜詹。何如安居翻得計，以恬養知知養恬。神農之書早須讀，莫待髓冷愁江淹。鉛鼎温温宵漏永，大藥可以刀圭霑。吾將與子且休矣，道術聊復崇老嚴。

【劉評】生造成古，卓犖天材。（據劉蘇本七言古體詩補。）

【校記】

〔一〕梗　劉蘇本七言古體詩《朱字緑欲以詩正有道繼悔其近名也遂已之余心異焉次其集中韻贈之》作“梗”。

説巖先生過訪一畝山居話舊四首

時序驚彈指，吾生只腐儒。何知食雁美，爭笑住山愚。寂寂松間閣，蕭蕭水上蘆[一]。斜陽訝騶馭，深巷問潛夫。

夫子今瓊樹，人傳啟事名。錦袍花苑直，步屧竹林行。氣已元龍奪，神驚雛鳳清。時携令子並過，九齡即通左氏大義。太行千仞色，雙照一拳明。

珍重樊山道，經行已十年。上都來欵欵，情話計綿綿〔二〕。四十頭顱異，千秋道業先。相期重問訊，慚負舊彭宣。

敢謂無書讀，勞生肺病餘。引年問參朮，勸學廢蟲魚。緬邈郎君谷，遷延水部居。春明待歸去，或可帶經鋤。

【校記】

〔一〕蘆　徐本卷八、孫謂本五言律詩、《存目補編》本卷十《説巖先生過訪一畝山居話舊四首》作"廬"。

〔二〕計　《存目補編》本卷十《説巖先生過訪一畝山居話舊四首》作"記"。

寄江辰六郡守三首

相逢楚水劇相憐，公令益陽時，晤於星沙。又近清光借一廛。有客常思才子調，無人不道使君賢。愁來擬就王官谷，饑遣翻過玉井蓮。海内故人星散甚，誰能重許買山錢。

【蘇評】思纏綿而不迫，調抑揚而多風。（據劉蘇本七言律詩補。）

旌麾來往問潛夫，車笠深盟信不渝。事業望君榮棨戟，弓裘痛我失桑榆。名山暫寄書千卷，村社閑携酒一壺。河潤還欣時節好，紛紛花雨濕菖蒲。

【蘇評】和平不累，氣流暢不傷格。（據劉蘇本七言律詩補。）

大道微茫不可尋，極尋常處易浮沉〔一〕。讀書未便傷無用，爲善何妨是有心。筆勢漫從愁裏廢，天機且向静中吟。邇來生計渾如此，肯向南風慰好音。

【蘇評】一味本色，其品最高。（據劉蘇本七言律詩補。）

【校記】

〔一〕沉　孫謂本七言律詩《寄江辰六郡守三首》作"沈"。

並蒂芍藥爲衛潼商賦四首

從來芍藥號將離,相別何如相見時。最後春風有深意,特教開出合歡枝。

黄鳥聲中谷口幽,春風婁尾作春愁。名園特與留春住,故遣花開也並頭。

蓮稱並蒂尋常有,更道梧桐號合歡。爭似東山兩芍藥,一枝競爽耐人看。

簾外春風隔曉烟,居然相對兩嬋娟。傷心哀樂中年過,對景當參不二禪。

【蘇評】首首皆寓深意於高調之中,佳絶。(據劉蘇本七言絶句詩補。)

寄佟聞喜玉行

凉風習習動清波,董澤紛披遍緑荷。百里陰歡桐葉密,九重恩入渭陽多。詩情麥壠聽黄鳥,書法蓮塘對白鵝。自是御屏思姓字,天街旋看候鳴珂。

皈　心

洪州黄蘗師,千秋有深契。説法如朗月,發明我心地。恨不紫磨金,鑄像日頂禮。難報如來恩,易受如來記。

題臧喟亭侍御對月卷

萬古月如此,而人今昔殊。月見人屢遷,人對月須臾。况復百年中,未必皆歡娱。達者通久暫,一息終古俱。有月即痛飲,頻傾雙玉壺。秋色感平分,金液融蟾蜍。迹滿四天下,清光皆吾廬。誰云海與山,誰辨江與湖。年年渠見我,處處我逢渠。相看樂復樂〔一〕,忘聽南飛烏。

【蘇評】香山、義山參用，以矯其偏。（據劉蘇本五言古體詩補。）

【校記】

〔一〕相看樂復樂　《存目補編》本卷四《題臧喟亭侍御對月卷》作"相看復相樂"。

再題喟亭看梅卷三絶句

人間萬事等浮雲，山店溪橋野鶴群。輸却衆香緣分在，梅花好處便逢君。

幾向靈巖夢折枝，半塘風雪往來時。江南親到都閑過，慚負先生卷上詩。

林畔寒香水畔苔，春風吹出白玫瑰。羅浮舊是仙人窟，不爲梅花也合來。

【蘇評】詩皆意致蕭散，一涉癡肥，便算不得美人。（據劉蘇本七言絶句詩補。）

送韓馨若之天津

十月還山始見君，纔能携手又離群。泠泉東去無芳草，雷首西看悵白雲。古驛對橋烟漠漠，寒鴉翻樹雪紛紛。海門漫憑烏皮几，乘興還應寫練裙。

送西溟南歸四首

之子江南去，河冰苦未開。榜人遲畫鷁，苑牧候龍媒。舊好日以遠，素心期再來。水鄉春較早，相望甬東梅。

世態悠悠甚，君猶古性情。風前頻酌酒，花裹再吹笙。入道即無事，忘機何所爭。試看希有鳥，原出紫霄行。

漸覺閑名謝，交游喜日疏。爲君置杯酒，不醉復何如。驛路誰知己，名山好著書。相尋鑑湖曲，爲我饌鱸魚。

久廢琅琊法，君書内史傳。昨聞脩禊帖，寫向早春天。過西溟齋，方摹禊帖。樂毅感相贈，西溟惠我宋榻《樂毅論》，以報十年破邪論之諾，割愛甚矣〔一〕。洪崖難拍肩。余每希西溟書法有晉人風味，不能企及也。白藤勝捆載，珍念落花前。

【藏批】全不見精警處。（據孫謂本五言律詩補。）

【校記】

〔一〕榻　《存目補編》本卷四《送西溟南歸四首》作"搨"。

簡謝韓維藩待詔

憶昔郭門東，盤馬風柳下。芳草緑未齊，雜坐酒頻瀉。忽忽歲月移，人事亦遷謝。吾子天廟器，果重瑚璉價。出入銅龍側，名與鄒枚亞。我生尚潦倒，奔走自悲咤。夢遠西清直，願畢東皋稼。上國適相逢，纏綿對官舍。美食調芍藥，酣歌舞甘蔗。取次早鶯聞，吾將去玄灞〔一〕。

【蘇評】如聞竽瑟之聲。（據劉蘇本五言古體詩補。）

——男勤基稼同校對〔二〕

【校記】

〔一〕玄　劉蘇本五言古體詩、《存目補編》本卷十《簡謝韓維藩待詔》作"元"。

〔二〕劉本六册本卷八末有"男勤基稼同閲"字，宋本卷八、徐本卷八末均無字。

卷　九

漁洋山人評定
河中吴雯天章甫著
臨汾賈澤洛蘅皋分校
臨汾劉組曾繩遠校刊〔一〕

送徐健庵先生南歸四首

漢代師儒重，專聞道業尊。爲懷先壠切，特拜九重恩。悱惻邀天語，殷勤識里門。白頭忠孝在，至性老彌敦。

晋國午橋日，温公洛社年。暫聞歸緑野，終不廢丹鉛。黄閣情猶待，蒼生望總懸。蒲輪看即入，難戀碧山烟。

【蘇評】一氣渾成，似絶不費力，却有無限經營錘煉在。（據劉蘇本五言律詩補。）

雨雪關門道，殷然千里來。方看調鼎實〔二〕，曾感侍樽罍。白髪聞辭闕，紅亭待命杯。具區三萬頃，瞻溯益徘徊。

鄧尉梅花好，三春擬獨尋。奇峰七十二，處處白雲深。轉以登堂願，兼諧躡屩心。琅玕有佳實，暢發鳳凰音。

【校記】

〔一〕劉本六册本卷九首題爲“漁洋山人評定、河中吴雯天章著、臨汾賈澤洛蘅皋校、臨汾劉組曾繩遠鐫”，宋本卷九首題爲“漁洋山人評定、河中吴雯天章著、後學劉組曾、賈澤洛同校訂”，徐本卷九首題爲“漁洋山人評定、蒲板吴雯天章手著、平陽徐昆後山、涂水喬人傑漢三重訂、濩澤張誌心鐫”。

〔二〕實　《存目補編》本卷十《送徐健庵先生南歸四首》作“食”。

簡汪文漪太史

春雲簷際宿，春鳥鳴窗牖。朝興履巖石，念我同心友。朝回擁萬卷，丹鉛未離手。題籤驚脈望，正字辨蝌蚪。德意豈無鄰，道風良獨厚。論事益慷慨，披肝唾塵垢。我亦感意氣，不在接杯酒。俯仰天地間，萬物本芻狗。所貴盟金石，一念成不朽。凌冬挺松栢，時序信花柳。寄謝山中人，心期共林藪。

呈涓翁〔一〕

十年慕大藥，買山香爐峰。還念四天下，惻然多戚容。獨善苦非計，匡濟道亦同。况逢堯舜君，一德盟心胸。豈敢遂初服，但弄西巖松。昨聞拜丹陛，異數獎寅恭。早曳尚書履，晚趨長樂鐘。蒼生皆晏然〔二〕，功德孰汙隆。功成返白雲，再騎雙茅龍。

【校記】

〔一〕宋本卷九、徐本卷九無此首詩。

〔二〕晏　《存目補編》本卷十《呈涓翁》作"宴"。

自常家山入鳥鼠谷〔一〕

道力固不勝，世緣亦多累。山行雖云勞，尚有山中意。紫萼發秋花，白鳥撲巖翠〔二〕。朱欄石上閣，碧瓦水邊寺。小坐高樹間，風雲蕩胸次。耦耕者誰子？盤盤勇不惴。抱犢願未能，負畚情終遂。大笑誓山靈，吾豈塵中士。

【校記】

〔一〕《存目補編》本卷十五題爲"自常家山入鳥鼠谷"。

〔二〕鳥　《存目補編》本卷十五《自常家山入鳥鼠谷》作"烏"。

簡方山謝先生

下簾坐清晝，讀書緬前哲。如何寂寞人，屢煩長者轍。花林共偃仰，風磴互躄躠。烟冪春松暗，鶴踏老槐折。不知芳草意，勾萌幾甲拆[一]。萬物機出入，一法杜生滅。朝來惠佳句，清思濯冰雪。海日上曈曨，高吟動寥泬。

【校記】

〔一〕拆　《存目補編》本卷十《簡方山謝先生》作"坼"。

題查夏重《放鴨圖》二首

斯人合是天隨子，顧渚春深水漲時。歲晚那能收茗荈，且看鬭鴨往來嬉。

蘆荻風中暫繫船，呼群唼藻各紛然。也知尚遜鵝王在，擇乳能參不二禪。

西崖太史寓齋招集惠元龍查德尹分韻得泰字

文章有通塞，世道成否泰。何人哂雕蟲，焉能識小大。吁嗟二三子，亦豈偶然會。湯君天所挺，困頓出塵壒[一]。日食大官米，頗免飢渴害。尚有惠與查，兩賢忍粗糲。佇奮九萬里，斯民有依賴。吾豈發狂言，高談動天籟。

【校記】

〔一〕壒　《存目補編》本卷十《西崖太史寓齋招集惠元龍查德尹分韻得泰字》作"壒"。

逢王秋史

二月已過半，山店桃花開。有客不得意，新自山東來。抱器苦不酬〔一〕，寶劍生塵埃。偕隱更無人，奉倩感餘哀。吁嗟造物心，遠近理難裁。下士貴目前，喜怒如嬰孩。大人悉終始，寵辱安計哉。君歸更讀書，三年明湖隈。澹泊而寧靜，居然王佐才。窮則樂琴酒〔一〕，達則作鹽梅。區區聊贈此，岐路莫徘徊。

【校記】

〔一〕酬 《存目補編》本卷十《逢王秋史》作“詶”。

送張典簿賁之之津門

蘆荻蕭蕭見雁飛，家山携手願何違。谿光宛轉移紅樹，馬首迢遥過翠微。清曉凉飈催旅騎，殘陽細雨濕征衣。計程漸覺風光好，新釀盈尊蟹正肥〔一〕。

【校記】

〔一〕尊 《存目補編》本卷十《送張典簿賁之之津門》作“樽”。

坐　看

坐看山雲意態遲，釀成新雨到花枝。盛來寶硯三危露〔一〕，寫出幽人七字詩。紅藥香中蠶浴後，緑槐陰裏燕巢時。晚晴誰辦樊川賦，只許當年杜牧之。

【王評】風情駘宕。

【蘇評】桃花仙洞，摇曳多姿。詩態當如是也。（據劉蘇本七言律詩補。）

【方按】“硐”字，劉刻本作“硯”。《集韻》《韻會》皆以爲“硯”字也。（據《存目補編》本卷四補。）

【校記】

〔一〕硯　《存目補編》本卷四《坐看》作"硱"。

簡友人

勞生苦多事，嘗喜入山深。同調偶相值，城隅遂獨尋。裁詩誇郢雪，衡品賤南金。室邇人則遠，冷然懷素琴〔一〕。

【校記】

〔一〕冷　宋本卷九、徐本卷九、《存目補編》本卷十《簡友人》作"泠"。

寄山中人

荷衣蕙帶山中好，頗念花時獨往來。應有肉芝供晚膳，定逢石髓助晨杯。人間萬事驚鴻爪，園客三春薦鹿胎。遣有涉無費斟酌，莫將新賦污天台。

【蘇評】盡刷脂粉，天骨獨存，天香更吐。（據劉蘇本七言律詩補。）

桐石咏贈佟霞庵使君

山中早約桐花開，花開時節桐鄉來。今年桐花開較晚，三月無花葉猶短。而今四月清和時，桐葉生肥花滿枝。使君愛種雙桐樹，傍石栽桐拂烟霧。桐鄉士女壽桐君，桐花桐葉何紛紛。我亦特來酌一斗，爲祝桐君三不朽。半醉不醉笑靨紅，如珪桐葉舍清風〔一〕。東山月上暮天碧，醉把桐花卧桐石。

【蘇評】殊自斐然。（據劉蘇本七言古體詩補。）

【校記】

〔一〕舍　徐本卷九、孫謂本七言古體詩、劉蘇本七言古體詩《桐石咏贈佟霞庵使君》作"含"。

姜公得花債年來總未酬之句屬足爲詩

花債年來總未酬，今年快作看花游。花能愛我舒紅蘂，我却羞花半白頭。過眼韶光真倏忽，經心歲月好綢繆。等閑能解留春住，日日花前醉不休。

【蘇評】飄逸中極工緻。（據劉蘇本七言律詩補。）

山中人貽駢根桐栽賦謝

合是雙珠樹，同根倚畫欄。多君能贈我，移向早春看。枝尚名連理，花應笑合歡。兼金酬未得，只覺報施難。

贈謝牧四首

紫泥海畔浴初回，也愛靈源養聖胎。洗髓伐毛終讓爾，藐姑冰雪少塵埃。

千騎東方自一群，海棠川上拂晴雲。兒童竹馬能相導，盡向山前望使君。

春酒初成羽斝飛，鳴箏鼓瑟趁春暉。珊然自具仙人骨，披得長源一品衣。

蟠桃曾賜蘂珠宫，五馬新看佐郡雄。却羡官厨風味别，金盤先薦茘枝紅。

贈薛歷城映吉

歷下曾聞政已成，雙鳬偏阻赤霄行。風流何處尋遺愛，七十二泉清更清。

澗南踏青

楊柳依依澗水傍，園林勝事對春陽。賓筵尤有怡人處，小妓能歌《陌上桑》。

【蘇評】風情秀美。（據劉蘇本七言絶句詩補。）

姜華林郡司馬得紅泥燕子將之句命同人賦之走筆應教

飛花無數委前谿，雨雨風風打作泥。紫幕最堪添舊壘，雕梁偏稱作新栖。水邊啄得紅襟重，柳外銜來綉翮低。多少佳人喜相待，珠簾高捲立香閨。

韓維藩兄招游盤底山園時華林姜公曁迴凡臮庵佩青鼎臣諸君子同集用杜韻四首〔一〕

遠意名山托，天台想石橋。豈期臨碧澗，迴欲傍青霄。世事只如此，幽人或可招。劃然回絶壑〔一〕，飛瀑得泉遥。

【蘇評】飄逸。（據劉蘇本五言律詩補。）

九十春仍在，百花爭一泉。山光青似髻，雲氣白於綿。酒借仙人釀，食供宰相錢。登臨無不可，掌上看秦川。維藩爲少師公孫輩。

【蘇評】珊珊欲仙。（據劉蘇本五言律詩補。）

老樹何年種，名花此日開。忘機仙苑草，如夢蘗宮梅。雨怪潭蛟舞，風知海鶴來。蒼茫憑斷石，戀戀古莓苔。

【蘇評】格調、詞氣精明而又跌蕩。（據劉蘇本五言律詩補。）

不醉不歸去，歸來踏亂雲。名留蝌蚪字，書載虎龍文。世界原同相，仙凡亦太分。近城燈火接，山意轉紛紛。

【方按】昔人論詩謂“寧律不諧，無使句弱”。此第二首“食供”，“食”字應平而仄，然亦初不能健也。至於第四首“虎龍文”，倒轉而仍不健，則失作家矣，此等處未免太任意。（據《存目補編》本卷五補。）

【校記】

〔一〕劉蘇本五言律詩題爲“韓維藩兄招游盤底山園時華林姜公曁迴凡臮庵佩青鼎臣諸君子同集用杜韻四首録三”。

〔二〕回　劉蘇本五言律詩《韓維藩兄招游盤底山園時華林姜公暨迴凡㒞庵佩青鼎臣諸君子同集用杜韻四首録三》作“迴”。

劉伯恒廣文新齋〔一〕

尚有春鶯囀，居然夏笋成。攤書試新茗，别院有餘清。得意花頻發，忘憂草自生。閑中迭賓主，長嘯鳳鸞鳴。

【方按】此等太直率，以其爲漁洋所存，不得不存之耳。（據《存目補編》本卷五補。）

【校記】

〔一〕《存目補編》本卷五題爲“劉廣文新齋”。

題張厚卿學博齋壁二首

雨中移竹竹成林，雪後看山寄遠心。久有風期似安石，何妨擁鼻作長吟。

鑿井開畦春未闌，藥苗菜甲葉團團。换羊書就人爭取，誰道先生苜蓿盤。

立春日後園偶興四首

今日又是立春日，殘雪已消階草青。更喜井邊三橘樹，經冬不死各亭亭。

長吟橘頌當春晝，春鳥弄舌墻東頭。更須開池種菡萏，花開可以來沙鷗。

開窗次第見南山，山雪欲消山更妍。正好讀書風日下，不須食肉雪山前。

墻根有竹影横斜，迸雪生孫見笋芽。看取風光今歲好，紫荆花雜碧桃花。

除日雨霽曉起即事簡趙將軍五首

一夜春風動緑楊，簷前春雨助花香。城南曉起看春色，無數山光接水光。

碧桃有意已含紫，榆莢無心迥帶烟。取次將窺湘女珮，逡巡全放沈郎錢。

江上當年逢早春，梅花三竺太精神。即今撿點《閑居賦》〔一〕，誰訪湖亭放鶴人。

丁將軍易久無敵，李都尉詩尤絶倫。西湖縱酒且爲樂，留取皇家有用身。

原上春風罷射雕，深居莫厭究龍韜。等閑重有蟠花賜，舊李將軍未寂寥。

【蘇評】集王翰、韓翃、劉長卿、張仲素諸公之長，分散於格局、音韻之中。（據劉蘇本七言絶句詩補。）

【劉評】風神蕩逸，筋骨一毫不懈。（據劉蘇本七言絶句詩補。）

【校記】

〔一〕撿　劉蘇本七言絶句詩《除日雨霽曉起即事簡趙將軍五首》作“檢”。

讀衛一菴先生《金經注》歡喜贊嘆而成是詩

太華嶽嶽干紫霞〔一〕，平地涌出青蓮花。韓衆相隨多玉女，俱到筵前歌且舞〔一〕。人生空有世上名，不及仙人衛叔卿。黄鵠磯邊領道妙，一卷《金經》契元奥。不妨仍見宰官身，行滿恒沙功在民。民胞物與興惻惻，自他寧有纖塵隔。物我皆融性始圓，大道無黨亦無偏。把酒同看蓮萬丈，蓮花常在仙人掌。

【劉評】無一筆平庸，不必腐儒，即博學人亦難説得如此新穎。（據劉蘇本七言古體詩補。）

【校記】

〔一〕干　劉蘇本七言古體詩、《存目補編》本卷五《讀衛一庵先生金經注歡喜贊嘆而成是詩》作"千"。

〔二〕筵　《存目補編》本卷五《讀衛一庵先生金經注歡喜贊嘆而成是詩》作"篬"。

姜郡丞生日二首

閲世道益進,花時每入山。莫辭今日醉,難得雨中閑。且共松雲侣,還隨鴛鷺班。茫茫視終古,誰不墮塵寰。

昨日尋山寺,今朝到錦堂。紅霞開綬笥,緑綉隱笙囊。句曲仙人館,平原宰相莊。聖凡都一笑,且覆百千觴。

喜歸自都下

中條如愛我,我亦愛中條。三月忽相見,愁心一倍消。紫芝春送曲,黄獨夏生苗。還挹青蓮色,天風萬里招。

關門還戲和趙旦復即奉答

雪中鴻爪真何常,空驚歲月去堂堂。惟有幻夢留影響,海若蹴蹋魚龍鄉。日暮慣見關塞紫,冬深頗訝邊雲黄。結騎同過南海上,海天萬里空青蒼。濤波下瞰鮫人室〔一〕,島嶼彷彿龜兹王。中宵赤日涌金液〔二〕,群陰消盡騰純陽。徘徊興盡仍返轡,談奇指劃思源莊,思源莊,去山海關五里,乃張水部創立。隻肩下酒可一石,醉後笑語聞琅琅。晚來閲伎圍紅燭,氍毹咫尺移金閶。曉起逐麞更數肋,獵人四會如堵墻。冰上守狐手指凍,雪中射虎馬尾僵。樹精聞盜初祖履,盧令稱繼風人章。紫貂襜褕賤難着〔三〕,曹風且咏麻衣裳。有客更道懸陽好,摩登忽喜青雲傍〔四〕。聞言疾馳鐵圍底,鼓宫應宫商應商〔五〕。盤馬萬山石確犖〔六〕,兼葭何處愁中央。到來一洞通天地〔七〕,維摩十笏難丈量。石塔宛留鎖骨蜕，百寶爭獻波斯裝。如此跋蹄亦不惡[八]，葛屨省怨來朝霜。或述團雲在深谷，僻壤未愜居人腸。詰朝束縛勉一至，忽如豆食更精粱[九]。七重行樹四山列，九品蓮蘂雙峰藏。苔龕宛轉任鹿女，乳泉窈窕留天漿。蓮洋學人怯亦勇，木厈甜雪隨騰驤[一〇]。捫蘿直上九千仞，崑崙絶頂傾餘杭[一一]。欲驂鸞鶴訪瑶圃[一二]，恍騎麒麟臨大荒。揮手待挽不周柱[一三]，濡足直踏朱雀航。縱横寥廓我非我[一四]，睥睨今古狂真狂。豈知勝事難把玩[一五]，歸來水滸違山岡。中厨清冷鼠墮甕，高齋索寞龜支床。椎髻幸有舉案孟，賃舂寧哂牧豕梁。寄語天魔老蕎崛，禪悦雖美輸糟糠。

【蘇評】七古長言，骨重者易沉厚，其失也；拙骨輕者易飄忽，其失也。浮詩到妙處，骨輕骨重無乎不可。（據劉蘇本七言古體詩補。）

【校記】

〔一〕濤波　《存目補編》本卷十《闢門還戲和趙旦復即奉答》作"波濤"。

〔二〕宵　劉蘇本七言古體詩《闢門還戲和趙旦復即奉答》作"霄"。

〔三〕着　孫謖本七言古體詩《闢門還戲和趙旦復即奉答》作"著"。

〔四〕忽喜　《存目補編》本卷十《闢門還戲和趙旦復即奉答》作"迴在"。孫謖本七言古體詩此句後孫謖記有："原本'摩登'下遺二字，阮亭先生批落二字，查補旁硃筆添'迴在'二字。今刻本作'忽喜'，蓋因原本'登'字下有'喜'字，以意改也。今照阮亭先生改本訂。"

〔五〕商應商　劉蘇本七言古體詩《闢門還戲和趙旦復即奉答》作"商應商"。

〔六〕確犖　《存目補編》本卷十《闢門還戲和趙旦復即奉答》作"犖確"。

〔七〕到　劉蘇本七言古體詩《闢門還戲和趙旦復即奉答》作"道"。

〔八〕蹄　孫謖本七言古體詩《闢門還戲和趙旦復即奉答》作"涉"。

〔九〕粱　《存目補編》本卷十《闢門還戲和趙旦復即奉答》作"梁"。

〔一〇〕木　劉蘇本七言古體詩《闢門還戲和趙旦復即奉答》作"未"，《存目補編》本卷十《闢門還戲和趙旦復即奉答》作"大"。

〔一一〕孫謖本七言古體詩此句後孫謖記有："此下原本有'或云此安獅子窟，或云彼創碧雞坊。載酒留連叫山月，醉舞甘蔗愁眞意'，阮亭先生删。"

〔一二〕訪　劉蘇本七言古體詩《闢門還戲和趙旦復即奉答》作"放"。

〔一三〕手　《存目補編》本卷十《闢門還戲和趙旦復即奉答》作"毛"。

〔一四〕廓　劉蘇本七言古體詩《闢門還戲和趙旦復即奉答》作"郭"。

〔一五〕玩　《存目補編》本卷十《關門還戲和趙旦復即奉答》作"翫"。

題《放船圖》

少小讀《楚辭》,心愛洞庭好。一朝捉扁舟,竟下巴陵道。中流見漁父,枕柁無懷抱。願捨區中緣,放情寄洲島。朅來東海上,海天轉浩浩。水部水仙侶,相逢極傾倒。適意對鸕鷀,忘機到鷗鳥。葛沽桃花開,闌橈動飄渺。買魚問網師,載酒命傭保。畫手復爲誰,點染出塵表。乘風大自在,波外青山繞。長松雲氣白,紅樹滄洲曉。莫更憶重湖,瀟湘等池沼。

【蘇評】章法不散漫,筋骨不懈怠。音韻鏗鏘,嫋嫋不絶。(據劉蘇本五言古體詩補。)

江樓憶弟〔一〕

樓下江水何其深,對江山色常若陰。八月正有梧桐雨,千里歸客愁難任。鸚鵡洲前秋草緑,鷺鷀鸂鶒雙雙宿〔二〕。只有衡陽雁一群,恨不同飛聲斷續。

【劉評】意致瀟散中自饒名貴。(據劉蘇本七言古體詩補。)

【校記】

〔一〕《存目補編》本卷五題爲"江樓憶弟霞"。

〔二〕鷀　《存目補編》本卷五《江樓憶弟霞》作"鷥"。

石潭夜泊〔一〕

烟盡北斗垂,明河淡秋影。石潭泊舟處,風篠娟娟靜。閑鐘渡水歇,宿鳥投林猛。素瀨見漁燈,花枝坐中暝。

【王評】孟、韋之間〔二〕。

【藏批】是詩得王、儲氣味,乃集中之傑作。(據孫謂本五言古體詩補。)

【蘇評】胸中過人,落筆便造靜寂妙處。(據劉蘇本五言古體詩補。)

【校記】

〔一〕孫謌本五言古體詩題後有小字"刻《蓮洋集》"。

〔二〕問　劉蘇本五言古體詩、《存目補編》本卷五《石潭夜泊》作"閒"。

宿湖口

班竹〔一〕晚沉沉〔二〕,維舟惜滯淫。潮來全楚白,雲上半江陰。遠渚鳥雙下,空山猿一吟。故鄉千萬轉〔三〕,今夜洞庭心。

【王評】唐人神韻,如是如是。

【謌記】"里"原本作"轉",阮亭先生訂作"里",今從改本。(據孫謌本五言律詩補。)

【蘇評】脱唐人之窠臼,入唐人之化境。(據劉蘇本五言律詩補。)

【校記】

〔一〕班　孫謌本五言律詩、劉蘇本五言律詩、《存目補編》本卷五《宿湖口作》"斑"。

〔二〕沉沉　孫謌本五言律詩《宿湖口》作"沈沈"。

〔三〕轉　孫謌本五言律詩《宿湖口》作"里"。

謝公《杏村讀書圖》

鹿角關前春水流,鹿角關外鳴春鳩。杏花千樹香十里,花開常護讀書樓。我愛謝公好才調,讀書萬卷猶嫌少。每到花時只讀書,總有落花常不掃〔一〕。幾年腰組入長安,讀書依舊看花難。畫師爲寫讀書處,宛聽咿唔花未闌。余亦辭家一百六,花裏逢君帝城曲。見畫爲君色惆悵,關前誰鎖讀書屋。君言萬事皆等閑,讀書豈必家門山。畫中看屋眼前是〔二〕,但取古字窺蒼顔。我聞君言轉增喟,境不可執書亦礙。堂上讀書笑斫輪,糟粕何如醇酎對〔三〕。輦路連朝風日佳,出門況有千杏花。讀書爭似花前醉,且擲殘書入酒家。

【王評】結甚撇脱。

【藏批】古人咏杏花,從未着"香"字。(據孫謂本七言古體詩補。)

【蘇評】挺然崛起,杳然收煞,獨往獨來,無復依傍。(據劉蘇本七言古體詩補。)

【校記】

〔一〕總　《存目補編》本卷五《謝公杏村讀書圖》作"縱"。

〔二〕看　《存目補編》本卷五《謝公杏村讀書圖》作"書"。

〔三〕酎　劉蘇本七言古體詩《謝公杏村讀書圖》作"酧"。

贈仙翁二首

韋曲相逢笑語温,典衣沽酒對青門。蓬萊清淺尋常事,親見當年子尾樽。

勾漏丹砂海路懸,桃花作飯亦徒然。眼前便是方壺客,莫失真仙覓假仙。

題周雪客燕舟三首

陸海仙舟枕半支,歐陽畫舫是前師。閑中只愛乘流便,忘却掀天起浪時。

奇險誰驚虎臂灘,浮生何處不波瀾。觀心真到無心處,都作高春穩睡看。

瀛海三千羽客迎,楞伽飛渡浪花平。陸居無屋舟無水,只恐心還兩境生。

【蘇評】以宋時之議論,五代之風韻,故超忽飛動,卓犖不群。(據劉蘇本七言絶句詩補。)

再逢陸雲士三首

長卿辭賦洛陽才,重向金門接玉杯。回首湖南舊賓客,春江同聽鷓鴣來。

夙有文章擅一時,沅湘清怨入新詞。使君到處風流甚,楚女如花記竹枝。

【蘇評】高朗雄傑,七子中一于鱗也。(據劉蘇本七言絶句詩補。)

郊鄏恩波尚一年,而今手板又朝天。承明那得留君住,待向何方奏宓絃。

送友人歸里二首

惆悵青門柳一枝,離亭風雨晚春時。送君却感懷鄉夢,正采山南五色芝。

河上風光動蕨芽,西門萬樹絳桃花。而今恰作千年實,那得同尋阿母家。

【蘇評】氣概高華,機局博大,婁江、歷下一派人物。(據劉蘇本七言絶句詩補。)

【劉評】肫摯之情,飛仙之筆,即盛唐亦恐臻此境者未易多得。(據劉蘇本七言絶句詩補。)

題黄湄都諫詩卷二首〔一〕

十九首詩驚碧落,一千年調記烟鬟。少陵無語昌黎醉,只許黄門到華山。

茫茫大雅失清真,愛爾新詩盡有神。不是青蓮輕讓善,果然小謝最驚人。

【校記】

〔一〕孫謂本七言絶句詩題後有小字"刻《蓮洋集》"。

暮春雨中阮亭先生招同諸公集善果寺得曲字

古寺城西隅,寺路直還曲。幽人此來往,漸與山僧熟。煮茗石幢下,石鼎輕烟覆。一花餘春榮,衆陰長夏緑。松深鶴唳静,竹動鳥飛速。人生一世間，光景如轉燭。宇宙曠無垠，何爲自刺促。勝侶欣招邀，佳時值休沐。名香風過院，仙梵雨垂屋。向晚孤霞明，白雲傍簷宿。蒼蒼林月上，世界明金粟〔一〕。歸途重回首〔二〕，遥山寄遐矚。

【王評】讀天章五言名貴之句，輒覺韋、柳了不異人。

【蘇評】托興、命意均極曠遠，不似淺陋人雕琢肝肺，僅能嘲風弄月而已。（據劉蘇本五言古體詩補。）

【校記】

〔一〕孫謖本五言古體詩此句後孫謖記有："此下原本有'散坐各有懷，坦步意皆足'二句，先生自訂刪去。"

〔二〕途　《存目補編》本卷五《暮春雨中阮亭先生招同諸公集善果寺得曲字》作"來"。

晚歸再題三絶句

春雲微雨織輕緑，古寺殘陽晚照時。芳樹無花猶載酒，青松誰看塔前枝。

望中草色比裙腰，楊柳當風萬萬條。莫笑尋春春欲盡，閉門閑坐是花朝。

煮茗中林掃碧苔，看花何必悵空回。凌晨更約毗盧閣，專爲西山爽氣來。

【蘇評】覃妍風華，翩然絶世，見者誰不生憐。（據劉蘇本七言絶句詩補。）

咏陸雲士萬年冰二首

久向堯年煉度深，依然荇藻影森沉。阿誰滚滚紅塵裏〔一〕，將出巢由仕宦心。

契結瓊山白玉蟾，相逢何必邑中黔。風塵對爾煩囂盡，烈日當空晝下簾。

【校記】

〔一〕滚滚　《存目補編》本卷十《咏陸雲士萬年冰二首》作"衮衮"。

題張杞園《浮家泛宅圖》

海氣何茫茫，海風猶浩浩。日上琅琊臺，孤霞在雲表。常慕羽人都，滄波肆幽討。塵羈未得去，屢負蒼蒼島。之子水仙侶，浮家謝機巧。載書滿船頭，雙鬟更娟好。似戀鱖魚肥，繫纜近芳草。風檣白鷺過，雨舵垂楊掃。何不便颯然，竟訪成連道。帆行黿鼉上，青俯齊魯小。世外見桃花，千春不知老。

【劉評】起法、結法，均高出物表。（據劉蘇本五言古體詩補。）

集阮亭先生宅得秉字

冥冥花枝晚，寥寥天宇靜。清言喜忘倦，坐失春宵永。風過階草翻，月動巢鶴醒。蘭烟方爇案，麝火恰明鼎。醉墮席上杯，渴憶山中井。京洛去復來，豈曰違夙秉。願言晤親串，聊取暢孤迥。勞勞慕石隱，買田不盈頃。空泛洞庭波，積雨愁舴艋。山鬼頗便娟，女蘿太幽冷。人生分有定，利鈍敢强騁。早聞椎與槌，幽薊别汝潁。緣隨雙象馬，夢謝頭綱餅。物情蒼狗態，世事孤鴻影。倘未早識别，無乃昧要領。家門青蓮花，嶽嶽插青冥。吾將掃石壇，坐卧南峰頂。

【劉評】淺深層次變化皆有唐軌。（據劉蘇本五言古體詩補。）

【方按】"青冥"，"冥"字，從來無入仄聲者。（據《存目補編》本卷五補。）

贈竹垞二首

三日讀君詩，五日見君面。不謁門下省，已出瑶林殿。浮榮何足惜，世事本多變。莫便學班姬，秋風泣紈扇。

曲巷浮埃多〔一〕，相尋日已昃。感君不得意，猶有好顔色。豈非十年内,得此讀書力。握手當路岐,不負昔相識。

【劉評】亦皓首以爲期之意,語更微婉。(據劉蘇本五言古體詩補。)

【校記】

〔一〕曲　劉蘇本五言古體詩《贈竹垞二首》作“幽”。

簡楞香兄〔一〕

哲兄瑶林姿,高文久彪炳。朝辭新安江,暮入金華省。承恩歸屨晏,日過花磚影。幽齋富圖籍,下簾心逾静。賦成金石墮,書就龍蛇騁。一字落人間,已與瑚璉並。頗驚裘馬客,造門日求請。翳余昭穆分〔二〕,親愛同氣等。風軒杯每接,雨院燭常秉。無學資高深,有言聞要領。池塘芳草時,誰能和孤迥。還當數過從,花林鬬新茗。

【校記】

〔一〕孫謂本五言古體詩題後有小字“刻《蓮洋集》”。
〔二〕翳　孫謂本五言古體詩《簡楞香兄》作“繄”。

爲阮亭先生題畫四首〔一〕

誰畫江雲海霧閑,長風披樹雨連山。此中景物都何似,應在衡湘上下間。

蕭然卧病對精籃〔二〕,林下何人更種柑。嶽麓濛濛江水闊,不堪重憶洞庭南。

晴雲不及雨雲多,石趾江心蕩白波。卧聽鷓鴣閑不住,幾番鄰舍乞漁蓑。

還家一月又辭家,誰遣京塵入鬢華。今日長安苦炎熱,轉憐清絶是長沙。

【校記】

〔一〕孫謂本七言絶句詩題後有小字“刻《蓮洋集》”。

〔二〕 籃　宋本卷九、徐本卷九、《存目補編》本卷五《爲阮亭先生題畫四首》作“藍”。

送王仲昭歸錢塘三首

一夜黄梅雨，南風催别樽。江邊移桂楫，湖上掩柴門。酒力貧尤壯〔一〕，詩名老更尊。平津舊賓客，零落不堪論。

【蘇評】非徒得老杜聲調之偏者。（據劉蘇本五言律詩補。）

孤山傍水涯，水次見梅花。鶴長仙翁宅，人知處士家。有書留梵乘，無夢到京華。倚仗雙松底，前山多夕霞。

【蘇評】回環處得杜骨。（據劉蘇本五言律詩補。）

同奏《長楊賦》〔二〕，清時嘆未逢。罷歸三殿直，重繼五湖蹤。買帖花邊市，尋僧竹外峰。何年問箋注，特訪鄭司農。

【蘇評】窮極筆力，不以平調出之，却有行雲流水之妙。（據劉蘇本五言律詩補。）

【校記】

〔一〕 尤　孫謌本五言律詩、《存目補編》本卷五《送王仲昭歸錢塘三首》作“猶”。

〔二〕 同　徐本卷九《送王仲昭歸錢塘三首》作“向”。

贈宋駿先

生平夢想峨眉好〔一〕，君在峨眉住幾年〔二〕。佛火飛來輕似葉，香雲生處白於綿。道心已熟龍歸峽，定力方堅虎擘泉。今日相逢如伴侶，可能重問蜀江邊。

【校記】

〔一〕 眉　《存目補編》本卷十《贈宋駿先》作“嵋”。

〔二〕 眉　《存目補編》本卷十《贈宋駿先》作“嵋”。

送景文岩二首

何用詩名大，新城每向人輒謬云"吴子詩名甚大"，心感知己之言。艱難老病餘。且看三日雪，省問五車書。君復雪中去，誰堪慰索居。春風倘南下，同饌浙江魚。

蚤歲過吴會，蘇州又秀州。驚心三十載，發興欲重游。老愛鴛鴦水，貧貪粳稻秋。文翁新政好，憑語寄東流。謂佟青士使君。

送董禹颺時携内往故有末句

愛爾江花閣，新文錦不如。久傳繁露學，方奏《治安書》。且共一尊酒，還遲雙鯉魚。前山如黛色，都擁七香車。

【王評】以一結存之。（據孫謂本五言律詩補。）

飲孟氏園二首

衆峰在林表，宛然賓主同。竹間流水過，花外石闌通。客語鳥聲寂，雲開山徑空。名園兼勝侶，十倍説墻東。

【蘇評】主拾遺，賓供奉，故爾深沉秀逸兼到。（據劉蘇本五言律詩補。）

只道江南好，梅花此地無。靈柯忽别館，春色即仙都。苔蘚緣青壁，珍珠送玉壺。頓忘扶馬上，酣叫任啼烏。僧人出珍珠酒同飲〔一〕。

【蘇評】洗盡穠麗妖冶，純以平處見奇。（據劉蘇本五言律詩補。）

【校記】

〔一〕僧　徐本卷九、劉蘇本五言律詩、《存目補編》本卷五《飲孟氏園二首》作"伯"。

題姜郡丞畫扇

久思中條結茅屋，因樹爲堂映新緑。樹杪三疊五疊山，階下千竿萬竿竹。使君騎馬山中來，手攀嘉樹心徘徊。高情待躡崑崙頂，天半流霞酌一杯。緊余采山愁日晚，白雲深處聞鷄犬。丹竈方覓葛稚川，石髓難逢嵇中散〔一〕。雲間高士才情妍〔二〕，能於筆底生雲烟。夢回白苧城邊路，寫出緑葭村外田，曹平叔，坦，華亭人，住緑葭村，即以自號，因畫此景。田際鳴鳩唤春雨，望杏瞻蒲人作苦。行春專待使君來，江北江南遍歌舞。雉尾蒓生薛瀫湖，九峰三泖望模糊。却從一幅雲林畫，兆作文翁善政圖〔三〕。

【藏批】氣機流動。（據孫謂本七言古體詩補。）

【蘇評】格本晚唐，而神韻氣骨過之。（據劉蘇本七言古體詩補。）

【方按】末句"化"，一作"兆"，二字形似，然皆不甚穩。（據《存目補編》本卷五補。）

【校記】

〔一〕嵇　劉蘇本七言古體詩《題姜郡丞畫扇》作"稽"。

〔二〕間　《存目補編》本卷五《題姜郡丞畫扇》作"中"。

〔三〕兆　《存目補編》本卷五《題姜郡丞畫扇》作"化"。

題蜂子蝶花小景畫扇

我聞羅浮山，蝴蝶如車輪。麻姑仙人據其背，凌空笑看三花春〔一〕。又聞神人探道秘，吐飯成蜂等游戲。而今蜂子作花心，花耶蝶耶何同異。畫師狡獪太無端，小草紅藍錦作團。司馬心情能坐嘯，且拂齊紈操猗蘭〔二〕。

【校記】

〔一〕花春　孫謂本七言古體詩《題蜂子蝶花小景畫扇》作"春花"。

〔二〕操　《存目補編》本卷十《題蜂子蝶花小景畫扇》作"摻"。

過介休郭有道祠見傅公他隸書中郎舊誄嘆美不已紀以詩〔一〕

繫馬古槐下，槐花石堂偏。誰書有道碑，古法蛟龍纏。其文中郎舊，書亦堪比肩。嗟哉濁堂老，縱橫照秋烟。鴻都迹久蕪，帷幕留殘鐫。夏承誰呵護，靈光猶巋然。巍巍九疑頌，托迹於神仙。此碑妙接武，絶響續千年。梁鵠鄙不爲，頡籀或後先〔二〕。我來重嘆息，典型欣目前〔三〕。坐卧欲三日，苦被塵累牽。上馬再回首，孤鵬方高騫。

【劉評】有道，一代高士，惟青主差與頡頏，即書碑寄意，蓋亦慨然想見其爲人也。（據劉蘇本五言古體詩補。）

【校記】

〔一〕《存目補編》本卷十題爲"過介休郭有道祠見傅公佗隸書中郎舊誄嘆美不已因紀以詩"。

〔二〕籀　《存目補編》本卷十《過介休郭有道祠見傅公他隸書中郎舊誄嘆美不已紀以詩》作"籒"。

〔三〕型　劉蘇本五言古體詩《過介休郭有道祠見傅公他隸書中郎舊誄嘆美不已紀以詩》作"刑"。

追咏薛節母楊夫人

翠筠霜有節，古井寒無波。比似貞母心，白首無偏頗。夫子仙桂質，早歲聲峨峨。豈知未中道，花葉萎高柯〔一〕。摧傷母氏心，之死矢靡他。青鸞吊形影，黄鵠成悲歌。幸有雙鳳凰，謂令子君顯含華。繞膝爭婆娑。羽翼日以成，九苞换相摩。其聲中律吕，方將鳴太和。傷哉北堂上，駒影倏已過。音容杳難問，追溯涕滂沱。勉旃秋風時，文陣排雕戈。一鳴願驚人，歸來曳朝珂。再拜酹九原，庶幾仙顔酡。

【校記】

〔一〕葉　《存目補編》本卷十《九追咏薛節母楊夫人》作"蘗"。

奉贈汾州沈太守心涯

生平慕至道，白首竟何得。皈心蓮花洋，望洋轉目失〔一〕。夫子本仁者，性天契秘密。云禮小白華，海潮立蕩激〔二〕。恍惚見妙相，神化迴非一。宰官天人身，童子青蓮色。將無明示現，錫命兆保赤。今仍俯汾水，前已傍姑射。曾爲令汾西〔三〕。至德信師表，上善何軌轍。稽首過龍門，泥塗忘冰雪。

【校記】

〔一〕目　宋本卷九、徐本卷九、《存目補編》本卷十《奉贈汾州沈太守心涯》作"自"。

〔二〕立　宋本卷九、徐本卷九、《存目補編》本卷十《奉贈汾州沈太守心涯》作"音"。

〔三〕曾爲令汾西　《存目補編》本卷十《奉贈汾州沈太守心涯》作"曾爲汾西令，汾西近姑射"。

懷張愚谷六首 時罷官居洛

懷君曾待玉鈎山，今日相期已得還。暫弄天津橋下水，清波方照好容顔。

南宫北宫今有無，平泉花草久荒蕪。人生萬事皆游戲，且醉香山酒一壺。

履道坊前啓竹扉，藤輿出入引清暉。而今始是忘機日，耳畔真無閑是非。

久説中條有張果，欲推甲子總茫然。春風拄杖遥相待，共酌鴦漿頂上泉。

洛涘烏椑葉葉風，幾年不見舊林紅。梁侯未必如鄉味，願入《閑居賦》語中。寄柿。

如瓜仙實有靈根，遠寄攢攢出里門。安邑由來千樹好，待君留核種南村。寄棗一樸，悉安邑佳種也〔一〕。

【校記】

〔一〕佳種也　《存目補編》本卷十《懷張愚谷六首》作“佳種”。

簡臨晋王令〔一〕

蒲坂到桑泉，曾無一百里。每過王官谷，常宿虞鄉市。雖多山水緣，頗煩戒行李。忽聞使君來，風誼荀陳美。高懷愛林壑，康樂可方比。益快名山游，得與并屐齒〔一〕。洗耳表聖祠，共酌蒼漿水。

【校記】

〔一〕宋本卷九、徐本卷九無此首詩。
〔二〕并　《存目補編》本卷十《簡臨晋王令》作“迸”。

集石林編修山館

藤花開已闌，殘香墮塘水。聞君下直後，日對清陰美。宛宛崇坂蘭，茸茸幽磵芷。客來風軒開，雨驟池漚起。移尊鳴鳥静，撫操潛鱗喜。高霞乍明滅，忽照西閣紫。莫憶粤中山，前溪一峰是。

游沈紫瀾别駕舊園內有姬人墓

薜石盤坳細路分，高松葱靄拂晴雲。到來蒼鼠幾回出，坐久竹鷄時一聞。細柱拋殘思錦瑟〔一〕，繁花開處想羅裙。亭西彷彿題名在，尚有風流記此君。

【校記】

〔一〕細　宋本卷九、徐本卷九、《存目補編》本卷五《游沈紫瀾别駕舊園》作"鈿"。

送張確山四首

灞橋烟柳未成絲，愁絶橋邊酒一巵。應念咸陽三月半，花開也似朗陵時。

【蘇評】風流極矣！豈草木之香薰染成態耶？（據劉蘇本七言絶句詩補。）

咸陽芳草及時新，偏向漁陽踏曉塵。只是《渭城三叠》後，可能忘却卷衣人。

【王評】觸緒皆新。

我亦關門過寒食，最愛梨花處處開。携手河梁真妒煞，花枝争趁馬蹄回。

【蘇評】隨便拈來，輕輕淺淺，皆有無限情致。（據劉蘇本七言絶句詩補。）

織縑織素是何人，明月流黄夢入秦。歸去錦堂先一笑，韶華不負十分春。

【蘇評】不讓人豪，尤多餘韻。（據劉蘇本七言絶句詩補。）

簡友人〔一〕

中條五畝宅，欲築金鵝館。大隱苦不就，風塵尚游衍。俯仰人間世〔二〕，有如蠶在繭。每憂嗜慾深，日覺天機淺。吾子英果姿〔三〕，天馬脱韁韅。十年海門住，心獨許君善。昨忽來關輔，神理益高簡。始知味道久，得力在墳典。浮名何足道，天爵豈纓冕。嘗嘆昔賢達，托懷轉蕭散。今古本須臾，世界等盆碗。何爲自局促，轅駒效偃蹇。環堵静非狹，九州動寧遠。不爲陶侃勤，亦薄嵇康懶。清嘯激公和，晞髮想威輦。作止兩俱忘，有無悉皆遣。吾子果有心，幸與共黽勉。

【校記】

〔一〕《存目補編》本卷五題爲“簡逸峰”。

〔二〕俯仰人間世　《存目補編》本卷五《簡逸峰》作“俯仰人事間”。

〔三〕吾子英果姿　《存目補編》本卷五《簡逸峰》作“吾子果英姿”。

題王九滋刺史畫二首晼〔一〕

蝗蜋川上水潺潺，六詔風烟記往還。謾道鬱林能載石，畫中惟作點蒼山。

【蘇評】妙於語言，極其灑脱。（據劉蘇本七言絶句詩補。）

京索榮陽擁上游〔二〕，碧鷄金馬遠含秋。而今萬里歸來日，渤海三公尚黑頭。

【校記】

〔一〕《存目補編》本卷五題爲“題王九滋刺史畫二首”。

〔二〕榮　《存目補編》本卷五《題王九滋刺史畫二首》作“滎”。

送孟千一赴銓

新笋如簪荷如錢，往來醉向山堂眠。山堂主人修静業，愛我親煮堂下泉。新笋成林荷成蓋〔一〕，主人求官歷燕代。林中有竹池成蓮，主人不在山堂在。看竹雖諧野客情〔二〕，酒酣誰惜狂奴態。主人行色太匆匆，堂前酒酌珍珠紅〔三〕。回尊再勸主人飲，明日山堂烟靄中。主人分符作民牧，亦伴行春雙白鹿。判牘寧忘一頃蓮，折腰應憶千竿竹。我傍汀洲采白蘋，君今圭組已榮身。他時獨往山堂下，還酌山泉憶主人。

【蘇評】贍而不排，華而不弱，得風雅之宗。（據劉蘇本七言古體詩補。）

【劉評】淡而彌旨，淺而愈深，爲孟者應亦熱心冰冷。（據劉蘇本七言古體詩補。）

【校記】

〔一〕成　孫譔本七言古體詩《送孟千一赴銓》作"如"。

〔二〕雖諧　《存目補編》本卷十《送孟千一赴銓》作"縱隨"。

〔三〕珍珠　《存目補編》本卷十《送孟千一赴銓》作"真珠"。

出都别友人二首〔一〕

庭樹蕭蕭落，秋山入夢中。花前一尊酒，暫與故人同。

匹馬青門外，垂楊覆板橋。莫傷摇落盡，猶有最長條。

【蘇評】有則可循，無方可執，而風姿濯濯，正如出水蓮花。（據劉蘇本五言絶句詩補。）

【校記】

〔一〕劉蘇本五言絶句詩題爲"出都别友人"。

贈梅勿齋〔一〕

我愛梅夫子，高懷無古今。著書已白首，舉世誰知音。偶以觀流水，因之彈素琴。茫茫烟海曲〔二〕，千樹碧桃深。

【校記】

〔一〕《存目補編》本卷十題爲"寄梅勿齋"。

〔二〕茫茫烟海曲　《存目補編》本卷十《寄梅勿齋》作"茫茫春色裏"。

贈葉東溟

我聞陸慧曉，宅與張融並。池上二楊柳，春風遠相映。醴泉木交讓，物以名賢稱。夫子東南秀，傳詩如韋孟。昨從塞上來，馬上發孤咏。小住中條側，日得葉清興。味將淄澠合，道擬宫商應。江南好水石，常愛烟波靚。何日遂芳鄰，屢掃羊求徑。

姜郡丞西齋即事

閑階竹影玉玲瓏,冰簟新凉午夢中〔一〕。草色分來鸚鵡緑,花枝奪得錦官紅。樓臺忽過蓮峰雨,餅餌遥聞麥隴風。更向高齋托長嘯,襟期猶許故人同。

【劉評】幽新傳奇處,只在氣韻不同。(據劉蘇本七言律詩補。)

【校記】

〔一〕簟 《存目補編》本卷五《姜郡丞西齋即事》作"簞"。

贈王鶴汀閣學

大道非有無,一誠終始之。夫子贊元化,默契周四時。出入密勿間,翼翼夔龍姿。世運日昌隆,皇風皞以熙。致身雖巖廊,亦具猿鳥思。頗云中條麓,買山理茅茨。谷口蔓藤蘿,水竹交清漪。禪悦坐風磴,清齋烹露葵。蒼生倚庇殷〔一〕,安能遂其私。出處迹則殊,道濟本無岐。正望調爕功,仰佐乾元施。啟沃誦一德,可更証無爲。

【校記】

〔一〕殷 《存目補編》本卷十《贈王鶴汀閣學》作"慇"。

送姜華林郡丞之平水

姑射山前碧玉流,汾陽問道動鳴騶。凉風正爲連朝雨〔一〕,麥氣全迎五月秋。緑樹千重交乳燕,明湖一帶點輕鷗。使君清興無窮極,馬上吟詩到水頭。

【劉評】音韻飄灑,似近謫仙。(據劉蘇本七言律詩補。)

【校記】

〔一〕正 《存目補編》本卷五《送姜華林郡丞之平水》作"止"。

送魏闇之還里二首

濛濛細雨海東頭，尚覺寒生日本裘。漸遠薊門見芳草，春風吹過古并州。

一年同調客天涯，送爾還家更憶家。谷口看山無酒伴，東堂獨醉玉蘭花〔一〕。

【校記】

〔一〕醉　《存目補編》本卷五《送魏暗之還里二首》作"對"。

驪　山

天寶巡游地，驪山有舊宮。栢殘霜後翠，花墜雨前紅。羽帳烟如織，瑶壇月似弓。魚龍珠楫外，鳧雁石蓮中。箏殿荒新譜，毬場失舊驄。峰猶高玉蘂，橋尚擬長虹。七夕牽牛誓，三山海若通。金釵留想像，鈿合寄朦朧。泉飲當年鹿，樓聽此夜鴻。朝元餘夕照〔一〕，方丈委秋風。野火生枯樹，遺簪委斷蓬。那能留麥飯，重乞達觀翁。

【校記】

〔一〕餘　《存目補編》本卷十《驪山》作"如"。

出　郭

出郭饒清事，溪流一帶斜。浮萍翻惱客，一半是楊花。

【王評】妙。余少時亦有〔一〕咏楊花詞，云"惆悵三生絶〔二〕，可憐又化浮萍去"。

【蘇評】長公云："作詩必此詩，定知非詩人。"此不粘定，翻轉成韻，獨得三昧。（據劉蘇本五言絶句詩補。）

【校記】

〔一〕亦有　孫謂本五言絶句詩《出郭》王士禎評語作"有"。

〔二〕惆　《存目補編》本卷五《出郭》王士禎評語作“怊”。

城北踏青

難得春朝此日閑，井邊芳樹鳥間關。麥畦菜甲青油幕，正對城南雪後山。

【王評】畫意。（據《存目補編》本卷五補。）

【蘇評】韻致總不同。（據劉蘇本七言絶句詩補。）

西　溪

西溪清淺流，洄洄雜闕荇〔一〕。白鳥忽飛來，萍開見山影。

【劉評】静境幽情，寫入清細。（據劉蘇本五言絶句詩補。）

【校記】

〔一〕闕　宋本卷九、徐本卷九、孫謂本五言絶句詩、劉蘇本五言絶句詩、《存目補編》本卷五《西溪》作“菱”。

莫亞夫先生贈我臨帖二册皆山陰父子書也用筆特妙幾欲亂真敬報長句

亞夫先生筆墨殊，貽我臨册今所無。山陰父子有彀率，隻手一攖金僕姑〔一〕。轉使有類鶴引吭〔二〕，回翔宛似鷹顧雛。雪中韝脱活雕鶚〔三〕，海底網罥生珊瑚〔四〕。明艷春風媚桃李，澄澈秋水排㧙蒲。忽爾繞柱蛇激電，忽爾曳尾龜負塗〔五〕。公孫劍器太熠燿，宜僚丸弄争須臾。鸞蹲鳳跱各異態，龍跳虎卧皆同模。釵角漏痕稱晚近〔六〕，驚沙蓬振追前驅。技癢難倩麻姑爪，狂笑欲裹司空鬚〔七〕。吁嗟先生胡爲乎，行年八十藏菰蘆。早有文章驚帝闕，晚隨鷗鷺浮江湖。空傳恩澤在民社，桐鄉酒肉雜笙竽。有時朱顔如醉飽，朱邑爲桐鄉令，有惠政。後民立祠祀之，而邑於祀日即面有酡顔〔八〕。兒孫滿眼終難餔〔九〕。嗟我半生久零落，知非年過仍顓愚。今始登堂拜父友，丈人行輩情急輸。入門驚見形貌古，咤嘆不已天爲徒。化腸爲筋理則有，神仙化腸爲筋，故能不穀食，血化白乳也〔一〇〕。煉身同鶴道豈誣，李翔贈詩云："煉得身形似鶴形，千銖松下兩函經。我聞大道無多語，雲在青山水在瓶。"〔一一〕。休訝先生山澤癯，龍門傳記列仙儒。朝夕過從命飲食，雕盤羅列笋與蒲。江南橘剖黄瑪瑙，潞州酒滴紅真珠〔一二〕。炰鱉膾鯉無不有〔一三〕，折項真見鵝鴨俱。温言獎勉意良厚，憑几含酡興未孤。酣暢不覺發清辨，口道堯夫經世書。先天後天在指掌，太極無極非畫圖。修身更進參同契，戊己刀圭研上虞。小子聞之醒聾聵〔一四〕，宛丘不負循墻趨。臘雪已盡未歸去，又見春風來坐隅。生平有願皈道業，擾擾塵心難驟刳。醴陵終愁筋髓冷，江淹封醴陵侯，文集中有"恐筋髓衰冷"之語〔一五〕。長沙早恐年壽徂。遠游輒思隱懸霤，垣闕竟擬修蓬壺。結習無如障文字，世緣那便抛妻孥〔一六〕。筋力柔脆更自哂，仔肩大道非凡駑。畢萬七戰全牖下〔一七〕，畢萬，鄙夫也，七戰皆獲死於牖下，有馬七乘見在〔一八〕。單豹巖居逢於菟〔一九〕。十殺一人歘相戒，飲食牀笫翻畏途。人生福厲那可定，趨避益令疑難攄。離垢還期效慧斐〔二〇〕，劉慧斐，號離垢先生，構離垢園，潔齊修佛，得證善果〔二一〕，忍欲未得偕林逋〔二二〕。姚察讀經悟空寂，姚察，姚畏謙之父，讀佛經，悟一切空寂〔二三〕。孝先蔬食沃醍醐，徐孝先，蔬食信佛，後證果〔二四〕。桂父桐君迹有據，桂父，服桂得仙。桐君，亦古仙人也〔二五〕。金庭石室途非迂。間關未透成悵望，粗鄙不盡增踟躕〔二六〕。右軍游目眺汶嶺，大令鵝群歸崇虚。優劣未可卑餓隸，騰舉彷佛皆仙都。自昔文人慧爲業，於道爲近乳酪酥。執册再拜重請益，先生教我當何如。

【王評】形容處目杜《舞劍器行》脱胎，筆勢雄肆，一洗萬古凡馬空矣，蘇黄嫡派。〔二七〕

【謂記】原本誤寫作兩首，後一首無題，阮亭先生訂自"江南橘"起，至"何如"另爲一首，題作"《再呈莫亞夫先生》"，前首評"形容"云云，後首評"蘇黄嫡派"四字。後徵君弟霞於河南陳州得莫寶善本，原屬一首，因爲訂正作一首。原本别册有自注，刻本未刻，今照原本補刻於各句之下。（據孫謂本七言古體詩補。）

【蘇評】前半幾於天花亂墜，後半幾於珠玉錯落。要惟力量千鈞，精光萬丈，是以言之雄肆與氣之浩瀚，相輔而行，渾然無跡。（據劉蘇本七言古體詩補。）

【校記】

〔一〕一攫　宋本卷九、徐本卷九、孫譚本七言古體詩、《存目補編》本卷五《莫亞夫先生贈我臨帖二册皆山陰父子書也用筆特妙幾欲亂真敬報長句》作“雙攫”。

〔二〕顒　孫譚本七言古體詩、劉蘇本七言古體詩、《存目補編》本卷五《莫亞夫先生贈我臨帖二册皆山陰父子書也用筆特妙幾欲亂真敬報長句》作“類”。

〔三〕雪中　《存目補編》本卷五《莫亞夫先生贈我臨帖二册皆山陰父子書也用筆特妙幾欲亂真敬報長句》作“雲中”。

〔四〕網　劉蘇本七言古體詩《莫亞夫先生贈我臨帖二册皆山陰父子書也用筆特妙幾欲亂真敬報長句》作“綱”。

〔五〕塗　劉蘇本七言古體詩《莫亞夫先生贈我臨帖二册皆山陰父子書也用筆特妙幾欲亂真敬報長句》作“圖”。

〔六〕角　宋本卷九、徐本卷九、孫譚本七言古體詩《莫亞夫先生贈我臨帖二册皆山陰夫子書也用筆特妙幾欲亂真敬報長句》作“脚”。

〔七〕鬒　劉蘇本七言古體詩、《存目補編》本卷五《莫亞夫先生贈我臨帖二册皆山陰父子書也用筆特妙幾欲亂真敬報長句》作“鬢”。

〔八〕此處小字爲吴雯自注，據孫譚本七言古體詩補。

〔九〕餔　《存目補編》本卷五《莫亞夫先生贈我臨帖二册皆山陰父子書也用筆特妙幾欲亂真敬報長句》作“哺”。

〔一〇〕此處小字爲吴雯自注，據孫譚本七言古體詩補。

〔一一〕此處小字爲吴雯自注，據孫譚本七言古體詩補。

〔一二〕真珠　《存目補編》本卷五《莫亞夫先生贈我臨帖二册皆山陰父子書也用筆特妙幾欲亂真敬報長句》作“珍珠”。

〔一三〕炰　《存目補編》本卷五《莫亞夫先生贈我臨帖二册皆山陰父子書也用筆特妙幾欲亂真敬報長句》作“庖”。

〔一四〕瞶　孫譚本七言古體詩、劉蘇本七言古體詩《莫亞夫先生贈我臨帖二册皆山陰父子書也用筆特妙幾欲亂真敬報長句》作“聵”。

〔一五〕此處小字爲吴雯自注，據孫譚本七言古體詩補。

〔一六〕拏　劉蘇本七言古體詩《莫亞夫先生贈我臨帖二册皆山陰父子書也用筆特妙幾欲亂真敬報長句》作“拿”。

〔一七〕全　《存目補編》本卷五《莫亞夫先生贈我臨帖二册皆山陰父子書也用筆特妙幾欲亂真敬報長句》作“死”。

〔一八〕此處小字爲吴雯自注，據孫譚本七言古體詩補。

〔一九〕居　《存目補編》本卷五《莫亞夫先生贈我臨帖二册皆山陰父子書也用筆特妙幾欲亂真敬報長句》作“處”。

〔二〇〕期　《存目補編》本卷五《莫亞夫先生贈我臨帖二册皆山陰父子書也用筆特妙幾欲亂真敬報長句》作“思”。

〔二一〕此處小字爲吴雯自注，據孫謂本七言古體詩補。

〔二二〕得　《存目補編》本卷五《莫亞夫先生贈我臨帖二册皆山陰父子書也用筆特妙幾欲亂真敬報長句》作“便”。

〔二三〕此處小字爲吴雯自注，據孫謂本七言古體詩補。

〔二四〕此處小字爲吴雯自注，據孫謂本七言古體詩補。

〔二五〕此處小字爲吴雯自注，據孫謂本七言古體詩補。

〔二六〕蹁　孫謂本七言古體詩《莫亞夫先生贈我臨帖二册皆山陰父子書也用筆特妙幾欲亂真敬報長句》作“躇”。

〔二七〕目　宋本卷九、徐本卷九、孫謂本七言古體詩、劉蘇本七言古體詩、《存目補編》本卷五王士禎評語作“自”。

謝亞夫先生送桂花醬

桂父昔食桂，分此爲清惠。采得小山花，釀作江南味。

【王評】佳妙。

【蘇評】神韻飄緲於言外。（據劉蘇本五言絶句詩補。）

立春晨興喜莫裴卿見過

立春有微雪，輕寒入柳條。羨君披鶴氅，清曉見仙標。佳節傳銀繭，香塵擁翠翹。相期三五夜，燈市聽吹簫。

宿鴻郗陂田家〔一〕

黄鵠何時語，荒陂見野烟。羹猶陳豆芋〔二〕，人尚憶蒲蓮。粉水通溝洫，平輿改市廛。一朝辭織屨，休壞濯龍淵。

【方按】“平輿”，“輿”字去聲。（據《存目補編》本卷十補。）

【校記】

〔一〕《存目補編》本卷五題爲“宿鴻隙陂田家”。

〔二〕羹猶陳豆芋 《存目補編》本卷十《宿鴻隙陂田家》作"美猶陳豆芋"。

從上蔡還柳林

鴻郄陂南路〔一〕,東風動曉霞。垂楊三百里,歸處即爲家。野岸蘆含笋,平蕪薺有花。漸看春意好,鷗鷺滿圓沙。

【校記】

〔一〕郄 《存目補編》本卷十《從上蔡還柳林》作"隙"。

鄢陵哭梁曰緝先生

憶昔壬寅秋,初登夫子堂。疲馬泥淖中,日夕尚空腸。窮途得所依,涕淚霑衣裳。惘然念葛岵,惻惻情内傷。明燈張華筵,雕盤羅酒漿。設榻於座隅〔一〕,朝夕承輝光。教我以德義,課我以文章。詩律藉指南,字句加精詳。公子皆清華,矯矯雙鳳皇。孤鶴得其群,階下日翱翔。倏經菊花時,開尊神飛揚〔二〕。論文每夜分,獎勉出尋常。給札試兩藝,驚喜過所望。期我立騰騫,宗廟列珪璋。贈我一端罽,出自皋蘭鄉。十月始歸去,臨岐皆涕滂。未幾聞登朝,鳴鳳立朝陽。乘傳入三秦,停驂涑水傍。相逢重慰藉〔三〕,哺飢同翳桑。逡巡大鹵役,念我乏糇糧。惠我瑶華音,資斧紛寄將。上國再上謁,德意仍洋洋。懸車返鳴珂,清齋日徜徉。游心物之初,潔白參毫茫。小子東西人,臘雪來三湘。摳衣候顔色,道味轉清剛。從此遂分携,不獲隨趨蹌。如何乘箕尾,驟聞掩星芒。更聞遷化時,怡然匪咎殃。前期分果餌,届候登蓮航。嗚呼去來際,了了無愴惶。豈非脩証力,没寧絶弱喪。嗟我百無成,餬口仍四方。生芻失匐匍,天涯潛摧藏。今復來宛邱,得展一瓣香。音容猶彷彿,行馬已蒼凉。百折知慕道,彌恨遠羹墻〔四〕。箕裘弱一个,鬢髪悉已蒼。把袂痛難禁,聲如失群羊。大德後必振,伫見熾而昌。豸綉復聯翩,永永輝宗祊。

【校記】

〔一〕座　《存目補編》本卷十《鄢陵哭梁曰緝先生》作"坐"。
〔二〕尊　《存目補編》本卷十《鄢陵哭梁曰緝先生》作"樽"。
〔三〕藉　《存目補編》本卷十《鄢陵哭梁曰緝先生》作"昔"。
〔四〕羹　《存目補編》本卷十《鄢陵哭梁曰緝先生》作"羮"。

禹州題壁四首

漢陽王生去五日，買舟直下晴川湄。只今楚國多香草，可對南風憶故知。

王生已去李生逢，止酒不惜傾千鍾。明月天街還一笑，早期同看竇莊松。

走馬襄城七聖迷，禹州城外草萋萋。來朝又宿嵩陽寺[一]，石壁先聽震旦鷄。

枝頭客鳥鎮無憑，好在皈依羅漢僧。地火風災都不到，三花樹下九蓮燈。

【校記】

〔一〕寺　《存目補編》本卷五《禹州題壁四首》作"走"。

山行即事

姑射山前三日行，秋林落葉亂泉聲。藕花已老穀登市，牛力方新人餉耕。冰雪遠成仙客夢，桑田近見使君清。徘徊蘆荻蕭蕭夜，汾水東頭雁影横。

【藏批】第四語意重復，詞亦背理。（據孫謂本七言律詩補。）

【劉評】拗處不失唐律，餘更渾雅。（據劉蘇本七言律詩補。）

寄懷石户翁兼示悔人

石户先生真好奇，編柳作屋潛江湄。著書搜索四千載，蟲篆鳥迹岣嶁碑〔一〕。茶經比屋訪桑苧，芋火夜半親殘師。傳此家學亦非易〔二〕，東浦負荇千里姿〔三〕。朅來太學看石皷，慈明邂逅傾心期。淵源轉仰朗陵度，高霞天半何能追。幾時更擬漢口棹，暮雨重泊湘妃祠〔四〕。遥望柴門識烟火，再拜牀下瞻容儀。鷓鴣鮓細如鏤玉，持觴勸客傾玻璃。燈前試撿《潛夫論》，未是并州食雁兒。

【校記】

〔一〕岣　《存目補編》本卷十《寄懷石户翁兼示悔人》作"岣"。

〔二〕非　《存目補編》本卷十《寄懷石户翁兼示悔人》作"匪"。

〔三〕荇　宋本卷九、徐本卷九、《存目補編》本卷十《寄懷石户翁兼示悔人》作"荷"。

〔四〕湘妃　《存目補編》本卷十《寄懷石户翁兼示悔人》作"香妃"。

山路口占

熊耳山前路，三年記再經。野花今日艷，芳草舊時青。雨寺三生石，風簷九子鈴。悠悠洛陽道，空説短長亭。

【蘇評】獨挹中允，嘉州之秀。（據劉蘇本五言律詩補。）

鳴玉澗巖下見牧者

金華山下想經行，叱石成羊太幻生。今日相看皆世外，令人疑作許宣平。

灞橋新柳

灞水縈洄無限春，橋邊柳色倍關人。纔驚日裏摇金縷，旋訝風前颺麯塵。畫閣遥連看不厭，紅亭沉醉折休頻。楊花漸次如飛雪，點入波心是白蘋。

原上麥

頓爾歡農扈，青青四境中。扶持菖葉雨，長養杏花風。綬帶看寧似，裙腰望亦同。紛紛拾翠客，切莫誤城東。

新豐酒

走馬新豐道，青簾映玉壺。十千那用惜，一醉實難圖。韋曲猶紅雨，咸陽但緑蕪。高樓何處宿，楊柳正啼烏。

【蘇評】伍唱中多少深情。（據劉蘇本五言律詩補。）

宿吴山寺樓簡嚴灝亭先生

蕭蕭暮雨急寒榛，獨倚高樓少四鄰。江上黿鼉悲鼓角，下方燈火散星辰。梅花何處三更笛，寒食無家萬里人。不是相逢嚴僕射，天涯誰念草堂貧。

【沈評】一句含三層意，從"萬里悲秋長作客"一聯悟出。（據《清詩别裁集》本、劉蘇本七言律詩補。）

【劉評】高渾雄壯處，乃愈見其精神閑遠。（據劉蘇本七言律詩補。）

齋　居

瓠落何須慮大樽，蕭然無客欵柴門。春秋未習嚴彭祖，紀傳常輕褚少孫。下澤幾曾驅欵叚〔一〕，長河終擬溯崑崙。雷聲太白連朝急，次第墻東過雨痕。

【蘇評】筆力開闔，墨迹淋漓，那許淺人學步。（據劉蘇本七言律詩補。）

【校記】

〔一〕叚　孫謂本七言律詩、《存目補編》本卷十五、《清詩别裁集》本《齋居》作"段"。

秋日再過王官谷十四韻

表聖幽栖處，白雲解鬱蒸。典型終古峻，頑懦百年興。空谷何人到，孤亭我再登。磵花纏細石，巖樹曳高藤〔一〕。危磴千峰翠，飛泉萬仞冰。清暉聞白雁，爽氣擊蒼鷹。詭激寧傷直，徘徊轉見弘〔二〕。哲先迷柳璨，節已信王凝。龍紀辭榮早，鸞臺飲社曾。有懷方墮笏，無礙任分繒〔三〕。花苑誰留客，苔龕尚見僧。避喧勾漏並，絶粒首陽仍。勝日詩堪述，秋霜史亟稱。只今書劍外，何處得良朋。

【蘇評】氣暢調圓，絶無排句之痕，飛將軍也。（據劉蘇本五言排律詩補。）

【校記】

〔一〕藤　劉蘇本五言排律詩《秋日再過王官谷十四韻》作"籐"。

〔二〕弘　《存目補編》本卷十五《秋日再過王官谷十四韻》作"宏"。

〔三〕繒　孫謂本五言排律詩、劉蘇本五言排律詩、《存目補編》本卷十五《秋日再過王官谷十四韻》作"繪"。

謝方山先生雨中以所編《德州先賢傳》見貽賦答

一雨綿綿三日餘，深泥滑滑絶行車。高人未過應懸榻，公子乘閑好著書。柳絮欲沾金屈戌〔一〕，爐香輕裊玉蟾蜍。襄陽耆舊方成傳，文彩風流衆不如。

【蘇評】不難其濃至，正以生動乃見精神。（據劉蘇本七言律詩補。）

【校記】

〔一〕戌　劉蘇本七言律詩《謝方山先生雨中以所編德州先賢傳見貽賦答》作"戍"。

過大鹵訪傅青主先生時已移居緬然有懷即書此寄意四首

松莊烟樹十年餘，寺路相逢笑下驢。今日重來渾不見，白雲深處又移居。

【蘇評】深情磊落，豈凡手所能。（據劉蘇本七言絶句詩補。）

發願文成道力該，檀波羅蜜興悠哉。人間始見琅琊筆，爭買蕺山扇子來。先生寫扇，人競取之〔一〕。

伎倆當時豈蠹魚，閑情燈火夜窗虚。年來萬事如流水，不復潛夫更著書〔二〕。

【蘇評】起結意格俱入細微，其聲鏘然自遠。（據劉蘇本七言絶句詩補。）

京洛無端迫客塵，也知瓔珞是前身。幾時得遂東林約〔三〕，金粟園中兩道人。

【校記】

〔一〕先生寫扇，人競取之　宋本卷九、徐本卷九、《存目補編》本卷十五此詩後作"先生近發願以筆墨作檀施之助，人爭取之"。

〔二〕宋本卷九、徐本卷九此詩後有小字"先生小記云：向猶復蠹魚伎倆，不忘一句一字之奇，今惟朝夕作金粟園觀相耳。"《存目補編》本卷十五後有小字也同此語。

〔三〕林　孫謂本七言絶句詩《過大鹵訪傅青主先生時已移居緬然有懷即書此寄意四首》作"隣"。

閣學李湘北先生有聖代求賢之作傅和紛然洒次出以見示余自揆譾劣何能揚扢盛事但自述所遭而已并呈先生四首

徑開韭黼學鄰虚，巖壑朝朝信所如。聖代自多優異詔，微才真媿《治安書》。觀光未敢違先達，作賦還當念遂初。回首舊山泠猿鶴，桃花流水亂春渠。

故人清切白雲司，愛我陽春郢上詞。苦欲上書共徐樂，不教下第嘆丘爲。陽居久矣忘爭席，司馬何須更入貲。看取凌雲新賦好，幾人先到鳳凰池。

十年曾着遠游冠〔一〕，辛苦真同蜀道難。頗有文章窺賈誼，實無鹽鐵比桓寬。金甌本自無傷缺，玉壘方期早奠安。頓使河清頻入頌，君王含笑五雲端。

鄉里常隨馬少游，上公偏有白雲求。可能輦下留方朔，先使人間笑許由。草野那知千古事，朝廷自有八纮收。玉杯漫道天人策，牧豕公孫萬户侯。

【蘇評】四詩用事，工逸神氣飛動。（據劉蘇本七言律詩補。）

【校記】

〔一〕着　孫謂本七言律詩、劉蘇本七言律詩作“著”。

過雪客署齋飲即貽名榻數種賦謝

騎馬城南烟景迷，欸扉城北衙齋低。官厨飯熟晋祠米，着便留客烹伏鷄。玉壺滿傾桑落酒，盤中雜薦棗與梨。故人薄宦貧轉甚，鳳凰那得羞卑栖。惟有好奇興不减，冥摉屢上青雲梯。石壁尋書剥蒼薛，懸甕索異鑱黄泥。貞觀飛白構敏妙，天成手敕窮攀躋。好詩真見玉局子，妙墨頗訝房璘妻。三年得此稱膴仕，如何分我勝提携。酒酣耳熱發浩嘆，聖賢螻蟻理亦齊。古人難追日旦暮，世事不定雲東西。君方苦思鍾山游，我亦心慕禎貽溪〔一〕。摩詰丈室掛瓶鉢，金丹大藥攢刀圭。何爲鹿鹿自縈絆，春蠶作繭鷄駭犀。便從西竺閲龍藏〔二〕，早向南華參馬蹄。武夷高宴曾孫賢〔三〕，幔亭瑶草春萋萋。

【蘇評】阮、左存其質，潘、陸播其華。（據劉蘇本七言古體詩補。）

——男懿基秉初校對〔四〕

【校記】

〔一〕禛　宋本卷九、徐本卷九、《存目補編》本卷十五《過雪客署齋飲即貽名楊數種賦謝》作“正”。

〔二〕便　劉蘇本七言古體詩《過雪客署齋飲即貽名楊數種賦謝》作“輩”。

〔三〕賢　徐本卷九、《存目補編》本卷十五《過雪客署齋飲即貽名楊數種賦謝》作“輩”。

〔四〕劉本六册本卷九末有“男懿基秉初閲”字，宋本卷九、徐本卷九末均無字。

卷　十

漁洋山人評定
河中吴雯天章甫著
襄陵楊維棟山夫分校
臨汾劉組曾繩遠校刊〔一〕

同阮亭先生坐方山司寇匏齋論詩先生遂爲書古今人名句竟二長幅喜而作歌

羼提先生才調奇，風流真具天人姿。文章磊落妙一代，作字更欲追繇羲。殘墨如金自珍重，豐屋不取珊瑚貲。貴人往往多責望，遷延終以不能辭。昨日偶過謝公宅，琉璃硯匣盤蛟螭。先生入門一笑粲，高齋茗碗浮春枝〔二〕。談藝輒抽簡編亂〔三〕，運腕時見精神披。豈因棐几便點綴，恍如練帔呈淋漓〔四〕。跂脚飛灑露敏妙，群鴻彷彿游天池。突兀拙迸冬笋籜，娟静細引春蠶絲。遥情忽述大人作，隨意閑寫家風詩。須臾神明焕兩紙，欻然修禊山陰時。春蚓秋蛇態爭出，家鷄野鶩言何卑。嗟我貧困走京洛，身無長物空低垂。一朝捆載得至寶，木難火齊勝携持。世間耳食那辨此，公殆天授非人爲。碌碌門簿廢時日，今朝不負千秋期。歸來什襲竢終古〔五〕，會有後日揚雲知。

【王評】以此學長吉於形骸之外，何不可者！（據孫謂本七言古體詩補。）

【蘇評】光怪陸離，亦是奇調。（據劉蘇本七言古體詩補。）

【校記】

〔一〕劉本六册本卷十首題爲“漁洋山人評定、河中吴雯天章著、襄陵楊維棟山夫校、臨汾劉組曾繩遠鐫”，宋本卷十首題爲“漁洋山人評定、河中吴雯天章著、後學劉組曾、楊維棟同校訂”，徐本卷十首題爲“漁洋山人評定、蒲板吴雯天章手著、涂水喬人傑漢三重訂、濩澤張誌心鐫”。

〔二〕茗　劉蘇本七言古體詩《同阮亭先生坐方山司寇匏齋論詩先生遂爲書古今人名句竟二長幅喜而作歌》作“茖”。

〔三〕編　劉蘇本七言古體詩《同阮亭先生坐方山司寇匏齋論詩先生遂爲書古今人名句竟二長幅喜而作歌》作“篇”。

〔四〕帔　劉蘇本七言古體詩《同阮亭先生坐方山司寇匏齋論詩先生遂爲書古今人名句竟二長幅喜而作歌》作“編”。

〔五〕竢　孫謂本七言古體詩、劉蘇本七言古體詩《同阮亭先生坐方山司寇匏齋論詩先生遂爲書古今人名句竟二長幅喜而作歌》作“俟”。

見公勇先生手迹感咏之下不覺涕零四首

鳴雁城南春水生，陳留風俗阮家情。一行書信千般思，十五年前潁上行〔一〕。

【蘇評】格調自成。（據劉蘇本七言絶句詩補。）

薦禰當年墨未乾，傷心耆舊已凋殘。孝標没後交情少，誰惜人間葛帔寒。

【蘇評】無限低徊。（據劉蘇本七言絶句詩補。）

一笑金徽未落聲，風流應主芙蓉城。獨憐近詔求遺老，不使君王見長卿。

【蘇評】别有關心，千載相感，潸然欲涕。（據劉蘇本七言絶句詩補。）

等閑彌勒便同龕，又與朝雲作晚參。座上當年聽絲竹，西州慚負哭羊曇。

【王評】吏部固是千古可惜人。

【蘇評】許多情思，一筆寫出。（據劉蘇本七言絶句詩補。）

【校記】

〔一〕穎　孫謂本七言絶句詩、《存目補編》本卷七《見公勇先生手迹感咏之下不覺涕零四首》作"潁"。

題李元中畫記後

緬邈廬山十二賢，白雲常護虎溪邊。謝公心雜終難住，枉爲開池種白蓮。

答友四首

朋好日以遠，村墟甘隱淪。山中拾橡客，河上緯蕭人。之子能相訪，盤飧媿未陳。更聞欲携手，仍共結芳鄰。

昨日勞書札，瓊瑶紛見貽。出入在懷袖，尚有虬龍姿。我欲急裁答，遲回無令辭。折梅風雪裏，聊以寄相思。

却憶陪游日，聊鑣澗水陽。雲中見鷄犬，世外有耕桑。帶雪溪藤古，經冬水荇長。晚來酣白酒，即此是陶唐。

獨坐賦招隱，君歸又幾時。相尋苦山雪，遥贈得瓊枝。豹隱猶文彩，鴻飛尚羽儀。繁霜滿正月，行矣慎前期。

簡王翁超公

城東有別業，乃在中條麓。每當風雨時，常坐萬竿竹。蒼鼠松上緣，白鳥花間宿。人生亦何爲，遠宦空碌碌。何不賦歸來，山中啓茅屋。

【蘇評】絶無俗豔。（據劉蘇本五言古體詩補。）

懷儼若

念爾佳公子,將爲萬里行。艱難終意氣,清白益詩名。衣着桄榔雨〔一〕,舟看海嶠晴。鄉書何處達,無雁共南征。

【校記】

〔一〕着　孫謂本五言律詩《懷儼若》作"著"。

送韓維藩入都二首

東風難遽别,車馬若爲攀。寧戀鶯花節,終還鵷鷺班。紅傾蒲阪酒,青入薊門山。但看賢豪客,從來幾個閑。

正喜慈幃健,難藏有用身。况榮雙桂樹,真是兩麒麟。閥本崔盧盛,文宗董賈醇。長安得佳句,先寄大河濱。

懷薛含華

謝客辭蓮社,劉勰依桑門。嘗飽伊蒲饌,兼資清靜言。之子瀟灑胸,世事困觸藩。獨能棄滓穢,食息藉山蓀。朝逢樵客語,暮與道者論。讀書佛燈下,漸覺澄心源。竭當過巖洞,與之証風旛。

爲節齋林子題畫即令姪焕文作四首

君是當年阮步兵,君家小阮亦知名。蒼巖點作桃花色,也似安期灑墨成。

蓮花洋里鐵蓮花,皈向潮音是我家。君在四明山下住,可能分補舊袈裟。

【蘇評】二詩點染,亦自有情,非是人間别有無風致,正是如此。(據劉蘇本七言絶句詩補。)

種種顛毛久負慚,便應彌勒與同龕。浮生五十三年矣,正合南詢五十三。

百城烟水浩茫茫，歷盡波濤識舊鄉。羨爾生身三佛地，坐看紅日上扶桑。

簡漢陽朱時庵

花雨繽紛點石頭，凉風習習度簾鈎。久知奇氣吞雲夢，且與閑情坐宛邱。燕壘依然留舊夏，蟬聲忽已入新秋。相期道業無窮極，莫任年光似水流。

【蘇評】律句有此超，有此閑，有此流動，正自難。（據劉蘇本七言律詩補。）

勵　夢〔一〕

昏昏醉夢日浮沉，難處方知用力深。不是梅花香色好，如何煉出廣平心。

【校記】

〔一〕《存目補編》本卷十五題爲“勵志”。

題趙叟小秋善琴〔一〕

共城有一士，七十無心想。家依嘯臺側，門開百泉上。竹裏每醉卧，山中或獨往。但携一壺酒，不知屐幾兩。有時揮五絃，萬壑秋濤響。我昔泉上游，久欲就蒼莽。買山苦未就，徒然增慨慷。相逢感夙心，且與共偃仰。

【蘇評】如不經意隨便寫成，細按則極鍾煉。此詩之自然處，人不能到。（據劉蘇本五言古體詩補。）

【校記】

〔一〕孫謂本五言古體詩題爲“題趙叟小秋善琴”。

簡朱時庵

鸚鵡洲前春水時，辭家芳草碧如絲。一載羇栖未歸去，十月霜凋漢陽樹。昨日鄉音到宛邱，家人無恙稻田收。人生何處不爲樂，一笑尊前傲五侯。

【蘇評】超忽飛動，不數宗子相以歌行自負。（據劉蘇本七言古體詩補。）

題莫亞夫先生小像三首

補衮即是仲山甫，涴墨還同王右軍。比似當年蘇玉局，相隨勝有兩朝雲〔一〕。

【蘇評】飄然不群，風流絶世。（據劉蘇本七言絶句詩補。）

玉骨珊珊秋水澄，讀書萬卷氣飛騰。文章事業龍門傳，能活千人後必興。

四十年前玉貌存，八千春後道尤尊。晚來喜讀參同契，安穩長生教子孫。

【校記】

〔一〕勝　宋本卷十、孫謂本七言絶句詩、《存目補編》本卷十五《題莫亞夫先生小像三首》作“賸”。

寄贈吴武陵四首

憶昔熊湘早濟師，曾同草檄佐軍麾。久從磨楯窺英略，更向投戈得素知。粤嶠書開唐節度〔一〕，沅波已斂漢旌旗。承恩却綰麟符重，玉帶河邊聽竹枝。

【劉評】情事藹然，氣韻亦復生動。（據劉蘇本七言律詩補。）

矯矯雙鳧漢殿邊，元龍湖海氣依然。才優曼倩三千牘〔二〕，道長萇弘十五篇。官舍從容閑對鶴，南風披拂静揮絃。緑蘿自此無招隱，不種桃花種稻田。

【劉評】灑脱之極，胸次高遠，人所不知。（據劉蘇本七言律詩補。）

木瓜山畔夢幽尋，屢溯沅湘懷好音。每以天涯違白墮，常教意氣感黄金。千秋會入吴公傳，一諾誰明季布心。久矣浮雲薄古處[三]，高風特爲釋煩襟。

【劉評】骨清色腴。（據劉蘇本七言律詩補。）

五載孱陵慣折腰，風塵何敢惜飄摇。山壇路近慚青鳥[四]，廳事書荒負緑蕉。早譽望通鳷鵲觀，新知幸接鷺鵷橋[五]。相期奮迅輕千仞，丹鳳從來在赤霄。

【劉評】飄逸雋永，力度俱到，而致思處，又自意不盡言，殆獨有遠情者。（據劉蘇本七言律詩補。）

【校記】

〔一〕書　宋本卷十、徐本卷十、孫謂本七言律詩、《存目補編》本十三《寄贈吴武陵四首》作“盡”。

〔二〕櫝　宋本卷十、徐本卷十、孫謂本七言律詩《寄贈吴武陵四首》作“牘”。

〔三〕薄　《存目補編》本十三《寄贈吴武陵四首》作“敦”。

〔四〕山　《存目補編》本十三《寄贈吴武陵四首》作“仙”。

〔五〕鵷　《存目補編》本十三《寄贈吴武陵四首》作“鸞”。

簡輔公别駕

墨花香浸玉蟾蜍，載酒常過有道居。檻外波光浮桂楫，林中屐齒集華裾。無雙品藻中朝望，第一家聲太史書。更向風前調錦瑟，五十絃多恨不如。

題　畫

解是何人解，結是何人結。欲透祖龍環，須仗蕤賓鐵。

題張愚谷宛邱署齋

十笏維摩室，退思参政堂。治仍汲内史，郡自古淮陽。卧閣晨星淡，垂簾細菊香。若論稱畫舫，郭外亦滄浪。

祖龍行

鍾山已鑿紫塞崇，鱗鱗日照阿房宫。芙蓉銷盡金人氣，寶歷從此垂無窮。靈藥迢遥問東海，千秋萬歲期常在。此生不擬禪扶蘇，那知身後防胡亥。昨日徐郎有報書，帆檣將近羽人都〔一〕。何事君王不相待，轀輬東來雜鮑魚。却怪宫妃未偷藥，至今猶挽蓮花索。

【王評】以此學長吉於形骸之外，何不可者。

【蘇評】有太白延頸八荒氣象。（據劉蘇本七言古體詩補。）

【校記】

〔一〕檣　劉蘇本七言古體詩《祖龍行》作"墻"。

錢塘元夕酒歌

吴雪茸茸不堪把，霞光斜抱吴山下。美人歌舞春夜長，黄河不怕靈虬瀉。茱萸烟滿沉香樓，翠環約指彈箜篌。主人既起客既醉，百年此樂真蜉蝣。朝來好載箟簩弩，海魚射死三山去。

【劉評】托情寄興，有體有要，圓美處又如彈丸脱手。（據劉蘇本七言古體詩補。）

吴中懷古

鐵綱沉妃子，黄金鑄大夫。不須麋鹿恨，流蕩滿姑蘇。

【蘇評】使事圓切，絶去斧鑿之痕。（據劉蘇本五言絶句詩補。）

越　女

憔悴浦中蓮，低聲問遠天。裁衣抛白紵，漬淚掩紅綿。蜥蜴盤深字，真珠寄短篇。年年花事近，空立苧蘿烟。

【蘇評】駿逸微婉，兼而有之，那得不教人憐也。（據劉蘇本五言律詩補。）

滎陽有懷

芳草芊綿接鄭州，黄鸝飛上夕陽樓。當年錦瑟誠何意，一半詩名損玉鈎。

【蘇評】一氣卷舒，抑揚盡致。（據劉蘇本七言絶句詩補。）

折孤山梅花

梅花近人種，已及梅花時。芳樹惜摇落，春山携一枝。齋禽窺野鬢，湖水照寒漪。留取共寂寞，東風休便吹。

又　雨

海氣日爲雨，蒼茫下北樓。還看野橋倒〔一〕，清泠眠沙鷗。未許便歸夢，徒然增旅愁。梅花何處落，辛苦入溪流。

【校記】

〔一〕倒　宋本卷十、徐本卷十、《存目補編》本卷十五《又雨》作“側”。

戲爲西崑體二首

鐵鎖高垂閉綺寮，蘂珠宫裏上真朝。梅花只許留宫額，楊柳誰教縮細腰。檻底芙蓉歸寶鏡，簾前春雨得生綃。傷心最有秦樓客，隔斷紅雲聽玉簫。

朱雀窗前曉色開，玉鈎窈窕碧綃廻。日高有客看花去，夜半何人鳴彈來。故把秦箏迎醉拂，漫將越練就燈裁。春風十里耶溪路，網得西施不用媒。

【蘇評】綺麗不減義山，氣更疏越。（據劉蘇本七言律詩補。）

【劉評】二首措詞，一唱三歎，遣調千錘百煉，妙有秀氣流貫其中。（據劉蘇本七言律詩補。）

讀史三首

延喜樓前晝角愁，楊枝五曲寵行輈。如何再造終難得，旋使君王不打毬。

晝霧冥冥濕未乾〔一〕，東都已毀舊時壇。錦囊漫道酬三矢，直得當年翡翠盤。

王莽河邊射雁回，鞠場樂府競新裁。誰教逆矢迎黄甲，一代笙歌付劫灰。

【蘇評】遠懷往事，復驚心凄凉，而語言間絶無激傷之氣，大有含蓄。（據劉蘇本七言絶句詩補。）

【校記】

〔一〕晝　劉蘇本七言絶句詩《讀史三首》作"晝"。

留别汪禹吹

春風吹草色，幾日滿江南。嗟我溯流去，思君轉不堪。烟花隨極浦，舟楫識晴嵐。無限臨岐意，鷄香望早含。

送甯益賢

船下廣陵郭，人歸清潁亭。江干纔握手，溝水即浮萍。愁對春田緑，誰憐蕙草馨。皇天終老眼，會見出沉冥。

白石精舍

初日寺門暄，微風塔鈴響。巖冰餘滴瀝，谷鳥悦深廣。樵聲來遠壑，竹影交銀牓〔一〕。寂寂下庭陰，回身禮金像。

【校記】

〔一〕牓　孫謂本五言古體詩、《存目補編》本卷十五《白石精舍》作“榜”。

咏漢史

宫簾寂寂漏聲長，幾度黄門把緑囊。癡絶昭陽雙燕子，一心飛向定陶王。

【王評】不曾經人道過，極新極妙。

蒙　城

溪上雙蝴蝶，翩翩意若何。漆園人不見，秋水至今多。大澤驪龍穩，高原野馬過。望洋還自失，我欲溯流波。

留别王令〔一〕

我欲歸中條，廣陵適風雨。且復與故人，共立烟中樹。杳杳水鶴飛，冥冥花枝暮。去住總凄然，夕陽下前渡。

【王評】起古意。

【蘇評】王、韋風致，隱隱如生。（據劉蘇本五言古體詩補。）

【校記】

〔一〕《存目補編》本卷七題爲“留别王”。

早發袁浦

久作越鄉客，悠悠今始歸。移舟向前浦，宿鷺烟中飛。世事渺難問，故山仍采薇。翻愁經歲别，不辨舊漁磯。

送盛郎之大同三首

雨雪北風寒，别筵不知曙。梅花此地深，何事雲中去。

【王評】渾成。

【蘇評】風調之美，上掩南宋諸公。（據劉蘇本五言絶句詩補。）

斗酒勿惜醉，愁看長短亭。如何别太遽，不待柳條青。

【蘇評】起伏轉結，皆含無限意思。（據劉蘇本五言絶句詩補。）

冰堅馬骨傷，騎馬向沙場。少年能射虎，没羽西山崗。

【蘇評】雄豪壯往，鋭不可當。（據劉蘇本五言絶句詩補。）

南　山

我欲歸南山，南山可招隱。昨日聞鷤鴂，芳草江南盡。春榮復何處，徒然上蚯蚓。石髓似青泥，莫使隨風隕。

東路作

我行東路長，宛轉萬山裏。猿狖群叫嘯，麕麚互騰倚。晨霧隱高岫，夕湍帶芳芷。野鳥銜花來，紛紛落紅蘂。浮雲表越觀，春草没秦畤。在昔尚封禪，兼云求不死。只今惟東風，吹蕩生藤藟。洋洋古大國，太公著遺履。胡爲亦渺然，賢愚同已矣。撫膺一長嘆，涕淚灑清泚。事業會有盡，何况行路子。牛山與雍門，古人非徒耳。黽勉勵明德，大化任長理。

澗峪口

出郭不五里，霜林回馬看。落葉紛前路，始知山中寒。竹露濕衣袖，松雲下急湍。窅然空谷裏，一爲采紅蘭。

送　友

春風舊山好，君行偏此時。尊前言未盡，林外馬長嘶。芳草關門道，垂楊令尹祠。江南梅正發，莫惜寄南枝。

懷景子蜀幕二首

銅魚洲前沙磧黄，海棠川上山礬香。訟庭左右賓人住，一夜歌聲慘白狼。

十年筆硯將能事，文彩風流每自誇。萬里橋西浣花宅，好持佳句吊殘霞。

長安初春感咏四首

明月娟娟滿畫軒，天涯萬感對黄昏。纔將杯酒酬人日，又擬新詩作上元。

十二金門平旦開，縱横玉勒早朝回。笙歌日暮能留客，誰道公孫不愛才。

山公沉醉謝公游，妙選新聲起越謳，解得中朝人士意，從來絲竹晋風流。

槭槭霜林少定時，東風吹動隔年枝。白藤書笈青絲馬，獨有傷心沈亞之。

鄉寧山城即景

山雲啓新霽，林屋含清暉。風吹兩黄蝶，時繞山樓飛。老農向烟且驅犢，谿女背人猶浣衣。

【王評】野趣可想。

答鉅鹿王子

愛爾新詩好，三春遠寄將。情寧蘭味減，思與白雲長。我亦煩書札，青天付雁行。爲言懷鉅鹿，每飯不能忘。

柬鄉寧大令張公

爲政萬山裏，艱虞况七年。百家租賦苦，千仞訟庭懸。世德傳司馬，風流儼昔賢。題詩兼種竹，日日石堂偏。

【王評】有清冷之味〔一〕，不似應酬語。

【校記】

〔一〕有　《存目補編》本卷七《柬鄉寧大令張公》王士禎評語作“方”。

客樓雨中

山雨正當樓，濤聲苦不休。自然愁旅食，况復感深秋。翡翠鳴寒竹，鴛鴦冷暮洲。寺鐘仍攪客，早晚過谿頭。

又　題

青青楊柳雜谿雲，千仞孤城澗水濱。日暮暫歸樵采客，天晴時見浣紗人。

女朝汲〔一〕

郎行秋澗上，妾行秋澗底。秋澗濁水泥，不入銀瓶裏。

【王評】此首有樂府意。

【校記】

〔一〕此詩孫謂本收入五言絶句詩中，劉蘇本收入五言古體詩中。

雲中寺

天半雲中寺，四山皆白雲。我來雲際宿，却憶雲中君。塔影當晴出，濤聲入夜聞。此中有猿鶴，莫勒北山文。

【王評】好。

【沈評】起四語，盛唐人有此風骨。（據《清詩别裁集》本、劉蘇本五言律詩補。）

【蘇評】脱盡恒蹊，不作今人一字。（據劉蘇本五言律詩補。）

洛川望嵩陽作

洛水有清流，嵩陽有高樹。身名苦爲累，惆悵未能去。藤蘿紛在眼，魚鳥適幽趣。青蓮萬古宅，玉女峰頭住。何人騎白龍，青天走雲路。

雨中招友人飲

積潦冥冥苦不開，遲君屐齒破蒼苔。鵝鴨小兒付書去，鸞鶴仙人載酒來。翡翠欹巢窺座席，櫻桃低影入深杯。來朝新霽山應好，一日須看一百回。

【蘇評】飄逸。（據劉蘇本七言律詩補。）

梅尉

我愛南昌尉，逃名赴空谷。朝從雁蕩游，暮就飛鴻宿。大藥一入手，控鸞謝宗族。遺語傳至今，多知乃爲毒。

宿楊司空園

看竹宿竹裏，主人都不知。蜻蜓上簾幕，鸂鶒飛軒墀。荷葉尚欹岸，寒花方着枝〔一〕。鐘聲催酒醒，燈火四更時。

【王評】古調少知此者，近惟婁江崔華能之。

【校記】

〔一〕着　孫謂本五言律詩《宿楊司空園》作"著"。

平遥野望

極目平原宿草衰，無邊秋色雁門來〔一〕。縱横野水灌嬰廟，突兀寒烟吉甫臺。繞指當年存苦語，聞鷄何處見奇才。晚來浣得愁千斛，仗有蒲萄新潑醅〔二〕。

【校記】

〔一〕秋色　孫謂本七言律詩《平遥野望》作"春色"。

〔二〕仗有蒲萄新潑醅　宋本卷十、徐本卷十《平遥野望》作"仗有蒲萄新撥醅"，孫謂本七言律詩、《存目補編》本卷十五《平遥野望》作"仗有葡萄新撥醅"。

寒雨從河東公行

秋樹雜紅旗，綿山西更西。乘傳慚駟馬，日膳附雙鷄。積潦歡魚鱉，重陰咽鼓鼙。昂藏悲駿骨，難惜錦障泥。

兀　坐

兀兀寡人事，寂寂忘心想。閑臨庭户間，坐看春雲上。竹樹頗陰蔚，烟水亦沆漭。鶯聲過喬木，鵪子下菰蔣。忘機復何言，遂已窺象罔。

【王評】閑適語往往造微。

【蘇評】不着迹象，能得理趣。（據劉蘇本五言古體詩補。）

寄訊藍水雷公

玉山何崔嵬，藍水復清淺。使君善爲政，案牘雜書卷。有時侶猿鶴，何曾擾鷄犬。伫聞宣黄麻，召使露軒冕。繄余孔李誼，素交喜通顯。盈盈阻衣帶，有懷徒凌緬。近亦迫公府，幽夢傍銅輦。氣義托蕭朱〔一〕，客來諒重繭。

【校記】

〔一〕義　《存目補編》本卷十五《寄訊藍水雷公》作“誼”。

文選樓

彈指蕭梁代，傷心文選樓。秋衾泣銅輦，春殿狎江鷗。朱雀圍何急，青絲恨不休。由來膺玉歷，未可仗金甌。

【王評】昭明之歿在臺城之前，結出此意方醒。

王官谷訪薛氏兄弟隱居

曉日上王官，林烟一帶寒。司空遺舊谷，之子樂栖盤。飛瀑冰千仞，脩篁雨萬竿。浮生復何爲，只説住山難。

天柱峰

空谷良非遠，招携亦自豪。轉忘千徑曲，陡見一峰高。峻欲卑三詔，峰下有三詔亭，尊將俯六鰲。崇巖真可仰，一爲蔫溪毛。

東瀑布

東嶺鬱巃嵸〔一〕，透迤下玉龍。香巖通一綫，雲窟簇諸峰。石髓飛逾冽，天漿挹更濃。捫蘿發長嘯，初日着高春〔二〕。

【校記】

〔一〕巃嵸　宋本卷十、徐本卷十、孫謂本五言律詩、《存目補編》本卷十五《東瀑布》作"嵸巃"

〔二〕着　宋本卷十、徐本卷十、孫謂本五言律詩、《存目補編》本卷十五《東瀑布》作"看"。

西瀑布

坐卧西巖下，層冰落絳崖。三春常夢雨，十月忽聞雷。到眼雲光近，當頭雁語哀。何須浣冰雪，姑射有靈胎。

丹陽觀

寂寞丹陽觀，崔嵬天柱峰。已無雲際鶴，猶見水中龍。仙蜕藏珠塔，靈風拂磵松。三生如可証，同聽一樓鐘。

拜司空遺像

緬邈先型遠，皈依舊德尊。凍禽窺石閣，野鹿到柴門。赤舄風何古，黄綾詔尚存。像着赤舄〔一〕，有童子捧詔侍側。後凋見松栢，千載着靈根〔二〕。公祠前有栢生石上。

【校記】

〔一〕着　孫謂本五言律詩《拜司空遺像》作"著"。

〔二〕着　孫謂本五言律詩《拜司空遺像》作"著"。

韓陵石

韓陵一片石，千古恨何已。當年巧言動天柱，狡黠終成反側子。導人不義覆人家，如此鬼謀何足誇。可憐甲仗齊熊耳，走死松栢真堪嗟。一興一廢渺難睹，冥冥漫道盡無主。赤蛇早使懾蒼鷹，青雀誰教變鸚鵡。種柳旌功滿清渭，黑獺差能快人意。

游栖巖寺六首

危磴一百盤，巖風蕩林藪。滴瀝石門泉，飛作人間雨。

行處白雲隨，山花復盈把。鐘聲帶雨聞，一笑石幢下。

地僻殘僧少，秋深古殿陰。了然空萬象，何處着三心。

仁壽古塔存，巋然在高嶺。山風吹夕陽，一片琉璃影。

渺渺望川亭，河流亘其下。秦渭兀不分，蒼茫但原野。

古洞何幽幽，曇延有遺像。神龍性已馴，並入蓮花網。

【**蘇評**】六首均閑警峭遠，逼輞川莊諸作，風韻氣味更覺幽殊。（據劉蘇本五言絶句詩補。）

清明河東署中作

二月二十有二日，云是清明禁火時。寄語曉風寒簌簌，莫教吹盡海棠枝。

楊柳毵毵含嫩烟，高齋兀兀抱書眠。此身未便三山去，辜負桃花萬里天。

【**蘇評**】格調流逸，意趣悠長。（據劉蘇本七言絶句詩補。）

咏　史

乞得檳榔又苦飢，一朝富貴復危機。也知福厲渾相倚，肯作丹陽老布衣。劉穆之。

表解荆州恨若何，射堂遺趾嚙江波。壺飡自古傾人命，莫向英雄惜子鵝。劉毅。

贈少年

二十少年望麟閣，盤馬彎弓氣磅礴。眼前都尉知是誰，雲中但看雙雕落。

【王評】有氣概。〔一〕

【校記】

〔一〕劉蘇本七言絶句詩此評語作者爲蘇爾詒。

次静海

縣郭依春水，牽船過夕陽。行行芳草路，不斷梨花香。雲氣濕垂雨，風聲柔剪桑。低徊雙燕子，有夢入雕梁。

【王評】好。

【蘇評】一氣貫注，却自藴藉，而聲情俱杳然無際。（據劉蘇本五言律詩補。）

次青縣題壁

去年九月長安來，鯉魚風起船旗開。今年三月舊山去〔一〕，馬上緑楊掠飛絮。舊山風景復何如，昨日家人有報書。當門萬里崑崙水，千點桃花尺半魚。

【王評】所云那得不愛者也。

【謭記】按《漁洋詩話》載：先生此詩作絶句"自卜條南舊隱居，明星玉女對攤書。門前萬里崑崙水，千點桃花尺半魚”與此不同，因附誌之。（據孫謂本七言古體詩補。）

【蘇評】何等風神！何等雅致！（據劉蘇本七言古體詩補。）

【校記】

〔一〕今年　《清詩別裁集》本《次青縣題壁》作“本年”。

次東光

入郭氣冥冥，春蕪没縣城。草迷三月雨，花惜五更晴。雲與錦帆去，風隨縠浪生。幾回臨曲水，腸斷庾蘭成。

【劉評】才本天仙，一吐語即多雅趣。（據劉蘇本五言律詩補。）

山中渡漳水

濁浪嚙山根，横流太匆遽。已無銅雀臺，猶向鄴城去。

【劉評】許多不盡之意藏於個中。（據劉蘇本五言絶句詩補。）

行次口占

蘆荻滿方塘，青青不盈尺。梨花繞路飛，頓使征人惜。

【劉評】有心人吐語雋永。（據劉蘇本五言絶句詩補。）

寄李臨川時郭山人還特附之

汾水畸人李百藥，臨川内史謝康樂。種花當日滿西豐，對酒而今坐南郭。南郭先生識者稀，心與白雲無是非。我亦栖遲臨姑射，題詩特附野人歸。

【蘇評】簡潔。（據劉蘇本七言古體詩補。）

入晋懷長安諸公十首

浪迹無端入上京，也教詞賦動公卿。從今好綉平原像，莫更長吟《瘦馬行》。

中朝愛客推司馬，龔公芝麓。海内談詩仰右丞。王公阮亭。每憶花時留潁水，劉公公勇。嘗愁雪裏送鄢陵。梁公曰緝。

啟事歸來晝掩關，論詩謂我似青蓮。難忘大小歐陽體，温語時將勉後賢。同里杜公振門書法率更父子。

紛紛詞客日相誇，大雅堪憐委亂麻。每怪玉遮古情性，而今翻覺未聱牙。汪公苕文。

琴酒何曾累一官，清思厚力砥狂瀾。相過便覺塵心盡，天半峨嵋雪後看。程公石臞。

王叟顧叟致不惡，山史寧人。屈郎李郎才亦希。翁山武曾。典型未可輕遺老，投分由來有布衣。

陽羨書生乍相識，題詩送我歸中條。久無體格追風雅，尚爾風華掩六朝。陳其年。

阿大中郎舊有名，相逢杯酒太匆匆。郵亭數見題詩處，知爾歸程過宋中。彭中郎。

雨聲激楚清秋時，讀爾從軍塞上詩。四坐一時齊感激，不須急難鄴中兒。李天生，初未相識，但於阮亭先生處讀其塞上詩百韻，心甚異之。後聞李武曾云"赴一故人難，不憚數千里外，倍道即至"，天生真異人也。

聚散驚心不可裁，天涯雲水思悠哉。何年樽酒梅花約，重向昭王百尺臺。

讀張子振詩輒書此以贈

見獵復心喜，名心終不休。如君猶未達，嗟我更何求。禹穴空延伫，燕臺幾去留。丈夫憑彩筆，少婦怨箜篌。日月消詩卷，風烟失釣舟。秋生蝴蝶夢,寒戀鷫鸘裘。珠樹前身識,金蘭晚契投。家鄰張籍宅,賦入仲宣樓。壯士雖鷹眼,書生尚虎頭。檄方推傅永,才正貴楊修。綬合銜雙鳳,車將駕八騶。升沉看已定,再問赤松游。

訪隱者不遇

白雲滿前山,山門亂谿水。幽人何處尋,立久聞松子。

【劉評】清空幽靜,皇甫莿敵也。(據劉蘇本五言絶句詩補。)

忽　忽

忽忽年華二月中,春風不惜海棠紅。浮名於我真閑事,好着青裙拜木公。

飲劉氏後園

芳草芊綿滿徑生,雙柑斗酒趁新晴。主人愛客客忘醉,況復花閑二月鶯〔一〕。

【蘇評】生趣勃然。(據劉蘇本七言絶句詩補。)

【校記】

〔一〕閑　劉蘇本七言絶句詩、《存目補編》本卷十六《飲劉氏後園》作"間"。

洪洞將歸中條

世事真如蜀道難,相逢惟可勸加飡。春風走馬中條去,猶及東堂看玉蘭。

【劉評】情與韻俱長。(據劉蘇本七言絶句詩補。)

題溪館

春鳥鳴復飛，春烟滿翠微。人家臨曲水，齋閣住清暉。樵客晚相語，漁人行未歸。溪山誠可樂，方製水田衣。

【王評】清景滿眼。

【蘇評】輞川佳句。（據劉蘇本五言律詩補。）

過巢溪

巢溪清見底，白石如摴蒱。水禽各鳴唤，兩兩機心無。殘雪沿溪流，轉入汾水隅〔一〕。天氣漸和柔，蔣芽生紫腴。感此時序遷，况復景物殊。古人不可見，對兹心躊躇。

【王評】省淨。

【校記】

〔一〕汾　《存目補編》本卷七《過巢溪》作“分”。

次清化即景

白鷺明秋水，凉風吹葛巾。溪邊收稻客，柳下織簾人。野饌芋魁熟，風樓蚱蜢親。十年來往路，重問濁漳濱。

【王評】都無凡語。

【蘇評】絶似香山。（據劉蘇本五言律詩補。）

張兵馬招踏青

春雪融沙岸，庭梅曉笛中。有情堤草緑，無意海雲紅。酒榼鄉人語，帆檣異國風。羅浮花信早，天際幾歸鴻。

【劉評】一句一意，一意一轉，痕迹都消，而風情更自動人。（據劉蘇本五言律詩補。）

聞阮亭先生由户部郎中改官侍從二首

琅琊家學本無窮,天挺英姿更不同。事業已聞多際會,文章今始見推崇。宫人盡説元才子,天子頻遷戴侍中。入直那教早歸院,金蓮嘗撤御筵紅〔一〕。

頻道新恩下九天〔二〕,相過特地一欣然。敢云賢人五百三,的有才名三十年。從此但栖天禄閣,不須更算水衡錢。由來獎士元暉癖〔三〕,猶問人間《寶劍篇》。

【蘇評】凡作七律,格少貶則卑,氣少媮則弱,調少淡則單薄,句少緩則拖沓,詩絶不犯此,洵稱作者。(據劉蘇本七言律詩補。)

【校記】

〔一〕嘗　孫謂本七言律詩《聞阮亭先生由户部郎中改官侍從二首》作"常"。

〔二〕恩　孫謂本七言律詩《聞阮亭先生由户部郎中改官侍從二首》作"除"。

〔三〕元　孫謂本七言律詩《聞阮亭先生由户部郎中改官侍從二首》作"玄"。

客中二首

麗日娟娟海上春,風光偏趁倦游人。踏青挑菜看將過,又待蘭亭祓稧辰〔一〕。

白藤書笈太伶俜,剩有《南華》一卷經。獨坐長吟山日曉,竹窗影亂鳳凰翎。

【王評】絶似徐文長。

【蘇評】寄懷物外,胸次悠然而無所泥。(據劉蘇本七言絶句詩補。)

【校記】

〔一〕稧　劉蘇本七言絶句詩、《存目補編》本卷七《客中二首》作"禊"。

題杜少保園時雨中過

暮雨瀟瀟百一園，上公别業倚雲根。千回流水不知處，一徑野花開到門。

【校記】

〔一〕瀟瀟　《存目補編》本卷十六《題杜少保園時雨中過》作"蕭蕭"。

留别曹實庵先生

舍人曉直明光宫，觚稜掩映朝曦紅。舍人晚宿城南舍，曲巷無人空繫馬。十年曾讀舍人書，相逢肅肅今楷模。雪中分手北風惡，何人更唱《白翎雀》。

【劉評】異樣標致，前無古人，可爲絶倒。（據劉蘇本七言古體詩補。）

謁軒轅宫

軒轅有遺宫，寶閣臨秋水。涿鹿功既成，鼎湖恨何已。碧草緣玉階，下馬薦芳芷。騎龍事有無，欲問廣成子。

希夷先生頌

占斷蓮花第一峰，白雲深鎖碧芙蓉。石鐺半滴先天髓，濂洛關閩盡得宗。

【王評】先天之學李之才、穆修輩，原本希夷，宋諸大儒諱言之耳，有此詩，此老〔一〕面目爲一洗，發最妙。

【蘇評】曠蕩胸懷，逍遥筆墨，拍合成趣，爲希夷闢一光明世界。（據劉蘇本七言絶句詩補。）

【校記】

〔一〕老　孫謂本七言絶句詩《希夷先生頌》王士禛評語作"志"。

漫興二首

宇宙何寥寥，山海錯奇構。樓觀五雲中，琪花燦靈囿。中有不死人，晦明無旦晝。波濤閒白雲〔一〕，旗捲輜軿走。下視塚纍纍，何人得長壽。

南海鮑太守，白雲非世情。早師左元放，繼遇陰長生。煮石度飢餒，留刀入杳冥。井識曲陽兒，館留勾漏甥。至今石子崗，雷電秘精英。撫卷見遺事，因思《滄海行》。

【校記】

〔一〕閒　劉蘇本七言絶句詩、《存目補編》本卷十六《漫興二首》作"間"。

見曹正子緑水送春帆之句偶贈

春帆一片曉雲開，緑水鱗鱗畫舫來。重見江南腸斷句，不須低首賀方回。

【蘇評】風調可空前後。（據劉蘇本七言絶句詩補。）

【劉評】曲曲傳出，情景如持紅牙板，低唱竹枝詞。（據劉蘇本七言絶句詩補。）

簡家雲青時數見過皆不值

一日一相尋，相知多素心。重煩立芳草，蝴蝶春烟深。嗟我歸何晚，虚君返舊林。來朝省塵事，專聽鳳鸞音。

【劉評】輕如蜻蜓點水之妙。（據劉蘇本五言古體詩補。）

風中發三首

風沙苦終日，河水碧鱗鱗。楊柳傷心樹，斜吹曉渡人。

名心終不盡，浮生果若何。風前直沽水，吹作往來波。

瓔珞前身是，風雲此日心。從新作鈍鐵，展轉入雙林。

【蘇評】有唐則有唐味。（據劉蘇本五言絶句詩補。）

【劉評】感慨却不哀激。（據劉蘇本五言絶句詩補。）

贈孫郎

晴日正娟娟，春風二月天。雲中雙雁急，海上六鰲連。酌酒繁花底，讀書芳草邊。還看宣室詔，宫錦踏吴船。

贈展有三

君住中條古磵旁，落花流水送寒香。有時斸藥尋溪叟，偶爲吟詩坐石床。織女機中窺錦字，神人海上與青囊。何年携手崑崙頂，萬里仙風玉笛長。

【蘇評】出人意表，入古律中。（據劉蘇本七言律詩補。）

過孫向辰書屋〔一〕

幾日不相過，新笋已成竹。竹間兩黄鳥，飛繞讀書屋。我來北窗下，愛爾詩盈束。何當携素琴，共掃清陰宿。

【王評】清儁可愛。

【蘇評】真淡。（據劉蘇本五言古體詩補。）

【校記】

〔一〕辰　劉蘇本五言古體詩《過孫向辰書屋》作“晨”。

雨後作〔一〕

積雨無人過，深巷嘆逼側。今晨晴稍開，遂至古原北。汩汩碧流駛，漠漠秋烟織。白雲忽欲盡，了辨前山色。登眺頗俱宜，欣賞良已得。正有高飛鴻，凌風振雙翼。

【蘇評】錯綜震蕩，不可端倪。（據劉蘇本五言古體詩補。）

【謌記】此詩吉生懷曾以先生絹素墨迹相贈，題作“秋日即事詩”，與刻本題作

"雨後作"首尾互異,中亦錯綜不同。今照墨迹刊正,其刻本仍録於後,以備參閲:"積雨無人過,深巷歎逼側。今晨晴稍開,遂至古原北。汩汩碧流駛,漠漠秋烟織。白雲忽欲盡,了辨前山色。登眺頗俱宜,欣賞良已得。正有高飛鴻,淩風振雙翼。"(據孫謂本五言古體詩補。)

【校記】

〔一〕孫謂本五言古體詩此篇題爲"秋日即事",兩首詩内容有所不同,其詩見後所録全文。

秋日即事

閉門賦閑居,陰雨連朝夕。今朝晴稍開,遂至原南北。汩汩碧流駛,漠漠秋烟織。登眺頗俱宜,欣賞良非一。白雲忽欲盡,了辨前山色。農人腰鐮歸,穉子荷蓑立。

某上人禮清凉歸

雁門迢遞訪三車,稽首清凉煉鏌鋣。去日但携鐵如意,歸時却采金蓮花。毒龍制後爭投鉢,猛虎騎來竟到家。回首戒壇石上月,清暉依舊滿袈裟。

【王評】袁、徐佳處不能過。

【蘇評】筆有回環流轉之妙。(據劉蘇本七言律詩補。)

過王氏村居三首

晨興遵河隈,連崗何紆徐。行行林屋繁,知近幽人居。入門意自傾,呼兒掃庭除。有酒重斟酌,肯使清樽虚。西峰夏雲滿,不飲當何如。

庭花有佳色,夏木繁清陰。紫椹醉鳲鳩,黃鸝多好音。人生會有役,難愜幽居心。撫此長嘆息,空懷《梁甫吟》。

宇宙爭馳驅,大半在温飽。驕泰非我心,富貴有何好。聞道頗有年，拂衣苦不早。坐讀良友箴，自顧益草草。時李子元升詩銘在几，多止足之言〔一〕。商山多紫芝，還期躡綺皓。

【校記】

〔一〕几　《存目補編》本卷十六《過王氏村居三首》作“兒”。

河津邸次二首

木葉下寒景，秋光浮遠空。獨憐汾水上，正有孤飛鴻。粉堞青山外，人家夕照中。寥寥天府静，吟嘯坐墻東。

野鵲語相逐，蜻蜓飛復還。每因人境寂，恰乘客中閑〔一〕。苦節叢篁碧，寒花細菊斑。秋風不相待，先到穆陵關。

【校記】

〔一〕乘　宋本卷十、徐本卷十、《存目補編》本卷十六《河津邸次二首》作“剩”。

汾上宿

汾水作春冰，寒沙集雁鳴。不知鄉路近，猶怯晋陽城。

【蘇評】極微窮幽，字字可法。（據劉蘇本五言絶句詩補。）

和聞雁

月里參差影，風前次第聲。清商天外落，多少世人驚。

【王評】有寄托。

和觀月

萬里辭青海，蛟龍冷夜眠。若非秋桂落，錯認曉珠圓。

【蘇評】與“南山一桂樹，日暮秋雲陰”同一音節。（據劉蘇本五言絶句詩補。）

宿蒼陵峪

谷樹蕭蕭受晚風，水螢輕颺小山叢。今宵秋思知多少，盡付寒流亂葉中。

【蘇評】幽遠有唐味。（據劉蘇本七言絶句詩補。）

哀毅魄

錯轂心不懲，終思戰場利。夜半挾秦弓，深閨夢中至。

同劉淵澄文學登廣勝寺

嘗懷天姥岑，數夢雲門寺。塵緣苦拘束，奇光黯胸次。霍太俱靈刹，取適聊一至。上見浮圖高，下見碧流駛。積壑連春陰，終古一蒼翠。沐浴成寶光，下方驚舍利。石流水伯踪，蘚蝕文皇字。更有拾翠人，紅袖翩然異。湍瀨多元芝，端使洛神出。流觴近芳草，日暮客皆醉。好將山水緣，續入《十洲志》。

渡汾陰謁禹廟

蘭秀在中澤，凉風吹國香。我行渡汾水，秋思亦何長〔一〕。寶鼎雜青靄，樓船空夕陽。惟餘疏鑿力，千載不能忘。

【校記】

〔一〕亦　《存目補編》本卷十六《渡汾陰謁禹廟》作“一”。

汾陰道中

汾陰祠下路，雷雨撼雙松。幾日復重過，風雲感舊蹤。晴蓮開白帝，濁浪走黄龍。何處朝天客，齋宫動午鐘。

【蘇評】雄壯。（據劉蘇本五言律詩補。）

尋李十九武曾不得其居

蒼蒼秀州郭，藹藹桑田繁。君自燕中歸，何處閉衡門。鳴禽交岸竹，野水縈山樊。藏名知者稀，轉畏孤行尊。洲前橘林秀，曲港沙鳥喧。應有《山居賦》，注餘方灌園。

廣陵留别孫無言

黄山歸何日，猿鳥皆望君。我向中條去，花巖弄白雲。浦沙晴照舫，江樹曉含曛。握手不堪别，悠悠鸞鶴群。

簡唐耕塢先生

名譽耻相下，况當衰晚年。世情盡如此，夫子今不然。獨許近詩好，時稱先達前。深慚無所致，轉見古人賢。

河上垂楊歌

垂楊堤上垂楊樹，楊葉楊花作春暮。有客傷心挽碧絲，愁聽河聲向東去。河聲東去不勝悲，楊花一夜成空枝。如何暫見芳菲裏，猶向人間綰别離。

【蘇評】筆情流麗，環回生妙。（據劉蘇本七言古體詩補。）

【劉評】有《哀江頭》遺意。（據劉蘇本七言古體詩補。）

見華陽道人蔣虎臣先生壁上〔一〕和女郎詩題其後三首

聞道華陽句曲仙，布衣粗糲學枯禪。如何也有《閑情賦》，寫到青樓燕子邊。詩中用關盼盼事。

看盡名山杖古藤〔二〕，蒲團夜坐冷如冰。只今綺語留金粉，尚爾天花着定僧〔三〕。

曾與芭蕉作晚參〔四〕，三生慧業入瞿曇。老來劍閣無消息，重向峨嵋掃舊龕。

【蘇評】每首用意,各有含蓄。(據劉蘇本七言絶句詩補。)

【劉評】出語瀟灑自然。(據劉蘇本七言絶句詩補。)

【校記】

〔一〕壁上　劉蘇本七言絶句詩作“璧上”。

〔二〕盡　孫謂本七言絶句詩《見華陽道人蔣虎臣先生壁上和女郎詩題其後三首》作“著”。

〔三〕着　劉蘇本七言絶句詩《見華陽道人蔣虎臣先生壁上和女郎詩題其後三首》作“著”。

〔四〕曾　劉蘇本七言絶句詩《見華陽道人蔣虎臣先生壁上和女郎詩題其後三首》作“會”。

回村中雨阻田家

生平讀損益,豈曰昧出處。俯仰苦不給,遂與素心忤。幾回入城市,未能却公府。騎驢南山來,連崗阻風雨。主人潔芋魁,頗勝具鷄黍。比鄰聞繅車,庭槐蔭機杼。睹兹田家樂,彌覺行役苦。濁酒飲且歌,一爲歌猛虎。

途次懷歸華山覓諸隱居

未遂金庭隱,嘗懷石户農。幾時結茅屋,日坐青芙蓉。夢歇關門雨,心空嶽寺鐘。白雲最相識,來往宿簷松。

宿義棠用壁間韻

瀺灂横汾水,波光動雀離。壠斜山麥短,石迸野藤攲。乳燕朝銜蘂,栖烏晚護枝。天涯先一醉,莫問夜何其。

汾上述懷

悠悠日行邁，川途事淩緬。雨氣乍有無，山色迺深淺。人生會有役，辛苦自黽勉。性本嗜閑靜，何嘗冀纓冕。自緣無舊業，微名亦飢遣。方悔韝臂鷹，更笑纙車繭。盛世重璠璵，微才豈瑚璉。先達謬見推，公府强充選。諒乏平津策，信有稽康懶。歸來麋鹿群，仍與恣游衍。擲筆嗒然笑，山雲正舒卷。

再過有道阡〔一〕

有道芳阡接翠微，石門松檜只依依。風吹葵麥鼪鼯出，日下祠堂蝙蝠飛。墊角何人爭慕義，瞻烏誰屋早知機。九原應使先生笑，輦路而今走布衣。

【王評】好。

【蘇評】洗盡脂粉，淡雅入神，結更言外，感嘆出於自然。（據劉蘇本七言律詩補。）

【校記】

〔一〕宋本卷十、徐本卷十《再過有道阡》與《過有道祠墓》順序顛倒。

附乙卯過有道祠墓〔一〕

仰止人倫道不孤，中郎碑老没寒蕪。艱難獨惜瞻烏語，不及同舟李大夫。

【校記】

〔一〕宋本卷十、徐本卷十、《存目補編》本卷十六題爲“過有道祠墓”。

途次感懷〔一〕

宇宙何茫茫，陰陽杳難詰。萬物付亭毒，變化每愁疾。天吴幾移水，羲和數敲日。人生無百年，苦欲較得失。何不息心去，保此金石質。緤馬閬風岑，造化探微密。努力勿遲遲，韓衆已得一。

青溪一道士，云是鬼谷子。無心坐白雲，已得長不死。借問何以然，其要在知止。輪席歡愛間，勿誤喬松理。

【蘇評】新奇。（據劉蘇本五言古體詩補。）

上古患名多，後世患名少。嗟我兹行役，亦爲微名擾。力耕既不能，讀書復草草。獨有麋鹿性，每欲事幽討。何日山水緣，長嘯滄洲曉。

【校記】

〔一〕《存目補編》本卷十六題爲"途次感懷三首"。

五里莊次小修壁上韻

客眠愁未着，誰復孔賓呼。馬上來紅樹，風前悵緑蕪。友思天下士，隱憶列仙儒。沙岸頹新雨，縱横亂曉途。

平定山中同王寅若行次並上州守張筠園先生

澗草溪花不記名，嶺雲銜雨作潮聲。千回流水縈行騎，一路看山到郡城。筆札尚煩公府召，袴襦真見使君清。辛勤幸有山陰侶，坐看明霞放晚晴。

懷山堂

山中有草堂，未得山中住。白雲不讓人，占盡讀書處。

【蘇評】便爾超脱。（據劉蘇本五言古體詩補。）

故　關

豈是能閑不肯閑，勞生今復出重關。山中舊壘雜烟雨，城外諸峰如髻鬟。宿鳥乍飛芳樹底，曉鐘忽墮白雲間。年來羞道終童事，隨分隨緣一往還。

鎮州荷花

鎮州荷花一萬柄，鵁鶄鸂鶒相爭飛。安得紅香最深處，玉簫載滿酒船歸。

【蘇評】李義山無此飄逸。（據劉蘇本七言絶句詩補。）

城南城北皆荷花，正對城門是酒家。下馬猶能再斟酌，醉臨明鏡看吴娃。

【王評】近似鐵崖道人。

【蘇評】白香山有此風情。（據劉蘇本七言絶句詩補。）

上谷早發

上谷東來曉氣濃，沿溪烟樹緑含風。郎山插笏青冥裏，大似諸郎立雨中。

【王評】典而趣，總由識地别。

【蘇評】東坡海外歸來之作。（據劉蘇本七言絶句詩補。）

匏齋黄葵同方山紫海兩先生作二首

匏齋風味清如水〔一〕，葵子花開淡似秋。先有遺山最標格，曾將金色愛閻浮。

日日城西便忘歸，北窗秋色雜清暉。坐看五疊湘裙軟，賤煞人間羅綺衣。

【校記】

〔一〕咏　《存目補編》本卷十六《匏齋黄葵同方山紫海兩先生作二首》作“咏”。

聞本培先生改巢雲阿爲庵

輞川好山水，維摩古性情。一朝証無爲，萬事皆浮萍。只今鹿苑寺，齋鼓留清聲。先生金粟身，暫托宰官名。妙悟合易簡，上士本何爭。别業條山陰，藥房結構精。風雲識幻化，竟作蓮花城。始知大猛力，坐使癡頑驚。題詩數贊嘆，寶樹學經行。

御史魏公名雙鳳歌

御史大名垂宇宙，節義文章肯堂構。致主嘗思堯舜前，立身豈屑夔龍後。聞道生申入夢奇〔一〕，天邊鸑鷟雙來儀。自古神靈降恍惚，九苞六象光陸離。以此皇揆紛内美，肇錫嘉名識原委。間氣真爭日月光，精微妙得乾坤理。伊余昨日長安來，悠悠輦路空徘徊。無端蜀道憐高咏，長者車轍先蒿萊〔一〕。孤鶴飛飛悔塵鞅，何處相逢羽蟲長。梧桐楝實君不辭，願隨靈翮青霄上。

【劉評】有道之言，典贍古懋。（據劉蘇本七言古體詩補。）

【校記】

〔一〕聞道生申入夢奇　劉蘇本七言古體詩《御史魏公名雙鳳歌》作“問道生身入夢奇”。

〔二〕蒿　劉蘇本七言古體詩《御史魏公名雙鳳歌》作“嵩”。

題王幔亭《春風把卷圖》二首

家園池北多春草，妙句星河比惠連。“天際星河倒入池”，先生詩句，司寇公極激賞之。見《漁洋詩話》。天地自能容野服，鶯花不禁入芳年。應逢世外許玄度〔一〕,的是意中葛稚川。我亦幾番求大藥,丹經一卷正茫然。

鬢髮蕭騷已帶星,男兒五十事全經。不思章綬繁華紫,愛踏郊原芳草青。天上翔鸞方接翼,花前舞鳳又梳翎。神仙備盡人間福,纔許曾孫宴幔亭。

【校記】

〔一〕玄 《存目補編》本卷十六《題王幔亭〈春風把卷圖〉二首》作"元"。

永寧大令峻公佟明府攝篆湖城折簡見招遂贈

二月還中條,道出陸渾山。欲尋玄滬水〔一〕,遥望鵜鶘關。使君擅清譽,才名滿人寰。爲政山水鄉,心閑物亦閑。脩竹映庭户,泉聲如珮環。延想未能去,神往青冥間。何期使君來,乃在大河隈。手種兩縣花,題詩鷄鳴臺。盈盈隔衣帶,瞻企良悠哉。好音忽西下,字字瓊瑶瀉。古道邁流俗,欣然懷抱寫。理楫急相過,相歡金叵羅。鳴琴對清晝,相和《懷仙歌》。荆山縹緲碧雲裏,嶕峣尚憩廣成子。仙風道韻皆眼前,莫使浮名誤精理。使君使君高義今所無,我欲相期閬風扶木之清都。至道昭昭言甚著,與君且讀《參同》書。

【劉評】"心閑物亦閑",淺語,人不解道,可得蓮洋先生見處。(據劉蘇本七言古體詩補。)

【校記】

〔一〕玄 《存目補編》本卷十六《永寧大令峻公佟明府攝篆湖城折簡見招遂贈》作"元"。

寄答鉅鹿楊臨三孝廉

我聞荷甑人,無心鶩有道。古之相知外流俗,神遇豈復同草草。先生正屬孟家鄰,聞聲之慕情何真。黄花千里寄高咏,風雨開緘愁鬼神。嗟我蕭然守環堵,五嶽不從□徒苦。何日□南識紫芝,鵲山共入滄雲毋。昨夜薰風拂檻來,桐花鳳子雙徘徊。廣阿菱藕碎冰玉,憶爾忘機荷葉杯。有客有客欲東下,歸鴻正好煩書札。借問相思何處多,粘天雲樹愁銅馬。

【方按】"札",入聲,不聞押入"馬"韻。(據《存目補編》本卷十六補。)

——男忠基藎臣校對〔一〕

【校記】

〔一〕劉本六册本卷十末有"男忠基藎臣閲"字,宋本卷十、徐本卷十末均無字。

卷十一

漁洋山人評定
河中吴雯天章甫著
襄陵徐儲餘甫分校
臨汾劉組曾繩遠校刊〔一〕

爲仝車同題畫扇四首畫爲李君世臣作

翠羽明璫照遠天,遥情還念苧蘿烟。浣紗抛却閑時節〔二〕,特向江南學采蓮。

支離病骨笑於鬉,丈室維摩意久灰。偃坐如何天女至,多應特爲散花來。

姹女河邊最有神,飛空怳惚絶埃塵。只須煉得黄芽就,能使蛾眉識主人。

鹿門采藥事如何,隨侍鸞臺也未多。九節菖蒲蓮嶽近,相迎玉女下巖阿。

【蘇評】太白仙人言語,右丞却入禪宗,二家皆推獨步。讀此覺"眼空一世,萬念皆忘",不謂聲調中有如許妙境。(據劉蘇本七言絶句詩補。)

【校記】

〔一〕劉本六册本卷十一首題爲"漁洋山人評定、河中吴雯天章著、襄陵徐儲餘甫校、臨汾劉組曾繩遠鐫",宋本卷十一首題爲"漁洋山人評定、河中吴雯天章著、後學劉組曾、徐儲餘同校訂",徐本卷十一首題爲"漁洋山人評定、蒲板吴雯天章手著、平陽徐昆後山、涂水喬人傑漢三重訂、濩澤張誌心鐫"。

〔二〕紗　劉蘇本七言絶句詩《爲仝車同題畫扇四首》作"沙"。

青士明府招同車同游南山下備書所歷以志勝概

策馬沿長溪，路與谿聲轉。卉木何青蒼，田疇亦葱蒨。烟火出重岫，牛羊散秋澗。林深鳥乍飛，雨久崖忽斷。尋壑情轉怯，渡水目猶眩。欹仄溷泥沙，喧呼起鵝鸛。川途遲濡足，山色欻當面。荻葦遥一業〔一〕，中央宛堪戀。古祠列階阯，賓友奉几案。揖讓登復嶺，提携上别院。果蓏紛雜沓，杯鐺頗淩亂。情見野人真，政美使君善。石磴扶始陟，雲峰近方辨。軒轅迹未賒，鼎原俯郊甸。山河勢綿亘，今古想昏旦。嗟哉洪荒時，巨浸莽洄漩。大地本積水，摩蕩激雷電。高卑漸分剖，水土稍寧奠。至今巖壑間，螺蚌遞隱現。指掌分晋秦，杯斝瀉江漢。商山鄰紫芝，峨嵋傍帷帟〔二〕。世界一葉物，何足侈壯觀。至人有妙理，清淨窮變幻。我生太勞勞，五十力久倦。聞道不能學，徒然成汗漫。昨辱折簡招，更與山水讌。登高飲未足，回座復珍膳。龍湫在肘腋，凉玉浸瓜瓣。云曾富芰荷，今已盛藤蔓。即此咫尺地，境物駭屢换。如此不痛飲，真爲達者嘆。醉飽竟不辭，嗤笑任群彦。晚歸仗燈火，執轡增顧盼。益當沙路側，如下雲中棧。因思人間世，喜懼每交半。近城聞街鼓，鼕鼕催銀箭。下馬坐華軒，餘勇轉自羡。剖瓜汲新井，再當爵無算。

【蘇評】有波折，有蕩往，淋漓言之，奇正、虛實兼到。（據劉蘇本五言古體詩補。）

【方按】“帟”字，字書音，鑾帶也，不與“帷”字連用。此詩所以誤者，由誤讀《周禮》：“帷幕帟綬之事”，其字音“繹”，從“亦”，不從“綠”。不知天章何以舛誤至此。（據《存目補編》本卷十六補。）

【校記】

〔一〕業　宋本卷十一、徐本卷十一、《存目補編》本卷十六《青士明府招同車同游南山下備書所歷以志勝概》作“叢”。

〔二〕帷　劉蘇本五言古體詩《青士明府招同車同游南山下備書所歷以志勝概》作“幃”。

高行庵翁至自桐栢

桐栢山中三日路，翠栢長松靄烟霧。終日行行不見人，真是仙靈栖隱處。我翁新從桐栢來，盤回巖壑心胸開。相逢先述桐栢道，銜杯尚愛山中好。城外山光多白雲，也如桐栢含氤氳。白雲即可留翁住，不須更向桐栢去。

【劉評】平宛中語復峭蒨，窮極筆力，故能自如。（據劉蘇本七言古體詩補。）

讀史雜咏三首

陳留董仲道，卓犖脱羇鞿。頗亦慕榮禄，何曾甘蕨薇。一朝洛城北，忽見蒼鵝飛。升堂發浩嘆，介石明先幾。典禮苦文飾，將無公卿非。深藏語同調，阮謝失因依。荷擔竟入蜀，偕隱遂不歸。

我愛東皋子，高懷狂亦猥。春秋釀美酒，蒔藥養鳧雁。《老》《易》置床頭，北渚幾游衍。待詔門下省，良醖庶堪戀。乘牛經酒肆，輒復忘昏旦。有時白牛谿，陶然樂親串。酒經比南董，盤石列羹饌。醉鄉誰能記，五斗自爲傳。坐召嚴君平，刺史那得見。惟有招之飲，欣往無貴賤。機士任撫髀，内熱恐貽患。未肯談糟粕，實欲契冲澹。遺風不可追，仰止發三嘆。

渭南章臺東，樗里有遺墓。當年號多智，身後尚知處。如何困犀首，鑿穴少羞惡〔一〕。入周轉形拙，釋蒲豈非誤。長樂與未央，百歲信多據。不應眉睫間，有似墮烟霧。至人洞道源，萬象自呈露。戔戔偶猜度，或亦任術數。吾願師顓愚，何思復何慮。

【校記】

〔一〕羞 《存目補編》本卷十六《讀史雜咏三首》作"差"。

貽雷萬蘇二首

來往虞鄉山市中，栢梯寺外野棠風。高人只在王官谷，笑看飛泉雙靨紅。

洗馬村東一頃田，買山未遂意茫然。羨君自具山中樂，勝處居然小輞川。

【蘇評】妙在不錘煉，自成盛唐風格。（據劉蘇本七言絶句詩補。）

喜霽四首〔一〕

一雨連朝積翠苔，登樓喜見夕陽開。青山無數明霞入，一道長河日下來。

手把《參同》學閉關，風風雨雨意闌姍。晚來忽報浮雲斂，看盡湖城面面山。

【劉評】（第二首詩）有風味。（據劉蘇本七言絶句詩補。）

屐齒沿階肯暫停，衙齋踏遍又前汀。也因采取紅蓮好，特地衝開九子萍。

【劉評】骨氣不弱，語言非凡。（據劉蘇本七言絶句詩補。）

廳西老栢何年植，溜雨參天四十圍。相伴正宜千歲鶴，凌空剛見一雙飛。

【劉評】句格天成，渾然之中多少閑雅。（據劉蘇本七言絶句詩補。）

【校記】

〔一〕劉蘇本七言絶句詩題爲"喜霽三首"。

歸中條留别佟青士明府

使君具懸解，默契窺象先。舉世不能知，惟吾信其然。昨日相從鼎原上，秋色茫茫見高敞〔一〕。明月欲吐藍田關，白雲乍入仙人掌。吁嗟世界纖毫間，化機出入皆等閑。真源氣母不可問，徒令手指輪倕般。明日歸來舊山塢，再學十年向君語。

【校記】

〔一〕廠　宋本卷十一、徐本卷十一、《存目補編》本卷十六《歸中條留别佟青士明府》作“敞”。

留别仝車同

郑鄏有奇士，已破萬卷心。未已朝來看山秋原上，日暮鼓篋明燈裏。有時半醉寫胸臆，詞源真倒三峽水。昨適邂逅鼎湖傍，正逢黄鵠盤青蒼。可憐鴻漸困雙翼，仰觀三嘆神昂藏。明日分手潼關道，願爾翱翔天路早。翱翔天路信所如，還期寄我山中書。

晚　歸

鼎原猶夕照，谷口秋烟生。歸騎緣南澗，前山蟬亂鳴。野花垂晚實，叢菊抱新英。是處堪招隱，何人識姓名。

簡張迥凡

閑坐高齋日幾回，秋花遍向小山開。檻前最愛凉風入，天際剛逢早雁來。奇字問時宜載酒，雄文草就許登臺。每當憂樂關心處，知爾真堪宰相材。

寄西溟姜探花四首〔一〕

名世由來道不孤，鵬飛今已振天衢。宫花遍向簪時艷〔二〕，靴笏方從殿上趣〔三〕。蓋代文章原有價，掀天事業豈無徒。大才難用真爲用，不復長歌擊唾壺。

先憂後樂願寧乖，温飽何曾係本懷。舊使書讐天禄閣，新教紙貴洛陽街。直廬入處仍栖鳳，閬苑行來始騕騔。從此蒼生重繫望，臚傳聲已慰同儕。

幾載銅龍自慨慷，一朝重致姓名揚。蘭因出谷香尤遠，橘以過淮味更長。爭喜青雲真得路，休言白首只爲郎。家風亮節傳青簡，再見新梧振鳳凰。

忘年分誼獨懷君，問字天涯寫練裙。每接鸞音到空谷，新看鳳舉入高雲。對書北闕芝親檢，蒔藥東皋草自耘。車笠誠知有真味，雲泥那便此中分。

【**藏批**】此詩蓋姜公及第後所贈語，亦迂腐。（據孫謂本七言律詩補。）

【校記】

〔一〕宋本卷十一、徐本卷十一、孫謂本七言律詩、《存目補編》本卷十六題爲"寄姜西溟四首"。

〔二〕遍　孫謂本七言律詩《寄姜西溟四首》作"偏"。

〔三〕趣　《存目補編》本卷十六《寄姜西溟四首》作"趨"。

西子 華林姜公屬賦

響屧廊前夜月孤，苧蘿村畔没寒蕪。已教舊恨傷麋鹿，又肯新愁入鷓鴣[一]。鐵網皆云沉寂寞[二]，黄金任爾鑄模糊。江東救得無餘事，那復扁舟共五湖。

【**蘇評**】有深意，有警語，寫來却和婉可聽。（據劉蘇本七言律詩補。）

【校記】

〔一〕鷓　孫謂本七言律詩《西子》作"鷓"。

〔二〕沉　孫謂本七言律詩《西子》作"沈"。

明　妃

不把黄金買畫工，進身羞與自媒同。始知絶代佳人意，即有千秋國士風。環珮幾曾歸夜月，琵琶惟許托賓鴻。天心特爲留青冢[一]，春色年年似漢宫[二]。

【沈評】吊明妃並寫懷抱，方脱前人束縛。（據《清詩别裁集》本、劉蘇本七言律詩補。）

【蘇評】極用意，看似不用意；極着力，看似不着力。詩至此，神乎技矣，立言更得體。（據劉蘇本七言律詩補。）

【校記】

〔一〕冢　孫謂本七言律詩、《清詩别裁集》本、劉蘇本七言律詩、《存目補編》本卷十六《明妃》作“塚”。

〔二〕春色　《清詩别裁集》本《明妃》作“春草”。

緑　珠

蓋代貞心蓋代姿，鮫珠百斛價難追。已拼知己偕金谷[一]，豈肯才人嫁養廝。璧月沉時香未冷[二]，彩雲散後夢何之。當年也有翾風侣，不識春風又付誰。

【蘇評】何等氣概！拍案讀之，醉者皆醒。（據劉蘇本七言律詩補。）

【校記】

〔一〕拼　孫謂本七言律詩《緑珠》作“拌”。

〔二〕沉　孫謂本七言律詩《緑珠》作“沈”。

太　真

人間天上兩茫茫，傾國傾城恨最長。何處玉妃留别院，尚教亭子憶沉香[一]。漢宫自喜同飛燕，春色爭誇似海棠。七夕牽牛私誓在，同心願只屬三郎。

【蘇評】妙有諷刺，却含而不露。（據劉蘇本七言律詩補。）

【校記】

〔一〕沉　孫謂本七言律詩《太真》作“沈”。

虞　姬

楚歌一夜動悲涼，百戰空嗟霸業荒。子弟皆知歸長者，美人獨解報君王。江東日落垓塵散，原上春歸墓草香。回首五陵烟樹盡，千秋同作恨茫茫。

【蘇評】不必有意哀激，而音節自不勝情。嘗見集載姬詩："漢兵日夜至，四面楚歌聲。大王意氣盡，賤妾何聊生。"以爲斷非虞美人口吻，讀是詩，見其甘心殉主，益信前詩之僞。（據劉蘇本七言律詩補。）

九日華林姜公邀游萬固雨阻

采菊朝來曾有約，無端積雨近黄昏。便應對酒留官閣，不用看山到寺門。簷際漸聞喧鳥雀，林中還念辨風旛。但教清興無增減，支許隨時可共論。

送葉東溟南歸省母二首

忽爾歸南國，秋深念北堂。但知勤定省，豈復計行藏。別判花千朵，飛同雁一行。關心鱸膾外〔一〕，雙鯉敢先嘗。

最愛金閶好，曾留縹緲峰。涉江今不到，常念采芙蓉。將母輕千里，懷人思萬重。幾時危坐處，特爲訪茅容。

【校記】

〔一〕膾　《存目補編》本卷十七《送葉東溟南歸省母二首》作"鱠"。

江辰六刺史假寓荒齋留咏依韻答之

尚肯高軒過，依然見素心。旌交叢竹密，徑掃落花深。露井晨生潤，雲山晚送陰。披襟話終古，自愧鳳鸞音。

過解郡江刺史留飲署齋再和答贈詩

三更頻剪燭，真意尚陶然。道味親南郡，經生愧服虔。詩分朝爽氣，酒中上春眠。若論千秋業，端憑彩筆傳。

寄仝車同

高人不相見，但隔崑崙水。相思何處可逢君，河上諸峰宛相似。中條常接鼎湖雲，日日看山即對君。池塘春近生芳草，明年期共洛陽道。

【蘇評】寄人詩從無此超脱。（據劉蘇本七言古體詩補。）

【劉評】鍾情深，出語雅。（據劉蘇本七言古體詩補。）

送曹緑葭之平水省候謝公

白苧城邊春欲歸，夢見春江春燕飛。丈夫一言感知己，那得遲回念鄉里。朝來且向晋陽道，馬上吟詩盼芳草。河東太守季布賢，忽毁忽譽何紛然。九重尚重股肱郡，行當召君依紫禁。吾子勉矣在此行，當年原仗曹邱生。

【蘇評】大有走月流雲之致。（據劉蘇本七言古體詩補。）

簡謝趙章侯將軍立春日招飲

今日立春春已入，簷際春風便習習。將軍高宴啟轅門，斫鱠燔熊衆賓集。當筵百戲間瑶笙，急管繁絃繞畫屏。玉瓚頻傾千日酒，金盤真壓五侯鯖。將軍名閥湖山上，玉季金昆坐蓬閬。氣攝千夫意不驕〔一〕，書探萬卷神方王。秋來秉鉞大河濱，蟠花錦映玉麒麟。説禮敦詩本儒者，輕裘緩帶真天人。緊余珠幢瞻紫氣，爲君揖客增欣慰。豈但投壺致倍高，更看結襪風猶貴。今日之樂樂如何，千觴在御歡情多。願持幕府霜毫筆，寫入軍中《朱鷺》歌。

【譚記】毫端有興會。（據孫譚本七言古體詩補。）

【劉評】才力自雄，不僅以詞藻增富。（據劉蘇本七言古體詩補。）

【校記】

〔一〕攝　宋本卷十一、徐本卷十一、孫譚本七言古體詩、《存目補編》本卷十七《簡謝趙章侯將軍立春日招飲》作“懾”。

謝聞喜趙峻飛餉藕二首〔一〕

董澤汪洋萬頃蓮，高情惠我藕如船。加飡更餉桃花米，已擅人間種玉田。

學仙蓮嶽鐵船迷，穫稻何曾似瀼西。賴有故人雙贈我，裹糧真可躡丹梯。

【劉評】剛健雜婀娜，簇簇爭新，令人尋味不厭。（據劉蘇本七言絶句詩補。）

【校記】

〔一〕宋本卷十一、徐本卷十一、《存目補編》本卷十七題爲“謝聞喜趙峻飛餉藕米二首”。

贈邱誠若羽士

臘月陸渾花未開，白驢騎向雪中來。憑君傳得中州信，先勸金鵝酒一杯。金鵝别館宜仙客，控鯉琴高住應得。作金妙理果何如，我願細問《參同》書。

【蘇評】變化超忽，非强作者。（據劉蘇本七言古體詩補。）

寄張栢巖

二月復無雨，東皋方灌園。坐息竹林下，遂見湖城山。交加條與華，東南則鼎原。鑄鼎有仙意，白雲猶閑閑。自哂憂歲心，春來戚朱顔。百年只如此，何日方爲歡。類息寄同調〔一〕，再訪桃花源。

【校記】

〔一〕類　宋本卷十一、徐本卷十一、《存目補編》本卷十七《寄張栢巖》作“嘆”。

題高長郎潤章小照四首

冰雪聰明瑶玉姿，相逢公輔早相期。即看把卷神凝處，漂麥端應也不知。

無慾方爲王佐才，瑩然何處着纖埃。他時若闢平津閣，記取曾經物色來。

鄭谷村南買數椽，生平償願在飛泉。閑傾北渚春秋釀，細讀《南華》内外篇。

畫裏山栖意不群，長松屈曲拂高雲。相逢便訂山中約，新笋生時我待君。

過李霖蒼山居二首

脩稧是今日〔一〕，盤回曲水濱。桃花偏笑客，楊柳故迎人。入道嫌多累，看山不計貧。藏舟信天地，悟道劫前春。

五十浮名誤，鶯花别舊居。名山是誰宅，脩竹即吾廬。活水宜烹茗，春風好著書。洞中高卧久，野饌薦溪魚。

【校記】

〔一〕稧　宋本卷十一、徐本卷十一、《存目補編》本卷十七《寄張栢巖》作“禊”。

柬張内翰宸錫

霜天事行役，幾日客中宿。何如無事坐，齋心閉茅屋。塵累本多牽，生理更難足。夫子著作才，冥心事克復。禪誦窺象罔，踐履慎幽獨。昨日命朝湌，道風尤肅穆。牀頭一壺酒，階下數叢菊。偶兹息群妄，歸去坐修竹。

簡姜青若

秋來日日多新咏，咏罷新詩共舉杯。山色正當紅葉盛，年光又近菊花開。五言屹有長城勢，丹穴原非百里材。今日高軒仍一醉，崑崙觴即小蓬萊。

别元彦兼訊儼若

寶劍雖在匣，蓮花生光芒。夜夜斗牛間，奇氣連天閶。吾子英毅姿，千夫誠莫當。走馬黄金臺，飲酒邯鄲倡。開襟自揮霍，誰能遏清狂。下筆更飛動，有作輒一囊。還期謁至尊，奏賦動明光。雄文久不達，失意空摧藏。將無蕤賓鐵，百煉成干將。留連東海隅，時序感青陽。蕭然對官舍，慷慨終激昂。一朝訪知己，云去金莖傍。折柳春雪前，此行亦倉皇。中丞本清白，公子妙文章。相逢道珍重，素心原不忘。若問山中人，早晚歸草堂。

【劉評】本性情以立言，不外一“真”字，而出筆却奇崛，中饒風味。（據劉蘇本五言古體詩補。）

咏白梅四首

鄧尉曾聞萬樹深，移來猶自影森沉〔一〕。如何開向冰霜後，端爲生成鐵石心。友鶴最宜邀遠寄，調羹亦可答知音。他時煮酒當閑話，看取青青子滿林。

冰天曲屈托靈根〔二〕，猶喜春風入坐温。綉幕燈來纔有影，雕窗月到更無痕。香浮東閣仙郎宅，夢入江南處士村。醉後不辭頻酎酒〔三〕，也同玉女洗頭盆。

南枝不用悵無媒，早向春前次第開。燭暈紅時明獺髓，蟬光滿處長珠胎。當筵恰對一峰雪,照水何須兩岸苔。珍重纖塵都不到,巡簷那許涷禽猜。

橫斜展轉不成憐,世内緣同世外緣。歌罷霓裳看宛爾,酒餘仙珮想珊然。雖非隴水皇華外,恍在靈巖梵唄前。欲共優曇較香色,㑹章可似額珠圓〔四〕。

【蘇評】(前三首詩)"洗削清空""不著色相""雪滿山中"等語膾炙人口,對此亦覺調卑。(據劉蘇本七言律詩補。)

【劉評】(前三首詩)的是白梅。咏梅詩,古今作者林立,此獨脱盡前言,命意高超,翛然物表,而音節俱縹緲空際,蓋天趣遠也。(據劉蘇本七言律詩補。)

【校記】

〔一〕森沉　劉蘇本七言律詩《咏白梅四首録三》作"沉森"。

〔二〕曲屈　《存目補編》本卷十七《咏白梅四首》作"屈曲"。

〔三〕酎　宋本卷十一、徐本卷十一、孫謖本七言律詩、《存目補編》本卷十七《咏白梅四首》作"酹"。劉蘇本七言律詩《咏白梅四首録三》作"酧"。

〔四〕㑹　《存目補編》本卷十七《咏白梅四首》作"含"。

贈世瞻

長爪畸人隴西客,春曉踏花錦囊濕。天平書記才翩翩,真珠密寫芙蓉篇。緬渺風流俱千載〔一〕,遺韻鏗鏘入遼海。鴨緑春波射日紅,長吟短吟氣益雄。昨日身經夷齊墓,黄雲黯淡北平路。題詩刻入青琅玕,門外花枝照眼寒。歸去沙塲閑立馬,紫塞驚鴻飛不下。

【蘇評】雅蒨天成,如出水芙蓉,亭亭濯濯。(據劉蘇本七言古體詩補。)

【校記】

〔一〕緬渺　劉蘇本七言古體詩《贈世瞻》作"縹緲",《存目補編》本卷十七《贈世瞻》作"緬邈"。

送元彦南歸

見乃謂之象，一語已得悟。豈非無事中，善惡横呈露。惡固彌戾車，善亦須彌柱。若云無善惡，此又岐中路。君歸皖公山，楊花正春暮。選官與選佛，二者本無誤。繁華固爲累，枯寂復何據。年來傾素心，警策仰高步。一朝千里别，又復遠騶馭。富貴汝固有，豈爲世俗慮。望子以前脩，快得環中趣。

送張子之北平

少小具異才，出將爲世用。萬里始發軔，雲露逞威鳳〔一〕。砥礪亦有時，聲價一朝重。從此且及物，存心務沉痛。相送垂楊下，寶馬嚙珠鞚。醉宿盧龍塞，四月花枝凍。他日若相思，好奇《洞簫頌》〔二〕。

【蘇評】音韻皆脆。（據劉蘇本五言古體詩補。）

【校記】

〔一〕露　《存目補編》本卷十七《送張子之北平》作“路”。

〔二〕奇　劉蘇本五言古體詩、《存目補編》本卷十七《送張子之北平》作“寄”。

張子招同諸子園飲

芍藥開已闌，藤花發修梗。共醉藤花下，花落杯中影。前溪漁網集，别館吹簫静。茫茫平野色，風緑幾千頃。鳩呼柳外烟，燕掠沙邊井。爲對素心人，陶然暢夙秉。

【蘇評】清新出語綺，洗盡六朝之艷，獨吐秀氣。（據劉蘇本五言古體詩補。）

送薛二吉

皎皎海濱日，裊裊津亭柳。君行芳草時，蝴蝶生馬首。濠濮有真意，堂構兩不朽。仁義本蘧廬，萬物乃芻狗。吾欲問披衣，已知天倪否。

【蘇評】亦雅亦曠。（據劉蘇本五言古體詩補。）

送藍謝青入都三首

菖蒲曲水緑難齊，繫馬垂楊望眼迷。莫道海壖閑屐齒，青山爭候國門西。

溪山點染對晴霞，美擅西泠自一家。摩詰才名仍不忝，還看題遍蘂宫花。

結想名藍訪定僧，石橋松樹挂寒藤。九華半臂金堂約，待乞君家畫白綾。

送顧華峰舍人南歸時以午日重過海門二首

故人零落悵何之，猶把楞伽幼婦辭。偏繫念惟端午日，最傷心是合歡詩。湖邊野服裁新制，眼底青山得舊知。從此蒓鱸堪入饌，申屠應與共銜巵。

張水嬉仍見牧之，重看香杵續新辭。谷簾泉好曾參偈，余咏舍人竹爐曾有"廬山谷簾"之句。夜合花開罷賦詩。金馬才名狂客散，斜川風景酒人知。劉盧猶道同仙籍，專待秋深嫁玉巵。舍人以嫁女約秋晚再來講也。

嘯竹軒爲梁崇此賦

近海苦無竹，君移何處陰。爲看清影好，不覺落花深。掩映琴書色，消融去住心。琅玕方結實，迅發鳳凰音〔一〕。

【校記】

〔一〕迅　《存目補編》本卷十七《嘯竹軒爲梁崇此賦》作“迅”。

送冀渭公太守

大患爲有身，無身患豈滅。苟能真無患，身有何分别。夫子握化機，妙得還丹訣。不壞世間相，神理自充悦。莊敬乃日强，屯蒙無異節。憶昔蘇門游，鸞音聽寥泬。今復海上逢，沃我峨嵋雪。解纜悵須臾，轉使心如結。歸坐南風前，花枝有鳴鴂。

還中條别鑑文師

屢過齋厨飯，猶分《般若經》。有機酬鈍滯，無諍樂沉冥〔一〕。潮夢關門白，山迎驛路青。重來應一笑，大海總浮萍。

【蘇評】唐風唐律。（據劉蘇本五言律詩補。）

【校記】

〔一〕沉　孫謂本七言律詩《還中條别鑑文師》作“沈”。

題念藝舍人緇染小照

分作金華殿裏人，還應瓔珞記前身。從來有相皆虚妄，那便僧伽是本真。

留贈馬衆瞻三首

高齋一枕傍潺湲，説似閑時未是閑。何日真能閑去在，扶笻看遍秣陵山。

家近蓮花第一峰，一年鄉夢隔芙蓉。而今歸去峰前住，盼爾書來到磵松。

舍人才調本張華，梁鵠蟲書自一家。莫漫淹留留亦得，庭前正發小山花。

偶　意

晨興天開霽，白雲北窗外。睹此片雲起，瞠目發深慨。忽憶巖居時，蓊鬱遍松檜。今復海上逢，何異山中對。世界本一如，境轉成芥蒂。吾欲去浮雲，瀟灑聞天籟。

【蘇評】機觸神流。（據劉蘇本五言古體詩補。）

贈壽熙王山人

君家光福山前住，飽種梅花千萬樹。等閑高卧夢亦清，枕上鶯聲任來去。憶昔曾作江南游，伯通廡下足淹留。與君恨不早相識，醉捉包山月下舟。豈信奇緣在東海，紅蓮幕府如相待。痛飲春風白紵歌，踏破氍毹見神彩。嗟余種種成華巔[一]，夢想猶戀江南天。具區三萬六千頃，拼欲釀酒呼蒼烟。縹渺雲峰林屋洞[二]，買山也把梅花種。每到花開便踏歌，花前呼爾開春甕。

【蘇評】奇崛而絶雕鏤，巧縟而謝綺靡，大旨不出蘇黄外。（據劉蘇本七言古體詩補。）

【校記】

〔一〕巔　徐本卷十一、《存目補編》本卷十七《贈壽熙王山人》作"顛"。

〔二〕渺　劉蘇本七言古體詩、《存目補編》本卷十七《贈壽熙王山人》作"緲"。

讀表聖絶句

瀑布漫天濺蕙芽，丹梯石磴少人家。幾時閑却臂鷹手，真下吴村看杏花。

飲丁荷峰参軍署齋時同元彦笨山芰梁部山諸子

有道且薄宦，悠然滄海情。賓筵交雨氣，官舍傍濤聲。天上佳公子，江東老步兵。登樓仍半醉，詩思各縱横。

【蘇評】清高雄渾，漸近自然。（據劉蘇本五言律詩詩補。）

送劉伯恒

姑射山前千里雲，行人北去雪紛紛。沙邊繫馬沽羊酪，柳外摇鞭指雁群。鄉樹迷離懸甕近，關城迢遞冷泉分。到家遥念圍紅燭，桑落頻傾曉漏聞。

【蘇評】精煉處爐錘盡泯。（據劉蘇本七言律詩補。）

送芝仙

有客晨叩門，入門顔色苦。問客亦何爲，少小去鄉土。讀書東海濱，頗已窮皇古。四十四萬言，曾不救貧窶。久游轉益困，入室笑瓶甒。只待河冰開，且下東昌府。宗人雖薄宦，暫可寄堂宇。余聞增浩嘆，世事久如許。識字福則減，造化較鐘釜。如君尚未窮，才高計多舆。不見少陵人，拾橡自傴僂。偶然一醉飽，不覺肆歌舞。太白散千金，居然大妄語。一裘不能着，旋解付屠酤。晚歲客當塗，英雄究誰許。客聞心轉傷，淚下如秋雨。

再送芝仙

包山有峰七十二，長松茂竹相參差。千頭木奴更可貴，丹苞朱實無空枝。君家結屋包山足，可以散髮飽且嬉。胡爲鹿鹿困塵土，東西奔走無寧時。前日與君對榻卧，君言浮生空爾爲。鵝群道士爲証明，謂鐵龕劉五。逝求大藥黄金師〔一〕。鹿門偕隱塵虚願，丹砂勾漏終情馳。君今忽作清淵行，白藤捆載家人隨。葛洪且爲鄧岳留，龎公豈望景升知。會當歸去煉嬰姹，精神清淨同琉璃。他時訪爾具區水，波光萬頃誰能追。

【校記】

〔一〕逝　《存目補編》本卷十七《再送芝仙》作“誓”。

飲新之齋中

幾日别栖巖，却來東海上。相逢且盡醉，爲我開春釀。我懷葛稚川，君師在元放〔一〕。精嚴勤行業，寶閣自回向。杳冥固有真，恍惚究何狀。執有既成非，滯無豈離障。鳧茨泥中得，泥深無限量。噛破雲門餅，寧少馬師醬。薄醉倚簷楹，燈火亂盆盎。忽聞春鴻歸，天宇轉清曠。君言願結鄰，他時共丹嶂。樂郊信可懷，玉女相對望。爲製芰荷衣，白雲發高唱。

【校記】

〔一〕在　宋本卷十一、徐本卷十一、《存目補編》本卷十七《飲新之齋中》作“左”。

柬宋商南澄谿

昔人重一飯，謂是世希有。當由感義氣，豈在物獨厚。先生英異姿，門閥韋平後。蚤歲奏詞賦，要路期唾手。如何尚折腰，馳驅困五斗。飽飫商山芝，醉買新豐酒。相逢灞陵下，歡詑情屢剖。盤飧薦蒓鱸，風味雜菱藕。江南宛在眼，客並嵇阮耦。日暮惜言歸，明月上高柳。轉念知非年，萬里痛奔走。鬢髮已種種，猶然操敝帚。生事渺難問，神魚等蝌蚪。何期素心侣，片語堪不朽。還山且未能，早悔負巖藪。痛飲一百觴，壽君還自壽。

孟穀兄强邀書扇遂題一絶句時方對終南寒甚

慚無隴首秋雲句,何以書君團扇來。且對終南看積雪,梅花應念漢江開。

答張逸峰孝廉見慰

誰向山居慰寂寥,感君高義出雲霄。文章自合依金馬,詞賦還能遍玉簫。競爽人皆推鸑鷟,一枝我尚困鷦鷯。含飴幸仗三生石,白髮權從此處消。

寄吴江陸石麒陸熕笨山舍人以問至二首

縹緲峰前高士居,垂虹橋下昔停車。重來不用莼鱸饌,看爾晴窗補《漢書》。

【蘇評】渾然一片,天授神詣,非斷錦裂繒可比。(據劉蘇本七言絶句詩補。)

舍人最有烟霞癖,曾到蓮花峰頂來。何日同尋交讓樹,蓬門端爲兩人開。

【蘇評】軒爽亦復幽閑,思致又極淡遠。(據劉蘇本七言絶句詩補。)

寄　友

荏苒三年别,相思豈世情。尋僧同雨出,載酒並船行。河上青蘋老,林間白露生。蓮花五千仞,待爾躡峥嶸。

寇萊公祠下敬題四首

盟會澶淵力主張,功勳端是小汾陽。傷心事後成危論,又中當年偃月堂。公汾陽同里。

縱酒酣歌氣自豪,銅盤蠟膩月華高。吴綾濫用能多少,公論何須在蒨桃。

教我張公意爽然，青州高士更幾先。豈知近有扶摇子，早向蓮華峰頂眠。傅先生霖，青州人，益州尤重之。

立馬斜陽感慨深，徘徊祠宇益沉吟。後生無可明恭敬，願種青青竹滿林。

孟穀偶書蘇公身行萬里半天下僧卧一龕初白頭之句云魯直之隙蘇公由此不具論但就蘇句成一小詩正孟穀

萬里了一生，勞勞誠可惻。老僧但高卧，一龕計良得。豈知藏未固，舟壑付有力。還看高卧人，嘆息頭亦白。讀書與博簺，亡羊何優劣。動靜兩俱非，無言任冥默。

元彦兄以小畫見貽遂題其上

苦憶鹿門風味好，金鵝谿館幾曾還。愛君同作咸陽客，能畫舒州二月山。

十年心迹兩人同，筆底長林萬累空。若肯相隨共猿鶴，何須有例到檀弓。元彦方就選人，故有末句〔一〕。

【校記】

〔一〕末　《存目補編》本卷十七《元彦兄以小畫見貽遂題其上》作“未”。

癸卯歲除吴門作

兩年爭一夕，千里羈三吴。入柳風初暖，經梅雪漸無。江雲潮翡翠，海日涌珊瑚。爲報東門外，春田近可租〔一〕。

【蘇評】錯彩鏤金，顔延之詩也。是作渾成中不見雕琢。（據劉蘇本五言律詩補。）

【校記】

〔一〕租　《存目補編》本卷十七《癸卯歲除吴門作》作"鉏"。

奉陪魯庵觀察游慈恩寺

政簡遂多暇,乘春得勝游。居然隨步屧,曾不侈鳴騶。問俗何須廢,看山亦少留。忘機對野老,指點曲江頭。

寄胡茨村觀察

嵩陽仙館通天地,二月春風動巖翠。仙人相邀飲玉漿,忽爾顓蒙發神智。我欲東下苦未能。西瞻太華紛崚嶒。鄠杜之間着游屐,去六月息稽飛鵬。翹首更望彝門道〔一〕,汴柳青青映芳草。夫子淑問同皋陶,吉甫清風超物表。却憶臘雪遠書來,殷殷念我尚塵埃。遲回空近隴頭水,酬贈慚無驛騎梅。有弟有弟才更短,昔並登龍荷交勉。將命知非炙轂髡〔二〕,重逢難比談天衍。吹臺遥跂思無涯,况見曲江飛杏花〔三〕。若使青城遂歸路,洛陽還復問張華。

【蘇評】叙述有體,轉接有神,議論生風,却多言外之味。(據劉蘇本七言古體詩補。)

【校記】

〔一〕彝　宋本卷十一、《存目補編》本卷十七《寄胡茨村觀察》作"夷"。

〔二〕炙　劉蘇本七言古體詩《寄胡茨村觀察》作"炙"。

〔三〕見　劉蘇本七言古體詩《寄胡茨村觀察》作"是"。

寄津門張别駕四首

浣烟樓上幾回醉,明月當頭寶鏡飛。回首春波念楊柳,那能重刺酒船歸。

樓前來往錦帆懸,樓下冰魚不計錢。如此風光堪念着,無端韋曲已三年。

使君意氣少人同，愛客還過陳孟公。今日秦川倍惆悵，碧雲無際海門東。

咸陽草色近何如，燕子飛來四月初。又是一番櫻笋節，却教人寄隴頭書。

【蘇評】讀此四詩，覺秀麗中多少閑雅，不是一味嫵媚。（據劉蘇本七言絶句詩補。）

【劉評】四詩自爲四首，四詩止是一首。其中邱壑極分明、極渾成，仙才老筆。（據劉蘇本七言絶句詩補。）

贈王翁文止

我聞白鹿原，昔有田高士。自號由東鄰，野服見天子。泉石成膏肓，畢志烟霞裏。先生正其鄉，高才無顯仕。晚愛神農書，富貴如脱屣。相逢櫻笋節，酒酌新豐市。七十好顏色，桃花宛相似。何處訪安期，尊前真是矣。余亦慕巖栖，願乞刀圭旨。他日瓠中過，先到高陽里。

題長安謝静巖大令小照四首

永嘉山水君家物。屐齒拋來又幾時。畫裏如逢斤竹澗，紫茸緑籜總參差。

冷然琴韻散天風〔一〕，石瀨涓涓菡萏紅。來往終南無一可，只宜相對竹林中。

篔簹谷勢接蘭皋，石壁玲瓏走翠濤。豈但冰壺成映澈，更教人羨玉山高。

太華曾攀十丈蓮，幾番搔首向青天。使君的有驚人句，正好携歸叫紫烟。

【蘇評】和婉雅秀，極抒流蕩之機，盡謝爐錘之迹。（據劉蘇本七言絶句詩補。）

【校記】

〔一〕泠　宋本卷十一、徐本卷十一、《存目補編》本卷十七《題長安謝靜巖大令小照四首》作"洺"。

寄宋商南道別三首

濛濛烟雨裏，蘆荻引行舟。尚憶江南好，今看皖口秋。倘過林屋洞，再訪百花洲。俯仰懷雙戟，徘徊念昔游。

誰繼韋平業，公才正及時。文章傾海内，意氣托心知。畫省垂金佩，商山薦肉芝。青門今小别，引領鳳凰池。

有弟青氈舊，馳驅汴水回。賢人五百里，痛飲一千杯。懷抱應相慰，雲霄豈乏媒。蓮花迎朵朵，專望好音來。

簡孫次園

朝過樂游原，原上凉風早。小雨連日來，濕却原上草。之子欲南下，此是廬江道。我亦適相從，看穫湖南稻。渺渺司空山，秋深擬相造。

再題元彦見貽小畫二首

年少周郎玉不如，天教家近二喬居。而今四十無他願，連理枝同比目魚。畫中樹作連理。

情死情生義不迷，莫將兒女笑中閨。他時爲我紆歸路，先拜廬江小吏妻。

出郭見杏花

聞道繁香正及時，山邊紅雨水邊枝。東風到處能爲主，春色看來亦未遲。對酒偏宜分笑靨，妮人何必上胭脂〔一〕。行行莫訝林塘晚，纔得韶華次第知。

【校記】

〔一〕妮　宋本卷十一、徐本卷十一、《存目補編》本卷十七《出郭見杏花》作“泥”。

賦得金壺墨

景室書成剖至真，壺中仙汁出洪鈞。道心本自如冰雪，寫盡何曾點一塵。

春夜使院坐古槐下見月

徙倚當嘉樹，天邊桂影繁。清光連晝戟，顥魄動黄昏〔一〕。露豈濡衣冷，風仍拂面温。浹朝得時雨，欣賞暢清言。

【校記】

〔一〕顥　《存目補編》本卷十七《春夜使院坐古槐下見月》作“皓”。

題廢園

年光一路柳毿毿，紫陌行來野興貪。亭下池流移鎬水，簾前山色尚終南。松風檜雨空巢鶴，橘刺藤梢欲礙簪。猶有讀殘書卷在，西窗零落兩三函。

將登太華憩金波院遇雪

乍到金波院，當門見碧桃。前峰松徑密，此地竹林高。竈下山禽熟，簷陰翠壁牢。上方晴又雪，特爲點春袍。

莎蘿坪微雪遂陟青柯坪西峰下二首

山蘭冒春雪，危磴千仞餘。滚滚生白雲，因識洪濛初。回峰隔烟蘿，直與樊桐俱。陰陽判幾時，日月飛空虚。願言奉金籍，常爲開蕙廬。

西峰高入天，最初即相見。日暮宿其趾，坐久意猶眩。雲霞錯五彩，風雨勢千變。金天此奥府，蘂笈秘幽院。常思煉金液，斯言庶當踐。

希夷峽

久嚮扶摇子，今當古峽前。清風猶宛爾，仙骨想珊然。玉洞藏鴻寶〔一〕，金庭秘太玄〔二〕。那能師踵息，神瀵發天泉。

【校記】

〔一〕鴻　《存目補編》本卷十七《希夷峽》作“澒”。

〔二〕玄　《存目補編》本卷十七《希夷峽》作“元”。

題青柯東道院

勝地西峰下，青柯名久傳。百盤通大壑，千仞急飛泉。風磴摇金磬，花巖坼玉田。他時理丹竈，合就澗東邊。

西峰偃坐二首

偃坐無一事，心契元始時。披衣與齧缺，恍惚來相期。青松遍丹崖，其下皆靈芝。一食毛髮變，再食嬰兒嬉。更問世間人，混混復何知。

白雪灑瓊樹，葳蕤生玉蘂。此定何年春，强名甲與子。毛女垂烟鬟，秦人復誰是。斗柄看縱横，金輪簸海水。我但卧長松，混合回風爾。

送吕遠思

梅雨適無時,晚晴天宇靜。朝來白雲上,忽失南山影。客行會有期,豈能罷馳騁。泥深阻良晤,此懷轉耿耿。人生果何爲,東西違素秉。君今剡溪去,清波著舴艋。雨行何足道,得歸忘路永。余家在中條,咫尺不能並。聊附一函書,蒼茫望烟嶺。

送昝元彦之揚州

五月多凉風,積雨如秋晦。之子忽南下,寶刀結珠佩。青門一載住,慰勞各慷慨。君歸我獨留,俯仰誰眄睞〔一〕。竹西歌舞地,絶勝游燕代。咫尺不到家,雖歡豈無慭。丈夫重義氣,心豈兒女碎。頭顱已如此,轉覺惜恩愛。送君感我心,明發不成寐。

【校記】

〔一〕眄 《存目補編》本卷十七《送昝元彦之揚州》作"盼"。

客青門雨不已華亭曹掌綸數言峰泖之勝兼索小詩遂賦贈四首

烟雨連朝闇野坰,終南曉失數峰青。閑來偶向池邊立,忽見新生百子萍。

一夜菖蒲生淺水,兩株嘉樹蔭清暉。樂游原上尋常住,白苧城南尚未歸。

九峰三泖塵中夢,玉膾金虀世外情〔一〕。何日真能披鶴氅,與君同聽九皋聲。

【蘇評】(第二首詩)筆法淡遠。(據劉蘇本七言絶句詩補。)

彷彿中流見畫船,翩翩仙骨本珊然。浮生憂喜都如幻,想到天台瀑布前。

【校記】

〔一〕 膾 《存目補編》本卷十七《客青門雨不已華亭曹掌綸數言峰泖之勝兼索小詩遂賦贈四首》作“鱠”。

贈孫次園二首

七十二峰江上頭,松雲抛却舊山秋。孤懷耻傍三千客,俠氣常輕萬户侯。鼎裏丹砂烹上藥,機中錦字感新愁。無端又遇穿針節,不向舒州向冀州。

【蘇評】軌轍不窘,變幻難窮。(據劉蘇本七言律詩補。)

君家列戟舊名門,四海難逢國士恩。世事不堪供一笑,秋光最稱返孤村〔一〕。情多衣上留紅淚,客久山中怨白猿。聞道琴高能跨鯉,夜深風雨起南軒。

【劉評】藻秀,内多神韻。(據劉蘇本七言律詩補。)

【校記】

〔一〕 稱 劉蘇本七言律詩《贈孫次園二首》作“乘”。

城南晚歸即事

曲江買酒不成醉,歸騎縱横散野坰。日暮波光吞岸白,雨餘山色逼人青。紫釵紅袖花邊郭,翠箔珠簾水上亭。興盡城南仍秉燭,夜闌重市五侯鯖。

【蘇評】學杜者,或龍跳,或虎卧。此則神氣皆出二者之上。(據劉蘇本七言律詩補。)

贈吕德源

黄毛鷄兒紅麯酒，正好歸來開笑口。眼前驚見鬢成絲，肘後何須印如斗。廉史腰金風獨清，尚書勳業在昆明。而今世澤從君大，元凱重重見挺生。廉史吕公詩：“昔年曾嘆未腰金，纔得腰金病已侵。早起晴窗三握髮，滿頭霜雪促歸心。”貽子書云：“汝可多養黄毛鷄，合紅麯酒，以爲我歸家之計。”德源，廉史後。尚書公光洵，德源高祖也，艱於嗣，晚得男，復早世。至德源甫三十有丈夫子八人矣。附記。

長安喜遇孫愷士前輩

滚滚才名鵷鷺班〔一〕，幾年江上有餘閑。暫抛紫府花前讌，又看青門雨後山。久别各言魂夢熟，相逢都訝鬢毛斑。難爭只有千秋業，不與流光共往還。

【校記】

〔一〕滚滚　宋本卷十一、徐本卷十一、孫譔本七言律詩、《存目補編》本卷十八《長安喜遇孫愷士前輩》作“衮衮”。

簡長安謝静巖大令

終南荏苒三年住，時有青光照畫簷。羈思只須游子領，風流偏讓使君兼。花前吏散親調鶴，竹裹人歸自卷簾。今日方能到廳事，可曾先動客星占。

再過新豐

又醉新豐酒，重來意若何。終南秋更好，紅樹滿巖阿。

晚得渡河宿山中野人家

原路帶暝色，寒鳥各悲翔。野人能相引，一燈明草堂。松檜落孤影，藥畦聞暗香。鷄犬靜鄰舍，鼪鼯排竹墻。趺坐愁無寐，殘書欣一床。聊把慰寂寞，林月來清光。

行姑射山下作

姑射有神人，顔色如冰雪。唯聞服太和，寧復常飲食。我心誠慕之，望而不可即。朝在山下行，暮在山下宿。行宿三日間，恍惚來相接。

上魏子存前輩四首

何爲辭鄉邑，客子多苦顔。生養日相迫，無田耕舊山。束書上河橋，落日宿巖關。徘徊念古昔，壯士不曾閑。

飄飄原上蓬，杳杳津頭樹。感之中情傷，途長而日暮。昨日黄河風，今日漳河雨。雨雨復風風，客子那得渡。

迢遥過都邑，崢嶸見神京。宫闕鬱嵯峨，百里紅雲生。禮樂肅天子，儒雅勝公卿。嗟我草野人，側見輿中情。

日下勝才彦〔一〕，夫子獨風流。十年見大作，一氣劘曹劉。披雲今始遂，猶喜非浪投。可知鴻雁志，不盡稻粱謀。

【校記】

〔一〕勝　宋本卷十一、徐本卷十一、《存目補編》本卷十八《上魏子存前輩四首》作“盛”。

之羊山〔一〕

薄日風吹黄,松聲亂清聽。陰雲逗殘雪,忽見前峰暝。野鳥喧竹林,樵人出蘿徑。獨欲遂幽尋,理策度西嶺。

【蘇評】意象皆幽。(據劉蘇本五言古體詩補。)

【劉評】古意古音,讀之令人生遺棄一切想。(據劉蘇本五言古體詩補。)

【校記】

〔一〕宋本卷十一、徐本卷十一無此首詩。《清詩别裁集》本題爲"羊山",與宋本、徐本《陽山》詩詞相同,詳細内容見前文。

春日西園即事

春雲濕含雨,曉拂青林端。葡萄蔓已榮,出培猶畏寒。養素賴園事,經營忘朝湌。負畚迓山客,荷鍤疏新灘。小憩翻自笑,静者胡亦煩。

過郭煉師處讀《參同契》

河上有姹女,盈盈秋水姿。君子能好逑,配比鴛鴦絲。驂鸞過樊桐,靈芝滿玉池。蹇脩何日得,會當逢吾師。

經太行絶頂同范青漪

路出群峰外,雲生衆壑中。氣通神鬼宅,聲振古今聾。雷雨分晴晦,乾坤在混濛。清詩傳謝眺〔一〕,搔首羡君同。

【蘇評】寫來才是太行真面目。(據劉蘇本五言律詩補。)

【校記】

〔一〕眺　宋本卷十一、徐本卷十一、《存目補編》本卷十八《經太行絶頂同范青漪》卷十一作"朓"。

初聞蟬

作客知秋早，何須爾更鳴。從今多見雁，此後少聞鶯。兩岸如三疊，千林共一聲。鄉關那堪憶，回首緑楊平。

【蘇評】清空閑遠，王、孟之遺。（據劉蘇本五言律詩補。）

【劉評】從四面夾寫出蟬來，正如文家以虛描側出爲上乘。（據劉蘇本五言律詩補。）

冠陽雨後

川原氣候變，清秋草木長。驟雨生溝水，谿田何茫茫。濃雲濕西嶺，輕泥霑條桑。坐息遲同客，長堤櫸柳香。

度　嶺

越谿陟前路，石坂忽生雲。即此堪愁絶，何當更念群。木瓜輕粉落，酸棗暗香聞。山水空濛色，長謡對夕曛。

八　月

八月苦逆旅，白露青棠生。鄉國渺何處，西風空復情。斷鴻凄塞影，落葉下寒聲。城上羽林騎，紛紛曉角鳴。

夜　深

寂寂夜深時，風鳴園樹枝。誰令寒漸重，故使月偏遲。

又　陰

一雨即十日，昨晴今又陰。稍乾白石路，忽失青楓林。鴝鴿蹁躚翅，黄鸝愁苦音。春衣殊未作，常耐晚寒侵。

浦上田家

山鳥飛向夕，側翅向溪烟。已瞑浦中樹，猶耕湖上田。月影始分路，泉聲聞在前。柴門語稚子，相候何時還。

將之江浦問汪淑定病

二月君多病，春風我倦游。比來三四日，不到見山樓。又欲江關去，其如烟浦愁。猶欣歸路近，彈指廣陵舟。

【蘇評】岩往夷猶，不啻三折筆。（據劉蘇本五言古體詩補。）

昨夜雪

昨夜北風寒，高樓静掩關。幾時吹海雪，一夜滿吴山。嵐影迷黄鶴，江雲隱白鷳。沉香何處火，半醉擁雙鬟。

【劉評】三四流動，不失之輕儇；五六豐麗，不失之堆垛；結更雅秀宜人。（據劉蘇本五言律詩補。）

擬　古

春風到庭户，百草皆知榮。此心不如草，寂寞從中生。曉起閨房暗，羅衣寒盈盈。故人在他縣，憂喜難分明。婉彼燕趙女，把酒勸聽鶯。華筵不能久，反增離别情〔一〕。念此轉憐惜，何事客中行。

【劉評】其思幽，其韻古。（據劉蘇本五言古體詩補。）

【校記】

〔一〕離别　劉蘇本五言古體詩《擬古》作“别離”。

壬子五月旱甚時有小雨喜而書此

夏雨適然至，南風吹微凉。倦草忽含色，苔蘚生馨香。陟壠望西疇，躧步登南崗。人心久非古，何堪失耕桑。願言今有秋，庶幾安堵墻。

静書所會二首

榮辱本一致，至性貴無虧。無事求唐舉，何須問蓍龜。章甫資入越，越人焉用之。尊必在有物〔一〕，此心爲物馳。有物方見尊，無物將見卑。去物以見性，可與登雲逵。

吾身有至寶，體實難名言。山海遜其大，金石遜其堅。王公遜其貴，喬松遜其年。水亦不可濡，火亦不能然。可與鬼神游，可與天地參。胡不自愛惜，嘗時内省觀。倘或遭顛撲，遂不直一錢。書此自警覺，終身當勉旃。

【校記】

〔一〕必　宋本卷十一、徐本卷十一、《存目補編》本卷十八《静書所會二首》作"卑"。

戒　殺

割彼身上肉，爲我口中食。我口悦甘肥，投箸不復憶。彼身遭屠毒，寧能暫相釋。雖經水火後，未必無知識。彼亦陰陽成，四時立我側。羹則有芋魁，飯則有菽麥。不耕而飽腹，對之尚慚色。重以羞與牢，嗟爾日何德。牧羊而鞭後，黽勉此其一。

答劉淵澄即用其韻

大道須妙悟，小乘乃辟支。嗟我逐多聞，雖慧亦爲癡。卓哉劉之遴，嗜古而好奇。尋才至馬溲，略節親牛醫。痛飲鴟彝榼〔一〕，慷慨而淋漓。從此日精進，大醇無小疵。我乃岐路人，何能辨原委。將無謙抑甚，智反愚爲師。始知矯矯行，不同韋與脂。若遇魯瞿曇，相許必疇咨。揚善屬平生，處處傳白眉。題詩嗒然笑，春烟浮雀離。

【校記】

〔一〕彝　宋本卷十一、徐本卷十一、《存目補編》本卷十八《答劉淵澄即用其韻》作“夷”。

卜　歸

五月愁逆旅，晨興暫卜歸。石榴艷南郭，霞彩相映暉。水竹識家計，風雲信布衣。秋來汾水上，先比塞鴻飛。

懷翁山時方歸省暫携家白下

江關成失路，愁對江花繁。數欲返京口，思君在白門。可回萊子棹，幾遇信陵恩。咫尺不能達，臨風無片言。

次闅鄉〔一〕

林響苦無定，還愁未渡河。夢中鄉路近，秋老客思多。投分嘗輕賤，文章日坎坷。百年能幾日，禁此數蹉跎。

【校記】

〔一〕宋本卷十一、徐本卷十一無此首詩，另補入《題〈楞伽出塞圖〉》，其詩見卷四。

題《楞伽出塞圖》

出關塞草白，立馬心獨傷。秋風吹雁影，天際正茫茫。豈念衣裳薄，還驚鬢髮蒼。金閨千里月，中夜拂流黄。

澠水傍逢里人歸

溝水正潺潺，相逢岐路間。君言不得意，欲返中條山。嗟我亦寒月，胡爲東出關。到家憑寄語，春草計應還。

痛食肉二首

食肉古稱鄙，更爲諸佛醜。雖然對經論，未能絶饞口。思量忖節法，得便忍莫取。一日是一日，三三便成九。

有此幻夢身，一身叢百咎。熟處反難忘，誰肯向家走。夢中百愛戀，醒後復何有。一塲懡㦬歸，空空握兩手。

琉毬扇〔一〕

細草輕花措意難，銀泥金粉制齊紈。莫將日月淹東海，奪取雙輪入掌看。

【校記】

〔一〕宋本卷十一、徐本卷十一、《存目補編》本卷十八《琉毬扇》題下有小字"金一銀一，草花極細。"

送玉如之蜀四首

之子勞行役，迢遥古益州。城高通白帝，峽急避黄牛。茶向蒙山采，魚從丙穴求。西風豈摇落，清絶荔枝樓。

【蘇評】蜀中風景，皆從筆端摇曳傳出。（據劉蘇本五言律詩補。）

二月留行李，相依擬判年。不煩乞米帖，常贈買書錢。碣石拋神駿，雲安聽杜鵑。紅亭一樽酒，那得不潸然。

久客羡歸騎，君行且到家。遥知過蒲坂，應念住京華。閱圃畦蔬長，爲園澗竹斜。槽牀留濁醸〔一〕，爲我慰風笳。

萬里橋邊路,吾心愛草堂。空憐坐岑寂,未許共徜徉。江憶金釵影,山看石笋長。羅含詩句好,憑語寄滄浪。時偕弘載同往〔二〕。

【蘇評】(第四首詩)筆力雄傑,氣象雍容,拗處亦近自然。(據劉蘇本五言律詩補。)

【校記】

〔一〕槽　《存目補編》本卷十一《送玉如之蜀四首》作"糟"。
〔二〕弘　《存目補編》本卷十一《送玉如之蜀四首》作"宏"。

送李友兼懷元上人四首

六載天涯一日還,漫天風雪嘆間關。素書若解探巖洞,不負身經抱犢山。

曾向杯鐺寄此身,酕醄自悔失天真。一朝止酒真奇特,便是當年頌酒人。李泥飲,忽欲止酒。

每憶青鸞舞碧空,雙雙珠樹響天風。幾時再踏宫東道,不似當年醉夢中。純陽宫在永樂,余曾家宫東。

河濱尚有祖師禪,仍是嵩陽面壁年。消息煩君通一綫,雪中同住歲寒天。元公住河濱,行律精嚴。

贈張健一二首

溪東風景尚依然,彈指空懷玉井蓮。千里騰驤看驥足,我思重問竹林邊。

宫樹森森水鶴飛,幾回丹竈夢依稀。而今痛飲滄洲近,何處風雲少釣磯。

班婕妤

翠輦當年著意辭,何曾團扇更尋思。一從長信宫中去,總使秋風也不悲。

【劉評】漢成帝游後庭，欲與婕妤同輦，固辭。嘗作團扇詩，内有云："常恐秋節至，凉飈奪炎熱。捐棄篋笥中，恩情中道絶。"此則翻進一層，可見才人用筆，再不呆寫，而風味迥不猶人者，所謂天授也。（據劉蘇本七言絶句詩補。）

大悲院呈世公

漫道神奇成腐臭，由他臭腐化神奇。此中討得真消息，煖律無煩黍谷吹。

晚别世公

天敞雲歸岫〔一〕，林閑月到臺。長河冰十丈，不礙鐵船開。

【劉評】幽静之中轉生壯麗。（據劉蘇本五言絶句詩補。）

【校記】

〔一〕敞　劉蘇本五言絶句詩《晚别世公》作"廠"。

董威輦

被髪行吟白社歸，梁魚失水識危機。隴西上計洛陽乞，許爾逍遥離是非。

孫公和

讀《易》忘言土窟深，閑來時撫一絃琴。當年嵇阮猶羞死，鸞鳳誰能更嗣音。

夏仲御

奉親采梠拘蟰蛸，市藥悲歌洛水湄。最是吴兒同木石，誰將金翠繞朱旗。

朱巨容

每避徵書梁管流,毒蟲不蜇見風猷。鄰人認犢仍還犢,屐也非卿着便休。

郭文舉

人間婚宦兩無情,七載園居意未平。勾漏丹砂亦多事,徒教藥餌亂浮生。

氾無忌

散盡豐資學灌園,深居那更啓柴門。貧中滋味誰能領,願乞琴書老樹根。

范承明

三十六年無一語,如斯堅苦實堪驚。人間每少車生耳,愧死長眠板屋情。

東郭即事

雲上曉山翠,平蕪野望懸。鳥啼藏竹寺,鹿飲雜花泉。題字經樓側,燒鐺錦石邊。誰家作寒食,林外有風鳶。

【蘇評】工緻,帶有別趣。(據劉蘇本五言律詩補。)

重　陽

中條紅樹重陽節,林下何人醉菊花。海霧昏昏釀作雨,漁燈點點看成霞。多愁且與消書帙,有夢無端攬暮笳[一]。世事東西難自料,高天風急雁行斜。

【校記】

〔一〕攬　徐本卷十一、孫謌本七言律詩、《存目補編》本卷十八《重陽》作“攪”。

題畫四首

才子風流英妙時，閑窗寫出緑荷枝。因君却憶維摩詰，曾道前身應畫師。

夢想家門太華顛，亭亭高矗少微天。細看側筆紛披處，也似横垂玉井蓮。

莫寫蜻蜓傍水潢，南華魂夢北窗風。羅浮自有仙人種，不在滕王品目中。

六書聞道象形先，繪事當居點畫前。風雨連朝究河洛，拈花微笑兩依然。

酬贈郭乾爲時同客西谷侍御使院

淮海郭公來夏五，使院相逢觴屢舉。文章不減徐常侍，腰腹大類庾開府。酒後常時舞鴝鵒，筵前即可賦鸚鵡。開口便能取富貴，立談早已驚公輔。其如文戰久不利，尚爾遲回困環堵。跛驢大笑走南北，行卷沉吟閲寒暑〔一〕。來年决定奪錦標〔二〕，一鏃三重洞鐵鼓。嗟我垂老百無爲，圖養八口少百畝。衣穿剩有皮骨存，履破難以干將補。不思仙侣追鵷鷺，但祈田舍迎貓虎。賴有彭城柱史賢，天涯能念金蘭譜。與君同味學士鹽，青眼可以計出處。君自青雲我白雲，虔拜木公謁金母。待爾功成身退時，相尋再與商終古〔三〕。

【蘇評】正如丈六金身百寶纓絡，莊嚴妙麗，種種天然，廣大神通，在在具足。（據劉蘇本七言古體詩補。）

——男德基履占校對〔四〕

【校記】

〔一〕沉　孫譚本七言古體詩《酬贈郭乾爲時同客西谷侍御使院》作"沈"。

〔二〕標　《存目補編》本卷十八《酬贈郭乾爲時同客西谷侍御使院》作"幖"。

〔三〕商　劉蘇本七言古體詩《酬贈郭乾爲時同客西谷侍御使院》作"啇"。

〔四〕劉本六册本卷十一末有"男德基履占閲"字，宋本卷十一、徐本卷十一末均無字。

卷十二

漁洋山人評定
河中吴雯天章甫著
臨汾范時恭久公分校
臨汾劉組曾繩遠校刊〔一〕

逢趙秋谷太史三首

曠世逸才今蔡邕，更難百行古人同。年來説盡風濤惡，忠信依然道不窮。

大庾梅花發古香，羅浮山下足徜徉。菖蒲九節親能斸，好馭仙人五色羊。

廣州歷罷又蘇州，也向真娘墓上游。饒爾廣平心似鐵，眼波横處易悲秋。

【蘇評】（第二、三首詩）二作是取王、李、崔、孟、陶以風神發以興象者。（據劉蘇本七言絶句詩補。）

【校記】

〔一〕劉本六册本卷十二首題爲“漁洋山人評定、河中吴雯天章著、臨汾范時恭久公校、臨汾劉組曾繩遠鐫”，宋本卷十二首題爲“漁洋山人評定、河中吴雯天章著、後學劉組曾、范時恭同校訂”，徐本卷十二首題爲“漁洋山人評定、蒲板吴雯天章手著、涂水喬人傑漢三重訂、濩澤張誌心鐫”。

奉題笠叟褚先生行實後兼示令嗣澄嵐〔一〕

丈夫墮地氣魁梧，豈但鬑鬑頗有鬚。山澤老來臞轉甚，百年想見列仙儒。

銘字爭傳九節藤，泰山晚歲必親登。只難封禪無遺稿，不使求書到茂陵。

肯將升斗便違親，八節灘頭自在身。快意一經傳累葉，遠過五柳後無人。

一官飄泊悵全非，辛苦孤兒何所歸。不忍鶺鴒傷地下，仁風獨有謝弘微〔二〕。

季野風流備四時，期生又得謝公知。獨憐論士輸江左，依舊荒齋倒接䍦。

【蘇評】（第二、四首詩）善摹盛唐，不減風神，不露筋骨。（據劉蘇本七言絶句詩補。）

祖德家風述未休，一廬宛爾識蝸牛。殷勤更不忘先友，尤愛慈明似柳州。

【校記】

〔一〕《存目補編》本卷十八題爲"奉題笠叟褚先生行實後兼示令嗣澄嵐六首"。

〔二〕弘　《存目補編》本卷十八《奉題笠叟褚先生行實後兼示令嗣澄嵐六首》作"宏"。

簡韓子固二首〔一〕

君家墨妙誰能及，片牘携歸山舍中。千里相思比相見〔二〕，幾回乂手對屏風。

【劉評】煞則精神飛動矣。（據劉蘇本七言絶句詩補。）

閱世那能一事無，降心端仗牟尼珠。子固贈我念珠一。對治若到無心處，不用狂歌擊唾壺。

【校記】

〔一〕孫謂本七言絶句詩補遺、劉蘇本七言絶句詩題爲“簡韓子固”，只録第一首。

〔二〕里　劉蘇本七言絶句詩《簡韓子固》作“年”。

爲褚澄嵐題畫三首

萬古青蒼黛色濃，溪橋横亘水淙淙。眼前好個讀書處，知是天臺第幾峰。

生平結想國清寺，未得超然渡石梁〔一〕。日把寒山詩一卷，問君何處肉芝香。

寒巖寂歷願經行，招隱難期世外情。念爾金華緣分在，龍門傳後褚先生。

【校記】

〔一〕渡　宋本卷十二、徐本卷十二、《存目補編》本卷十八《爲褚澄嵐題畫三首》作“度”。

共城咏古二首

蔬食蘇門擁布裘，何人勞苦授《春秋》。希夷絶學還相語，千載常懷李孟州。

古文大服尹師魯，歷法還過揚子雲。豈但真風高宋代，閑名謝盡也輸君。

送姜伯逵之江寧二首

郡國昔相從，沽酒城南偏。城上百尺臺，城下千葉蓮。把酒復長謡，宿鷺驚不眠。一日去南陽，分手隨風烟。相思愁遠道，忽遇津門前。乍對反錯愕，意謂何以然。述事各嘆息，有如墮風蟬〔一〕。匆匆難數聚，又無買酒錢。幾日過我别，云下江南船。秣陵名勝地，我亦馳情焉。何日竟尋君，直至獻花巖。

【蘇評】俊雅而益以神秀。（據劉蘇本五言古體詩補。）

多病思養生，長貧願學道。通塞互相成，贏絀轉難料。舊讀神農書，近閲華陽誥。勞生欲何爲，止覺静者妙。吾子之江南，名山無不到。江聲洗塵慮，寥泬入清嘯。飛仙定可逢，得訣幸相告。

【蘇評】整峭而含以飄逸。（據劉蘇本五言古體詩補。）

【校記】

〔一〕蟬　《存目補編》本卷十八《送姜伯逵之江寧二首》作"鳶"。

西谷侍御爲聿脩書册詩以代跋

我聞張伯松，諷誦詩書苦。拘縛一時陳孟公，放意自恣氣磅礴。官爵功名兩不滅，只有一苦一差樂。豈知長短各自裁，不必難易强相學。西谷先生書最妙，冰雪肌膚神綽約。我書動如墨猪耳，肉重自嫌無處著〔一〕。獨有吾子能兼愛，西谷書索蓮洋跋。那識吾子書亦妙，繭紙《蘭亭》致不惡。聿兄曾惠我自書繭紙《蘭亭》。玉環飛燕兩無取，織室自有仙人薄。西谷聞言却大笑，何爲相輕稱善謔。過去未來及見在，不如各作三尊佛。

【蘇評】將三人寫出，意氣同，學術同，高風掃塵，鼎足而峙。（據劉蘇本七言古體詩補。）

【校記】

〔一〕著　劉蘇本七言古體詩《西谷侍御爲聿脩書册詩以代跋》作"着"。

簡梁生二首

我愛扶風梁伯鸞，鹿車牽挽自盤桓。生平不肯因人熱，廡下藏名過歲寒。

幾次閑登寺上樓，河干芳草見行舟。沉吟日暮裁新句，歸路寒塘月一鈎。

【蘇評】詞竭而意未盡。（據劉蘇本七言絶句詩補。）

與秋谷西谷兩史氏論書

論詩取心聲，論書取心畫。中聲與元氣，此中久盤結。從事四十年，豈謂無一識。眼前有二谷，各持甚深説。問之不以告，似欲自珍秘。余意在積久，百煉純鈎鐵。天機自渾成，何待更添設。梅子有熟時，衆論湯沃雪。

題沈碉房《射鴨圖》三首

腰腹未作東陽瘦，凍吟豈便東野窮。愛對浪花酌銅斗，不妨料理竹枝弓。

衡門開處浙潮連，射鴨歸來懶繫船。更向江頭吟梵筴，春風吹盡沈郎錢。

出水鴨兒意態新，美人愛惜裹紅裙。還應渡口驂鸞客，不作池邊打鴨人。

【蘇評】清華明秀而古意内含，陳梁妙語，行以唐調。（據劉蘇本七言絶句詩補。）

和融谷留别韻

茶星老子今行矣，緑雪誰煎只惘然。百粵空聞多桂樹，灕江猶喜絶戈船。北來專望鋒車早，南去寧教鴻雁先。若解心安隨處好，《定風波》曲一時傳。

仿智果書與公路更係詩二首

過眼春鴻悵未歸，天涯朋好得因依。生平讓善知欽重，曾薄吴興忌百機〔一〕。

今古臨池費較量，千秋畢竟屬誰長。閑中戲筆東軒底，只有梅花古雪香。

【校記】

〔一〕百　宋本卷十二、徐本卷十二、《存目補編》本卷十八《仿智果書與公路更係詩二首》作“伯”。

寄巢薇先生

泰山何其高，滄海何其深。我翁具偉抱，高據閬風岑。鳴珮入天閶〔一〕，紫雲蕩衣襟。宇宙感太和，喈喈鳳凰音。蒼生引領望，薄海霆詳霖〔二〕。緊余瓠落久，徒傷年鬢侵。冰霜歷冱寒，幸托喬木陰。梧桐有繁枝，竹實比兼金。幾時敦荇葦〔三〕，兼聆卷阿吟。

【校記】

〔一〕鳴珮入天閶　宋本卷十二、徐本卷十二《寄巢薇先生》作“鳴珮人天閶”，孫謂本五言古體詩《寄巢薇先生》作“鳴佩入天閶”。

〔二〕詳　孫謂本五言古體詩《寄巢薇先生》作“祥”。

〔三〕荇　宋本卷十二、徐本卷十二、孫謂本五言古體詩、《存目補編》本卷十八《寄巢薇先生》作“行”。

鄭谷題壁

墻角一叢竹，案上一壺酒。痛飲山鳥啼，散坐綠陰厚。富貴皆偶然，浮名更何有。生平麋鹿性，况得素心友。最慕栖巖寺，松風共携手〔一〕。

【蘇評】調古而情亦清。（據劉蘇本五言古體詩補。）

【校記】

〔一〕共　劉蘇本五言古體詩《鄭谷題壁》作"更"。

金仙觀訪羽真煉師不遇〔一〕

結騎看花五日還，丹臺黄鳥聽間關。却因海上風波惡，倍覺壺中日月閑。時同諸子觀海，連日皆大風雨。煉藥方期同葛井，采芝又道入商山。帝城西望松雲隔，惆悵千峰擁髻鬟。

【校記】

〔一〕宋本卷十二、徐本卷十二無此詩。

陽　山〔一〕

落日山風吹，長松亂清影。白雲逗殘雪，忽見前峰暝。野鳥下寒竹，孤僧汲修綆。聊欲遂幽尋，理策渡西嶺〔二〕。

原本題作《之羊山》，詩云："薄日風吹黄，松聲亂清聽。陰雲逗殘雪，忽見前峰暝。野鳥喧竹林，樵人出蘿徑。獨欲遂幽尋，理策渡西嶺。"按：此詩押"上、去"二韻，似用晚唐進退格。此本乃改定者耳。（據宋本卷十二、徐本卷十二補。）

【謂記】按：一本題作《之羊山》，詩云："薄日風吹黄，松聲亂清聽。陰雲逗殘雪，忽見前峰暝。野鳥喧竹林，樵人出蘿徑。獨欲遂幽尋，理策渡西嶺。"其中稍有點竄，因並録之。（據孫謂本五言古體詩補。）

【方按】劉刻本注云："原本題作《之羊山》……改定者耳。"（據《存目補編》本卷十八補。）

【校記】

〔一〕宋本卷十二、徐本卷十二《陽山》與《清詩別裁集》本《羊山》内容相同，後文在《之羊山》中，不再一一出校。

〔二〕《清詩别裁集》本《羊山》此處有小字“左司”。

送邵樾公還武林

我愛南屏好，常懷許遠游。君辭碣石館，竟下廣陵舟。黄獨窗前種，丹砂世外求。憑教舌尚在，還肯説封侯。

潞河簡宋僉憲時讀其近詩甚奇鬱不勝折衷

江上猶傳宋玉名，花開韋杜引雙旌。詩過青海才逾壯，游入盤山夢亦清。直道真消蛟蜃氣，仁風方感鳳凰聲。西江篇體淵源失〔一〕，仗與琅琊共主盟。

【校記】

〔一〕失　孫謂本七言律詩《潞河簡宋僉憲時讀其近詩甚奇鬱不勝折衷》作“識”。

王建侯移居走筆奉簡

客裹築新居，生理日可悦。成當白露降，移在黄花節。移以九日。舊里互賓主，他鄉接阡陌。欣此過從便，更覺性情適。堂上閲書史，階前散巾舄。却憶中條麓，千林擁紅葉。家園兩橘樹，霜後長幾尺。君亦嵋嶺下，有圃映秋碧。牽牛與葵蓼，撑拄紛委積。河渚叫梟雁，草閣閑簟席。豈不各懷歸，人生皆有役。且趁蟹螯肥，金樽酹新月。

送遲山曉之官浦江

我聞寶掌山，奇峰如列戟。照耀江水湄，飛泉互舂激。近與仙華並，俱是神仙宅。軒轅有少女，於此煉金液。羨君年最少，遄迋振飛舄〔一〕。綬帶惹烟霞，廳事映空碧。義門風俗厚，八咏才調逸。敷政不爲難，鳴琴轉堪適。上慰黑髮親，雙雙動顔色。地勝菊稱妃，代古松化石。久欲躡奇蹤,因君蠟雙屐。

【校記】

〔一〕 逞　宋本卷十二、徐本卷十二、《存目補編》本卷十八《送遲山曉之官浦江》作"往"。

送桐城相國二十四韻

調燮歸元宰〔一〕,勳庸紀上賢。立誠通黻座〔二〕,主敬格皇天。勤懇趨三殿,劻勷計萬年。《豳風》七月古,丹扆六箴傳。日月資開霽,乾坤仗斡旋。維星登皞皞,終日尚乾乾。盡瘁真無負,和衷道已全。鞠躬移帶孔,攬鏡訝華巔〔三〕。遵渚鴻猶集,翔雲鳳已騫。懸車應有禮,生耳敢貽愆。古諺"仕宦不止車生耳"。國計丹心繫,鄉思緑野懸。天階申虎拜,山色乞龍眠。主聖恩猶渥,臣忠眷自專。翻憐銜臘雪,特許踏春烟。芳草安車穩,春鶯舊谷偏。榮光過受廣,樂事勝彭佺。玉陛回仙珮,沙堤敞别筵〔三〕。國尤思柱石,人盡羨神仙。燕許文章大,韋平事業聯。鳴珂開竹里,列戟繼花磚。黑髪仍枚卜,黄扉更後先。參苓慚藥籠,桃李附蘭檮。皖水思徒結,灊山夢日連。青門楊柳色,惆悵曉風前。

【校記】

〔一〕 燮　孫謂本五言排律詩《送桐城相國二十四韻》作"夑"。

〔二〕 黻　《存目補編》本卷十八《送桐城相國二十四韻》作"黼"。

〔三〕 巔　宋本卷十二、徐本卷十二、孫謂本五言排律詩、《存目補編》本卷十八《送桐城相國二十四韻》作"顛"。

〔四〕 堤　《存目補編》本卷十八《送桐城相國二十四韻》作"隄"。

屋　蠹

構屋少良材，山木即充選。入夏蠹已生，蠹粉如霜霰。研席頗增惡，掃除旋即滿。力微喜易就，豈知乏久遠。古人尚巢居，燥濕且暫免。君看凌雲構，至今存亦鮮。

阮翁處見耦長畫册

宛陵有佳客，長安昔相遇。五年重問訊，已向敬亭去。遺墨落人間，瀟灑見心素。矗矗雲外峰，漠漠水邊樹。野寺辨微茫，孤舟識容與。花外一龕深，是爾高眠處。

乳松軒戲題

階前有小松，新栽得時雨。青葱茁然起，嬰兒方在乳。因以名吾軒，相看不辭屢。聞能產茯苓，知在何年許。彭佺亦尋常，春秋當待汝。

贈王生

茫茫宇宙間，賞音者誰子。愛爾伉爽人，敢論天下士。相逢酒肆中，魁傑少儕比。古之賢豪間，將無即君是。已具封侯骨，兩鞬方射雉。豈知儒風在，猶解重文史。雪花大寒近，何爲裹行李。連日伏枕卧，未得走相視。惟於麟閣上，看爾聲名起。

郡城久不宜松山中人貽四小栽植之家園以事料理遂成此詩〔一〕

朝耘松下苗，暮擿松下苔。横枝不敢剪，惟恐傷根荄。且復望其生，豈遽責成材。水木有定理，灌溉滋新胎。誰云山中植，不須沃壺杯。掬泉灑其巔〔二〕,引流更沿階。青青漸可觀,秀色亦潛催。樂此庭户側,得與貞幹偕〔三〕。

【方按】"撟"字,字書所無,原本如此,不敢妄改。(據《存目補編》本卷十八補。)

【校記】

〔一〕《存目補編》本卷十八題爲"郡城久不宜松山中人貽四小栽植之家園以事料理遂成此詩"。

〔二〕巔　徐本卷十二《郡城久不宜松山中人貽四小栽植之家園以事料理遂成此詩》、《存目補編》本卷十八《郡城久不宜松山中人貽四小栽植之家園以事料理遂成此詩》作"顛"。

〔三〕貞　《存目補編》本卷十八《郡城久不宜松山中人貽四小栽植之家園以事料理遂成此詩》作"真"。

感　傷

感傷者,感事而傷也。劉子子翼。攻苦積年,甫薦於鄉而死。吴子傷之,作是以哀之。

窮經守亦堅,四十無所適。豈知方獲薦,遽爾反玄宅〔一〕。哀子昔同客,念母淚沾臆。甫能慰老親,何爲遽永訣。重君能孝義,痛君殁他國。歸當哭爾靈,灑涕條山側。

【校記】

〔一〕玄　《存目補編》本卷十八《感傷》作"元"。

題遂閑堂趙松雪畫圖

憶昔驅車北平道,停車特謁夷齊廟。階下偃松亦太奇,就地蟠拏助清嘯。今日堂中作畫看,吴興妙手寫生難。更畫柴桑老處士,歸來獨撫恣盤桓。堂上主人柴桑客,官職不同性情一。歸歟久自稱卧松,取意何期畫中得。我來堂上樽酒同,海濤彷彿聞天風。不須放筆爲直幹，且看隨地蟠蒼龍。痛飲看圖還一笑，笑問堂中卧松老。鷗波筆墨北平姿，畢竟精神是誰好。卧松捧腹當我前，松畫兩皆無間然。畫松早寫真松意，真松還仗畫松傳。我對畫松更長喟，松畫非一亦非二。與其矗直觸風雷，何如蠖屈留天地。此道由來應不窮，《南華》之妙惟環中。君不見，修幹多裁作梁棟，丹黄反作山中夢。願君看畫更懷真，休傷材大難爲用。

【藏批】機神一片，如内多警策處。（據孫謂本七言古體詩補。）

【蘇評】闔闢縱横，變幻超忽，正似疾雷震霆，凄風急雨一時俱來。（據劉蘇本七言古體詩補。）

行行重行行

離亭送君去，三里聵馬聲[一]。五里馬無迹，十里雲樹平。嗟彼雲樹繁，不知人有情。乾坤静如掌，萬里見君行。

【蘇評】意愈淺愈深，詞愈樸愈古。隨筆成韻，隨韻成趣。（據劉蘇本五言古體詩補。）

【校記】

〔一〕聵　宋本卷十二、徐本卷十二、孫謂本五言古體詩、劉蘇本五言古體詩、《存目補編》本卷十九《行行重行行》作“聞”。

銅雀妓[一]

銅雀臺，漳河岸。歌舞出，彩雲散。可憐人，君不見。不見奈君何，漳河揚素波。日暮悲風起，秋聲何處多。陵樹晚烟織，松檟紛無色。帷幕栖寒陰，君王夢難識。願將妾私淚，啼作西陵雨[二]。何以至君前，野風爲吹去。

【蘇評】晋之詞，宋之韻。（據劉蘇本五言古體詩補。）

【校記】

〔一〕劉蘇本五言古體詩題爲“銅雀臺妓”。

〔二〕嗁　劉蘇本五言古體詩《銅雀臺妓》作"吹"。

過劉伯倫墓下作

昔讀光禄詩，今過參軍墓。若非荷鍤埋，胡爲倚官路。短烟集衰草，秋風走寒兔。蜾蠃與螟蛉，一往不可住。惟君酒得名，振古仰高步。澒洞晋魏間，誰能了真素。始知曠世人，痛飲非無故。

【蘇評】清淡益以風神，古雅加以氣骨。（據劉蘇本五言古體詩補。）

岱路中作

入山不五里，景色凄以繁。泉繞漢祠外，雪明秦樹根。狂飆晚藤落，斜日谿禽喧。悠悠游子心，對之轉忘言。時序既以殊，寧不感鄉園。馬上重嘆息，帶暝投孤村。

【蘇評】格古，氣古，詞古，色古，托興古，音節古。（據劉蘇本五言古體詩補。）

簡程周量先生

長安旅食逢仲冬，每日忽忽聞天風。短籬蕩折如轉篷，閉門不出嘗日中。昨日大雪更漫空，凍禽飢鵲皆緣叢〔一〕。垂頭夜坐煤火紅，却憶舍人明光宫。曉寒賦字無不工，轉惜客子何匆匆。

【校記】

〔一〕鵲　宋本卷十二、徐本卷十二、《存目補編》本卷十九《簡程周量先生》作"雀"。

送景振宗從廣安幕二首

因才乃得此，素念終悲辛。馬上逢寒食，江邊愁暮春。詩憐夔府客，酒酹夜郎人。蜀道盤桓久，歸來好卜鄰。

玉壘隨雲入，峨嵋據馬看。何曾妨誦讀，兼可問凋殘。鸚鵡驚筵客,芙蓉照宰官。丈夫各有志,不用淚闌干。

太行山蚤發

晨風迷曉色,辛苦戒同行。不辨水流處,惟聓泉亂生〔一〕。霧深石磴險,月落草珠明。一失孫陽後,鹽車處處程。

【校記】

〔一〕聓　宋本卷十二、徐本卷十二、《存目補編》本卷十九《太行山早發》作“聞”。

清浦見河

清浦黄河水,曾經鸛雀樓〔一〕。纔應辭故國,早已達江洲。千里來何易,長年厺不休。家人書有未,借問數維舟。

【校記】

〔一〕雀　宋本卷十二、徐本卷十二、《存目補編》本卷十九《清浦見河》作“鵲”。

晚集玉礎傍城小園

小徑依城角,羊求路漸迷。花門譙鼓暗〔一〕,竹傍女墻低。夜雨人三個,秋風菜一畦。開門仍貰酒,莫惜踏深泥。

【校記】

〔一〕門　宋本卷十二、徐本卷十二、孫謬本五言律詩、《存目補編》本卷十九《晚集玉礎傍城小園》作“聞”。

走筆訊杜又振

上國相逢日，春風蕙草香。不知故園竹，今復幾竿長。雪盡娥皇廟，鶯飛鄭谷莊。閑時擬相過，細話酒壚傍。

入漳南感賦

晚宿黎陽關，曉渡漳河水。蘭楫遥分芳草外，女墻時見青山裹。我行正值麥秋天，家家愁嘆石林邊。紅椒朱李總難問，乳燕鳴鳩亦可憐。老農扶杖爲子説〔一〕，此地不雨已三月。方悲婦子盤飧空，又聞長吏官租迫。下馬欷歔濕袖痕，題詩却比石壕村。途長日暮竟歸去，辛苦蒼涼誰與論。

【**蘇評**】形景如現，情致逼真，純以才藻、風神勝也。（據劉蘇本七言古體詩補。）

【**劉評**】情真語摯，結更淒然欲絶。（據劉蘇本七言古體詩補。）

【校記】

〔一〕子　宋本卷十二、徐本卷十二、劉蘇本七言古體詩、《存目補編》本卷十九《入漳南感賦》作“予”。

吴門懷白次眉

暮春三月官柳肥，江南草長鶯亂飛。少年此日且飄泊，嗟爾襄陽老布衣。

初辭家行中條山下

戚戚正寒月，胡爲今遠行。悲風千樹肅，殘雪幾峰晴。已覺懷兄弟，初知念友生。惟餘天外雁，似我作南征。

行經杜工部舊里

我行鞏縣南，鞏梅方作花。零落天寶人，云曾此處家。胡爲之劍南，飄泊隨天涯。三賦凌班楊〔一〕，當日無人誇。顛倒拾橡栗，寒餓愁風笳。更難忠厚性，懷主嘗悲嗟。亦無國士遇，報恩心獨奢。始知龍比儔，不待獎勵加。餘魂招不得，剪紙淚如麻。

【校記】

〔一〕楊　《存目補編》本卷十九《行經杜工部舊里》作“揚”。

次石梁

長途兼歲晚，延望轉凄其。漸覺水鄉近，彌愁歸路遲。短蒲沉夜鯉，凍柳宿寒鴟。總使江南好，何心聽竹枝。

瓜步舟次

辭家三十日，日日風塵間。稍次廣陵郭，忽逢京口山。帆檣千樹雜，網罟幾家閑。淼淼清波裏，低垂惜旅顔。

大風渡江問郭景純墓

風疾片帆墮，舟人寂不喧。崩濤變俄頃，勢如群山奔。纔辨潤州樹，忽隱浮玉根。中流數拳石，巑岏如敗垣。閑情猶一問，云是郭公墳。烟雨滅松檟，潮汐衝石門。當日崇術數，胡爲至殺身，與其怨桓彝，無寧舍王敦。楚楚樹下語，哀哀雀鷇言。只今揚子墓，爭似汨羅魂。

丹陽晚泊

日落長流静，停舟望毗陵。天寒聞戍鼓，風定識漁燈。故國渺千里，烟波應萬層。愁心似江水，日與晚潮增。

再逢王阮亭先生於江浦

悠悠近十年，飄泊隨風烟。每與世人忤，益思夫子賢。相逢江浦上，嘆息夕陽邊。何日成歸計，春山甘薄田〔一〕。

【校記】

〔一〕甘　孫譚本五言律詩《再逢王阮亭先生於江浦》作"有"。

對雨答襄山

出門山雨來，林風洗衆緑。昨日勞問訊，邀我芳蓀曲。嘉興徒延想，長懷紛斷續。翻憶山中人，抛書坐修竹。

晚晴仝范玉湄鄧季弢城下麥田步眺

晚山看最好，况在初晴時。曲水流通陌，麥田含新滋。幽人此來往，不必有前期。古堞苔蘚荒，人家烟火移。談笑對暝色，漸忘過東陂。

晚行山下

林深如風雨，黄葉下山路。日暮不逢人，寒溪獨延佇。

【蘇評】起的深沉高渾。（據劉蘇本五言絶句詩補。）

過滁陽

白馬度殘雪，黄鸝過别枝。櫻桃十萬樹，都是未開時。

【劉評】神骨幽冷，風韻淡遠。（據劉蘇本五言絶句詩補。）

將往西郊

正月餘寒在，晴風冷碧墻。冰流仍帶雪，草意半兼霜。鳥語聲聲澀，蘭蓑穩穩藏。遥知會意處，多是在漁梁。

同諸子集南澗

把酒溪邊館，高歌陌上田。相知年少日，芳草孟春天。樹密時鶯滑，雲深野棧懸。來朝須有會，應更緑楊邊。

題姜西溟《歸養圖》〔一〕

萱可忘憂笋可蔬，半鷄嘗度向中厨〔二〕。養親何必皆鐘鼎，不及君家雙鯉魚。

才名一日帝王知，萬里君門數轉奇。捧檄雖難慰顔色，階前不愧寧馨兒。

返棹中流浪拍天，中條我亦水雲邊。人生但遂家庭樂，孝友君陳世早傳。

【校記】

〔一〕《存目補編》本卷九題爲“題姜西溟《歸養圖》三首”。

〔二〕度　宋本卷十二、徐本卷十二《題姜西溟〈歸養圖〉》《存目補編》本卷九《題姜西溟〈歸養圖〉三首》作“庋”。

偶然作八首

世事日紛紜，智者不能料。所以古聖哲，信心在我道〔一〕。堅執無委蛇，寶珠溷泥淖。光輝究難掩，終古具靈照。風雷亦偶然，天心發忠孝。篤信德之基，勿使前人笑。

農夫何辛苦，耕穫霜露間。蠶女守桑筐，一裙常不完。嗟我纔知書，坐食衣有綿。天心豈見私，遭逢或偶然。苟不崇令德，是謂豢冥頑。讀史皆上口，玩物喪本原。組織月露辭，及物輸一錢。何以報元化，勉哉當體乾。

衛足亦有葵，芘根亦有葛。苟能慎道義，何至墮險惡。人生日詭隨，趨避反成錯。君子信固然，天命有餘樂。

有星孛大辰，四國將爲災。重違神竈言〔二〕，祝融飛炎灰。豈爲惜玉瓚，人盡天必回。所以寬征後，不復融風來。感應有實理，黽勉存心齋。五事准五行，莫謂無根荄。君子難貨取，何况帝鑒哉。

言行動天地，擬議居其先。因之成變化，聖人皆勉然。率意即爲妄，師心亦多偏。良金須就冶，質美形乃全。江海苟無則，終古悲狂瀾。布帛固有福〔三〕，窒慾垂至言。奇氣尚收斂，英雄歸大賢。

有出亦有處，或語又或默。二人苟同心，何須論金石。大道本一原，千聖若符節。所以九淵子，洞然見軌轍。鬼神有何疑，百世有何惑。箕子陳九疇，同歸五皇極。

大易者性命〔四〕，踐履在春秋。無黨亦無偏，斯民知率由。聖德何廣遠，渺然不可求。苦心立繩準，長途無阻修。稽首戴弘仁〔五〕，曾爲萬世謀。

載籍亦云博，一韋何所之〔六〕。義理悉紊黍，紫陽真我師。天心憫聾瞶〔七〕，雷電發狂痴。譬之飢餒人，忽使飽而嬉。瓣香示尊仰，嗟予復爲誰。

【校記】

〔一〕我　宋本卷十二、徐本卷十二、孫諤本五言古體詩、《存目補編》本卷十九

《偶然作八首》作“吾”。

〔二〕神　《存目補編》本卷十九《偶然作八首》作“裨”。

〔三〕福　宋本卷十二、徐本卷十二、孫譯本五言古體詩、《存目補編》本卷十九《偶然作八首》作“幅”。

〔四〕者　《存目補編》本卷十九《偶然作八首》作“本”。

〔五〕弘　《存目補編》本卷十九《偶然作八首》作“宏”。

〔六〕章　宋本卷十二、徐本卷十二、《存目補編》本卷十九《偶然作八首》作“葦”。

〔七〕瞶　宋本卷十二、徐本卷十二、《存目補編》本卷十九《偶然作八首》作“聵”。

雜咏二首〔一〕

獨坐苦無悰，閑行傍東嶺。竹木何參差，時見秦山影。長河流太古，隘束飛濤猛。昔人費疏鑿，後世免蛙黽。村墟依沙集，間亦聚竽管。白日忽西匿，波光泛倒景。身世兩悠悠，如何涉箕穎〔二〕。

讀書一萬卷，寸衷轉茫昧。將無昔人心，翻在語言外。聞見苦不多，因貪反成害。束書坐林間，颯颯聞天籟。

【蘇評】（第二首詩）真讀書人，意境自別，亦當於語言外求之。（據劉蘇本五言古體詩補。）

【王評】其在忘筌忘蹄之後耶？

【校記】

〔一〕劉蘇本五言古體詩題爲“雜咏”，只録第二首。

〔二〕穎　《存目補編》本卷七《雜咏二首》作“潁”。

贈吉協和二首

風陵之鄉河之濱，其風淳美陶唐民。一萬人家在烟樹，千回流水藏隱淪。爰卜我居曰岳村，當門喬木干青雲。雖屬擇處有年歲，實因吾子方結鄰。少年意氣何磅礴，季布千金輕一諾。運籌欲揮鸛鵝軍，姓名立致麒麟閣〔一〕。愧余寂寂鄧禹譏，書劍學來事願違。看君虎氣方騰上，羡爾南山射虎歸。

【蘇評】瑰詞綺調遠過宋人。（據劉蘇本七言古體詩補。）

憶昔永樂隱茅屋，水鶴飛飛上喬木。三里五里傍溪行，嬉游帶榼長追逐。曾經昏黑過君家，登堂杯斝紛交加。金昆玉季世罕有，豈知又共天津酒。感君壎篪誼尤敦，鶺鴒原上無負言。人生至性首同氣，然後可交天下士。連日相過歡百觴，聞君且傍京華地。雨雪初開楊柳津，我欲重尋東海濱。津頭相送還相約，鶯粟花邊候斟酌。約初夏同集里門。

【校記】

〔一〕姓　《存目補編》本卷十九《贈吉協和二首》作“性”。

再贈吉協和四首

經年如久别，千里喜君來。有約仍聯榻，無心更築臺。青燈同不寐，白髮兩相催。爲問東山上，桃花幾樹開。

念我如飢渴，逢君問急難。千秋心如許〔一〕，半夜影相看。莫擊荆卿筑〔二〕，終彈貢禹冠。綈袍無可贈，嗟爾敝裘寒。

相逢意不盡，相送復如何。匹馬龜蒙道，千山雨雪多。聞鷄余起舞，扣角爾行歌。明歲薰風夜，重來醉薜蘿。

又作天涯别，那無十日歡。平干從此去，易水爲君寒。病覺世情薄，老知交道難。今朝斗酒意，來夕夢中看。

【校記】

〔一〕如　《存目補編》本卷十九《再贈吉協和四首》作“若”。

〔二〕荆卿　《存目補編》本卷十九《再贈吉協和四首》作“漸離”。

讀傅公他詩感書其後

苦節孤生竹，哀絃寡女絲〔一〕。感君迸淚處，是我斷腸時。不死翻成恨〔二〕，多愁衹益悲。長飢忍薇蕨，高義北堂知。

【劉評】遠意深情，隱然交錯，言之嗚咽，慨當以慷。可見豪傑本色，到底不作兒女態度。（據劉蘇本五言律詩補。）

【校記】

〔一〕絲　孫謂本五言律詩《讀傅公他詩感書其後》作"詩"。

〔二〕翻　《存目補編》本卷十九《讀傅公他詩感書其後》作"反"。

平水感懷

高柳下鳴禽，春城二月陰。新鶯聽處滑，芳草望中深。花雨憂時淚，山雲出世心。不知烟海上，誰會作黄金。

【蘇評】凄婉有致，正如子昂《感遇》。盡削浮靡，一振古雅而歸於和厚者。（據劉蘇本五言律詩補。）

【劉評】詩貴景中言情，若無情即爲死景。此則情景相生，不死句下。（據劉蘇本五言律詩補。）

石門三首

盤回溪路長，低草見牛羊。風急山藤折，崖崩石髓香。鵾鷄舞難定，孺子歌未央。斟酌松雲裹，寒花近石牀。

拂袖動雲根，濤聲過石門。野花紅覆路，高柳碧連村。鳥道盤危棧，蟻邱倒客樽。茱萸莫漫插，終是惜黄昏。

犬吠夜如豹，風光小輞川。林回烟續斷〔一〕，月上水淪漣。蟋蟀秋仍語，鵁鶄冷未眠。不須愁輾轉，漸看曉珠圓。

【校記】

〔一〕續斷　《存目補編》本卷十九《石門三首》作"斷續"。

柬宋牧仲先生

相國風流尚未遥，翩翩公子復中朝。無詩堪寄忘憂館，有夢常尋海雁橋。此日誰能追宋玉，臨風我欲酹燕昭。紫芝一接塵心盡，重向終南斸藥苗〔一〕。

【校記】

〔一〕斸　孫謂本七言律詩《柬宋牧仲先生》作"劚"。

送張健一之魏郡三首

顛倒不成眠，殘鐘天欲曙。何事最關人，聞君濮陽去。

十月煩行役，霜花大似錢。相思阻相送，悵望早梅天。

春明我亦來，天涯手重把。殷勤話舊年，痛飲桃花下。

【蘇評】二詩步高、岑之格調，含王、李之風神。（據劉蘇本五言絶句詩補。）

簡葉訒庵先生

城郭宛蠶箔，其中多鬬爭。群蟻緣一垤，今古皆營營。性本樂空寂，不獲遂巖耕。浮生墮塵埃，深秋仍遠行。歲序日以晚，百卉漸凋零。葛履愧霜雪〔一〕，鳧雁愁悲鳴。山川勞夢寐，誰可悉中情。先生素心人，大隱托朝纓。榮觀能燕處，讀書修太平。無欲乃王佐，仰止心神傾。願言侍皋比，一問羲軒經。

【校記】

〔一〕履　《存目補編》本卷十九《簡葉訒庵先生》作"屨"。

柬陳説巖先生

昨從太行來,曾過先生舍。高松垂女蘿,空山一繫馬。京洛勞問訊,陶陶樂情話。身栖魏闕邊,心在白雲下。

【蘇評】遒爽。(據劉蘇本五言古體詩補。)

柬謝方山先生並致阮亭先生

元化何穆穆,無短亦無長。行生寓群品,鑿之爲文章。顛倒共呰議,累黍較低昂。悔吝生乎動,頓使微言亡。欲惡性萑葦,空明以博傷。天地不愛春,百卉各昌昌。萬物自芻狗,造化仍混茫。達人超年知,稊米含太倉。晝夜齊椿菌,生死外彭殤。雕蟲悔少作,永路休勞攘。聞筝而起舞,結習終難忘。昨過康樂宅,詞賦滿中堂。雅人最深致,書癖如嗜菖。朝奏三千牘,晚宿萬卷傍。藥房有奇構,且製芙蓉裳。大業已千古,沐浴生晶光。仍願學無學,堯舜同粃糠。好書讀不盡,高名世所戕。愚誠發狂言,併欲告漁洋。

洺水不逢輝生抵里却寄

楊花撲洺水,隨流亂春雪。此處不逢君,徒使心如結。到家復兀兀,幽事共誰説。載酒過西園,林中喧百舌。春風無與同,坐惜花枝折。

【劉評】時露本色,不事鉛華。(據劉蘇本五言古體詩補。)

筵上齒落簡林節齋

華筵列笙簧,庖鱉膾鯉魚〔一〕。酒至如流泉,賓從樂且舒。座有頒白人,飲炙隨所須。無端一齒落,乃當歌舞餘。形容忽慘沮,嘆息潛欷歔。萬有本幻化,百年亦須臾。垂楊生左肘,藏舟負而趨。世事亦何常,係戀增大愚。因念芭蕉身,終與一齒如。更酌一千觴,清歌追華裾。醉卧北窗下，霜葉飛前廬。

【校記】

〔一〕膾　《存目補編》本卷十九《筵上齒落簡林節齋》作"鱠"。

虞鄉二首

洗馬村南路，王官紫翠重〔一〕。人家依谷口，樵徑入高峰。竹暗千竿雨〔二〕，泉飛萬壑風。司空亭榭在，臨望思無窮。

晴日麗娟娟，凉風到綺筵。荷香能十里，松色足千年。鹿過銜芝草，鶴來亂竹烟。碧筒千萬縷，正有酒如泉。

【蘇評】二首皆閑遠清空，而音節爽健，直追三唐正始。（據劉蘇本五言律詩補。）

【校記】

〔一〕官　劉蘇本五言律詩《虞鄉二首》作"宫"。

〔二〕竿　《存目補編》本卷十一《游洗馬王官》作"巖"。注：此詩第一首被收進《存目補編》本卷十一，單獨成一首《游洗馬王官》。《存目補編》本卷十九仍有《虞鄉二首》，與上文同，且此處"竿"亦未寫成"巖"。存此備考。

題張魯庵方伯《清潭印月圖》

風潭百頃如傾銀，潭上明月如金盆。月華瑩澈浸潭底，如琉璃合無纖痕。有人齋心潭上坐，心憐淨緑不忍唾。孤情恰與白雲閑，萬事都如飛鳥過。潭上卉木何紛紛，青藤紅蕚無冬春。皎皎方看潭上月，兀兀已忘潭上人。潭上月華潭下水，湛然一泒空明耳〔一〕。我心正與水月同，水月與我何彼此。嗟余平生心未降，水中索月增勞攘。豈知已爲第二月，標月之指難禁當。先生事事有真契，語默從來少凝滯。即看觸處發天機，寫向圖中已餘事。今日當機惟嗒然，清波彌彌月娟娟〔二〕。等閑莫向潭中覓，一月還教遍萬川。

【蘇評】七古不難於揮灑，難於蘊藉；不難於氣概，難於神情；不難於音節，難於步驟。此則上摩黄初、大曆而得其本色者。（據劉蘇本七言古體詩補。）

【校記】

〔一〕泒　《存目補編》本卷十九《題張魯庵方伯〈清潭印月圖〉》作"派"。

〔二〕彌彌　孫謂本七言古體詩、《存目補編》本卷十九《題張魯庵方伯〈清潭印月圖〉》作"瀰瀰"。

咏　史

玉門亭障交河曲，狼乳烏孫烏啄肉。將軍萬里致龍媒，公主三秋怨黄鵠。黄鵠高飛葱嶺西，年來山雪不成泥。誰言財力中原盡，猶有黄金鑄褭蹄。

【蘇評】寓意深遠，出筆傲岸不群。（據劉蘇本七言古體詩補。）

送張無競還河中婚〔一〕

並轡宜陽道，欣聞君又還。橋仍清穎水〔二〕，花尚陸渾山。園客收蠶箔，仙人贈指環。吹簫長夏日，唐韻出人間。

【校記】

〔一〕《存目補編》本卷六題爲"送張無競還河中婚"。

〔二〕穎　孫謂本五言律詩《送張無競還河中婚》、《存目補編》本卷六《送張無競還河中婚》作"潁"。

謁永樂宫〔一〕

久説雙珠樹，今來永樂宫。雲霞生户牖，日月近簾櫳。扶木千年宅，崑崙萬里風。刀圭如可覓，丹火夕陽紅。

【校記】

〔一〕孫謂本五言律詩題爲"謁永樂宫二首"，第二首詩附在補遺詩中，題爲"謁永樂宫之一”,内容見補遺詩歌。

曲亭鎮即事

曲水一蟬鳴,微風縠浪生。相逢拾翠客,同作采山行。雁柱含秋思,鸞釵帶雨情。誰家抛錦瑟,腸斷玉谿横。

【蘇評】瀟灑風流,何啻天仙語?(據劉蘇本五言律詩補。)

讀潛谿宋夫子集

緬邈宋夫子,風流世莫躋。高情紫烟客,絶學白麟溪。弟子留松栢,箕裘委土泥。蕭蕭老霜鬢,重聽杜鵑啼。

寄隱者

君住九峰南,我住九峰北。九峰鬱奇秀,巖巒横復直。鶯眠塢樹紅,龍歸洞雲黑。聞君閲幻化〔一〕,已入慈忍力。猛虎牀下行,飛鳥掌中食。揮手謝時輩,高風渺難即。相尋渡溪水,忽起雙鸂鶒。

【蘇評】風韻詞調,渾然而成。總是氣骨秀挺,故得唐人古體之遺。(據劉蘇本五言古體詩補。)

【校記】

〔一〕化　劉蘇本五言古體詩《寄隱者》作“花”。

樂景晚題

鳴泉石上流,裊裊秋蒲亂。登頓不知疲,落日山家飯。開門巖翠入,清輝淡河漢。僮僕戒晨征,翱翔待鳧雁。

天將寒感吟

大河多悲風，肅肅天將寒。客子苦不歸，菽水誰承歡。多病累母心，倚閭寧無嘆。憂思發中夜，起坐愁萬端。詎不厭粱肉〔一〕，食旨不能甘。何日隨歸鴻，飛向蘆花灘。

【校記】

〔一〕粱　宋本卷十二、徐本卷十二《天將寒感吟》作“梁”。

觀察雨亭王公春郊次韻二首

春郊野幔青，春酒玻璃湅。原上有鳴禽，好音時一送。花邊雪漸消，柳外烟初動。壟麥各懷新，早作天家貢。

白馬黄金鞭，馬上緑楊送。上公擁行部，千旬翔威鳳〔一〕。方勸耒耜勤，喜見田功動。乘時恩澤流，不覺歡聲衆。

【蘇評】冷然出塵表。（據劉蘇本五言古體詩補。）

【劉評】不沾沾作頌揚體，足奪詩人之席。（據劉蘇本五言古體詩補。）

【校記】

〔一〕旬　宋本卷十二、徐本卷十二、《存目補編》本卷十九《觀察雨亭王公春郊次韻二首》作“尋”。

下太行次清化鎮

盤馬萬山里，夜聞豺虎聲。頹垣隱蒿萊，風吹草木腥。曉發擬遲遲，啟行仍戴星。同旅俱屏息，辛苦太行程。逾嶺日方午，忽睹長河明。崩濤亘烟霧，飛光入杳冥。叢祠轉羅拜，不復困山精。行行水竹近，翠篠青瓏玲。曲岸雜荷芰，溪館來鵁鶄。豆葉落爲萁，古原積潦平。相見緯蕭人，頓興招隱情。浮生幾兩屐，鎮日苦營營。三作京洛游，兩涉清漳行。朝甫辭山烟，暮仍宿水亭。間關銷髀肉〔一〕，夢寐攪鷄鳴。何時真息機，不效蠻觸爭。嵁岩問張毅，下風師廣成。軒轅珠早得，萬古含光晶。

【蘇評】以古文叙記手作詩。（據劉蘇本五言古體詩補。）

【校記】

〔一〕間 《存目補編》本卷十九《下太行次清化鎮》作“問”。

寄盛悔亭

悔亭，姑蘇人，流寓芮城之朱侣村者，已三十年矣。

巖分懸霤趁晴嵐，羨爾溪東寄一龕。桃葉不須思白下，梅花盡許似江南。窗含晴雪書偏妙，坐擁青山賦正酣。珍重題箋報寒食，詩名酒德兩無慚。

次樊橋

景物蕭森作曉寒，鯉魚風起蓼花殘。酒歌無那秦聲苦，世事從來蜀道難。猿鶴不驚高士夢，星霜偏妒遠游冠。徘徊眼底秋山好，都作匆匆馬上看。

【蘇評】黯淡之内，古意猶存；英發之中，唐體大著。（據劉蘇本七言律詩補。）

白芍藥

聞道郭芍藥，居然似水仙。不須金作粉，真使玉爲鈿。蝶夢迷難就，蜂情感不前。將離無限意，何用寫紅箋。

憂　旱

東圃荷鋤往，南山見朝曦。漠漠瓜田中，只覺靈雨稀。菜甲潤微露，青翠猶滿畦。摘來尚盈筐，且復佐晨炊。曠懷覽終古，運艱理則夷。豈無達士胸，勝此須臾期。仍當事南畝，天道孰盈虧〔一〕。

【校記】

〔一〕虧　《存目補編》本卷十九《憂旱》作"虧"。

題陶庵小像

楊柳春風廿四橋，酒旗歌扇笑相邀。坐中紅袖窺雙鬢，眼底青山閱六朝。盛事尚追桃葉渡，鄉心猶繫廣陵潮。頭顱如許升沉盡〔一〕，令僕閑情付玉簫。

【蘇評】藻贍精華，更自風韻珊珊，非借名工雅。（據劉蘇本七言律詩補。）

【校記】

〔一〕沉　孫謂本七言律詩《題陶庵小像》作"沈"。

贈王公

郡山盡盤鬱〔一〕，雲樹何蘢葱。中有緑髮人，云是方平翁。偃仰太行阿，手弄青芙蓉。吴牛賤十角，滄海乘長風。招我百尺樓，一滌塵土胸。襄陽耆舊傳，不必羡龐公。

【校記】

〔一〕郡　宋本卷十二、徐本卷十二、《存目補編》本卷十九《贈王公》作"群"。

同姜青若登小有洞臺

携手臨高臺，山光見朝爽。徘徊宇宙間，氣在青雲上。長河走平野，津樹雜蒼莽。白鳥忽有無，孤烟下消長。竟欲躡蓮花，飛仙共來往。

【蘇評】熟處生新。（據劉蘇本五言古體詩補。）

聽薛大武論史

神龍發雲雷，不甘蚯蚓鳴。嘲哳野田雀，詎識鳳凰聲。先生負奇氣，高論千人驚。縱横四千載，幽隱無遁情。即事而得理，大辨不能爭〔一〕。嗟我幼學人，側領心神傾。正合高齋去，提携雙玉瓶。

【**蘇評**】不須故實，自然雅切。（據劉蘇本五言古體詩補。）

【校記】

〔一〕辨　宋本卷十二、徐本卷十二、《存目補編》本卷十九《聽薛大武論史》作“辯”。

送張輝生

君自海門來，相逢喜京洛。每説無生理，直到燈花落。共眠苦未得，數畏秋衾薄。夜深暫分手，即有來朝約。正欣望衡近，可以慰索寞。胡爲便言歸，小别青門郭。窮愁無酒錢，不得共斟酌。君有葡萄釀，就爾事鐺杓。寄語還山人，山中致不惡。

倚　檻

倚檻白雲外，推窗紅樹邊。年華猶浩蕩，風俗幾秋千〔一〕。海霧隨風闊，江沙裹浪圓。鳴鳩苦相唤，惆悵負春田。

【**蘇評**】規模宏贍，少陵家法猶在。（據劉蘇本五言律詩補。）

【校記】

〔一〕風俗　孫謂本五言律詩《倚檻》作“風景”。

寄汝作兄

最愛王官谷，勞勞托興長。人家瀼西宅，風景輞川莊。慷慨成高隱，艱難就草堂。買山原所自，高誼不能忘。

蔣　圃

朝來寶馬蹴輕沙，爲訪溪南有竹家。入座喜聯天下士，乘春領盡滿園花〔一〕。青山繞處無煩補，良醖携來不用賒。雨後嵐光添黛色，鶯聲齊報好年華。

【校記】

〔一〕領　《存目補編》本卷十九《蔣圃》作“傾”。

汾陽館

殘雪明高嶺，春沙引亂流。柳遮郭外驛，花映水邊樓。風土乖鄉語，年華係客愁〔一〕。桑田誰負畚，惆悵聽鳴鳩。

【校記】

〔一〕係　宋本卷十二、孫謂本五言律詩、《存目補編》本卷十九《汾陽館》作“繫”。

賦謝寇偉人

街北提壺夜，更闌上馬時。紅妝知送客，白練少留詩。鷄亂過春艸〔一〕，鶯啼入夏枝。玉鈎山下路，還肯寄烏絲。

【校記】

〔一〕亂　宋本卷十二、徐本卷十二、孫謂本五言律詩、《存目補編》本卷十九《賦謝寇偉人》作“乳”。

贈青霞弟[一]

吾弟具仙骨，剛腸煉莫邪[二]。昨來登太華，踏碎碧蓮花。青霞題作字，黄海舊爲家。五嶽游今遍，丹成白馬牙。

【校記】

〔一〕《存目補編》本卷十題爲“贈弟青霞”。

〔二〕邪　《存目補編》本卷十《贈弟青霞》作“耶”。

次青霞韻三首

俠氣仙風兩不磨，流光東逝嘆如波。名山杖底成游戲，笑作人間踏踏歌。

生平恩怨任茫茫，只有名心尚不忘。百軸雄文詩兩卷，白藤隨處發奇光。

白鹿騎來任往還，城南劇飲發朱顔。三千玉女渾相待，又采菖蒲入華山。

【校記】

〔一〕《存目補編》本在卷十與卷十九中重復收入了此首詩。

謝公咏

聞道東山妓，中年托興長。如何心事苦，賭却紫羅囊。

【蘇評】用意有别。（據劉蘇本五言絶句詩補。）

題劉鄴侯柳下小照三首

溪橋楊柳碧毿毿，芳草平鋪天蔚藍。自是靈和殿前客，閑情且未着朝簪。

朗朗瑶林玉樹枝，宮槐柳浪右丞詩。朝堂氣相烟霞骨，暫似相逢谷口時。

二月風光汁染衣，春來無處不天機。眼前好景全收得，更畫黃鸝兩個飛。

聞周雪客在汴有懷二首

今日春風曉又寒，竹枝低拂畫闌干。聞君小住吹臺側，莨蕩渠東望眼看。

才名家學兩難齊，薄宦天涯東復西。每憶晋陽桑落酒，芙蓉幕下不重携。

游白鹿洞歌紫霞真人宿此洞編蒲爲書

何年白鹿洞，正傍五老峰。五老去天不盈尺，俯窺人世烟雲重。我欲攬秀色，一一青芙蓉。舉手石扇開半掩，緑鬟玉女如相逢。風雷隱隱萬壑瀉，憑崖倚樹聞清鐘。洞門之外百丈松，千株盡化爲蒼龍。駕蒼龍，騎白鹿。泉堪飲，芝可服。何人肯入空山宿？空山空山即我屋，一卷《黄庭》石上讀。

【蘇評】主拾遺，賓供奉；左中允，右嘉州。則沉雄秀逸無所不備。（據劉蘇本七言古體詩補。）

與韓鼎臣二首

薰風臺畔藕花香，山雨連朝自在涼。緱嶺瑶笙吹不徹，舉瓢偏許挹天漿。

玉女紛紛擁髻鬟，韓終得一在人間。勞生五十無滋味，爲采菖蒲入華山。

戲題韓集一絶

抗疏南來道不孤，盤空硬語播扶胥。半生高氣難相下，鄂岳忽慚李大夫。

——男勤基稼同校對〔一〕

【校記】

〔一〕劉本六册本卷十二末有"男勤基稼同閲"字，宋本卷十二、徐本卷十二末均無字。

補　遺

徐昆本補遺

河中吴雯天章著
後學宋弼蒙泉校〔一〕

贈徐勝力

昭王臺畔梅花時，無塵輦路香風吹。尚有公卿事文酒，玉屑霏霏瀉鵝卮。坐上高人孝穆後，才雄心膽大如斗。縱横二十一代事，曲折纖微皆上口。主人送客休晚筵，霜月皎皎星辰懸。天涯豈恤官街鼓，更欲提壺無酒錢。嗟我生平鄙章句，擬學無爲斷言語，逢君高論莫能酬，且向中條讀書去。

【校記】

〔一〕補遺詩據徐昆本卷十二末補遺詩補充。其他系統本點校時以此爲底本。《存目補編》本卷二十首題有"河中吴雯天章著、後學浮山張體乾確齋、宋蒙泉司臬補鈔七十五首"。

志公贊〔一〕

兒語出鷹窠，何取復何捨。日日錦袍行，皖山劍水下。
妙相原無着，僧繇措意難。只應隨拄杖，已得紫旃檀。

【校記】

〔一〕《存目補編》本卷二十題爲"志公贊二首"。

潁封人

兄弟不相協,誓母及黄泉。食羹廣錫類,悟主在片言。大隧見真性,洩洩融融然。同氣當用和,何况賓僚間。挾輈意一逞,拔戟遂招愆。蝥弧奮先登,奸人已伺便。忠孝一朝盡,犬鷄空相煩。昔我過遺墓,春風草芊芊。君子謹纖微,三嘆撫麟編。

此身歌柬韓元少先生

此身謂非我,居然耳目能明聰。此身謂真我,呼吸不存俄生蟲。臂彈尻馬寧異説,蛙蟥鴝掇捐雷同。世人紛紛轉茫昧,因之蚓竅爭蠅蠓。逝者如斯嘆川上,無言本自歸鴻濛。明明此意在鄒魯,其如雷電乖盲聾。雕刻心思養口體,尋常貪恚成伐攻。福輕於羽不知載,百年馳驟何終窮。美食投箸輕萬錢,峩冠大佩修高容。高名厚實兩俱得,聲華誰敢輕汙隆。總使千秋尚餘慮,金鼉玉盌埋邱壟。水銀池沼雜鳧雁,可憐長夜魚燈紅。以此膠擾鄙囂還,况復先聖多發蒙。十年有學願無學,相視而笑疇堪共,先生文章具性道,使我捧讀心神融。天授鉅手闡元化,軒轅鏡子懸青銅。昨日慈仁一握手,罘罳薄日光玲瓏。吉人藹藹見真趣,伫令塵土開心胸。世間原自多上士,轉忘纓紱分雌雄。長而不宰果何德,從斯永擬參猶龍。

豐干大士

一領布裘温,隨時道最尊。空山聞梵唱,騎虎入松門。

寒山大士

布襦太零落,形貌復枯瘁。居止寒岩中,時來國清寺。

拾得大士

畢竟誰家兒，呱呱赤城道。法明念戒差，果破聲聞小。

送張西野先生之官昌寧

凉風颯秋景，承恩雙闕間。夫子善爲政，問道汾陽山。玉署橡花接，高齋松露閑。鳴琴俯流水，鶴唳南峰還。

贈雪客

鴻鵠蓬艾間，低飛豈能高。神魚困螻蟻，終當還波濤。公子干將器，挫刃羞鉛刀。千慮偶一失，豈即非賢豪。衆見本兒童，口語遂嘈嘈。長歌東海來，痛飲撥檀槽。憂傷究何益，徒爲自煎膏。丈夫百年内，逆順豈一遭。宴居乃酖毒，仁智出焦勞。所嗟春風時，彼此皆二毛。難勝再蹉跎，何以舒翔翺。臨岐一珍重，片言當久要。

【校記】

〔一〕乃 《存目補編》本卷二十《贈雪客》作"廼"。

題子文鵝群字後

鴨頭書罷又鵝群，大令風流踵右軍。餓隷無端點書史，七年難飽玉鈎雲。

郭家溝

雨後山更佳，石橋集孤想。鳥下緑烟中〔一〕，人行紫泥上。

【校記】

〔一〕鳥 《存目補編》本卷二十《郭家溝》作"烏"。

宿靈石

樓外一樹高，水邊衆星濕。獨親燈火明，不覺風雲入。

題索洲壁

沙磧見鷗鷺，蟲聲亂禾黍。白雲繞棟飛，昨夜東山雨。

答　友

昨日春冰開，今日春鴻過。春來轉惱人，蚤起風軒坐。之子太白精，讀書萬卷破。投我瑶華音，珠玉生咳唾。借問山中人，那得只高卧。長嘯對西林，曉月金盆大。

贈韓子衡户部

十年蘭省令譽乖〔一〕，每向天邊憶紫芝。楚驛曾逢芳草外，金臺還對落花時。趨庭遠夢峨嵋雪，拜闕新巢鵷鷺枝。莫道恩波承奕葉，公才端有聖人知。

【校記】

〔一〕乖　《存目補編》本卷二十《贈韓子衡户部》作“垂”。

太行山行

盤回入蒼翠，欹側周陂陀。立馬獨延佇，白雲生女蘿。秋鴻淡無影，澄溪寒有波。山家動砧杵，如此月明何。

雜咏之一〔一〕

太極何悠悠，陰陽互陶冶。萬物本一原〔二〕，識者何其寡。下士多執持，達人但瀟灑。知時感家雞，觀物洞野馬。死生如轉轂，出入誰堪把。久竹生青寧，其言頗馴雅。不見安平烏，乃一老鈴下。

【校記】

〔一〕《存目補編》本卷二十題爲“雜咏”。

〔二〕物　《存目補編》本卷二十《雜咏》作“化”。

簡李紫瀾編修

憶昔青門别，徘徊風柳下。一卧條南廬，幾閱東臯稼。竹塢聞鵾鷄，花巖走香麝。何爲染京塵，重來對長夏。幸托君子知，常有公朝暇。論文壺屢傾，問字書頻借。藥物入新釀，牙籤空高架。壯懷久消盡，况當嵇阮亞。無事感慨餘，耳熱舞甘蔗。

同西厓孟穀集阮翁宅時西厓新至孟穀將讀書房山

頻年客瀟湘，念我同心友。忽下淮南帆，來醉新豐酒。翩翩燕出簾，裊裊風在柳。王郎復小别，明日房山口。良夜雖及兹，嘉會嘆非久。司成秉大雅，獨與布衣厚。莫聽長樂鐘，花前易分手。

贈王屏侯

紅發東園梅，緑破西津柳。省論眼前事，且酌花下酒。冰魚不計錢，江橘嫩香手。風土致不惡，故國亦何有。昨夜海氣寒，不知山雪厚。君家白牛溪，龍門在其右。開畦種薯蕷，霜落收蒲藕。醉鄉好日月，清景豈相負。每到春雁時，可憶横汾否。

答高晴谿〔一〕

今年春雪生寒甚，新笋南園發較遲。昨日歸來掃荒徑，舊林纔見兩三枝。

司馬能開櫻笋厨，輕歌妙舞曳華裾。香風吹動江南客，漂麥高人也罷書。姚司馬治具歌者頗鹿也〔二〕。

客裏懵騰抱醉眠，醒來佳句滿長箋。紛紛珠玉驚人眼，筆底真翻萬斛泉〔三〕。

憂病憂貧兩不勝，磨礲心性退堂僧。感人賴有千秋識，脱盡韝絲過海鷹。

【校記】

〔一〕《存目補編》本卷二十題爲“答高晴谿四首”。

〔二〕鹿　《存目補編》本卷二十《答高晴谿四首》作“麗”。

〔三〕斛　《存目補編》本卷二十《答高晴谿四首》作“里”。

七夕同斐然旦復集魯庵水部一畝山池之一〔一〕

驟雨移紅燭，池深漲緑波。莫驚蛇繞柱，真待鵲填河。醉尚攤書帙，愁難廢嘯歌。歸途畫簾底，雙踏虎皮韡。

【校記】

〔一〕《存目補編》本卷二十題爲“七夕同斐然旦復集魯庵水部一畝山池”。

謁永樂宫之一〔一〕

仙翁果何處，松檜但依然。劍氣常通峽，鶴聲每在天。罘罳丹鳳攫，橐籥白龍纏。晚愛西峰月，清光溜石泉。

【校記】

〔一〕孫譔本五言律詩題爲“謁永樂宫二首”，《存目補編》本卷二十題爲“謁永樂宫”，與劉本卷十二“謁永樂宫”合爲一處。

登河中郡樓一作登白樓〔一〕

從來今古亦關情，況復登臨感乍生。人代已隨晨雨散，河山不改夕陽晴。野花開遍薰風殿，春鳥啼荒魏豹城。日暮更聞原上笛，誰能此地不沾纓。

【校記】

〔一〕孫謂本七言律詩題爲"登河中郡樓"。

送魯庵水部出鎮黔西之二〔一〕

嶺嶠風清劍氣寒，丈夫四十果登壇。虎頭舊識通侯貴，龍節何憂鳥道難。銅鼓烟消千嶂曉，牂牁春到萬人歡。馬如羊矣金如粟，敢信從無着眼看。

十年然諾重生平，意氣從來萬慮輕。六詔新看膺異數，百蠻原不畏同行。違親未許先朋友，知我真堪擬弟兄。我尚未衰君正健，心期無負豈難明。

【校記】

〔一〕《存目補編》本卷二十題爲"送魯庵水部出鎮黔西二首"。

念莪生日

清秋玉露裛蒹葭，觴酌崑崙釀桂花。華國文章留貝闕，凌雲意氣入烟霞。身名豈是鴻留爪，世事休驚馬駕車。爛醉周郎還顧曲，浴鷗亭北按紅牙。

何水部《讀史圖》

古人不可見，往事如列燭。千秋成鑒戒，咿唔善幽獨。勿謂皆陳言，感通等發覆。水部頗好事，買書動連屋。全史舊所藏，下簾日三復。德言見謦欬,道風會肅穆。忽當激發時,抵几驚僮僕。問君何以然,直道自相觸。緊余早失學,半生空鹿鹿。結習中文字,中藏自陶淑。有如脉望緣,窟穴在簡牘。近頗慕無爲,虚空索機軸。六經原註我,萬有天然足。結茅對晴蓮,白雲看起伏。提携酒一尊,坐擁書千束。糟粕笑斲輪,願君發遐矚。

勸　酒

東海日曈曨,光輝遍林藪。借問晞髪翁,此日何年有。連朝北風惡,冰合直沽口。却憶海上山,山中雪應厚。黄精苗有無,欲劚但回首。不如層冰下,生魚比纖手。鑿冰下絲網,素鱗燦堪數。薦之白玉盤,盤魚色難剖。請得魚一頭,可勸酒一斗。一斗復一斗,醉倒洪崖友。回看東海日,又上窗前柳。

【藏批】作古詩急欲回,不欲其直,然摶折變化處,須仍不離手本位,語惟離如意自變者乃爲妙,了若漁洋《勸酒詩》,直似群人囈語。(據孫謂五言古體詩補。)

臨池四首

風日生微和,茶聲竹間瀉。小坐井闌西,霜禽飛復下。

奉橘只存帖,無書達洞庭。何從三百顆,隨雁下青冥。

愛煞山陰字,循環對夕陽。果然名父子,家法十三行。

老尚躭文墨,臨池笑靨温。未遲桃結子,且看竹生孫。

和題訒翁屏風六首

平生未遂纖阿御,置酒空懷天漢臺。好向壚頭乞一醉,猶堪給札賦楊梅。卓文君。

占斷風流桃葉舟,春風雙槳候潮頭。江干寂寞留空渡,一倍關心白下游。桃葉。

年來心慕白毫光,常恐天魔力尚强。若得琉璃成世界,旃檀不借散花香。洛珍。

寶髻玲瓏玳瑁簪,純鈎豈止直千金。黄衫意氣歸紅粉,愧死人間反覆心。荆十三娘。

每患情多豈俗情,枇杷花下避閑名。蠻牋十様書難盡,合是春心幾夜生。薛濤。

曾伴雲山老衲衣,一言肯墮箭鋒機。即看當地蓮花發,不復巫山行雨歸。琴操。

再過石鼎園主人適出自飲花下

三日不到園中來,只道園中花未開。今朝騎馬到園裏,不謂花開已如此。主人早起過誰家,不怕辜負園中花。我對花枝發長嘯,若不痛飲花應笑。傾倒青絲雙玉壺,園外何人唱鷓鴣。

送劉如南之江南謁宋中丞

林屋洞口梅千樹,君到江南二月天。我欲共看未得往,具區遥望心依然。滄浪亭子修更好,中丞文采照江表。君隨節下幾流連,倘有新詩寄應早。我但中條甘蕨薇,天下誰能重布衣。心繫江南住江北,春沙閑看鷺鷥飛。

答謝佟玉行大令

使君襟期何磊落,特爲開樽共磅礴。新辭輦路出長安,便種梅花滿官閣。昨日臘雪三尺强,香山一望浩茫茫。豐年先使瓊瑶集,瑞麥旋教餅餌香。井邑連年不可道,田疇蕪没無青草。家家望得使君來,陌頭只覺春風早。董澤碧玉抽新蒲,使君勸農歸騎徐。郭公尚有讀書處,他日同來繙異書。

河上樓

河上高樓白板扉，前山一帶夕陽微。蕭條縣市無烟火，愁見横空水鶴飛。

答人按此詩見《漁洋詩話》後一聯與七古一篇略同兩存之〔一〕

自卜條南舊隱居，明星玉女對攤書。門前萬里崑崙水，千點桃花尺半魚。

【校記】

〔一〕《存目補編》本卷二十題後小字放入"宋蒙泉云"中。

貽張健一

還山理場圃，開畦種瓜蓏。一載海濱來，仍向高堂坐。相對温且莊，心喜能負荷。内行既精嚴，芳聲自流播。余慚年鬢侵，免旃共無惰。

寄雷龍訓都督

將軍猿臂稱神武，昔日南山曾射虎。少小即學萬人敵，拜官已得都督府。憶昔相别楚江邊，契闊於今二十年。此時金印懸如斗，果然事業人爭傳。近聞移節南陽道，玉帶蟠花好容貌。五十封侯也未遲，且看即有金門詔。

送繆天自歸里

落日淡寒洲，西風古渡頭。故人從此去，京路悔前游。老剩詩名在，歸憐木葉秋。錢塘百戰地，憑弔想中流。

夜聞雁

紫塞幾時來，寒聲墜茅屋。如何夜已半，尚未蘆花宿。

送僧入越

瓢笠蕭然上國逢，歸途冉冉水雲踪。他時若過靈嘉寺，一扣于闐九乳鐘。

題　畫

玉山真見兩峰晴，古木殘陽似孟城。最是深秋風景好，何人解向此中行。

念一舍人初度〔一〕

落雁風高正對門，秋懷玉女洗頭盆。迢遥東海重携手，坐識當筵子尾樽。

小别匆匆已一年，相逢又近菊花天。到門先訪讀書處，篆水樓西暫泊舡〔二〕。

【校記】

〔一〕《存目補編》本卷二十題爲"念一舍人初度二首"。

〔二〕舡　《存目補編》本卷二十《念一舍人初度二首》作"船"。

題友小照〔一〕

晞髮匡牀對緑蓀，茫茫太古幾朝昏。林中煮茗山僮慣，恰有飛泉繞石根。

一溪荷葉濃於染，幾點遥山看若無。好在雙梧清晝永，正堪高唱鳳將雛。

【校記】

〔一〕《存目補編》本卷十與卷二十補遺詩中同時收録此詩。

題友小照〔一〕

茶烟裊裊日方長，坐久松花滿石牀。解得隨緣真是好，炎天冰雪十分凉。

捧到金徽不用彈，高山流水盡顢頇。會心本自無多説，萬事難禁靜處看。

【校記】

〔一〕《存目補編》本卷二十題爲"又二首"。

失　題

一年歸去卧烟霞，東海重來共釣槎。難忘葛沽春色盛，三千里外看桃花。

别斐然

蕙草當堦三兩花，相逢猶及共天涯。頗驚彈指升沉異，閑話街南對早霞。

贈周履坦供奉

大内頻宣近紫微，五更撲馬雪花飛。小臣莫訝寒風甚，特賜遼東貂鼠衣〔一〕。

【校記】

〔一〕特　《存目補編》本卷八《贈周履坦供奉》作"將"。

贈錢介維有木瓜聯句詩甚奇

城南聯句才無敵,知有清思過孟郊。飲水常愁虹在澗,看松每喜鶴歸巢。雨中青李垂垂實,風下菖蒲葉葉交。東望烏丸連海岱,教誰舟楫困塘坳〔一〕。

【校記】

〔一〕坳 《存目補編》本卷二十《贈錢介維》作"拗"。

題沈客子《紫茜村莊圖》

公子當湖隱,才名動五侯。一從花港别,幾夢木蘭舟。誰飼池邊鶴,常閑水上樓。雙橋風柳夜,空照月如鈎。

寂寂花田没,茸茸徑草成。居然喧水獺,猶自發山櫻。春巘風雲氣,寒塘鷗鷺情。中條有茅屋,早晚亦歸耕。

雪中集飲得魚字

無雪三冬鬱不舒,今朝快雪意何如。華筵且薦霜前橘,葦岸誰叉冰下魚。筆陣漸看驚鴝鵒〔一〕,酒鱗全未凍硨磔。長吟已報豐年好,擬向春田早荷鋤。

【校記】

〔一〕鴝 《存目補編》本卷二十《雪中集飲得魚字》作"鴝"。

失　題

每憶天台路,真同海雁居。誰能國清寺,頻問孝然廬。夫子猶高義,將迎更起予。他時鐘鼓外,心素契爰居〔一〕。

【校記】

〔一〕爰居　《存目補編》本卷二十《失題》作"鶢鶋"。

題劉鐵龕《負劍圖》〔一〕

蓋聞善攝生者，陸行不遇兕虎，入軍不被甲兵，兕無所投其角，虎無所措其爪，兵無所容其刃。鐵龕志於道久矣，豈尚資一劍之利哉？然昆吾冶鐵，炎烟横飛，滓穢盡蠲，純鈎乃精，淬以鷿鵜，發爲蓮花，緑龜蹙鱗，青蛇弄珠，陰陽刑德，混於杳冥。舉之無上，抑之無下，運之無傍。漆園不能説，司空不能窺，鐵龕之意，將無有取於是乎？於是劉子倚柱而嘻曰："有是哉？"遂短咏記之以復劉子〔二〕。

文采帶利劍，古人稱盜竽。劉子豈其然，將轉轆轤珠。籜冠斜披日本裘，揹負一段青珊瑚。世界不平平心地，心中那有不平事。眼底皆付晋人吷，筵前肯假公孫器。知勇爲鋒廉爲鍔，大匠無端代求斲。總然千里不留行，那見龍鳴勝屈蠖。寶鼎温温火候匀，百煉搏成無價珍。風胡無言歐冶死，從此蓮花有化身。淵默匣中生霹靂，負之而趨誠有力。動静須教山鬼驚，行藏那使天魔識。徙倚休嗟行路難，長空珠斗夜闌干。安居始信真無事，多少癡人畫影看。

【謌記】刻本遺失小序，今照原本補入。（據孫謌本七言古體詩補。）

【校記】

〔一〕孫謌本七言古體詩題爲"題劉鐵龕負劍圖册子有序"。

〔二〕此篇小序據孫謌本七言古體詩補。

池庵答如上人

昨日看梅梅尚遲，今春寒似去春時。半塘却憶微風雪，曾到靈岩見幾枝。

佛日從劉公㦷先生長椿寺看梅

蘇門先生最清興，徙倚寺樓烏帽斜。不事早朝因佛日，便留僧舍爲梅花。

上方松影下方分，南院吹笙北院聞。一入招提少塵事，霜禽野鴿自紛紛〔一〕。

【校記】

〔一〕鴿　《存目補編》本卷二十《佛日從劉公㦷先生長椿寺看梅》作“鶴”。

贈孫彦先

買得梅花三十樹，欲將丹竈傍梅花。如何雪裏匆匆出〔一〕，回首溪山有暮霞。

曾向金門去幾回，聞君已解結靈胎。中條我有三間屋，專待琴高控鯉來。

【校記】

〔一〕何　《存目補編》本卷二十《贈孫彦先》作“今”。

即席戲和魯庵

梅太夭斜柳太柔，瞳人剪斷半江秋。臉波紅暈看看上，的是盧家一莫愁。

雨後登縣城口占

雨過江城濕薜蘿，青山脚底客帆多。愁中轉畏逢漁父，强作滄浪解事歌。

苦書自解

昔人學書苦無紙，或以蕉葉及畫地。近日惡札有何好，賺人縑素紛紛至。勸爾力書勿厭煩，只如畫地求紙難。他人樗蒱棄白日〔一〕，牧猪奴子誰能看。

【校記】

〔一〕樗蒱　《存目補編》本卷二十《苦書自解》作"摴蒱"。

種　松

生平不諳種松法，偶爾栽成三四株。晨興過看含露色，雲霄仗爾各撐扶。根下曾聞有茯苓，劚來可以制頹齡。衰顔相對翻增笑，八百春來待草亭。

失　題

巖栖非不佳，重爲京洛行。爲懷吐哺知，敢戀山居情。道塗雨雪多，入座春温生。蓬萊渺何處，丹經述聃彭。宇宙挹太和，律吕諧韶頀。即此等壺嶠，四海聞令名。願言梅花側，一奏緱山笙。

方絅補鈔一首〔一〕

遂安毛際可《安序堂文集》之《復張石虹太史書》云："憶庚申遘禍之日，兩河父老群起訟冤，而蹈冰往來者，竟有僵死於河干者。時吴君天章目擊此事，爲長歌以高其義。吴君詩附上，以見海内名賢、閑懷同好皆非有所爲而爲之者也。"

河流湯湯，河沙揚揚。今日苦風，欲渡無梁。歲云暮矣，長河已冰。念我使君，欲罷不能。我有室家，七年不擾。緊惟使君，孔邇懷保。使君罹議，非小人心。薄訴於上，涕泣沾襟。褰裳涉水，寒風浩浩。布襦零落，傷骨何告。使君如父，小人如子。父困於災，子分於死。叫天無辜，踉蹌中野。銜感而没，僵於樹下。天子命吏，爲民之故。民愛吏死，吏别民去。民不可活，吏不可留。徒然冰泮，河聲悠悠。

【校記】

〔一〕據《存目補編》本"宋蒙泉司臬補鈔七十五首"補。

古藤書塢送吴徵君魏上舍聯句〔一〕

握手古藤下，秋深旅愁積。歸來西溪旁〔二〕，猶及種春麥。吴雯。我亦袖輕鞭，明發辭紫陌。倦鳥不同飛，各自張旅翮。魏坤。二子澹雅才，肯爲時俗役。英詞迭相應，如以桐扣石。陸嘉淑。柳塘水濼濼，蒲坂山驛驛。改歲君到時，古藤花滿格。查嗣璉，改名慎行。大房一斗泉，釀酒冰雪白。酒熟君不來，落花良可惜。朱彝尊。

聯句，詩人賦四句，分之各爲絶句，合之即成一篇。六朝謝朓、范雲、何遜、江革輩多有此體。此篇深得齊梁風調〔三〕。

【校記】

〔一〕《存目補編》本卷二十補遺詩作"附録聯句一首"，孫謂本補遺詩題爲"古藤書屋送吴徵君魏上舍聯句"。

〔二〕旁　《存目補編》本卷二十《古藤書塢送吴徵君魏上舍聯句》作"傍"。

〔三〕《存目補編》本卷二十《古藤書塢送吴徵君魏上舍聯句》後小字寫爲："王文簡《池北偶談》：'聯句，詩人賦各四句，分之自成絶句，合之仍爲一篇。六朝謝朓、范雲、何遜、江革輩多有此體。頃見朱太史《騰笑集》有《古藤書塢送吴徵君魏上舍聯句》，甚得齊梁之意。'"

和融谷望遠行〔一〕

牽牛花外，濛濛雨、愁絶江淹一賦。鯉魚風近，青雀舟横，吹散鬢絲如許。酒客零星，醉向長亭遠望，正有賓鴻南去。唱河梁，又蚤青山將暮。　延佇，屈指金門詞伯，似病沈、於今堪數。八柱堂西，伏波巖北，驅爾三年閑住。恰有柔奴作伴，藤梢橘刺，引出懷人句。喜歸來便是，去時愁處。

【校記】

〔一〕孫謂本補遺詩餘題爲"望遠行和融谷"，《存目補編》本卷二十補遺詩《望遠行和融谷》前題有"附録詞二首"。

咏檻竹卜算子〔一〕

何處玉玲瓏，檻外清陰護。帶露和烟似有情，寫得《離騷》句。　屈曲籜龍根〔二〕，直上青雲去。驚醒幽人卧北樓，一陣湘潭雨。

【校記】

〔一〕孫謂本補遺詩詩餘題爲"咏檻竹卜算子"。

〔二〕曲　《存目補編》本卷二十《咏檻竹作》"指"。

疾　銘〔一〕

疾本無疾，病本無病。不能調御，輙致凌競。如水起漚，似木生瘻。漚瘻何來，即水木性。金剛不壞，第一無諍。知常曰明，法天曰聖。守中致和，盡性至命。一念萬年，寓諸無竟。

【校記】

〔一〕《存目補編》本卷二十補遺詩《疾銘》前題有"附録雜著四首"。

準提像讚

稽首準提王，功德不思議。百千萬手目，拯濟恒沙衆。將身坐寶蓮，爲世見光影。若論其究竟，無在無不在。嗟我蟣蝨身，負障等山嶽。身見不能忘，山嶽何時了。伏望慈悲力，默相加護佑。一切非一切，無上解脱門。身色如琉璃，曇雲四彌布。如是衆生盡，佛願即完滿。

【王評】似東坡。（據孫謌本補遺詩《銘贊》、《存目補編》本卷二十補。）

孫謂本補遺(遺詩)

中秋李太守招集崇實書院看月

秋半物候肅,雨餘山光淨。恬然講院中,耳目絶囂競。我公比秋月,相招恣清咏。顧此月常有,此月獨端正。光開海上雲,朗掛天邊鏡。肯辭酒盞深,苦乏詩思横。徘徊不知歸,清景惜難更。不覺既醉餘,疏略賴寬政。

失 題

本然無去來,云何有夢覺。不見三途苦,寧識四禪樂。寶月湛空明,何從受顛撲。往來三十年,無乃妄卜度。今日蠶叢路,當時雪山閣。都作一塵看,光輝照寥廓。

上豫撫徐青來先生

楊柳春風生,春烟浮吹臺。驅車燕趙間,仍復大梁來。公子緬千載,侯生安在哉? 彈指閲千古,惜此年光催。

早年具微尚,箕潁慕高躅。曳裾向侯門,艱辛爲親辱。夫子清静心,因爲萬井福。再拜矢皈仰,道風見肅穆。

清標凜寒玉,仍與物爲春。群然惕冰淵,中實含至仁。師表範百寮,康濟歸兆民。繄余借楷模,亦欲善其身。

嵩華豈不高,河洛豈不遠。瞻企復溯洄,始信自輕淺。昨更禮白雲,秉戒自黽勉。有道皆可正,敢較瀆與諂。

大人本無我,品類皆陶鎔。惟兹大造力,知不棄顓蒙。循步依崇高,客心寧匆匆。徘徊對霽景,花間問春鴻。

小人誠有母,八十缺饔飧。禄養久不能,又復違晨昏。勞生何日閑，僕僕辭國門。所嗟蒲柳姿，早凋復何言。公訝早衰故及之。

挽張聖佩孝廉

萬事皆空虛，一念獨真實。當其堅固處，終古不泯滅。嗚呼栢巖子，感我最親切。投分塵壒外，結契金蘭側。論文每夜分，杯鐺必狼藉。嗜古同一癖，名蹟肆羅列。指瑕各中瘢，賞奇互探秘。兩兩會心處，一笑無言説。有時共揮毫，一研錯雙筆。君書我最愛，我書君尤悦。書成互盤礴，氣應蕤賓鐵。並騎看春山，散髮舞秋月。狂歌驚僮僕，清嘯動寥泬。君本磊落人，浮名等一吷。折腰輕五斗，息影罷交接。我尤慕蓬閬，所恨弱水隔。中條有茅屋，偃仰聊自適。雨耕薇蕨紫，夜舞蝙蝠白。君每欲相過，書問空重疊。昨日晋陽旋，慰勞憫行役。苦欲留我住，傾倒共朝夕。游子念慈闈，八十難久别。上馬各戀戀，皆如有所失。到家曾幾時，聞君成永訣。驚心如噩夢，不覺肺肝裂。嗚呼君行誼，必當享耄耋。嗚呼君相貌，必當捧符牒。胡爲百尺桐，無風自摧折。幸有丈夫子，林立皆英哲。幸有蘭玉孫，神駒爭齕囓。流光本飛電，百歲同恍惚。何須分久暫，彭殤一軌轍。况君過知命，齊物泯欣戚。所恨同學子，一旦少矜式。百里齎鏡具，刲羊恐無血。雞絮陳几筵，物菲意非褻。悼痛爲此辭，九原應酸惻。

送大凱之官宕渠〔一〕

嘉陵江上草萋萋，海棠花開雲錦迷。使君三月到官去，相送春風隨馬蹄。十年夢想峨嵋道，汶嶺何曾逐登眺〔二〕。使君今日宕渠行，羨殺山川入妍妙。使君本然清淨身，爲政能使風俗淳。游讌何妨臨篆水，熙恬端可化賨人。使君鎮西近梁益〔三〕，我欲因之慰疇昔。巴馬騎過陳壽祠，棧雲引到譙周宅。更訪仙人謝自然，遺踪靈水涌金泉〔四〕。馭風亭上還須到，下看齊州九點烟。

【蘇評】穩老帶有秀色。（據劉蘇本七言古體詩補。）

【校記】

〔一〕劉蘇本七言古體詩《送大凱之官宕渠》以"嘉陵""十年""使君""更訪"分爲四首。

〔二〕逐　劉蘇本七言古體詩《送大凱之官宕渠》作"遂"。

〔三〕西　劉蘇本七言古體詩《送大凱之官宕渠》作"波"。

〔四〕泉　劉蘇本七言古體詩《送大凱之官宕渠》作"錢"。

李苑仙携酒過石鼎園詩以留之〔一〕

東風連日亦太甚〔二〕,桃花楊柳半吹損。却喜君能載酒來,石鼎園中共我飲。今日風中君又歸,河邊楊柳尚依依。何如持觴不歸去〔三〕,醉來便卧垂楊樹。

【劉評】有絃外之音。(據劉蘇本七言古體詩補。)

【校記】

〔一〕劉蘇本七言古體詩《李苑仙携酒過石鼎園詩以留之》以"今日"起分爲兩首。

〔二〕太　劉蘇本七言古體詩《李苑仙携酒過石鼎園詩以留之》作"大"。

〔三〕持　劉蘇本七言古體詩《李苑仙携酒過石鼎園詩以留之》作"携"。

失　題

□寶□姿宛如玉,錦韉朝過中條麓。白馬驕嘶不肯行,爲惜障泥緑楊曲。二月韶華鶯欲啼,眼前芳草又萋萋。畫省星郎雅不羨,吟詩直過杏花西。

謝鶴庵自蜀歸〔一〕

鶴庵老子神骨清,還丹欲學陰長生。生平最愛蜀山好,投勞真爲萬里行。杖上江聲杖底山〔二〕,蛾眉光彩有無間。荔枝豈但經年食〔三〕,又道親嘗甘露還。蜀棧勾連記去程,歸來三峡識夔荆。細腰宮畔陽臺夢，尚有朝雲暮雨情。灑然萬里竟歸來，握手風前坐碧苔。只恨相逢歌哭並，時張聖伯仙游〔四〕。新詩當作杜陵哀。

【蘇評】倏忽變换，乍離乍合，矯如游龍之戲海。（據劉蘇本七言古體詩補。）

【校記】

〔一〕劉蘇本七言古體詩《謝鶴庵自蜀歸》以"鶴庵""杖上""蜀棧""灑然"分爲四首。

〔二〕底　劉蘇本七言古體詩《謝鶴庵自蜀歸》作"庢"。

〔三〕枝　劉蘇本七言古體詩《謝鶴庵自蜀歸》作"芰"。

〔四〕游　劉蘇本七言古體詩《謝鶴庵自蜀歸》作"逝"。

寄呈徐子惺方伯六首

帝眷殷南服，朱轓下鄂州〔一〕。垂鞭碣石館，清嘯武昌樓。輓粟饒河内，籌邊重列侯。只今餘戰艦，春雨暮灘頭。

家風追孝穆，薄海大名垂。豈借江山助，寧矜藻績奇。漫郎空鑿石，元凱但沉碑〔二〕。爭似高文在，流傳嘆色絲。

百折壺頭路，勞生不可禁。已垂元亮綬，難任少游心。拮据隨戎馬，艱難負橘林。依依宫柳色〔三〕，北望惜繁陰。

鸚鵡芳洲好〔四〕，他時幾往還。徵歌山水曲，問字茝蘭間。箬谷邀青鳥〔五〕，寒溪對白鷳。千秋幽絶處，特許弄潺湲。

載酒遍名藍，彈箏倚石楠。尊移萬松嶺，詩比百花潭。耳熱同分蔗，林香自擘柑。奇峰九十九，醉墨灑沉酣。

爲報湘波静，天南罷鼓鼙。功存陶士行，勞並庾征西。素雁來何處，丹旌望轉迷。支牀鷄骨甚，行路亦凄凄。

【劉評】六首皆學少陵，空中用力，遠處傳神。（據劉蘇本五言律詩補。）

【校記】

〔一〕轓　劉蘇本五言律詩《寄呈徐子惺方伯六首》作"幡"。

〔二〕元　劉蘇本五言律詩《寄呈徐子惺方伯六首》作"石"。

〔三〕宫　劉蘇本五言律詩《寄呈徐子惺方伯六首》作“官”。

〔四〕洲　劉蘇本五言律詩《寄呈徐子惺方伯六首》作“州”。

〔五〕青　劉蘇本五言律詩《寄呈徐子惺方伯六首》作“清”。

汴水九日二首

白雁黄花節，他鄉倍黯然。風猶吹野馬，日不暖鳴蟬。冷蘂侵籬濕，晴沙裹浪圓。南來有書信，好寄鶺鴒篇。

黄菊東籬好，家山更若何。雨看嵩樹濕，雲憶楚臺多。筆札銷閑書〔一〕，壺觴托嘯歌。高齋稍偃仰，也勝洞庭波。

【蘇評】高渾處自不同。（據劉蘇本五言律詩補。）

【校記】

〔一〕札　劉蘇本五言律詩《汴水九日二首》作“扎”。

冰魚二首 存一首〔一〕

珍味海門有，盤飡山客新。歸應夢龍女，出已泣鮫人。登俎當霏屑，承筐亂錯銀。桃花三月水，相憶隔波臣。

【蘇評】渾切極其大方，何須欲驚俗眼也。（據劉蘇本五言律詩補。）

【校記】

〔一〕劉蘇本五言律詩題爲“冰魚”。

贈雪客〔一〕

冰港東連海氣昏，高齋俯仰壯心存。悲歌漫托詩千首，慰勞常煩酒一樽。冰霜歲晚寒猶急〔二〕，草木春歸緑已痕。再向天涯嘆鴻爪，玉蘭花下有柴門。

【劉評】氣渾調高。（據劉蘇本七言律詩補。）

【校記】

〔一〕劉蘇本七言律詩《贈雪客》分爲兩首，從“冰霜”起另爲一首。

〔二〕冰　劉蘇本七言律詩《贈雪客》作“水”。

哭某人詩四首

頻年京洛涴衣塵[一]，本是河陽舊隱淪。感因道德交方古，契以文章意最真。忽缺海南題柱客[二]，浪傳河上緯蕭人。許爾千秋是知己，傷心便作九原身。

片語端能訂久要，合歡花下和吹簫。琴樽笑語剛三日，裙屐風流隔六朝。豈敢再過丞相府，惟應常夢侍中貂。夜臺先有阿蒙在，且省茫茫怨寂寥。

早年聲譽重瑶林，中歲飛揚衆所欽[三]。安世詩書尊扈蹕，玄成閥閱競冠簪[四]。文章頗厭時人望，事業空懸薄海心。生平不墮尋常淚，爲爾臨風涕滿襟。

十載曾聞幼婦詞，願將銀管寫烏絲。愁當鸚鵡爭傳處，痛在玲瓏再唱時。舊譜空教蛛網遍，閑情猶有箇人知。從今錦字休零落，一認弓衣也淚垂。

【劉評】四詩情長味永，格調風神可與三謝逐鹿中原。（據劉蘇本七言律詩補。）

【校記】

〔一〕涴　劉蘇本七言律詩《哭某人詩四首》作“感”。

〔二〕缺　劉蘇本七言律詩《哭某人詩四首》作“口”。

〔三〕中歲飛揚衆所欽　劉蘇本七言律詩《哭某人詩四首》作“中歲承恩紫禁深”。

〔四〕玄　劉蘇本七言律詩《哭某人詩四首》作“元”。

失題四首

頻年把菊種東皋〔一〕,海上重來踏六鼇。偶向人間留姓字,過煩長者問蓬蒿。頓驚有道襟期爽,更愛新詩品格高。晚向畫屏開酒甕,酣吟不待紫檀槽。

鈴閣鐘聲破黑甜,齋居彌勒恍同龕。舊聞游屐躭江左,早有詩名重渭南。倩畫佳人清似水,自書小字細如蠶。英風更入神明頌,空界蟾光浸碧潭。

尺五天邊位望尊,高懷獨欲托芳蓀。梅花此日調成鼎,楊柳他年種作村。嶽色幾曾抛箭栝〔二〕,河聲嘗是夢崑崙。等閑雞犬相聞處,不少田家老瓦盆。

幾次辭官更拜官,無求容易有求難。年華肯向忙中過,世事皆從悟後看。署裏松枝供秉拂,池邊鷗鳥識垂竿。買山倘爲巢由計,紫閣峰西闢藥欄。

【劉評】四詩有"雲行水流"之致,語句間風華掩映,骨節中冰雪清涼。(據劉蘇本七言律詩補。)

【校記】

〔一〕菊　劉蘇本七言律詩《失題四首》作"酒"。
〔二〕栝　劉蘇本七言律詩《失題四首》作"括"。

贈汾陽楊司訓

汾上春歸雁早來,泠泉關外草花開。晴嵐故繞官橋柳,遲日全融漢殿槐。異縣豈云分苜蓿,愁心翻怪夢臺駘。匡時知有天人策,且對華燈覆玉杯。

程都閫還姬詩

十五盈盈抱錦衾，廣陵濤並楚江深。只言葉可盟新侶，誰信花能返舊林。季女懷春羞碧玉，將軍重義薄黄金。羅屏屈曲圍紅燭，照徹千秋柳下心〔一〕。

【蘇評】冰雪聰明，雷霆精鋭，皆於此中藏之。（據劉蘇本七言律詩補。）

【校記】

〔一〕徹　劉蘇本七言律詩《程都閫還姬詩》作“澈”。

失　題

朝來山下適相逢，便去看山興倍濃。路指垂楊石齒齒，雲迎珠樹水溶溶。洞中瓊藥藏紅雪，巖際飛泉走玉龍。更有長鳴天外鶴，徘徊只在兩三峰。

【蘇評】筋骨丰姿，皆健而多秀。（據劉蘇本七言律詩補。）

上卞芝亭觀察

任倚股肱重，家承節鉞雄。文章傳紫府，纓珮出珠宫。澤並汾流遠，聲偕霍嶺崇。召棠猶陝北，郇雨已河東。鰲極安桑柘，龍門潤稑穜。康衢宣帝力，姑射領仙風。列戟高連華，稱觥近祝嵩。梅花開鼎實，桂樹發巖叢。大厦欣雲構，勞生慰轉蓬。韋平依峻閥，燕許仗宗工。化普生何厚，知深道未窮。長吟親獨坐，正映海霞紅。

河中形勝

關設蒲津阸兩壖，城臨天塹控三邊。朱甍傑構重華殿，翠琰穹題廣孝泉。五老山高横晚照，二妃陵古起愁烟。龍門北顧思前聖，雷首南觀憶昔賢。渡口鐵牛唐室建，汾脽寶鼎漢家遷。海神望秩時仍故，河瀆居歆歲不愆。城郭一般猶舜日，山川萬古是堯天。蕨芽舊采余偏嗜，桑落新篘衆所便。陶邑器成還苦窳，帝鄉民雜更顛連。盛時揖讓皇風泯，叔世交侵霸習傳。比屋可封今已矣，畫衣不犯亦茫然。五刑弼教焉能措，三木收威未易捐。少似夷齊能遜國，多如虞芮好爭田。君侯司權銓衡重，部使分行黜陟專。持節義當勤察訪，更弦須在謹承宣。共期風化隆先代，咸五登三萬億年。

題汪東川編修《秋山讀書圖》

金馬門前好是閑，暫來雲壑聽潺湲〔一〕。他時若訪絲綸客，只在山光樹影間。

【蘇評】淡素風流，秋鳴林籟。（據劉蘇本七言絶句詩補。）

【劉評】寫秀極。（據劉蘇本七言絶句詩補。）

【校記】

〔一〕壑　劉蘇本七言絶句詩《題汪東川編修秋山讀書圖》作“鶴”。

題園壁蘆雁

斜陽蘆荻隱寒烟，接翅汀洲自在眠。只待曉風輕振翮，長鳴依舊傍青天。

丁丑二月再過安陵喜晤臙臣撫今追昔成詩四首存一首

三十年來歎路岐，相逢各訝賓如絲。登堂風物原無改，仍似山翁把酒時。

伊陽道中口占二首

歸路轣轆趁曉晴，伊流風細縠紋生。仙人故作凌波步，先在安陵道上迎〔一〕。

明瑲珠佩各嫣然〔二〕，大似雙成共拍肩。金鏤枕邊香入夢，朝來特爲寫紅箋〔三〕。

【校記】

〔一〕安　《存目補編》本卷十《伊陽道中口占二首》作"長"。
〔二〕佩　《存目補編》本卷十《伊陽道中口占二首》作"珮"。
〔三〕朝　《存目補編》本卷十《伊陽道中口占二首》作"闕"。

潁滸絶句二首〔一〕

潁水春時如碧玉，宛轉東流頺淺沙〔二〕。一夜風聲在楊柳，朝來吹作鬱金芽。

埽地久同郭有道〔三〕，轉鹽初學王伯齊。夢到五更益安穩，兩年聽慣汝南鷄。

【校記】

〔一〕潁　《存目補編》本卷十《潁滸絶句二首》作"潁"。
〔二〕頺　《存目補編》本卷十《潁滸絶句二首》作"闕"。
〔三〕埽　《存目補編》本卷十《潁滸絶句二首》作"掃"。

焚　詩

十載支離苦負情，柔詞綺語可憐生。從今燒却《梅花賦》，别有深心到廣平。

蘭畹金荃絶妙詞，傷人元氣起人思。淵明已是何人物，文選樓中有異辭。

蔡　琰

漢家國是入哀彈，帳秘將人更不安。空有辨絃知識在，金徽拋却不重看。

啞娼刺綉

合歡床上綉鶼鶼，半向停針揎指尖。驀見蹴花雙燕入，輕泥落處默生嫌。

觀柳明庵演金雀雜劇戲贈〔一〕

梅子拈來齒半酸，繞塲何處覓潘安。從來本地風光好，莫借他人院本看。

相公曲子久堪傳，不是癡腸不是顛。領盡人間花月味〔二〕，風流重見柳屯田。

【校記】

〔一〕《存目補編》本卷十題爲"觀柳明庵演金雀雜劇戲贈二首"。

〔二〕領　《存目補編》本卷十《觀柳明庵演金雀雜劇戲贈二首》作"領"。

雪中雁字青玉案

淩雲賦就誰能和，纔寫出，驚天破。鐫刻瑶華隨咳唾。縱横姿態，龍跳虎臥，豈止如椽大。　長箋擬獻靈芝座，又恐虚空遭點涴。脂粉那堪供一抹。仙人飛帛，大書不錯，筆陣横空過。

大風蝶戀花

昨夜北風翻海水，撲損簾旌，欲住眞無計。無夢到家家萬里，攬衣頻作三更起。　苦被浮名牽未已，揔使名成，華髪何滋味。表聖祠東風物美，白雲招我歸來矣。

重陽九闋望江南

重陽日，斜照小銀箏。攜酒偏宜高處醉，尋詩好向菊邊行。難得此朝晴。

重陽月，又是半輪秋。水霧蝕金流北垞，海風吹玉貼南樓。指點見滄洲。

重陽夜，露下著衣寒。蟲響漸教支枕聽，花枝端合下簾看。纔罷倚闌干。

重陽雨，驟響入空庭。斷續泥霑馳馬埒，横斜聲亂護花鈴。仔細把蕉聽。

重陽菊，朵朵著精神。密葉不須防醉客，疏枝偏稱傍閑人。冷韻特相親。

重陽酒，新釀熟葡萄。送處只愁霑翠袖，翻時莫惜污青袍。痛飲讀《離騷》。

重陽客，高臥海東頭。静處千竿風雨節，閑中一笛海天秋。整理釣鰲鈎。

重陽句，點筆意閑閑。戲馬臺前馳騁後，藍田莊上醉醒間。寫與小雙鬟。

重陽雁，影入碧天斜。紫塞霜前排錦字，羅浮雪後踏梅花。嘹嚦出朱霞。

孫謂本補遺(遺文)

寄阮亭先生書

別慈顔久矣,依依左右,無日不然。家居備極苦趣,已屢陳於老伯之前,無煩更道矣。中州皇皇年餘,實圖一勞永逸,而究事願多違,然從此得田三十畝,五崖伯之惠,何可忘也!所恨賦命薄劣,歸而病困,且婚喪並舉,所費不貲。年來轉增逋負,頓令此中擾擾,萬不獲已,勉爲瀟湘之游。而長沙古稱卑濕貧國,當事所行,又非區區所執,故所如輒不合,家人有作宰者,又復解官。是姪以數千里之奔馳,不能不行歎坐愁,自困於洞庭之南,祝融之北矣。今且寄食華容令君處,秋風涼冷,決計歸矣。籌此往返,不惟無益,而更滋累甚焉,不知何日更能追隨杖履承色笑。成一詩即就老伯正之,爲一文即過老伯裁之,每念此樂,未嘗不精神飛動,宛然花前載酒,執經問字時也。前在里門時,即聞東亭先生有異説,至今恍惚,不敢遽以爲信,是以未敢少伸慰問。如果然,則老伯骨肉之間,亦何其多變也!言之痛悼之極,因思謝太傅看山携伎,雖期功之服,不廢絲竹,蓋實感哀樂於中年,而且用銷煩憂於暇日也。尤望老伯善自寬釋,善自珍攝,拳切之私,最誠最懇,幸鑒照容納之耳。方山先生近履想益佳勝,昨始得其紫海所寄書,深荷存注,伏望老伯爲姪一申謝爲感。潭州頗有作,不能備録,文二首恭上删削。吴霜越鬢,悵情事之日非;沅芷澧蘭,歎山川之多阻,低徊北望,彌切瞻依,惟冀汪涵,可勝忭悚。

【**藏批**】所存書札詞意鄙陋,不如不刻,尚可掩其短也。(據孫謂本卷十遺文補。)

寄姜西溟書

十一月二十八日,雯再拜西溟先生閣下。但有北使至,未有不首詢先生動履。知先生精力强盛,日事著述,且求法書者接踵户外。裹餅金尚不能得隻字,甚慰甚慰！元彦兄至,益悉道範佳勝,又得讀《塞游圖小記》,深感先生拳拳記録如此,非古所稱知己者耶！日望先生西來,比知史事相縈,恐不能一過蓮花峰下宿矣。懸仰懸仰,近閉置使院,同客朱字緑兄,好作古文辭,因勉令同作,輒不禁浸淫爲之。因思曩者嘗奉教先生,猥以庸惰,不知黽勉。今欲更爲之,而不得日侍先生爲指南,可惜也。更念居恒,慨慕古人,如韓、歐陽者,而恨不同時。如先生同時矣,且從之游矣,不能毫得其益,竊歎資質庸惰,即遇韓、歐陽,亦無用也。至於見貽法書,弟見裝潢成帙,并有小記書後,即友人處裝成者,亦有小記書後,雖不成語,然其傾仰篤嗜,亦不可謂不至。然則弟於先生,亦可謂知己者也,不然,亦侯芭之流也,先生又何可鄙棄而不教我耶？閑中望更多書小幅,或真草,皆不拘,惟多寄爲感耳。少間亦當書近文字奉質也。字緑尚有求先生文字,知必慨爲操筆,亦不俟弟之嘵嘵矣,雯再拜白。

與梁晳先生書 共四札今録二札

憶三湘返棹,浪迹堪憐,而更以病驅,幾難自問。特蒙老年伯存恤慰藉,感次心骨。别後風雪特甚,兼以病阻遷延於嵩高伊洛之間,直待年底,始達里門。想多生之業,不絲毫歷盡,亦不爲取,報之無私也。歸里托庇慈蔭,漸獲平復,分擬杜門,而世務牽縶。應考汾陽,遂又之京師,席不暖而突不黔,亦不知鹿鹿者何爲。都中即寄栖阮翁伯之廡下,時獲提命之益,又承代謀釀貲,援廩例入雍,以免更受學使者之威嚴。北闈旅進,困躓猶昔。十月間,阮翁已奉使海南,而姪亦往來瀛津,不名一錢。寄食於人,此即别來之大較也。然經此千錘百鍊，漸亦稍有知覺，當下具足。本無缺欠，亦無人我之分別，亦無古今之久暫。但恨筋力柔脆，不能擔荷，而雜以事務，未免時顯時晦。昔人所以云："捨百齡於中身，殉膚肌於猛鷙。"非實力以踐之，恐亦不能一了百當也。恭惟老年伯精詣已久，正合皈依，猶望指南。兹因王舍親回鄢，敬藉候福履，臨稟可任馳戀悚企之至。

其　二

屢承寵召，感鏤心骨，非盤飡之下，輒作過情逢迎之語。大抵意中無此人，則或忽略之，遺忘之，而惟惓惓不置者，恒於此際，亦見一斑。姪雖飽其德，實感其意也。嗚呼，意氣語誰不能道，及閱歷既久，惟老年伯爲最真耳。燈下兀坐，默念萍踪飄泊，輒泣數行下，乃備述其途窮之狀及知己感恩詩一首，姪之意盡於此矣，復何言哉，復何言哉。公敭年伯興致反不如作司寇時，姪亦非不能勉强相求，而顧以生平所期望之人，亦必令故人之子作奴顔婢膝之狀，姪反恐待潁川之薄，而願甘於在縲绁之越石也。乞老年伯若遇時，一諳其意之所在，或共商其所以爲小姪地者。姪非吴兒之木人石心，自當知之。艷詞姪已盡焚矣，有題焚詩，詩云："十載支離苦負情，柔詞綺語可憐生。從今燒却梅花賦，别有深心到廣平。"又云："蘭畹金荃絶妙詞，傷人元氣起人思。淵明已是何人物，文選樓中有異辭。"姪之意亦可見矣。然其得力於老年伯者，豈淺鮮哉！近僮僕多病，旅店倍增惆悵，月内擬旋，老年伯其何以教我。外《佩韋集》一册，戊申所作，惟評示之，臨穎依切。

與笨山舍人書

予每讀史於隱逸方技傳，喜不忍釋手，且惟恐其易盡也。蓋其内必多澹泊寧静之言，而亦可以少窺道德之奥也。驪城笨山舍人，與予同學，且十年矣，久而同志。偶讀《仙傳》乃自刻，每傳以一小詩爨括之,日以若干首爲程。既卒業,使予爲數語書於卷端,以志歲月。余時方涉河潼,過太華、終南、太白,日在襟袖,此皆仙靈之窟宅也。顧勞勞塵土,不能述其梗概。取所謂曠邈精煉之軼事盛迹,一憑弔而歌咏之,可耻也已。而笨山方築“欸乃書屋”於漕河之湄。鍵户危坐,讀異書,賦偉句,漁歌檣影,交於户牖。嗚呼遠矣。猶龍氏不云乎“不出户知天下,其出彌遠,其知彌少”。予誠媿笨山哉,然笨山亦嘗欲作關輔之游矣。秋高雁翔,其肯攜諸咏以樂乎?窮車箱之谷,登太華之巔。此時驚人之句不必遠,假於謝朓也,相與歡呼而豪咏之,如衞叔卿古丈夫白雲先生之流,皆可令之駭愕而出,把臂而游。予雖謭陋,猶當踵其後而和之矣。

吴觀察克庵詩序

海豊吴公温恭篤厚,其爲政以正人心、厚風俗爲本。鎮河東不三載,人飫其德,俗化其教,間出其所爲詩示余。至性藹然,深有合于三百篇之旨焉。人皆服公之善爲詩,而不知公之所以爲詩,即公之所以爲政也。夫雅頌之什,舂容博大,皆賢士大夫之所作。故讀其詩,即可以觀一代之政。未有措之於政,不能涵育,豈弟優游而馴致之,而發爲聲歌,有以中和平之音,而備温厚之旨者也。故《傳》稱“誦《詩》三百,不達於政,即不可以爲能誦詩之人”。夫誦詩而不達政,尚不可以爲能誦《詩》者,而顧可謂能爲詩者乎,則信詩與政通也。昔李百藥見王仲淹而論詩,上陳應、劉,下述沈、謝,聲病剛柔,靡不畢究,而仲淹不答也。薛收曰:“吾嘗聞夫子之論《詩》矣,上明三綱,下達五常。於是徵存亡,辨得失,小人歌之,以貢其俗。君子賦之,以見其志,聖人采之,以觀其變。今子之所言,皆夫子之所痛也。”由河汾之論觀之,則益以知。詩爲君子見志之言,而即爲政之所從出也。今公之爲政亟亟焉,宣佈聖天子之德,意於人心風俗之際,推誠曉譬,幾於家置一喙,務求三綱明而五常達,則是爲詩之本先具矣。而出其緒餘,以流連於山川景物,以及朋友贈答、行邁讌賞之末，又何有不協於雅頌之賢士大夫，備春容博大之觀，而中温厚和平之美乎？且投簪志切，今始遂懸車，方將於致政餘閑，而更樂其嘯咏之適，於山見泰山之高，於水見滄海之深，豈不益有以紓其懷抱而托其遥情也乎？乃者主爵惜公之去，請於朝，再將以他故屬公。吾知公以耆碩之望，而再著其歷煉之才，昔韋左司領劇職而愈優，文潞公入中書而倍健，而兩公之詩，清遠麗密，晚益造微，今公不遂厥初服，將仍出而爲政。吾知公之所以及人者，不在兩公後，而其所以爲詩者，亦不在兩公後也。《詩》有之曰："吉甫作頌，穆如清風。"吾將爲公載咏焉。

趙秋谷《并門集》序

歲甲子，秋谷使於晋，得詩百篇以示余。其詩結體清真，脱去凡近，非曰字句之工而已。余嘗論古人一言一咏，皆有體格。體僞而格下者，雖聲文斐然，皆凡也，近也。秋谷抱異才，負奇氣，渟泓駿發，其於世也，率情自好，無所緣飾。故其爲詩也，直而不俚，高而不詭，蓋如其爲人矣。夫十五國之風詩，《唐》最近古，秋谷行其地，其有取於陶唐氏之遺風而爲之者乎？余晋人也，山川都邑，登臨覽觀之勝，皆少所習者，顧不能言之。及秋谷言之，而正如余意，即恐余雖言，亦終不逮也。其在《唐風・有杕之杜》曰："彼君子兮，噬肯來游，中心好之，曷飲食之。"撫斯集也，咏是詩而三歎焉。

萬滙庵詩序

新城王先生論詩絶句云："高論滄浪萬古留，止憑妙悟一言收。"又云："詩情合在空舲峽，冷雁哀猿和竹枝。"故詩之爲道，必有妙于色相之外者，始爲上品，爲絶調。羚羊掛角，無迹可求。豈可以思議及，豈可以語言索哉？善乎莊生之言道也，曰："夫道有情有信〔一〕，無爲無形，可傳而不可受，可得而不可見。"然則讀書堂上，遂爲堂下斲輪者所笑,顧知有句無句,皆爲滯語。善學者,甚不可以一芥遮天,一塵眯目也。丙子冬,客宛丘已半載,始能拜莫亞夫先生於其堂。先生爲先臨潁府君同門友也,八十而有嬰兒之色,讀書萬卷,老而彌篤。亟述宛丘所與往還朝夕者,萬子滙菴而已,且云:“滙菴寡交游,閉户息影,所與執經問難,亦惟亞夫先生。”因持其一詩見示,有“孤舟烟雨荷花渡,五月關山杜宇鳴”之句,心竊異之,未幾而即晤於亞夫先生座中,氣肅而體莊,沉默淵深,不可涯際。時方持兄服,謹而戚。嗚呼! 滙菴,至性人也,及讀其所録詩凡百首,滙菴又有至情。夫無至性,不可以爲詩,無至情,亦不可以爲詩。性情者,非詩而即所以爲詩,此即所謂有情有性,無爲無形者,而又何遠索哉! 滙菴既得其所以爲詩,可以於有字句中索滙菴,亦可以於無字句中索滙菴。滙菴亦可以於有字句中索詩,亦可以於無字句中索詩。然則余之所以望於滙菴者,又豈但詩而已哉! 余願滙菴即詩而通之天地之始終,山川之流峙,日月寒暑之推遷,風雨露雷之變幻,人物鳥獸草木之出入消息。誰綱維是,誰鼓舞是,皆此物此志也。以此論詩,詩之境界大矣,以此悟詩,詩之本源遠矣。請以質之亞夫先生,必有不逕庭余言者,他時即上謁新城先生,亦當嗒然而笑也。時丁丑人日。

【校記】

〔一〕信　四庫本卷十遺文《萬滙庵詩序》作“性”。

羅蘿村詩序

康熙戊午春,上以博學鴻儒徵天下士〔一〕,於是士之能文章者,咸集京師。而會稽羅子蘿村,亦用大司農梁公薦,應召至。時余未識蘿村,然竊聞其爲人行至高,居母夫人喪。適丁賊亂,里人皆驚避,蘿村獨處空山,守倚廬不肯去。會賊大至,見偉丈夫衰絰骨立苫凷間,無懼容,賊衆皆歎異。相戒退曰:“此孝子也,願無驚擾孝子。”蘿村生平自立,可稱述者甚多,論其大節,已卓卓如此。余用是急欲識其人,是蘿村之所以至京師者,以其文,而余之所以願交蘿村者,則以其人也。自是數過從,遂發其篋衍,盡讀所爲詩歌古文辭,贍而則,約而能肆,博辨而彌厚,私心益敬重之。是向之願交蘿村者,以其人而後以交其人,因得窮其所爲文也。越明年己未三月,余與蘿村皆放還,蘿村後入湖南幕府,涉洞庭,下熊湘,而余亦浩然歸卧中條之麓家居,數當骨肉之變,憂傷荼苦,轉以疾困,足不出户限者且一年。蘿村顧於數千里外,時通尺一,問訊慰勞無虚月。其篤於朋友又如此,繼又數勉余作瀟湘之游,而余亦以它事南來,得再握手使院中。風雨琴樽,晨夕無間,回憶曩歲蹀躞黄金臺上時,直昨日事,而鬢髮各變,感慨係之矣。已更出其所已刻詩凡十三卷,曰"子盍爲我益細論之"。余自惟不敏,何足以言詩? 顧竊以爲古之爲詩者,大約皆出於忠臣孝子、勞人思婦所不能自已之情。初無意於爲詩,而矢口信心,其詩亦遂爲後世之所莫能及,而爲聖人之所樂收。今蘿村既得其所以爲詩者矣,尚有疑於聲韻之微,體裁之末乎? 其詩古今體具備,而更附以長沙感時賦事諸什。蓋蘿村身在軍興久矣,親見戎馬交錯,殺傷狼藉,婦子纍繫,井里蕭條。雖大寇已殲,而荒郊廢壘,殘骸撑拄。每悲風四起,驚沙亂飛,烏鳶銜肉而晝翔,豺狼穿穴而暮嚎。故其詩益慷慨悲嘯,蒼凉激楚而不可讀。嗚呼! 蘿村,仁孝凝静人也。向在山中,身臨白刃而不懼,而何以至此? 則感愴涕洟之無從也。豈非在己則其天已定,而在人則胞與之懷又不能以自已歟! 然則讀蘿村之詩,益以見蘿村之爲人也。嗚呼! 蘿村豈但爲詩人也哉!

【校記】

〔一〕上　四庫本卷十遺文《羅蘿村詩序》作"方"。

《畫雁》記

《畫雁》一卷，其數百，其飛翔，群集各有態，皆安詳容與，遠近匹儔於蒹葭叢葦之間。若各適而無驚弦離群之恐，其景況蕭遠，沙明水澹，宛置身瀟湘洞庭，閑曠而不拘迫，樂豫而不愁蹙。雖畫者禽鳥羽毛之屬，而其境界清適，足以生人遠襟曠懷則甚矣！畫之妙者，能移人性情如此也。昔戴安道就范宣學，皆爲范所爲，惟獨好畫與范殊。范以爲不宜勞心於此，戴乃畫《南都賦圖》，范始咨嗟，甚以爲有益，始重畫。余嘗謂古人左圖右書，今之所謂畫，即古人之所謂圖也，何可輕渺置之耶？此卷厚卿先生寶秘之，凡二十年矣。一日出以相示於蒲東官舍。秋風蕭瑟，菊英滿庭，相賞皆在筆墨蹊徑之外。因憶疇昔讀《離騷》經，愛美人芳草，遂發興爲湖湘之游，以爲長沙清絶之區，而琴曲中《平沙落雁》爲瀟湘勝。概廼屈子七題二十五篇中都無一雁字，何耶？惟其弟子宋玉爲其師作《九辯》，有云"雁廱廱而南游"，又云"鳧雁唼，夫粱藻"，詎屈子憂讒畏譏，以爲雁有矰繳之患，故不及之耶？抑駟虬乘鷖，戒鸞凰而騰鳳鳥，馳於遠者，遂忘於近耶？今觀此卷，乘居匹游相與恬，適於汀洲蘋藻。雖稻粱之不充，亦罻羅之自遠，又何必乘鷖騰鳳之始爲適也哉？先生好古成癖，積書數千卷，多集古人之書畫名迹，庋而藏之，間與好事者持觴浮白，評騖較論，無不中肯綮者。昔秦太虛官汝南，高符仲攜《輞川圖》相視，太虛欣然即使二兒引閲，以爲恍若與摩詰入輞川，度華子岡，經孟城坳，憩文杏館，上斤竹嶺，絶茱萸沜，躡宫槐陌，窺鹿柴，返於南北垞，航欹湖，戲柳浪，濯欒家瀨，酌金屑泉，過白石瀨，停竹林館，轉辛夷塢，抵漆園茗飲賦詩，都忘身之在汝南也。今與先生共閲此圖，即如偕先生登岳陽樓，泛青草湖，過君山，謁黄陵廟，聽湘靈鼓瑟，與宋玉、景差、賈誼、莊忌輩，招三閭大夫，同翺翔流覽於平沙落雁間也。先生屬題數語，聊書以復先生，愧才不及退之，畫記細述雁事，如人之事三十有二人大小百二十種有三，馬之事二十有七，馬大小八十有三也。

洗筆池記

湘鄉縣北有池如半月，曰唐登善褚公洗筆之池。昔公以諫武昭儀事，出爲湘潭都督，潭州山水荒險，可觀游者少。至湘鄉而景物稍幽秀，公行部及之而有愛焉，理或然也。而後人因公之所流連，既重公，能不愛其地與？地多塘坳相接，遍種荷芰菱芡。而兹池獨謂公浣筆於斯，豈非公書特精妙，故稱之以志美歟？咸淳中，得斷碑於池中，刻公之詩曰："遠山嵱崒翠凝烟，爛漫桐花二月天。游遍九衢燈火夜，歸來月掛海棠前。"清麗而閑適，無遷謫之意。則公當日其所以與潭人同其樂者，又可見也。公鎮潭愛潭之人，即於斯池，亦足以見潭人之不能忘公，而竊謂公之所以不可忘者，又不僅區區鎮潭一日之愛也。蓋公之賢，天下莫不聞，故凡公之所偶一歷，覽其流風餘韻，千百世後，無不令人憑弔慨慕而不忍去也。則公之所以感人者，何如哉？而當日爲之上者擯公惟恐不急，竄公惟恐不遠者，何也？豈非愛憎之至變而艶處之蔽者深與？而因思有國家者，未有不欲其臣之忠于上也。忠矣！而往往遇之不以道，不惟資之庸下而有所蔽者然也。即有爲之主，亦不能免焉，豈賢者之所遇，有幸不幸哉？亦其勢然也。而至於公之所值，則更以庸闇之主，而兼以宫壺之私，宜其還笏殿上而即潭州，而南荒不瀕於死而不已也。則公之流連於斯池也，豈真有愛於此也哉？辛亥之初秋，過池上，仰公之遺徽，因悲公之遇而且有感歟。凡欲行其道，而處愛憎之間之難爲也。尊有酒，不禁爲公再拜而三酹之。

感　物

車有箱有輪，箱静也似愚，輪動也似智。輪之勞，不若箱之逸也。發大石者必以機，機狡然似智，石磈然似愚〔一〕。機之危，不若石之安也。然則天下之物,智者常勞,而愚者常逸也,狡者常危,而䰰者常安也。逸者,物之所爭托,豈智者而反忘之?智者之勞,智者之所以求逸也,而不知求逸而益勞。安者,物之所共適,豈狡者而反背之?狡者之危,狡者之所以求安也,而不知求安而益危〔二〕。嗚呼!求逸於勞,而勞益甚。則何不求逸於逸也?求安於危,而危益甚,則何不求安於安也?夫求逸於逸,求安於安者,何也?蓋凡物莫不貴反其本,勞生於智,欲遠其勞,但屏其智而已矣!危生於狡,欲免其危,但絶其狡而已矣。獨奈物之愚者少,而智者多也,䰰者少而狡者多也。且愚也,而所以爲智者,無不至焉;䰰也,而所以爲狡者,無不至焉。卒令竭一世之擾擾而至於不可救者,何也〔三〕?

【校記】

〔一〕孫謂本卷十遺文《感物》藏書人旁註:"逐層闡發,如剥蕉心。"

〔二〕孫謂本卷十遺文《感物》藏書人旁註:"以智、愚、勞、逸四字交互説來,自成妙義。"

〔三〕孫謂本卷十遺文《感物》藏書人旁註:"有遠神。"

書義山《河陽詩》後

義山《河陽詩》,乃悼亡之作也。王茂元爲河陽節度使,愛其才,以子妻之,故詩曰"河陽隱辭"也。其詩云"黄河摇溶天上來,玉樓影近中天臺",正言甥館之美,百輛之盛也。"龍頭瀉酒客壽杯,主人淺笑紅玫瑰",蓋謂琴瑟之調,而容質之麗也〔一〕。"梓澤東來七十里"四語,則且殁而葬矣。"南浦老魚腥古涎"四語,則欲夢見,亦無由矣。"憶得蛟絲裁小卓"四語,則又思其平生之事也。"幽蘭泣露新香死,畫圖淺縹松溪水",即"畫圖省識春風面"之意也。"楚絲微覺竹枝高,半曲新詞寫緜紙",則又思其生平所作歌曲也。"巴陵夜市紅守宫,後房點臂斑斑紅",則又思其閨房之戲也。"堤南渴雁自飛久,蘆花一夜吹西風",則又傷其没也。"曉簾穿斷蜻蜓翼"以下所云

“玉灣不釣”“蓮房被惜”，傷愛絶也[二]。“銀鏡”“鸞釵”，撫遺物也。“桂樹”“金莖”，亦思少君之術也。“相風插屋”，候其至也。至“百勞不識”“湘竹千條”，則亦終不可見，徒涙積斑斑耳。其意婉轉，其詞深沈，雖效長吉，而情種自見也。

【校記】

〔一〕被　四庫本卷十遺文《書義山〈河陽詩〉後》作“破”。

〔二〕質　四庫本卷十遺文《書義山〈河陽詩〉後》作“色”。

張體乾本補遺

贈莫敬庵聞其還金遺事同人多咏之余亦漫賦卷尾

世之所棄君獨取,世之所取君獨棄。能棄有形取無形,可以同參第一義。羡君豐骨鐵稜稜,况復趨庭訓日承。從此奮身任民社,端教人頌玉壺冰。

【王評】勝他作十百句。

贈丁參軍荷峰

幾向清溪夢若耶,却從齋閣見梅花。賜書尚寶參軍宅,遺笏猶傳相國家。鵬運三千摶溟海,才名尺五動京華。蘋風漸次官橋北,丁卯詩成勝五車。

贈諸五先

久欲中條學息機,無端野鶴海東飛。兩番相見皆前定,一載淹留俱未歸。盡可同參居士偈,誰能先辨衲僧衣。紛紛雪後尋鴻爪,不識白雲無是非。

平定道中

巓餘聚落礙玧亭,豈識經行山路東。久向顔家愛奇字,新詩記在玉屏風。玉屏風是藥嶺山。

張本遺詩十二首翁方綱按語〔一〕

以上十二首，或應酬近套，或格調近俚，非徵君用意之作。往在史館，嘗與蒙泉前輩言及刻本應酬之作太多，蒙泉亦深以未經删汰爲憾。至於體裁格調，則已有漁洋先生論次在前，後學安敢復置一語。然斯道千秋，公論必不可誣，而卷中類此者頗尚不少，若必盡從删乙，别附卷末，則恐掎摭太多。漁洋先生不作，誰敢僭爲之哉？爰與張觀察往復商論，姑就漁洋評訂者置於前，未評者置於後，而其中必應删者，略爲摘附於後，而不别爲一卷，亦示弗敢僭也。

【校記】

〔一〕《存目補編》本卷十九後十二首詩:《游白鹿洞歌紫霞真人宿此洞編蒲爲書》《與韓鼎臣二首》《戲題韓集一絶》《題賬額梅雀》《雙老夫婦生日》(又一首)《贈鄮郡朱别駕二首》《再贈周履坦》《秋夜聞絃索》《送魯庵之黔西二首》《追咏薛節母楊夫人》《贈謝鶴庵二首》,後有翁方綱按語。

附録一

孫謂本附録

送吴天章歸中條二首

王士禎

二月春蕪緑,紛紛蝴蝶飛。花朝逢暮雨,寒食減征衣。道路誰知己,登臨不當歸。中條多水竹,此去掩荆扉。

愛汝王官谷,他年擬借居。三峰當户牖,五姓足樵漁。田舍堪懷古,茅茨宜讀書。獨憐好身手,歸去注蟲魚。

又一首

王士禎

中條最深處,風物四時幽。水鶴穿雲下,林楓夾岸稠。人烟盤豆驛,村路玉谿流。臥起清暉裹,蕭然何所求。

讀馮圃芝《餘事集》因題吴天章還山詩卷

王士禎

木脱石氣清,吟君古調詩。落日高鳥去,碧空澹涼飔。一吟扣一絃,一吟傾一巵。嘈嘈立部伎,孑孑寡女絲。巧笑倚市門,漆室聲苦悲。猿鳴上峽夜,雁驚團沙時。遥憶中條山,雲物秋正奇。吴生家山南,拾橡恒苦饑。朝吟看雲出,暮吟逐雲歸。河聲與嶽色,中有太古詞。誰爲昭與聾，獨有馮生知。自注：天章在燕市得古銅章，文曰："河聲嶽色"，所居正河嶽之間也。

輓天章徵君

王士禎

生入甘露門，死爲甘露滅。豈況無生忍，不生亦不滅。予昔事禪悦，兼復慕游仙。門前玉女峰，上有十丈蓮。下界六十年，逢場暫游戲。來去衆香國，終然飽禪味。不屑海山住，應歸兜率天。下視大火聚，蠛蠓爭撲緣。已空文字障，静閲莊嚴劫。何事勞結集，猶煩大迦葉。天章逝時，異香滿室，與先兄西樵同，"衆香"一語亦吻合，奇矣。

懷　舊

趙執信

蒲州吴雯蓮洋拙於時藝，困躓場屋中。體貌粗醜，衣冠垢敝，或經歲不盥浴，人咸笑之，而詩才特超妙。余嘗比之温飛卿，云與漁村同薦，既試，報罷。其父故與阮翁同年，始入都，以詩投謁，阮翁心折，極口爲延譽。而其性迂僻寡合，遂淪棄終身，與余甫一見，如舊相識。余好用馮氏法攻人之短，惟蓮洋不以爲忤。其作字用馮法，粗知間架，然不能工也。晚相值於津門，出詩卷見示曰："曩之所攻，悉删改矣"，乃知其非名輩所及也。屬余論定，余請俟異日。蓋其時正逢阮翁之怒，不敢闌入詩壇故耳。又數年，蓮洋卒於家。卒後其集聞送新城阮翁爲作墓誌，且删定其集，迄今將二十年矣，而未行於世。意其時阮翁耄而多忘，未幾遂亡，未及歸諸吴氏耶？若然，池北藏書散失殆盡，《蓮洋集》從可知矣。

築室中條山，招手玉女峰。黄河遶門前，滌盪萬古胸。埋頭試牘中，啼號羞秋蟲。風騷適榛蕪，揮刃伴神工。脱棄范陸習，踐履岑高踪。貌似温方城，才與遇並同。詩老性護前，於君禮獨隆。貴游負販豪，交臂來趨風。聲名天可假，時命人能窮。濩落王官谷，穿冢連司空。遺文寄池北，飄散隨萍蓬。追惟平生言，使我心忡忡。虚疑玉谿底，匣劍藏芙蓉。終當沉鐵網，大索蛟龍宫。王官谷、玉谿皆在中條。

題吴雯徵君詩卷

朱彝尊

藉甚吴郎大雅才，賦詩不上栢梁臺。翻飛却似横汾雁，幾度秋風上苑來。

題先兄《蓮洋集》後

吴　霞

撫卷傷心有大名，阮翁有“吴子詩名甚大”之目。幾回輦下共和鳴。蔣京少先生近刻《輦下和鳴集》，以蓮洋首列。黯然却憶泉臺路，白馬誰爲范巨卿。

收得遺詩三千首，一生心血免飄零。篇篇點穴人爭誦，頗賴漁洋老眼青。

岳村懷吴天章先生三絶

孫　諤

白首騎驢到上京，一時洛下最知名。却憐空有淩雲賦，難得君王識長卿。

風烟携得滿奚囊，燕市狂歌醉幾場。海内相知誰最契，當時惟有老漁洋。

舊宅荒凉頻易主，殘編零落更誰知。相傳剩有桃花句，留與吴儂當竹枝。

題《蓮洋集》三首

孫　諤

小謝咏紅藥，柳公吟白蘋。誰知千載後，又復見斯人。濩落金鵝館，銷磨玉澗春。我來搜舊篋，猶喜得傳薪。

佳句世乃惜，遺編今始傳。太羹存至味，冥契得真詮。堅力能歸道，清言半入禪。舌根終不壞，應自吐青蓮。

本是丹臺客，無端混世塵。氣淩湖海士，名動廟堂人。牢落生前夢，榮華劫後身。猶餘心血在，文字照千春。

編輯吴徵君詩集

孫　諤

流傳尚有遺詩在，到處搜羅不憚疲。已識會心超色相，敢言知味辨澠淄。幾回點筆花爭豔，真個敲冰雪斗奇。得失寸心千古事，高山流水結鍾期。

附録二

劉組曾系統本序、跋、墓誌銘

序

河中爲郡，當兩介之首，形勝冠宇中，《記》稱太華、中條本爲一山，巨靈贔屭，掌華蹈襄開爲二，以通河流。《禹貢》之壺口，雷首龍門，華陰正當其處，古秦晋之交也。中條之南有地曰永樂，唐詩人玉谿生故居在焉。《水經》云："河水又東，永樂澗水注之。"《注》謂"渠豬之水"，即其地也。《經》又云："河水又東北，玉澗水注之。"《注》謂"水南出玉谿"，義山自號蓋取諸此。吴生家永樂，讀書奉母，耕牧河山之陽。家苦貧，數數出游，走燕趙齊魯梁宋吴越之墟，所至與其仁賢游處，歸而有詩數百篇。古澹閎肆，得古作者精意而自成一家之言，灼然可傳於後者也。昔在丁戊間，生來京師，予胠其篋，得蠹簡數十番，讀而駭歎，謂非流俗所應有，以示劉吏部、汪户部、梁侍御三君，方訪文章〔一〕，海内其駭歎復不減予，今十餘年矣。比生再入京師，則三君者皆解官歸臥，或十餘年，或七八年，而吏部又前歿。昔之與生游相知者，獨予在耳，相與追道往事，太息感慨至於泣下。嗚呼！以生之才，挾其文藝游於四方，歷十餘年，而所號爲知己者，無過予輩四三人，不數年間皆散去，或且化爲異物久矣，豈不重可感哉！於是予召之飲，酒既酣，復胠其篋，則其詩雷硠劃豁，又過於昔，予讀之，河傾燈灺不知止，惜乎！三君子不在，不獲與之矜賞如曩時也。會天子下詔求博聞之士，備顧問著作，於是謝比部方山以生名應詔。或以爲生與司馬子長生同里，又同遠游，其才皆不世出，蓋河山之氣融結於千歲之久，宜其先後相望無愧色，是固然矣。然子長生逢武帝右文，不免戮辱，發憤述《史記》。生遭遇休明，以布衣之賤，一日名達黼扆，行且荷橐簪筆，立第二螭坳之下，曾何子長之足云！又况義山白首幕府，名不挂朝籍者哉？生名雯，字天章，予同年臨潁君之子，蒲州諸生〔二〕。

漁洋山人王士禎序〔三〕

【校記】

〔一〕訪　宋本、徐本、劉蘇本中王士禎原序作"枋"。

〔二〕此句話據《存目補編》本王士禎原序補。

〔三〕《存目補編》本此序言末尾題爲"漁洋山人王士禎"。

序

今使酒酣，以往設爲鄒陽、宋玉之大言金盡之時，繆作徐福、樂巴之漫語〔一〕，遂已室有園廛，家餘井碓，牛衣馬磨，僅足相容。雁税魚租，粗能自給，碧畦半畝，便爲庾信之園；素壠一區，即是潘尼之館。頳縈弱蔓，花是恒春，紺褭柔柯，藥名半夏。遶徑植繁欽之蕙，隔籬栽馮衍之姜。閒居〔二〕徐邈，尚有酒鐺；暇日陰鏗，非無犇銚。則鑿坏而遁，雖顑頷其何傷；帶索而歌，但寂寥其奚悔。而乃東都公子，歲歲依人，西鄂詞流，年年失職。果蓏贏蛤，都無俯仰之資；廬舍陂池，總乏栖遲之所。寂寂梁家之竈，蕭蕭卓氏之壚，擬獻賦而未能，縱著書其何益。井公善博，索笑奚來，韓子能文，送窮不去。於是轉徙燕齊，崎嶇梁趙，鬚如蝟磔，只欲横鞭；弩作鴟張，偏思縛袴。所過碻磝古戍，祋祤空壕，赫連臺北，盡從來蟻鬪之場；秃髮城南，半昔日狐鳴之地。鵑花似血，營前之筆築何多；斑竹如啼，帳後之琵琶不少。窮魚茹怨,凍雀銜悲,紫臺無暫返之賓,白社有難歸之客。然而才性英奇,辭鋒卓犖,楯邊磨墨,彌工變徵之聲;驛里題詩,大有陽春之調。車前騶卒,偕飲酒以何妨;塞下荒傖,共彈箏而亦可。千篇揮纚〔三〕,同天馬之摩空;萬象淋漓,類巴船之出峽。揚雄謇吃,雅擅攤經;梁肅重膇,尤精製賦。此蓮洋吴子相傳《七發》之篇,而笠澤陳生爲作《三都》之序也。嗟乎,兩戒河山,二陵風雨。上黨實九州之脊,河中爲四塞之雄。鵶兒峪口,美人與駿馬安歸?鸛雀樓前,廢寢共荒陵奚在?行山日紫,憶百戰之旌旗;汾水波紅,想三秋之簫鼓。空尋斷碣,祇剔殘碑,所歎吾賢復生斯地,頗傳殿上,競誇才子之名;莫便山中,願息高人之駕。

宜興同學弟陳維崧譔〔四〕

【校記】

〔一〕繆 《存目補編》本陳維崧原序作"謬"。

〔二〕閒 《存目補編》本陳維崧原序作"間"。

〔三〕纚 《存目補編》本陳維崧原序作"灑"。

〔四〕《存目補編》本序言末尾題爲"宜興陳維崧"。

序

去年丁巳識蒲州吴天章,慕其爲人,與之交。天章方急歸蒲州,予亦以事去京師,未嘗誦其詩也。今年天章應詔來京師,予又先後至,相見甚讙。天章出其詩示予,曰:"子爲之序。"時予方鋭意場屋,俛首帖括,志治舉子之文,與諸生進於有司,以爭一旦僥倖之利。雖得天章詩如韞玉焉,光氣韜掩。及今時過事往,始發而讀之,不能自休甚矣,予之陋也。天章讀書,自周秦以來,鑽研攟摭,刓精竭志,開突奥,窮本末,顧性淡泊,不喜藻繢篆刻靡麗繁會之言,常謂予曰:"子多讀《南華》及《楞嚴》,則無入不自得矣。"故其詩清微淡遠,稱其爲人。天章自作詩以來,約數千篇,除去頗纇芟薙蕪穢,集中所存皆淘汰融液〔一〕,篇篇可誦。嗟乎!人方氣盛志得,謂天下事不足爲,未有不笑天章爲迂闊者,然而天章遠矣。天下之人惟知往而不返〔二〕,於是營營逐逐,進既無以自明,一旦摧挫失意〔三〕,遂不可以終日,彼其中無所守也。發之於言,安所得工乎哉!韓退之曰:"氣,水也,言,浮物也。氣盛則言之長短聲之高下皆宜。"則氣之貴乎養也必矣,欲養其氣,務平其心,夫等賢愚,齊得喪,指説空理,究厥義諦,彼亦各有自得,顧其大旨,皆歸於空虛,無有故儒者不道,然姑托焉,亦足以救流俗之失,而使之漸返其本然。今觀天章集中如漫興、雜咏、偶然作諸篇,其於道也,亦不遠矣。世徒見其詩窅然,以深挹之而不窮,以爲非人力所至,不知其所以然者,不徒求之詩也。余頑鈍謭劣,於世結習,無一破除,讀天章之詩,而知所用心,因書數語,以復天章,並以自朂焉。

仁和同學弟湯右曾譔〔四〕

【校記】

〔一〕淘　《存目補編》本湯右曾原序作"陶"。

〔二〕不返　《存目補編》本湯右曾原序作"不知返"。

〔三〕挫　張本、《存目補編》本湯右曾原序作"抑"。

〔四〕《存目補編》本序言末尾題爲"仁和湯右曾"。

吴徵君天章墓誌銘

漢魏已來二千餘年間,以詩名其家者衆矣。顧所號爲"仙才"者,唯曹子建〔一〕、李太白、蘇子瞻三人而已。本朝大一統閲六十載,作者亦多矣,余獨以"仙才"許蒲坂吴君,此余之私言也,亦天下之公言也。君且死,語弟霞曰"吾平生知己,無逾漁洋先生。吾即死,遺詩勿遽出,必待先生删定。雖相望二千里,而勿憚跋涉而往求焉,且謁誌墓之文,吾無憾矣。”余居田里,聞君之訃,爲哀輓以代楚些,其末云:“已空文字障,静閲莊嚴劫。何事勞結集,猶煩大迦葉。”未幾而霞至,將君遺命,余詩若爲之讖然。嗚呼!異哉!豈余與君精神感通,雖越在二千里,不以幽明間有如此耶!既次其詩遂爲其銘。

君諱雯,字天章,其先遼陽人也。父允升,中順治二年順天鄉試;六年,授蒲州學正;十二年,賜同進士出身,明年卒,卒後次年[二],吏部按籍銓授知臨潁縣。君幼,孤母朱氏有節操,撫君及弟霞等皆成立,遂籍於蒲。君姿秉殊絶,嗜書如飲食,又薄帖括,以爲不足爲。雖在諸生,輒瀏覽群籍,自六經三史外[三],先秦兩漢,下逮六朝唐宋元明,四部之書無弗習也。旁及釋老、内典秘笈,皆鈎貫其旨趣,含咀其英華,而尤於五際六義,有深嗜焉。初僑居中條山南之永樂。永樂,唐縣也,李石兄弟三相皆居之。詩人李商隱義山亦居之,號“玉谿生”,玉谿者,永樂水名也。君少而食貧,無以爲養,數游京師,謁父執友,年二十餘矣,京師士大夫無知其詩者。予一日過同年榮工部洞門,見其詩云“泉繞漢祠外,雪明秦樹根”,又云“濃雲濕西嶺,春泥霑條桑”“至今堯峰上,猶上堯時日[四]”,大異之,曰“此非今人之詩也”,吟諷不絶於口。久之,君再入京師,一見談藝,輒夜分不休,如釋迦之有鶖子,溈山之有寂子。相説以解,不待往復扣擊,君固以謂余一人知己,如後山之於南豐也。

戊午己未間,天子詔徵博學宏詞之儒備顧問,特舉制科,海内名士鱗集闕下,君在舉中,顧獨躭寂守素,不與他人走健僕、囊巨軸、宛顔低眉、望門求知者競馳逐。膠牢澹泊,門有雀羅,余以是益重之。臨朐馮相國知君名,以扇索其詩,君大書二絶句答之,其坦率如是,卒以不遇,亦不悔也。君游燕趙齊魯吴越秦楚,足迹半天下,而梁宋間詩尤工。晚訪舊天津,復與余相見京師,時康熙辛巳,君年將六十,倦游矣。君好友天下士,士之名雅者,亦皆援君自重[五],所至縞紵贈答無虚日,然君胸中涇渭,不狥世俗毁譽凉燠以爲親疏,故人亦樂就之,所謂嵇叔夜土木形骸,黄叔度“汪汪如千頃陂”者,庶幾似之。平生好仙釋，有空諸所有，仰青雲睹白日之意，情躭隱逸，僕僕四方，謀升斗以爲甘旨之奉，非其志也。嘗買圃鄭谷之口，有竹數百挺，黄梅數十株，橘三株，中作草堂。面雷首，肘太華，怡然自足，將以終老，而迄不得遂。嗚呼！其可悲也！君詩一刻於吴中，再刻於都下，三刻於津門。今未刻尚千餘篇，余删之不少，貸所存皆卓然可傳。蓋痛君彌留不忘諈諉之意，亦以報良友於地下〔六〕云，爾今當寧右，文士苟懷一藝，朝躡芒屩而夕登館閣者，何限君之名，固已聞於朝矣，而終不遇，窮老以死，是尤可悲也。

君娶祁氏，有子二人，江蘭，早卒；崇厚，州附學生，亦前卒。繼娶聶氏，孫一逢源尚幼。君卒以康熙四十三年甲申五月二十七日，得年六十有一。以康熙四十五年九月十一日，葬姚温阡。君嘗以詩賦應制科，故稱徵君。銘曰：

山河兩戒，皆首河中。重華舊都，扶輿所鍾。昔在唐賢，摩詰王右丞，祁人，徙河中。允言盧綸，河中人。義山玉谿李商隱，懷州人，居永樂。表聖王官司空圖，虞鄉人。有明名世，首兩襄毅楊公博、王公崇古。勲名爛然，風騷未繼。嶽嶽吴生，崛起布衣。身處菰蘆，名動京師。聲滿天下，尚謀升斗。晚卜菟裘，子真谷口。唯君之詩〔四〕，疏越朱絃。後有知者，移情成連。神之往來，河聲嶽色。君得古銅印，刻此四字。修竹梅花，徵君攸宅。

賜進士出身資政大夫原任經筵官刑部尚書〔七〕前都察院掌院事左都御史新城年家老友王士禎頓首拜撰〔八〕

【校記】

〔一〕唯　孫謂本中王士禎作墓誌銘作“惟”。
〔二〕次年　《存目補編》本中王士禎作墓誌銘作“幾年”。
〔三〕自　《存目補編》本中王士禎作墓誌銘作“于”。
〔四〕上　孫謂本中王士禎作墓誌銘作“見”。
〔五〕援君自重　《存目補編》本中王士禎作墓誌銘作“援君以自重”。
〔六〕良友　《存目補編》本中王士禎作墓誌銘作“亡友”。

〔七〕經筵　徐本中王士禎作墓誌銘作"筵講"，孫謖本、《存目補編》本中王士禎作墓誌銘作"經筵講"。

〔八〕頓首拜撰　宋本、徐本、孫謖本中王士禎作墓誌銘作"撰"。

挽天章徵君

王士禎

生入甘露門，死爲甘露滅。豈況無生忍，不生亦不滅。子昔事禪悦，兼復慕游仙。門前玉女峰，上有十丈蓮。下界六十年，逢場暫游戲。來去衆香國，終然飽禪味。不屑海山住，應歸兜率天。下視大火聚，蠛蠓爭撲緣。已空文字障，靜閲莊嚴劫。何事勞結集，猶煩大迦葉。天章逝時，異香滿室，與先兄西樵同。"衆香"一語亦吻合，奇矣。

例言八條

一　蓮洋詩名久著，得見其集者甚少，予多方搜求十餘年，後方獲斯編，因校付梓人，以公同好。

一　未得是集之先，友人楊山夫維棟持贈先生手稿一秩，爲漁洋山人手評，丹鉛如新，已付剞劂，今仍散見集中。

一　蓮洋詩有鈔本二，一得之北平黄宫詹，一得之洪洞家觀察叔，京本詩較夥，且載有漁洋山人評語，因依京本校刻。

一　漁洋山人誌先生墓言先生詩"一刻於吴中，再刻於都下，三刻於津門"，向見先生刻本寥寥數十篇，且非一時一地之作。篇首有陽羨陳檢討送行序，無歲月可核，恐非吴門都下諸刻也。益都趙宫贊曾言"評騭無暇"，其集不可復見，斯編既漁洋所選，斷爲未刻無疑。

一　二本内訛錯種種，予家藏先生手稿一卷，同蘅臯舅氏、友人楊山夫、徐餘甫及諸同學一一校正，庶免差謬。其手稿所不載，難以臆斷，請俟博學考訂。

一　二本内俱未編年，無從考其先後，約分爲十二卷，以便披覽。

一　是集爲漁洋選本，間有予生平手録，不見集中者悉附焉，向見刻本亦録於後。

一　先生詩集雖向未全刊，然散花落彩，久已膾炙人口。予何敢復贅一詞，仍以原序冠首，爲書例言數則，以志鐫詩沿起。

時乾隆庚午仲夏也

臨汾後學劉組曾謹識

跋

右河中吴徵君《蓮洋集》十二卷，乾隆庚午得之北平黄宫詹家，爲刻板以傳之。鄉見先生詩刻本僅數十篇，有宜興陳檢討序，無歲月。吾鄉盧給諫嘗言有蓮洋全集，屬故人刻之，南中久不得消息。其後友人楊山夫示余先生手稿一帙，漁洋山人丹墨如新，余喜而刻之，已得洪洞家觀察叔藏本，可千餘首，今又得是本，視觀察本多十四五，間有漁洋評語，因總合諸本並生平收録手迹，爲諸本所未見者，凡得古近體詩千九百有奇。先生弟霞哭先生詩，云"收得遺詩三千首"，今所録雖未及是，然先生遺文固已彪彪炳炳，照耀人間，亦可以無憾矣！先生居吾鄉永樂，永樂固詩人宅也。往康熙丁巳、戊午間，天下稱詩之士，群集京師，先生獨磊磊落落，不肯奔走聲譽。漁洋一見心折，稱道不容口。嘗云："吾與海内論詩多矣，得髓者獨天章耳。"先生亦皈心漁洋，每譬之鵞王擇乳，蓋其相契者微矣。夫以先生之詩，天才超異，奄有古人，其自視固謂"世無孔子，不當在弟子之列"。至於漁洋，則降心俯首，若后山之於南豐，何哉？此非徒知己之感，要其神理，固足以相伏耳。數十年來，先生之詩未著於時，世人於漁洋猶有異同之論。今與讀先生之詩，試返而自視，其相去爲何如也。先生之卒，屬其弟"必漁洋銘我，且定我詩"，漁洋志墓之文固云"既次其詩矣，獨未嘗爲之序"，可疑。兹宫詹家本其爲漁洋所定邪？未可知也。然以詩觀之，其卓然可傳者十七八，是天下後世所共見，非以鄉里之故阿私所好也。顧於漁洋與先生始終之際，徵諸世人之論，有概於余心焉，因以書諸集後。漁洋原序，陳、湯兩序及漁洋墓誌悉存於前。蘅臯舅氏、友人楊山夫、徐餘甫及諸同志姓氏咸列卷端，示不敢忘。

庚午仲夏臨汾後學劉組曾跋

補遺小序

世之言詩者，未有不知言蓮洋者也，然其集不著。益都趙秋谷先生與蓮洋最善，常恐其詩篇零落，故《懷舊詩》序云："虚疑玉谿底，匣劍藏芙蓉。終當沈銕網，大索蛟龍宫。"嗟夫！干將莫邪，希世之寶，雖淪於九地之下，其精氣且上屬于天，不久藏也。予從孫端人前輩所見《蓮洋集鈔》册，欲相與刻之，已得臨汾劉君刻本而止，然視其所收，猶時有遺漏，乃爲之訂舛補遺，以成劉君表章先民之意。蓮洋之詩待劉君而著，干莫之寶至矣，能發其藏以見於世，蓋亦難也。詩逾二千，疑存者太夥，他日當略爲删定，姑志於此。

辛未冬日廣川宋弼書

刻吴徵君《蓮洋集》序

昔揚子雲既没，或謂桓譚曰："雄書能傳於後乎？"譚曰："必傳。"凡人賤近貴遠，親見揚子雲，禄位容貌不能動人，故輕其書。若使更閲，賢智爲所稱善，則傳矣。唐世詩人若太白、少陵之倫，名震一世，而遺文殘缺，賴後人爲之纂録，又歷久而後顯。文章之傳不傳，殆有數乎？然有不可泯没者存，則鮮有不傳者。余自康熙辛未游吾師新城公門，因識河中吴徵君天章，是時京師稱詩者多風雅，道盛一時，譚藝之士，麇歸新城公，齒牙餘論，獎借良多。徵君布衣耳，舉博學宏辭，不得志，乞米四方，奔走困頓。又形貌粗醜，不自修飭，然公於儔人中知之深，且至許之，鄭重始終，稱道勿衰者，獨吴徵君耳。徵君詩骨力清挺，波瀾老成，五言得唐人三昧，風格在右丞、襄陽之間。其奇逸之致，則太白、長吉也。然得之天才，非沾沾模仿，故可貴尚。七言兼有李杜韓蘇諸大家之勝，而放筆所至，自成一家，不可拘以格調。生平精熟内典，出入無礙，尤爲擅長。其詩曰《蓮洋集》，蓮花洋在普陀山下，《名山記》曰“華嶽山下有蓮洋村”，徵君樂之，故以名其詩也。余鄉得其集，甚秘惜之，及乾隆庚午，乃以畀其鄉人光禄簿劉君繩遠俾刊以傳。昔新城公嘗云“吴子詩名甚大”，又云“余與海内論詩五十餘年，得髓者終屬天章也”。趙秋谷宫贊齟齬新城公，獨於徵君無間，嘗曰：“千頃之陂，不可清濁。天姿國色，粗服亂頭，亦好非有意爲之也。觀水者不期於溪沼，爲容者不毁其衣妝，免此者，其天章乎！”嗟夫，自余識徵君，忽忽五六十年，嚮時稱詩之士，無復存者。余八十之年，既老且耄，顧猶得親見其遺詩著見流傳，益歎新城公知許之真，而徵君之詩之足以信。今傳後固有不可泯没者存已，夫不朽之業，立言其一，古之作者不同，同於傳而已，若徵君者爲何如哉？昔之見徵君者，未必信其詩之能傳於後，今之傳蓮洋詩者又以不見徵君爲恨。余既見徵君稱詩，當時爲賢哲所重許，又見其爲世所歎慕，流傳而未有已。然則徵君之詩之必傳，與傳徵君之始終本末，非余孰能言之？

乾隆十七年歲次壬申二月既望北平八十一老人黄叔琳序

《蓮洋集》序

新城王尚書阮亭以詩學提唱天下，士之賴以成名者，指不勝屈，如崔不雕、仝車同、康孟謀、殷彦來諸君，其最著也，然或因其一二章，或因其一二語，津津樂道之。而諸君之詩名遂以見重遠近，若許其仙才，信其可傳於後，至其人没世而時猶誦揚不置者，惟於吴天章徵君爲然。徵君詩不使才,不逞博,不尚聲華,不求媚好,而峻潔微遠,自露天真。視新城之牢籠衆有,鎔鑄群言,備五聲五色而不入於靡,極摇曳風姿而自流其韻者,固各行其是而不必相符者也。而新城賞之,不啻口出,豈所合者在神理,在意味氣骨,而不在軌轍之同途,面目之相肖者耶?此在新城爲真賞,而徵君之詩洵爲真詩也已。新城志徵君墓云:"君詩初刻於吴中,再刻於都下,三刻於津門。"是其詩未嘗不流布宇内也。既版漸漫滅,想望其集者,俱未得見。光禄劉君繩遠徧爲搜索,一得之北平黄侍郎藏本,一得其宗人觀察君藏本,皆有新城評語者。彙存參訂,删其重復,開鐫行世,向之想望而未得見者,如與徵君揖讓泳游於簡帙中,則徵君之詩乃天下之詩,而非猶夫家藏之集也。光禄向刻《司馬文正公文集》及《家範》,此修齊治平之大者,今刻吴徵君《蓮洋詩集》,此言志永言之微者,表章前人中具有緩急輕重存也。而光禄與人同善之心,於是乎不可没矣。至徵君行己之正,學術之富,喜游覽結納,轗軻潦倒而不少動於中備,見新城墓志,不贅述焉。

乾隆壬申首春長洲沈德潛題於燕臺客舍

序

《康衢》數語並《堯典》以分輝,不訾一賢,偕虞臣而並重,然則笙簧藝苑,詩固無别於朝岩鼓吹休間,士亦不分於窮達也。粤自河聲嶽色,繼美玉谿,峰日嶺雲,受知貽老,於是寅堦亥户,傅厥琅函,桑蕾麴塵,珍爲錦字。當門萬里昆侖水,允堪壯我胸襟;繞筆千層祇樹雲,足以登其道岸。然而有生滅有不生滅,然燈之録誰傳?雖毁頹仍不毁頹,無字之碑豈可。揚子雲之著述,微桓譚則竟覆瓶甌;鮑明遠之文章,得太白而不嗟蕭艾。古今同轍,守待攸關。余與徐子后山、張子心鐫居近兩河,生同三晋,讀《蟋蟀》《山樞》之句,尚宛然如見其人;憶鳳陵雷首之吟,豈漠爾聽忘其調。隨緣所遇,補之以珠璣;缺璧重完,常留其華液。重尋漢圮,不傷黄石之凄涼;再訪楊亭,莫歎《元經》之零落。亦如元遺山之表章,名作《中州》,不少風人,房教授之刊刻遺詩,河汾遂傳諸老云爾。

乾隆庚戌孟春下浣三日涂水喬人傑漢三譔

序

蓮洋先生詩經漁洋山人品題,秋谷、秋史、其年、西厓輩復從而揄揚之,其詩之佳不更論。庚戌春,因購得蓮洋詩刻而重有感也。漁洋手訂蓮洋詩向無刻本,吾鄉劉繩遠太守初刻之,浮山張觀察確齋先生又刻之。當余束髪受書時,見劉氏本,聞塾師津津道蓮洋以詩受知漁洋事,欣欣忘倦。私念"十室之邑,必有忠信",好古力學如蓮洋者,三晋或不乏人,而漁洋獨鑒賞蓮洋詩,以爲太白、東坡復生,或岩穴士伏首牖下,不幸不遇漁洋,非必更無蓮洋也。及識解稍開,取其詩吟之咏之味之思之,乃知蓮洋之受知漁洋者,有其真可以受知者在。然則學詩者當勉爲蓮洋,勿歎世少漁洋也。方劉太守繩遠刻先生詩,邀諸名士校讐析訂,而力總其成,板竣,圭璧不啻矣。不數年,太守遠宦丹厓,委其板於燕市旅舍,鼠矢蛛網,霉濕魚齵,不暇顧及。張觀察重刻蓮洋詩時,遍索之不可得,余乃以無意中遇敗簏於西河荒店,或半缺,或中斷,珍而惜焉。商諸同年,喬漢三觀察及張心鐫孝廉慷慨好義,一諾而成,補而修之,重爲完璧。夫一板之顯晦且如此,况詩人之遇不遇!况詩人之詩之遇不遇耶!余家舊有趙秋谷先生評本,將並漁洋先生圈點合爲套板,未及附益,因求之者衆,先印行之,聊述顛末於簡端。

乾隆庚戌三月中浣徐昆后山題於京都雙知齋中

跋

此書本王藻、劉組曾同校刊者，後其板爲徐昆、喬人傑、張銑所得，略有修補。遂剜去王、劉姓名而改題三人重訂。每卷首下痕迹宛然。俗儒見小，大抵如此，然其表張之功固以不能盡泯也。

光緒丙申秋七月下浣五日長沙葉德輝識

《四庫》著録《蓮洋詩鈔》十卷，爲乾隆甲申山東孫謌刻本，與此不同説見《提要》。《提要》又云劉組曾裒其全稿刻之，又以士禛所評比别刊一小册並行云云。今小册本罕見，存者惟此刻，讀者可勿寶諸。

是日燈下又記。

附録三

張體乾系統本蓮洋吴徵君年譜

蓮洋吴徵君年譜

翁方綱

順治元年甲申　一岁

是年□月□日,徵君生於遼東。

按:王漁洋先生以前明崇禎七年甲戌生,徵君之生後漁洋十年。

二年乙酉　二岁

父允升舉于鄉。

按:墓表云:"以定遼右衛諸生中式。"

七年庚寅　七岁

按:漁洋所爲天章墓誌云:"父允升,順治六年授蒲州學正。"而臨潁墓表云:"順治七年就選得蒲州學正。"二篇所記之年不同,蓋選蒲州在六年,到官則在七年耳。

十二年乙未　十二岁

父允升成進士,與漁洋先生會試同年。

按:《題名碑録》云:"吴允升,遼東定東衛人。"《墓表》云:"更名來亨,字于公,一字康侯。"

十三年丙申　十三岁

正月父卒於官,卒後授臨潁知縣。

按:母朱氏,徵君其長子,次曰霨,曰霦,曰霞。

康熙二年　癸卯二十岁

是年徵君客游吴門，在吴度歲。

三年甲辰　二十一岁

是年再赴太原試于有司，不見收。

五年丙午　二十三岁

是年漁洋在禮部於京師滎洞門開水部邸舍，見壁上詩署名曰"吴雯"者，讀之不忍去，訊之水部，水部曰"同年吴康侯子也"。有母年五十，有弟三人，妹二人，婚嫁皆仰雯。雯挾其文章北游京師，謁父執之官中朝者，久之無所遇。雯有妹嫁安東縣，旬月前襆被策蹇驢，往江淮去矣。漁洋知徵君，自是年始。

七年戊申　二十五岁

初春，蒲郡城南謁海瀆神廟。

三月，始謁漁洋于京師，正漁洋遷儀制司員外郎時也。漁洋與徵君飲酒賦詩自是年始。

十月，漁洋有《送天章歸中條山》詩"月始在房群陰終"云云。

歲暮，將歸省母，請漁洋表父墓。

八年己酉　二十六岁

春，歸中條。

是年春，漁洋有《再送天章》律詩二首"二月春蕪緑"云云。

是年，漁洋榷清江浦關，徵君客游淮上使院。

十六年丁巳　三十四岁

湯西崖序云："丁巳識蒲州吴天章，慕其爲人，與之交。天章方急歸蒲州，未嘗誦其詩。"

十八年己未　三十六岁

正月，薦舉博學宏詞科，至京師。元日同孫豹人、毛大可、朱錫鬯、陳其年、喬石林、陳冰壑飲曹峨嵋遇齋，時大可度曲，其年吹紫簫。花朝前一日集曹正子園。

是年，漁洋有《送吴天章歸中條》詩"中條最深處"云云，又有

《得陳子文兼知吴天章消息》詩“昨日秋風起”云云。陳子文《虞州集》云:“時天章以薦舉罷歸。”漁洋詩注書中云:“有度隴之役。”

十九年庚申　三十七岁

本集詩序云:“庚申夏仲,余方抱安仁之痛,薄游安昌。”朱竹垞題《吴徵君詩卷》在是年秋。

二十三年甲子　四十一岁

《并門集》序云“甲子秋谷使於晋,得詩百篇以示予”。

查初白集是年秋有《嚴蕿菴侍御招同吴天章小集即席分賦詩》。

二十七年戊辰　四十五岁

秋,將還蒲,集竹垞《古藤書屋聯句》。是時,漁洋以父憂家居。

二十九年庚午　四十七岁

本集詩題云“庚午三月偕幔亭、王十一丈、蔣京少、查德尹同侍阮翁於一畝居”。

三十一年壬申　四十九岁

十一月,爲深澤趙雨臣題《程青谿畫松》於擷芳齋。

三十二年癸酉　五十岁

是年冬,在咸寧度歲。

三十三年甲戌　五十一岁

正月四日,游長安城南,將游樊川不果。

四十年辛巳　五十八岁

是年,訪舊天津,復與漁洋相見京師。

《居易録》云:“三月十九日,天章自天津來,贈所刻《寒山子詩》。”趙秋谷《涓流集》云《天津喜晤老友吴天章兼贈其所主張君》詩云:“蓮洋詩格如蓮花,引我亭亭出泥滓。”

四十二年癸未　六十岁

九月,過宿西谷侍御槔園。

四十三年甲申　六十一岁

五月二十七日卒。

娶祁氏，子二人，江蘭，早卒；崇厚，蒲州附學生，亦前卒。繼娶聶氏。

跋

秉厚兄弟囊館於荆圃先生齋中，先生諾爲刻先集以傳，曾抄漁洋手評副本二大册，其中丹黄訂證，付受有绪，多有出於世所刻本之外者。今先生付劂，竟郵書屬秉厚爲之跋。竊念先徵君一生襟抱具在於此，得吾荊圃先生高懷古誼，力爲成就。異日焚香告於家園，老屋挑燈，灑淚聽雨一段情況，儻可編入《晋陽詩話》乎？

甲午初夏姪男秉厚跋

附録四

張體乾系統本蓮洋詩話相關資料

蓮洋詩話相關資料

吴天章雯，天才超軼，人不易及。嘗爲余《題倪雲林畫》云："豈但秾華謝桃李，空林黄葉亦無多。"尋常眼前語，正自百思不到，晚買小圃中條之陰，有竹數百竿，梅橘各數株，余題之曰"中條竹隱"。乃未及歸老，而天章死矣，惜哉！其集遺言屬余删定，後世必有知之者。

——新城王文簡《古夫于亭雜録》

馮班之子曰行賢，字補之。詩學白樂天，却有自得之趣。與吴雯天章善，嘗求余論定其詩，惜逸其本矣。

——新城王文簡《古夫于亭雜録》

予門人洪昇昉思，以詩有名京師，遭家難。流寓困窮，備極坎壈。歸杭年餘，五十矣。甲申自苕霅歸，落水死。其詩大半經予點定，不知其子能收拾否？蒲州吴雯天章詩尤超逸，予嘗目爲仙才，亦以甲申病歿於家。皆士之才而不遇者，而天終戹之如此，惜哉！

——《香祖筆記》

蒲坂吴雯天章，初至京師，未知名。余亟賞其詩，謂爲仙才。一日，待漏朝房，誦其詩句與葉文敏訒菴方靄云"泉繞漢祠外，雪明秦樹根"；"濃雲濕西嶺，春泥沾條桑"。又"門前九曲崑崙水，千點桃花尺半魚。"葉大驚異，下直即命駕往訪之。吴詩名大噪都下。所居永樂鎮，即唐永樂縣，有玉谿李義山家於此。

——《漁洋詩話》

吴天章答人云："自卜條南舊隱居，明星玉女對攤書。門前萬里崑崙水，千點桃花尺半魚。"又："至今堯峰上，猶上堯時日。"又："河聲過雷首，雨氣下風陵。"

——《分甘餘話》

吴天章雯過真定賦詩云："鎮州荷花一萬柄，正對城門是酒家。下馬當壚更斟酌，醉臨明鏡看吴娃。"風格殆不減楊廉夫，余與海内論詩五十年，高才固不乏，然得髓者終屬天章也。

——《分甘餘話》

門人陳子文奕禧以詩歌書法著名，生平與蒲阪吴天章雯最善，今先後下世矣。

——《分甘餘話》

門人湯西崖右曾以詩名，書法遒媚，與吴雯天章、王戩孟穀皆布衣至交。

——《分甘餘話》

同年子蒲州吴雯，字天章，以博學宏詞薦，在京師偶得漢銅印，文曰"河聲嶽色"，雯家蒲州中條山南永樂鎮，臨大河，對岸即華嶽三峰也。雯有詩云："門前九曲崑崙水，萬點桃花尺半魚。"

——《池北偶談》

【方按】詩不難於成篇，而難於接笋。不難於千言，而難於一字。昔人所以商量句法者，此也。漁洋先生每多隨意拈取，如蓮洋詩"門前九曲"二語，或作七絶，或入七古。"門前"或作"當門"，"九曲"或作"萬里"，"萬點"或作"千點"，不特集本抄刻兩異，即《漁洋詩話》各條已復不同，此猶之。先生選唐人三昧十種於古人名作，閑見復出，各指所之者不復是正至，以太白"日照香爐生紫烟"四句，或入古詩，或入絶句，殆與此一例也。

歷城秀才王苹秋史，少年能詩，師田中丞漪亭雯，而友吴徵士天章雯。

——《池北偶談》

天章賦予《西城別墅古詩》十四首，甚工，聊録數篇於右。《石帆亭》《樵唱軒》《小華子岡》《小善卷》《竹徑》《嘯臺》云云。

——《居易録》

王黄華老人，草書字大如椀。相傳以檳榔殼蘸墨汁書之，其詩即"挂鏡臺西掛玉龍，半山飛雪舞天風。寒雲直上三千尺，人道高歡避暑宮"云云，有真迹石刻在汾州，府學朱翰林彝尊、吴徵士雯皆曾見之。

——《居易録》

三月初九日，天章自天津來，贈所刻《寒山子詩》，大抵佛語、菩薩語也。天章詩情高逸，當世無輩。素躭二氏之書，有出世之志。予嘗序其《蓮洋詩》，又常誦其句於故友葉文敏訒菴云"泉繞漢祠外，雪明秦樹根"；"濃雲濕西嶺，春泥沾條桑"；"至今堯峰上，猶上堯時日"，凡數聯，訒菴贊歎。一日講筵罷，先往訪之。康熙己未以博學宏詞徵赴京師，獨不掃門時相。所居在中條山南永樂鎮，即春秋畢萬所封古河中府河東縣也。唐相李石、李福、李程兄弟及吕仙岩故里，有玉谿，即李商隱所居。

——《居易録》

宋榻《樂毅論》如衞恊、謝雉畫列女，古意蒼然，不乏媚嫵。西溟寶此有年，以遺天章，可謂具眼。

——《蠶尾文》

漢陽宗人戬，字孟穀，客中州。與吴雯倡和諸篇，工力悉敵。

——《蠶尾文》

戊申三月，蒼頭通賔客，視其刺，則雯也。躍起相見，稍稍與談蓺，多微中。自是與雯數飲酒賦詩，歡相得也。

——漁洋文

千頃之陂，不可清濁。天姿國色，粗服亂頭，亦好皆非有意爲之也。儲水者期於江湖，而必使之瀠洄澄澈，是終爲溪沼耳。自矜容色，而故毁其衣妝，有厭棄之者矣。免於此者，其惟吴天章乎？

——青州趙秋谷《談龍録》

天章絶口不談詩，獨與余細論甚相得也。出詩卷屬余評騭，余以饑驅少暇，請俟異日。今天章已下世，其詩卷余不可得而見矣，愧負良友，悲夫！

——青州趙秋谷《談龍録》

徵君於書，無所不讀，性淡潔。漁洋謂黄叔度"汪汪如千頃陂"，庶幾似之。康熙戊午應鴻博之薦入都門，躭寂自守，不屑望門求知。有相國知其名，以扇索詩，大書二絶句答之，卒以不遇，恬如也。

——河東劉贄稼莊《蓮洋詩鈔》凡例

徵君詩曰《蓮洋集》，蓮花洋在普陀山下，《名山記》曰："華嶽山下有蓮洋村。"徵君樂之，故以名其詩也。

——大興黄崑圃《蓮洋集》序

吴天章徵君詩不使才，不逞博，不尚聲華，不求媚好，峻潔微遠，自露天真。視新城之牢籠衆有，鎔鑄群言。備五聲五色而不入於靡，極揺曳風姿而自流其韻者，固各行其是而不必相符者也。而新城賞之，不啻口出。豈所合者在神理，在意味氣骨，而不在軌轍之同途，面目之相肖者耶？

——長洲沈確士《蓮洋集》序

先生弟霞哭先生詩云："收得遺詩三千首。"今所録千九百有奇。

——劉組曾繩遠《蓮洋集》跋

予從孫端人前輩所見《蓮洋集》鈔册，欲相與刻之。已得臨汾劉君刻本，視其所收猶有遺漏，乃爲訂舛補遺。詩逾二千，疑存者太夥。

——廣川宋蒙泉《蓮洋詩補遺》小序

【方按】劉刻本已千九百餘首，宋蒙泉前輩復爲補遺一小卷，今合之抄册。又補出劉所未刻者數十首，總二千六十首有奇，蓮洋詩差具於此矣。

附録五

張體乾系統本序

序

汾陽曹僕卿以其鄉人張觀察之意,俾方綱校訂蓮洋詩刻之,爲取抄刻諸本,校月餘乃定,序之曰"此事'離即'二義盡之矣","即"者所當執迹以求;而"離"者不當執迹以求,此其大較也。昔漁洋先生每謂:"開元天寶諸作,全在興象超詣。"然如王右丞之作則句句皆真實出之者也,即《王少伯齋心》一詩空洞極矣。而按之具有實地,如畫家"極空濛烟雨"之致,而無一筆不可尋其根源,詩之境如是也。唐人惟白香山處處着實,轉有求其着實而過者,如言聲音之直而譬諸筆描,豈不有類於滯,是以漁洋先生極不勸人學之。然布帛菽粟皆至鄙淺,而可以供人饑寒之用,若所謂"五城十二樓,彈指即見者",則即之轉遠已矣。然漁洋先生雖以此自高,而獨具中和之氣,不至太過,是以他家亦不能及。若蓮洋之詩則奚所處乎?語曰:"日臨蘭亭一本,終不成書。"見過於師者,不從門入也,開元天寶諸公孰其似漁洋者邪?今漁洋以爲三昧,則漁洋之似而已矣,後乎漁洋者孰當似漁洋者邪?今漁洋以爲得髓,則不漁洋之似而已矣。夫浮海之喜,信道之篤也,况其一往所托,實有不朽之處,而氣之所至,吉祥止止,騎箕尾而比列星也,過此以往,未之或知。雖漁洋莫能節制之矣，無已則仍就漁洋之説編之。

乾隆三十九年七月一日大興翁方綱序

序

吾鄉吴蓮洋徵君詩，自漁洋《感舊集》而下，選本非一而全刻，向所未見。漁洋所謂"一刻於吴，再刻於都下，三刻於津門者"，今皆無其本矣。《感舊集》補傳云："天章殁後，漁洋手定《蓮洋集》抄本，臨汾劉繩遠得之北平黄侍郎家，宋編修爲校定刊行，即今所傳劉本是也"。劉本跋云："友人楊山夫示余先生手稿一帙，漁洋丹墨如新；又得洪洞觀察叔藏本可千餘首。黄本視觀察本多十四五，間有漁洋評語，據此則楊山夫抄本之盡出漁洋評點，而黄侍郎家本之不盡出漁洋評點可知也。"跋又云："漁洋志墓之文固云'既次其詩矣，獨未嘗爲之序'，爲可疑。玆宫詹家本其爲漁洋所定邪？未可知也。"據此則劉刻時，固已疑其非漁洋手定之本矣。趙秋谷與漁洋論多不合，其曰"《蓮洋集》與池北書俱散亡"者，或亦偶出齮齕漁洋之詞，未可斷以爲信。然載考漁洋平生所定《荔裳集》則不傳，《馮補之集》則不傳，且《唐人神韻集》最表表者亦不傳。此集之所謂漁洋手定本者，恐未必即黄侍郎家本矣，而侍郎序中亦但謂："得其集，甚秘惜之。"不聞其以漁洋手澤爲可寶，則亦不係乎序與評之有無也。楊山夫者，名維棟，襄陵詩人，與吾友張觀察確齋善，觀察爲刻其《在山吟者》也。觀察適携所繪登岱長卷過予十笏書室，讀畫論詩，因爲予言蓮洋子曰江蘭、曰崇厚者，皆先蓮洋卒，其繼子曰敦厚，姪曰秉厚，館於張氏者三十餘年。敦厚殁，秉厚今尚在，欲彙刻其先集而力不克爲。曾得見其稿，皆漁洋丹黄手迹，秉厚秘不肯示人，因諾爲刊傳，始肯出之，俾胥鈔其副。敦厚前曾鈔其略以畀山夫，故山夫亦有其本也。所謂唐銅章曰"河聲嶽色"者，今亦在秉厚所，聞其感觀察高誼，欲以此章贈之，觀察不肯受，而急以抄刻諸本，屬予請覃溪前輩論次授梓。其表章前賢惟恐不及之意,令人神飛意豁,酒酣長歌,唾壺欲碎,何減往日相從荆圃松間石上語也。

乾隆三十九年七月四日汾陽曹學閔撰

序

予生也晚,不及與吾鄉蓮洋先生交,而神與契者久矣。東坡云:"我不識君曾夢見,眸子瞭然光可燭。"每誦斯語,心嚮往之。既而先生嗣君昆弟館予家者有年,時時竊聞先生緒論,益如晤先生也。暇日於嗣君處得先生手稿二大册,則漁洋山人手評在焉。既命胥鈔其副,蓄志付梓者。又有年,吾鄉臨汾劉氏已先有刊本,今年春因慕堂曹僕卿以抄刻諸本質之覃溪翁太史,得合成全本,一以漁洋所評爲主,而其未經漁洋評點者以次排輯於後,雖有疑者,弗敢删也。蓋卷有先後,而詩無去留,冀存先生之真精神,如月漉漉而春盎盎,浮出於聲音尺黍之上。而齋中所收先生墨迹數紙,亦並謀勒石以傳,先生有神,今當遨游仙山佛國,昔金相蔡松年所謂"醉笑調歌,靈音相答",皆九霞空洞中語,後復有神游八表者傳誦而來,洗空萬古俗氣,吾於此一編仿佛遇之矣。

乾隆三十九年夏六月浮山張體乾撰

張體乾系統本交游詩

送吴天章歸中條山

王士禎

月始在房群陰終，凍禽塌翅啼酸風。吕生置酒邀我飲，清歌笑倚商玲瓏。朝來宿醒臥未析，吴郎告我歸河東。北風雨雪滿天地，層冰千里高穹窿。行人皸瘃手指墮，狐裘嗟汝胡蒙茸。長安甲第高入天，馬蹄動地聲隆隆。漿酒藿肉不足道，金玉磊砢堆堂中。汝詩千首文百軸，洿塗未拔誰相通。汝家王官谷，中條青濛濛。藤蘿相糾水相激，至今猿鳥悲司空。汝歸讀書甘寂寞，致君堯舜會有日，飛伏詎辨誰雌雄。

再送吴天章歸中條二首

王士禎

二月春蕪緑，紛紛蝴蜨飛。花朝逢暮雨，寒食減征衣。道路誰知己，登臨不當歸。中條多水竹，此去掩荆扉。

愛汝王官谷，他年擬借居。三峰當户牖，五姓足樵漁。自注：中條山下有五姓湖。田舍堪懷古，茅茨宜讀書。獨憐好身手，歸去注蟲魚。

送吴天章歸中條

王士禎

中條最深處，風物四時幽。水鶴穿雲下，林楓夾岸稠。人烟盤豆驛，村路玉谿流。臥起清暉裏，蕭然何所求。

得陳子文書兼知吴天章消息

王士禎

雁聲初墮地，黄葉已盈除。秋雨蕭條夕，忽枉故人書。故人復何在，中條白雲裏。昔别霜霰零，昨日秋風起。曾聞隴頭水，驅馬度關山。烽烟照駱谷，征戍何時還。自注：《書》中云“有度隴之役”。黄雀縱横飛，孤鶴正垂羽。祭竈請比鄰，停車共騶語。歲月易永久，離群難處心。爲問朝歌令，相思深不深。

輓天章徵君

王士禎

生入甘露門，死爲甘露滅。豈况無生忍，不生亦不滅。予昔事禪悦，兼復慕游仙。門前玉女峰，上有十丈蓮。下界六十年，逢場暫游戲。來去衆香國，終然飽禪味。不屑海山住，應歸兜率天。下視大火聚，蟻蠓爭撲緣。已空文字障，静閲莊嚴劫。何事勞結集，猶煩大迦葉。天章逝時，異香滿室，與先兄西樵同。“衆香”一語亦吻合，奇矣。

題吴徵君雯詩卷一首

朱彝尊

藉甚吴郎大雅材，賦詩不上栢梁臺。翻飛却似横汾雁，幾度秋風上苑來。

【**方按**】諸家贈蓮洋詩，年月先後不同，今自漁洋先生外，如竹垞諸先生，集以次排叙，至其年月之先後，既有年譜可見，其概兹不能細編云。

别吴天章三首

李良年

大海本無瀾，天風使之怒。千帆爭一逞，中有覆舟慮。海鶴何翩然，不喜亦不懼。嗟人不如鳥，吾欲捨之去。磊落寓浮湛，雯也得其趣。悠然彼何知，但賞子詩句。

揮手名利場，笑謝紈綺子。我南而君北，感愴何能已。空青中條山，淨緑五湖水。各有白頭親，安得去鄉里。携鉏帶殘經，下酒讀佳史。此樂可長年，時流以爲耻。

古人不可作，今人復非古。躑躅風塵中，擇計亦何取。滔滔者皆是，爲儒獨辛苦。學仙學佛間，吾處得其所。子歸養天和，萬事力須努。聚散等浮雲，毋令後期阻。

懷舊詩并詩前小傳

青州趙執信飴山

蒲州吴雯蓮洋拙於時藝，困躓場屋中。體貌粗醜，衣冠垢敝，或經歲不盥浴，人咸笑之，而詩才特超妙。余嘗比之温飛卿，云與漁村同薦，既試，報罷。其父故與阮翁同年，始入都，以詩投謁，阮翁心折，極口爲延譽。而其性迂僻寡合，遂淪棄終身。與余甫一見，如舊相識。余好用馮氏法攻人之短，惟蓮洋不以爲忤。其作字用馮法，粗知間架，然不能工也。晚相值於津門，出詩卷見示曰："曩之所攻，悉删改矣。"乃知其非名輩所及也。屬余論定，余請俟異日。蓋其時正逢阮翁之怒，不敢闌入詩壇故耳。又數年，蓮洋卒於家。卒後其集聞送新城阮翁爲作墓誌，且删定其集，迄今將二十年矣，而未行於世。意其時阮翁耄而多忘，未幾遂亡，未及歸諸吴氏耶？若然，池北藏書散失殆盡，《蓮洋集》從可知矣。

築室中條山，招手玉女峰。黄河遶門前，滌盪萬古胸。埋頭試牘中，啼號羞秋蟲。風騷適榛蕪，揮刃侔神工。脱棄范陸習，踐履岑高蹤。貌似温方城，才與遇並同。詩老性護前，於君禮獨隆。貴游負販豪，交臂來趨風。聲名天可假，時命人能窮。濩落王官谷，穿冢連司空。遺文寄池北，飄散隨萍蓬。追惟平生言，使我心忡忡。虚疑玉谿底，匣劍藏芙蓉。終當沉鐵網，大索蛟龍宫。王官谷、玉谿皆在中條。

【方按】

徵君卒於康熙四十三年甲申，吾邑黄崑翁侍郎視學山東，省文簡於里第，在康熙四十八年己丑冬也，而秋穀此詩小傳又在將二十年之後，不聞此集萌芽也，至臨汾劉氏本得諸崑翁家者，乃云即漁洋手定之本，似未爲可據矣。附録蓮洋所作《并門集序》："歲甲子，秋穀使於晋，得詩百篇以示余。其詩結體清真，脱去凡近，非曰字句之工而已。余嘗論古人一言一咏皆有體格，體僞而格下者，雖聲文斐然，皆凡也，近也。秋穀抱異才，負奇氣，渟泓駿發，其於世也，率情自好，無所緣飾。故其爲詩也，直而不俚，高而不詭，蓋如其爲人矣。夫十五國之風詩，唐最近古，秋穀行其地，其有取乎陶唐氏之遺風而爲之者乎？余，晋人也，山川都邑，登臨覽觀之勝皆少，所習者顧不能言之。及秋谷言之，而正如余意，即恐余雖言，亦終不逮也。其在《唐風·有杕之杜》曰：'彼君子兮，噬肯來游。中心好之，曷飲食之。'撫斯集也，咏是詩而三歎焉。河中吴雯撰。"

送吴天章之太原二首

趙執信

秋雨勢不已，秋風動萬山。送君薊門路，計日井陘關。水暗黄榆塞，峽迴青玉顔。猶餘馬行處，憑夢一追攀。青玉峽在井陘。

把酒説并州，茫茫感昔游。邊聲催月曉，山氣厭城秋。桑落經時醉，黄花九日留。君歸渡汾水，爲問雨中舟。

贈錢塘吴舒鳧因懷河中吴天章

趙執信

吴子意軒豁，有似高秋鴻。息羽就塵坱，鼓翼隨天風。矯然衆鳥中，一奮千群空。却顧望寥廓，誰與爲兩雄。河上中條山，遥對蓮花峰。峰壑相遮羅，青翠幾萬重。中有栖托人，帶蘿衣芙蓉。長嘯臨關門，濁浪聲相舂。與子才匹敵，姓氏正復同。并揚騷雅波，交映冰雪容。同當暫來此，晋楚中原逢。何故先避去，不肯交刀弓。故山結茅處，秋色寒濛濛。湖如新磨鏡，照見松桂叢。苟能縱高臥，投老安耕農。不然遠遨游，自等無根蓬。作詩貴言志，飲酒聊快胸。時世方妒色，賢達當固窮。彼吴昔憔悴，上書不得通。丈夫能文章，豈必爲三公。

天津喜晤老友吴天章兼贈其所主張君

趙執信

走訪吴先生，因識張公子。能爲詩人作主人，此士定知不凡矣。况復接坐來，觸事皆可喜。開軒解衣裳，留客披圖史。海氣黯黯横庭除，古色斑斑盈案几。杯槃既雜陳，談辨遂蠭起。剔抉六義微，錯互入法旨。門外喧闐南北塵，共洗清心照秋水。老我數年來，袖手復掩耳。謗多固可畏，才盡亦知耻。胡然此相見，馬逸不能止。蓮洋詩格如蓮花，引我亭亭出泥滓。請君高咏結交行，和我狂歌從此始。

王禮部阮亭席上送吴天章歸中條山

陳維崧

宫梧金井催高秋，禮部招我爲夜游。坐中年少較蒼健，此客毋乃爲并州。言從中條來，欲返中條去。中條山色青刺天，舊是群仙栖遁處。君今吟卷動王侯，快刀健馬百不愁。暂隨鵷鷺朝紫闥，詎逐猿鶴巢丹邱。君説中條山，我唱横汾曲。晋國河山落日黄，漢家簫鼓寒波緑。蔓草全縈鸛雀樓，西風自響王官谷。吊古須憑酒一尊，移家恰得書千束。羨君歸計已先成，我在長安懶送迎。秦關明月桑乾水，匹馬相從魏豹城。

己未元日同孫豹人毛大可朱錫鬯吴天章喬石林陳冰壑飲曹峨嵋寓齋限賦青咸二韻

陳維崧

共作長安客，毋爲元日醒。多君抛萬事，爲我倒雙缾。異國簪偏盍，歡場履每停。屠蘇吾戀汝，城柝不須聽。

酒闌歌忽起，高興砉風帆。此曲憑誰授，斯人果不凡。但須消夜蠟，切莫羡朝衫。惜少纖纖手，呼來撥阮咸。坐上大可度曲。

出北郭門贈吴天章

陳廷敬

月斜雞未鳴，中宵塵鞅間。心清不染境，眼明惟見山。初日動林景，和風吹客顔。花枝自冉冉，鳥語亦關關。城中幽居者，高眠栖闤闠。思君共芳草，青春偕往還。

送吴天章歸中條壽母歌

陳廷敬

君不見，太華山前黄河水，山前沄沄走萬里。崑崙之源天上來，十二玉樓相向開。丹山有鳥形如鶴，王母騎之珠綉絡。五色神龍斑狻猊，黄金茸茸髯耏垂。仙真羽節從所適，小駐崆峒下姑射。太華連緜中條長，黄河之水流滂洋。龍門結束玉谿古，男兒不出亦不處。有文萬卷不求名，聊向京華走塵土。仙人一笑子歸來，黄河十月冰崔嵬。太華不騫爲母壽，玉女金盆酌春酒。

望中條懷吴天章

陳廷敬

條山蒼河水,黄陽城諫議。不可作白雲,終古空茫茫。滄州已過官河長,時清無事容方徉。我思昔人遥相望,隱淪更訪河之陽。高達夫,劉文房,二子此地曾頡頏。蒲東佳士吴天章,新詩可與二子當。此去中條踰千里,高才秀士知有幾。吴生相近玉谿邨,幹旄若賁事堪論。

論晋中詩人懷天章

陳廷敬

摩詰秀千葉,柳州儼天人。義山最崛起,流别自有真。上下五百載,遺山接清塵。自餘諸作者,海出羅奇珎。嘗鼎分一臠,已足甘喉唇。鄙人老無學,枌榆私所親。豈惟鄉里賢,名與天壤新。我初慕聖道,矯首思河津。緬維三千篇,删述垂千春。大雅久凋喪,風流隨波淪。昔者卜子夏,論詩河之濱。沿洄泝洙泗,餘潤沾窮鱗。文章寧小技,矩矱存先民。以兹慰衰晚,奮翼攀鳳麟。既得金鵝子,金鵝,天章齋名。刮眼辨玉珉。子居玉谿上,義山舊卜鄰。况復龍門峻,岧嶢臨高旻。執鞭今所願,參駕豈同倫。蚍蜉與大樹,天賦理則均。撼之適足笑,安分不失身。扁舟阻千里,寸心無由申。所期鄉國間,詩教還清淳。

送吴天章自天津歸蒲東二首

陳廷敬

春芳今欲歇,别思轉悠哉。狗監人難遇,蛾眉老易猜。青山三晋遠,秋色九河迴。千里臨岐意,能無酒一杯。

歸到中條隱,高居長薜蘿。清秋明華嶽,落照見黄河。人物雄才老，雲山間氣多。玉谿終古在，相並得金鵝。金鵝，天章齋名。

贈吴天章

王　戩

玉谿吴郎冰雪姿，多生慧業非人爲。家住中條似張果，身眠華頂如希夷。有時泛舟到吴越，江花山月供標題。時復騎驢走燕冀，公卿倒屣猶恐遲。聲名藉藉滿衆口，君心淡泊誰能窺。洪惟求才下明詔，彤廷薦達君其宜。曰歲己未春三月，群公衮衮趨丹墀。獻賦直在太和殿，出朝傍晚寧論疲。此身虎鼠復何道，文章已受天子知。歸來平山拾瑶草，乘暇置酒登虒祁。姮娥奔月那可料，悼亡永夕含深悲。囊琹束書且入雒，素衣飽受風塵緇。我也飄零若飛絮，與君會面黄河湄。傾蓋先求發篋衍，高文慰我長相思。君爲微笑出所有，漁洋選定蓮洋詩。讀之精神殊要眇，如聆簫鼓横汾時。中間意氣更莫敵，指揮萬馬行三垂。自兹同舍日相就，水南水北相追隨。知君雅志慕林壑，見君真氣横鬚眉。一卷《金經》時在手，九還大藥遥垂頤。偶然謳吟寄逸興，千言俄頃隨毫揮。快劍長戟壓紙尾，龍跳虎臥臨墨池。在昔開元李太白，金鑾殿上飛雄詞。天厩飛龍不肯御，神游八極門前何能追。如君風流正堪敵，故其所遇皆同之。我從抱病太狼狽，顔色黧慘如枯龜。低頭直欲拜東野，效顰寧敢看西施。日來琢句坐深院，篇成自哂無葳蕤。忽焉喉間出苦語，繞屋大叫驚狂癡。齷齪難辭飯顆笑，或者却得真本師。今晨晴旭照書幌，西風樹影摇參差。拂几題詩敬相贈，聊共嘔噱如無奇。

次天章見贈二首

王　戩

醉把金鑿落，異地罄交歡。安得東郊道，寶馬恣游盤。依人謹笑啼，似對新舊官。且歸就幸舍，抱膝銀釭寒。

齋期聊復飲，飲罷寂無歡。忽憶舉椀時，生菜進春盤。一别感歲序，遠道如之官。素衾裹珠淚，不共宵眠寒。

奉酬天章約游風穴之作

王　戩

春風吹汝水，暮雨坐花間。客路未可極，我心長欲閑。泉聲白雲寺，樹色紫羅山。好在連游騎，高吟變苦顔。《風穴次韻詩》自注云："昔與天章同作客，天章以詩約游風穴，落句云：'休言涉魚齒，凍雨損朱顔。'余次韻答之，起句云：'春風吹汝水，暮雨坐花間。'俱爲新城公所賞。"

同天章西厓飲司成公寓得揮字

王　戩

南陸修景下，西山含夕暉。高齋啟書幌，燕子當簷飛。灼灼桃李枝，公門久芳菲。相視豈無言，導之若發機。凉風來何處，對影杯堪揮。分題刻燭間，大音聞聲希。誰能便學海，蕩蕩情所歸。閑起步階闥，驟雨沾人衣。

吴天章爲余題扇戲成十韻奉酬

王　戩

南山明霽雪，愛日行前除。並坐照玉堂堂名，哆口談虞初。老槐四三株，落葉侵長裾。賢哉吴季重，伴我如蛩驉。不作肥瘦歌，愛轉三乘書。偶然成斷句，脱手先軒渠。臨窗展團扇，涉波驚墨豬。勿云恖恖耳，詎至蛇蚓如。置之懷袖間，一吟心神舒。江梅翹春葩，便可謀歸歟。詩有"漢江梅花"之句。

題金鵝館呈天綺天章之弟

王　戩

晚風吹征衣，蒲坂前郵是。空傳魏豹城，何處韓侯壘。短策撥興衰，往事一彈指。客窗到明月，臥起清宵美。晨憩金鵝館，妙麗祇園似。萱草北堂茂，慈竹春庭紫。清談滋味佳，況復供多旨。出門西向笑，又渡黄河水。人生苦營營，坐驚歲月駛。讀書與博簺，亡羊則均耳。不如去南山，叱石聊復爾。明當伴初平，今方對初起。

贈吴天章摸魚子

朱彝尊

愛蓮洋、無多行卷，才華直恁明秀。紛紛日下柴車至，逸藻吴郎希有。李十九。慣把汝詩篇，三載藏懷袖。今秋邂逅。便訪我城東，凉波殘月，曉度玉河柳。　交期合。不在時時握手。傾心偶共杯酒。六街聽倦鼙鼙鼓，頗厭征衣塵垢。殘雪後。待驅馬盧溝，轉入孤山口。蒼厓若臼。伴翠竹黄梅，香林守歲，清興爾能否？

《四庫全書總目·别本·蓮洋集》二十卷提要

國朝吴雯撰。雯，《蓮洋集》已著録。案：王士禛作雯墓誌稱其詩"一刻於吴，再刻於都下，三刻於津門"，今皆未見。趙執信《懷舊詩序》稱雯以遺稿付王士禛，雯没後將二十年，其集未出，疑士禛耄而忘之。又稱"池北藏書散失殆盡，是集可知"。則雯之原稿似乎散佚。近時乃疊出三本：一爲臨汾劉組曾所刻，一爲山東孫謂所刻，一即此本，爲浮山張體乾所刻。劉本稱得自士禛門人黄叔琳家，孫本及此本並稱得自雯侄秉厚家，皆以士禛評點相誇。孫本並考核評語之同異，此本更較量圈點之真僞，考第七卷中《留别仝車同》詩載士禛評曰："今車同果領解中州，此亦讖也，惜天章不及見耳。"灼爲雯没後之語，則士禛所定或歸吴氏亦未可知也。然士禛諸説部中，所品題獎借者幾於指不勝屈，今其集率久覆醬瓿，無人重其姓名。而雯詩獨數刻而未已,是知雯詩足以自傳,不以士禎始重也。刻雯集者,反若借士禎以傳雯,然則使雯不及識士禎,即謂雯詩不工乎?三本之中,劉本詳備於孫本,此本又詳備於劉本,要之詩之工拙,不系篇帙之多少。今繕孫本入秘閣,而此本則存其目焉。

張體乾本補遺

《山西通志》本傳

吴雯,字天章,蒲州人,性至孝,事母暨祖、祖母,胥安其養。嗜讀書,鍵户永樂鎮,讀父學正允升藏書不懈,益勤。久之,於經史、秦漢暨唐宋元明諸作者源流同異,悉能確指其故。不屑爲帖括家言,戊午舉博學宏詞,臨朐馮相國、新城王司寇讀其所作詩文,大加賞歎。晚年築室谷口,家日貧,詩日工。著《蓮洋集》若干卷行於世。

吴徵君傳

王 苹

徵君姓吴氏,諱雯,字天章。其先遼陽人,曾祖三仕官雲南都司僉書,祖光國,父允升舉順治乙酉順天鄉試,署山西蒲州學正,乙未成進士而卒,遂籍蒲州。子四人,徵君其長也,幼明慧,善屬文,十五補諸生第一。旋食餼,益發奮讀書,搜覽群籍,能得其用於詩筆之間,一再試有司,不見收。詣京師謁父執榮工部開、梁御史熙、劉刑部體仁、汪户部可琬,皆識賞。世固已知有徵君。一日,題詩榮工部客位,今刑部尚書新城王公士禎時官禮部,見而歎爲奇絶,乃繕寫歌詩上謁,新城得詩,因與談藝有合,爲之延譽崇獎。而徵君之詩名益大,凡士之博雅者,皆援君自重,所至造謁,贈答無虚日,四十年來布衣詩名之盛傾動四方,如徵君者,未之有也。會詔求鴻博,徵君在舉中,臨朐知其名,一日以扇索詩,徵君奮筆大書絶句與之,卒以不遇,亦不悔。還所居中條山奉母。久之,出游梁宋,詩益工。徵君以貧故,數因人遠游,歷燕趙齊魯吴越秦楚之區。抵天津,有知其貧者假千金,鬻財里中,拙營殖,值大饑,失千金,其人官布政致之幕下十年,以償稱貸,而不知者、謂其負若。晚訪舊京師,老矣,歸未幾,母殁,以毁卒。卒時語弟霞曰:“對華山埋吾骨,東乞新城銘吾,藏定吾詩,盈吾志矣。”霞如其言。自新城著漁洋前續諸集,世之爲詩者,爭效其體。徵君之詩,興會所至,與新城持論自合,故新城志墓有“釋迦鶖子”、“溈山寂子”之喻。詩刻者累數百篇,未刻者尚千餘篇,新城删定爲如千卷。子二人,江蘭、崇厚皆前卒,孫逢源尚幼,天下號爲“徵君”。

王苹曰:余己未歲暮始於蒲州識徵君,鬚髯嗛嗛,然飲酒不數升輒醉。醉輒左手持餺飥,右持冷炙,吟詩不輟。過其家,屋破日光穿漏,土銼上一卷數寸許,紙敝墨渝如市肆籍,書皆顔柳戈磔,則其近詩,今二十餘年矣。徵君好仙佛,淡榮利,晚有鄭谷之竹四畝,欲作堂歸老,不獲,悲夫!

附録六

孫謂系統本序跋

序

詩之可以傳後世,歷久而不厭者,其精神足以貫乎百世,而氣類能通乎人心,譬之玉韞于石,珠胎于蚌,儲川嶽之靈秀,日月之精華。雖埋没於巉岩斷壑、荒江寂寞之區,而精氣有不可掩者,一旦露其光彩,無論識與不識,皆欲得之以爲寶,而思先睹以爲快。歷觀漢唐以來詩人,若蘇李曹劉,以及陶、謝、沈、宋、李、杜,蔓乎尚已,下至郊、島、隱、幹諸人,挾偏流之才,而刓精刻腎,皆能自寫其性情之真。而歌哭悲笑,有以沁入人心,故至今讀之,猶想見其音容,愛玩而不能置。此固不倚名而立,不借勢而行,不因毁譽爲顯晦者也。

蒲阪吴蓮洋先生,以詩鳴於世六十餘年,而海内猶俎豆之不衰。余量移蒲丞來永樂,即《水經注》之所謂"玉谿澗",而先生之所寄居者也。其後人食貧走他方,不可物色。乃從其里之吉生、姚生搜得遺詩數百首,讀之温厚和平,有弦外之音,味外之味,漁洋先生稱爲"仙才",信不虚也。繼得臨汾劉君刻本,幾三千首,先生之詩略備,而劉君之用心,亦可謂勤矣。但微嫌其太夥,暇時擇其純雅者,分體編輯,並附其未刻詩文於後,釐爲十卷。嗟乎!先生道有餘而遇不足,生平淪落不偶,謀食四方,游襄鄧,適吴越,涉衡湘,走齊魯燕趙,往來于碣石津門,蹩躠靡騁,歎一飽之無時。雖應制科,一徵於朝,旋被放棄,先生之遇,可謂窮矣!而當時與先生比肩者,掇巍科,乘堅剌肥,焜耀炫煌,乃不數十年,聲銷名滅,而先生之詩,靈光獨存,照耀寰區,從有一蓮洋先生,在其心其間,天之所以拔先生於身後者,不可謂不豐矣。雖然吾聞先生精釋典學、無學,方將齊得喪,一死生,豈復戀戀於身後之名哉?抑聞先生易簀時,囑其弟霞曰:"吾死後,詩不可輕出,漁洋知我,其乞點定序之。"亦可見其名心之未盡泯。而鄭重之意,尤不肯輕爲世人所評騭也。

余以末學淺識,生數十年後,妄爲編輯,得毋爲先生之所不許乎?然人有曠世而相感者,恨我不見古人,亦恨古人不見我,則精神之感觸,安見異世不可相通哉?倘先生精爽不昧,馭赤虬,駕文鯉,望故鄉而投止,徘徊於五老九峰之間,民人已非,城郭猶是,河聲嶽色;或重吟"桃花"之句,而劃然長嘯,未可知也。猶憶今河南按察砥齋周公,前守蒲,曾爲余言,向任寧武時,過代州李由中署中,李閩人,有學識,修潔,善扶鸞。蓮洋降焉,乩筆詩歌,皆類其生前作。公因乞其平日詩,乩書曰:"異日途中相贈。"後數月,公調蒲途中,有封其詩而投刺以獻者,公在輿中,接其詩而反其刺閲之,則蓮洋詩也,急呼其人,則已不可見矣!昔王子安溺于江,不忘"秋水落霞"之句;李義山死後,猶登舟吟《木蘭詩》。昔人傳以爲異,今觀先生投刺之事,尤可異焉,豈文人結習不忘耶?抑得力於禪者深,而現身證正果耶?因編先生詩,而牽連書之,備詩話一則云。

乾隆甲申小春東魯後學孫謌謹書於永樂官署

凡　例

一　余素慕先生詩,己卯量移蒲丞,到任時即搜羅先生遺詩,從吉、姚二生覓得抄本,字多訛錯。繼得臨汾劉君刻本,幾三千首,先生詩略備。嗣後訪其後人,數年始見其侄敦厚,出其家藏原本,皆阮亭先生所點定。公餘之暇,再四校讎,擇其純雅者,得十之三,捐俸重爲鏤版，其刻本遺漏者補刻於後。

一　刻本阮亭先生評，間有將他人評語誤入者，今悉照原本改正。

一　先生詩有自注，原本未刻者，今補刻於各句之下。

一　刻本乃阮亭先生删定者，今照原本將所删之句，間注於本句之下，使讀者既見原本，並知阮亭先生删削之妙。

一　刻本中字有錯誤者，今悉照原本更定。

一　先生刻本處遺詩尚多，余從人家絹素中搜得墨迹，抄録數十首，擇其雅者附刻於後。

一　原本詩中，經阮亭先生訂正者，如五古篇《痛食肉二首》，五律《次宿州（其一）》《贈韓斐然》《行次華下》《慰劉如南大令壽》《寄汝作兄》，《七律送魯庵水部出鎮黔西》，七絶《聲百小照二首》《題黄湄都諫詩（其二）》《戲題韓集一絶》等篇俱已删去。今刻本仍載，想未見當日删定原本也，今概不録。

一　先生集中佳詩甚多，今不能悉載，未免有遺珠之歎。舊刻具在，可參閱也。

一　古人詩中，太白、昌黎、長吉諸集中，補遺者多有贋作，系後人竄入者。今所録遺詩皆先生墨迹，再三審擇，無一僞托者，庶免魚目混珠之誚。

一　先生不多作詞，原本間有數首，謹附刻於後。

一　先生古文久已散佚，其存者尚有數十篇，一時未能盡刊，謹附數篇於後，吉光片羽，不忍棄也。

一　先生聯句詩一首，與詩餘《咏檻竹》一首及銘贊二首，雖經阮亭先生選定，刻本已登，但以類分編，故各附於補遺詩文之後。

一　當時海内名公贈先生詩甚多，不能遍載，謹刻阮亭、秋谷、竹垞三先生詩及先生弟霞二首，並附鄙作於後。

一　余之任蒲津時，李聞遠表弟囑曰："蒲津有吴天章前輩，宜搜羅其詩表章之。"今余孳孳刻此者，亦以復表弟之命也。

一　搜羅先生詩文，鉛槧物色，頗費苦心，其參閱則吴門元音王君，校對則劉、姚諸生，暨兒思魯、思京，但恐其中尚有缺訛，猶望後之君子補正焉。

東魯後學孫謂謹誌

跋

昔李太白以詩雄於唐代，同時魏顥刊其詩於絳，以付其子平津。白卒後五十餘年，元和末，范傳正拜宣歙觀察廉訪，其女孫遷其墓於青山，劖二碑藏於幽隧，復編輯斷簡，而後太白之詩始稍窺其全矣。古人之表揚前賢樹名不朽如此哉？

國朝蓮洋先生詩，有仙才，新城公曾擬之太白，迄今六十餘年，存者固夥，而散佚者亦復不少。家大人官蒲郡，訪其後人，存恤而周給之，得其殘編，半就漫滅。復從人家卷軸中搜得手迹，反復校對，鏤諸板以行世，此與范、魏之刊正太白詩者無異，而編輯之詳尤過焉。甲申夏，京省覲來永，適刊吴集，命余兄弟共司校讎之責，因得閲蓮洋先生原本。悉新城公所删定，硃墨燦爛，七八十年故物也，塵埋已久。今一旦裒集付梓，使重新刻之，則蓮洋先生之著作、新城公之評騭，皆得永傳不朽，百世之下，有知好者，其必有取於斯編也。夫刻既竣，敬書數語於後。

男魯、京謹誌

四庫全書總目提要

《蓮洋詩鈔》十卷，國朝吴雯撰。雯，字天章，本遼陽人，順治六年，其父允升任蒲州學正，卒於官。雯兄弟孤弱不能歸，遂爲蒲州人。康熙己未薦舉博學鴻詞，不中選。其卒也，刑部尚書王士禎爲志其墓，稱初見其詩，有"泉繞漢祠外，雪明秦樹根"、"濃雲濕西嶺，春泥沾條桑”、“至今堯峰上，猶見堯時日”諸句，吟諷不絶於口，所作《居易録》中又亟稱雯《西城别墅》諸篇。趙執信《懷舊詩》序亦稱雯“拙於時藝，困躓場屋中。體貌粗醜，衣冠垢敝，或經歲不盥浴，人咸笑之，然詩才特超妙”。其詩一刻於吴中，再刻於都下，三刻於津門，後士禛爲删定，存千餘首，亦見墓誌中。因雯没之後未及刊行，故《懷舊詩》序曰：“蓮洋卒後，阮翁爲作墓誌，且删定其集，迄今將二十年，未行於世，意其時阮翁耄而多忘，未幾遂没，未及歸諸吴氏耶？池北書庫散失殆盡，蓮洋集從可知矣”云云。然其集實已歸吴氏，乾隆辛未汾陽劉組曾裒其全稿刻之，又以士禛所評者别刊一小册並行。越十三年甲申，山東孫謌官蒲州府同知，始從雯侄敦厚得士禛所定原本，簡汰重刊，詳載士禛之評，並以劉本所遺者補刻於後，復以所見墨迹補之。其士禛所删而劉本誤刻者咸爲汰去，凡得古詩二卷、近體五卷、補遺一卷、詩遺一卷、文一卷，冠以“墓誌”而附以同時唱和題咏之作，即此本也。雯天才雄駿，其詩有其鄉人元好問之遺風，惟熟於梵典，好拉雜堆砌釋氏故實，是其所短。劉本所刻無所持擇，頗傷冗濫，此本沿新城之派，又以神韻婉約爲宗，一切激昂沉著之作，多見屏斥，反以鄰於清弱，亦不足盡其所長，然終較劉本爲簡潔，故置彼録此。至其所載士禛評語，繁碎特甚，如《題汪玉輪〈看劍圖〉》詩下附記云“原本評語‘奇作’二字似阮亭先生筆迹，‘胸有造化’四字非阮亭先生筆迹，刻本並作一處，誤”；又如《城曲眺望》詩下附記云：“原本題下有墨筆評劉長卿之詩也，不知何人評，阮亭先生改作‘絶似劉長卿’”云云，此亦何關宏旨，而字句異同，乃如是其珍重之！今悉删除，以廓清耳目焉。

乾隆四十四年四月恭校上

附録七

其他系統本序跋(劉蘇本)

序

天下銷磨老死於山水之間,多奇偉非常之士。卒不得而澌滅者,其精神所注,往往托於詩以傳之。蓋詩以言志、詩以達情,感遇而申懷,厥有以也。然言志矣,不能觸發人之志;達情矣,不能感動人之情,其爲詩也,非所以爲詩也。若乃自成,其爲一人一家之詩,而曠世相感能使人破涕歡歌,不能已已。雖其人所遭不偶,老死於山水之間,而其詩必傳。且豪傑之生,實融結山水之秀,而山至太華何高耶?水出崑崙何遠耶?禀靈淑而發爲歌咏,一水之自洩其聲,山之自呈其色,歷久常新,亦理所固然者。因思李義山家於玉谿澗,黄河、華嶽正環流聳峙於其處。夫義山,唐代詩人也,抱出世之才,終身幕府,不登仕藉。至今海内言詩者,莫不指屈義山意,後之居是里,而克媲美義山者,亦甚難之,乃河嶽之秀不終閟惜。數百年後,天章吴徵君復家於玉谿澗,而亦以詩鳴於海内。予於稼莊廣文署讀《蓮洋集》,知其爲奇偉非常之士,而以布衣終老,所遭正與義山無異。其爲詩也,亦與義山異曲而同工,每讀一過,而予之志與情不自知何以油然而生也。因搜司馬雙清堂中所藏諸刻及絹素手迹,與稼莊參訂授梓,亦以徵君之詩久已流傳,選者不一人,刻者不一地,而其中評點者不過十之一二,是以分編闡發,以志景慕之意,固非敢云品騭高下也。抑又聞之徵君嘗於修竹梅花間得古刻"河聲嶽色"銅章,詩成用署楮尾,或造物者因其詩之高且遠,與河嶽之聲色相肖,遂以此贈之與?抑天生徵君豐其才而嗇其遇,故舉應鴻博,旋被放棄,退而窮老以死。僅以詩洩山水之奇與。雖然徵君之詩,既於山水之奇發抒殆盡,即消磨老死於山水之間焉?可也。其詩具在讀者應於河嶽之聲色求之。

乾隆歲次丁亥又七月上浣池州埭上蘇爾詒撰

凡例

一　徵君於書無所不讀,性淡潔。家貧無以爲養,以升斗奔走四方,所至知名士輒願與游。胸中涇渭,不狥世俗,毀譽凉燠,以爲親疏。漁洋謂黄叔度"汪汪如千頃波",庶幾似之,故詩之清遠、渾厚,如其爲人。

一　康熙戊午,應鴻博之薦入都門,耽寂守素,不肯望門求知。有相國知其名,以扇索詩,大書二絶句答之。卒以不遇,恬如也,即此可定其詩品矣。

一　徵君生平所著詩最夥,吴中、都下、津門之刻爲詩無多。臨汾刻本搜羅幾盡,刻於蒲郡丞署者,則多所去取矣。贄與蘇子薇谷得太原司馬雙清堂所藏諸刻本,并手稿絹素之未經問世者,翻披編輯,以艱於鐫刻,先擇尤雅者登焉。

一　徵君易簀時,囑其弟霞求漁洋删定遺稿,而諸刻本載其評者不過十之一二。此選因原本未經編年,故分體類輯録。漁洋之評并沈宗伯别裁集之評,一則稱爲"仙才",一則稱爲"清挺生新",名人賞鑒,所存不敢略也。

一　詩無達詁,評點似涉方隅之見。薇谷謂:"我輩景慕徵君,據所見以爲評點雖未盡其妙,爲不知言者之談,而其任人領會處自在也。"贄以爲然,故間亦附其所見。

一　各刻本内句法之多寡攸殊,字眼之參差互異,酌其精當者從焉。至魚魯亥豕之訛,俱悉心訂正。

一　徵君詩不能盡刻,未免遺珠之歎。更有古文、詩餘、聯句、銘贊等作,亦以選詩割愛。讀者欲窺全豹,舊刻固具在也。

東敬後學劉贊識

其他系統本序跋(殘本六卷)

跋

蓮洋先生吴天章,詩名海内推擅場。予生未及親色籠,自恨裹足居窮鄉。甲午孟冬來馬邑,何君置酒羅中堂。坐客紛紛席未暖,一人氣宇驚軒昂。荒城斗大苜蓿冷,詞鋒骨格偏老蒼。因詢家世座頻前,群季人推謝惠連。兩家祖父原通籍,甲子週迴六十年。先生尊人與先伯祖少參公同乙未榜進士。先生仙去已一紀,空餘箱篋存瑶篇。啟鐍捧護如拱璧,奇光照耀錯食眠。鈎元題要根益茂,傾液漱潤情彌鮮。況兼慧業深禪悦,微會妙解參真詮。就中點竄何精當,老眼漁洋磨丹鉛。集中删定,悉經阮亭公手。撫此卷帙未行世,如劍在匣珠在淵。身後幾歎無與付,先生子崇厚、孫逢源皆相繼隕亡,止有曾孫,今甫三歲。苦心綴緝頼寒氈。安得一朝事剞劂,荒裔日出同流傳。馬邑何明府席上識吴天綺廣文,因獲讀《蓮洋全集》,喜而書於卷尾。

雁門後學馮光裕頓首拜

序

吾友吴天章貽余近詩數十百篇,余讀已竟作,而歎曰:"吴子之詩,可謂工矣。"吾嘗見今之稱詩者,粗知章句,剽竊一二成語,以此好曰能詩,能詩者固如是乎? 蓋求其好學深思如吴子者,實未易覯也,今吴子之詩,可謂工矣。余客居長安,與吴子一再見於阮亭、茗文兩先生座上。阮亭先生語余曰:"吴子之於詩,蓋生而好之者也。凡人皆各有所好,則皆各有所學,下至圍棋、六博、擊球、格五諸雜戲,無不由好而學,由學而精,吴子之於詩亦然,其精於詩宜也。"而茗文謂余:"吴子幸生而好詩,吴子幸生而不即見今人之詩。使吴子生而即見今人之詩，詩雖工，吴子亦今人耳，安能掏擢腸胃，盤定兀冪，以與古人相頡頏哉！”余觀吴子詩，接其議論，乃知兩先生之言信然。今吴子歸矣，吾聞三晋河山，爲昔人所斗爭處，其間遺言廢壘，蒼凉荒落，俯仰之間，可以慨然而賦。又聞中條山色奇麗甲天下，吴子歸日，取古人所爲詩讀之，其間山水所蕩激，景物所觴發，吾知吴子之爲詩有不止於是者，吾又何以量其所至乎？於其行也，作詩歌以送别焉。

陽羨陳維崧其年撰

附録八

吴霞晴蓮閣詩

《晴蓮閣詩》序

海内藝苑之士,每不知蒲坂之有吴子天章。號稱能詩蓮洋詩者,即知其弟天綺,未見數數稱?其《晴蓮閣詩》,豈以詩百數十首,不以蓮洋蓄積篇章既多且美與。抑家居湯河之濱,琴烟自適,而交游未廣與?天綺之詩才、學識不可謂不大矣。使如其兄居宋日久,遨游南國,僕僕京華道上,詩篇之多,流傳數百首,又有洞門、阮亭諸前輩爲之延譽,則其聲名頓起,早已嘖嘖藝苑間,尚沉滯百首而每聞哉?雖然詩以性情傳之,以詞氣傳之,以多寡誠非篤福也。劉春□一生止存十四首,人不覺其少,况天綺行蹤三載海門,誹老附王官谷而不出者。性情詞句,實類阿兄,雜之蓮洋,誰能辨其爲晴蓮詩也?吴子昆季每誦詩多寡,皆以"蓮"名集,倘自信其詩有如"清水出芙蓉,天然去雕飾"者,與或王官谷口、玉谿之畔,果有芙蓉瀲灩而昆季聚居,鍾情於此以見志與?序而傳之,知百首清詩足以傳吴子天綺也已。

乾隆歲次戊子榴月太平藥齋趙熟典題於愛日堂中

晴蓮閣詩

河中吴霞天綺著
太平趙熟典藥齋鈔

行華山下

迢遞關門路，三峰入望偏。影將凌碧漢，色自落晴川。寶閣雲霞護，丹崖日月懸。幾時到絶頂，一踏藕如舡。

望陳希夷栖隱處

室有懷仙意，真詮歎未逢。偶瞻蓮嶽秀，彌感羽人蹤。洞壑留元氣，峰巒想道容。何時塵累盡，采藥入雲松。

王官谷

洸馬郇南路，王官紫翠重。人家依谷口，樵徑入高峰。竹暗千巖雨，泉飛一磵風。何年來結舍，猿鳥許相同。

與子文同途至晋祠却送入秦

行行未足苦，千里賴同游。拚飲過山店，題詩上驛樓。微言開妙悟，美度出時流。却復分携去，牽懷是隴頭。

過青樵村居

一月不相見，村居羡爾閑。偶來深巷曲，終日不知還。徙倚階前樹，遲迴檻外山。重勞雞黍具，日夕醉田間。

將歸里門寓齋紫荆盛開波千宗一兩太史過賞即席和呈

春晚花無數，階前見紫荆。向人如有意，背客亦多情。照水色無定，當杯氣益清，欣然對歡賞，且莫念長征。

同諸公游巖寺

山寺如城郭，逶迤共遠尋。到來真異境，直是欲空心。嶺塔風霜古，廊碑歲月深。徘徊忘去住，鐘磬有餘音。

題梁芰梁嘯竹軒三首

愛爾西窗下，修篁覆午陰。晴光當砌滿，爽氣入簾深。固以見幽賞，還爲托素心。蕭蕭風雨夜，長得靜中音。

色照一庭緑，光涵十畝陰。鳥來窺客語，雲過映窗深。碍路不嫌密，臨風可寄心。佇看栖鳳日，噦噦下仙音。

我屋中條下，周遭水竹陰。柴門銜瀑冷，花徑向山深。落落籬邊趣，悠悠世外心。今來瀛海上，仍喜得知音。

新　晴

春雨曉方歇，新鴻海上過。鄉關千里思，偏向此時多。緑遍横溪麥，烟深虛洞蘿。何當尋野叟，載酒一長歌。

將歸中條逸峰賦詩見送依韻奉答

無端津水住，三載始言歸。感爾臨岐意，殷然世所稀。野花愁裏發，黄鳥雨中飛。迢遞關門路，還應笑布衣。

贈楊將軍

幾叢墻角竹,一卷枕中書。不謂將軍府,還同高士廬。看山春列騎,留客夜烹魚。詩禮有精義,朝朝更起予。

依韻奉答江辰六先生見過

夫子善爲政,還多愛物心。遥傳騶從至,端念素交深。廚少兼珍味,庭惟野竹陰。披襟凉月下,高咏有餘音。

贈董禹飏

紫芝纔一接,吾意即相高。早譽崇牛炙,英才逼鳳毛。青雲畜器業,皇路看翔翶。爲把江花卷,温醇似飲醪。禹兄有《江花閣集》一卷。

送禹飏入都

聲望江都舊,温文衆莫如。不輕天下士,欣讀古人書。河上愁攀柳,天邊盼寄魚。悠悠東北路,芳草襯行車。

慰青樵

山居本寂寞,况此秋風時。上策雖違願,歸耕猶未遲。且斟新釀酒,聊賦古人詩。莫以暫屯蹇,便爾生嗟咨。

雨中懷谷口友人

爲厭城居有底忙,時縈幽夢到山堂。雨中修竹應遮逕,秋老寒花定覆墻。池上幾時重載酒,林中無客自焚香。知君躭靜勤攻苦,冰雪還期一寄將。

寄雪師

已與塵埃息萬緣，更來深谷一安禪。水流茶竈通幽澗，洞闢松巖敞碧天。定後不知雲入户，静中惟見月生泉。勞勞自笑真何事，今偈還求示的詮。

家園雨中偶興

凉風八月雁來初，積雨何人問索居。引霤自栽窗下竹，焚香還讀枕邊書。鄰翁盡許賒醇酎，中婦猶堪鱠鯉魚。更報秋深秫方熟，醉鄉風味果何如。

題劉伯恒新亭

喜君新構倚層臺，窈窕軒窗面面開。拂簟臥貪花氣入，披襟坐愛竹風來。工詩司馬留題過，歌雅將軍集飲回。我亦時時着雙履，相期莫厭破蒼苔。

寄愚谷内兄

罷官聞向洛陽居，意興婆娑轉自如。有客定應頻貰酒，無錢想未再收書。盡教逐逐雙熊駕，何似悠悠下澤車。我欲東來相問訊，冰霜未便近藤輿。

送王秋史歸山東

夙昔未相識，佳句早披晤。今兹方見君，却復汶陽去。堤柳緑欲齊，岸桃紅已暮。爲嗟行路難，銜杯久延佇。

臨清題壁

浮生亦何爲,南北如萍梗。日日道路閑,風沙顇形影。轉欲去家山,家山可習静。安得成歸計,沿溪田一頃。冒雨獨荷鋤,臨風閑汲井。優游任歲年,庶幾全懿秉。

簡逸峰

念我中條人,久作瀛海客。旅食乏好顔,自顧生嘆息。得君契素心,高齋置瑶席。幾同文字飲,遂爾成莫逆。自昨抱微恙,有如千里隔。闃寂庭户間,鬱鬱竟焉適。無事唯高枕,有時仍讀易。陰陽與消長,此理費探索。頃聞明日來,中懷愁頓釋。疑義賴博辨,庶不虚晨夕。

冬日送景文巖入汴

君本中條人,竟爲夷門客。悠悠五十載,始來訪故宅。瓌瑋七尺軀,縱横百家説。自是賢豪流,真生墟里色。忽復大梁去,却戀并州别。何年跨紫騮,重踏玉谿雪。

欲尋青樵復雨不果因寄

秋雨沉沉秋草腐,車馬音稀歌獨處。今晨稍霽欲相尋,倏復蕭蕭滿平楚。念爾躭幽栖翠岑,無憀應亦賦愁霖。城中苦厭泥滑滑,石上泉流幾尺深。

苦雨行

戊寅秋八月,淫雨诚堪讶。浹旬仍未休,暝晦失晝夜。甌窶亦生泉,穹窿似裂罅。井竈烟火微,庭榻寒光射。兀坐動深憂,深憂在禾稼。浸漬漸生耳,農業將無罷。嘉禾最望秋,二麥况失夏。辛苦不得食,婦子潸悲咤。高門盛倉箱,貧家恐難貰。欲日豈未足,補天誰能借。致此或有由,未敢委造化。安得長風來,一遣雲師駕。

秋杪書景

雨餘天宇氣澄徹,雲物秋深歎奇絶。沿山紅樹匝千重,海底珊瑚墮瓊屑。朝來更復益清興,一夜千峰擁晴雪。須臾朝暾弄光彩。林巒高下互明滅,一年好景曾幾見,况復人事倍縈結。我欲攜壺巖下行,終日倘佯恣怡悦。

次韻家兄城南看蓮

城南勝烟景,聯鑣塘上路。水花曉正開,香遠不知數。會心良在兹,徘徊成小住。南風入檻多,披拂動高樹。既愜物外游,真有濠梁趣。寂寂下魚虎,漠漠飛白鷺。不有池上酌,何以遂閑步。東山雨欲來,尚戀題名處。

送友謁選次兄韻

櫻笋盈廚不費錢,松下茅堂宜晝眠。池上有時飛白鷺,峰陰常是瀉紅泉。幽栖習静厭冠蓋,胡爲拮據走燕代。鶴書昨日下邱園,不得少留增别態。筵前握手太匆匆,陌上塵飛十丈紅。鴨鳩纔啼騎馬去,幾回夢失清暉中。讀書今始爲民牧,要使民馴如野鹿。郡齋合種茂叔蓮,官閣還栽子猷竹。簿書鞅掌誠損神,清時難藏有用身。十載宦成賦歸去,還有清陰待主人。

次韻鳩谷晨起雜興

紅收河上邨,翠横郭邊嶺。望望春已深,農務紛當整。曉驅兩黄犢,遠入新緑影。呻吟菌閣人,尚怯青衫冷。

讀《晋書》良吏傳有懷海豐吴克庵觀察即寄

有晋良吏中，隱之吾所愛。剖符寶玉鄉，何曾眩珍怪。酌泉誓深衷，夷齊終難穢。屑屑一片香，尚投湖亭外。於今千載後，高潔凌沆瀣。我公瑶玉姿，疇昔念相對。清操凜冰霜，德意更瀟灑。當其作鎮時，去盡赫赫態。虚懷到野人，蒿目及草萊。化奢復淳樸，漸俗變狡獪。三年政將成，一朝身忽退。蕭蕭匹馬東，得失詎曾介。雖無一囊錢，清風穆然在。悵望東海雲，願言甘百拜。

雨後游東山

山中雨方歇，探奇東山道。行歌溪水長，便覺凉風早。愛此林壑清，兼聞禾稼好。逝將遠塵囂，松間拾瑶草。

鐵　牛

雨蝕烟磨古渡頭，開元曾此鎖輕舟。鳴鑾飛旆歸何處，猶臥寒沙對淺流。

題永樂宫銀杏樹

鴨脚高盤玉澗西，花開花落歲難稽。傳聞舊是仙人宅，月夜常來野鶴栖。

送雪師

石窟三年參悟微，不知人世是與非。一朝忽欲舒州去，獨下前山雪滿衣。

贈彦先

愛爾翛然自絶塵,騎驢過我倍相親。留連半月齋中住,對酒翻能醉主人。

寒食次韻

兩度清明不在家,今朝寒食興偏賒。東堂舊種雙桃樹,昨日風前齊作花。

題子符小照

誰人盡出好丰姿,石上端居何所思。久有雄文比司馬,相期即到鳳凰池。

我長較君方四歲,鬢毛種種已驚人。晴窗展對增惆悵,又見年光换好春。

園中雜興

野色遥連薜荔墻,春歸是處有餘芳。穿池寧必群鴻戲,領取炎風菡萏香。

春日送友携内歸

日照紅亭醉索郎,塵飛紫陌繫游韁。王孫歸去情無限,一路毵毵柳絮長。

附録九

吴霞半氈廬詩

序

蒲州吴天綺君,宏博天章先生之介弟。憶余方壯時,侍先太傅於宦邸,購讀天章之詩與其文,而恨不得見其人。蓋先生抱道自重,不肯游於公卿之門,而余又以呫嗶爲業,不出户庭,其於先生無因緣相接,每深以爲憾。二十餘年來,先生既已即世,而余猥得與先生之介弟游,天綺君司鐸馬邑歲、科兩考,例至雲郡襄試事,余爲首邑令,故數得奉教於左右,讀君之詩,何其似天章先生也！意天章先生之爲人,必有軒昂磊落、突兀崢嶸,爲金玉之精、丹青之貴而不與草木同腐者,吾一於先生之詩文遇之,又何憾乎未見天章！昌黎有言:"思元賓而不見,見元賓之所與者,則如元賓焉。"今天綺君兄弟家庭閑師友也,天章所與,豈直如元賓之稱,引李秀才云爾哉。余幸矣,喜而題君之詩,不獨見斯文,並得友是人也。抑魯穆叔稱"立德、立功、立言"爲三不朽,而明儒有譏之者,以爲"功"與"言"所以不朽者,皆"德"也,穆叔列而爲三,過矣。斯説是也,有德者必有言,不誣也。若論功乎,孔子功在萬世者也,諸生誦法孔子,而天綺君又爲諸生倡,則羽翼聖功,吾亦於有德者望之。夫德,莫大於孝友。君詩一卷,鶺鴒在原之歎,不啻數四見焉,何居乎,書云"孝"乎,惟孝友於兄弟，孔氏之家政也，德也，功與言之所以不朽也。

雍正元年陽月漢江弟吴宗豐撰

序

余囊涖沙南，未獲與馬邑學博吴君往還，真缺事也。學博之兄蓮洋先生爲本朝詩家領袖，垂六十餘年矣。駒猶記《貽吾鄉嚴灝翁先生詩》云："蕭蕭暮雨急寒榛，獨倚高樓少四鄰。江上鼉鼉悲鼓角，下方燈火散星辰。梅花何處三更笛，寒食無家萬里人。不是相逢嚴僕射，天涯誰念草堂貧。"此等詩與少陵何異也！昔年有清文拙選阮亭先生一序，久刻之矣。近得吴君《半氈廬詩》一卷，再四密咏，一往情深。大概於工部得其悲狀，於義山得其綺靡，而又出入於梅聖俞、陸放翁，以得其條達疏暢之氣，直與蓮洋之詩相伯仲矣，謂今日之二難，可也。歸里之日，仍欲采綴近詩《半氈廬》一卷，謹藏之行笈。倘得表揚，以傳之梨棗，又吾道中一韻事也已。

雍正元年十月朔日甬江同學弟徐文駒頓首撰

半氈廬詩

河中吴霞天綺著
太平趙熟典藥齋鈔

丙戌秋日過歷下訪王秋史先生不遇余將西旋率賦一篇奉商雕刻先兄蓮洋遺詩留題屋壁冀其歸日覽之有以報我云爾秋史居趾在趵突泉西自闢有二十四泉草堂

愛汝草堂静,窅然衆泉側。堦瀉玉筍聲,窗涵石黛色。我來特相訪,得意留上國。時捷南宫。臨玩趣頗延,佇想情何極。念昔往蒲坂,君顔正白皙。有作便一囊,驚衆光灼爍。時來過我兄,纖芥亦見拾。别來三十載,東西遂莫覿。追同連枝會,惻愴已陳迹。遺詩三千首,散亂淪空筬。昨賴新城翁,阮亭先生。不惜費丹墨。一一綴評論,諄諄屬雕刻。顧我窮困姿,何以付剞劂。倘或致飄零,死將抱餘責。故人有汪湯,文漪、西崖兩先生。風義敦疇昔。並命在兩河,勛華爭籍籍。思與謀梨棗,清俸或不惜。前後更求定,完好當無缺。我識二公面,殊寡游宴密。君同二公好,揚論頗莫逆。相期往一言,成此千秋業。素同蕙鬱臭,昌黎《獻樊鄭》詩:"厥臭劇蕙鬱。"自奮修蛇螫。少陵《送程録事》詩:"義動修蛇螫。"遷延明湖傍,蓄意商斯役。詎知慳良遘,臨風徒默默。不覺驚秋晚,更苦愁旅食。聊題此詩旋,覽罷應見憶。

西谷宗一兩先生各有哭先兄詩極其悲慟賦此奉謝

詩中有淚爲交身,把讀一過一痛心。却憶平生最心折,君家兄弟是知音。

家園憶蓮洋亡兄

楝實瓜花傍井亭，兄詩："頗有城隅傍井田，瓜花楝實每清妍。"常從偶坐問聲形。竭來春草池邊滿，淚落西堂夢不醒。

兄歿已期余復客津清明展拜有缺爲之泫然因成一絶

條麓新陌辛苦成，每同拜掃及清明。應知牧豎今相怪，不見當年兩弟兄。

題兄蓮洋遺集後二絶

收得遺詩三千首，一生心血免飄零。篇篇點定人爭誦，頗賴漁洋老眼青。撫卷傷心有大名，王阮亭有"吴子詩名甚大"之目。幾回輦下共和鳴。宜興蔣京少先生近刻《輦下和鳴集》，兄詩首列。黯然却憶泉台路，白馬誰爲范巨卿。

次張子容赴馬邑見送原韻

匣中劍氣干宵紫，詎肯虚生天地裏。研精心契五千言，攻苦力追七十子。頭顱五十究無成，吁嗟命薄真同紙。去年家食益莫支，匹馬閑關入燕市。金臺未許留疲駑，邊邑秪得領多士。空疏正恐點皋比，何言位卑爲屈耳。吾子英英信異才，霜蹄蹔蹶終奮起。賦詩撇脱如弄丸，行文灑落同翻水。此中得失知者稀，莫怪悠悠相蔑視。近喜觀察敦禮延，時爲楊堯藪夫子延置署齋。大厦由來自足被。況復高館静無囂，長夏尤堪究經史。佇看來秋展鵬翎，扶摇頓出塵埃底。我去雲中不須愁，學田尚有官租米。但足釀酒與作糜，何妨荒塞繞殘壘。有生締交亦多人，如蘭氣味少君似。念别贈我一長歌，憐則差堪獎過理。臨風不惜盡百觴，南北睽隔始於此。

附原韻

壟麥初黄桑椹紫，摇落羸馬紅塵裏。借問馬上爲阿誰，廣文先生玉谿子。雖然倜儻賦凌雲，那知蹭蹬命如紙。憶昨漁洋捧珠槃，海内風騷如趨市。林王徐咎皆雋才，就中最誇吴徵士。手挽天河住人間，淨洗一時箏琶耳。先生筆研奉周旋，小謝才名轟雷起。載酒春風問歷亭，鼓柁秋雨渡湘水。到處諸侯皆逢迎，誰能傲岸作平視。當時意氣極飛揚，大覆寒士九州被。不堪垂老百無成，自署頭銜稱外史。坐客艱難少青氈，一身局促百僚底。海鶴浩蕩横天來，却從鵝鴨爭粒米。雁門關外盡黄沙，廣武原西饒戰壘。大笑劉季浪成名，畢竟英雄誰近似。不如放懷杯杓間，眼前濁醪有妙理。送君赴官亦自傷，渺茫天道元如此。

聞雁有感

夜深群動息，何事尚鳴飛。朔漠寒驚早，瀟湘暖欲依。銜風聲斷續，度月影栖稀。顧我失群久，聽之淚落衣。

馬邑立夏日見榆錢口占寄里門諸子

迢迢忽復憶家園，幾處鶯花罷醉筵。爲報邊城寥落甚，今朝纔得見榆錢。

半氈廬戲題

蕭然官舍冷無烟，載酒何人問草玄。獨有春風最相念，隔墻吹送沈郎錢。

贈凌倬庵先生

塞上重逢真是奇，髦年只似壯年時。醉來山路猶盤馬，棋罷月窗還賦詩。嶺上白雲常自悦，腰間黄綬久甘辭。稱觴恰值滿天雪，更好圍罏樂任爲。

贈崑石主人

好在中條水竹居，四時清興雜樵漁。一從北徙生惆悵，三載南榮却自如。癸巳抵馬邑，借寓其宅，迄今乙未三載矣。每與借書資辨博，更教乞米得充虚。寒氈自審人皆賤，何有君能義不疏。

雨中讀吴伊垣先生晋陽行卷賦此奉簡

夫子玉堂人，出宰雲中縣。治唯尚清淨，閭里自懽忭。幾回晋陽役，新詩滿行卷。吊古動深悲，懷人增繾綣。縱目雁門南，草木妒葱茜。公崞縣題壁云："邊吏入關纔兩日，妒它草木有光華。"較勝三雲間，豈同七澤畔。公楚人，故以爲喻。鷹隼落藩籬，驊騮羈靮韅。玄成美聲價，綸扉行踵踐。緊余淺學人，郿稻曾莫辨。難飽苜蓿盤，空此雞肋戀。雨中尤苦閑，明珠幸把玩。諷咏再三餘，鸞音在天半。

御製有《擎蓋荷珠》詞季夏月課諸子恭檢爲題俾各賦五言排律六韻代四生

熱河稱勝地，深處富奇葩。種得三峰實，開成十丈花。波心浮緑蓋，水面涌紅霞。碧玉寧云貴，明璣詎足誇。敢同臣肺潔，幸致聖心嘉。捧誦千回罷，煌煌贊莫加。

忻此南薰候，龍池菡萏妍。風飄香馥馥，雨灑葉田田。漫道鮫人泣，端應宫女憐。分來方破碎，合處忽團圓。體潔塵難涴，色瑩曉更鮮。聖心常喜悦，臨玩發瑶篇。太液晴波滿，連天荷枝繁。深容魚下戲，高見鷺中翻。落掌應難定，傾盤想欲奔。偶分驚閃閃，乍合訝渾渾。明滅因風亂，團圞自露屯。玲瓏兼皎潔，宜賞九重尊。荷花一萬柄，齊向鳳池開。燦燦紅雲起，翩翩白鳥來。野情思制服，幽意欲爲杯。傍曉凝仙掌，迎風滴露臺。光應分佛頂，潤想出龍腮。聖藻誰能和，小臣况不才。

賦得三晋雲山皆北向

名邦自古推三晋，無數峰巒盡有情。條嶺嵯峨朝帝闕，行山崒嵂拱神京。葱葱佳氣時時現，鬱鬱晴輝日日生。却怪西陲迷向背，江河可識亦東傾。

晋國雄强自古傳，還稱靈異在山川。中條直北迎天壽，上黨從南拱舊燕。萬壑爭朝同萬國，千巖羅伏等千員。巍巍帝德繞形勝，願固皇圖億萬年。

念七十初度承庠友諸紳制錦屏贈詩見賀因抒鄙懷奉答兼簡三四知己

歲月倏同箭去弦，勞勞已到古稀年。長貧秖爲腰難折，寡道終緣心未堅。樸樕作人慙衆士，岡陵致祝愧群賢。更揆微禄叨來久，欲把柴車趁此懸。

馬邑寒食獨酌有感

競道今朝爲寒食，一杯强進轉欷歔。榮華遍較難齊彼，年壽徘觀秖剩余。同歲姻友凋喪殆盡。五畝久抛成廢産，一家日聚非恒居。余涖馬邑，紀三爲賃居矣。悠悠懷抱何時好，坐看榆烟出破廬。

讀杜詩即戲用其語以遣懷

詩律難言細,酒杯敢道寬。清狂客少見,非是意多闌。

秉鐸寰州十有二載賃居三徙觸懷故園

鄙人莫道竟無居,雷首渠渠亦有廬。一紀别來驚似昨,幾回夢去悔於初。清陰誰護南窗竹,塵土應埋東閣書。自笑支離成耋老,拂衣不决欲何如。

三月晦日書悶

小齋邃僻少喧譁,詩就翻教動怨嗟。世故千形搔白首,春光一瞬擲黄沙。三春無日不大作風霾。羅浮欲去迷苔徑,滄海思歸斷釣槎。鬱悶乾愁何可解,香醪且買向鄰家。

贈馬邑李明府天池先生

玉立丰標邁等倫,多端佳政答君恩。一泓桑水同心水,千尺雁門是縣門。春種已欣盈野壠,夏弦猶喜遍山村。循聲沛著非虚假,即見崇褒下九閽。

秋暮得張子容京師書答以二絶

落莫邊城遇十秋,園紅洲白杳難求。殷勤一紙遥相訊,剩有□松雪滿頭。

特地承恩注一經,典謨疇範闡微精。子男近道訓辛苦,真是人間稽古榮。

馬邑書情寄張書登劉鄴侯兩先生

欲識年來兩鬢班，真無一事可開顔。將迎也自風塵裏，位置從人牛馬間。人客稀過庭闃寂，米鹽屢罄竈空閑。此情有底能消遣，幾度吟成幾度删。

萬卷何曾窺一班，皋比相顧有慙顔。往還不少曾閔侶，遷轉却非季孟閑。秖令一家愁鬱鬱，空抛十畝憶閑閑。因風寄爾雲霄客，惆悵應難爲我删。

塞上送孫槲峰奔赴桐城

嗟爾欲行久，遷延直至今。邊雲多慘色，塞木少濃陰。游遠情寧得，終天恨自深。龍眠山下路，歸去淚盈襟。

雁門關次嵇錫山先生韻時督學山右

風雲幾度變乾坤，殘堞高低尚有存。哀壑水鳴分南北，危樓霧暗失朝昏。盤回百折崚嶒路，扼要一失鎖鑰門。内外歸心誰牧馬，望中烟草滿平原。

薛青樵客寓平城招飲口占以贈

塞上何期共酒杯，無窮抑鬱頓教開。春明好爲樹桃李，切莫同余此地來。

喜薛二青樵張三海峰見訪

塞上儒官稱最寒，經年那得一爲歡。何期並馬留移日，不厭琅玕苜蓿盤。

大同送薛青樵司訓張海峰邑宰入都兼訊張子容進士

十日欣萍聚，一朝悵袂分。英才工制錦，老宿善論文。草色隨車緑，鶯聲逐馬聞。若逢鳩谷子，道我念離群。

再送青樵之天津

此地足戎馬，無人與論文。君來今又去，夢結海門雲。

寄平谷賈明府

一自鄉關别，倏經十五年。精神應倍健，美政訝紛傳。冉冉王喬舄，泠泠宓子弦。嗟余成老醜，方得就寒氈。

走筆招唐鳴岡飲

怪爾南翁作北客，風霜不改好容顔。遍經紫塞黄沙外，幾夢九峰三泖間。我以微官空此縛，君因何事尚難還。莫辭懶出同泥醉，料得悠悠等是閑。

春日遣悶簡鳴岡

爲笑一官桑水濱，蕭條倏已九逢春。黄牛縱美空過嚼，蘆酒堪嘗那入唇。自分朽樗宜置散，漫言屈蠖漸當伸。翛然羨爾江南客，何日相將采白蘋。

嘆　雨

邊方四月猶無雨，接夜連朝更苦風。愁絶三農資餅餌，青青不見遍城東。

奉慰吴伊垣先生

天道真難問，如公那喪兒。一朝成永隔，百里竟虚遲。銓次邑宰。且忍西河痛，聊寛東野悲。却憑多厚德，即復產岐嶷。

送姚覲揚自馬邑赴銓兼致子容

相送翻成樂，當杯肯厭頻。十朝易到路，百里久需人。頓喜風沙息，時大風兩月，其日忽止。即看雨露新。還知吾友見，道味自相親。

立夏日有感寄唐鳴岡

從來遠宦易悽然，落莫邊城況十年。入夏總無鶯嚦嚦，經春徒有草芊芊。樽前嘯咏曾誰惜，鏡裏形容秖自憐。爲寄唐衢憑斵削，不須啼淚向高天。

送唐鳴岡南歸

與君交不淺，别贈肯辭爲。泛愛情猶惡，知音意作悲。一肩還舊物，盈篋秖新詩。去去南天遠，雙魚望莫遲。

雲中懷古應學使南昌先生教

古往今來感不勝，曠懷於此倍爲興。琵琶曲怨留青塚，鳴鏑風驕剩白登。野水嚙殘柳港寺，枯松采盡魏家陵。冥搜欲得新詩好，鄙俚應難哲匠□。

擬送山陰葛明府赴西寧幕

王師歷歲事西征，調選今看跨馬行。軍國正須才吏出，閭閻却戀使君清。烏皮縛袴身猶健，白羽聯鞬氣自横。萬里戎情知料得，豈同章句一儒生。

向何明府索針工

稜稜天氣十分寒，老骨難禁敝服單。望促針工縫破綻，免教風雪臥袁安。

送黨蒲徵還富平

紫塞雪深鞭去馬，黄河冰沍覓通津。計君到日窮冬盡，便醉家園不凍春。富平酒名“不凍春”。

庚子新歲言懷

七十行將近，栖遲尚在官。半氈支偃臥，分俸就盤飡。拜揖常扶病，將迎每冒寒。幾思賦歸去，行路轉歌難。

寂寞古寰州，艱難八載留。漸衰虚健馬，多病斷新芻。轉恨親書少，空嗟應接稠。家山春正好，載酒幾人游。

得張鳩谷書感咏

故人書札自長安，絶少平時懷抱寬。不道紅綾餅啖後，翻愁脱粟飯爲難。魚鬚即見膺民社，麈尾空教殢講壇。何日與君携白墮，栖巖重對晚楓丹。來札方深秋，有“年來離隔不獲如，囊拈白墮對紅葉”之憾，故及之。

答張子容進士二首辛丑里門大饑來札有轉徙溝壑之悲

顔狀居然是老翁，漫勞芳訊自郵筒。幾違紅樹山中宴，十度黄沙塞上風。君尚饑驅悲顑頷，我寧飽臥待曈曨。何爲彼此遭仍蹇，欲一茫茫問大空。我生賦命最零丁，薄宦猶教近北庭。鬢髪全從沙裏白，山巒絶少冀南青。駕鵝味美寧常食，觱篥聲悽那貫聽。見懷云：“月下吟詩聞韰篥，盤中佐食有駕鵝。”更苦多風塵滿案，詩書頻卷户常扃。馬邑每歲，風自正月起，至五月方止。

得鄉信

昨日得鄉信，春來雨極無。敦耕空望杏，力穡失瞻蒲。家嘆室如磬，人嗟米似珠。嗷嗷何以救，應向九重呼。

賦得田家望望惜雨乾

密雲復收亦怪哉，秖將輕潤厭浮埃。麥苗漸看多枯色，豆甲何緣更飽開。載酒慵尋雲際寺，吟詩懶上水邊臺。正當愁絶虚東作，又道西陲驛使來。

馬邑賃居秋夜雨中作

從來冷落屬儒宫，破屋三間更苦風。舊日官舍三楹，今四壁已無，秖存梁柱欹撑。屢徙詎能同孟母，頻移直可輸鞔工。全家贅累黄沙外，舊業荒蕪清夢中。展轉蕭蕭秋雨夜，南天空羡度歸鴻。十年中三徙，究未安居，可歎也。

秋雨中有懷馮伯直孝廉張子容進士

十載卑栖桑水隈，經秋心緒更如灰。西風鎮日飄門柳，寒雨連宵長砌苔。每爲推愁愁不去，何曾約老老偏來。迢遥忽憶金蘭友，振步京游幾共杯。

馬邑九日

憶昔逢重九，登高郡郭南。黄花披古路，錦樹映晴嵐。賢聖酒爭送，親交歌共酣。一來沙漠地，此事與誰談。

九日有作之後又得長句聊以言懷

邊城冷淡重陽節，小雨廉纖且未休。更是無氈供客坐，空惟有句與朋酬。近得與檇李魏孝廉日相唱和。故園撥棄一千里，卑位覊栖十二秋。不及飛鳴南下雁，瀟湘應少稻粱憂。

雪中卧病簡檇李魏來蝦慈溪劉與之確山劉朗谷三君子

卧病已連月，無人問索居。堆階三尺雪，散架數函書。人事交何薄，天時歲又除。正朝期共會，清話覆硨磲。

初夏雁門馮仲孚叔益二孝廉自都門回經馬邑留飲達曙而去

茅堂新霽燕方來，二妙欣過共舉杯。銀甲輕操瑶琴響，紅燈競照畫屏開。雲程暫把霜蹄蹶，冷署空將雪鬢摧。如此不思同一醉，明朝雁嶺首空回。

壬寅之歲春末夏初於馬邑學舍偶憶故山風物不覺悽然有感遂將長句書示諸友

春日初長夏更長，幾番風物憶家鄉。繽紛繞郭桃梨綻，細膩逐園櫻笋香。鵶没麥畦誇餅餌，敝鄉俚語"麥及清明，淹却老鵶"。鳩酣桑椹競籧筐。更思虞舜彈琴處，一頃荷花五月凉。

夏日登縣城樓觀眺題壁

蕭蕭官舍只如秋，破夢來登城上樓。雁嶺南開通蒲坂，桑乾東下入蘆溝。三春那見花枝動，九夏應將扇影收。更是晚來風色緊，倚欄真欲一袚裘。

晨興即事

晨興灑掃呼兒童，一室寬纔僅百弓。但使天機留硯北，何妨逸興擬墻東。朋來道古呼中雅，客散懷人倩竹筒。門外塵氛堪十丈，一憑車馬自匆匆。

九月菊

籬落菊方艷，糟床酒亦香。遥想彭澤令，采泛趣何長。

十月菊

十月菊猶好，其如人意闌。殷勤還命酒，不作後時看。

罷歸絶句二首

齪齪何堪命作師，罷歸恰與分相宜。臨風敢向當途道，司馬爲郎亦以貲。

雁門之外桑乾頭，坐客無氈過十秋。歸去不勞問行李，携將金馬抱寰州。金馬、寰州，余次子、長孫之小名。馬邑，古寰州也，以皆産於斯，因皆切地命之，蓋欲他日成立，顧名知其所由生耳。今以例將去，囊槖蕭然，一二知交相爲嗟歎，然挾此二物以還，所得亦良厚矣。時甲辰八月上浣附記。

題朔牧蔣樹存先生《鴻泥軒詩集》後

稜稜清譽誰能匹，濯濯新詩復罕儔。手浣薔薇頻把讀，朔州今欲唤蘓州。公詩備王孟韋柳之美，而余於四家之中，獨許逼真是韋。

懷仁大令李環岡雪夜赴歸化城感懷詩八首舊令徐子文先生作跋遥承緘示捧讀之下同深敬服不揣譾陋並綴絶句

愛公八首邊城句，的是盧郎八米詩。北齊釋盧思道得八首，人稱“八米盧郎”，若言十稻之中得八米也。更好徐陵見原本，情深忠孝不吾欺。

邊城夜赴雪霏霏，嬴得珠璣一卷歸。最是服人僕僕裏，不忘雲陛夢萱闈。

敬題鄂公遺像

金皿莫移山嶽牢，貞觀肇業一人豪。原來雄貌堪驚倒，毋怪當年戰績高。

代贈殺虎口副府魏將軍

廿載前曾結勝游，每誇骨相定封侯。今當要口資雄略，即看崇壇樹大猷。緩帶輕裘真將度，敦詩説禮本儒流。重逢幸勿驚頭白，鈴閣猶堪效一籌。

留題署齋西壁

一官何處寄愁吟，雁嶺高高桑水深。紫莧終年充餒腹，昌黎詩“三年國子師，腸肚習藜莧”。青氈歷載耐秋砧。去留忽訝出多口，得失寧庸縈寸心。誰識歸懷曾已久，鵷鶵腐鼠豈相侵。有謂廣文一官貪戀束金，至二三十年不肯遷轉，可發浩歎。

祝山陰張公

公堂蹐蹐獻硨磲，麗景韶華春正初。世德傳一忍百字，承家讀三十乘書。名高雁塔群爭仰，政美雲西衆莫如。緊我小才慚樸棫，大賢應有爲吹噓。

跋

蓮洋先生逸情遠性於詞壇老宿中,超然物表。其詩亦有晋謝靈運、唐白樂天景趣,非摘句尋章粘皮帶骨者所庶幾也。余生晚,獲交先生,先生已届暮齒矣,白鬚飄然,吐屬風雅,游如夙契,蓄同灌籍。居無何,先生殁,不勝歎悼,閲今垂二十餘年矣。其遺詩數千首,聞先生弟曾共濟上王君秋史商刻未果,亦恨事也。近與子容張君武英儤直,晨夕編摩,閑以先生弟學博詩一卷出示,披咏之餘,清新俊逸,頗有庾、鮑雅致,因喜先生之風流未絶,而千秋大業不當望之,卒以有成耶！遂援筆濡墨,聊書數行於卷尾。

雍正元年季春下浣崑陵錢名世亮功氏

跋

張君子容嘗從蓮洋先生游汲古士也,與余同直。武英示以《半氈廬詩》數十篇,其人爲先生弟,又多與子容往還之作,標格可想矣。蓮洋以詩重海内,而學博導揚流波誦者,豈直中郎虎賁之感而已哉！

廣陵唐繼祖